L'IDIOT

Tome I

Paru dans Le Livre de Poche :

LE JOUEUR.
LES FRÈRES KARAMAZOV (2 tomes).
L'IDIOT (2 tomes).
CRIME ET CHÂTIMENT (2 tomes).
L'ETERNEL MARI.
LES POSSÉDÉS.

FÉDOR DOSTOÏEVSKI

L'Idiot

Tome I

TRADUCTION PAR G. ET G. AROUT

COMMENTAIRES DE L. MARTINEZ

LE LIVRE DE POCHE

EN GUISE D'INTRODUCTION*

« Il faut se jeter dans la création comme Curtius dans le gouffre », disait Balzac. En introduction à cette édition de l'Idiot, *voici deux extraits de lettres envoyées par Dostoïevski à son ami Maïkov. Écrites la première trois mois avant la publication du début de l'œuvre, la seconde au moment où* L'Idiot *commençait à paraître dans* Le Courrier russe, *ces lettres montrent bien à la fois l'idée centrale du roman et le caractère oppressé de l'inspiration chez Dostoïevski entraîné par son imagination.*

Genève, le 21 octobre 1867

[...] Je ne vous dis rien de mon travail, d'ailleurs il n'y a rien à en dire. Ou ceci seulement : il faut travailler dur, très dur. En attendant, les crises me mettent tout à fait sur le flanc et après chacune d'elles je reste des quatre jours sans reprendre conscience. Or tout allait si bien au début, en Allemagne! C'est cette maudite Genève. Qu'allons-nous devenir? Je ne sais. Et cependant ce roman est l'unique salut. Le pire, c'est qu'il faut que ce soit un très bon roman. Rien à faire, c'est (la condition) *sine qua non.* Et comment serait-il bon, quand mes facultés sont totalement émoussées par

* Voir les « Commentaires » en fin du tome II.

la maladie! Pour l'imagination, il m'en reste, et elle n'est pas mauvaise : j'en ai fait l'expérience ces jours-ci sur le roman en question. J'ai des nerfs, aussi. Mais pas de mémoire. Bref je me jette sur ce roman comme *à l'assaut :* à corps perdu, toute la mise sur une seule carte, advienne que pourra!

. . . .

Genève, le 12 janvier 1867

[...] enfin me voici libre de vous écrire quelques petites pages! Qu'aurez-vous pensé de moi : que je vous ai oublié? Je sais que vous n'en ferez rien. Mais ne m'accusez pas; vous comprendrez mieux que personne. Croirez-vous que je n'ai pas eu *une heure* de temps, je l'entends à la lettre...

Ce qui m'est arrivé, eh bien c'est que je *travaillais* et que je *souffrais le martyre.* Vous savez ce que c'est que de *tirer à la ligne?* Non, Dieu merci, vous l'ignorez! Vous n'avez jamais écrit sur commande et à la tâche, et vous n'avez jamais enduré cette *souffrance* infernale. En touchant une telle avance du *Courrier russe* (4 500 roubles, vous imaginez!) j'espérais bien au début de l'année que la poésie ne m'abandonnerait pas, qu'une pensée poétique surgirait et s'épanouirait en œuvre avant la fin de l'année, et que je pourrais satisfaire tout le monde. Cela me semblait d'autant plus probable que c'est toujours le cas, que j'ai, plein la tête et l'âme, des germes de visions qui passent et se laissent percevoir. Mais ne font que passer, or il faut les incarner complètement, et cela se produit à l'improviste et d'un coup, sans qu'on puisse dire au juste quand cela se produira; ce n'est qu'ensuite, une fois que le cœur a reçu l'image dans sa plénitude qu'on peut passer à l'exécution. On peut même alors se permettre des prévisions sans risque d'erreur. Parlons-en j'ai passé tout l'été et tout l'automne à ordonner diverses pensées (dont quelques-unes très très ingénieuses) mais une certaine expérience me laissait deviner une fausse note, une difficulté, un manque de maturité dans telle ou telle idée. Je m'en suis finalement tenu à une, et je me suis mis à l'œuvre, j'ai beaucoup écrit mais le 4 décembre de leur calendrier, j'ai tout envoyé au diable. Je vous assure que le roman aurait pu être passable, mais il en était venu à me dégoûter d'une façon inimaginable, justement parce qu'il était passable, et non *positivement* bon. Je n'aurais pas dû, mais que faire? C'est qu'on était le 4 décembre! Mes affaires personnelles, cependant, se présentaient sous cette forme :

Je ne sais si je vous l'ai écrit, je ne me souviens pas (c'est que je ne me souviens de rien), mais finalement, lorsque je n'ai plus eu de ressources, j'ai écrit à Katkov pour le prier de m'envoyer 100 roubles par mois. Il me semble que je vous l'ai dit. Accord fut donné et on m'a fait des envois réguliers. Mais dans ma lettre (de remerciements) à Katkov, j'affirmai *positivement,* sur l'honneur, qu'il aurait son roman et qu'en décembre j'enverrais à sa Rédaction un bon morceau de ce roman (vous pensez j'étais en veine, et j'en avais déjà pas mal écrit!). Ensuite je lui ai dit que j'avais des frais exceptionnels : ne pouvait-il m'envoyer sur mon avoir (500 r.) un mandat (pour décembre) de 200 au lieu de 100 roubles. Accord fut donné en décembre, avec le mandat, juste au moment où je venais de détruire mon roman. Que faire? Tous mes espoirs étaient par terre. J'avais saisi que ce travail, finalement, que ce roman, c'était mon grand, mon seul espoir, que si j'écrivais un roman convenable, je pourrais rembourser mes dettes à la Revue, à vous-même, que j'enverrais une somme à mon beau-fils et à ma belle-sœur, et que j'aurais moi-même de quoi vivre; et que si le roman était *bon* – je pourrais en vendre la deuxième édition, que je toucherais peut-être quelque chose, que je rembourserais la moitié ou les 2/3 des traites, et que je rentrerais à Saint-Pétersbourg.) Mais tout s'effondra. Reçus les 200 roubles de Katkov, je lui ai confirmé par lettre que le roman serait prêt pour le numéro de janvier, sans faute, je le priais de m'excuser si la 1re partie arrivait à la Revue avec du retard, mais à coup sûr avant le 1er janvier (de notre calendrier), et je le priais instamment de ne pas sortir le premier N° du *Courrier russe* sans mon roman (Le N° n'est jamais sorti avant la mi-janvier).

Ensuite (comme il y allait de tout mon avenir), je me suis mis à la torture pour imaginer un *nouveau roman*. Le précédent, je ne voulais à aucun prix le poursuivre. Impossible. J'y ai pensé du 4 au 18 décembre inclus (nouveau style). En moyenne je crois qu'il me venait une demi-douzaine de plans par jour (pas moins). Ma tête était devenue un vrai moulin. Comment je ne suis pas devenu fou, je me le demande. Enfin le 18 décembre je me suis mis à mon nouveau roman, le 5 janvier (nouveau style) j'ai envoyé à la Revue cinq chapitres de la première partie (environ cinq feuilles imprimées) avec l'assurance que le 10 janvier (nouveau style) j'enverrais les deux derniers chapitres de la première partie. Hier, le onze, j'ai envoyé ces deux chapitres et, de la sorte, j'ai expédié toute la première partie, soit six ou six feuilles et demie.

Le premier envoi a dû leur arriver le 30 décembre (de notre calendrier) et le second leur arrivera le 4 janvier; — donc, s'ils le veulent, ils pourront imprimer la première partie en janvier. La deuxième (dont je n'ai naturellement pas écrit la première ligne), j'ai promis sur l'honneur de l'envoyer à la Revue pour le 1er février, sans délais, ponctuellement.

Voyez donc, mon ami, si je pouvais songer à écrire des lettres, et de quoi y aurais-je parlé, je vous demande un peu? Aussi, tâchez de comprendre, par humanité, et d'excuser, par amitié, un silence nécessaire. Et puis c'était une période très dure.

Le roman, maintenant, pour en finir avec ce sujet : au vrai, je ne sais pas ce que j'ai pu leur envoyer. Pour autant que je puisse avoir un avis, c'est une chose pas fameuse, et qui doit faire peu d'effet. Il y a longtemps que j'étais torturé par une pensée, mais je craignais d'en tirer un roman, car c'est une pensée très ardue et que je ne suis pas à même de la traiter, encore qu'elle soit bien séduisante et qu'elle me tienne très à cœur. Cette idée, c'est de peindre un *homme parfaitement pur.* Il n'y a rien de plus difficile, je trouve, surtout de nos jours. Vous n'en disconviendrez sûrement pas. Cette idée me visitait autrefois comme une vague vision esthétique, mais *vague* seulement, or il faut que la vision soit achevée. Ce n'est que ma situation désespérée qui m'a fait empoigner cette pensée encore trop floue. J'ai pris mes risques comme à la roulette : « Ça viendra peut-être tout seul sous la plume ». C'est impardonnable.

En gros, le plan existe. Pour la suite, je vois çà et là des détails qui me séduisent et entretiennent le feu sacré. Mais l'ensemble? Mais le héros? Car l'ensemble, là-dedans, tient au *héros.* C'est la donnée. Il me faut mettre sur pieds sa figure. Naîtra-t-elle toute seule sous la plume? Je vous donne en mille les horreurs qui ont surgi d'elles-mêmes : en dehors du héros, me voilà avec une héroïne, donc avec DEUX HÉROS! Et outre ces deux héros il y a encore deux caractères, tout à fait importants, donc *presque des héros* (les personnages secondaires, dont je dois tenir le plus grand compte, il y en a une quantité folle, il est vrai que c'est un roman en huit parties). Sur ces quatre héros, il en est deux que je porte *en moi,* nettement, solidement, l'autre n'est pas encore nettement délimité, quant au quatrième, le plus grand, je veux dire *le* Héros, – il est extrêmement flou. Peut-être bien qu'il ne l'est pas tant que cela dans mon cœur, mais il est affreusement dur à traiter. En tout cas, il me faudrait deux fois plus de temps (minimum) pour y arriver.

La première partie, selon moi, est faible. Mais il me semble qu'il y a encore une issue : c'est que rien n'est encore *compromis* et que le développement des autres parties pourra être satisfaisant (pourvu!). La première partie, au vrai, n'est que l'introduction. Tout ce qu'il faut, c'est qu'elle suscite tant soit peu de curiosité pour la suite. Mon seul lecteur est (ma femme) Anna Grigorievna; elle aime beaucoup cela, mais elle est mauvais juge quand il *s'agit de moi.*

Dans la deuxième partie, tout doit être mis en place (mais non tiré au clair, tant s'en faut). Il y aura là une scène (des plus importantes), mais quelle tournure prendra-t-elle? Les *notes* au brouillon, je dois dire, sont bonnes.

En gros, tout est encore à venir, mais j'attends de vous un avis sévère. C'est la deuxième partie qui tranchera : c'est la plus difficile; mais parlez-moi aussi de la première (bien que sincèrement je sache qu'elle n'est pas bonne), parlez-m'en tout de même. En outre, je *vous en supplie,* faites-moi savoir, dès la sortie du *Courrier russe,* si mon roman y est paru. Je crains toujours terriblement d'avoir eu du retard. Paraître en janvier est pour moi d'une nécessité primordiale. Tenez-moi au courant, de grâce, aussitôt, pour me rassurer, même en deux lignes.

En envoyant la première partie à Katkov, je lui ai écrit à peu près comme à vous. Le roman s'appelle : *L'Idiot...*

F. M. DOSTOÏEVSKI : Lettres à son ami A. N. Maïkov.
(Traduction de L. Martinez)

TABLEAU
des
PRINCIPAUX PERSONNAGES DE *L'IDIOT*

LE PRINCE LÉON (LEV) NICOLAÏEVITCH MUICHKINE (L'Idiot).

NASTASSIA PHILIPPOVNA BARACHKOVA, ex-pupille de Totski.

ATHANASE IVANOVITCH TOTSKI, ami du général Épantchine, un moment prétendant à la main de sa fille aînée Alexandra.

La famille ÉPANTCHINE :

Le général IVAN FÉDOROVITCH, homme d'affaires.
La générale ÉLISABETH PROKOFIEVNA.
ALEXANDRA IVANOVNA, ADÉLAÏDE IVANOVNA, AGLAÉ IVANOVNA : leurs filles.

Personnages liés aux Épantchine :

Prince STCH., fiancé d'Adélaïde, seul personnage désigné par une initiale.

EUGÈNE PAVLOVITCH RADOMSKI, prétendant à la main d'Aglaé.

La « vieille » BIELOKONSKA, dame influente, amie et protectrice des Épantchine.

PARFIONE ROGOJINE, fils de riches marchands.

ZALIOJEV, fils de marchands } commensaux
KELLER, lieutenant en retraite } de Rogojine.

La famille LEBEDEV :

LOUKIAN TIMOFEÏEVITCH, fonctionnaire s'occupant de prêts sur gages et d'interprétation de l'Apocalypse; veuf.

VÉRA LOUKIANOVNA, sa fille aînée.

KOSTIA (CONSTANTIN), son fils.

VLADIMIR DOKTORENKO, son neveu, nihiliste.

Amis de DOKTORENKO :

ANTIPE BOURDOVSKI, dit « le fils de Pavlistchev ».

HIPPOLYTE TERENTIEV, jeune homme phtisique, théoricien de ce groupe, fils de la veuve du capitaine Terentiev, maîtresse du général Ivolguine.

La famille IVOLGUINE :

Le général ARDALION ALEXANDROVITCH, en retraite.

NINA ALEXANDROVNA, sa femme.

GABRIEL ARDALIONOVITCH (GANIA, GANIETCHKA – diminutifs, ou GAN'KA – péjoratif), leur fils aîné.

NICOLAS ARDALIONOVITCH (KOLIA), leur fils cadet.

BARBARA ARDALIONOVNA (VARIA), leur fille.

IVAN PETROVITCH PTITSINE, usurier. Il épousera Varia.

FERDISTCHENKO, personnage épisodique, ivrogne et bouffon, locataire des Ivolguine.

PREMIÈRE PARTIE

I

Par une matinée de fin novembre, vers neuf heures, en plein dégel, le train de Varsovie approchait à toute vapeur de Pétersbourg. L'humidité et le brouillard étaient tels que le soleil avait peine à percer; à dix pas, à droite et à gauche de la voie, il était difficile de discerner quoi que ce fût par les fenêtres du wagon.

Parmi les voyageurs, certains revenaient de l'étranger; mais les compartiments de troisième, les plus pleins, étaient remplis de gens de condition modeste se déplaçant pour affaires et ne venant pas de loin.

Naturellement, tous étaient fatigués, transis, les yeux alourdis par l'insomnie, les visages blêmes, d'un jaune de brouillard.

Dans un compartiment de troisième, deux voyageurs s'étaient trouvés face à face, depuis l'aube, près de la fenêtre. Jeunes tous les deux, au visage assez marquant, ils n'avaient presque pas de bagages et étaient vêtus sans grande recherche. On les sentait désireux d'engager la conversation. S'ils avaient pu savoir ce que chacun d'eux présentait de singulier, ils se seraient certes émerveillés du hasard qui les avait si étrangement réunis dans un wagon de troisième du train Varsovie-Pétersbourg.

L'un d'eux, de taille médiocre, les cheveux frisés, presque noirs, devait avoir environ vingt-sept ans. Il avait les yeux gris, petits mais pleins de flamme, le nez large et camus, les pommettes saillantes; sur ses lèvres minces se dessinait constamment un étrange sourire, persifleur, insolent, presque haineux. Cependant, un front haut et bien modelé adoucissait l'impression désagréable que laissait le bas de son visage vulgairement alourdi. Ce qui frappait surtout, c'était la pâleur cadavéreuse qui donnait un air d'épuisement à cet homme pourtant solidement charpenté, et aussi quelque chose de passionné, jusqu'à la souffrance, qui contrastait avec son sourire arrogant et grossier, son regard agressif et suffisant. Il était chaudement emmitouflé dans une ample pelisse noire doublée de mouton; aussi n'avait-il pas ressenti le froid nocturne.

Par contre, son vis-à-vis avait dû subir en grelottant la caresse glacée et humide d'une nuit de novembre russe à laquelle il n'était évidemment pas préparé. Il était enveloppé dans une épaisse pèlerine, sans manches, surmontée d'un énorme capuchon, telle qu'en portent souvent les voyageurs, l'hiver, quelque part loin à l'étranger, en Suisse ou en Italie du nord. Mais ce vêtement convenait certes fort mal à un trajet aussi long que celui d'Eidkuhnen à Pétersbourg; parfaite pour l'Italie, sa tenue convenait peu au climat russe.

Le propriétaire de la pèlerine était un jeune homme, également de vingt-six à vingt-sept ans. D'une taille un peu au-dessus de la moyenne, les joues creuses, il avait une épaisse chevelure blonde et une petite barbiche en pointe, presque blanche. Il avait de grands yeux bleus au regard fixe; ce regard avait quelque chose de doux mais de pesant, une expression étrange révélant aux yeux d'un observateur averti un épileptique. Au reste, le visage du jeune homme était agréable et fin, quoique incolore et même, en ce moment, bleui par le froid.

Il tenait à la main un maigre balluchon enveloppé dans un vieux foulard déteint qui constituait, semblait-il, tout son bagage. Sur des souliers à semelles épaisses, il portait des guêtres; tout cela très peu russe. Son voisin, le jeune homme brun en pelisse, avait noté tous ces détails, un peu par désœuvrement. Il engagea enfin la conversation avec ce sourire impudent qui traduit souvent la satisfaction grossière d'un homme devant les malheurs de son prochain.

– Froid, hein ? dit-il avec un mouvement d'épaules.

– Très froid, répondit le voisin avec une extrême bonne volonté, – et remarquez que c'est pourtant le dégel. Que serait-ce s'il gelait ! Je ne m'imaginais pas qu'il fît si froid chez nous. J'en ai perdu l'habitude.

– Vous venez de l'étranger, sans doute ?

– Oui, de Suisse !

– Mazette, cela fait une trotte ! s'exclama le jeune homme brun avec un sifflement et un grand éclat de rire.

La conversation s'engagea. Le jeune homme blond à la pèlerine suisse répondait avec une incroyable bonne volonté à toutes les questions de son interlocuteur, sans paraître remarquer le caractère superflu, oiseux et même insolent de certaines d'entre elles. Entre autres, il raconta qu'il avait passé plus de quatre ans à l'étranger où on l'avait envoyé pour soigner une maladie nerveuse assez étrange. Quelque chose comme l'épilepsie, ou la danse de Saint-Guy, avec des tremblements et des convulsions. Son récit fit sourire son vis-à-vis à plusieurs reprises; il provoqua même son hilarité lorsque à la question : « Et alors, vous a-t-on guéri? » il répondit : « Non, on ne m'a pas guéri. »

– Eh ! que d'argent vous avez dû dépenser pour rien ! Et nous qui leur faisons confiance ici, ajouta le noiraud avec sarcasme.

– C'est la vérité même ! s'écria un homme assis à côté d'eux. Agé d'une quarantaine d'années, il était mal vêtu et présentait l'aspect d'un rond-de-cuir endurci. Il était solidement bâti, avec un nez rouge au milieu d'un visage bourgeonnant.

– C'est la vérité même, répéta-t-il. Cela ne sert qu'à attirer chez eux toutes nos ressources.

– Oh ! comme vous avez tort, du moins en ce qui me concerne, l'interrompit le jeune malade d'une voix douce et conciliante. Évidemment, je ne peux pas discuter, ne sachant pas tout ce qui se passe; mais quant à moi, mon médecin a payé mon voyage de ses derniers sous, après m'avoir soigné à ses frais pendant deux ans.

– Eh quoi ! il n'y avait donc personne qui pût payer pour vous ? demanda le noiraud.

– Eh bien, non ! M. Pavlistchev qui s'occupait de moi là-bas est mort il y a deux ans. J'ai écrit alors à la générale Épantchine, une parente éloignée, mais je n'ai reçu aucune réponse. Et alors, me voilà.

– Et où comptez-vous aller ?

– C'est-à-dire où je compte descendre ? Ma foi... je n'en sais encore rien...

– Vous n'êtes pas encore fixé ?

Et ses deux auditeurs éclatèrent de rire.

– Et ce petit balluchon contient sûrement tout votre bien? remarqua le noiraud.

– Je gage que c'est bien ça, renchérit le fonctionnaire au nez cramoisi, d'un air d'extrême satisfaction. Et que vous n'avez rien d'autre aux bagages; ajoutons toutefois : Pauvreté n'est pas vice.

Cela aussi s'avéra exact. Le jeune homme blond en convint avec infiniment d'empressement.

– Votre balluchon a, toutefois, une certaine signification, poursuivit le fonctionnaire après qu'ils eurent ri tout leur soûl (Fait curieux, le propriétaire du balluchon se mit à rire, lui aussi, en les regardant, ce qui accrut encore leur hilarité.) – On peut certes parier qu'il ne contient pas de rouleaux de pièces d'or telles que napoléons, frédérics ou même ducats hollandais; on s'en douterait rien qu'à voir les guêtres qui recouvrent vos chaussures de fabrication étrangère... Mais... si on ajoute à votre modeste bien la chance d'avoir une parente telle que la générale Épantchine, alors votre balluchon acquiert une certaine valeur. Si tant est que la générale Épantchine soit réellement votre parente et que vous ne vous trompiez pas, disons, par distraction... ce qui arrive fréquemment... enfin, disons... par excès d'imagination.

– Là encore vous avez vu juste ! s'écria le jeune homme blond. Effectivement, je suis presque dans l'erreur. En réalité, la générale est à peine une parente; au point que je n'ai été nullement étonné qu'elle ne m'ait jamais répondu. Je m'y attendais.

– Vous avez gaspillé de l'argent pour l'affranchissement de votre lettre. Hum... Au moins, on ne peut pas vous reprocher de manquer de candeur et de sincérité; et ceci est louable ! Hum... Quant au général Épantchine, nous le connaissons parce que, par le fait, c'est un homme connu de tout le monde. Et feu M. Pavlistchev, celui qui vous a entretenu en Suisse, nous l'avons connu aussi, si toutefois il s'agit bien de Nicolas Andreïevitch Pavlistchev, car ils étaient deux cousins, portant le même nom. L'autre vit toujours en Crimée; quant à feu Nicolas Andreïevitch, le défunt, c'était un homme respectable, avec de hautes relations; en son temps il possédait quatre mille âmes... oui-*s'* *.

– C'est cela, il s'appelait bien Nicolas Andreïevitch, répondit le jeune homme en dévisageant d'un long regard scrutateur le monsieur qui avait l'air de tout savoir.

Ces messieurs-qui-savent-tout se rencontrent parfois, disons même fréquemment, dans une certaine couche sociale. Ils savent tout, car la curiosité sans cesse en

* Nous avons décidé d'adopter ici une disposition typographique qui a son importance dans la littérature russe et en particulier chez Dostoïevski.

Le *-s'* que nous ajoutons à certains mots est la contraction du mot *soudar* qui veut dire monsieur, ou mieux sieur, en russe. Il est d'un usage courant dans beaucoup de pays d'ajouter, par politesse, le mot monsieur à toute réponse. L'exagération presque mécanique de ce procédé dans un langage de subordonné à supérieur, provoquant l'altération de *soudar* en *-s'* est entrée dans les mœurs d'une certaine classe sociale russe, surtout parmi les fonctionnaires. C'est l'expression automatique de la déférence. Son abus a un certain effet comique et, dans le cas d'un personnage comme Lebedev, prend parfois un caractère de persiflage. En certaines occasions toutefois, ce procédé sert à renforcer une affirmation, au même titre qu'en français : Si, monsieur! Mais l'usage courant est celui de la déférence. En voici un exemple pris chez Pouchkine dans ce fragment de dialogue qu'il a mis en exergue à une de ses nouvelles :

« Attendez-*s'*.
– Comment osez-vous me dire : attendez?
– J'ai dit : attendez-*s'* Votre Excellence. »

Nous espérons que cette citation suffira à expliquer et à justifier notre intention.

N. d. T.

éveil de leur esprit et toutes leurs facultés convergent dans une seule direction, en l'absence évidemment d'intérêts vitaux plus importants, comme dirait un penseur contemporain. D'ailleurs, quand on dit qu'ils « savent tout », il faut entendre par là que le domaine de leur science est assez restreint. Il s'agit surtout de savoir où travaille tel fonctionnaire, quelles sont ses relations, à combien s'élève sa fortune; et aussi de quelle province il a été gouverneur, qui il a épousé, le montant de la dot de sa femme, qui est son cousin germain, qui son cousin au troisième degré, etc., etc., le tout à l'avenant. La plupart du temps, ces messieurs-qui-savent-tout se promènent les coudes percés, et leur traitement ne dépasse pas dix-sept roubles par mois : les gens dont ils savent tout ne pourraient même pas imaginer les mobiles qui les guident; et cependant beaucoup d'entre eux en sont positivement consolés et tirent de ce savoir, qui équivaut à une véritable science, le respect d'eux-mêmes ainsi que de hautes satisfactions spirituelles. Du reste, cette science a ses attraits. J'ai connu des savants, des littérateurs, des poètes, des hommes politiques qui, grâce à elle, ont atteint des buts élevés et trouvé la paix de leur esprit, qui lui doivent même toute leur carrière.

Durant tout ce dialogue, le noiraud n'avait pas cessé de bâiller; son regard avait erré par la fenêtre et on le sentait impatient d'arriver. Il semblait distrait, étrangement distrait, presque anxieux; son comportement en devenait bizarre. Tantôt il écoutait sans entendre, tantôt il regardait sans rien voir, puis éclatait de rire sans même savoir de quoi il riait.

– Au fait, puis-je savoir à qui j'ai l'honneur... ? demanda soudain le monsieur au visage bourgeonnant en s'adressant au jeune homme blond propriétaire du baluchon.

— Prince Léon Nicolaïevitch Muichkine, répondit immédiatement ce dernier avec la plus entière bonne volonté.

— Prince Muichkine ? Léon Nicolaïevitch ? Connais pas. Jamais même entendu parler-*s'*, prononça le fonctionnaire, rêveur. — C'est-à-dire, je ne parle pas du nom; c'est un nom historique. On peut et on doit le trouver dans l'histoire de Karamzine. Non, je parle de votre personne. Je crois, d'ailleurs, qu'on ne rencontre plus nulle part, aujourd'hui, de princes Muichkine; le souvenir même en est éteint.

— Oh, bien sûr ! repartit aussitôt le prince. Il n'existe plus aucun prince de ce nom, à part moi; je dois être le dernier de la lignée. Quant à nos aïeux, il y en a eu qui n'ont possédé qu'un seul feu, de tout petits gentilshommes terriens. Mon père, à vrai dire, a servi dans l'armée avec le grade de lieutenant; il sortait d'une école militaire. Il se trouve, je ne sais trop comment, que la générale Épantchine, elle aussi, descend des princes Muichkine, dernière dans son genre également.

— Hé hé hé ! Dernière dans son genre ! Hé hé ! Vous avez une manière de tourner les choses ! ricana le rond-de-cuir.

Le noiraud, lui aussi, esquissa un sourire. Quant au blondin, il parut un peu surpris d'avoir réussi à faire un jeu de mots, assez mauvais au demeurant.

— Figurez-vous, expliqua-t-il enfin, je l'ai dit sans même y penser.

— Mais oui-*s'*, on s'en est aperçu-*s'*, concéda gaiement le fonctionnaire.

— Dites-moi, prince, vous avez sans doute étudié les sciences, là-bas, chez votre professeur ? lui demanda brusquement le noiraud.

— Oui... j'ai étudié...

— Eh bien, moi, je n'ai jamais fait d'études.

— Oh, vous savez, je n'ai reçu que des bribes d'instruction, ajouta le prince comme pour s'excuser. On ne me considérait pas apte à poursuivre des études systématiques, en raison de mon état de santé.

— Connaissez-vous les Rogojine ? lui demanda à brûle-pourpoint le noiraud.

— Non, je ne les connais pas, pas du tout. Vous savez, en général, je connais peu de monde en Russie. C'est vous, Rogojine ?

— Oui, je suis Rogojine, Parfione.

— Parfione ? Attendez. N'êtes-vous pas de ces Rogojine qui... intervint le rond-de-cuir d'un air important.

— Oui, de ceux-là, de ceux-là même, l'interrompit brutalement le noiraud. Jusqu'à ce moment, il ne lui avait pas encore adressé la parole, ne s'entretenant dès le début qu'avec le prince.

— Mais... est-ce possible ? répliqua le fonctionnaire stupéfait en écarquillant les yeux; son visage revêtit aussitôt une expression pleine d'obséquiosité et même d'angoisse. — N'êtes-vous point parent de ce même Simon Parfionovitch Rogojine, citoyen d'honneur à titre héréditaire, qui est mort voici un mois en laissant deux millions et demi de capital ?

— Et d'où sais-tu qu'il a laissé deux millions et demi de capital ? lui jeta Rogojine, sans toutefois daigner l'honorer d'un regard. Puis il poursuivit en clignant de l'œil vers le prince : — Voyez-vous cela ! Je me demande ce qui leur prend, à ces gens-là, de venir tourner aussitôt autour de vous ? Il est d'ailleurs exact que mon père vient de mourir. Quant à moi, j'arrive de Pskov avec un mois de retard; et voyez, je rentre à la maison presque comme un va-nu-pieds ! Mon frère, cette crapule, et ma mère ne m'ont envoyé ni argent ni faire-part ! Comme à un chien ! Je suis resté alité tout un mois à Pskov, avec une fièvre chaude !

– Et maintenant vous allez recevoir, d'un seul coup, un bon petit million, sinon plus. Ah, Seigneur ! s'exclama le fonctionnaire en levant les bras au ciel.

– Mais qu'est-ce que cela peut bien lui faire ? dites-le-moi, je vous en prie, proféra Rogojine avec un geste d'énervement et de colère. – Tu sais bien que je ne te donnerai pas un sou, quand bien même tu marcherais devant moi sur les mains.

– Eh oui, je le ferai, je marcherai sur les mains !

– Voyez-le ! Mais je te le répète, je ne te donnerai rien, rien du tout. Tu aurais beau danser une semaine entière !

– A ta guise ! Ne me donne rien, je n'en vaux pas la peine. Je n'en danserai pas moins. Je quitterai ma femme, mes petits enfants, pour venir danser devant toi. Pour une caresse, pour une caresse !

– Que le diable t'emporte ! jeta le noiraud en crachant de dégoût. Voyez-vous, il y a cinq semaines j'étais comme vous, ajouta-t-il en s'adressant au prince. J'ai quitté mon père emportant juste un petit balluchon; je me suis enfui à Pskov chez une tante. Là, je suis tombé malade, et lui, pendant ce temps, il a trépassé ! La camarde l'a eu ! Paix à ses cendres, mais je dois dire qu'il a manqué de me tuer ! Croyez-moi, prince, je vous le jure ! Si je n'avais pas pris la fuite, il m'aurait certainement tué.

– Vous avez dû le fâcher, sans doute ? suggéra le prince en examinant avec beaucoup de curiosité ce millionnaire dans sa pauvre pelisse. Quoique cet héritage et ce million eussent été dignes d'intérêt, autre chose avait étonné et intéressé le prince. Et d'ailleurs Rogojine, lui aussi, semblait prendre un vif plaisir à converser avec lui. On sentait toutefois qu'il parlait pour satisfaire un besoin mécanique plutôt que par nécessité intérieure; par distraction plus que par sympathie, par une sorte d'inquiétude, d'angoisse; pour avoir quelqu'un à regarder et pouvoir faire marcher sa langue. On l'eût dit encore sous l'emprise de la fièvre, sinon du délire. Quant au fonctionnaire, il était littéralement suspendu aux lèvres de Rogojine, osant à peine respirer; il recueillait et pesait précieusement chacune de ses paroles comme s'il se fût agi d'un diamant.

– Pour s'être fâché, il s'est fâché, répondit Rogojine à la question du prince; et au fond, il n'avait peut-être pas tort. Mais le grand fautif dans toute mon histoire, c'est mon frère. Rien à dire sur ma mère; c'est une vieille femme, toujours plongée dans la lecture des livres saints. Elle passe toute la journée en compagnie de vieilles femmes, et c'est mon frère Simon qui fait la loi à la maison. Pourquoi ne m'a-t-il pas prévenu, hein ? On le comprend bien. Il est vrai qu'à ce moment-là j'étais sans connaissance. On prétend aussi m'avoir envoyé un télégramme. Mais il est arrivé chez ma tante. Or, veuve depuis trente ans, elle passe son temps du matin au soir en compagnie de faibles d'esprit. Ce n'est pas une nonne, ce qu'on appelle une nonne, mais c'est pis que cela. Elle a été effrayée en voyant le télégramme et, sans le décacheter, l'a porté à la police où il est resté jusqu'à présent. Seul

Koniev Vassili Vassilievitch m'est venu en aide, m'a tout écrit. Quant à mon frère, il n'a rien trouvé de mieux que de couper, pendant la nuit, les glands d'or de la couverture en brocart qui recouvrait la bière de mon père, sous prétexte que ces glands « avaient une très grosse valeur ». Savez-vous que je pourrais le faire envoyer en Sibérie pour cela, si je le voulais, car c'est un sacrilège ! Eh là, épouvantail à moineaux ! dit-il en s'adressant au fonctionnaire, – d'après la loi, c'est bien un sacrilège ?

– Un sacrilège, bien sûr, un sacrilège ! s'écria aussitôt le fonctionnaire.

– Et cela vaut la Sibérie, hein ?

– La Sibérie, la Sibérie ! Droit en Sibérie !

– Ils pensent tous que je suis encore malade, déclara Rogojine à l'adresse du prince; mais moi, sans un mot à personne, en cachette, quoique encore souffrant, j'ai pris le train et me voici ! Il te faudra ouvrir les portes, cher frère Simon Simonovitch ! Je sais fort bien qu'il montait mon pauvre père contre moi. Maintenant, je dois avouer que j'ai effectivement mis mon père en colère avec cette histoire de Nastassia Philippovna, cela c'est vrai; là je suis seul en faute. Le Malin m'a tenté.

– L'histoire de Nastassia Philippovna ? répéta servilement le fonctionnaire, s'efforçant de rassembler ses souvenirs.

– Tu ne la connais certainement pas ! lui cria Rogojine, excédé.

– Peut-être bien que si ! répliqua le fonctionnaire d'un air triomphant.

– Allons donc ! Il y en a des Nastassia Philippovna de par le monde. Quant à toi, tu es une canaille terriblement effrontée, je te le dis ! Ah, je le savais d'avance, ajouta-t-il en parlant au prince, je savais bien que je ne pourrais me dépêtrer d'individus de cette espèce.

– Peut-être bien que je la connais-*s'*, s'empressa de répéter le fonctionnaire. Lebedev sait beaucoup de choses. Votre Altesse daigne me faire des reproches, mais que ferait-elle si je lui prouvais que je dis la vérité ? D'abord, tenez : Cette Nastassia Philippovna au sujet de qui votre père a voulu user avec vous de persuasion à coups de canne, cette Nastassia Philippovna, dis-je, s'appelle Barachkova. On peut dire que c'est une dame de qualité et dans son genre une princesse, elle aussi. Elle a une liaison avec un certain Totski, Athanase Ivanovitch, avec lui seul; c'est un gros propriétaire et archicapitaliste, administrateur de nombreuses sociétés; il est très lié d'amitié avec le général Épantchine...

– Tiens, tiens, mais tu as l'air vraiment fort ! s'exclama enfin Rogojine ébahi; que le diable l'emporte, il la connaît vraiment, il sait tout.

– Tout ! Lebedev sait tout ! Je dois vous dire, Altesse, que pendant deux mois, dernièrement, j'ai traîné partout avec Likhatchov, le petit Alexis. Lui aussi venait de perdre son père. Et comme je connais tous les coins et recoins, il en était arrivé à ne plus pouvoir faire un pas sans Lebedev. Actuellement, il est en prison pour dettes. Mais, à l'époque, il a eu l'occasion de connaître et Armance, et Coralie, et la princesse Patzki et Nastassia Philippovna, et bien d'autres encore.

– Nastassia Philippovna ? Qu'avait-elle à voir avec Likhatchov ? demanda Rogojine avec un regard méchant; ses lèvres blêmirent et se mirent à trembler.

– Mais rien ! Rien du tout ! Absolument rien ! s'empressa de répondre Lebedev. Jamais Likhatchov ne put obtenir d'elle la moindre faveur, malgré tout son argent. Non, elle n'est pas comme Armance. Elle n'a que Totski. Et le soir on peut la voir dans sa loge, soit au Grand-Théâtre, soit au Théâtre-Français. Les officiers ont beau jaser entre eux, ils sont incapables de prouver quoi que ce soit : « La voilà, tenez, voilà cette fameuse Nastassia Philippovna », disent-ils mais c'est tout ce qu'ils peuvent dire. Et quant au reste, pas un mot, parce qu'il n'y a rien.

– C'est bien cela, confirma Rogojine, le visage sombre et renfrogné. A l'époque, Zaliojev m'avait raconté la même chose. Un jour, dans ce temps-là, je traversai en courant le Nevski; j'avais sur moi un vieux manteau de mon père que je portais depuis trois ans. Soudain, je la vois sortir d'un magasin et monter dans sa calèche. Je me sens aussitôt brûlé jusqu'aux entrailles. Sur ce, je rencontre Zaliojev. Il n'était pas comme moi, lui ! Il se promenait avec un air de garçon coiffeur, un lorgnon à l'œil; tandis que nous, chez le paternel, on portait des bottes graissées et on mangeait de la soupe aux choux. « Elle n'est pas pour toi, me dit Zaliojev, c'est une princesse; elle s'appelle Nastassia Philippovna Barachkova; elle vit avec Totski. Ce pauvre Totski ne sait pas comment se débarrasser d'elle; il a atteint un âge raisonnable, cinquante-cinq ans bien sonnés; il veut épouser la première beauté de Pétersbourg. » Là-dessus, Zaliojev me met dans la tête que je peux revoir Nastassia Philippovna le soir même, dans sa baignoire au Grand-Théâtre, au spectacle de ballet.

– Chez nous, avec mon paternel, essayez donc d'aller au ballet : une seule correction, il vous aurait tué ! Néanmoins, j'ai pu m'échapper une heure; j'ai revu

Nastassia Philippovna, et je n'en ai pas dormi de la nuit. Le lendemain matin, feu mon père me donne deux titres à cinq pour cent, de cinq mille roubles chacun : « Va donc les vendre, me dit-il, tu passeras ensuite au bureau d'Andreïev pour régler un compte de sept mille cinq cents roubles; quant au reste, rapporte-le-moi sans traîner en route; je resterai à la maison à t'attendre ». Je vends les billets, j'encaisse l'argent, mais je ne passe pas chez Andreïev. Je me précipite tout droit au Magasin Anglais; j'y choisis deux boucles d'oreilles avec deux brillants de la grosseur d'une noisette chacun. Les dix mille roubles y ont passé. Il me manquait même quatre cents roubles, mais lorsque j'ai dit mon nom, on m'a fait confiance. Avec les boucles d'oreilles, je file chez Zaliojev et je lui dis : « Maintenant, mon vieux, allons chez Nastassia Philippovna ». Nous voici en route. Je ne sentais plus le sol sous mes pieds, je ne voyais rien de ce qui se passait devant moi ni autour ! Nous entrons directement dans son salon; la voilà qui arrive. Cependant, je n'osai pas, à ce moment-là, me présenter. C'est Zaliojev qui lui annonça : « De la part de Parfione Rogojine en souvenir de la rencontre d'hier; soyez assez bonne pour accepter ». Elle ouvrit l'écrin, examina les boucles, puis dit en souriant : « Remerciez de ma part votre ami, M. Rogojine, de sa délicate attention ». Sur ce, elle nous salue et sort. Que ne suis-je mort sur place ce jour-là ! D'ailleurs, si j'y suis allé, c'est parce que je pensais ne pas en revenir vivant. Ce qui me vexait surtout, c'est que cet animal de Zaliojev s'était attribué tout le mérite de l'affaire. Avec ma petite taille et vêtu comme un domestique, j'étais là, les yeux écarquillés et tout honteux. Tandis que lui, habillé à la dernière mode, bien pommadé et frisé, le teint rose, arborant une cravate à carreaux, multipliait les courbettes et les révérences. Elle l'a sûrement pris pour le donateur! En sortant, je lui dis, furieux : « Je ne te conseille pas de penser seulement à elle, compris ? » Et lui de rire : « Je voudrais bien savoir comment tu vas régler les comptes avec Simon Parfionovitch ? » A vrai dire, je brûlais de me jeter à l'eau à ce moment-là, au lieu de rentrer à la maison. Puis, je me suis dit : « Au fond, ça n'a plus aucune importance ». Et je suis rentré comme un damné.

— Oh, là, là, murmura Lebedev, en se tortillant et en frissonnant rien que d'y songer — quand je pense qu'il arrivait au défunt d'expédier un homme dans l'autre monde pour dix roubles; alors pour dix mille, rendez-vous compte! ajouta-t-il à l'adresse du prince

Celui-ci examinait avec curiosité Rogojine qui paraissait en ce moment encore plus pâle.

— Dans l'autre monde! répliqua Rogojine, qu'est-ce que tu en sais? et il continua son récit en se tournant vers le prince : — Évidemment, le père ne tarda pas à tout apprendre. Vous pensez : Zaliojev le racontait à qui voulait l'entendre. Il me fit monter dans une chambre, s'y enferma avec moi et me corrigea pendant une bonne heure. « Ceci, répétait-il, c'est pour te donner un avant-goût, mais ce soir, je reviendrai pour te souhaiter une bonne nuit convenablement ». Et savez-vous ce qu'il fit ensuite? Il se rendit chez Nastassia Philippovna, lui, ce vieillard à cheveux blancs, la salua jusqu'à terre, se mit à la supplier, à pleurer. Il fit si bien qu'à la fin elle lui jeta l'écrin à la face en disant : « Tiens, les voilà, tes boucles, vieille barbe! Elles me sont devenues dix fois plus précieuses maintenant que je sais que Parfione les a acquises au prix d'un pareil risque. Salue et remercie Parfione Simonovitch de ma part. »

— Sur ce, j'emprunte vingt roubles au petit Serge Protouchine et, avec la bénédiction maternelle, je prends le train pour Pskov; j'y arrive grelottant de fièvre. Les vieilles aussitôt se mettent à me soigner à coup de lectures de la vie des saints; moi, je reste là, hébété. Ensuite, je suis sorti faire la tournée des cabarets; j'y ai laissé mes derniers sous; j'ai passé toute la nuit dans la rue, effondré, ivre-mort; le matin, je délirais. Par-dessus le marché, pendant la nuit, des chiens sont venus qui m'ont mordu partout. J'ai eu du mal à retrouver mes esprits.

— Hé, hé, maintenant on va l'entendre chanter, la Nastassia Philippovna, ricana Lebedev en se frottant les mains. A présent, monsieur, il n'est plus question de boucles. On va la combler de tels présents que...

— Toi, si tu dis encore un mot à propos de Nastassia Philippovna, je te donnerai une de ces raclées, hurla Rogojine en l'empoignant brutalement par le bras, — ça, je te le jure ! Tu as beau avoir traîné partout avec Likhatchov, je ne t'en fouetterai pas moins.

— Si tu me fouettes, ce sera la preuve que tu as l'intention de me garder auprès de toi. Eh bien, fouette-moi ! Tu me fouettes et par cela même tu me laisses ta marque... Tiens, nous voilà arrivés !

En effet, le train entrait en gare. Bien que Rogojine eût prétendu qu'il avait quitté Pskov en secret, quelques personnes l'attendaient à la gare, en hurlant et en agitant leurs bonnets.

— Tiens, Zaliojev est là, lui aussi, murmura Rogojine en les regardant avec un air de triomphe et un ricanement méchant. Il se tourna brusquement vers le prince et lui déclara : – Écoute, prince, je t'ai pris en affection, je ne sais trop pourquoi. Peut-être parce que je t'ai rencontré à un moment pareil; pourtant, celui-là aussi je l'ai rencontré, fit-il en désignant Lebedev; et je ne l'aime pas, lui. Viens me voir, prince. Nous allons te débarrasser de tes méchantes guêtres; je te donnerai une pelisse de martre de toute beauté. Je te commanderai aussi un frac, de tout premier ordre, et un beau gilet blanc ou de la couleur que tu voudras. Je te remplirai les poches d'argent... et nous irons voir Nastassia Philippovna ! Viendras-tu, oui ou non ?

– Réfléchissez bien, prince Léon Nicolaïevitch, appuya Lebedev d'un ton solennel et persuasif. Ne laissez pas échapper l'occasion ! Ah, ne la laissez pas échapper !

Le prince se leva, tendit poliment la main à Rogojine et lui répondit aimablement : « Je viendrai avec le plus grand plaisir. Je vous sais infiniment gré de votre affection. Peut-être viendrai-je aujourd'hui même, si j'en ai le temps. Car, en toute sincérité, je dois vous dire que vous m'avez beaucoup plu, vous aussi, et surtout au moment où vous avez raconté cette histoire de boucles d'oreilles en diamants. Et même avant l'histoire des boucles, vous m'avez plu, malgré votre air sombre. Je vous remercie également pour les vêtements et la pelisse que vous voulez m'offrir; j'en aurai, en effet, grand besoin prochainement. Or, je n'ai actuellement pas un sou vaillant ».

– Il y aura de l'argent, il y en aura dès ce soir, viens me voir.

– Il y aura de l'argent, il y en aura, répéta le fonctionnaire. Il y en aura dès ce soir.

– Dites-moi d'abord, prince, êtes-vous grand amateur du beau sexe ?

– Moi, non. Je dois vous dire... Vous ne savez peut-être pas, mais à cause de ma maladie congénitale je ne connais pas du tout les femmes.

– Eh bien, prince, puisqu'il en est ainsi, s'écria Rogojine, tu es vraiment un parfait innocent. Et Dieu aime tes semblables !

– Oui, le Seigneur les aime, confirma Lebedev.

– Toi, suis-moi, gratte-papier, ordonna Rogojine.

Tous trois sortirent du wagon. Lebedev avait fini par atteindre son but. Bientôt la bande bruyante de Rogojine s'éloigna en direction de l'avenue Voznessenski. Le prince devait tourner du côté de la Liteïnaïa. Le temps était brumeux et humide; le prince se renseigna auprès des passants. Pour arriver à destination, il avait trois lieues à faire; il décida de prendre un fiacre.

II

Le général Épantchine habitait une maison située un peu à l'écart de la Liteïnaïa, vers l'église de la Transfiguration. Outre cet immeuble de belle apparence dont il louait les cinq sixièmes, il possédait une énorme maison de rapport dans la Sadovaïa. Il avait également, tout près de Pétersbourg, un domaine important d'une exploitation assez fructueuse et une fabrique dans le district de Pétersbourg. De notoriété publique, le général Épantchine s'était jadis occupé d'affaires de fermage. Actuellement, il était gros actionnaire influent de plusieurs sociétés fort importantes. Il passait pour un homme très fortuné, brassant de grosses affaires et possédant de hautes relations. Dans certains milieux, il avait réussi à se rendre absolument indispensable, entre autres dans l'administration où il servait. Et pourtant il était bien établi qu'Ivan Fédorovitch Épantchine était un homme sans instruction et que sa carrière avait commencé dans les enfants de troupe. Ce dernier point était indiscutablement en son honneur, mais bien qu'intelligent le général avait ses petites faiblesses, très excusables en somme, et n'admettait pas certaines allusions à son passé. Intelligent et habile, il l'était certainement. Ainsi, il avait pour principe de ne jamais se mettre en avant, de s'effacer quand c'était nécessaire, et beaucoup de gens l'estimaient précisément pour cette simplicité et ce tact consistant à toujours savoir se tenir à sa vraie place. Et pourtant, si les gens qui le jugeaient si favorablement avaient su ce qui se passait parfois dans l'âme de cet Ivan Fédorovitch qui savait apparemment si bien tenir sa place !...

Bien qu'il eût réellement l'expérience des affaires et des aptitudes assez remarquables, il préférait passer pour un serviteur zélé des idées d'autrui plutôt que d'imposer les siennes; un serviteur fidèle, certes, mais non un vil flatteur; et même, signe des temps, il mettait un point d'honneur à passer pour un homme de cœur et un vrai Russe. Sous ce rapport, il lui était bien arrivé quelques mésaventures assez piquantes, mais le général n'était pas homme à se décourager, même devant les situations les plus épineuses. Au surplus, il était heureux au jeu et misait gros; il ne cherchait du reste pas à dissimuler ce péché mignon auquel il était souvent redevable de profits importants; au contraire, il l'affichait.

Il appartenait à un milieu certes assez mélangé, mais en tout cas cossu et influent. Lui-même attendait tout de l'avenir – il avait le temps, tout devait venir un jour. Au demeurant, le général Épantchine était encore, comme on dit, dans la force de l'âge, cinquante-six ans tout au plus, l'âge du plein épanouissement de l'homme, l'âge où réellement commence la *vraie* vie. Sa santé, son teint, ses dents solides quoique noires, son corps massif et vigoureux, l'expression de son visage, soucieuse le matin au travail, enjouée le soir pendant la partie de cartes ou chez Son Altesse, tout cela contribuait à ses succès actuels et à venir, et parsemait de roses le chemin de Son Excellence.

Sa famille était florissante. Dans ce domaine, il est vrai, il n'y avait pas que des roses; mais, en revanche, il y avait aussi de quoi nourrir de sérieux espoirs. Et, au fond, est-il un but plus important et plus sacré que l'avenir de la famille ? A quoi peut-on s'attacher, sinon à elle ? Celle du général se composait de sa femme et de trois grandes filles. Il avait épousé très jeune, alors qu'il n'était encore que lieutenant, une jeune fille presque du même âge que lui. Elle ne brillait ni par sa beauté ni par son instruction; en outre, pour toute dot elle ne lui apportait que cinquante âmes, ce qui, il est vrai, fut le point de départ de sa fortune. Jamais par la suite le général ne récrimina contre ce mariage prématuré, ne le mit sur le compte d'un emballement de jeunesse. Il respectait et craignait si bien son épouse qu'il arrivait à l'aimer.

La générale était de la lignée des princes Muichkine, famille fort ancienne quoique peu brillante. Elle tirait de cette noble origine une haute opinion d'elle-même. Un personnage influent de l'époque, de cette race de protecteurs à qui d'ailleurs la protection ne coûte rien, avait bien voulu s'intéresser au mariage de la jeune princesse. Il entrouvrit devant le jeune lieutenant les portes d'une carrière et l'y poussa. Or, Épantchine n'avait même pas besoin d'être poussé, un regard d'encouragement lui suffisait; ce regard n'était jamais perdu. A de rares exceptions près, les époux vécurent en parfait accord les années de leur longue union. Grâce à sa naissance princière et au fait qu'elle était la dernière du nom, peut-être aussi à cause de ses qualités personnelles, la générale avait su trouver, dès son enfance, des protectrices très haut placées. Par la suite, du fait de la fortune et du rang élevé de son époux, elle commença à se sentir assez à l'aise dans la haute société.

Ces dernières années virent l'épanouissement de leurs trois filles, Alexandra, Adélaïde et Aglaé. Quoiqu'elles ne fussent toutes trois que des Épantchine, elles entraient dans la vie avec de beaux atouts : l'origine princière de leur mère, une dot fort honorable, la réussite sociale de leur père qui pouvait prétendre dans l'avenir aux plus hauts postes. Et, ce qui ne gâtait rien, toutes trois étaient remarquablement bien de leur personne, même l'aînée, Alexandra, qui avait atteint l'âge de vingt-cinq ans. La seconde avait vingt-trois ans et la plus jeune, Aglaé, venait d'avoir vingt ans. Cette dernière était même une véritable beauté et commençait à beaucoup faire parler d'elle dans le monde. Mais ce n'était pas tout : les trois filles du général brillaient également par leur instruction, leur intelligence et leurs talents. Il était bien connu aussi qu'elles s'aimaient beaucoup et se soutenaient entre elles. Il était même question de certains sacrifices consentis par les deux aînées en faveur de la plus jeune, idole de toute la famille. Dans le monde, elles évitaient de se mettre en avant et étaient même un peu trop modestes. Nul ne pouvait leur faire le reproche de pécher par orgueil ou par arrogance, et pourtant on les savait fières et conscientes de leur valeur. L'aînée était musicienne, Adélaïde avait un grand talent de peintre, talent resté ignoré pendant de longues années et révélé récemment et encore tout à fait par hasard. En un mot, on les couvrait d'éloges. Évidemment, il se trouvait aussi de mauvaises langues; on citait en particulier avec épouvante la liste de tous les livres qu'elles avaient lus.

Elles n'étaient pas pressées de se marier. Elles tenaient assez à leur milieu social, mais sans exagération, ce qui formait un contraste frappant avec le caractère, l'état d'esprit, les ambitions et les espoirs de leur père.

Il était près de 11 heures lorsque le prince Muichkine sonna chez le général. L'appartement de ce dernier était au deuxième étage et, quoique modeste, satisfaisait pleinement aux exigences de son rang. Un domestique en livrée lui ouvrit la porte et le prince dut s'expliquer longuement avec cet homme qui, dès l'abord, le dévisagea avec méfiance, lui et son balluchon. Enfin, après que le prince eut affirmé d'une façon catégorique qu'il était bien le prince Muichkine et qu'il avait absolument besoin de voir le général pour une affaire urgente, le domestique ébahi le fit entrer dans une petite antichambre contiguë à la salle d'attente et communiquant avec le cabinet de travail du général. Là, il le confia à un autre laquais qui, tous les matins, assurait le service dans cette antichambre et annonçait les visiteurs au général. Cet homme, qui avait dépassé la quarantaine et était vêtu d'un habit, avait une expression constamment soucieuse. Il était spécialement chargé du service du cabinet de Son Excellence et se montrait en conséquence fortement imbu de son importance.

– Attendez dans le salon; quant à votre paquet, laissez-le ici, dit-il posément.

Puis il s'assit avec dignité dans un fauteuil en posant sur le prince un regard sévère et étonné. Ce dernier s'assit sur une chaise, son balluchon à la main.

– Si vous le permettez, répondit le prince, je préfère attendre ici, en votre compagnie, plutôt que d'être seul à côté.

– Il ne convient pas que vous restiez dans l'antichambre parce que vous êtes un visiteur. Désirez-vous parler au général lui-même ?

Le domestique avait visiblement de la peine à admettre l'idée d'annoncer un pareil visiteur, et il se décida à l'interroger à nouveau.

– Oui, j'ai une affaire... commença le prince.

– Je ne vous demande pas de me dire de quelle affaire il s'agit. Mon rôle n'est que de vous introduire. Or, je le répète, en l'absence du secrétaire, je ne puis vous annoncer.

La méfiance de cet homme croissait, semblait-il, de minute en minute. L'aspect du prince tranchait trop nettement sur celui des visiteurs habituels. Certes, le général recevait assez fréquemment, sinon chaque jour, à une certaine heure, surtout pour « affaires », des individus de toute espèce; néanmoins le laquais restait perplexe. L'entremise du secrétaire lui semblait nécessaire pour introduire le prince.

– Ainsi, vraiment... vous venez de l'étranger ? demanda-t-il enfin presque machinalement, puis il se mit à bredouiller; peut-être avait-il voulu dire : « Êtes-vous réellement le prince Muichkine ? »

– Oui, je descends à l'instant du train. Mais il me semble que vous vouliez me demander si je suis bien le prince Muichkine ? Et vous ne l'avez pas fait par politesse.

– Hum... fit le domestique, surpris.

– Je vous assure que je ne vous ai pas menti; vous ne risquez aucune réprimande. Quant à ma tenue et à mon balluchon, il n'y a rien d'étonnant à cela : pour le moment mes affaires ne sont guère brillantes.

– Hum... ce n'est pas ce que je crains, voyez-vous. Je suis obligé de vous annoncer. Le secrétaire viendra certainement vous voir, à moins que... L'ennuyeux, c'est justement ce... à moins que... Vous ne venez pas voir le général pour solliciter un secours ? Permettez-moi de vous poser cette question.

– Oh non, soyez-en absolument sûr. Je viens pour tout autre chose.

– Excusez-moi, je vous ai demandé cela en voyant votre tenue. Attendez le secrétaire; le général est en ce moment occupé avec le colonel; ensuite doit passer le secrétaire... d'une société.

– Puisque j'aurai longtemps à attendre, je voudrais vous demander la permission de fumer quelque part. J'ai sur moi ma pipe et du tabac.

– Fumer ? prononça le laquais en lui jetant un regard étonné et méprisant, comme s'il n'en pouvait croire ses oreilles. – Fumer ? Non, vous ne pouvez pas fumer ici. Vous devriez même avoir honte d'une pareille idée. Hum... en voilà une histoire !

– Oh, vous savez, je ne pensais pas fumer dans cette pièce; je connais les usages; non, je voulais aller dans un endroit que vous m'auriez indiqué. Je suis tellement habitué au tabac, et voilà bien trois heures que je n'ai pas fumé. Au reste, ce sera comme vous voudrez; vous connaissez d'ailleurs le dicton : « Dans un monastère étranger*... »

– Mais enfin, comment voulez-vous que j'annonce un individu comme vous ? marmonna comme malgré lui le domestique. – D'abord, votre place n'est pas ici. Vous devriez être au salon. Vous êtes ici en qualité de visiteur, autrement dit d'hôte; je me ferai réprimander. Mais n'auriez-vous pas l'intention de vous installer chez nous ? ajouta-t-il en jetant de nouveau un regard oblique sur le balluchon, qui manifestement ne laissait pas de l'inquiéter.

* Dicton russe : Dans un monastère étranger ne cherche pas à imposer ta règle.

– Non, je ne pense pas. Même si on m'invitait, je ne resterais pas ici. Je suis venu simplement pour faire connaissance, et rien de plus.

– Comment ? Pour faire connaissance ? s'exclama le domestique avec stupeur, l'air encore plus méfiant. Pourquoi alors m'aviez-vous dit que vous veniez pour affaire ?

– Oh, ce n'est pas tout à fait pour affaire ! C'est-à-dire, si vous voulez, il s'agit bien d'une affaire; ou plutôt, j'ai un conseil à demander. Je viens surtout pour me présenter, car je suis un prince Muichkine et la générale Épantchine est, elle aussi, la dernière des princesses Muichkine, et en dehors d'elle et de moi il n'en existe plus d'autres.

– Mais alors, vous êtes un parent, par-dessus le marché ? s'écria le laquais absolument effaré.

– Un parent ? Oh, à peine ! C'est-à-dire, en y mettant beaucoup de bonne volonté, nous sommes évidemment parents, mais à un degré si éloigné qu'en réalité on ne peut pas nous considérer comme tels. J'ai écrit un jour à la générale, de l'étranger, mais elle ne m'a pas répondu. J'ai tout de même estimé nécessaire d'entrer en relations avec elle, à mon retour. Si je vous explique tout cela, c'est pour vous enlever vos derniers soupçons, car je vois que vous êtes toujours inquiet. Vous n'avez qu'à annoncer le prince Muichkine et le but de ma visite deviendra immédiatement clair. Si on me reçoit, tant mieux; si on ne me reçoit pas, ce sera peut-être tout aussi bien. Mais j'ai l'impression qu'on ne peut pas ne pas me recevoir. La générale voudra certainement voir l'unique représentant de la branche aînée de sa famille. Or, elle tient beaucoup à sa race, d'après ce que j'ai entendu dire.

La conversation du prince semblait empreinte d'une simplicité absolue. Pourtant, plus il était simple, plus il démontait le domestique qui, avec son expérience, ne pouvait pas ne pas se rendre compte que ce ton parfaitement convenable d'homme à homme devenait déplacé de visiteur à laquais. Or, comme *les gens* sont beaucoup plus intelligents que ne le pensent généralement leurs maîtres, notre valet en vint à envisager deux solutions possibles : ou bien le prince n'était qu'un vagabond en quête de secours, ou bien c'était un simplet dépourvu d'amour-propre. Car un prince sensé et orgueilleux ne serait pas resté à attendre dans l'antichambre et à causer de ses affaires avec un laquais. En conclusion, il se dit qu'il serait tenu pour responsable, dans un cas comme dans l'autre.

— Il vous siérait tout de même de passer dans le salon, insista-t-il avec le plus de fermeté possible.

— Vous voyez bien que si j'avais attendu là-bas, je n'aurais jamais pu vous expliquer tout cela, lui répondit le prince en riant; et vous en seriez encore à vous inquiéter en regardant ma pèlerine et mon balluchon. Tandis que maintenant il n'est peut-être même plus nécessaire d'attendre le secrétaire. Vous pouvez, je pense, m'annoncer vous-même.

— Je ne puis annoncer un visiteur tel que vous sans passer par le secrétaire; d'autant plus que le général m'a spécialement recommandé tout à l'heure de ne le déranger sous aucun prétexte tant que le colonel serait là. Seul Gabriel Ardalionovitch a le droit d'entrer sans être annoncé.

— C'est un fonctionnaire ?

— Qui ? Gabriel Ardalionovitch ? Non, c'est un employé de la société. Tenez, posez au moins votre balluchon par ici.

– J'y ai déjà pensé. Volontiers, puisque vous me le permettez. Et d'ailleurs, savez-vous, j'aimerais bien enlever aussi ma pèlerine.

– Naturellement, vous ne pouvez tout de même pas entrer chez le général avec votre pèlerine.

Le prince se leva et ôta vivement sa pèlerine. Il apparut dans un veston fort convenable et assez bien coupé, quoique passablement élimé. Sur le gilet courait une chaîne d'acier; à la chaîne était fixée une montre d'argent venant de Genève.

Bien qu'il eût catalogué le prince parmi les faibles d'esprit, le valet de chambre sentit néanmoins qu'il était indécent de pousser plus loin la conversation avec le visiteur. Et pourtant le prince lui plaisait en quelque sorte, il ne savait trop pourquoi. Mais, d'autre part, il éveillait en lui un sentiment très net de violente indignation.

– Et la générale, quand reçoit-elle ? demanda le prince en se rasseyant à la même place.

– Cela, ce n'est pas de mon ressort. C'est selon les personnes. Sa modiste, elle la recevra, même à 11 heures. Gabriel Ardalionovitch, lui aussi, a le droit d'entrer avant les autres, même à l'heure du petit déjeuner.

– Il fait plus chaud dans vos appartements qu'à l'étranger, en hiver, remarqua le prince. Tandis que dehors, là-bas, il fait moins froid. Mais jamais un Russe ne pourrait vivre dans leurs maisons, tant la température y est basse.

– On ne chauffe donc pas ?

– Si, mais les maisons sont construites autrement, c'est-à-dire les fenêtres et les poêles.

– Hum ! Et vous avez voyagé longtemps ?

— Quatre ans. C'est-à-dire, je suis resté presque tout le temps au même endroit, à la campagne.

— Vous avez perdu l'habitude de chez nous ?

— C'est exact. Le croiriez-vous, j'en suis même parfois à m'étonner de ne pas avoir complètement oublié le russe. Je vous parle en ce moment et je me dis : « Mais je ne parle pas si mal que ça ». C'est peut-être pour cela que je suis si bavard. Vrai, depuis hier, j'ai tout le temps envie de parler russe.

— Hum ! hé ! Vous habitiez Pétersbourg auparavant ? (Le domestique avait beau se retenir, il lui était impossible de rompre un aussi aimable et courtois entretien.)

— A Pétersbourg ! Oh non, presque pas ! Je ne faisais qu'y passer. D'ailleurs, alors non plus je ne connaissais rien ici; tandis qu'à présent on dit qu'il y a tant de nouveau que même ceux qui savent doivent tout réapprendre. Ainsi, il est beaucoup question actuellement des nouveaux tribunaux.

— Hum ! Des tribunaux. Des tribunaux, il y en a, c'est certain. Et là-bas, dites-moi, les tribunaux sont-ils plus justes qu'ici ?

— Je ne sais pas. J'ai entendu dire beaucoup de bien de notre justice. Ainsi, chez nous la peine de mort n'existe pas.

— Et là-bas, on exécute ?

— Oui. J'ai vu une exécution en France, à Lyon. C'est Schneider qui m'y a mené.

— On pend ?

— Non, en France on coupe la tête.

— Et alors, ils crient ?

— Pensez-vous ! Cela ne dure qu'un instant. On couche le condamné et un large couperet s'abat sur lui, grâce à un mécanisme. Cela s'appelle la guillotine, c'est lourd, c'est puissant... La tête se détache d'un coup. Non, le plus pénible, ce sont les préparatifs : quand on lit la sentence de mort, qu'on fait la toilette du condamné, qu'on le ligote, qu'on le hisse sur l'échafaud. C'est le moment le plus terrible ! La foule se presse, même des femmes, bien qu'on n'aime pas là-bas que les femmes regardent cela.

— En effet, ce n'est pas leur place.

— Évidemment, évidemment ! A une torture pareille... Le condamné, ce jour-là, était, paraît-il, un homme sans peur, intelligent, vigoureux, d'âge mûr, du nom de Legros. Eh bien, je vous assure, croyez-moi si vous voulez, en montant sur l'échafaud, il pleurait, il était blanc comme du papier. Est-ce possible ? N'est-ce pas affreux ? Vraiment peut-on pleurer d'épouvante ? Non, je ne croyais pas qu'il fût possible de pleurer ainsi d'épouvante, je ne dis pas un enfant, mais un homme qui n'avait jamais pleuré auparavant, un homme de quarante-cinq ans ! Que se passe-t-il en cette minute dans l'âme ? A quelles convulsions est-elle amenée ? C'est un outrage à l'âme, pas autre chose ! Il est dit pourtant : « Tu ne tueras point. » Et voilà qu'on tue un homme parce qu'il a tué ! Non, c'est inadmissible. Il y a déjà plus d'un mois que j'ai assisté à cette scène, je la revois encore, comme si je l'avais devant les yeux. J'en ai rêvé au moins cinq fois.

Le prince s'était échauffé en parlant; un peu de couleur avait apparu sur son visage pâle. Pourtant le ton de sa voix restait toujours calme. Le valet l'écoutait avec intérêt et sympathie et semblait ne pas pouvoir se détacher du récit. Au fond, lui aussi était peut-être un homme d'imagination.

– Au moins, c'est bien que l'homme ne souffre pas trop longtemps lorsque la tête est tranchée, remarqua-t-il.

– Savez-vous, reprit le prince avec chaleur, la remarque que vous venez de faire vient à l'esprit de chacun; c'est dans ce but qu'on a inventé cette machine, la guillotine. Eh bien, moi, ce jour-là, une idée m'est venue : et si ce n'en était que pire ? Cela vous semble risible, étrange même, et pourtant avec un peu d'imagination une pareille idée peut venir à n'importe qui Réfléchissez : prenons, par exemple, la torture; les souffrances et les blessures, la douleur physique, tout distrait du tourment de l'âme; on ne souffre que de ses blessures, jusqu'à ce qu'on en meure. Or, la principale douleur, la plus intense, n'est peut-être pas celle des blessures mais celle qui vient de la certitude que dans une heure, puis dans dix minutes, dans une demi-minute, enfin maintenant, tout de suite, l'âme va quitter le corps, qu'on cessera d'être un homme, que c'est certain, surtout que c'est *certain*. C'est quand on met la tête sous le couperet et qu'on l'entend glisser au-dessus de soi, c'est pendant ce quart de seconde qu'on a le plus peur. Savez-vous que ce n'est pas seulement de l'imagination; beaucoup l'ont dit. J'en suis tellement persuadé que je vous dirai carrément ce que je pense. Tuer pour meurtre est une punition hors de proportion avec le crime même. Le meurtre d'un condamné est infiniment plus terrible que celui commis par un assassin. L'homme que tuent les assassins, qu'on égorge la nuit dans un bois ou ailleurs, il espère encore, jusqu'au dernier moment, se sauver. On cite des cas où, la gorge tranchée, l'homme espère encore, cherche à fuir, implore la pitié. Tandis qu'ici la dernière espérance, celle qui rend la mort dix fois plus supportable, vous est *sûrement* enlevée. Ici, ce sont la sentence et le fait même qu'il est impossible d'y échapper qui rendent le supplice terrible, et il n'est pas de torture plus atroce au monde, croyez-m'en. Prenez un soldat, mettez-le en pleine bataille juste devant la gueule du canon, tirez sur lui; jusqu'au bout il gardera l'espoir. Maintenant, faites lire à ce même soldat sa condamnation à une mort *certaine,* il deviendra fou ou il fondra en larmes. Qui a pu décréter que la nature humaine est capable de supporter un pareil supplice sans sombrer dans la folie ? Pourquoi un outrage aussi ignoble, aussi inutile ? Peut-être existe-t-il un homme en ce monde qu'on a condamné, qu'on a mis à la torture pour lui dire à la fin : « Va, tu es gracié ! » Celui-là pourrait peut-être raconter. Cette torture, cette angoisse, le Christ lui aussi en a parlé. Non, on n'a pas le droit de traiter de la sorte un être humain !

Bien qu'il eût été incapable de formuler tout cela comme le prince, le domestique en saisit néanmoins l'essentiel; cela se voyait à l'expression attendrie de son visage.

— Puisque vous en avez tellement envie, murmura-t-il, vous pouvez fumer; seulement faites vite. Car que vais-je faire si on vous demande et que vous ne soyez pas là ? Tenez, là sous l'escalier, vous voyez la porte. Ouvrez-la, entrez; à droite, il y a un petit réduit, vous pourrez y fumer; mais ayez soin d'ouvrir le vasistas, car ici ce n'est pas régulier...

Mais le prince n'eut pas le temps d'aller fumer. Un jeune homme entra dans l'antichambre, tenant des papiers à la main. Le valet se mit en devoir de le débarrasser de sa pelisse. Le jeune homme jeta un regard oblique sur le prince.

– C'est, Gabriel Ardalionovitch, commença le domestique sur un ton confidentiel et familier, – c'est un monsieur qui dit être le prince Muichkine, un parent de Madame. Il est arrivé de l'étranger et débarque du train, ce balluchon à la main. Seulement...

Le prince ne put en entendre davantage, car le domestique se mit à parler à voix très basse. Gabriel Ardalionovitch écoutait attentivement en jetant des regards pleins de curiosité sur Muichkine. A la fin, il cessa d'écouter et s'approcha rapidement du prince.

– Vous êtes le prince Muichkine ? demanda-t-il avec une amabilité et une courtoisie extrêmes. C'était un très beau jeune homme, lui aussi d'environ vingt-huit ans. Blond, svelte, un peu au-dessus de la moyenne, portant une barbiche à la Napoléon III, il avait un visage intelligent et très beau. Mais son sourire, pourtant si affable, était un peu trop subtil; il découvrait des dents un peu trop parfaites. Le regard, malgré toute sa gaieté et son apparente candeur, était un peu trop appuyé, trop inquisiteur.

« Quand il est seul, il ne doit pas avoir le même regard, et peut-être ne rit-il jamais », tel fut le sentiment du prince.

Muichkine répéta rapidement tout ce qu'il avait déjà raconté au domestique et précédemment à Rogojine. Gabriel Ardalionovitch, pendant ce temps, semblait fouiller ses souvenirs.

– N'est-ce pas vous, demanda-t-il, qui, l'an dernier ou même plus récemment, avez écrit à Élisabeth Prokofievna, de Suisse, ce me semble ?

– C'est bien moi.

– Alors on vous connaît ici et on se souvient certainement de vous. Vous voulez voir Son Excellence ? Je vais vous annoncer... Il va être libre. Mais vous auriez dû... il conviendrait que vous passiez dans le salon... Pourquoi monsieur est-il resté ici ? dit-il sévèrement en se tournant vers le domestique.

– Je vous l'ai dit, monsieur l'a voulu lui-même...

A cet instant, la porte du bureau s'ouvrit subitement et un officier en sortit, une serviette sous le bras; il parlait très fort et multipliait des saluts.

– Tu es là, Gania ? cria une voix du fond du bureau; viens donc par ici.

Gabriel Ardalionovitch fit de la tête un léger signe au prince et entra précipitamment dans le bureau. Au bout de deux minutes, la porte s'ouvrit à nouveau et la voix sonore et affable de Gabriel Ardalionovitch se fit entendre :

– Prince, veuillez entrer !

III

Le général Ivan Fédorovitch Épantchine se tenait debout au milieu de son bureau et regardait entrer le prince avec une curiosité extrême. Il fit même deux pas à sa rencontre. Le prince s'approcha et se présenta.

– Très bien, dit le général, en quoi puis-je vous être utile ?

– Je n'ai aucune affaire urgente. Le but de ma visite n'est que de faire votre connaissance. Je ne voudrais pas vous déranger; je ne connais pas encore votre jour de réception ni vos habitudes... Moi-même je viens directement de la gare... J'arrive de Suisse.

Le général eut un léger sourire, mais réfléchit et le réprima aussitôt; puis il réfléchit encore, plissa les yeux, examina à nouveau son hôte des pieds à la tête et lui indiqua une chaise. Lui-même s'assit un peu de côté et, curieux et impatient, se tourna vers le prince. Gania se tenait debout dans un coin du bureau et tirait des papiers.

– Le temps me manque, en général, pour faire de nouvelles connaissances, répondit Épantchine, mais comme vous avez certainement un but...

– Je pressentais bien, interrompit le prince, que vous n'alliez pas manquer d'attribuer à ma visite un but intéressé. Mais je vous le jure, hormis le plaisir de vous connaître je n'ai aucun autre but.

— Le plaisir est réciproque, cela va sans dire, mais il ne s'agit pas toujours de plaisir, vous savez, il y a aussi parfois les affaires... D'autre part, je n'arrive pas à saisir le lien qui peut exister entre nous... enfin, la raison de votre...

— Il n'y en a pas, c'est indiscutable; et nous n'avons évidemment pas grand-chose de commun. Que je sois prince Muichkine et que votre épouse appartienne à la même famille, ce n'est bien sûr pas une raison. Je le conçois fort bien. Cependant, c'est bien l'unique motif de ma démarche. Voilà quatre ans que j'ai quitté la Russie et lors de mon départ je n'étais pas en possession de toutes mes facultés mentales. Je ne connaissais rien de la vie; je n'en sais guère plus aujourd'hui. J'ai besoin de connaître des gens de cœur. Ainsi, j'ai actuellement une affaire à régler et je ne sais par quel bout commencer. A Berlin déjà, je me suis dit : « Ce sont presque des parents, je commencerai par eux; peut-être pourrons-nous nous être utiles, si ce sont des gens de cœur ». Or, on m'a dit que vous l'étiez.

— Trop aimable, fit le général ébahi; puis-je savoir où vous êtes descendu ?

— Pour le moment, nulle part.

— Alors, en descendant du train, vous êtes venu directement chez moi ? Et... avec des bagages ?

— Mais je ne possède qu'un petit balluchon avec du linge, et rien de plus. D'ordinaire, je le porte à la main. J'ai le temps d'ici ce soir de prendre une chambre à l'hôtel.

— Ainsi, vous avez toujours l'intention de louer une chambre ?

– Oh! oui, certainement.

– A en juger par vos paroles, j'avais pensé que vous comptiez vous installer chez moi.

– Cela aurait été possible, mais seulement si vous m'aviez invité. J'avoue cependant que je ne serais pas resté, même invité, comme ça, sans raison... question de caractère.

– Dans ce cas, ça tombe bien que je ne vous aie pas invité, et je ne vous invite donc pas. Encore un mot, prince, pour mettre les choses au point. Puisque nous venons de convenir qu'il ne saurait être question de parenté entre nous, bien qu'évidemment j'en eusse été flatté, alors...

– Alors, il ne me reste plus qu'à me lever et à partir, dit le prince en se levant et en riant de bon cœur, malgré tout l'embarras de la situation. – Et ma foi, général, malgré mon manque d'expérience et mon ignorance des usages d'ici, je savais bien que tout se passerait exactement ainsi. Enfin, c'est peut-être pour le mieux... Du reste, on n'avait pas répondu à ma lettre... Eh bien, adieu et excusez-moi de vous avoir dérangé.

Le regard du prince était si caressant à cet instant, son sourire si dénué d'hostilité, même secrète, que le général s'arrêta court et le contempla avec une expression toute différente. Cette transformation s'opéra en un clin d'œil.

– Savez-vous, prince, lui dit-il d'une voix presque complètement changée, au fond je ne vous connais pas et d'ailleurs ma femme voudra peut-être voir son homonyme... Attendez, si vous voulez et si vous avez le temps.

– Oh ! j'ai le temps, j'ai tout mon temps, répondit le prince en posant aussitôt son chapeau rond sur la table. – J'avoue que je comptais bien qu'Élisabeth Prokofievna se souviendrait peut-être que je lui avais écrit. Tout à l'heure, pendant que j'attendais dans l'antichambre, votre domestique me soupçonnait d'être venu quémander quelques subsides; je l'avais bien remarqué, et votre consigne doit être sévère à ce sujet. Je vous assure que je ne venais pas pour cela mais vraiment dans le seul but de faire connaissance. Seulement, je crains de vous avoir dérangé et cela m'inquiète.

– Eh bien, prince, dit le général avec un joyeux sourire, si vous êtes vraiment tel que vous paraissez, il sera peut-être agréable de faire votre connaissance. Seulement, voyez-vous, je suis un homme occupé. Je vais être obligé de me mettre aussitôt à examiner et à signer quelques papiers, ensuite je dois me rendre chez Son Altesse, puis passer à mon bureau; ce qui fait que, tout en étant ravi de voir des gens sympathiques... c'est-à-dire... mais... Enfin, je suis si sûr de votre excellente éducation que... Quel âge avez-vous, prince ?

– Vingt-six ans.

– Vraiment ! Je vous croyais beaucoup plus jeune.

– Oui, on dit que j'ai l'air jeune. Pour ce qui est de ne pas vous déranger, je m'y ferai vite; parce que moi-même je déteste déranger... Et, enfin, il me semble que nous sommes si différents en apparence... pour bien des raisons, qu'au fond il ne peut probablement pas y avoir beaucoup de points communs entre nous; quoique, vous savez, je n'y crois pas, quant à moi : très souvent ce n'est qu'apparent et en vérité il y en a, des points communs... Ce n'est que par paresse qu'on classe les gens au jugé, sans en avoir trouvé... Au fait, je deviens peut-être ennuyeux ? Vous paraissez...

– Encore un mot : avez-vous au moins un peu de

fortune ? Peut-être comptez-vous trouver quelque occupation ? Excusez-moi de vous parler aussi crûment...

– Je vous prie, au contraire, je comprends et j'apprécie beaucoup votre sollicitude. Pour le moment, je n'ai aucune fortune et pas davantage de situation, pourtant j'en aurais bien besoin. L'argent que j'ai eu jusqu'à présent n'était pas à moi; c'est Schneider, le professeur qui me soignait et m'instruisait en Suisse, qui me l'avait donné. J'en ai eu juste assez pour mon voyage, en sorte qu'aujourd'hui il ne me reste plus que quelques kopeks. J'ai bien une affaire en vue et j'ai besoin de conseils... mais...

– Dites-moi, comment avez-vous l'intention de vivre en attendant et quels sont vos projets ? interrompit le général.

– Je voudrais travailler d'une façon ou d'une autre...

– Oh, mais vous êtes philosophe; dites-moi... vous connaissez-vous quelque talent, des dispositions, de celles qui assurent le pain quotidien ? Excusez-moi encore une fois...

– Oh, ne vous excusez pas. Non, je ne pense avoir ni talent ni dispositions particulières; au contraire, je suis un homme malade et je n'ai pas fait d'études suivies. Pour ce qui est du pain quotidien, il me semble...

Le général l'interrompit de nouveau pour le presser de questions. Une fois de plus, le prince conta son histoire. Il se trouva que le général avait entendu parler de feu Pavlistchev et qu'il l'avait même connu personnellement. Pourquoi Pavlistchev s'était intéressé à son éducation, le prince ne sut l'expliquer; peut-être n'était-ce qu'en souvenir de sa vieille amitié avec son défunt père. Resté orphelin dès sa plus tendre enfance, le prince avait passé ses premières années à la campagne, son état de santé nécessitant le grand air. Pavlistchev l'avait confié à de vieilles parentes à lui, qui vivaient dans leur propriété.

Il avait eu d'abord une gouvernante, puis un précepteur. Quoique se souvenant fort bien de tout, il était incapable de fournir des explications satisfaisantes, car, ajouta-t-il, à cette époque il ne se rendait pas très bien compte des choses. Les fréquents accès de sa maladie l'avaient rendu presque complètement idiot (le prince dit bien : idiot).

Il raconta enfin que Pavlistchev avait rencontré à Berlin le professeur suisse Schneider, spécialiste de ce genre de maladies; celui-ci avait dans le canton du Valais un établissement où il soignait ses patients d'après une méthode à lui, à base de gymnastique et de douches froides; il traitait également les idiots et les fous et s'occupait de leur instruction et, en général, de leur formation spirituelle. Pavlistchev avait envoyé le prince chez Schneider, il y avait de cela environ cinq ans. Lui-même était mort subitement trois ans plus tard, sans avoir pris aucune disposition. Schneider avait cependant gardé le prince et l'avait soigné durant ces deux dernières années. Il n'était pas parvenu à le guérir; néanmoins sa cure avait eu des effets bienfaisants. Enfin, sur le propre désir du prince et par suite d'un événement nouveau, il s'était décidé à le renvoyer en Russie.

Le général se montra très surpris.

– Ainsi vous n'avez personne en Russie, absolument aucun parent ? demanda-t-il.

– Actuellement personne, mais j'espère... Et puis j'ai reçu une lettre.

– Mais du moins, l'interrompit le général, sans

avoir entendu la phrase concernant la lettre, vous avez tout de même appris quelque chose... un métier... Votre maladie ne vous empêchera pas d'occuper un poste, mettons pas trop difficile, dans une administration quelconque ?

– Oh, certainement non ! Et quant à un poste, je voudrais beaucoup en avoir un; j'aimerais tant savoir de quoi je suis capable. Pendant ces quatre années j'ai étudié constamment; ce n'étaient peut-être pas des études systématiques, car mon professeur était obligé d'avoir pour moi une méthode particulière, mais j'ai pu, en même temps, lire beaucoup de livres russes.

– Des livres russes ! Mais, dans ce cas, vous connaissez l'orthographe, et vous pouvez écrire sans faire de fautes.

– Oh ! cela, bien sûr !

– Parfait ! Et votre écriture ?

– J'ai une excellente écriture. Sous ce rapport, j'ai peut-être même du talent. Je suis un véritable spécialiste en calligraphie. Tenez, si vous voulez je vais vous écrire immédiatement quelque chose à l'essai, ajouta le prince avec enthousiasme.

– Mais oui. Ce sera même très utile... D'ailleurs, j'aime votre bonne volonté, mon cher prince; vous êtes vraiment très gentil.

– Quel beau matériel de bureau vous avez ! quel choix de crayons, de plumes ! et quel magnifique papier, comme il est épais !... Et quel superbe cabinet de travail ! Tenez, je connais ce paysage : c'est une vue de Suisse. Je suis certain que le peintre l'a fait d'après nature; je suis sûr de connaître cet endroit : c'est dans le canton d'Uri...

– C'est fort possible, bien que je l'aie achetée ici.

Gania, donnez du papier au prince. Voici des plumes et du papier. Veuillez vous mettre à cette petite table. Qu'est-ce ? demanda le général en se tournant vers Gania; celui-ci était en train de sortir de sa serviette une photographie de grand format, qu'il tendit à Épantchine. – Ah, c'est Nastassia Philippovna ! C'est elle-même qui te l'a envoyée ? demanda-t-il avec volubilité et d'un air d'extrême curiosité.

– Elle me l'a donnée tout à l'heure, lorsque je suis allé lui présenter mes vœux. Il y a longtemps que je la lui avais demandée. Je ne sais si ce n'est pas une allusion au fait que je suis venu moi-même les mains vides, sans cadeau en un pareil jour, ajouta Gania avec un sourire déplaisant.

– Mais non, interrompit le général avec conviction. Tu as vraiment une singulière tournure d'esprit. Est-elle femme à faire des allusions ? Tu sais bien qu'elle n'est pas du tout intéressée. Et d'ailleurs, avec quoi pourrais-tu lui faire des cadeaux ? Pour elle, il faudrait des milliers de roubles ! Tu aurais évidemment pu, toi aussi, lui offrir ton portrait. A propos, elle ne t'a pas encore demandé ton portrait ?

– Non, pas encore. Et il est possible qu'elle ne me le demande jamais. Vous n'oubliez pas, n'est-ce pas, la soirée d'aujourd'hui, Ivan Fédorovitch ? car vous faites partie des invités d'honneur.

– Je m'en souviens, je m'en souviens, bien sûr, et j'y serai. Tu penses bien, un anniversaire, le jour de ses vingt-cinq ans ! Hum... Tant pis, Gania, je vais te confier un secret, écoute bien : elle a promis à Athanase Ivanovitch et à moi d'annoncer sa décision ce soir. Être ou ne pas être ! Tiens-en compte, et ne l'oublie pas.

Gania se troubla subitement au point de pâlir un peu.

– A-t-elle vraiment dit cela ? demanda-t-il avec un léger tremblement dans la voix.

– Elle a donné sa parole il y a trois jours. Nous avons insisté tellement, tous les deux, qu'elle a fini par céder. Mais elle nous a priés de ne rien te dire avant l'heure.

Le général examinait Gania d'un regard scrutateur. Visiblement, le trouble de ce dernier lui déplaisait.

– Rappelez-vous, Ivan Fédorovitch, qu'elle m'a laissé entièrement libre de prendre une décision jusqu'à ce qu'elle se soit décidée elle-même, dit Gania troublé et hésitant. – Et même alors, il était convenu que le dernier mot m'appartiendrait encore...

– Mais aurais-tu... aurais-tu par hasard... ? s'écria le général pris de panique.

– Je n'ai rien dit.

– Je t'en prie, où veux-tu en venir ?

– Mais je ne refuse pas. Je me suis peut-être mal exprimé...

– Il ne manquerait plus que ton refus ! déclara le général dépité et sans chercher à contenir son mécontentement. – La question n'est plus, pour nous, de savoir que tu ne refuses pas, mon ami. Il s'agit de te montrer empressé, ravi, tout heureux, à l'instant où elle se déclarera... Et chez toi, que se passe-t-il ?

– Chez moi ? A la maison tout marche selon ma volonté. Seul mon père fait le fou, à son habitude; il est devenu absolument ignoble. Je ne lui parle même plus, mais je continue à lui serrer la vis. Franchement, si ce n'était pour ma mère, je l'aurais mis à la porte. Ma mère ne fait que pleurer, bien entendu; ma sœur est évidemment furieuse, mais je leur ai enfin déclaré tout net que j'étais maître de mon destin et que j'exigeais qu'à la maison... on m'obéît. En tout cas, je l'ai clairement signifié à ma sœur, en présence de ma mère.

– Quant à moi, mon cher, je continue à ne pas saisir, déclara le général d'un air songeur, en haussant les épaules et en écartant légèrement les bras. – Ces jours derniers, lors de la visite qu'elle me fit, t'en souviens-tu, Nina Alexandrovna s'est mise à se lamenter et à gémir. « Qu'avez-vous ? » lui ai-je demandé. C'était, paraît-il, à cause du déshonneur qui les menaçait. Je voudrais bien savoir quel déshonneur il y a dans tout cela ? Qui peut reprocher quelque chose à Nastassia Philippovna, ou rapporter quoi que ce soit sur son compte ? Peut-on lui faire grief de sa liaison avec Totski ? Mais c'est complètement absurde, surtout étant donné les circonstances. Elle me lança alors : « Vous ne la laisseriez pas approcher vos filles ? » Hein ! Te rends-tu compte ? Elle en a de bonnes, Nina Alexandrovna ! La chose est pourtant claire, comment ne se rend-elle pas compte de...

– De sa situation ? souffla Gania pour tirer le général d'embarras. Elle la comprend fort bien ; ne lui en veuillez pas. Du reste, je lui ai aussitôt passé un savon afin de lui apprendre à ne pas se mêler des affaires des autres. Néanmoins, chez nous à la maison, s'il règne encore un calme relatif c'est que le dernier mot n'est pas dit. Mais l'orage va éclater. Si ce mot est dit aujourd'hui, cela déclenchera tout.

Le prince entendit toute cette conversation, occupé dans son coin à son travail de calligraphie. Ayant terminé, il s'approcha de la table et tendit le feuillet.

– Ainsi donc, voilà Nastassia Philippovna ? murmura-t-il après avoir examiné le portrait avec attention et curiosité. – Elle est étonnamment belle, ajouta-t-il avec chaleur.

La photographie reproduisait, en effet, les traits d'une femme d'une exceptionnelle beauté. Elle portait une robe de soie noire d'une coupe sobre et élégante. Les cheveux, probablement châtain clair, étaient arrangés simplement, en une coiffure d'intérieur. Ses yeux étaient sombres et profonds, son front pensif. L'expression du visage était passionnée et quelque peu hautaine. Son visage était mince et devait être pâle.

Gania et le général, interloqués, se tournèrent vers le prince.

– Comment ? Nastassia Philippovna ! Vous connaissez déjà Nastassia Philippovna ? demanda le général.

– Oui, il y a à peine vingt-quatre heures que je suis en Russie et je connais déjà cette beauté sans pareille, répondit le prince. Et aussitôt il narra sa rencontre avec Rogojine et répéta le récit de ce dernier.

– En voilà une nouvelle ! fit le général, inquiet, après avoir écouté le prince avec une extrême attention, et en adressant à Gania un regard interrogateur.

– Ce n'est sans doute qu'une simple histoire de débauché ! marmonna Gania, lui aussi passablement troublé. – Un fils de marchand qui fait la noce ! J'ai déjà entendu parler de lui.

– Et moi aussi, j'en ai entendu parler, mon cher, reprit le général. Aussitôt après l'affaire des boucles d'oreilles, Nastassia Philippovna a raconté toute l'histoire. Mais aujourd'hui il s'agit d'autre chose. Maintenant il s'agit peut-être bien d'un million... Et il y a aussi... cette passion, une passion infâme, c'est entendu, mais qui n'en est pas moins une passion. Et on sait bien de quoi ces messieurs sont capables, en état d'ivresse !... Hum !... Pourvu que cela n'amène pas un incident quelconque ! conclut le général, songeur.

– C'est le million que vous redoutez ? glissa Gania avec un ricanement.

– Pas toi, bien entendu ?

– Dites-moi, prince, quelle est votre impression, demanda soudain Gania, est-ce un homme sérieux ou tout simplement un voyou ? Quel est votre avis personnel ?

Gania éprouva une sensation étrange en posant cette question, comme si une idée nouvelle et singulière illuminait son cerveau et faisait briller dans ses yeux des éclairs d'impatience.

Le général, dont l'anxiété était sincère et naïve, se tourna lui aussi vers le prince, mais sans avoir l'air d'attendre grand-chose de sa réponse.

– Je ne sais que vous dire, répondit ce dernier. Il m'a semblé, en tout cas, qu'il y avait en lui beaucoup de passion et même de passion malade. Et d'ailleurs, lui-même donne encore l'impression d'être malade. Il est fort possible que dès ses premiers jours à Pétersbourg il ait une rechute, surtout s'il se met à boire.

– Ah oui ? C'est votre impression ? s'écria le général en s'accrochant à cette idée.

– Oui, il m'a semblé.

– Et pourtant une aventure de ce genre n'a pas besoin de plusieurs jours pour éclater; il est même possible qu'il y ait du nouveau avant ce soir, fit Gania avec un ricanement.

– Hum !... Évidemment... C'est possible, mais alors tout dépend de ce qui lui passera par la tête, à elle ! dit le général.

– Vous savez bien comment elle est quelquefois ?

– Que veux-tu dire ? s'écria à nouveau le général en proie à un extrême désarroi. – Écoute, Gania, je te prie instamment de ne pas trop la contredire aujourd'hui; essaye au contraire d'être plutôt... en un mot, sois gentil... Hum ! Pourquoi tords-tu ainsi la bouche ? Écoute, Gabriel Ardalionovitch, c'est le moment, c'est tout à fait le moment à présent de faire le point : pourquoi nous donnons-nous tant de mal ? Tu comprends bien qu'en ce qui concerne mon intérêt personnel dans toute cette affaire, je suis couvert depuis longtemps. D'une manière ou d'une autre je m'en tirerai à mon avantage. Totski a pris une décision irrévocable; je suis donc moi aussi absolument tranquille. Aussi, si je désire encore quelque chose, c'est uniquement ton bien. Réfléchis bien toi-même, n'as-tu pas confiance en moi ? D'autant plus que tu es un homme... un homme... en un mot, un homme intelligent; d'ailleurs j'ai mis mon espoir en toi... et en l'occurrence... c'est... c'est...

– C'est le principal, conclut Gania venant à nouveau au secours du général en difficulté.

Les lèvres du jeune homme se tordirent en un rictus venimeux qu'il ne chercha même plus à dissimuler. Son regard fiévreux fixait les yeux du général, comme s'il voulait que celui-ci y lût toute sa pensée. Le général devint écarlate et s'emporta.

– C'est cela, être intelligent c'est le principal ! reprit-il en regardant durement Gania. Tu es un drôle d'individu, Gabriel Ardalionovitch ! On dirait que tu es ravi de l'arrivée de ce petit marchand comme d'une solution. Dans cette affaire, il fallait dès le début faire preuve d'intelligence; il faut bien comprendre la situation... et... et agir des deux côtés... avec loyauté et franchise, ou alors... avertir pour ne pas compromettre les autres, d'autant plus que tu avais tout le temps. Tu en as d'ailleurs encore assez (et le général leva les sourcils d'un air entendu), bien qu'il ne reste plus que quelques heures... Tu m'as compris ? Hein ? Veux-tu ou non, à la fin ! Si tu ne veux pas, dis-le, et à la bonne heure. Personne ne vous retient, Gabriel Ardalionovitch, personne ne vous pousse dans un piège, si tant est que vous ne voyiez là qu'un piège.

– Je le veux, prononça Gania à mi-voix, mais avec fermeté; il baissa les yeux et se tut d'un air sombre.

Le général était satisfait. Il s'était emporté mais se repentait déjà visiblement d'être allé si loin. Il se tourna brusquement vers le prince; une inquiétude sembla se refléter sur son visage : le prince avait assisté à l'entretien et avait tout entendu.

Mais il reprit aussitôt son sang-froid. Un seul regard sur le prince suffit à le rassurer.

– Oh, oh ! s'écria le général, en examinant le spécimen de calligraphie que lui avait présenté le prince, – mais c'est un vrai chef-d'œuvre ! Et un chef-d'œuvre rare ! Regarde-moi cela, Gania. Quel talent !

Sur l'épaisse feuille de vélin, le prince avait écrit, en caractères russes du Moyen Age, la phrase suivante :

« L'humble hégoumène Paphnuce a signé ceci de sa main ».

– Ceci est la propre signature de l'hégoumène Paphnuce d'après un manuscrit du XIVe siècle, expliqua le prince avec une animation et un plaisir extrêmes. – Ils avaient de très belles signatures, tous nos hégoumènes et nos métropolites d'autrefois; et quel goût, quelle application ils y mettaient ! N'avez-vous pas chez vous l'édition de Pogodine, général ? Tenez, ici j'ai reproduit un autre type d'écriture : c'est la ronde, la grosse ronde française du siècle dernier; certaines lettres s'écrivent même de différentes manières. Voici l'écriture ordinaire, celle des écrivains publics, empruntée aux originaux (j'en ai eu un). Avouez qu'elle n'est pas sans qualités. Regardez bien ces *d,* ces *a* écrits en ronde. J'ai transposé le genre français en lettres russes; c'est très difficile, mais j'ai bien réussi. Voici un autre modèle d'écriture, très original, très élégant; regardez cette phrase : « L'application surmonte tout ». C'est une écriture russe, une écriture d'administration ou, si vous voulez, d'administration militaire. C'est ainsi qu'on écrit une lettre officielle à un personnage important. C'est également une ronde, très élégante, l'écriture noire comme on l'appelle. Cela fait très noir, mais c'est d'un goût remarquable. Un vrai calligraphe ne se serait jamais permis ces parafes, ou du moins ces tentatives de parafes, vous voyez, ces petites queues, et pourtant dans l'ensemble, constatez-le vous-même, cela donne du caractère. On y lit tout l'âme du copiste militaire. On sent qu'il aimerait donner libre cours à sa fantaisie, que son talent l'y convie, mais le col militaire est raide et l'enserre étroitement. Cette discipline s'est traduite d'une manière charmante dans l'écriture. J'ai été frappé tout récemment par un spécimen de ce genre; je suis tombé dessus, figurez-vous, en Suisse. Et voici maintenant un modèle ordinaire et très pur de l'écriture anglaise. On ne peut être plus élégant. Tout y est charme : une perle, un bijou ! C'est parfait. Et voici une variante, à la manière française; je l'ai empruntée à un commis-voyageur. C'est toujours le même genre anglais, mais les pleins sont un tantinet plus appuyés et plus noirs. Cela modifie aussitôt l'équilibre des rapports. Et remarquez aussi : l'ovale est modifié, un peu plus arrondi, et puis, les parafes sont admis; or, les parafes, c'est ce qu'il y a de plus dangereux ! Il y faut un goût extraordinaire; mais si on les réussit bien, si on trouve les vraies proportions, on obtient alors une écriture incomparable, une écriture dont on peut tomber amoureux.

– Oh ! Oh ! Mais vous êtes au fait de toutes les finesses ! remarqua le général en riant. Vous n'êtes pas un simple calligraphe, mon petit ami, vous êtes un artiste, hein ? qu'en penses-tu, Gania ?

– C'est étonnant, acquiesça Gania, et même cela dénote une véritable vocation, ajouta-t-il avec un rire ironique.

– Ris donc, ris à ton aise, il y a là de quoi faire une carrière, dit le général. Savez-vous, prince, à quel personnage nous vous chargerons d'écrire ? On peut sans hésiter vous octroyer dès le début 35 roubles par mois. Mais il est midi et demi, fit-il en regardant sa montre. – Venons au fait, prince, car je suis pressé, et nous n'aurons peut-être plus l'occasion de nous rencontrer aujourd'hui. Asseyez-vous une seconde; je vous ai déjà expliqué qu'il m'était impossible de vous recevoir souvent. Mais je désire sincèrement vous venir un peu en aide, un tout petit peu, c'est-à-dire pour le strict nécessaire. Quant au reste, vous vous arrangerez comme bon vous semblera. Je vous trouverai une petite place au bureau, un travail pas trop dur, mais il faudra vous appliquer. Maintenant ceci : mon jeune ami Gabriel Ardalionovitch Ivolguine, ici présent, et que je vous présente, vit en famille. Sa mère et sa sœur ont aménagé dans leur appartement deux ou trois chambres meublées; elles les louent avec pension et service à des gens bien recommandés. Je suis certain que Nina Alexandrovna tiendra compte de ma recommandation. Pour vous, prince, c'est plus qu'un trésor. D'abord, vous ne serez pas seul mais pour ainsi dire au sein d'une famille. Or, à mon avis, il n'est pas bon que vous restiez seul, dès le premier jour, dans une capitale telle que Pétersbourg. Nina Alexandrovna, la maman, et Barbara Ardalionovna, la sœur de Gabriel Ardalionovitch, sont des dames que j'estime hautement. Nina Alexandrovna est l'épouse d'Ardalion Alexandrovitch, général en retraite, mon ancien camarade de régiment, avec qui toutefois j'ai rompu toutes relations, pour certaines raisons, ce qui ne m'empêche pas, d'ailleurs, d'avoir pour lui une certaine considération. Je vous explique tout cela, prince, afin que vous compreniez que je vous recommande, pour ainsi dire personnellement; par conséquent, je réponds en quelque sorte de vous. Le prix de la pension est fort modique et j'espère que bientôt votre traitement y suffira entièrement. Il est vrai qu'un homme a besoin aussi d'argent de poche, ne serait-ce que d'un peu, mais je vous ferai remarquer, prince, sans vouloir vous vexer, qu'il est préférable pour vous de ne point avoir d'argent de poche, ni même pas d'argent du tout dans vos poches. C'est du moins mon impression. Cependant, comme actuellement votre porte-monnaie est complètement vide, permettez-moi de vous offrir ces vingt-cinq roubles, pour vos premiers frais. Nous ferons évidemment nos comptes plus tard et, si vous êtes réellement l'homme sincère et cordial que vous paraissez être d'après votre conversation, il ne pourra y avoir entre nous la moindre difficulté. Si je vous porte autant d'intérêt, c'est que j'ai des vues sur vous; vous les connaîtrez plus tard. Vous voyez, je vous parle en toute simplicité. J'espère, Gania, que tu ne vois pas d'inconvénient à ce que le prince s'installe chez vous ?

– Oh ! au contraire ! Et maman sera ravie... affirma Gania d'un ton courtois et prévenant.

– Vous n'avez guère, je crois qu'une seule chambre occupée. C'est, je crois, ce Ferd... Fer...

– Ferdistchenko.

– C'est cela. Il ne me plaît pas, votre Ferdistchenko. C'est un infect bouffon. Et je ne comprends pas pourquoi Nastassia Philippovna le soutient toujours. Est-il vrai qu'il lui serait apparenté ?

– Oh ! non. Ce n'est qu'une plaisanterie ! Il n'est pas question de parenté.

– Eh bien ! que le diable l'emporte ! Alors, prince, comment trouvez-vous cela ? Êtes-vous content ou non ?

– Je vous remercie, général, vous avez fait preuve à mon égard d'une extrême bonté, d'autant plus que je ne vous avais rien demandé. Je ne dis pas cela par orgueil; je ne savais vraiment pas où aller. Il est vrai que Rogojine m'avait invité chez lui, tout à l'heure...

– Rogojine ? Ah ça, non ! Oubliez ce M. Rogojine ! C'est un conseil paternel, ou, si vous préférez, amical. Du reste, je vous recommande en général de vous en tenir à la famille avec laquelle vous allez vivre.

– Puisque vous êtes si bon, commença le prince, je voudrais vous consulter au sujet d'une affaire. J'ai reçu un avis...

– Ah non, excusez-moi, interrompit le général, maintenant je n'ai plus une minute. Je vais tout de suite parler de vous à Élisabeth Prokofievna. Si elle exprime le désir de vous recevoir dès maintenant (et ce sera le sens de ma recommandation), je vous conseille de profiter de l'occasion pour entrer dans ses bonnes grâces; elle peut vous rendre de grands services, pour autant que voùs portiez le même nom. Si elle ne désire pas vous recevoir, ne vous en offusquez pas, cela sera pour une autre fois. Quant à toi, Gania, jette un coup d'œil sur ces comptes, en attendant. Nous nous sommes cassé la tête dessus, Féodossiev et moi. Il faudra penser à les inclure...

Le général sortit, et le prince n'eut pas le temps de lui exposer son affaire malgré plusieurs tentatives. Gania alluma une cigarette et en offrit une au prince celui-ci l'accepta mais n'essaya pas de continuer la conversation, de crainte de le déranger. Il se mit à examiner le bureau. Mais Gania jeta à peine un coup d'œil sur la feuille de papier couverte de chiffres que lui avait indiquée le général. Il était distrait. Son sourire, son regard, son air soucieux semblèrent encore plus pénibles au prince lorsqu'ils demeurèrent seuls.

Brusquement, Gania s'approcha du prince; ce dernier était de nouveau en contemplation devant le portrait de Nastassia Philippovna.

– Alors, elle vous plaît, cette femme, prince ? lui demanda-t-il à brûle-pourpoint, le sondant du regard, comme s'il nourrissait quelque arrière-pensée.

– Quel visage étonnant, répondit le prince, et je suis sûr que son destin doit être exceptionnel. Le visage est gai, et pourtant elle a terriblement souffert, n'est-ce pas ? On le lit dans son regard, dans ces saillies, ces deux points sous les yeux à la naissance des joues. C'est un visage fier, très fier ! Mais je me demande si elle est bonne. Ah, puisse-t-elle être bonne ! Tout serait sauvé !

– Dites-moi, épouseriez-vous une femme pareille ? continua Gania sans quitter le prince de son regard fiévreux.

– Je ne puis épouser personne, je suis malade, dit le prince.

– Et Rogojine l'épouserait-il ? Qu'en pensez-vous ?

– Lui ? Il le ferait, je pense, et même dès demain. Il l'épouserait et huit jours plus tard il pourrait peut-être l'égorger.

Aux dernières paroles du prince, Gania tressaillit si violemment que celui-ci faillit pousser un cri.

– Qu'avez-vous ? dit-il, lui saisissant le bras.

– Altesse, Son Excellence vous prie de vous rendre auprès de Son Excellence la générale, annonça un laquais apparaissant sur le seuil de la porte.

Le prince sortit à la suite du laquais.

IV

Les trois demoiselles Épantchine étaient des jeunes filles robustes et florissantes, de belle prestance, avec d'étonnantes épaules, une belle poitrine, des bras presque aussi vigoureux que ceux d'un homme. Bien entendu, en raison même de cette santé et de cette vigueur, elles savaient apprécier un bon repas et ne cherchaient nullement à le dissimuler.

Leur mère, la générale Élisabeth Prokofievna, était parfois choquée par la franchise de leur appétit. Mais une bonne part de ses recommandations avait, au fond, perdu depuis longtemps l'incontestable autorité dont elle jouissait jadis aux yeux de ses filles; au point que la coalition formée par les trois sœurs commençant souvent à l'emporter, la générale, soucieuse de sa dignité, jugeait plus commode de ne pas discuter et de céder. Il est vrai que bien souvent le tempérament reprenait le dessus et désobéissait aux décisions de la raison. D'année en année, Élisabeth Prokofievna devenait de plus en plus capricieuse et impatiente, même fantasque. Mais comme il lui restait toujours sous la main un mari fort docile et bien dressé, c'est sur lui qu'elle déversait le trop-plein de son cœur. L'harmonie revenait alors dans la famille et tout allait on ne peut mieux.

Au demeurant, la générale ne perdait pas l'appétit. D'ordinaire, elle prenait part, aux côtés de ses filles, au copieux déjeuner, presque un dîner, servi à midi et demi. Avant ce repas, les jeunes filles avaient déjà pris dans leur lit, au réveil, une tasse de café à 10 heures précises. Cette habitude avait été adoptée une fois pour toutes. A midi et demi on mettait le couvert dans la petite salle à manger contiguë à l'appartement privé d'Élisabeth Prokofievna et, lorsque son travail le permettait, le général lui-même apparaissait à ce repas intime et familial. En plus du thé, du café, du fromage, du miel, du beurre, de côtelettes et d'une sorte particulière de beignets que prisait spécialement la générale, on y servait même du bouillon chaud et concentré.

Le matin où commence notre récit, toute la famille était rassemblée dans la salle à manger et attendait le général qui avait promis de venir à midi et demi. S'il avait été en retard, ne serait-ce que d'une minute, on l'aurait aussitôt envoyé chercher; mais il fut ponctuel. Il s'approcha de sa femme pour lui dire bonjour et lui baiser la main, et remarqua sur son visage une expression tout à fait spéciale. Et quoique déjà la veille il eût pressenti qu'il en serait ainsi à cause d'une « certaine histoire » (c'était sa propre expression), et qu'en s'endormant le soir il y eût pensé avec inquiétude, il n'en fut pas moins pris de peur. Ses filles vinrent l'embrasser. Elles ne paraissaient pas fâchées, mais là aussi il semblait y avoir quelque chose d'anormal. Il est vrai que certaines circonstances avaient rendu le général particulièrement soupçonneux. Mais, chef de famille avisé et habile, il prit aussitôt les mesures qui s'imposaient.

Peut-être pouvons-nous, sans nuire au relief de notre

récit, nous arrêter ici et, à l'aide de quelques explications, donner une idée plus directe et plus précise de la situation et des circonstances dans lesquelles nous trouvons la famille du général Épantchine au début de notre histoire.

Nous avons déjà indiqué que, sans être très cultivé (lui-même d'ailleurs se qualifiait d'autodidacte), le général était cependant un époux plein d'expérience et un père avisé. Il avait notamment pris le parti de ne pas trop presser ses filles de se marier; il ne tenait pas à « être constamment suspendu au-dessus de leurs têtes », à les tourmenter sans cesse par un amour paternel à la recherche de leur bonheur, comme cela arrive trop souvent, sans le vouloir et tout naturellement, jusque dans les familles les plus raisonnables qui ont des filles à marier.

Il avait même réussi à convertir son épouse à ce système, tâche pourtant difficile parce qu'allant à l'encontre de son instinct. Mais les arguments du général portaient, car ils portaient sur des faits tangibles. Sa tactique était la suivante : libres d'agir selon leur bon vouloir, les jeunes filles arriveraient d'elles-mêmes à une solution raisonnable, et alors l'affaire irait rapidement, car elles s'y consacreraient avec cœur, laissant de côté leurs caprices et un esprit critique par trop exagéré. Les parents n'auraient plus qu'à les surveiller avec encore plus de vigilance et de discrétion, afin de leur épargner un choix insolite ou un écart absurde et, le moment venu, les seconder de tout leur pouvoir et jeter tout leur poids dans la balance pour les amener dans la bonne direction. Enfin, leur fortune s'accroissait d'année en année suivant une progression géométrique et leur situation sociale s'améliorait. Donc, plus il se passait de temps, plus les jeunes filles y gagnaient, même comme fiancées. Mais à tout cela vint s'ajouter un fait nouveau : tout à fait inopinément (comme c'est d'ailleurs toujours le cas), la fille aînée, Alexandra, eut vingt-cinq ans.

Presque à la même époque, Athanase Ivanovitch Totski, homme du meilleur monde, possédant de hautes relations et une fortune exceptionnelle, fit connaître une fois de plus son désir déjà ancien de se marier. C'était un homme de cinquante-cinq ans environ, d'un caractère affable et d'un goût extrêmement raffiné. Il désirait faire un beau mariage; il appréciait comme personne la beauté. Comme depuis quelque temps déjà il s'était lié avec le général Épantchine d'une grande amitié que renforçaient encore des intérêts communs dans certaines entreprises financières, il lui avait demandé, à titre de conseil amical, s'il pouvait prétendre à la main d'une de ses filles. La vie paisible et bien ordonnée de la famille du général Épantchine se trouva ainsi à la veille d'un bouleversement.

La plus belle des trois filles, comme il a été déjà dit plus haut, était incontestablement la plus jeune, Aglaé. Mais Totski lui-même, malgré son égoïsme extrême, comprit qu'il n'avait rien à espérer de ce côté et qu'Aglaé n'était pas pour lui.

Était-ce l'effet d'un amour aveugle et d'une affection trop enthousiaste de ses sœurs ? Toujours est-il que dans la famille Épantchine on envisageait en toute sincérité, pour Aglaé, non pas une simple destinée, mais une vie se rapprochant le plus possible de l'idéal d'un paradis terrestre. Son futur époux devait posséder toutes les perfections, connaître tous les succès, pour ne rien dire de sa fortune. Les deux sœurs avaient même décidé entre elles, sans vaines paroles, de se sacrifier, le cas échéant, pour Aglaé. On lui destinait une dot énorme, exceptionnelle. Les parents étaient au courant de la convention des deux sœurs aînées. C'est pourquoi, lorsque Totski demanda conseil au général, ils ne doutèrent guère que l'une d'elles ne refuserait certainement pas d'exaucer leurs vœux, d'autant plus que Totski n'était pas homme à s'arrêter à une question de dot. Quant à sa démarche, le général, en homme d'expérience, sut immédiatement l'apprécier à sa juste valeur. Comme Totski lui-même observait, en raison de certaines circonstances, une grande discrétion dans les pourparlers, se bornant pour le moment à sonder le terrain, les parents ne firent part à leurs filles que de suppositions assez vagues. En réponse, ils obtinrent l'assurance, elle aussi assez vague, mais consolante, que l'aînée, Alexandra, ne refuserait peut-être pas.

Malgré un caractère ferme, elle était bonne, raisonnable et très facile à vivre. Elle était capable d'épouser Totski de bon gré et, une fois engagée, aurait honnêtement tenu sa parole. Elle ne recherchait pas une vie brillante; avec elle, il n'y avait à craindre, ni tracas ni brusque revirement; au contraire, elle pouvait rendre la vie douce et paisible. Elle était fort bien de sa personne, quoique sans grand éclat. Totski pouvait-il espérer mieux ?

Et pourtant l'affaire continuait à avancer à tâtons. En vertu d'un accord amical, Totski et le général évitaient pour le moment toute démarche formelle et irrévocable. Les parents eux-mêmes n'abordaient pas encore la question ouvertement avec leurs filles. On aurait pu même discerner entre eux un certain désaccord. La générale, en sa qualité de mère, commençait à manifester du mécontentement, et cela était très important. Il y avait en outre une circonstance complexe et épineuse qui risquait de compromettre définitivement toute l'affaire.

L'origine de cette circonstance « complexe et épineuse » (selon la propre expression de Totski) remontait loin, à quelque dix-huit ans. Dans le voisinage de l'un des plus importants domaines d'Athanase Ivanovitch, domaine situé dans une des provinces du centre de la Russie, vivait, presque miséreux, un petit propriétaire terrien besogneux. La vie de cet homme avait été une suite tellement ininterrompue de revers de fortune que cela confinait à l'anecdote. Officier en retraite, issu d'une famille de bonne noblesse, supérieure même, par la naissance, à celle de Totski, il s'appelait Philippe Alexandrovitch Barachkov. Criblé de dettes et couvert d'hypothèques, il avait enfin réussi, au prix d'un travail de forçat, presque d'un labeur de paysan, à remettre sa petite exploitation dans la bonne voie. Le moindre succès lui redonnait un courage extraordinaire. Rempli de confiance et d'espoir, il alla passer quelques jours au chef-lieu; il devait y rencontrer un de ses principaux créanciers et, dans la mesure du possible, conclure un arrangement avec lui. Le troisième jour, il vit arriver à cheval le doyen de son village, les joues et la barbe brûlées, qui lui annonça que sa propriété avait brûlé la veille, en plein jour. Sa femme avait péri, mais les enfants étaient sains et saufs.

A ce nouveau malheur, Barachkov lui-même, tout habitué qu'il fût aux coups du sort, ne put résister; il perdit la raison et un mois plus tard mourut d'une fièvre cérébrale.

Son domaine brûlé et ses paysans disséminés dans les environs furent vendus pour payer ses dettes. Quant à ses deux petites filles, âgées de six et sept ans, elles furent généreusement recueillies par Athanase Ivanovitch Totski.

Elles furent d'abord élevées avec les enfants de l'intendant de Totski, fonctionnaire en retraite et père de famille nombreuse, par surcroît Allemand. Bientôt Nastia resta seule, sa sœur cadette étant morte de la coqueluche. Quant à Totski, qui vivait à l'étranger, il ne tarda pas à les oublier, l'une et l'autre. Quelque cinq ans plus tard, Athanase Ivanovitch, de passage dans la région, eut l'idée d'aller visiter son domaine et remarqua dans sa maison de campagne, au milieu de la famille de son intendant allemand, une délicieuse fillette d'une douzaine d'années, espiègle, gentille, intelligente et promettant de devenir remarquablement belle. En cette matière, Totski était un connaisseur infaillible. Il ne passa cette fois que quelques jours dans sa propriété mais eut néanmoins le temps de prendre ses dispositions. Un changement considérable survint dans l'éducation de la jeune fille. On fit venir une gouvernante suisse, personne respectable et d'âge mûr, éducatrice experte, cultivée et, outre la langue française, capable d'enseigner diverses sciences. Elle s'installa dans la maison de campagne et l'instruction de la petite Nastia suivit un rythme accéléré. Quatre ans plus tard, les études furent terminées et la gouvernante partit. A sa place arriva une dame, propriétaire et voisine d'un des domaines que Totski possédait dans une province lointaine; conformément aux instructions d'Athanase Ivanovitch et aux pouvoirs qu'il lui avait donnés, elle emmena Nastia. Dans ce petit domaine de Totski se trouvait un pavillon de proportions réduites, mais de construction récente et meublé avec beaucoup de goût et de recherche. Comme par un fait exprès, le village lui-même portait le nom suggestif d'Otradnoïé*.

La dame conduisit Nastia directement dans cette paisible demeure et comme, veuve et sans enfant, elle habitait à proximité, elle s'y installa en compagnie de la jeune fille. Nastia eut à son service une vieille économe et une femme de chambre jeune, mais expérimentée.

Il y avait dans le chalet des instruments de musique, une bibliothèque choisie de jeune fille, des tableaux, des estampes, des crayons, des pinceaux, des couleurs et aussi une adorable levrette. Deux semaines plus tard, Athanase Ivanovitch arriva en personne...

A dater de ce jour, il marqua une grande prédilection pour ce petit village isolé et perdu dans la steppe; il y venait chaque été et y passait deux et quelquefois trois mois. Un assez long temps s'écoula ainsi, quatre années paisibles et heureuses, dans une atmosphère de luxe et de bon goût.

Un jour, au début de l'hiver, environ quatre mois après l'un des séjours estivaux d'Athanase Ivanovitch à Otradnoïé, séjour qui, cette fois, n'avait duré que quinze jours, le bruit courut ou, mieux, Nastassia Philippovna apprit par une rumeur que Totski était sur le point d'épouser à Pétersbourg une jeune beauté, riche et noble, un beau parti en un mot. Par la suite, cette rumeur s'avéra inexacte sur certains points : le mariage n'existait alors qu'à l'état de projet et tout était encore très vague. Néanmoins cet événement fut à l'origine d'une perturbation complète dans la vie de Nastassia Philippovna. Elle fit subitement preuve d'un extraordinaire esprit de décision et d'un caractère absolument

* Intermédiaire entre « Mon Repos » et « Mon Plaisir ».

inattendu. Sans hésiter, elle quitta sa petite maison campagnarde et partit pour Pétersbourg, où, toute seule, elle se présenta aussitôt chez Totski. Celui-ci fut stupéfait. Il voulut s'expliquer mais s'aperçut presque dès les premiers mots qu'il lui fallait changer radicalement sa manière de parler, le ton de sa voix, les sujets de conversation agréables et séduisants qui avaient eu tant de succès jusque-là, sa logique même, tout, tout ! Il avait devant lui une autre femme, ne ressemblant en rien à celle qu'il avait connue jusqu'alors et qu'il avait laissée au mois de juillet dans le village d'Otradnoïé.

Il s'avéra tout d'abord que cette femme nouvelle connaissait et comprenait beaucoup de choses; tellement de choses que l'on se demandait avec une profonde stupeur où elle avait pu acquérir de pareilles connaissances et se former des opinions aussi nettes. Était-ce possible que ce fût dans sa bibliothèque de jeune fille ? Comme si cela ne suffisait pas, elle s'entendait parfaitement aussi aux questions juridiques et avait des notions très claires, sinon sur le monde, du moins sur la façon dont s'y passent certaines choses. En outre, ce n'était plus du tout le même caractère. Il n'y avait plus rien de ce quelque chose de craintif, de cette vague timidité de pensionnaire, de ces élans naïfs et charmants, parfois tempérés de tristesse, d'inquiétude et d'angoisse qui allaient jusqu'aux larmes.

Non, Totski avait devant lui un être insoupçonné, étrange, qui riait aux éclats, qui l'accablait des sarcasmes les plus venimeux, une femme qui lui déclarait tout net n'avoir jamais éprouvé pour lui d'autre sentiment que le mépris le plus profond, jusqu'à la nausée, dégoût qui lui était venu dès le premier mouvement de surprise passé. Cette femme nouvelle lui déclarait qu'il lui était absolument indifférent qu'il épousât sur-le-champ qui que ce fût mais, que par pure méchanceté, elle était venue lui interdire ce mariage, et cela uniquement parce que tel était son bon plaisir et qu'il ne pourrait donc en être autrement. « Mettons que cela ne soit que pour bien m'amuser à tes dépens, disait-elle, car le temps est enfin venu pour moi aussi de rire ».

C'est tout au moins dans ces termes qu'elle s'exprimait; peut-être ne traduisaient-ils pas tout le fond de sa pensée. Mais, tandis que cette nouvelle Nastassia Philippovna riait aux éclats en développant ses raisons, Athanase Ivanovitch examinait à part soi la situation et cherchait autant que possible à mettre de l'ordre dans ses idées. Cet examen dura assez longtemps; il y mit près de deux semaines, mais au bout de ces deux semaines sa décision était prise. Il ne faut pas oublier qu'à cette époque Athanase Ivanovitch avait déjà près de cinquante ans et que c'était un homme parfaitement posé et de situation solidement assise. Son crédit dans le monde reposait depuis longtemps sur les bases les plus sûres. Il aimait et appréciait plus que tout au monde sa propre personne, ses aises et son confort, ainsi qu'il convient à un homme de cette haute qualité. Le moindre trouble, la moindre incertitude même, étaient inadmissibles dans une organisation que toute une existence avait contribué à établir et à former. Son expérience et la profondeur de son jugement soufflèrent bien vite à Totski qu'il était en présence d'un être hors de pair, capable d'agir autant que de menacer; cela d'autant plus qu'elle ne tenait à rien au monde et qu'il n'était donc pas possible de la tenter. Non, il s'agissait manifestement ici de tout autre chose; il y avait là une sorte de confusion sentimentale, une indignation romanesque sans cause ni objet précis, un désir insatiable et démesuré de mépris, en un mot quelque chose de parfaitement ridicule, de grotesque, d'inadmissible dans la bonne société et qui, pour un honnête homme, était un fléau de Dieu. Bien entendu, la fortune et les relations de Totski lui auraient permis d'accomplir aisément une de ces petites vilenies bien innocentes qui l'eussent tiré d'embarras. D'autre part, il était évident que Nastassia Philippovna ne pouvait rien contre lui, ne fût-ce, par exemple, qu'au point de vue juridique; elle n'eût même pas pu provoquer un scandale de quelque importance, car il lui aurait toujours été facile de lui faire échec. Tout cela, bien entendu, au cas seulement où Nastassia Philippovna se comporterait comme tout le monde dans ces sortes d'affaires et sans trop s'écarter de la règle. Mais c'est là que la perspicacité de Totski lui rendit service : il sut deviner que Nastassia Philippovna se rendait elle-même parfaitement compte de son impuissance du point de vue juridique, mais qu'elle avait bien autre chose dans la tête, ce que trahissait l'éclat de ses yeux. Ne tenant à rien, et moins que tout à soi-même (il fallait beaucoup d'intelligence et de pénétration pour comprendre à cet instant qu'elle n'attachait plus depuis longtemps aucun prix à sa personne, et pour que lui, Totski, sceptique et cynique mondain, pût croire au sérieux de ce sentiment), Nastassia Philippovna était capable de briser elle-même sa propre existence sans retour et de la façon la plus ignominieuse, par la Sibérie et le bagne, pour le seul plaisir de se jouer de l'homme qui lui inspirait une aversion aussi inhumaine. Athanase Ivanovitch n'avait jamais dissimulé qu'il était un peu pusillanime, ce qu'il appelait être conservateur au plus haut point. Ainsi, l'idée d'être assassiné devant l'autel, ou de quelque autre événement public du même ordre, grotesque et inconvenant, l'eût certes effrayé, mais bien moins par la perspective d'être tué, blessé ou de recevoir devant tout le monde un crachat en pleine figure, etc., etc., que par la forme même, anormale et incongrue, de l'événement.

Et c'était justement ce dont le menaçait Nastassia Philippovna, bien qu'encore d'une manière tacite. Il savait qu'elle le connaissait à fond, et qu'elle trouverait facilement où le frapper. Comme, d'autre part, ce mariage n'était encore qu'à l'état de projet, Athanase Ivanovitch se soumit et céda devant Nastassia Philippovna.

Sa décision fut également facilitée par une autre considération. Il était difficile d'imaginer à quel point la nouvelle Nastassia Philippovna différait, même physiquement, de l'ancienne. Jadis ce n'était qu'une très jolie petite fille, mais à présent... Totski ne put se pardonner longtemps de l'avoir regardée pendant quatre ans sans vraiment la voir. Il est vrai qu'un bouleversement aussi soudain dans leurs rapports avait son importance. Et pourtant, Totski se souvenait d'instants où des idées bizarres lui étaient venues, à la vue de ces yeux, comme s'il avait pressenti dans leur profondeur on ne sait quel ténébreux mystère. Ce regard le fixait, semblait poser une énigme. Au cours des deux dernières années, il avait été souvent frappé par l'altération du teint de Nastassia Philippovna; elle devenait affreusement pâle et, chose étrange, cela la rendait encore plus belle.

Totski, qui, à l'égal des vieux gentlemen noceurs de son espèce, considérait jadis avec dédain cette conquête aisée d'une âme sans expérience, avait changé quelque peu d'avis ces derniers temps. De toute façon, déjà au printemps dernier, il avait décidé de marier rapidement Nastassia Philippovna, en la dotant généreusement, à un homme respectable et compréhensif, ayant une situation dans une autre province. (Oh ! avec quelle horrible méchanceté Nastassia Philippovna tournait maintenant ce projet en dérision !)

Mais, à présent, Athanase Ivanovitch, séduit par la nouveauté, s'était dit qu'il pourrait à nouveau exploiter cette jeune femme. Il décida donc de l'installer à Pétersbourg et de l'entourer de luxe et de confort. Ceci à défaut de cela : il pourrait se prévaloir de cette conquête dans certains cercles et en tirer quelque vanité. Athanase Ivanovitch tenait beaucoup à ce genre de gloire.

Cinq années avaient ainsi passé à Pétersbourg, et pendant ce temps bien des choses s'étaient précisées. La situation d'Athanase Ivanovitch n'avait rien de rassurant; le pire était qu'ayant pris peur une fois, il n'arrivait plus à s'en remettre. Il avait peur, sans même trop savoir de quoi : simplement il redoutait Nastassia Philippovna. Pendant quelque temps, durant les deux premières années, il s'était mis à suspecter Nastassia Philippovna de chercher à se faire épouser par lui; il interprétait son silence comme une marque d'extrême orgueil et était persuadé qu'elle attendait patiemment qu'il se déclarât. Prétention plutôt bizarre, mais Athanase Ivanovitch était devenu soupçonneux; à cette idée, il faisait la grimace et roulait de lourdes pensées. Mais, à sa grande stupéfaction et (tel est le cœur humain !) à son léger regret, il se convainquit brusquement, à propos d'un certain événement, que, même s'il avait offert le mariage, il n'eût pas été accepté. Il mit longtemps à l'admettre.

Une seule explication lui parut plausible : l'orgueil de « cette femme fantasque et outragée » avait atteint un tel degré d'exaspération qu'elle trouvait préférable d'exhaler d'un coup son mépris dans un refus plutôt que d'établir une fois pour toutes sa position en accédant à un rang inespéré.

Le pire était que Nastassia Philippovna dominait de plus en plus la situation. Elle avait résisté à toute tentation d'ordre matériel, quelle qu'en fût l'importance, et bien qu'ayant accepté le luxe offert, menait une existence modeste et n'avait presque rien mis de côté durant ces cinq années.

Athanase Ivanovitch avait hasardé une manœuvre très fine dans l'espoir de briser ses chaînes; grâce à d'habiles concours il avait essayé, secrètement et fort adroitement, de la séduire par les tentations les plus idéales; mais ni les princes ni les hussards, pas plus que les secrétaires d'ambassade, les poètes, les romanciers, ni même les socialistes, ne firent la moindre impression sur elle. On eût dit qu'elle avait une pierre à la place du cœur et que ses sentiments, desséchés, étaient morts pour toujours.

Elle menait une vie plutôt retirée, lisait, étudiait même et aimait la musique. Elle avait peu de relations et marquait une préférence pour de vieilles et ridicules femmes de fonctionnaires; elle connaissait deux actrices et on ne sait encore quelles vieilles bonnes femmes; elle aimait et fréquentait la nombreuse famille d'un respectable instituteur où elle était aimée en retour et reçue avec plaisir. Assez fréquemment se retrouvaient chez elle, le soir, cinq ou six personnes de connaissance, guère plus. Totski lui-même paraissait à ses soirées avec beaucoup de régularité. Ces temps derniers, le général Épantchine était parvenu, non sans peine à se faire recevoir chez Nastassia Philippovna. Et en même temps, sans aucune peine, un jeune fonctionnaire du nom de Ferdistchenko fit également sa connaissance. C'était une sorte de pitre mal élevé et de goût douteux, avec des prétentions à la gaîté et un penchant pour l'ivrognerie. Elle recevait aussi un jeune homme assez étrange du nom de Ptitsine, modeste, ordonné, soigneux dans sa mise, qui, au sortir de la misère, s'était fait usurier. Et, en dernier lieu, elle avait fait la connaissance de Gabriel Ardalionovitch.

Finalement, une réputation assez curieuse entourait Nastassia Philippovna; tout le monde connaissait sa beauté, mais rien de plus, et personne ne pouvait se vanter de quoi que ce fût, ni même raconter la moindre histoire sur son compte. Cette réputation, sa culture, son élégance, son esprit, tout cela avait suggéré à Athanase Ivanovitch un certain plan. C'est à ce moment que se situe l'intervention fort active du général Épantchine dans toute cette histoire.

Lorsque Totski avait si aimablement demandé au général un conseil amical au sujet d'une de ses filles, il s'était très loyalement et très franchement ouvert à lui. Il lui avoua qu'il était décidé à ne reculer *devant aucun moyen* pour obtenir sa liberté, qu'il ne se tiendrait pas pour rassuré même si Nastassia Philippovna en personne lui promettait de le laisser tranquille à l'avenir, que les paroles ne lui suffisaient plus et qu'il lui fallait les garanties les plus complètes. Ils discutèrent et décidèrent d'agir de concert.

Tout d'abord ils convinrent d'essayer les moyens les plus délicats et de jouer pour ainsi dire sur les « cordes les plus nobles de l'âme ». Ils se rendirent chez

Nastassia Philippovna et Totski parla aussitôt de l'horreur intolérable de sa situation; il se reconnut en tous points coupable, mais avoua franchement qu'en voluptueux invétéré incapable de se dominer il ne pouvait éprouver de repentir en ce qui concernait sa faute initiale. Il dit son intention de se marier et lui montra qu'elle tenait entre ses mains le sort de ce mariage hautement convenable et mondain; en un mot, il en appela à la noblesse de son cœur. Le général parla à son tour en sa qualité de père. Il parla fort raisonnablement, évitant tout attendrissement mais mentionnant toutefois qu'il lui reconnaissait entièrement le droit de décider du sort d'Athanase Ivanovitch; il marqua adroitement son humilité en exposant que le sort de sa fille, et peut-être même celui des deux autres, dépendaient de sa décision. A la question de Nastassia Philippovna qui voulait savoir « ce qu'on attendait d'elle au juste », Totski avoua avec la même entière sincérité qu'il avait été à ce point effrayé par elle cinq ans auparavant qu'il ne pourrait se sentir entièrement rassuré tant que Nastassia Philippovna ne consentirait pas elle-même à se marier. Il ajouta aussitôt que cette suggestion eût été évidemment absurde de sa part si elle n'avait été étayée par des raisons bien fondées. Il avait parfaitement remarqué et savait positivement qu'un jeune homme de très bonne et très respectable famille, qu'elle connaissait et recevait chez elle, et qui n'était autre que Gabriel Ardalionovitch Ivolguine, l'aimait passionnément depuis longtemps et serait prêt à payer de la moitié de sa vie le seul espoir d'obtenir sa sympathie. Ces aveux, Gabriel Ardalionovitch les lui avait déjà faits depuis longtemps, à lui, Athanase Ivanovitch, en toute amitié et dans l'élan de son jeune cœur.

Ivan Fédorovitch, qui protégeait le jeune homme, était lui aussi depuis longtemps au courant. Enfin, sauf erreur, Athanase Ivanovitch avait tout lieu de croire que les sentiments du jeune homme étaient également connus de Nastassia Philippovna, et il lui avait même semblé qu'elle leur témoignait quelque bienveillance. Bien entendu, il lui était plus difficile qu'à quiconque de parler de tout cela. Mais si Nastassia Philippovna avait voulu admettre qu'outre son égoïsme et le désir d'arranger sa propre vie, Totski pouvait lui vouloir du bien, elle eût certes compris combien son isolement lui paraissait depuis longtemps étrange et pénible. Il était sûr que tout cela n'était que vagues ténèbres et manque total de foi en la rénovation; pourtant, sa vie aurait pu merveilleusement renaître dans l'amour et la famille qui lui donneraient un sens nouveau. Il ajouta qu'il se perdait chez elle des dons peut-être éclatants, et que cette complaisance pour son propre désespoir, en un mot une sorte de romantisme, était indigne du bon sens autant que de l'âme noble de Nastassia Philippovna. Ayant encore répété qu'il lui était plus difficile de parler qu'à quiconque, il conclut qu'il ne pouvait se refuser à l'espoir que Nastassia Philippovna ne répondrait pas par le mépris à son désir sincère d'assurer son avenir en lui offrant un capital de soixante-quinze mille roubles. Il ajouta en commentaire que cette somme lui était de toute façon destinée dans son testament et qu'en un mot il n'y avait pas lieu de la considérer comme une compensation... ou quoi que ce fût dans ce genre... et enfin pourquoi ne pas admettre et excuser un désir bien humain d'alléger un peu sa conscience, etc., etc. Bref, il dit tout ce qu'il est convenu de dire dans des cas semblables.

Athanase Ivanovitch avait parlé longtemps et avec éloquence, faisant remarquer en passant, chose pleine d'intérêt, que c'était la première fois qu'il faisait aujourd'hui allusion à ces soixante-quinze mille roubles, et que pas plus Ivan Fédorovitch que *personne* d'autre n'en avait jamais entendu parler.

La réponse de Nastassia Philippovna stupéfia les deux amis. Non seulement il n'y avait plus en elle la moindre trace de l'ancienne ironie, d'hostilité et de haine, de ce rire dont le souvenir seul glaçait Totski, mais au contraire elle donnait l'impression d'être presque heureuse de pouvoir enfin avoir un entretien sincère et amical avec quelqu'un. Elle avoua que depuis longtemps déjà elle souhaitait un conseil amical, que seul l'orgueil l'avait empêchée de le demander; mais à présent que la glace était rompue, rien ne pouvait lui être plus agréable.

Elle avait commencé à parler en souriant tristement, puis elle rit de bon cœur en disant qu'en tout cas il ne pouvait plus être question de l'orage de jadis; qu'elle avait d'ailleurs depuis longtemps changé d'avis sur certaines choses et que, bien que son cœur n'eût pas changé, force lui était de reconnaître les faits accomplis; ce qui était fait était fait et le passé bien passé, de sorte qu'elle s'étonnait même de cette terreur persistante d'Athanase Ivanovitch. Puis elle s'adressa à Ivan Fédorovitch et d'un air de profond respect lui déclara qu'elle avait déjà beaucoup entendu parler de ses filles, et qu'elle leur avait voué depuis longtemps la plus profonde et la plus sincère estime. La seule idée de pouvoir leur être utile en quelque chose la rendrait certes heureuse et fière.

Il était exact aussi que, pour le moment, son existence était pénible et morne, infiniment morne; Athanase Ivanovitch avait deviné ses rêves; oui, elle eût souhaité renaître, sinon dans l'amour, tout au moins au sein d'une famille, avec la conscience d'un but nouveau. Cependant, elle ne pouvait presque rien dire au sujet de Gabriel Ardalionovitch. Il lui semblait, en effet, qu'il était amoureux d'elle; elle sentait, pour sa part, qu'elle aurait pu l'aimer également si elle eût pu croire à la solidité de son attachement, mais à supposer qu'il fût sincère, il était très jeune et la décision était difficile. D'ailleurs, ce qui lui plaisait le plus en lui, c'était qu'il travaillait et faisait vivre toute sa famille.

Elle avait entendu dire que c'était là un jeune homme énergique, fier, désireux de faire carrière et de s'élever. Elle avait également entendu dire que Nina Alexandrovna Ivolguine, la mère de Gabriel Ardalionovitch, était une femme admirable et en tous points digne d'estime, que sa sœur Barbara Ardalionovna était aussi une jeune fille énergique et remarquable; Ptitsine lui en avait beaucoup parlé. Elle savait que toute la famille supportait allégrement ses malheurs. Elle eût aimé faire leur connaissance, mais il restait encore à savoir si on l'accueillerait avec bienveillance dans cette famille.

En somme, elle n'était pas opposée à l'idée de ce mariage, mais il méritait toutefois une sérieuse réflexion et elle eût souhaité qu'on ne la pressât pas trop. Enfin, pour ce qui était des soixante-quinze mille roubles, Athanase Ivanovitch avait tort d'être si gêné pour en parler. Elle connaissait très bien la valeur de l'argent et acceptait le cadeau. Elle remerciait également Athanase Ivanovitch de la délicatesse qu'il avait mise à ne point en souffler mot ni au général ni à Gabriel

Ardalionovitch. Mais pourquoi ce dernier n'en serait-il pas lui aussi informé à l'avance ? Elle n'avait pas à avoir honte de cet argent en entrant dans sa famille. De toute façon elle n'avait pas l'intention de faire des excuses à qui que ce fût pour n'importe quoi et tenait à ce qu'on le sût. Elle n'accepterait d'épouser Gabriel Ardalionovitch que lorsqu'elle serait convaincue que ni lui ni sa famille ne nourrissaient à son égard aucune arrière-pensée. En tout état de cause, elle ne se sentait coupable en rien et elle eût aimé que Gabriel Ardalionovitch fût mis au courant des conditions de sa vie durant ces cinq années à Pétersbourg, de ses rapports avec Athanase Ivanovitch et de la fortune qu'elle avait pu amasser. Enfin, si elle acceptait à présent ce capital, ce n'était pas en tant que prix de son déshonneur dont elle ne se sentait pas responsable, mais simplement en compensation de sa vie brisée.

Elle s'était à ce point échauffée et même exaspérée en évoquant tout cela (ce qui au demeurant était très naturel), que le général Épantchine en fut satisfait et considéra l'affaire comme réglée; mais Totski, effrayé une fois pour toutes, n'y crut pas entièrement, redoutant toujours un serpent sous les fleurs.

On entama cependant les pourparlers; le point sur lequel s'appuyait la manœuvre des deux amis, c'est-à-dire la possibilité que Nastassia Philippovna s'éprît de Gania, semblait petit à petit se préciser et se confirmer, si bien que Totski lui-même en arrivait parfois à croire à une chance de succès. Cependant Nastassia Philippovna eut une explication avec Gania; on échangea peu de paroles, comme si sa pudeur en souffrait. Néanmoins, elle admettait et acceptait son amour, mais en déclarant avec insistance qu'elle ne voulait être engagée d'aucune façon et que jusqu'au mariage (si jamais il devait avoir lieu) elle gardait la liberté de dire « non », même au tout dernier moment; elle accordait d'ailleurs la même liberté à Gania.

Très vite Gania apprit de façon positive, grâce à un hasard complaisant, que l'opposition de toute sa famille à ce mariage et à la personne même de Nastassia Philippovna, que trahissaient des scènes fréquentes, était parfaitement connue de cette dernière dans tous les détails. Toutefois, elle ne lui en parla jamais, bien qu'il s'y attendît quotidiennement.

Il y aurait d'ailleurs beaucoup à dire encore des circonstances et des incidents provoqués par ce projet de mariage et par les pourparlers, mais nous n'avons déjà que trop anticipé, d'autant plus que certaines circonstances n'apparaissaient alors qu'à l'état de très vagues rumeurs.

Ainsi, Totski aurait appris, on ne sait d'où, que Nastassia Philippovna serait entrée en rapports secrets et mal définis avec les demoiselles Épantchine, bruit absolument invraisemblable. Par contre, il ajoutait foi malgré lui à une autre rumeur qui lui causait des cauchemars : on lui donnait pour certain que Nastassia Philippovna était parfaitement informée de ce que Gania ne l'épouserait que pour l'argent et que c'était une âme vénale, noire, avide, impatiente, envieuse et d'un amour-propre incommensurable. Elle aurait su également que si, auparavant, Gania avait cherché passionnément à faire sa conquête, à dater du jour où les deux amis avaient décidé d'exploiter cette passion à leur profit en achetant Gania par la vente de Nastassia Philippovna comme épouse légitime, ce dernier s'était pris à la haïr comme son cauchemar. Le désir et la haine s'étaient curieusement confondus dans son âme et bien que, finalement, après de douloureuses hésitations, il eût consenti à épouser une « vilaine femme », il s'était juré au fond de son cœur d'en tirer vengeance et de lui faire payer tout cela par la suite. Nastassia Philippovna serait au courant de tout et préparerait quelque chose en secret. Totski en eut peur au point de ne plus tenir Épantchine au courant de ses alarmes; il y avait cependant des moments où, comme tout homme faible, il reprenait courage et se ranimait; il en fut ainsi, par exemple, lorsque Nastassia Philippovna promit enfin aux amis de dire son dernier mot le soir de son anniversaire.

Mais un autre bruit, le plus bizarre et le plus invraisemblable de tous, concernant l'honorable Ivan Fédorovitch lui-même, se confirmait, hélas, de plus en plus.

A première vue, tout cela apparaissait comme de la folie pure. Il était difficile de croire que, sur la fin d'une honorable carrière, avec son bon sens, son expérience de la vie, etc., etc., Ivan Fédorovitch se fût épris lui-même de Nastassia Philippovna, et cela au point que son caprice ressemblait presque à de la passion. Qu'espérait-il en l'occurrence ? Il était difficile de le dire; peut-être même comptait-il sur la complicité de Gania. En tout cas, Totski soupçonnait l'existence d'une sorte d'accord tacite entre le général et Gania, accord fondé sur une compréhension réciproque. Il est bien connu qu'un homme qui se laisse trop entièrement dominer par la passion, surtout lorsqu'il est d'un certain âge, en devient complètement aveugle et prêt à voir un espoir là où il n'y en a aucun; de plus, il perd tout jugement et se conduit comme un blanc-bec quelle que soit son intelligence.

On savait que le général avait préparé pour l'anniversaire de Nastassia Philippovna un sensationnel collier de perles qui avait coûté une somme énorme, et qu'il attachait à ce cadeau une grande importance, bien qu'il sût Nastassia Philippovna parfaitement désintéressée. La veille de l'anniversaire de Nastassia Philippovna, il était tout fiévreux, bien qu'il dissimulât habilement ses sentiments. C'est justement de ce collier que la générale Épantchine avait entendu parler.

S'il est vrai qu'Élisabeth Prokofievna avait pu, depuis longtemps, se rendre compte de la légèreté de son époux et qu'elle s'y était même partiellement habituée, il ne lui était évidemment pas possible de laisser passer un épisode de cette importance. L'histoire des perles l'intéressait à l'extrême. Le général s'en était rendu compte en temps utile; la veille déjà, quelques paroles significatives avaient été prononcées et il pressentait et redoutait une explication capitale.

Voilà pourquoi, ce matin par lequel nous avons commencé notre récit, il n'avait aucune envie d'aller déjeuner au sein de sa famille. Aussi, avant même l'arrivée du prince, avait-il décidé de s'esquiver sous prétexte d'affaires. « S'esquiver » signifiait parfois chez le général tout simplement s'enfuir. Il ne cherchait qu'à gagner ne fût-ce que la journée, et plus particulièrement la soirée, sans incident désagréable.

Et voici que le prince arrivait avec un tel à-propos : « C'est Dieu qui me l'envoie », songea le général en entrant chez son épouse.

V

La générale était jalouse de ses origines. On imagine son émoi en apprenant sans la moindre préparation que ce prince Muichkine, dernier de sa lignée et dont elle avait déjà entendu vaguement parler, n'était rien d'autre qu'un pauvre idiot presque indigent et que sa pauvreté réduisait à accepter des secours. Le général, d'ailleurs, recherchait l'effet pour provoquer un vif intérêt, créer une diversion et éviter ainsi toute question au sujet des perles.

Dans les circonstances extrêmes, la générale avait l'habitude d'écarquiller les yeux et, le corps rejeté en arrière, de regarder devant elle d'un air vague, sans dire un mot.

C'était une femme de belle taille, du même âge que son mari, aux cheveux bruns fortement grisonnants mais encore très épais, au nez légèrement busqué, au visage émacié, jaune de teint, aux joues creuses et aux lèvres minces et pincées. Son front était haut mais étroit, et ses yeux gris, assez grands, avaient parfois une expression tout à fait inattendue. Jadis, elle avait eu la faiblesse de croire que son regard produisait beaucoup d'effet et cette conviction lui était restée pour toujours.

– Le recevoir ? Vous voulez que je le reçoive maintenant ? tout de suite ? Et la générale écarquillait les yeux de toutes ses forces sur un Ivan Fédorovitch sémillant qui s'empressait autour d'elle.

– Pas besoin de faire des cérémonies avec lui si seulement, mon amie, tu as envie de le voir, se hâtait de préciser le général. – C'est un véritable enfant et même un peu pitoyable; il est affligé de je ne sais quels accès maladifs; il arrive tout droit de Suisse, bizarrement vêtu, on dirait à l'allemande, sans un sou vaillant, presque en larmes. Je lui ai donné vingt-cinq roubles et je compte lui trouver une petite place de scribouillard. Et je vous prierai, *mesdames**, de le faire manger, car, par surcroît, il me semble être affamé.

– Vous m'étonnez, continuait la générale sur le même ton. Affamé et des accès ? Quels accès ?

– Oh ! ils ne se produisent pas très souvent; d'ailleurs c'est presque un enfant, quoique instruit. J'avais l'intention de vous demander, *mesdames**, dit-il en se tournant à nouveau vers ses filles, de lui faire passer un petit examen; il ne serait pas mauvais de se rendre compte de ce dont il est capable.

– Un e-xa-men ? prononça la générale profondément interloquée, sans cesser de rouler les yeux, les portant alternativement sur son époux et sur ses filles.

– Ah ! mon amie, n'y attache pas une telle importance... En somme, agis à ta guise; j'avais dans l'esprit de l'accueillir gentiment et de l'introduire dans la famille, parce que cela me semblait presque une bonne action.

* En français dans le texte ainsi que les mêmes mots en italique aux pages suivantes.

— L'introduire chez nous ? venant d
— Peu importe la Suisse; mais il e
père, comme tu voudras. Si j'en ai
d'abord il s'agit d'un homonyme, peut-
parent, et puis, il ne sait vraiment où
J'avais même cru que tu serais intéressé … une certaine mesure, car il s'agit tout de même de quelqu'un de notre lignée.

— Bien sûr, *maman**, si on peut le recevoir sans cérémonie; puisqu'il a faim après un si long voyage, pourquoi ne pas l'inviter ? Surtout s'il n'a pas où aller, dit Alexandra, l'aînée.

— Par surcroît, c'est, paraît-il, un véritable enfant : on pourrait jouer avec lui à colin-maillard.

— A colin-maillard, comment ça ?

— Ah, *maman,* cessez de faire semblant, je vous en prie, l'interrompit avec humeur Aglaé.

Adélaïde, la seconde sœur, de caractère rieur, ne put y tenir et éclata de rire.

— Faites-le venir, papa; *maman* permet, décida Aglaé.

Le général sonna et donna l'ordre d'introduire le prince.

— Mais à condition qu'à table on lui noue une serviette autour du cou, décida la générale. Appelez Fédor, ou bien Mavra, pour qu'il y ait quelqu'un derrière lui pour le surveiller pendant qu'il mange. Est-il tranquille au moins durant ses crises ? Ne fait-il pas de gestes ?

— Au contraire, il est très gentiment élevé et a d'excellentes manières. Peut-être un peu trop simplet parfois... D'ailleurs, le voilà en personne ! Voici, je vous présente le prince Muichkine, dernier du nom, notre

* En français dans le texte ainsi que les mêmes mots en italique aux pages suivantes.

nyme et peut-être même parent; accueillez-le af-ctueusement; le déjeuner va être servi, prince, faites-nous l'honneur... Quant à moi, je vous prie de m'excuser, je suis très pressé et déjà en retard...

– On sait où vous êtes pressé d'aller, dit la générale d'un air important.

– Très pressé, très pressé, mon amie, et en retard déjà ! Donnez-lui vos albums, *mesdames,* qu'il vous écrive quelque chose, c'est un calligraphe d'une rare qualité ! Un talent ! Dans mon bureau il m'a calligraphié en écriture ancienne : « L'hégoumène Paphnuce a apposé sa signature »... Eh bien, au revoir !

– Paphnuce ? Hégoumène ?

Et comme son époux battait en retraite :

– Mais attendez; attendez donc, où allez-vous, et qu'est-ce que ce Paphnuce ? cria la générale avec insistance et une mauvaise humeur croissante où perçait même de l'inquiétude.

– Oui, oui, mon amie, il y eut autrefois un hégoumène de ce nom... Mais le comte m'attend depuis longtemps et c'est lui qui m'a fixé l'heure... Prince, à bientôt.

Et le général se retira en toute hâte.

– Je ne sais de quel comte il s'agit ! dit Élisabeth Prokofievna avec aigreur, reportant son regard exaspéré sur le prince. – Au fait, de quoi est-il question ? chercha-t-elle à se souvenir d'un air agacé et dédaigneux. – Ah oui, qu'est-ce que cet hégoumène ?

– Maman, essaya d'intervenir Alexandra, tandis qu'Aglaé tapa du pied avec impatience.

– Ne m'interrompez pas, Alexandra Ivanovna, scanda la générale, je veux savoir, moi aussi. Asseyez-vous là, prince, dans ce fauteuil en face de moi; non, par ici, au soleil, approchez-vous de la lumière pour que je puisse bien vous voir. Bon, à présent, parlez-moi de cet hégoumène !

– L'hégoumène Paphnuce... commença le prince d'un air attentif et sérieux.

– Paphnuce ? c'est curieux, et alors ?

La générale posait ces questions avec impatience, brusquement, sans quitter le prince du regard, et quand ce dernier répondait, elle ponctuait d'un hochement de tête chacune de ses paroles.

– L'hégoumène Paphnuce vivait au XIVe siècle, dit le prince. Il était à la tête d'un ermitage sur la Volga, dans l'actuelle province de Kostroma. Réputé pour sa vie pieuse, il était allé à plusieurs reprises à la Horde* pour régler différentes affaires; à l'une de ces occasions, il apposa sa signature sur un document; j'en ai vu le fac-similé; l'écriture m'a plu et j'ai appris à la reproduire. Tout à l'heure, lorsque le général a voulu voir mon écriture afin de me trouver une place, j'ai écrit quelques phrases en différents caractères et entre autres : « L'humble hégoumène Paphnuce a signé ceci de sa main », de l'écriture même de Paphnuce. Cela plut beaucoup au général, c'est à cela qu'il faisait allusion.

– Aglaé, dit la générale, souviens-toi : Paphnuce; ou plutôt note-le, moi j'oublie tout. J'avoue d'ailleurs que je m'attendais à quelque chose de plus intéressant. Où est cette signature ?

– Je crois qu'elle est restée sur la table dans le cabinet de travail du général.

* A cette époque, les Tartares occupaient une partie de la Russie. La « Horde » était le siège du Khan et désignait en même temps les Tartares eux-mêmes. (N. d. T.)

– Qu'on la fasse chercher immédiatement.

– Mais je pourrai plutôt, si vous voulez, vous l'écrire encore une fois.

– Bien sûr, *maman,* dit Alexandra, nous ferions mieux de déjeuner maintenant; nous avons tous faim.

– Tant qu'à faire, décida la générale. Venez, prince; avez-vous très faim ?

– Oui, à présent je commence à avoir très faim et je vous remercie beaucoup.

– C'est très bien que vous soyez poli et je constate que vous êtes loin d'être aussi bizarre... qu'on a jugé bon de vous présenter. Venez, asseyez-vous ici, en face de moi, pour que je puisse vous regarder, lui dit-elle en s'affairant pour le faire asseoir lorsqu'ils furent tous dans la salle à manger. – Alexandra, Adélaïde, occupez-vous du prince. Ne trouvez-vous pas qu'il n'est pas du tout aussi... malade ? Peut-être que la serviette est inutile... Dites, prince, est-ce qu'on vous nouait une serviette autour du cou ?

– Oui, je crois, jadis, lorsque j'avais sept ans; à présent, j'ai plutôt l'habitude de la mettre sur mes genoux.

– C'est ce qu'il faut. Et vos crises ?

– Mes crises ? dit le prince, légèrement surpris. Elles sont devenues maintenant assez rares. Pourtant, je ne sais pas; on prétend que le climat d'ici ne me sera pas favorable.

– Il parle bien, constata la générale, s'adressant à ses filles et continuant à accompagner d'un hochement de tête chacune des paroles du prince. – Je ne m'y attendais pas. Tout n'était donc que mensonges et balivernes comme d'habitude.

– Mangez, prince, et racontez-nous où vous êtes né,

où vous avez été élevé. Je veux tout savoir, vous m'intéressez énormément.

Le prince remercia et tout en mangeant de grand appétit, se mit à répéter ce qu'il avait déjà raconté à plusieurs reprises au cours de cette matinée. La générale était de plus en plus satisfaite. Les jeunes filles aussi l'écoutaient assez attentivement. On fit le tour de la parenté, et il se trouva que le prince connaissait assez bien sa généalogie, mais, malgré tous les efforts, ils ne trouvèrent rien qui pût l'apparenter à la générale; tout au plus pouvait-il y avoir un vague cousinage entre aïeux éloignés. Ce sujet aride plut particulièrement à la générale qui, malgré tout son désir, avait rarement l'occasion de parler de ses ancêtres, de sorte qu'elle se leva de table très animée.

– Allons plutôt dans notre salle de réunion, on nous y portera le café. C'est une pièce commune que nous avons, expliqua-t-elle au prince en l'entraînant. – Tout simplement mon petit salon, où nous nous réunissons lorsque nous sommes seules et où chacune s'occupe de ses affaires : Alexandra, ma fille aînée, joue du piano, ou lit, ou fait de la couture; Adélaïde peint des paysages ou des portraits (sans jamais arriver à finir quoi que ce soit); quant à Aglaé, elle reste sans rien faire. Moi aussi d'ailleurs, le travail me tombe des mains et je n'arrive à rien. Nous y voilà; asseyez-vous, prince, près de la cheminée, et racontez. Je veux savoir comment vous racontez. Je veux m'en assurer et lorsque je verrai la vieille princesse Bielokonska, je lui parlerai de vous. Je veux que vous les intéressiez tous aussi. Eh bien, parlez donc.

– *Maman,* il est assez difficile de raconter dans ces conditions, dit Adélaïde qui entre-temps avait installé son chevalet, pris ses pinceaux et sa palette, et s'était mise à reproduire, d'après une estampe, un paysage commencé depuis longtemps. Alexandra et Aglaé s'installèrent côte à côte sur un petit divan et, les bras croisés, se disposèrent à écouter la conversation. Le prince s'aperçut que l'attention générale était fixée sur lui.

– Je n'aurais rien raconté si on me l'avait ordonné de cette façon, observa Aglaé.

– Pourquoi ? Qu'y a-t-il d'extraordinaire ? Pourquoi ne raconterait-il pas ? Il a une langue. Je veux savoir comment il sait parler. Racontez ce que vous voudrez. Dites-nous si la Suisse vous a plu, votre première impression. Vous allez voir, il va commencer, et il le fera très bien.

– Mon impression fut très forte... commença le prince.

– Vous voyez, l'interrompit l'impatiente Élisabeth Prokofievna se tournant vers ses filles. – Vous voyez, il a commencé.

– Laissez-le au moins parler, *maman*, l'arrêta Alexandra. Ce prince est peut-être un malin et nullement un idiot, chuchota-t-elle à Aglaé.

– C'est certain, il y a longtemps que je m'en suis aperçue, répondit celle-ci. Et c'est ignoble de sa part de jouer cette comédie. Espère-t-il donc y gagner quelque chose ?

– Ma première impression fut très forte, reprit le prince. Lorsqù'on m'a emmené de Russie et que nous avons traversé des villes allemandes, je me bornais à regarder en silence et, je m'en souviens, ne posais même aucune question. Cela se passait à la suite d'accès très violents et très douloureux de ma maladie. D'ordinaire, en période de crise, lorsque mes accès se succédaient trop fréquemment, j'entrais dans un état de prostration, perdant complètement la mémoire, et bien que mon esprit continuât à fonctionner, le cours logique de mes pensées s'interrompait. J'étais incapable d'enchaîner plus de deux ou trois pensées. C'est du moins l'impression qui m'est restée.

« Lorsque l'état de crise s'apaisait, je redevenais aussi bien portant et aussi fort que je le suis à présent. Je me souviens, j'étais d'une tristesse intolérable, j'avais même envie de pleurer. Je ne faisais que m'étonner et m'inquiéter. J'étais très frappé de ce que tout, autour de moi, était *étranger;* ça, je l'avais compris. Tout cet étranger me désespérait. Je ne suis sorti complètement de ces ténèbres, je m'en souviens, que le soir, à Bâle, à notre arrivée en Suisse; et c'est le cri d'un âne sur la place du marché qui m'a réveillé. L'âne me fit une grande impression et, je ne sais pourquoi, me plut beaucoup; en même temps, dans ma tête, tout s'éclairait soudain. »

– Un âne ? C'est bizarre, remarqua la générale. Quoique, non, il n'y a rien d'étrange; il y en a parmi nous qui tomberaient amoureuses d'un âne, ajouta-t-elle en regardant presque avec colère les jeunes filles qui riaient. – On en parlait déjà dans la mythologie. Continuez, prince.

– Depuis ce temps, j'aime énormément les ânes. C'est devenu chez moi une véritable sympathie. Je me mis à me renseigner à leur sujet; je n'en avais jamais vu auparavant et je me rendis rapidement compte que l'âne était un animal extrêmement utile, robuste, travailleur, patient, sobre et résistant, et par l'intermédiaire de cet âne, toute la Suisse commença à me plaire, ce qui mit fin à ma tristesse.

– Tout cela est bien étrange, mais laissons, et passons à un autre sujet. Qu'as-tu à rire, Aglaé, et toi, Adélaïde ? Le prince a très bien parlé de l'âne. Il l'a vu lui-même, et toi, qu'as-tu vu ? Tu n'es jamais allée à l'étranger.

– J'ai déjà vu un âne, *maman,* dit Adélaïde.

– Et moi, j'en ai même entendu, renchérit Aglaé, et toutes les trois rirent encore; le prince en fit autant.

– C'est très mal de votre part, remarqua la générale. Excusez-les, prince, elles sont bonnes filles. Je me dispute sans cesse avec elles, mais je les aime. Elles sont irréfléchies et folles.

– Pourquoi donc ? dit le prince en riant, à leur place je n'aurais pas non plus manqué l'occasion. Néanmoins, j'en tiens toujours pour l'âne : l'âne est un personnage bon et utile.

– Et vous, êtes-vous bon, prince ? Je vous le demande par pure curiosité, dit la générale.

Et tout le monde de rire à nouveau.

– C'est encore ce maudit âne, je ne songeais même pas à lui ! s'écria la générale. Croyez-moi, prince, je n'ai fait aucun...

– Rapprochement ? Je n'en doutais nullement, dit le prince sans cesser de rire.

– C'est très bien que vous riiez. Je vois par là que vous êtes un très bon jeune homme, dit la générale.

– Il m'arrive de ne pas l'être, répondit le prince.

– Et moi, je suis bonne, déclara la générale d'une façon inattendue. – Si vous voulez, je le suis même toujours, et c'est là mon unique défaut, car il ne faut pas être toujours bonne. Je suis très souvent en colère contre elles et surtout contre Ivan Fédorovitch, mais ce qui est déplorable, c'est que je ne suis jamais aussi bonne que lorsque je suis en colère. Tout à l'heure, avant votre arrivée, je m'étais fâchée et j'avais fait semblant de ne rien comprendre. Cela m'arrive parfois, comme aux enfants. Aglaé m'a donné une leçon; je t'en remercie, Aglaé. D'ailleurs, bêtises que tout cela. Je suis loin d'être aussi bête que j'en ai l'air et que mes filles veulent le faire croire. J'ai du caractère et je ne me gêne pas beaucoup. Viens ici, Aglaé, embrasse-moi... Et puis, assez de sensiblerie, dit-elle lorsque Aglaé lui eut baisé les lèvres et la main avec beaucoup d'affection. – Poursuivez, prince. Peut-être vous souviendrez-vous de quelque chose de plus intéressant que cet âne.

– Je ne comprends toujours pas comment on peut raconter ainsi, tout de go, repartit Aglaé. Moi, je n'aurais rien trouvé.

– Le prince, lui, trouvera, parce que le prince est extrêmement intelligent, au moins dix fois plus intelligent que toi, peut-être même douze fois. J'espère que tu t'en rendras compte par la suite. Prouvez-le-leur, prince, et continuez. Quant à l'âne, on peut, en effet, le laisser maintenant de côté. Voyons, qu'avez-vous vu à l'étranger, en dehors de cet âne ?

– Au sujet de l'âne, c'était aussi très intelligent, dit Alexandra. Le prince a décrit d'une manière très intéressante son état morbide et comment, à la suite d'un choc extérieur, il reprit goût aux choses. J'ai toujours été curieuse de savoir comment on perdait la raison et comment on pouvait la recouvrer, surtout lorsque cela se produit brusquement.

– N'est-ce pas, n'est-ce pas ? se récria la générale. Je vois qu'il t'arrive aussi d'être parfois intelligente; et maintenant, assez ri. Je crois que vous vous êtes arrêté à la description de la nature suisse, prince, eh bien ?

– Nous sommes arrivés à Lausanne et on me mena faire une promenade sur le lac. Je sentais que c'était beau et cependant j'avais le cœur très lourd, dit le prince.

– Pourquoi ? demanda Alexandra.

– Je ne le comprends pas moi-même. J'ai toujours le cœur lourd et plein d'inquiétude en voyant pour la première fois un paysage de ce genre : c'est beau et à la fois angoissant. D'ailleurs, tout cela se passait lorsque j'étais encore malade.

– Eh bien, non, moi j'aurais été heureuse de voir tout cela. Je me demande si nous nous déciderons un jour à aller à l'étranger. Ça fait deux ans que je n'arrive plus à trouver un sujet de tableau :

Le Sud et le Levant sont décrits depuis longtemps...

Prince, trouvez-moi un sujet de tableau !

– Je n'y entends pas grand'chose; il me semble qu'il n'est que de regarder et de peindre.

– Je ne sais pas regarder.

– Qu'avez-vous à parler par énigmes ? Je n'y comprends rien ! les interrompit la générale. Comment ça : « Je ne sais pas regarder » ? Tu as des yeux, tu n'as donc qu'à regarder. Si tu ne sais pas regarder ici, tu ne l'apprendras pas davantage à l'étranger. Il vaut mieux que vous nous racontiez, prince, comment vous regardiez, vous.

– Ce sera mieux, dit Adélaïde. Le prince, lui, a appris à regarder à l'étranger.

– Je ne sais pas trop. Je n'y ai fait que rétablir ma santé; je ne sais pas si j'ai appris à regarder. D'ailleurs, j'ai été heureux presque tout le temps.

– Heureux ! Vous savez être heureux ! s'écria Aglaé.

Comment pouvez-vous dire alors que vous n'avez pas appris à regarder ? Vous êtes sans doute capable de nous l'apprendre.

— Oui, apprenez-le-nous, dit Adélaïde toujours rieuse.

— Je ne sais rien apprendre aux autres, dit le prince en faisant écho à leurs rires. — Presque tout le temps que j'ai passé à l'étranger, j'ai vécu dans ce petit village suisse; je ne le quittais que très rarement pour un bref voyage; que puis-je vous apprendre ? Au début, j'ai réussi seulement à ne pas m'y ennuyer; ma santé s'améliorait rapidement; plus tard, chaque jour m'était devenu précieux, de plus en plus précieux, je m'en rendais parfaitement compte. Je me couchais le soir très content et je me réveillais plus heureux encore. Mais pourquoi tout cela, il est assez difficile de le dire.

— Au point que rien ne vous attirait ailleurs ? demanda Alexandra.

— Si, au début, j'ai éprouvé ce genre d'appel et j'en ressentais une grande anxiété. Je pensais à l'avenir, j'avais envie d'éprouver mon destin; à certains moments j'étais particulièrement troublé. Vous savez, il y a de ces moments, surtout dans la solitude. Il y avait là-bas une petite cascade, une chute d'eau mince comme un fil, qui tombait d'une grande hauteur, presque à pic, blanche, bouillonnante d'écume et bruyante. Elle tombait de très haut, mais on n'avait pas l'impression de l'altitude; elle se trouvait à une demi-lieue et on l'eût dite à cinquante pas.

« J'aimais écouter sa voix dans la nuit; c'est dans ces moments que parfois mon trouble devenait particulièrement grand. Quelquefois aussi, dans la journée, quelque part dans la montagne, je m'arrêtais tout seul en pleine montée; autour de moi, d'énormes pins, vieux, résineux; sur le rocher, un château moyenâgeux tout en ruines; loin, en contre-bas, notre petit village, à peine visible; le soleil brille, le ciel est bleu, le silence est absolu. C'est là que parfois je sentais cet appel vers l'inconnu et je pensais que si j'allais droit devant moi, loin, loin, jusqu'au delà de cette ligne où la terre se rencontre avec le ciel, je trouverais une réponse à tout, qu'aussitôt une vie nouvelle m'y apparaîtrait, mille fois plus intense et plus ardente que chez nous. Je rêvais d'une grande ville comme Naples, pleine de palais, de bruits, de mouvement, de vie... De quoi n'ai-je pas rêvé ? Plus tard, il me sembla que même en prison on pouvait trouver une vie immense ».

– Cette dernière et louable pensée, je l'avais déjà lue à l'âge de douze ans dans une anthologie, dit Aglaé.

– Tout cela, c'est de la philosophie, constata Adélaïde. Vous êtes un philosophe venu pour nous moraliser.

– Peut-être avez-vous raison, dit le prince en souriant. Je suis peut-être, en effet, un philosophe et, qui sait, peut-être ai-je vraiment l'intention de moraliser... C'est possible, très possible.

– Votre philosophie est d'ailleurs exactement la même que celle d'Eulampie Nicolaïevna, reprit Aglaé. C'est une veuve de fonctionnaire qui vient chez nous, une sorte de pique-assiette. Pour elle, le grand problème c'est le bon marché, la possibilité de vivre à meilleur compte; elle ne sait parler que de kopeks. Et notez bien qu'elle a de l'argent; c'est une rouée. Il en est exactement de même de votre vie immense en prison, et peut-être aussi de vos quatre ans de bonheur dans ce village pour lequel vous avez vendu votre ville de Naples, peut-être même avec bénéfice, bien qu'en kopeks seulement.

– Pour ce qui est de la vie en prison, il est possible que ce ne soit pas tout à fait exact, dit le prince. J'en ai entendu parler par un homme qui avait passé en prison une douzaine d'années; c'était un des malades qui se soignait chez mon professeur. Il avait parfois des crises, il était agité et avait même tenté de se suicider. Sa vie en prison avait été triste, je vous l'assure, mais certainement pas monnayable en kopeks. Et pourtant, ses seules relations étaient une araignée et un jeune arbre qui avait poussé sous sa fenêtre... Mais je vais plutôt vous raconter une autre rencontre que j'ai faite, l'an dernier. Il y avait là quelque chose de très étrange, étrange par la rareté du cas. Il s'agissait d'un homme qui avait été conduit, avec d'autres condamnés, sur le lieu de l'exécution pour s'entendre lire sa condamnation à être fusillé pour crime politique. Une vingtaine de minutes plus tard, on lut aussi le décret qui les graciait en commuant leur peine. Mais dans l'intervalle entre les deux sentences, durant ces vingt minutes ou du moins ce quart d'heure, il vécut dans la certitude absolue de devoir mourir dans quelques instants. J'avais terriblement envie de l'entendre évoquer ses impressions d'alors et je m'étais mis plusieurs fois à l'interroger. Il se souvenait de tout avec une extraordinaire netteté et affirmait qu'il ne pourrait jamais oublier ces minutes-là. A une vingtaine de pas de l'échafaud auprès duquel se tenaient le peuple et les soldats, on avait fixé dans la terre trois poteaux, car il y avait plusieurs condamnés. Les trois premiers furent conduits vers ces poteaux; on les y attacha, on leur passa la tenue des condamnés (une sorte de longue tunique blanche), on leur cacha les yeux sous des capuchons blancs pour les empêcher de voir les fusils; ensuite, face à chaque poteau vint se placer le peloton d'exécution. L'homme dont je vous parle était le huitième du rang; il devait donc aller au poteau au troisième tour. Un prêtre vint bénir les condamnés. Il ne leur restait guère plus de cinq minutes à vivre. L'homme m'a dit que ces cinq minutes lui parurent d'une longueur infinie, d'une richesse inépuisable; il lui semblait que durant ces cinq minutes il allait vivre tant de vies que point n'était besoin encore de songer au dernier instant. Il prit même ses dispositions en conséquence; il détermina le temps qu'il lui faudrait pour dire adieu à ses camarades et y consacra deux minutes, puis deux autres minutes à se recueillir une dernière fois, le reste à jeter un regard tout autour. Il se souvenait très bien d'avoir ainsi fait trois parts de son temps. Il allait mourir à l'âge de vingt-sept ans, en pleine santé et en pleine force. Il se souvenait qu'en disant adieu à ses camarades il avait posé à l'un deux une question hors de propos et qu'il s'était même beaucoup intéressé à la réponse. Puis, une fois les adieux terminés, vinrent les deux minutes destinées à *se recueillir;* il savait d'avance à quoi il allait penser. Il voulait se représenter aussi rapidement et aussi nettement que possible ce qui allait se passer : en ce moment il est là, il vit, et dans trois minutes il va devenir *autre chose,* quelqu'un ou quelque chose, mais quoi ? mais où ? Il pensait pouvoir apprendre cela durant ces deux minutes ! Non loin de là se dressait une église dont la coupole dorée étincelait au soleil. Il se souvenait avec quelle intensité il fixait cette coupole et les rayons qui s'y reflétaient; il ne pouvait s'arracher à la contemplation de ces rayons : il lui semblait qu'ils étaient sa nouvelle nature, que dans trois minutes il allait se confondre avec eux... Cet état d'incertitude et de répugnance devant l'inconnu dont l'heure allait sonner était affreux. Mais il disait que rien ne lui fut alors plus intolérable que la pensée : « Si je pouvais ne pas mourir ! Si la vie m'était rendue, quelle éternité ! Tout cela serait à moi; je transformerais chaque minute en siècle, sans en perdre aucune, je les compterais toutes pour n'en rien gaspiller ! » Il disait que cette pensée avait fini par se transformer en une telle fureur qu'il ne désirait plus qu'être fusillé au plus vite.

Le prince se tut brusquement; tout le monde s'attendait à ce qu'il continuât et tirât une conclusion.

– Vous avez fini ? demanda Aglaé.

– Oui..., j'ai fini, dit le prince, sortant d'une courte rêverie.

– Mais pourquoi nous avez-vous raconté cela ?

– Comme ça... je m'en suis souvenu... dans le courant de la conversation.

– Vous terminez bien brusquement, constata Alexandra. Vous aviez probablement l'intention, prince, d'en tirer la conclusion qu'il n'y a pas d'instant dans la vie monnayable en kopeks, et que cinq minutes valent parfois tous les trésors du monde ? Tout cela est très louable; mais permettez... Cet ami qui vous a conté ces horreurs... sa peine a été commuée, n'est-il pas vrai ? On lui a donc fait don de cette « vie infinie ». Eh bien, comment par la suite a-t-il employé cette richesse ? A-t-il vécu « en comptant » toutes les minutes ?

— Oh non, il me l'a dit lui-même, je l'ai questionné à ce sujet; il ne vécut pas du tout de cette façon et gaspilla de très nombreuses minutes.

— Donc, voilà une expérience concluante : on ne peut pas vraiment vivre « en comptant ». Il doit y avoir une raison à cela.

— Certainement, il doit y avoir une raison à cela, répéta le prince. Il me semblait aussi... Et pourtant, je n'arrive pas à le croire...

— Cela veut-il dire que vous pensez pouvoir vivre plus intelligemment que les autres ? demanda Aglaé.

— Oui, à cela aussi j'ai parfois songé.

— Et vous le pensez ?

— Et... je le pense, répondit le prince, toujours avec ce même sourire timide et doux, tout en regardant Aglaé. Mais il se mit aussitôt à rire en la regardant à nouveau avec gaîté.

— C'est modeste ! dit Aglaé avec humeur.

— Comme vous êtes courageuses, dit-il. Vous riez alors que moi, ce récit m'avait à tel point frappé que j'en ai rêvé, précisément de ces cinq minutes...

Il contempla ses auditrices une fois encore avec attention et sérieux.

— Vous n'êtes pas fâchées contre moi ? demanda-t-il tout à coup, troublé, mais continuant à les regarder droit dans les yeux.

— Mais pourquoi ? s'écrièrent les trois jeunes filles, surprises.

— De ma façon de parler, comme si je vous faisais la leçon...

Elles se mirent à rire.

— Si vous êtes fâchées, ne le soyez plus, dit-il. Je sais bien moi-même que j'ai vécu moins que les autres et que je m'y entends moins que quiconque dans la vie. Je dois parler d'une façon bien étrange...

Et il se troubla tout à fait.

– Puisque vous dites que vous avez été heureux, vous avez donc vécu plus et non pas moins que les autres. Pourquoi donc vous excuser et biaiser ainsi, dit Aglaé sévèrement et avec insistance. – Et ne vous inquiétez surtout pas d'avoir l'air de nous faire la leçon. Il n'y a là aucun triomphe. Avec votre quiétisme on peut remplir de bonheur cent ans de vie. Qu'on vous montre une exécution capitale ou qu'on vous tende le petit doigt, vous déduirez de l'un comme de l'autre une idée édifiante et resterez content. Il est facile de vivre ainsi.

– Qu'as-tu donc à être tout le temps furieuse ? intervint la générale, qui étudiait depuis longtemps le visage des interlocuteurs. – Et je ne comprends pas non plus de quoi vous parlez. Quel petit doigt ? Qu'est-ce que c'est que ces balivernes ? Le prince parle très bien, quoique ce fût un peu triste. Pourquoi cherches-tu à le décourager ? Lorsqu'il a commencé, il riait et le voilà tout ahuri à présent.

– Cela ne fait rien, *maman*. Dommage, prince, que vous n'avez jamais vu d'exécution, j'aurais eu quelque chose à vous demander.

– J'ai vu une exécution, répondit le prince.

– Vous en avez vu une ? s'écria Aglaé. J'aurais dû m'en douter ! Voilà qui couronne tout. Si vous en avez vu une, comment pouvez-vous prétendre avoir été heureux tout ce temps ? N'ai-je pas eu raison ?

– Il y avait donc des exécutions dans votre village ? demanda Adélaïde.

– Je l'ai vue à Lyon, j'y étais allé avec Schneider. Elle a eu lieu juste le jour de notre arrivée.

– Et alors ? ça vous a-t-il beaucoup plu ? En avez-vous tiré des enseignements utiles ? insistait Aglaé.

– Cela ne m'a pas plu du tout, et après j'ai été un peu malade; mais j'avoue que j'avais regardé comme sans pouvoir détourner les yeux.

– Moi non plus, je n'aurais pas pu détourner les yeux, avoua Aglaé.

– On n'aime pas, là-bas, que les femmes viennent regarder, on parle même dans les journaux de ces femmes-là.

– Parce qu'ils trouvent que ce n'est pas là affaire de femmes, c'est donc qu'ils veulent dire que c'est une affaire d'hommes et la justifier. C'est d'une logique admirable. Et c'est évidemment aussi votre opinion.

– Racontez-nous cette exécution, l'interrompit Adélaïde.

– Je n'aurais pas voulu le faire aujourd'hui... dit le prince troublé, et il se rembrunit.

– On dirait que cela vous fait de la peine de nous en parler, intervint de nouveau la mordante Aglaé.

– Non, c'est parce que de cette même exécution, je viens d'en parler tout à l'heure.

– A qui en avez-vous parlé ?

– A votre laquais, en attendant d'être reçu...

– Quel laquais ? fit-on de tous côtés.

– Celui qui se tient dans l'antichambre, un homme grisonnant, haut en couleurs; j'étais dans l'antichambre en attendant d'être reçu par Ivan Fédorovitch.

– C'est étrange, remarqua la générale.

– Le prince est un démocrate, déclara Aglaé. Mais puisque vous l'avez raconté à Alexeï, vous ne pouvez plus nous le refuser.

– Je tiens absolument à entendre ce récit, répéta Adélaïde.

– Tout à l'heure, j'ai effectivement eu l'idée, dit le prince se tournant vers elle et se ranimant un peu (il s'enthousiasmait apparemment vite et en toute confiance). – Oui, j'ai eu vraiment l'idée, lorsque vous me demandiez un sujet de tableau, de vous proposer de peindre le visage d'un condamné une minute avant la chute du couperet, alors qu'il est encore debout sur l'échafaud, juste avant de se coucher sur cette planche.

– Comment le visage ? Le visage seul ? demanda Adélaïde. Ce serait un sujet bizarre, et où donc y a-t-il là un tableau ?

– Je ne sais pas, mais pourquoi pas ? insista le prince avec chaleur. Il n'y a pas longtemps, j'ai vu à Bâle un tableau pareil. J'aimerais beaucoup vous en parler... Je le ferai un jour... Il m'a beaucoup frappé.

– Vous nous parlerez sans faute du tableau de Bâle, mais plus tard, dit Adélaïde. Pour le moment, expliquez-moi ce tableau de l'exécution. Pouvez-vous le décrire comme vous vous l'imaginez ? Comment peindre ce visage ? Comme ça, le visage seul ? et comment est-il, ce visage ?

– Cela se passe une minute avant la mort, commença le prince avec toute sa bonne volonté, entraîné par ses souvenirs et semblant avoir aussitôt oublié tout le reste. – Au moment précis où, après avoir gravi l'échelle, il vient de mettre le pied sur l'échafaud. A ce moment, il a tourné la tête de mon côté, j'ai vu son visage et j'ai tout compris... D'ailleurs, comment traduire cela en paroles ? J'aurais tellement aimé que vous ou quelqu'un d'autre puissiez peindre cela ! Il aurait mieux valu que ce fût vous. A ce moment-là, déjà, j'avais pensé que ce tableau serait utile. Savez-vous, il faudrait faire voir tout ce qui avait précédé, tout, tout. Il vivait en prison et pensait avoir encore une semaine au moins avant l'exécution : il comptait un peu sur les formalités d'usage, les papiers qui doivent encore passer par une autre instance et qui ne reviendront que dans une semaine. Or, pour une raison quelconque, la procédure se trouva écourtée. A 5 heures du matin, il dormait. C'était à la fin d'octobre; à 5 heures, il fait encore nuit froide. Le chef des geôliers est entré sans bruit avec l'escorte et doucement lui a touché l'épaule. Il se soulève sur un coude, voit la lumière : « Que se passe-t-il ? – L'exécution est pour 10 heures ». Encore ensommeillé, il ne veut pas croire, essaye de discuter : le papier ne devrait arriver que dans une semaine; mais une fois bien réveillé, il cesse de discuter et se tait; c'est ce qu'on racontait là-bas. Puis il dit : « C'est tout de même dur, comme ça, tout d'un coup ». Il se tait de nouveau et ne veut plus rien dire. Trois ou quatre heures se passent en préparatifs : l'aumônier, le déjeuner qu'on lui sert avec vin, viande et café. (N'est-ce pas une dérision ? A réfléchir cela paraît d'une cruauté ! Et pourtant ces gens le font dans la simplicité de leur cœur et sont sûrs que c'est pure humanité !) Puis c'est la toilette. (Vous savez en quoi consiste la toilette d'un condamné ?) Enfin, on le mène à travers la ville, vers l'échafaud... Je pense que là aussi, pendant qu'on vous emmène, on doit croire qu'on a encore une vie infiniment longue devant soi. Il me semble qu'il devait sûrement se dire pendant le trajet : « J'ai encore longtemps à vivre, il me reste encore trois rues, puis encore cette rue-ci, puis celle où il y a une boulangerie sur la droite... nous en avons encore du temps avant d'arriver à la boulangerie ! » Tout autour, la foule, des cris, du bruit, des milliers de visages, des milliers de regards, tout cela il faut le supporter, et surtout supporter cette pensée : « Voilà ces milliers de gens et aucun d'eux ne sera exécuté, alors que moi, on m'exécute ! » Tout cela d'ailleurs, c'est avant. Mais voici l'échelle qui conduit à l'échafaud, et devant cette échelle il se met tout à coup à pleurer, et c'était pourtant un homme viril et fort, et un terrible bandit, paraît-il. Durant tout ce trajet, l'aumônier se trouvait auprès de lui sur la charrette et il ne cessait de lui parler. Il est peu probable que l'homme l'entendît; il commençait à écouter mais dès les premiers mots il ne comprenait plus. Oui, cela devait se passer ainsi. Enfin, il commença à gravir l'échelle (on leur lie les pieds et ils ne peuvent avancer qu'à petits pas). L'aumônier, probablement un homme intelligent, avait cessé de lui parler et lui tendait seulement la croix à baiser. Déjà au pied de l'échelle, l'homme était très pâle, mais une fois sur l'échafaud il devint blanc comme un linge. Probablement les jambes lui manquaient, raides comme du bois, et il devait avoir la nausée, comme si quelque chose le chatouillait dans la gorge; avez-vous jamais ressenti cela quand vous aviez peur ou à des moments effrayants quand la conscience demeure entière mais n'a plus aucun pouvoir ? Il me semble que, par exemple, devant un péril inévitable : une maison qui s'écroule sur vous, c'est là qu'on doit avoir une envie irrésistible de s'asseoir en fermant les yeux et d'attendre, advienne que pourra !...

« C'est à ces moments de faiblesse que l'aumônier, aussitôt, d'un geste rapide et en silence, approchait de ses lèvres la croix à baiser, l'approchait souvent, à tout instant. Et dès que la croix touchait ses lèvres, l'homme ouvrait les yeux et ses jambes se remettaient à marcher. Il baisait cette croix avec avidité, avec hâte, comme s'il eût été pressé de se pourvoir en quelque chose, à tout hasard, mais il est douteux qu'à cette minute il pût éprouver un sentiment religieux. Et il en fut ainsi jusqu'au billot... C'est curieux, il est rare qu'on s'évanouisse pendant ces dernières secondes ! Au contraire, le cerveau vit intensément et d'une façon très active, très puissante même, comme une machine en pleine action; j'imagine le martèlement des pensées, toutes inachevées, peut-être bizarres et mêmes drôles : « Ce bonhomme qui me regarde, il a une verrue sur le front; le bourreau a un des boutons de sa veste rouillé... » Et à ces instants on sait tout et on se souvient de tout; il y a là un point qu'il n'est pas possible d'oublier, et on ne peut pas s'évanouir, et c'est autour de ce point que tout tourne. Et pensez qu'il en est ainsi jusqu'au dernier quart de seconde, quand la tête est déjà sous le couperet et qu'elle attend et... qu'elle *sait* et entend tout à coup au-dessus d'elle le grincement du fer ! Car on ne peut pas ne pas l'entendre ! Si c'était moi, j'aurais écouté exprès et je l'aurais entendu ! Cela ne dure peut-être qu'un dixième de seconde, mais on l'entend sûrement ! Et imaginez-vous, il y en a qui prétendent qu'une fois la tête tombée, elle sait peut-être encore, pendant une seconde, qu'elle est tombée... Quelle sensation ! Et si cela durait cinq secondes !... Dessinez l'échafaud de manière qu'on ne voie nettement, au premier plan, que cette dernière marche; le criminel vient d'y poser le pied, on voit sa tête, sa figure livide, la croix que lui tend l'aumônier; il avance avidement vers elle ses lèvres bleuies; et il regarde et *il sait tout*. Cette croix et cette tête, voilà le tableau; la tête de l'aumônier, celle du bourreau, celles de ses deux aides et quelques têtes de spectateurs, en bas leurs yeux... Tout cela, on peut l'ajouter comme fond, en tant qu'accessoires, dans une sorte de brouillard... Voilà comment j'imagine ce tableau ».

Le prince se tut et regarda ses interlocutrices.

– Cela ne ressemble évidemment pas à du quiétisme, dit Alexandra comme à part soi.

– Et maintenant racontez comment vous avez été amoureux, proposa Adélaïde.

Le prince la regarda avec surprise.

– Écoutez, dit Adélaïde dans une sorte de hâte. Vous devez encore nous parler de ce tableau de Bâle, mais maintenant je veux vous entendre raconter comment vous avez été amoureux; ne vous en défendez pas, vous l'avez été. Au surplus, dès que vous racontez quelque chose, vous cessez d'être un philosophe.

– Dès que vous avez fini de raconter, vous avez aussitôt honte de ce que vous venez de dire. Pourquoi cela ? demanda soudain Aglaé.

– C'est à la fin stupide ! coupa la générale, jetant à Aglaé un regard indigné.

– Pas très intelligent, confirma Alexandra.

– Ne la croyez pas, prince, dit la générale se tournant vers ce dernier. – Elle le fait exprès, par une sorte de méchanceté; elle n'est pas du tout si mal élevée; n'allez pas penser je ne sais quoi à les voir vous houspiller ainsi. Elles ont sûrement une idée derrière la tête, mais elles vous aiment déjà. Je connais leurs visages.

– Moi aussi, je connais leurs visages, dit le prince en insistant sur ces paroles.

– Comment cela ? demanda Adélaïde avec curiosité.

– Que savez-vous de nos visages ? dirent les deux autres, également intéressées.

Mais le prince se taisait, sérieux; toutes attendaient sa réponse.

– Je vous le dirai plus tard, fit-il doucement et avec sérieux.

– Vous voulez décidément nous intriguer, s'écria Aglaé. – Quel air solennel !

– C'est bon, se hâta de dire Adélaïde. Mais puisque vous êtes un tel physionomiste, vous avez sûrement été amoureux; j'ai donc bien deviné. Eh bien, racontez-nous ça.

– Je n'ai pas été amoureux, répondit le prince, de cette même voix douce et grave. – J'ai ... été heureux autrement.

– Comment ? avec quoi ?

– Bien. Je vais vous le raconter, murmura le prince qui paraissait profondément songeur.

VI

– Vous me regardez toutes avec une telle curiosité que, si je ne la satisfaisais pas, vous pourriez peut-être vous fâcher, commença le prince. – Non, je plaisantais, ajouta-t-il aussitôt en souriant. – Là-bas... là-bas, il y avait des enfants, et je passais tout mon temps avec les enfants, rien qu'avec eux. C'étaient les enfants du village, toute la bande qui allait à l'école. Ce n'est pas que je me sois occupé de leur instruction, il y avait pour cela un instituteur, Jules Thibault; peut-être les instruisais-je un peu, mais je passais plutôt mon temps avec eux, et c'est à cela que passèrent mes quatre années là-bas. Je n'avais besoin de rien d'autre. Je leur disais tout, je ne leur cachais rien. Leurs parents et leurs familles finirent par m'en vouloir tous, parce que, à la fin, les enfants ne pouvaient plus se passer de moi et étaient toujours autour de moi; quant à l'instituteur, il devint même mon principal ennemi. J'en eus beaucoup, d'ennemis, à cause des enfants. Schneider lui-même me faisait des reproches. Et que craignaient-ils donc tellement ? On peut tout dire à un enfant, absolument tout; j'ai toujours été frappé de voir à quel point les grandes personnes connaissent mal les enfants, même les parents leurs propres enfants. Il ne faut rien cacher aux enfants sous prétexte qu'ils sont petits et qu'il est trop tôt pour eux de savoir. Quelle triste et malheureuse idée ! Et avec quelle facilité les enfants se rendent compte que leurs parents les trouvent trop petits et incapables de comprendre, alors qu'ils comprennent tout. (Les grandes personnes ne savent pas que même dans la circonstance la plus grave un enfant est capable de donner un excellent conseil.) Oh Dieu, lorsque ce joli petit oiseau vous regarde, heureux et confiant, pouvez-vous le tromper sans honte ? Je les appelle des petits oiseaux parce qu'il n'y a rien au monde de meilleur que les oiseaux.

« Je dois dire qu'on m'en voulait au village surtout à cause d'une chose... Quant à Thibault, ce n'était que jalousie; il ne faisait d'abord que hocher la tête et s'étonner de ce que les enfants me comprissent si bien alors qu'ils ne comprenaient à peu près rien à ce qu'il leur enseignait; puis il s'est mis à se moquer de moi quand je lui ai dit que ni lui ni moi n'avions rien à leur apprendre et que c'étaient plutôt eux qui pourraient nous apprendre quelque chose. Comment pouvait-il me jalouser et me calomnier, lui qui vivait lui-même parmi les enfants ! Auprès des enfants, une âme guérit... Il y avait un malade dans l'établissement de Schneider, un homme très malheureux. C'était un malheur si affreux qu'il ne peut peut-être pas y en avoir de semblable. Il était soigné comme aliéné; à mon avis, ce n'était pas un aliéné, mais simplement un homme qui souffrait atrocement; c'était là toute sa maladie. Si vous saviez seulement ce que sont devenus pour lui, à la fin, nos enfants... Mais il vaut mieux que je vous parle plus tard de ce malade; je vais vous raconter maintenant comment tout cela a commencé. Tout d'abord, les enfants ne m'aimaient pas.

J'etais si grand, j'ai toujours été si gauche; je sais que je ne suis pas beau... Enfin, il y avait aussi le fait que j'étais un étranger. Au début, les enfants se moquaient de moi, ensuite ils m'ont même jeté des pierres, lorsqu'ils m'ont vu embrasser Marie. Je ne l'avais d'ailleurs embrassée qu'une seule fois. Non, ne riez pas, dit le prince se hâtant d'arrêter le sourire de ses auditrices. – Il n'y avait pas là d'amour. Si vous saviez seulement quel être misérable c'était, vous l'eussiez plainte autant que moi. Elle était de notre village. Sa mère était une très vieille femme. Par autorisation du maire, une des fenêtres de sa misérable masure avait été aménagée en éventaire, et elle vendait des lacets, du fil, du tabac, du savon, tout cela pour des sous, à peine de quoi subsister. Elle était malade, ses jambes étaient toujours enflées, de sorte qu'elle restait toujours assise devant sa fenêtre. Marie était sa fille, d'une vingtaine d'années, faible et chétive. Elle était depuis longtemps rongée par la phtisie, mais n'en faisait pas moins de dures journées de ménage dans différentes maisons. Elle lavait par terre, faisait la lessive, balayait les cours, soignait le bétail. Un commis-voyageur français de passage la séduisit et l'emmena avec lui; au bout d'une semaine il l'abandonna sur la route et fila de son côté. Elle rentra à la maison en mendiant en route, déguenillée, sale, les chaussures trouées; elle avait marché toute la semaine, couché à la belle étoile et avait pris froid; ses pieds étaient couverts de plaies, ses mains enflées et crevassées. Elle n'avait d'ailleurs jamais été belle, à part ses yeux, bons, doux et innocents. Elle était terriblement silencieuse. Une fois, jadis, elle s'était tout à coup mise à chanter en travaillant et je me souviens que tout le monde en fut surpris et se moqua d'elle : « Tiens, Marie qui chante. Comment ? Marie chante ? » Elle en devint toute confuse et depuis lors se tut à jamais. A cette époque, les gens étaient encore gentils avec elle, mais lorsqu'elle fut revenue malade et déchirée, personne n'éprouva pour elle la moindre compassion. Comme ils sont durs dans ces circonstances ! Comme leurs préjugés sont grossiers et sans pitié ! Sa mère la première l'accueillit avec colère et mépris : « Tu m'as déshonorée ». Ce fut elle qui la première la livra à la honte publique. Lorsqu'on eut appris au village que Marie était revenue, tout le monde accourut pour la contempler; le village presque tout entier s'était donné rendez-vous dans la maisonnette de la vieille : vieillards, enfants, femmes, jeunes filles, toute une foule avide et pressée. Marie était étendue par terre, aux pieds de la vieille, affamée, en loques, et elle pleurait. Lorsqu'elle vit tous ces gens, elle se cacha la figure dans ses cheveux défaits et s'aplatit encore davantage. Tout le monde la regardait comme une bête immonde; les vieux la blâmaient et l'injuriaient; les jeunes se moquaient d'elle, les femmes l'insultaient, la réprouvaient, la considéraient avec dégoût, comme une araignée. La mère a permis tout cela, elle était là à approuver en hochant la tête. Elle était alors déjà très malade, presque moribonde; elle mourut en effet deux mois plus tard; elle savait qu'elle allait mourir, mais jusqu'à la mort ne songea pas à se réconcilier avec sa fille. Elle ne lui adressait même pas la parole, l'obligeait à dormir dans l'entrée, la nourrissait à peine. Il lui fallait constamment des bains de pieds chauds pour ses jambes malades. Chaque jour Marie les lui donnait et la soignait. La vieille acceptait tous ces soins en silence et n'eut jamais un mot gentil pour Marie.

« Mais Marie supportait tout, et plus tard, lorsque

j'eus fait sa connaissance, je remarquai qu'elle-même approuvait cela et se considérait elle-même comme la dernière des dernières. Lorsque la mère ne put plus se lever, les vieilles du village vinrent, selon la coutume, la soigner à tour de rôle. On cessa alors complètement de nourrir Marie et dans le village on la pourchassait, et personne ne voulait plus lui donner du travail. C'était comme si on crachait sur elle, et les hommes cessèrent même de la considérer comme une femme et employaient devant elle les plus gros mots. Parfois, très rarement, lorsqu'ils étaient ivres le dimanche, ils lui jetaient, pour rire, des sous par terre; Marie les ramassait en silence. Alors déjà elle crachait du sang. Ses guenilles, à la fin, finirent par tomber en loques au point qu'elle avait honte de se montrer au village; depuis son retour elle marchait pieds nus. C'est surtout alors que les enfants, en bande – ils étaient une quarantaine – s'acharnèrent sur elle; ils allèrent jusqu'à lui lancer de la boue. Elle demanda au berger de la laisser garder les vaches, mais le berger la chassa. Alors, de son propre chef, sans permission, elle suivit chaque matin le troupeau qui s'en allait pour la journée. Comme elle sut se rendre très utile, le berger ne la chassait plus; parfois même il lui donnait les restes de son dîner, du fromage et du pain. Il considérait cela comme une grande faveur de sa part. Lorsque sa mère mourut, le pasteur n'eut pas honte d'humilier publiquement Marie à l'église. Elle se tenait derrière le cercueil dans ses guenilles et pleurait. Les gens étaient venus nombreux pour la regarder en suivant le cercueil; c'est alors que le pasteur, un homme jeune encore, dont toute l'ambition était de devenir un grand prédicateur, se tournant vers eux leur désigna Marie :

« Voilà celle qui fut la cause de la mort de cette femme respectable (c'était faux, car la vieille était malade depuis déjà deux ans). La voilà devant vous qui n'ose lever les yeux parce que Dieu l'a marquée de son doigt, la voilà pieds nus et en loques, exemple pour tous ceux qui perdent la vertu ! Et qui est-elle ? Sa propre fille !... » et ainsi de suite. Et figurez-vous, cette bassesse leur plut presque à tous, mais... C'est là qu'il se passa quelque chose; les enfants prirent le parti de Marie, parce qu'à ce moment-là ils étaient déjà tous de mon côté et s'étaient mis à aimer Marie. Voici comment cela s'était passé.

« J'avais voulu faire quelque chose pour Marie; elle avait grand besoin d'argent, mais je n'avais jamais là-bas le moindre sou. Je n'avais qu'une petite épingle avec un diamant; je la vendis à un brocanteur qui allait de village en village. Il m'en donna huit francs; elle en valait sûrement quarante. J'ai longuement cherché à rencontrer Marie seul; à la fin, nous nous sommes rencontrés derrière la barrière du village, sur un sentier menant dans la montagne, auprès d'un arbre. Je lui ai donné les huit francs et je lui ai dit de bien en prendre soin parce que je n'en aurais plus d'autres. Ensuite je l'ai embrassée et je lui ai dit de ne pas penser que j'avais quelque mauvaise intention à son égard, et que je l'avais embrassée non pas parce que j'étais amoureux d'elle mais parce que je la plaignais beaucoup, et que je ne l'avais jamais tenue pour une coupable mais pour une malheureuse. Je désirais vivement la consoler et la convaincre qu'elle ne devait pas s'humilier devant les autres, mais elle n'a pas dû me comprendre. Je l'ai senti aussitôt, bien qu'elle restât silencieuse presque tout le temps, les yeux baissés et toute honteuse. Lorsque j'eus fini, elle me baisa la main; je voulus aussitôt baiser la sienne, mais elle me l'arracha vivement.

« C'est à ce moment-là que les enfants, tout un groupe, nous surprirent; j'appris plus tard qu'ils me guettaient depuis longtemps. Ils se mirent à siffler, à battre des mains, à rire aux éclats, tandis que Marie se sauvait en courant. Je tentai de leur parler, mais ils me jetèrent des pierres. Et le jour même, tout le monde l'apprit, tout le village. Tout cela retomba de nouveau sur Marie; on se mit à la détester de plus belle. J'ai même entendu dire qu'on avait décidé de la punir, mais, Dieu merci, tout se passa en paroles. En revanche, les enfants ne lui laissèrent plus de répit; ils la traquaient plus que jamais, lui jetaient de la boue; poursuivie par eux, elle essayait de se sauver, mais avec sa poitrine malade elle était vite à bout de souffle; ils ne la lâchaient pas, la houspillaient, l'injuriaient. Une fois même j'ai dû me battre avec eux. Plus tard, j'ai essayé de leur parler, je leur parlais chaque jour, à chaque occasion. Parfois ils s'arrêtaient pour m'écouter tout en continuant à crier des injures. Je leur racontai combien Marie était malheureuse; bientôt ils cessèrent de m'insulter et prirent l'habitude de s'éloigner en silence. Petit à petit nous en arrivâmes à causer; je ne leur cachai rien, je leur ai tout raconté. Ils écoutaient avec beaucoup d'intérêt et très vite se mirent à plaindre Marie. Quelques-uns, en la rencontrant, commencèrent à la saluer gentiment; c'est la coutume là-bas de se saluer lorsqu'on se rencontre, qu'on se connaisse ou non. Imaginez la surprise de Marie. Un jour, deux petites filles lui portèrent de la nourriture, puis elles vinrent me le raconter. Elles me dirent que Marie s'était mise à pleurer, et qu'à présent, elles l'aimaient beaucoup. Bientôt tous l'aimèrent et en même temps ils se mirent à m'aimer moi aussi. Ils venaient souvent me voir et me demandaient toujours de leur raconter quelque chose. Je crois que je racontais bien, car ils aimaient beaucoup m'écouter. Par la suite, je n'étudiais et je ne lisais que pour pouvoir le raconter ensuite, et je passai ainsi les trois dernières années. Plus tard, lorsqu'on me reprochait – Schneider comme les autres – de leur parler comme à de grandes personnes, sans rien leur cacher, je leur répondais à tous qu'il est honteux de mentir aux enfants, qu'ils savent déjà tout sans cela, quoi qu'on fasse pour le leur cacher, et qu'ils apprendront peut-être d'une façon vilaine, tandis que moi, je leur présenterai autrement. Il suffirait à chacun de se souvenir de sa propre enfance. Je n'arrivai pas à les convaincre...

« J'avais embrassé Marie environ quinze jours avant la mort de sa mère; mais lorsque le pasteur fit son sermon, tous les enfants étaient déjà avec moi. Je leur racontai aussitôt et leur expliquai ce que le pasteur avait fait; tous se mirent en colère contre lui, quelques-uns au point de lui casser les vitres à coups de pierres. Je les arrêtai en leur démontrant que c'était mal agir, mais déjà on avait tout appris au village et c'est là qu'on se mit à m'accuser de dévoyer les enfants. On sut ensuite que les enfants aimaient Marie et on fut très inquiet; mais Marie était déjà heureuse.

« On alla jusqu'à interdire aux enfants de la rencontrer, mais ils allaient en secret la rejoindre auprès du troupeau, assez loin, presque à une demi-lieue du village; ils lui portaient des friandises, d'autres venaient simplement pour l'embrasser et pour lui dire : *Je vous* *aime, Marie**; après quoi ils s'en retournaient à toutes jambes; Marie faillit devenir folle de ce bonheur subit; elle n'eût jamais osé en rêver. Elle en était à la fois confuse et joyeuse, et quant aux enfants, et en particulier les petites filles, ils avaient surtout envie d'aller la voir pour lui dire que je l'aimais et que je leur parlais beaucoup d'elle. Ils lui racontèrent que c'était par moi qu'ils avaient tout appris à son sujet et qu'à présent ils l'aimaient et la plaignaient et qu'il en serait toujours ainsi. Ensuite ils venaient me trouver avec des frimousses joyeuses et affairées pour m'apprendre qu'ils avaient vu Marie et que Marie me faisait dire bonjour. Le soir j'allais à la cascade; il y avait là un coin entièrement caché du village par des peupliers; c'est là qu'ils venaient me retrouver le soir, certains même en cachette. Je crois que mon amour pour Marie les rendait infiniment heureux, et ce fut le seul point sur lequel je les ai trompés durant toute ma vie là-bas. Je ne les détrompais pas en leur expliquant que je n'aimais pas du tout Marie, c'est-à-dire que je n'en étais pas amoureux, que je ne faisais que la plaindre beaucoup; je voyais bien qu'ils préféraient qu'il en fût selon leur idée et comme ils l'avaient décidé entre eux; c'est pourquoi je me taisais et leur laissais croire qu'ils avaient deviné.

« Et ces petits cœurs étaient à tel point affectueux et délicats qu'il leur sembla, entre autres, que puisque leur bon Léon aimait tellement Marie, il était impossible que Marie continuât à être si mal habillée et à marcher pieds nus. Figurez-vous qu'ils lui procurèrent des souliers, des bas, du linge et même une robe; com-

* En français dans le texte.

ment y sont-ils parvenus, je ne le comprends pas; toute la bande s'y était mise. Quand je leur posais des questions, ils se bornaient à rire et les fillettes battaient des mains et m'embrassaient. Il m'arrivait parfois aussi de voir Marie en cachette. Elle était déjà très malade et marchait à peine; à la fin, elle ne fut plus d'aucune aide au berger, mais néanmoins suivait chaque matin le troupeau. Elle s'asseyait à l'écart; il y avait là un saillant dans un rocher qui descendait presque à pic; elle s'installait tout au fond, sur la pierre, cachée de toutes parts, et demeurait ainsi presque sans bouger, depuis le matin jusqu'à l'heure de la rentrée du troupeau. La phtisie l'avait affaiblie au point qu'elle restait le plus souvent les yeux fermés, la tête appuyée contre le rocher et somnolait en respirant avec difficulté; son visage était devenu d'une maigreur squelettique et la sueur lui venait au front et aux tempes. C'est ainsi que je la trouvais toujours. Je ne venais que pour un instant et, moi non plus, je ne tenais pas à être vu. A peine apparaissais-je que Marie sursautait, ouvrait les yeux et se précipitait pour me baiser les mains. Je ne les retirais plus, parce que pour elle c'était du bonheur; tout le temps que je restais là, elle tremblait et pleurait; il est vrai que parfois elle avait essayé de parler, mais il était difficile de la comprendre. Elle était quelquefois comme folle, terriblement émue et émerveillée. Parfois les enfants m'accompagnaient. Dans ce cas, ils s'arrêtaient d'ordinaire non loin de là et faisaient le guet pour nous préserver d'on ne sait trop quoi, ce qui leur était extrêmement agréable. Lorsque nous partions, Marie restait seule de nouveau sans bouger, les yeux fermés, la tête appuyée contre le rocher; peut-être rêvait-elle.

« Un matin, elle n'eut plus la force de suivre le troupeau et resta dans sa maisonnette vide. Les enfants l'apprirent aussitôt et presque tous vinrent lui rendre visite dans la journée; elle restait étendue sur son lit absolument seule. Pendant deux jours, les enfants furent seuls à la soigner à tour de rôle; par la suite, lorsqu'on apprit au village que Marie se mourait pour de bon, des vieilles vinrent la veiller. Il semble qu'au village on avait fini par prendre Marie en pitié; tout au moins ne défendait-on plus aux enfants de la voir. Marie était tout le temps dans un état de somnolence, mais son sommeil était agité et une toux terrible la déchirait. Les vieilles chassaient les enfants, mais ceux-ci accouraient à la fenêtre, ne fût-ce que pour un instant, rien que pour dire : *Bonjour, notre bonne Marie**. Et Marie, à peine les avait-elle vus ou entendus, se ranimait et, sans écouter les vieilles, s'efforçait de se soulever sur un coude, leur faisait des signes de tête, les remerciait. Ils continuaient à lui porter des friandises, mais elle ne mangeait presque plus. Grâce à eux, je vous assure, elle est morte presque heureuse. Grâce à eux, elle avait oublié sa misère noire, comme si elle eût reçu d'eux son pardon, car jusqu'à sa fin elle ne cessa de se croire une grande pécheresse. Et les enfants, tels des oiseaux, venaient battre des ailes contre sa fenêtre et lui criaient chaque matin : *Nous t'aimons, Marie**. Elle mourut très vite. Je pensais qu'elle vivrait bien plus longtemps.

« La veille de sa mort, au coucher du soleil, je suis passé la voir; elle a dû me reconnaître et je lui ai serré la main pour la dernière fois. Comme elle était desséchée, cette main ! Et voilà que le lendemain matin on

* En français dans le texte.

vient m'apprendre que Marie est morte. Alors, il devint impossible de retenir les enfants ; ils couvrirent son cercueil de fleurs et lui posèrent une couronne sur la tête. A l'église, le pasteur ne flétrit plus la morte ; d'ailleurs, il y eut très peu de monde à l'enterrement, à peine quelques curieux ; mais lorsqu'il fallut porter le cercueil, tous les enfants se précipitèrent. Comme ils n'avaient pas la force de le porter, ils essayaient d'aider, tous couraient derrière le cercueil et tous pleuraient. Depuis lors, la tombe de Marie est l'objet d'un culte de la part des enfants ; chaque année ils la couvrent de fleurs et ils ont planté des rosiers tout autour.

« Mais c'est à partir de cet enterrement que l'on commença à me persécuter au village au sujet des enfants. Les principaux instigateurs étaient le pasteur et l'instituteur. On interdit catégoriquement aux enfants jusqu'à me rencontrer, et Schneider promit même d'y veiller. Néanmoins nous parvenions à nous voir, nous nous expliquions de loin par signes. Ils me faisaient parvenir de petits billets. Par la suite tout cela s'arrangea, mais cela avait été très bien ainsi : grâce à ces persécutions, je m'étais rapproché encore davantage des enfants. La dernière année, je me suis même presque réconcilié avec Thibault et avec le pasteur. Quant à Schneider, il me parlait beaucoup et discutait mon néfaste « système » à l'égard des enfants. Quel système ? Schneider me fit enfin part d'une idée très curieuse qui lui était venue – cela se passait juste avant mon départ – il me dit qu'il était absolument convaincu que j'étais moi-même un véritable enfant, c'est-à-dire un enfant à tous les points de vue, que je n'avais d'un adulte que la taille et le visage, mais que par l'âme, le caractère, la formation, et peut-être même par l'intelligence, je n'étais pas adulte, et que je demeurerais ainsi, dussé-je vivre soixante ans. J'ai beaucoup ri; il n'a certainement pas raison; en effet, en quoi suis-je un enfant ? Une chose seulement est vraie : je n'aime vraiment pas la compagnie des adultes, des grandes personnes, je l'ai remarqué depuis longtemps; je ne l'aime pas parce que je ne sais pas être avec eux. Quoi qu'ils me disent, de quelque bonté qu'ils témoignent à mon égard, je me sens toujours comme mal à l'aise, et je suis ravi de pouvoir les quitter pour mes camarades, et mes camarades ce sont toujours des enfants, non que je sois un enfant moi-même, mais simplement parce que je me sens attiré par eux.

« Encore au début de mon séjour dans ce village, au cours de mes promenades solitaires et tristes dans la montagne, lorsque je rencontrais parfois, surtout à midi, à la sortie de l'école, cette bande bruyante d'enfants qui couraient avec leurs cartables et leurs ardoises, en criant, en riant, en jouant, toute mon âme s'élançait soudain vers eux. Je ne sais comment l'expliquer, mais à chacune de mes rencontres avec eux j'éprouvais un sentiment très vif de bonheur. Je m'arrêtais et je riais de bonheur à regarder leurs petites jambes, toujours animées, toujours gambadantes, à voir courir ces garçonnets et ces fillettes, à les voir rire et pleurer (car au cours de leur trajet de l'école à la maison quelques-uns avaient trouvé le temps de se battre, de pleurer, de se réconcilier et de recommencer à jouer); j'oubliais alors ma tristesse. Par la suite, durant toutes ces trois années, je ne pouvais même plus comprendre comment et pourquoi les hommes peuvent s'ennuyer ou être tristes. Ma destinée entière fut avec eux.

« Jamais je ne pensais quitter ce village et il ne m'était jamais venu à l'esprit que je pouvais un jour repartir pour la Russie; il me semblait que j'étais là pour toujours, mais je compris enfin que je ne pouvais me laisser entretenir par Schneider, et c'est à ce moment-là qu'il se passa quelque chose de tellement important, paraît-il, que Schneider lui-même me pressa de partir et écrivit ici en mon nom. Je vais voir de quoi il s'agit et prendre conseil. Peut-être mon sort en sera-t-il complètement changé, mais là n'est pas la question et ce n'est pas le plus important. L'important est que ma vie est d'ores et déjà complètement changée. J'ai laissé beaucoup de choses là-bas, beaucoup trop. Tout a disparu. Dans le train, je songeais : « A présent, je vais vers les hommes; je ne sais rien peut-être, mais une nouvelle vie a commencé ». J'ai décidé d'accomplir ma tâche honnêtement et avec fermeté. Je pense que vivre avec les hommes me sera peut-être pénible et ennuyeux. Pour commencer, j'ai décidé d'être poli avec tout le monde et franc; on ne m'en demandera certes pas plus. Peut-être ici aussi me prendra-t-on pour un enfant; eh bien, qu'importe ! Tout le monde me tient aussi pour idiot; je me demande pourquoi. J'ai en effet été malade jadis au point de ressembler à un idiot; mais en quoi suis-je un idiot à présent, puisque je comprends que l'on me considère comme tel ? Lorsque j'entre quelque part, je pense : « On me prend pour un idiot, et pourtant je suis intelligent et ils ne s'en doutent même pas ». J'ai souvent cette pensée.

« Lorsque, à Berlin, je reçus de là-bas les petites missives qu'ils avaient déjà trouvé le moyen de m'envoyer, c'est là que je compris enfin combien je les aimais. La première lettre fait toujours beaucoup de peine. Comme ils étaient tristes en m'accompagnant à la gare ! Ils avaient commencé un mois à l'avance à se préparer à mon départ : « Léon s'en va, Léon s'en va pour toujours ». Chaque soir nous nous retrouvions comme à l'accoutumée auprès de la cascade et nous parlions de notre séparation. Parfois nous étions presque aussi gais qu'autrefois; seulement, en me quittant pour aller se coucher, ils prirent l'habitude de me serrer affectueusement et très fort dans leurs bras, ce qu'ils ne faisaient jamais auparavant. Quelques-uns venaient me trouver séparément, en se cachant des autres, pour m'embrasser à leur aise et sans témoins. Le jour de mon départ, ils vinrent tous en foule me conduire à la gare. La gare se trouvait à une lieue environ du village. Ils se retenaient de pleurer, mais tous n'y arrivaient pas et sanglotaient tout haut, surtout les fillettes. Nous marchions vite pour ne pas arriver en retard mais pourtant, tout à coup, l'un d'eux se détachait des autres, se jetait vers moi au beau milieu de la route, m'enlaçait de ses petits bras et m'embrassait, en arrêtant pour cela seulement toute notre troupe. Lorsque je montai dans le wagon et que le train s'ébranla, ils crièrent tous « hourrah ! » et restèrent longtemps sur place jusqu'à ce que le train disparût complètement de leur vue. Moi aussi je les regardais... Écoutez, lorsque tout à l'heure je suis entré ici et que j'ai vu vos aimables visages – je regarde maintenant très attentivement les visages – dès les premiers mots je me sentis pour la première fois le cœur léger. Tout à l'heure déjà j'ai pensé que peut-être j'étais vraiment né chanceux; je sais très bien qu'on ne rencontre pas souvent des gens qu'on puisse aimer au premier abord; or, je vous ai rencontrées à peine descendu de mon train. Je sais qu'on devrait avoir honte de parler à tout le monde de ses sentiments, et pourtant je vous en parle, et avec vous je n'éprouve pas la moindre honte. Je suis sauvage et il se peut que je ne vienne pas vous voir de longtemps. Ne prenez pas cela en mauvaise part; ne croyez surtout pas que je ne tienne pas à vous ni que quelque chose m'ait offensé. Vous m'aviez demandé de vous dire ce que j'ai remarqué dans vos visages ? Je vous le dirai avec grand plaisir. Vous, Adélaïde Ivanovna, vous avez un visage heureux, le plus sympathique des trois. Outre que vous êtes très belle, on songe en vous regardant : « Elle a le visage de la plus gentille des sœurs ». Vous abordez les gens avec simplicité et gaîté, mais vous savez aussi reconnaître un cœur. Voilà ce qu'évoque pour moi votre visage. Votre visage à vous, Alexandra Ivanovna, est également beau et aimable, mais il se peut que vous cachiez quelque secrète tristesse; vous êtes, sans aucun doute, pleine de bonté mais vous n'êtes pas gaie. Vous avez une nuance dans votre visage qui fait songer à la Madone de Holbein, à Dresde. Voilà pour vous; ai-je bien deviné ? C'est vous-même qui pensez que je sais deviner. Quant à vous, Élisabeth Prokofievna, dit-il en se tournant brusquement vers la générale, – en ce qui vous concerne, ce n'est pas pour moi une impression mais une certitude que vous êtes une véritable enfant; en tout, en bien comme en mal, et cela malgré votre âge. Vous n'êtes pas fâchée que je vous dise cela ? Vous savez bien ce que sont pour moi les enfants. Et ne croyez pas que ce soit par simplicité que je vous aie parlé si franchement de vos visages, oh non, pas du tout ! Il se peut que moi aussi j'aie eu une idée ».

VII

LORSQUE le prince se tut, tout le monde le regardait gaîment, même Aglaé, mais tout particulièrement Élisabeth Prokofievna.

– Le voilà, son examen ! s'écria-t-elle. Eh bien, mesdemoiselles, vous qui pensiez le protéger comme un pauvre petit garçon, voilà qu'il a tout juste daigné vous agréer, et encore avec la réserve de ne venir que rarement. Nous voilà toutes bêtes, et j'en suis ravie; mais, le plus ridicule, c'est encore Ivan Fédorovitch. Bravo, prince, tout à l'heure on avait donné l'ordre de vous faire passer un examen. Pour ce qui est de mon visage, ce que vous en avez dit est l'exacte vérité : je suis une enfant et je le sais. Je le savais déjà avant vous; vous avez su exprimer ma pensée en un seul mot. Je trouve votre caractère en tous points semblable au mien et j'en suis fort aise; comme deux gouttes d'eau, à cela près que vous êtes un homme et moi une femme, et que je n'ai jamais été en Suisse; voilà toute la différence.

– Ne vous pressez pas trop, maman, s'écria Aglaé. Le prince vient de dire que dans toutes ses confidences il y avait une arrière-pensée, et qu'il n'avait pas parlé pour rien.

– Oui, oui, firent les deux autres en riant.

– Ne vous moquez pas, mes chéries, il est peut-être plus malin que vous trois ensemble. Vous verrez. Mais pourquoi n'avez-vous rien dit d'Aglaé, prince ? Aglaé attend et moi aussi.

– Je ne peux rien dire pour le moment; je dirai plus tard.

– Pourquoi cela ? Il me semble qu'on la remarque assez ?

– Oh oui, beaucoup; vous êtes extrêmement belle, Aglaé Ivanovna. Vous êtes tellement belle que l'on n'ose pas vous regarder.

– C'est tout ? Et sa nature ? insistait la générale.

– Il est difficile de juger la beauté; je ne m'y suis pas encore préparé. La beauté est une énigme.

– Cela veut dire que vous proposez une énigme à Aglaé, intervint Adélaïde; – essaye de deviner, Aglaé. Mais n'est-ce pas qu'elle est belle, prince ?

– Extrêmement belle ! répondit le prince avec chaleur en regardant Aglaé avec admiration. – Presque aussi belle que Nastassia Philippovna, bien que son visage soit très différent...

Les quatre femmes se regardèrent, étonnées.

– Que qui-i ? demanda la générale. Que Nastassia Philippovna ? Où avez-vous vu Nastassia Philippovna ? Quelle Nastassia Philippovna ?

– Tout à l'heure, Gabriel Ardalionovitch faisait voir son portrait à Ivan Fédorovitch.

– Comment, il a apporté un portrait à Ivan Fédorovitch ?

– Pour le lui montrer. Nastassia Philippovna a fait cadeau aujourd'hui de son portrait à Gabriel Ardalionovitch, et celui-ci l'a apporté pour le montrer au général.

– Je veux le voir ! s'écria la générale. Où est ce portrait ? Si elle lui en a fait cadeau, c'est lui qui doit l'avoir, et il est évidemment encore dans le cabinet de travail. Il y vient travailler tous les mercredis et ne s'en va jamais avant 4 heures. Qu'on fasse immédiatement venir Gabriel Ardalionovitch ! Mais non, je ne meurs pas d'envie de le voir. Soyez aimable, prince, mon ami, allez jusqu'au bureau, prenez-lui ce portrait et apportez-le ici. Dites que je désire le voir, je vous en prie.

– Il est bien, mais tout de même un peu trop simplet, dit Adélaïde lorsque le prince fut sorti.

– Oui, un petit peu trop, confirma Alexandra, – au point d'en être quelque peu ridicule.

Ni l'une ni l'autre ne semblait dire toute sa pensée.

– Cependant, il ne s'en est pas mal tiré avec nos visages, dit Aglaé. Il a su flatter tout le monde, même maman.

– Ne fais pas d'esprit, s'écria la générale. Il ne m'a pas flattée, c'est moi qui me sens flattée.

– Tu crois qu'il cherchait à se tirer d'affaire ? demanda Adélaïde.

– Il me semble qu'il est loin d'être aussi simple qu'on croit.

– La voilà lancée, se fâcha la générale. A mon sens, vous êtes bien plus ridicules que lui. Il est un peu simplet, mais il sait ce qu'il veut, je le dis dans le sens le plus noble, bien entendu. Tout à fait comme moi.

« C'est évidemment fâcheux que j'aie parlé de ce portrait, se disait le prince en allant vers le cabinet de travail et éprouvant quelque remords. Mais... peut-être ai-je bien fait d'en parler... »

Une étrange pensée commençait à lui traverser le cerveau, quoique encore assez peu nette.

Gabriel Ardalionovitch se trouvait toujours dans le bureau et était plongé dans ses papiers. Il semblait bien justifier les appointements que lui payait la société par actions. Il se troubla à l'extrême lorsque le prince lui demanda le portrait et lui raconta comment on avait appris là-bas son existence.

– Ah là là ! quel besoin aviez-vous de bavarder ? s'écria-t-il furieux et contrarié. Vous ne savez rien... Idiot ! murmura-t-il entre ses dents.

– Désolé, je l'ai dit sans réfléchir, dans la conversation. J'ai dit qu'Aglaé était presque aussi belle que Nastassia Philippovna.

Gania lui demanda de raconter plus en détail; ce que le prince fit. Gania lui jeta un regard ironique.

– Décidément, vous en tenez pour Nastassia Philippovna, murmura-t-il. Mais il n'acheva pas et devint songeur.

Il était visiblement très inquiet. Le prince lui rappela qu'on demandait le portrait.

– Écoutez, prince, dit soudain Gania comme si une idée subite lui était venue. – J'ai un énorme service à vous demander... Mais vraiment, je ne sais pas...

Il se troubla et n'acheva pas; il semblait en proie à une lutte intérieure et paraissait hésiter à prendre une décision. Le prince attendait en silence. Gania le mesura encore d'un regard fixe et scrutateur.

– Prince, commença-t-il à nouveau. Actuellement... pour une raison... tout à fait étrange... et même ridicule... et dont je ne suis pas responsable... – d'ailleurs ceci est à côté de la question, – je crois qu'on m'en veut quelque peu là-bas, de sorte que j'ai décidé de ne pas y aller pendant un certain temps sans y être convié. Cependant j'ai absolument besoin de parler à

Aglaé Ivanovna. J'ai, à tout hasard, écrit quelques mots (il tenait à la main un billet plié), mais je ne sais comment les lui faire parvenir. Ne vous chargeriez-vous pas, prince, de passer ce billet à Aglaé Ivanovna tout de suite, mais à Aglaé Ivanovna seule, c'est-à-dire sans que personne le voie, vous me comprenez ? Il ne s'agit pas d'un très grand secret, il n'y a là rien qui soit... mais... le ferez-vous ?

– Cela ne m'est pas très agréable, répondit le prince.

– Ah, prince, c'est pour moi d'une importance extrême ! insistait Gania. Elle répondra peut-être... Croyez-moi, si je m'adresse à vous, c'est qu'il s'agit d'un cas d'une extrême gravité... Par qui d'autre pourrais-je le lui faire tenir ?... C'est pour moi d'une importance... d'une importance terrible.

Gania avait affreusement peur que le prince ne refusât et il quémandait avec un regard piteux.

– Bon, je transmettrai.

– Mais que personne ne s'en aperçoive, suppliait Gania, rassuré. – Et vous savez, prince, je compte sur votre parole d'honneur, n'est-ce pas ?

– Je ne le montrerai à personne, dit le prince.

– Le billet n'est pas cacheté, mais... laissa échapper dans son grand empressement Gania; et il s'arrêta court, confus.

– Oh, je ne le lirai pas, répondit très simplement le prince. Il prit le portrait et sortit du bureau.

Demeuré seul, Gania se prit la tête dans les mains. « Un seul mot d'elle et je... vraiment je romprai peut-être... » Il était incapable, dans l'émotion de l'attente, de se remettre à ses papiers, et il se mit à arpenter le bureau d'un coin à l'autre.

Le prince marchait, songeur; il avait été désagréablement surpris par cette commission; l'idée même d'un billet de Gania à Aglaé lui déplaisait. Mais à deux pièces du salon, il s'arrêta tout à coup comme s'il s'était souvenu de quelque chose, jeta un regard alentour, s'approcha de la fenêtre pour avoir plus de lumière et se mit à examiner le portrait de Nastassia Philippovna.

On eût dit qu'il cherchait à deviner quelque chose qui se cachait dans ce visage et l'avait frappé tout à l'heure. Cette impression ne l'avait pas quitté et maintenant il cherchait, semblait-il, à la confirmer. Ce visage extraordinaire par sa beauté et par quelque chose d'autre le frappait encore davantage à présent. On eût dit qu'il y avait de l'orgueil sans bornes et du mépris, presque de la haine, et en même temps quelque chose de confiant et d'étrangement candide; ce contraste provoquait même une sorte de compassion. Cette beauté éblouissante était même intolérable; beauté du visage pâle aux joues un peu creuses et aux yeux étincelants, étrange beauté ! Le prince la contempla un moment, puis se reprit, jeta un coup d'œil autour de lui, et, approchant d'un geste rapide le portrait de ses lèvres, il l'embrassa. Lorsqu'un instant plus tard, il entra dans le salon, son visage était parfaitement calme.

Mais à peine était-il entré dans la salle à manger (deux pièces avant le salon) qu'il se heurta presque, à la porte, à Aglaé qui entrait. Elle était seule.

– Gabriel Ardalionovitch m'a prié de vous remettre cela, dit le prince en lui tendant le billet.

Aglaé s'arrêta, prit le billet et jeta au prince un regard bizarre. Il n'y avait dans ce regard aucune confusion; à peine si on pouvait y lire quelque étonnement, et encore ne semblait-il concerner que le prince seul.

Par ce regard, Aglaé semblait exiger des explications – comment s'était-il trouvé mêlé à cette affaire ? – et elle les exigeait avec calme et hauteur. Ils restèrent quelques instants l'un en face de l'autre ; enfin, quelque chose de moqueur s'esquissa sur son visage ; elle sourit légèrement et passa.

La générale contempla pendant un certain temps, en silence et avec une nuance de dédain, le portrait de Nastassia Philippovna qu'elle tenait devant elle, le bras tendu, à une distance exagérée.

– Oui, elle est belle, murmura-t-elle enfin. Très belle même. Je l'ai vue deux fois, mais de loin. Ainsi, c'est cette beauté-là que vous appréciez ? dit-elle en s'adressant au prince.

– Oui... celle-là... répondit le prince avec un certain effort.

– Je veux dire précisément celle-là ?

– Oui, précisément celle-là.

– Pour quelle raison ?

– Dans ce visage... il y a beaucoup de souffrance... murmura le prince presque malgré lui, comme s'il parlait pour lui-même et non en réponse à la question.

– D'ailleurs, il est possible que ce ne soit chez vous que du délire, déclara la générale, et elle rejeta le portrait sur la table d'un grand geste hautain. Alexandra le prit, Adélaïde s'approcha d'elle et toutes deux se mirent à l'examiner ensemble. A ce moment, Aglaé revint dans le salon.

– Quelle force ! s'écria soudain Adélaïde, regardant avidement le portrait par-dessus l'épaule de sa sœur.

– Où ? Quelle force ? demanda sèchement Élisabeth Prokofievna.

– Une telle beauté est une force, dit avec ardeur

Adélaïde. – Une telle beauté peut retourner le monde.

Elle revint pensive à son chevalet. Aglaé ne jeta sur le portrait qu'un regard en passant, plissa les yeux, avança la lèvre inférieure et alla s'asseoir à l'écart, les bras croisés.

La générale sonna.

– Appelez Gabriel Ardalionovitch, il est dans le cabinet de travail, dit-elle au domestique qui venait d'entrer.

– Maman ! s'écria Alexandra.

– J'ai un mot à lui dire, en voilà assez, trancha la générale coupant court à toute réplique. Elle était visiblement irritée. – Voyez-vous, prince, nous n'avons plus ici que des secrets, rien que des secrets ! C'est paraît-il indispensable, une sorte d'étiquette stupide. Et cela dans une affaire qui exige un maximun de franchise, de clarté, d'honnêteté. On projette des mariages; ils ne me plaisent guère, ces mariages !...

– Maman, qu'avez-vous donc ? s'empressa de l'arrêter à nouveau Alexandra.

– Que veux-tu, chère fille ! Est-ce qu'ils te plaisent, à toi ? Cela ne fait rien que le prince écoute; nous sommes amis. Du moins, nous le sommes, lui et moi. Dieu recherche les bons; quant aux méchants et aux capricieux, il n'en a que faire, surtout de ces capricieux qui, aujourd'hui, décident une chose et disent tout autre chose le lendemain. Me comprenez-vous, Alexandra Ivanovna ? Elles disent, prince, que je suis simplette, alors que je sais distinguer. Car c'est le cœur qui importe le plus, et tout le reste n'est que sornettes ! Bien sûr, il faut aussi de l'intelligence; il se peut même que ce soit le plus important. Ne ricane pas, Aglaé, je ne me contredis pas; une sotte avec du cœur et sans intelligence est aussi malheureuse qu'une sotte avec de l'intelligence et sans cœur. C'est une vieille vérité. Moi, je suis la sotte avec du cœur et sans intelligence, et toi la sotte avec de l'intelligence et sans cœur, voilà pourquoi nous sommes malheureuses et souffrons toutes les deux.

– En quoi êtes-vous si malheureuse, maman ? ne put se retenir Adélaïde qui, seule de toute la compagnie, semblait avoir gardé son humeur enjouée.

– Tout d'abord, d'avoir des filles trop savantes, trancha la générale, et comme cela seul suffit largement, il n'y a pas lieu de s'étendre sur le reste. Trêve de bavardages. On va voir comment vous allez vous en tirer toutes les deux (je ne compte pas Aglaé), avec votre esprit et votre verbiage, et si vous, inestimable Alexandra Ivanovna, vous allez être heureuse avec votre noble monsieur... Ah ! s'écria-t-elle en voyant entrer Gania, voilà venir encore une cérémonie nuptiale. Bonjour ! répondit-elle au salut de Gania sans l'inviter à s'asseoir. Alors, vous allez convoler ?

– Convoler ? comment ça ?... comment convoler ? balbutiait Gabriel Ardalionovitch, abasourdi. Il était terriblement troublé.

– Vous allez vous marier ? voilà ce que je vous demande, si cette expression vous convient mieux.

– N-n-n-on... je... n-non... mentit Gabriel Ardalionovitch, le visage rouge de honte. Il jeta un rapide coup d'œil à Aglaé, toujours assise à l'écart, et détourna vivement les yeux. Aglaé le regardait avec calme et froideur, sans le quitter des yeux, et observait sa confusion.

– Non ? vous avez dit non ? insistait l'implacable Élisabeth Prokofievna. Ça suffit, je me souviendrai que ce mercredi matin vous avez répondu « non » à ma question. Quel jour sommes-nous ? est-ce bien mercredi ?

– Je crois que c'est bien mercredi, maman, répondit Adélaïde.

– Personne ne sait jamais les jours ni les dates. Quelle date sommes-nous ?

– Le vingt-sept, dit Gania.

– Le vingt-sept ? C'est une bonne date à certains égards. Eh bien, adieu ! Vous avez, je crois, beaucoup de travail, et moi je dois m'habiller pour sortir; reprenez ce portrait. Rappelez-moi au bon souvenir de la pauvre Nina Alexandrovna. Au revoir, prince, mon ami ! Passe me voir souvent; quant à moi, j'irai exprès chez la vieille Bielokonska pour lui parler de toi. Et écoutez, mon cher : je crois sincèrement que c'est pour moi que Dieu vous a envoyé de Suisse à Pétersbourg. Peut-être aurez-vous aussi autre chose à faire, mais vous êtes là surtout pour moi. C'est Dieu qui en a décidé ainsi. Au revoir, mes chéries. Alexandra, passe me voir, mon amie.

La générale sortit. Gania, bouleversé, éperdu, plein de rancune, prit le portrait sur la table et, avec un sourire grimaçant, se tourna vers le prince :

– Prince, je rentre. Si vous avez toujours l'intention de vous installer chez nous, je vais vous y mener, vous ne connaissez même pas l'adresse.

– Un moment, prince, dit Aglaé en se levant de son fauteuil. – Vous devez encore écrire quelque chose dans mon album. Papa prétend que vous êtes un calligraphe. Je vais vous l'apporter.

Et elle sortit.

– Au revoir, prince, moi aussi je m'en vais, dit Adélaïde. Elle serra fort la main du prince, lui adressa un sourire aimable et affectueux, et sortit sans un regard pour Gania.

– C'est vous, dit Gania en grinçant des dents et se précipitant sur le prince, c'est vous qui avez bavardé à propos de mon mariage, marmonnait-il précipitamment à voix basse, le visage furieux et les yeux étincelants de méchanceté. – Bavard éhonté que vous êtes !

– Je vous assure que vous vous trompez, répondit le prince avec une calme politesse. J'ignorais totalement que vous deviez vous marier.

– Vous avez entendu tout à l'heure Ivan Fédorovitch dire que ce soir tout allait être décidé chez Nastassia Philippovna, c'est cela que vous avez rapporté ! Vous mentez ! Comment auraient-elles pu l'apprendre autrement ? Qui diable aurait pu les en informer, sinon vous ? Est-ce que la vieille ne m'a pas fait une allusion directe ?

– Vous pouvez juger mieux que moi qui a pu les informer, si vous avez vraiment l'impression qu'il y a eu allusion; moi, je n'ai pas dit un mot.

– Avez-vous transmis mon billet ? Quelle est la réponse ? l'interrompit Gania fiévreusement. Mais au même instant, Aglaé rentrait et le prince n'eut pas le temps de répondre.

– Voici, prince, dit Aglaé posant son album sur la table. Choisissez une page et écrivez-moi quelque chose. Voilà une plume toute neuve. Ça ne fait rien qu'elle soit en acier ? J'ai entendu dire que les calligraphes ne s'en servent pas.

En parlant au prince elle semblait ne pas même s'apercevoir de la présence de Gania. Mais tandis que le prince préparait la plume, choisissait une page et s'apprêtait à écrire, Gania s'approcha de la cheminée auprès de laquelle se tenait Aglaé, à la droite du prince et, d'une voix tremblante et saccadée, il lui murmura presque à l'oreille :

– Un mot, un seul mot de vous, et je suis sauvé.

Le prince se retourna vivement et les regarda tous les deux. Sur le visage de Gania se lisait un véritable désespoir; on eût dit qu'il avait prononcé ces paroles presque sans penser, comme on se jette à l'eau.

Aglaé le contempla quelques instants avec ce même calme étonnement qu'elle avait manifesté tout à l'heure devant le prince, et cet étonnement, cette perplexité, comme dus à une incompréhension totale de ce qu'on lui disait, semblaient être pour Gania plus terribles que ne l'eût été le plus profond mépris.

– Que dois-je écrire ? demanda le prince.

– Je vais vous le dicter, dit Aglaé se tournant vers lui. Êtes-vous prêt ? Eh bien, écrivez : « Je ne me prête pas aux marchandages ». Maintenant, mettez la date et faites-moi voir.

Le prince lui tendit l'album.

– Excellent ! Vous avez une écriture merveilleuse, et c'est très bien fait. Je vous remercie. Au revoir, prince... Un instant encore, ajouta-t-elle comme se souvenant de quelque chose. – Venez, je veux vous offrir un souvenir.

Le prince la suivit, mais, une fois dans la salle à manger, Aglaé s'arrêta.

– Lisez ça, dit-elle en lui tendant le billet de Gania.

Le prince prit le billet et regarda Aglaé d'un air interloqué.

– Je sais très bien que vous ne l'avez pas lu et que

vous ne pouvez être le confident de cet homme. Lisez, je tiens à ce que vous lisiez.

Le billet semblait avoir été écrit hâtivement; le prince lut : « Aujourd'hui se décide mon sort, vous savez comment. Aujourd'hui je serai forcé d'engager ma parole sans retour. Je n'ai aucun droit à votre sollicitude, je n'ose nourrir aucun espoir; pourtant, un jour vous avez prononcé un mot, un seul mot, et ce mot illumina la nuit noire de ma vie et devint pour moi un phare. Dites-moi encore un mot comme celui-là et vous me sauverez de ma perte ! Dites-moi seulement « romps tout » et je le ferai aujourd'hui même. Oh, que vous en coûterait-il de me dire cela ? En vous demandant ce mot, je ne cherche qu'une marque de sollicitude et de compassion à mon égard, et rien d'autre, *rien, rien.* Je n'ose me permettre aucun espoir car j'en suis *indigne.* Mais, après un seul mot de vous, j'accepterai de nouveau ma pauvreté, et je supporterai avec joie ma situation désespérée. Je reprendrai la lutte, je serai heureux de lutter, je ressusciterai en elle, plein de nouvelles forces.

« Envoyez-moi seulement ce mot de compassion (rien que de compassion, je vous le jure). Ne vous fâchez pas de la témérité d'un désespéré, d'un homme qui se noie et ose un dernier effort pour échapper à sa perte.

« G. I. »

— Cet homme prétend, dit durement Aglaé lorsque le prince eut fini de lire, que ce mot de *rompez tout* ne saurait ni me compromettre ni m'engager en rien et, comme vous avez pu le voir, ce billet doit en être une assurance écrite. Notez avec quelle naïveté il s'est empressé de souligner certains mots et avec quelle grossièreté y transparaît son arrière-pensée. Il sait d'ailleurs que s'il avait tout rompu de lui-même, de son plein gré et sans attendre d'encouragement de ma part, même sans m'en parler, sans pouvoir placer en moi le moindre espoir, j'aurais changé de sentiments à son égard et serais peut-être devenue une amie pour lui. Il le sait bien, du reste ! Mais il a une âme impure; il le sait mais il ne peut se décider; il le sait mais il demande quand même une garantie. Il est incapable d'agir de confiance. Il veut que, en échange des cent mille roubles, je lui donne un espoir. Pour ce qui est de la parole que j'aurais prononcée dont il parle dans son billet et qui aurait illuminé sa vie, ce n'est qu'un impudent mensonge. J'ai simplement eu un jour pitié de lui. Mais il est insolent et éhonté : il a aussitôt pensé à la possibilité d'un espoir, je l'ai compris tout de suite. A dater de ce jour, il cherche à me prendre au piège, c'est ce qu'il vient encore de tenter. Mais, en voilà assez; prenez ce billet et rendez-le-lui dès que vous serez sortis de la maison, pas avant.

– Et quelle réponse faut-il lui donner ?

– Aucune, naturellement. C'est la meilleure réponse. Ainsi donc, vous avez l'intention de loger chez lui ?

– C'est Ivan Fédorovitch lui-même qui me l'a conseillé tout à l'heure, dit le prince.

– Eh bien, méfiez-vous de lui, je vous préviens, il ne vous pardonnera pas ce billet que vous allez lui rendre.

Aglaé serra légèrement la main du prince et sortit. Son visage était grave et rembruni; elle ne sourit même pas en lui adressant un signe de tête en guise d'adieu.

– Un instant, juste le temps de prendre mon balluchon, dit le prince à Gania, et nous pourrons partir.

Gania tapa du pied d'impatience. Son visage devint noir de fureur. Enfin, ils sortirent tous deux dans la rue, le prince avec son balluchon à la main.

– Eh bien, la réponse ? la réponse ? dit Gania se jetant presque sur lui. – Que vous a-t-elle dit ? Avez-vous transmis mon billet ?

En silence, le prince lui tendit le billet; Gania se raidit comme pétrifié.

– Comment ? Mon billet ! s'écria-t-il. Il ne l'a même pas transmis ! Oh ! j'aurais dû m'en douter ! Oh ! maudit... maintenant je m'explique que tout à l'heure elle n'ait rien compris ! Mais comment, comment avez-vous pu ne pas le lui remettre ? Oh, maudit...

– Je vous demande pardon; il m'a été, au contraire, très facile de transmettre votre billet presque au moment même où vous me l'aviez confié, et exactement comme vous me l'aviez demandé. Il s'est retrouvé entre mes mains parce que Aglaé Ivanovna vient de me le rendre.

– Quand ? Quand cela ?

– Dès que j'eus fini d'écrire dans son album et qu'elle m'eut invité à la suivre (vous l'avez entendu ?). Nous sommes entrés dans la salle à manger; elle m'a tendu ce billet en me disant de le lire et de vous le rendre ensuite.

– Lire ! hurla Gania. Lire ! Vous l'avez lu ?

Et il se figea au milieu du trottoir, stupéfait à tel point qu'il en resta bouche bée.

– Oui, je viens de le lire.

– Et c'est elle, c'est elle-même qui vous l'a fait lire ? Elle-même ?

– Oui, elle-même, et croyez-moi, je ne l'aurais jamais lu sans y avoir été invité.

Gania resta un moment silencieux faisant de douloureux efforts pour comprendre quelque chose, mais soudain il s'exclama :

– Ce n'est pas possible ! Elle n'a pas pu vous demander de le lire. Vous mentez ! Vous l'avez lu de vous-même.

– Je dis la vérité, répondit le prince toujours sur ce même ton impassible. – Et croyez-moi, je suis navré que cela produise sur vous une impression aussi désagréable.

– Mais, malheureux, elle a dû au moins vous dire quelque chose en vous le rendant, ce billet ? Elle a bien donné une réponse quelconque ?

– Oui, assurément.

– Eh bien, parlez, parlez, que diable !...

Et Gania tapa à deux reprises sur le trottoir, de son pied droit chaussé d'une galoche.

– Dès que j'ai eu fini de lire, elle m'a dit que vous tentiez de la prendre au piège; que vous voudriez la compromettre de façon à obtenir d'elle un espoir et, fort de cet espoir, pouvoir rompre sans dommage avec un autre espoir de cent mille roubles. Que si vous aviez fait cela sans marchander avec elle, si vous aviez rompu de votre propre gré, sans lui demander d'avance aucune garantie, alors elle serait peut-être devenue une amie pour vous. C'est tout, je crois. Ah oui, une chose encore : lorsque, ayant déjà repris votre billet, je lui ai demandé quelle était sa réponse, elle m'a dit que l'absence d'une réponse serait la meilleure des réponses. Je crois que c'est cela; excusez-moi si j'ai oublié les termes mêmes qu'elle a employés, je vous transmets ce que j'ai cru comprendre.

Une colère sans bornes s'empara de Gania et sa fureur éclata sans la moindre retenue :

– Ah ! c'est ainsi ! dit-il en grinçant des dents ; on jette mes billets par la fenêtre ! Ah ! elle ne se prête pas aux marchandages ! Eh bien, moi, je m'y prêterai ! Et on verra bien ! Je n'ai pas encore tout dit... nous verrons ! Je la tordrai en corne de bélier*.

Il grimaçait, blêmissait, écumait, menaçait du poing. Ils firent ainsi quelques pas. Gania se ne gênait pas le moins du monde devant le prince, comme s'il était seul dans sa chambre, car il le comptait pour rien. Puis, il s'arrêta, frappé par une pensée soudaine.

– Comment se peut-il donc, dit-il brusquement au prince, comment se peut-il que vous (un idiot, ajouta-t-il à part soi), vous soyez déjà tellement dans leur confidence, deux heures après les premières présentations ? Comment ça ?

A tous ses tourments il ne manquait plus que la jalousie ; elle venait soudain de le mordre en plein cœur.

– Ça, je suis incapable de vous l'expliquer, répondit le prince.

Gania lui jeta un regard méchant.

– N'est-ce point pour vous offrir sa confiance qu'elle vous avait appelé dans la salle à manger ? Elle avait bien dit qu'elle voulait vous offrir quelque chose ?

– Je ne le comprends pas autrement.

– Mais pourquoi donc ? que diable ! Qu'avez-vous fait là-bas ? Comment avez-vous su leur plaire ? Écoutez... (Il s'agitait de toutes ses forces. Tout en lui en ce moment était en désordre et bouillonnait, de sorte qu'il n'arrivait pas à rassembler ses idées). – Écoutez, ne pouvez-vous essayer de vous souvenir de tout ce

* Locution courante en Russie qui équivaut à : J'en ferai de la chair à pâtés.

dont vous avez parlé et d'en rétablir l'ordre, de tout ce qui a été dit du commencement à la fin ? N'avez-vous rien remarqué dont vous puissiez vous souvenir ?

– Oh, c'est facile, répondit le prince. Dès le début, lorsque je suis entré et une fois les présentations finies, nous avons parlé de la Suisse.

– Au diable la Suisse !

– Puis de la peine capitale...

– De la peine capitale ?

– Oui, incidemment... Ensuite, je leur ai raconté mes trois années de vie là-bas et l'histoire d'une pauvre villageoise.

– Au diable la pauvre villageoise ! Continuez ! Gania trépignait d'impatience.

– Puis, comment Schneider me fit part de son opinion sur mon caractère et me poussa...

– Au diable ce Schneider ! Je me fiche de ses opinions. Ensuite ?

– Ensuite, à je ne sais quel propos, je me suis mis à parler de visages, c'est-à-dire de l'expression des visages, et j'ai dit qu'Aglaé Ivanovna était presque aussi belle que Nastassia Philippovna. C'est là que me sont échappés des propos sur le portrait...

– Mais vous ne leur avez pas rapporté, n'est-ce pas, ce que vous aviez entendu dans le bureau ? Non, n'est-ce pas ? Non ?

– Je vous répète que non...

– Mais alors, d'où diable... Bah ! Aglaé n'a-t-elle pas montré le billet à la vieille ?

– Je peux vous garantir qu'elle ne le lui a pas montré. J'étais là tout le temps; d'ailleurs, elle n'en aurait pas eu le temps.

– Mais peut-être ne vous êtes-vous pas aperçu de

quelque chose... Oh, maudit idiot ! s'écria Gania absolument hors de lui. – Il n'est même pas capable de raconter convenablement !

S'étant une fois mis à jurer et ne rencontrant pas de résistance, Gania avait petit à petit perdu toute retenue, ainsi qu'il en advient toujours pour certaines personnes. Encore un peu et, dans le paroxysme de sa fureur, il serait peut-être allé jusqu'à cracher. Mais cette fureur même l'avait aveuglé; autrement il eût remarqué depuis longtemps que cet « idiot » qu'il traitait de la sorte savait parfois tout comprendre un peu trop vite et avec trop de finesse et relater parfaitement bien. Mais, tout à coup, il se produisit quelque chose d'inattendu.

– Je dois vous faire remarquer, Gabriel Ardalionovitch, dit soudain le prince, qu'autrefois j'ai en effet été malade au point d'être presque un idiot, mais il y a longtemps que je suis guéri et il m'est assez désagréable de m'entendre traiter d'idiot. Bien que vous ayez des excuses si l'on tient compte de vos déconvenues, il vous est déjà arrivé deux ou trois fois de m'injurier, et cela ne me convient pas du tout, surtout comme ça, sans raison comme vous le faites et dès notre première rencontre. Or, comme nous sommes justement à un carrefour, ne serait-il pas mieux de nous séparer ici; vous irez à droite, moi à gauche. J'ai vingt-cinq roubles et je trouverai sûrement un hôtel meublé.

Gania se sentit extrêmement confus et rougit même de honte d'être ainsi pris d'une façon aussi inattendue.

– Excusez-moi, prince, s'écria-t-il avec chaleur, passant brusquement des injures à une politesse extrême. – Excusez-moi, pour l'amour de Dieu. Vous voyez dans quel pétrin je me trouve. Vous ne savez encore rien mais, si vous saviez tout, vous m'auriez certes pardonné un peu, bien que je sois évidemment impardonnable.

– Oh, je ne demande pas tant d'excuses, s'empressa de le rassurer le prince. Je comprends bien que vous êtes très ennuyé et que c'est pour cela que vous m'injuriez; soit, allons chez vous. Je le fais pour ma part avec plaisir.

« Non, impossible maintenant de le lâcher, se disait Gania qui, tout en marchant, jetait au prince des regards haineux; – ce filou a tiré de moi ce qu'il voulait, et voilà qu'il jette bas le masque... Il y a quelque chose là-dessous. Eh bien, nous allons voir ! Tout va se décider, tout, tout ! Aujourd'hui même ! »

Ils étaient déjà devant la maison.

VIII

L'APPARTEMENT de Gania se trouvait au troisième étage, auquel on accédait par un escalier très propre, clair et spacieux. Il était composé de six ou sept pièces plus ou moins grandes, au demeurant assez ordinaires mais certainement hors de prix pour un modeste fonctionnaire affligé d'une famille, son traitement atteignît-il même deux mille roubles. Cet appartement était destiné à recevoir des locataires avec pension et service et n'avait été occupé par Gania et sa famille que depuis à peine deux mois, au grand mécontentement de Gania lui-même et sur l'instance pressante de Nina Alexandrovna et de Barbara Ardalionovna, désireuses d'être utiles à leur tour et de contribuer à augmenter, ne fût-ce qu'un peu, les ressources de la famille. Gania faisait la grimace et considérait cet arrangement comme une déchéance; depuis ce temps, il se sentait comme gêné dans le monde où jusqu'alors il avait accoutumé d'apparaître en jeune homme brillant et de quelque avenir. Toutes ces concessions à son sort et cette agaçante promiscuité étaient autant de plaies profondes pour son âme. Depuis quelque temps, la moindre chose l'exaspérait hors de toute mesure et s'il acceptait encore de céder et de patienter, ce n'était que parce qu'il était fermement décidé à changer tout cela dans le plus bref délai. Cependant, ce changement même, la solution à laquelle il s'était arrêté, constituaient un problème d'envergure, un problème dont la solution menaçait d'être plus riche en soucis et plus douloureuse que ce qui avait précédé.

L'appartement était coupé en deux par un couloir qui partait de l'entrée. D'un côté se trouvaient les trois chambres destinées aux pensionnaires « particulièrement recommandés »; de ce même côté, tout au bout du couloir, près de la cuisine, il y avait encore une petite pièce, plus exiguë que toutes les autres, où vivait et dormait sur un large divan le père de famille lui-même, le général en retraite Ivolguine; on l'obligeait à sortir et à rentrer dans l'appartement par la cuisine et l'escalier de service. Dans la même chambrette logeait également le jeune Kolia, lycéen de treize ans et frère de Gabriel Ardalionovitch; lui aussi était obligé de se serrer pour y vivre et y étudier; il couchait sur un autre divan, passablement délabré, étroit et court, et dans des draps troués; il avait en outre pour principale mission de soigner le général et de *veiller* sur lui, car ce dernier en avait de plus en plus besoin. On donna au prince la chambre du milieu; dans la première à droite logeait Ferdistchenko; celle de gauche était encore inoccupée. Mais Gania conduisit tout d'abord le prince dans la partie de l'appartement réservée à la famille. Cette partie se composait d'une pièce de réception qu'on transformait selon les besoins en salle à manger, d'un salon qui n'était d'ailleurs salon que dans la matinée et qui, le soir, devenait successivement cabinet de travail et chambre à coucher de Gania; et enfin d'une troisième pièce, petite et à la porte toujours fermée, la chambre à coucher de Nina Alexandrovna et de Barbara Ardalionovna. En un mot, tout et tous se trouvaient resserrés et à l'étroit dans cet appartement. Gania n'arrêtait pas de grincer des dents; bien qu'il eût souhaité se montrer respectueux à l'égard de sa mère, on pouvait constater dès le premier coup d'œil qu'il était un vrai despote au sein de sa famille.

Nina Alexandrovna n'était pas seule dans le salon; Barbara Ardalionovna lui tenait compagnie; elles étaient toutes les deux occupées à tricoter tout en s'entretenant avec un visiteur, Ivan Petrovitch Ptitsine. Nina Alexandrovna pouvait avoir une cinquantaine d'années; son visage était maigre et hâve avec de grands cernes sous les yeux. Tout son aspect était maladif et quelque peu douloureux, mais son visage et son regard avaient un certain attrait; dès les premières paroles on pouvait deviner un caractère sérieux et plein d'une authentique dignité. Malgré son air douloureux, on pressentait en elle de la fermeté et même de la décision. Elle était très modestement vêtue de noir et à la mode des vieilles gens, mais ses manières, sa conversation et tout son comportement dénotaient une personne ayant connu aussi un milieu plus élevé.

Barbara Ardalionovna était une jeune fille de vingt-trois ans, de taille moyenne, assez frêle, et dont le visage, sans être vraiment beau, avait en lui le secret de séduire sans beauté et d'attirer jusqu'à la passion. Elle ressemblait beaucoup à sa mère et s'habillait même presque comme elle par manque total de coquetterie. Le regard de ses yeux gris pouvait être parfois très gai et caressant, mais il était le plus souvent grave et pensif, parfois même trop, en particulier ces derniers temps. La fermeté et la décision se lisaient également sur son visage, mais on pressentait que cette fermeté pourrait se manifester d'une manière plus énergique même et avec plus d'initiative que chez sa mère. Barbara Ardalionovna était d'un naturel assez emporté et son frère craignait parfois un peu ses emportements. Leur visiteur, Ivan Petrovitch Ptitsine, les craignait un peu aussi. C'était un homme encore assez jeune, d'une trentaine d'années, vêtu modestement mais avec élégance; ses manières étaient agréables quoique peut-être un peu trop posées. Une petite barbiche d'un blond foncé dénotait un homme non astreint à la vie de bureau. Il savait causer intelligemment et d'une façon intéressante bien qu'il fût le plus souvent taciturne. Il produisait dans l'ensemble une impression plutôt agréable. Barbara Ardalionovna ne lui était visiblement pas indifférente et il ne cherchait pas à dissimuler ses sentiments. Elle le traitait amicalement mais tardait encore à répondre à certaines de ses questions qui semblaient même ne pas lui plaire; Ptitsine, toutefois, était loin d'en être découragé. Nina Alexandrovna lui témoignait de la bienveillance et, les derniers temps, avait même pris l'habitude de se confier à lui. On savait au demeurant qu'il s'était fait une spécialité de gagner de l'argent par des prêts à court terme sur des gages plus ou moins sûrs. Il était très ami avec Gania.

Après une présentation circonstanciée, bien qu'entrecoupée, faite par Gania (qui salua très sèchement sa mère, ne dit même pas bonjour à sa sœur et sortit aussitôt en entraînant avec lui Ptitsine), Nina Alexandrovna adressa au prince quelques paroles de bienvenue et dit à Kolia, qui venait d'apparaître à la porte, de le conduire dans la chambre du milieu. Kolia était un garçon gai et avenant et d'un naturel confiant et simple.

– Où donc sont vos bagages ? demanda-t-il au prince en le faisant entrer dans sa chambre.

– J'ai un balluchon que j'ai déposé dans l'antichambre.

– Je vais vous l'apporter. Nous n'avons pour domestiques que la cuisinière et Matriona, si bien que j'aide moi aussi. Varia surveille tout et se fâche. Gania a dit que vous êtes arrivé aujourd'hui de Suisse ?

– Oui.

– Est-ce bien, la Suisse ?

– Très bien.

– Il y a des montagnes ?

– Oui.

– Bon, je vais aller chercher vos paquets.

Barbaria Ardalionovna entra.

– Matriona va vous faire votre lit. Avez-vous une valise ?

– Rien qu'un balluchon. Votre frère est allé le chercher; je l'avais laissé dans l'antichambre.

– Je n'ai rien trouvé d'autre que ce petit balluchon; où avez-vous mis l'autre ? demanda Kolia en revenant dans la chambre.

– Mais, je n'ai rien d'autre, lui dit le prince en prenant son balluchon.

– A-ah ! Et moi qui craignais que Ferdistchenko ne s'en fût emparé.

– Ne dis pas de bêtises, remarqua sévèrement Varia qui parlait au prince, à lui aussi très sévèrement et d'une façon à peine polie.

– *Chère Babette**, on pourrait me traiter plus affectueusement, je ne suis pas Ptitsine.

– On peut encore très bien te fouetter, Kolia, tu es tellement bête. Pour tout ce dont vous aurez besoin vous pouvez vous adresser à Matriona; nous dînons à 4 heures et demie. Vous pouvez, au choix, prendre vos repas avec nous ou vous les faire servir dans votre chambre. Viens, Kolia, ne dérange pas monsieur.

– Allons, caractère énergique !

En sortant, ils se heurtèrent à Gania.

– Père est-il là ? demanda Gania à Kolia et, sur sa réponse affirmative, il lui murmura quelques mots à l'oreille. Kolia acquiesça de la tête et sortit à la suite de Barbara Ardalionovna.

– Encore un mot, prince; j'ai oublié de vous le dire avec toutes ces... histoires. J'ai une prière à vous adresser : rendez-moi le service – si cela ne vous coûte pas un trop grand effort – de ne pas bavarder ici de ce qui vient de se passer entre Aglaé et moi, ni *là-bas* de ce que vous verrez ici; car ici non plus tout n'est pas très beau. Quoique, au diable tout cela... Tâchez au moins de vous retenir pour aujourd'hui.

– Je vous assure que j'ai beaucoup moins bavardé que vous ne le pensez, dit le prince un peu agacé par les reproches de Gania. Leurs rapports devenaient visiblement de plus en plus mauvais.

– Enfin, j'en ai assez supporté à cause de vous aujourd'hui ! En un mot, c'est la prière que je vous fais.

– Notez encore ceci, Gabriel Ardalionovitch, que rien ne me liait tout à l'heure; pourquoi ne pouvais-je pas ...ntionner ce portrait ? Vous ne me l'aviez pas demandé.

...français dans le texte.

— Fi ! quelle vilaine chambre ! remarqua Gania en jetant autour de lui un regard dédaigneux; — elle est sombre avec ces fenêtres qui donnent sur la cour. A tous les points de vue, vous êtes mal tombé, ici... Oh, et puis ça ne me regarde pas; ce n'est pas moi qui m'occupe de ces locations.

Ptitsine se montra à la porte et appela Gania; celui-ci se hâta de prendre congé du prince et sortit, bien qu'il semblât avoir encore quelque chose à dire, mais il était visible qu'il ne savait par où commencer et paraissait gêné; ses critiques au sujet de la chambre semblaient elles aussi n'avoir pas d'autre objet que celui de dissimuler sa confusion.

A peine le prince eut-il le temps de se laver et de mettre un peu d'ordre dans sa toilette que la porte s'entr'ouvrit pour laisser passer un nouveau personnage.

C'était un homme d'une trentaine d'années, d'assez belle taille, large d'épaules et dont la tête énorme était couverte de cheveux roux et frisés. Son visage charnu était haut en couleur, ses lèvres épaisses, son nez large et épaté; ses yeux, petits et perdus dans la graisse, avaient une expression moqueuse et paraissaient cligner continuellement. L'ensemble avait quelque chose d'assez impudent. Sa tenue était plutôt négligée.

Il avait tout d'abord entrouvert la porte, juste assez pour passer la tête. Cette tête examina la chambre l'espace de quelques secondes, puis la porte se mit à s'ouvrir lentement et toute la silhouette du personnage apparut sur le seuil, sans toutefois que le visiteur fît son entrée; du seuil il se contentait de dévisager le prince en clignant des yeux. Enfin, il referma la porte derrière lui et s'approcha; il prit une chaise, saisit vigoureusement la main du prince et le fit asseoir sur le divan en face de lui.

– Ferdistchenko, prononça-t-il en regardant le prince d'un air attentif et interrogateur.

– Et alors? dit le prince sur le point d'éclater de rire.

– Locataire ici, murmura Ferdistchenko avec toujours le même regard.

– Vous voulez faire connaissance ?

– E-eh! laissa échapper le visiteur ébouriffant ses cheveux et, avec un soupir, il se mit à fixer du regard l'angle opposé de la pièce. – Vous avez de l'argent? demanda-t-il soudain en se tournant de nouveau vers le prince

– Un peu.

– Combien au juste ?

– Vingt-cinq roubles.

– Montrez-les.

Le prince sortit le billet de vingt-cinq roubles de la poche de son gilet et le tendit à Ferdistchenko. Celui-ci le déplia, l'examina, le retourna, puis le regarda par transparence.

– Assez bizarre, dit-il pensif. Qu'ont-ils à brunir ainsi ? Ces billets de vingt-cinq roubles brunissent parfois beaucoup alors que d'autres, au contraire, passent complètement. Reprenez-le.

Le prince reprit son billet. Ferdistchenko se leva de sa chaise.

– Je suis venu vous avertir, premièrement, de ne pas me prêter de l'argent, car je vous en demanderai certainement.

– C'est entendu.

– Avez-vous l'intention de payer ici ?

– Oui, j'en ai l'intention.

– Moi pas; merci ! Ma chambre est à côté, première

porte à droite, vous l'avez vue ? Tâchez de ne pas venir trop souvent chez moi; mais, rassurez-vous, je passerai vous voir. Avez-vous vu le général?

– Non.

– Ni même entendu ?

– Sûrement pas.

– Eh bien, vous le verrez et vous l'entendrez; de plus, il me demande même à moi de lui prêter de l'argent. *Avis au lecteur**. Adieu. Peut-on vivre lorsqu'on s'appelle Ferdistchenko ? Hein ?

– Pourquoi pas ?

– Adieu.

Et il se dirigea vers la porte. Le prince apprit par la suite que ce monsieur avait assumé comme par devoir la tâche de stupéfier les gens par sa gaîté et son originalité, mais que cela ne lui réussissait guère. Sur certaines personnes il produisait même un effet désagréable, ce dont il souffrait sincèrement sans pour cela renoncer à sa tâche. A la porte, il réussit à rétablir un peu la situation en se heurtant à un nouveau venu : s'étant effacé devant cet autre visiteur, inconnu du prince, pour le laisser entrer, Ferdistchenko cligna à plusieurs reprises de l'œil vers celui-ci, ce qui lui permit de se retirer en gardant un certain aplomb.

Ce nouveau personnage était de haute taille, paraissant cinquante-cinq ans ou même plus, assez corpulent, avec un visage écarlate, charnu et un peu flasque, encadré d'épais favoris gris; il portait moustache; ses yeux étaient grands et légèrement saillants. Toute sa silhouette eût été assez imposante s'il n'y avait eu en elle quelque chose de déchu, d'usé et même de sali. Il était

* En français dans le texte.

vêtu d'une vieille redingote presque percée aux coudes; son linge était négligé et maculé. De près, il exhalait une légère odeur de vodka; pourtant ses attitudes ne manquaient pas d'un certain effet, bien qu'étudiées et dénotant chez lui un désir manifeste de frapper par sa dignité. Le personnage s'approcha du prince sans hâte, avec un sourire accueillant, prit silencieusement sa main et, la gardant dans la sienne, examina attentivement son visage comme s'il y retrouvait des traits connus.

– C'est lui ! Lui ! murmura-t-il doucement mais avec solennité. – Lui comme s'il était vivant ! J'ai entendu prononcer ce nom connu et cher et tout un passé révolu m'est revenu... Vous êtes le prince Muichkine ?

– Lui-même.

– Général Ivolguine, en retraite et dans le malheur. Pourrais-je vous demander votre prénom et votre patronyme ?

– Léon Nicolaïevitch.

– C'est cela, c'est bien cela ! Vous êtes le fils de mon ami, je peux dire de mon ami d'enfance, Nicolas Petrovitch ?

– Mon père se prénommait Nicolas Lvovitch.

– Lvovitch, c'est cela, rectifia le général, mais sans hâte, avec une assurance parfaite, comme s'il n'avait jamais oublié et qu'il ne s'était agi que d'un lapsus.

Il s'assit et, prenant lui aussi le prince par la main, le fit asseoir auprès de lui.

– Je vous ai porté dans mes bras !

– Est-ce possible ? dit le prince. Mon père est mort voici vingt ans.

– Oui, vingt ans, vingt ans et trois mois. Nous

avions fait nos études ensemble; j'ai embrassé aussitôt la carrière militaire...

— Mon père aussi a servi dans l'armée, sous-lieutenant au régiment Vassilevski.

— Au Bielomirski. Il a été muté au Bielomirski presque à la veille de sa mort. J'étais là et je l'ai béni pour l'éternité. Votre maman... Le général marqua un temps d'arrêt comme devant un triste souvenir.

— Elle aussi est morte six mois plus tard, d'un refroidissement, dit le prince.

— Non, pas d'un refroidissement, pas le moins du monde, croyez-en la parole d'un vieil homme. J'étais là, j'ai assisté à ses obsèques, à elle aussi. Elle est morte du chagrin d'avoir perdu son prince et non d'un refroidissement. Oui, elle aussi, je la garde dans mon souvenir, la princesse ! Ah, jeunesse ! A cause d'elle, le prince et moi, des amis d'enfance, nous avons failli devenir meurtriers l'un de l'autre.

Le prince commençait à l'écouter avec une certaine méfiance.

— J'étais passionnément épris de votre mère du temps qu'elle était encore fiancée, fiancée avec mon ami. Le prince s'en aperçut et en fut bouleversé. Il vient me voir un matin vers 7 heures, me réveille. Je m'habille, stupéfait; silence de part et d'autre. J'avais tout compris. Il sort deux pistolets de sa poche. Duel à travers un mouchoir. Sans témoins. A quoi bon des témoins puisque cinq minutes plus tard nous allions nous envoyer l'un l'autre dans l'éternité ? Nous chargeons les pistolets, tendons le mouchoir, nous mettons en position, plaquons les canons des pistolets l'un contre le cœur de l'autre et nous dévisageons, les yeux dans les yeux. Soudain les larmes nous jaillissent des yeux, nos mains tressaillent. A tous les deux, à tous les deux en même temps ! Là-dessus, naturellement, nous tombons dans les bras l'un de l'autre, nous rivalisons de générosité; le prince crie : elle est à toi ! Je crie : elle est à toi ! En un mot... en un mot... vous allez... habiter chez nous ?

– Oui, quelque temps peut-être, dit le prince en bredouillant un peu.

– Prince, maman vous prie de passer chez elle ! cria Kolia qui venait de jeter un coup d'œil par la porte. Le prince allait se lever, mais le général lui posa sa main droite sur l'épaule et d'un geste amical le fit rasseoir sur le divan.

– En tant que véritable ami de votre père, je tiens à vous avertir, dit le général; je suis, vous le voyez vous-même, victime de circonstances tragiques, mais sans avoir été jugé. Nina Alexandrovna est une femme rare; Barbara Ardalionovna, ma fille, une fille rare ! Les circonstances nous obligent à louer en meublé, déchéance sans nom. Moi, à qui il ne manquait plus que le poste de gouverneur général ! Mais nous serons toujours heureux de vous accueillir. Et cependant il y a une tragédie dans ma maison !

Le prince le regarda d'un air interrogateur et avec beaucoup de curiosité.

– Il se prépare ici un mariage, et un mariage rare. Le mariage d'une femme équivoque avec un jeune homme qui aurait pu être gentilhomme de la maison impériale. On va introduire cette femme dans ma maison auprès de ma fille et de ma femme. Mais tant que je respirerai, elle n'entrera pas ici ! Je me coucherai sur le seuil, il faudra qu'elle me passe sur le corps... Je ne parle plus à Gania, j'évite même de le rencontrer.

Je vous préviens exprès, car, puisque vous allez vivre chez nous, vous en serez de toute façon témoin. Mais vous êtes le fils de mon ami et je suis en droit d'espérer...

– Prince, soyez aimable, venez me retrouver au salon ! appela Nina Alexandrovna, venue cette fois en personne jusqu'à la porte.

– Imagine-toi, mon amie, s'écria le général, il se trouve que j'ai bercé le prince dans mes bras !

Nina Alexandrovna jeta un regard de reproche au général, puis un regard interrogateur au prince, mais ne dit rien. Le prince la suivit; à peine furent-ils entrés au salon et se furent-ils assis, à peine Nina Alexandrovna eut-elle commencé hâtivement et à mi-voix à dire quelque chose au prince, que le général lui-même entra soudain dans le salon. Nina Alexandrovna se tut aussitôt et, visiblement contrariée, se pencha sur son tricot. Bien qu'il eût peut-être remarqué cette contrariété, le général n'en continua pas moins à manifester une excellente humeur.

– Le fils de mon ami ! s'écria-t-il en s'adressant à Nina Alexandrovna. – Et d'une façon aussi inattendue ! Depuis longtemps j'avais même cessé d'en rêver. Mais, mon amie, est-il possible que tu ne te souviennes plus du défunt Nicolas Lvovitch ? Tu l'avais pourtant connu... à Tver ?

– Je ne me souviens pas de Nicolas Lvovitch. C'était votre père ? demanda-t-elle au prince.

– Oui, mon père, mais il me semble qu'il est mort non pas à Tver mais à Élisabethgrad, observa timidement le prince au général. – Pavlistchev m'avait dit...

– C'était à Tver, insista le général; juste avant sa mort, il fut muté à Tver, c'était même avant l'évolution fatale de sa maladie. Vous étiez encore trop jeune et ne pouvez vous souvenir ni du transfert ni du voyage. Quant à Pavlistchev, il a très bien pu se tromper, bien que ce fût un excellent homme.

– Vous avez également connu Pavlistchev ?

– C'était un homme rare; mais moi, j'ai été témoin oculaire, j'ai béni votre père sur son lit de mort.

– Mais mon père est mort inculpé, observa encore le prince, bien que je n'aie jamais pu en connaître la raison; il est mort à l'hôpital.

– Oh, c'était pour l'affaire du soldat Kolpakov, et le prince allait être acquitté sans aucun doute.

– Vraiment ? Vous en êtes sûr ? demanda le prince avec une curiosité particulière.

– Parbleu ! s'écria le général. Le tribunal s'était séparé sans avoir rendu de verdict. Une affaire impossible ! On peut même dire mystérieuse; notre commandant de compagnie, le capitaine Larionov, vient à mourir; le prince est chargé d'assurer l'intérim; bien. Là-dessus, le soldat Kolpakov commet un vol, du matériel de cordonnerie appartenant à un camarade. Il le vend et boit l'argent; bien. Le prince, et notez bien, en présence du sergent et du caporal, le semonce et le menace de verges. Très bien. Kolpakov retourne au casernement, s'étend sur sa couchette et meurt au bout d'un quart d'heure. Parfait. Mais le cas est inattendu, presque impossible. Quoi qu'il en soit, on enterre Kolpakov; le prince fait son rapport, à la suite de quoi Kolpakov est rayé des contrôles. Quoi de mieux, n'est-ce pas ? Mais voilà que six mois après cet événement, jour pour jour, à une revue de la brigade, le soldat Kolpakov réapparaît, comme si de rien n'était, dans les rangs de la troisième compagnie du deuxième bataillon du régiment d'infanterie Novozemlianski, de cette même brigade et de la même division.

– Quoi ! s'écria le prince au comble de l'étonnement.

– Non, ce n'est pas cela, c'est une erreur ! intervint soudain Nina Alexandrovna regardant le prince presque avec détresse, – *mon mari se trompe**.

– Mon amie, *se trompe**, c'est vite dit, mais essaye de débrouiller toi-même un cas pareil ! Personne n'y comprenait rien. J'aurais été le premier à dire : *on se trompe**. Malheureusement, j'en ai été témoin et j'ai fait partie de la commission. Toutes les confrontations ont bien démontré que c'était là ce même, exactement ce même soldat Kolpakov qui, six mois auparavant, avait été enterré selon le cérémonial réglementaire, avec tambours, etc. Le cas, en effet, est rare, presque impossible, j'en conviens, mais...

– Papa, votre dîner est servi, annonça en entrant Barbara Ardalionovna.

– Ah bon, parfait ! Je commençais à avoir faim... Mais on peut dire que le cas est même psychologique.

– Votre soupe va encore refroidir, dit Varia avec impatience.

– Tout de suite, tout de suite, marmonnait le général en quittant la pièce, – et cela malgré toutes les recherches, entendait-on encore dans le couloir.

– Vous aurez à passer bien des choses à Ardalion Alexandrovitch si vous restez chez nous, dit au prince Nina Alexandrovna. – J'espère toutefois qu'il ne vous dérangera pas trop; il prend même ses repas seul. Vous conviendrez, je pense, que nous avons tous nos

* En français dans le texte.

défauts et nos... particularités, certains en ont même parfois plus que ceux qu'on a pris l'habitude de montrer du doigt. Je vais vous demander instamment une chose : si mon mari vous parlait par hasard de votre loyer, dites-lui que vous m'avez déjà payée. Il est bien entendu que ce que vous auriez donné à Ardalion Alexandrovitch vous serait décompté et je ne vous le demande que pour la bonne règle... Qu'y a-t-il, Varia ?

Varia venait de rentrer dans la pièce et, sans rien dire, tendit à sa mère le portrait de Nastassia Philippovna. Nina Alexandrovna tressaillit et d'abord avec une sorte d'effroi, puis, avec une impression d'amertume, examina le portrait pendant quelque temps. Enfin, elle regarda Varia d'un air interrogateur.

– C'est un présent qu'elle vient de lui faire aujourd'hui, dit Varia, et ce soir, tout doit se décider.

– Ce soir ! reprit à mi-voix Nina Alexandrovna avec désespoir. – Eh bien, il ne peut plus y avoir le moindre doute ni place à aucun espoir; par ce portrait, elle a tout annoncé. Mais est-ce lui-même qui te l'a montré ? ajouta-t-elle avec étonnement.

– Vous savez bien qu'il y a déjà un mois entier que nous ne nous parlons presque plus. C'est Ptitsine qui m'a tout raconté; quant au portrait, il traînait par terre près de la table, je l'ai ramassé.

– Prince, dit Nina Alexandrovna en se tournant soudain vers lui. – Je voulais vous demander... (c'est au fond pour cela que je vous ai prié de venir ici) : y a-t-il longtemps que vous connaissez mon fils ? Il a dit tout à l'heure, il me semble, que vous n'êtes arrivé qu'aujourd'hui de quelque part ?

Le prince donna de brèves explications en passant

une bonne moitié des faits; Nina Alexandrovna et Varia l'écoutèrent attentivement.

– Je ne cherche pas à apprendre quelque chose sur Gabriel Ardalionovitch en vous interrogeant ainsi, fit observer Nina Alexandrovna. – Il ne faut pas que cela vous trompe. S'il existe quelque chose qu'il ne peut pas m'avouer lui-même, je ne tiens pas à l'apprendre en dehors de lui. Si j'en parle, c'est parce que tout à l'heure, en votre présence, et plus tard, après votre départ, il répondit à ma question sur vous : « Il est au courant, inutile de faire des cérémonies ». Qu'est-ce que cela signifie ? C'est-à-dire, je voudrais savoir dans quelle mesure...

A ce moment, Gania et Ptitsine entrèrent. Nina Alexandrovna se tut aussitôt. Le prince resta assis à ses côtés, tandis que Varia s'écarta un peu; le portrait de Nastassia Philippovna demeurait bien en vue sur la table de travail de Nina Alexandrovna, juste devant elle. Gania se renfrogna en l'apercevant et, le prenant avec humeur, le jeta sur le bureau qui se trouvait à l'extrémité de la pièce.

– C'est pour aujourd'hui, Gania ? demanda brusquement Nina Alexandrovna.

– Quoi, aujourd'hui ? sursauta Gania, et tout à coup il se jeta sur le prince. – Ah, je comprends, vous y avez déjà mis du vôtre !... Mais est-ce donc chez vous une maladie, à la fin ? Ne pouvez-vous pas vous retenir ? Mais comprenez enfin, Votre Altesse...

– C'est moi qui suis coupable, Gania, et personne d'autre, l'interrompit Ptitsine.

Gania l'interrogea du regard.

– Ça vaut mieux ainsi, Gania, d'autant plus qu'en un sens l'affaire est réglée, marmonna Ptitsine et, s'écartant, il s'installa près de la table, sortit de sa poche un papier couvert de notes au crayon et se mit à l'étudier. Gania restait debout, l'air sombre, et attendait avec inquiétude une scène de famille. Il ne songea même pas à présenter des excuses au prince.

– Puisque tout est réglé, Ivan Petrovitch a évidemment raison, dit Nina Alexandrovna. Je te prie de ne pas froncer les sourcils, Gania, et de ne pas t'irriter; je ne vais pas t'interroger sur ce que tu ne veux pas me dire de plein gré et je t'assure que je suis tout à fait résignée; fais-moi le plaisir de ne pas t'en inquiéter.

Elle dit cela sans quitter son travail et avec un calme apparent. Gania en fut surpris, mais il se taisait prudemment et regardait sa mère, attendant qu'elle s'exprimât plus clairement. Les scènes familiales lui avaient déjà coûté trop cher. Nina Alexandrovna remarqua cette prudence et ajouta avec un sourire amer :

– Tu doutes encore et tu ne me crois pas; sois tranquille; il n'y aura plus ni larmes ni prières, tout au moins de mon côté. Mon seul désir est que tu sois heureux, tu le sais bien; je suis résignée à mon destin, mais mon cœur sera toujours avec toi, que nous restions ensemble ou que nous nous séparions. Bien entendu, je ne réponds que de moi : tu ne peux en exiger autant de ta sœur...

– Ah, encore elle ! s'écria Gania avec un regard ironique et haineux pour sa sœur. – Maman, je vous répète encore le serment que je vous ai déjà fait : tant que je serai là, tant que je vivrai, jamais personne n'osera vous manquer de respect. Et quelle que soit la personne dont il s'agit, quelle que soit celle qui aura franchi notre seuil, je saurai exiger une déférence absolue.

Gania était tellement content qu'il regardait sa mère d'un air presque réconcilié, presque tendre.

– Je ne craignais rien pour moi, Gania, tu le sais bien; ce n'est pas pour moi que je m'inquiétais et me tourmentais pendant tout ce temps. On dit que tout va être réglé entre vous ce soir ? Qu'est-ce qui va être réglé ?

– Ce soir, chez elle, elle a promis de se déclarer; elle dira si elle est d'accord ou non, répondit Gania.

– Depuis près de trois semaines nous avons évité de parler de cela, et c'était mieux ainsi. A présent que tout est résolu, je ne me permettrai de te demander qu'une seule chose : comment a-t-elle pu te donner son accord et même te faire présent de son portrait alors que tu ne l'aimes pas ? Est-il possible qu'une femme aussi... aussi...

– Disons, expérimentée.

– Ce n'est pas ce que je voulais dire. Est-il possible que tu lui aies à ce point jeté la poudre aux yeux ?...

Une irritation extrême perça tout à coup dans cette question. Gania resta silencieux, réfléchit un instant et répliqua sans chercher à dissimuler son ironie :

– Vous vous êtes de nouveau laissé entraîner, maman, vous n'avez encore pas su vous contenir et c'est ainsi que cela a toujours commencé chez nous et que le feu prenait aux poudres. Vous avez dit qu'il n'y aurait plus ni questions ni reproches, et les voilà déjà qui commencent ! Laissons cela, je vous assure que cela vaut mieux; au moins vous avez manifesté votre bonne volonté. Je ne vous quitterai jamais, à aucun prix; un autre aurait fui une sœur pareille; voyez comme elle me regarde ! Restons-en là. Moi qui me réjouissais tellement déjà... Et comment savez-vous que j'essaye de tromper Nastassia Philippovna ? Quant à Varia, elle fera ce qu'elle voudra et en voilà assez. Tout à fait assez maintenant !

Gania s'échauffait à chaque mot et marchait sans but à travers la pièce. De telles conversations devenaient aussitôt le point sensible de tous les membres de cette famille.

– J'ai dit que si elle entrait ici, je quitterais cette maison et moi aussi je tiendrai parole, dit Varia.

– Par entêtement ! s'écria Gania. C'est par entêtement aussi que tu ne te maries pas ! Qu'as-tu à faire la dégoûtée ? Je m'en fiche pas mal, Barbara Ardalionovna, vous pouvez mettre vos projets à exécution dès maintenant si vous voulez. Je commence à en avoir assez de vous. Comment, prince, vous vous décidez enfin à nous quitter ? cria-t-il au prince, voyant que celui-ci se levait.

Dans la voix de Gania perçait déjà ce degré d'exaspération où l'homme est presque content de sa propre colère et s'y livre sans la moindre retenue, avec une volupté croissante, où que cela puisse le mener. Le prince s'était retourné pour lui répondre, mais s'étant rendu compte, d'après l'expression crispée du visage de son offenseur, qu'il ne manquait plus que la goutte qui fait déborder le vase, il se détourna et sortit sans dire un mot. Quelques instants plus tard, il comprit par les échos qui lui parvenaient du salon que depuis son départ la conversation était devenue encore plus bruyante et plus débridée.

Il traversa la grande salle jusqu'à l'antichambre pour gagner le couloir et de là sa chambre. Passant devant la porte donnant sur le palier, il entendit quelqu'un derrière cette porte qui s'efforçait de tirer la sonnette;

mais celle-ci devait être dérangée, car elle ne faisait que s'agiter faiblement sans faire entendre le moindre son. Le prince tira le verrou, ouvrit la porte et recula stupéfait en frissonnant de tout son corps : devant lui se tenait Nastassia Philippovna. Il la reconnut aussitôt d'après le portrait. Lorsqu'elle l'aperçut, ses yeux eurent un éclair de contrariété; elle entra rapidement dans l'antichambre, le bousculant de son épaule au passage, et lui dit d'un ton irrité, en se débarrassant de sa pelisse :

— Si tu es trop paresseux pour arranger la sonnette, tu pourrais au moins te trouver dans l'antichambre lorsqu'on frappe. Le voilà maintenant qui fait tomber ma pelisse, ahuri !

La pelisse gisait, en effet, par terre; n'ayant pas attendu que le prince l'aidât à l'enlever, Nastassia Philippovna la lui avait jetée sur les bras d'un coup d'épaule, sans regarder, et celui-ci n'avait pas eu le temps de la recevoir.

— On devrait te chasser. Va m'annoncer.

Le prince voulut dire quelque chose, mais il était à ce point troublé qu'il ne put articuler un mot et, ayant dans les bras la pelisse qu'il venait de ramasser, il se dirigea vers le salon.

— Voilà maintenant qu'il emporte ma pelisse ! Pourquoi donc emportes-tu la pelisse ? Ha ha ha ! Tu n'es pas un peu fou, dis ?

Le prince revint sur ses pas et la fixa, comme pétrifié; lorsqu'elle rit, il sourit lui aussi mais toujours sans pouvoir remuer sa langue. Au premier moment, lorsqu'il lui avait ouvert la porte, il avait pâli; à présent le sang affluait à son visage.

— Qu'est-ce que c'est que cet idiot ? s'écria Nastassia Philippovna avec indignation et en tapant du pied.

– Où vas-tu comme ça ? Qui vas-tu annoncer ?

– Nastassia Philippovna, balbutia le prince.

– Pourquoi me connais-tu ? demanda-t-elle vivement. Je ne t'ai jamais vu ! Allons, va m'annoncer... Qu'est-ce que ces cris ?

– Ils se disputent, répondit le prince en se dirigeant vers le salon.

Il entra à un moment assez décisif : Nina Alexandrovna était prête à oublier tout à fait qu'elle s'était « résignée à tout »; il faut dire qu'elle défendait Varia. Auprès de Varia se tenait Ptitsine qui avait délaissé son papier crayonné de notes. Varia, elle, ne semblait guère avoir perdu contenance; cette demoiselle n'était pas d'une espèce craintive; cependant les goujateries de son frère devenaient à chaque mot plus grossières et plus intolérables. Dans ces cas-là, elle avait l'habitude de cesser de discuter et se contentait de toiser son frère en silence et d'un air ironique, sans le quitter un instant des yeux. Cette tactique, elle le savait, était apte à le pousser aux dernières extrémités.

C'est à ce moment précis que le prince entra dans la pièce et annonça :

– Nastassia Philippovna !

IX

Il se fit un silence général : tous regardaient le prince comme sans comprendre et sans vouloir comprendre.

Gania se figea d'effroi.

La visite de Nastassia Philippovna, surtout à un moment pareil, était pour chacun d'eux l'événement le plus étrange et le plus embarrassant. Ne fût-ce que le fait que Nastassia Philippovna venait pour la première fois; jusqu'à présent, elle s'était montrée hautaine au point de ne jamais manifester dans ses conversations avec Gania le moindre désir de connaître sa famille, qu'elle ne mentionnait même plus, comme si elle n'existait pas. Bien que content dans un sens de l'ajournement d'un entretien aussi gênant pour lui, Gania, au fond de son cœur, ne manquait pas de lui en garder rancune. En tout cas, il s'attendait de sa part bien plus à des pointes ou à des moqueries au sujet des siens qu'à une visite; il savait avec certitude qu'elle était informée de tout ce qui se passait dans sa maison au sujet de sa demande en mariage et de ce que pensaient d'elle ses familiers. Sa visite *maintenant,* après le cadeau du portrait, et le jour de son anniversaire, ce jour où elle avait promis de décider de son sort, semblait marquer cette décision même.

La perplexité provoquée par l'entrée du prince fut de courte durée : Nastassia Philippovna en personne apparut dans l'encadrement de la porte et en entrant poussa encore légèrement le prince.

– Enfin, j'ai réussi à entrer... Pourquoi attachez-vous votre sonnette ? dit-elle gaîment en tendant la main à Gania qui, d'un bond, se trouva auprès d'elle. – Pourquoi avez-vous ce visage bouleversé ? Présentez-moi, je vous prie...

Gania, complètement décontenancé, la présenta d'abord à Varia et, avant de se tendre la main, les deux femmes échangèrent un étrange regard. Nastassia Philippovna riait et se cachait derrière un masque de gaîté affectée, tandis que Varia ne cherchait pas à dissimuler; son regard était sombre et fixe et sur son visage n'apparut même pas l'ombre d'un sourire qu'exigeait ne fût-ce que la plus élémentaire politesse. Gania en perdit le souffle; il n'était plus temps de la raisonner; aussi se borna-t-il à jeter sur elle un regard si chargé de menaces qu'à la violence qui s'y lisait elle comprit ce que cet instant signifiait pour son frère. Elle sembla alors vouloir lui faire une concession et esquissa un semblant de sourire à l'adresse de Nastassia Philippovna. (On s'aimait encore trop dans cette famille.)

Ce fut Nina Alexandrovna qui rétablit quelque peu la situation, bien que Gania, définitivement troublé, lui eût présenté Nastassia Philippovna après l'avoir présentée à sa sœur et, pour comble, eût nommé sa mère en premier.

Mais à peine Nina Alexandrovna avait-elle commencé à dire son « plaisir tout particulier... » que, sans la laisser achever, Nastassia Philippovna se tourna vivement vers Gania et, s'installant (sans en avoir été priée) sur un petit canapé près de la fenêtre, lui cria :

– Où se trouve votre cabinet de travail ? Et... et où sont vos pensionnaires ? Vous avez bien des pensionnaires ?

Gania rougit affreusement et allait bégayer une réponse, mais déjà Nastassia Philippovna poursuivait :

– Où pouvez-vous loger des locataires ? Vous n'avez même pas de cabinet de travail. Est-ce que cela rapporte, au moins ? dit-elle, se tournant brusquement vers Nina Alexandrovna.

– Cela donne assez de soucis, tenta de répondre cette dernière. – Évidemment, cela devrait rapporter. Toutefois, nous ne faisons que...

Mais déjà Nastassia Philippovna ne l'écoutait plus et, tournée vers Gania, criait à ce dernier :

– Quel visage vous avez ! Oh mon Dieu ! quel visage vous avez en ce moment !

Au bout de quelques instants de ce rire, le visage de Gania s'était en effet altéré; sa stupeur, son air comiquement, peureusement éperdu, l'avaient brusquement abandonné; il pâlit à l'extrême; ses lèvres se tordirent convulsivement; en silence, d'un regard fixe et mauvais, il contemplait, sans s'en détacher, le visage de la visiteuse qui continuait à rire.

Mais il y avait encore un autre observateur qui, lui non plus, ne s'était pas débarrassé de l'état de mutisme dans lequel l'avait plongé la vue de Nastassia Philippovna; mais bien qu'il restât planté comme un « poteau » à la même place dans l'encadrement de la porte, il eut le temps de remarquer la pâleur et le changement de mauvais augure du visage de Gania. Cet observateur était le prince. Presque effrayé, il fit tout à coup machinalement un pas en avant.

— Buvez un peu d'eau, souffla-t-il à Gania, et cessez de regarder ainsi...

Il était visible qu'il avait dit tout cela sans aucun calcul ni même intention particulière, obéissant seulement à une première impulsion; mais ses paroles eurent un effet extraordinaire. On eût dit que la fureur de Gania s'était soudain reportée tout entière sur le prince; il le saisit par l'épaule et le fixa en silence d'un regard vindicatif et haineux, comme hors d'état d'articuler un mot. Il y eut un mouvement d'émotion générale; Nina Alexandrovna poussa même un léger cri. Ptitsine, inquiet, fit un pas en avant; Kolia et Ferdistchenko qui venaient d'apparaître à la porte, s'arrêtèrent stupéfaits; seule Varia gardait la tête baissée mais n'en observait pas moins attentivement les événements. Elle était restée debout, à côté de sa mère, les bras croisés sur la poitrine.

Mais Gania se ressaisit presque aussitôt et partit d'un rire nerveux. Il avait complètement recouvré ses esprits.

— Qu'est-ce qui vous prend, prince ? Seriez-vous médecin, par hasard ? s'écria-t-il d'une voix qu'il s'efforçait de rendre gaie et naturelle. — Vous m'avez presque effrayé. Nastassia Philippovna, permettez-moi de vous le présenter; c'est un personnage des plus précieux, bien que je ne le connaisse moi-même que depuis ce matin...

Nastassia Philippovna, interloquée, regardait le prince.

— Prince ? C'est un prince ? Figurez-vous que tout à l'heure, dans l'antichambre, je l'avais pris pour un laquais, et je l'ai envoyé ici m'annoncer, ha ! ha ! ha !

— Pas de mal, pas de mal ! reprit Ferdistchenko qui

s'approcha vivement, heureux qu'on eût recommencé à rire. – Pas de mal : *se non è vero...*

– Et c'est tout juste si je ne vous ai pas malmené, prince. Excusez-moi, je vous prie. Ferdistenchko, que faites-vous ici à pareille heure ? J'espérais au moins ne pas vous rencontrer, vous. Qui ? Quel prince ? Muichkine ? redemanda-t-elle distraitement à Gania, qui entre temps, et tenant toujours celui-ci par l'épaule, lui avait présenté le prince.

– Notre pensionnaire, répéta Gania.

De toute évidence, on présentait le prince comme une rareté (et venu fort à propos pour les tirer d'une situation fausse); c'est tout juste si on ne le poussait pas vers Nastassia Philippovna; le prince entendit même très nettement le mot « idiot » murmuré derrière lui, probablement par Ferdistchenko, en guise d'explication.

– Dites-moi, pourquoi ne m'avez-vous pas détrompée tout à l'heure, lorsque j'ai commis cette affreuse méprise à votre sujet ? continuait Nastassia Philippovna, examinant le prince de la tête aux pieds de la façon la plus désinvolte. Elle semblait impatiente d'entendre sa réponse, comme persuadée à l'avance que cette réponse serait d'une telle sottise qu'il serait impossible de ne pas en rire.

– J'ai été surpris de vous voir tout à coup devant moi... balbutia le prince.

– Et comment avez-vous su que c'était moi ? Où m'aviez-vous rencontrée ? C'est curieux, il me semble l'avoir en effet déjà vu quelque part ! Permettez-moi de vous demander aussi pourquoi vous êtes resté pétrifié sur place. Qu'y a-t-il en moi de si... fascinant ?

– Eh bien, allez-y, grimaçait Ferdistchenko. Allez-y

donc ! Oh Dieu, quand je pense à tout ce que j'aurais pu répondre à une semblable question ! Eh bien... prince, tu n'es décidément qu'une andouille !

– Mais moi aussi j'aurais pu en dire long si j'avais été à votre place, dit le prince en riant à Ferdistchenko. – Ce matin j'ai été très frappé par votre portrait, continua-t-il en s'adressant à Nastassia Philippovna. – Ensuite, j'ai parlé de vous avec les Epantchine... et ce matin de bonne heure, dans le train, avant même d'arriver à Pétersbourg, Parfione Rogojine m'avait beaucoup parlé de vous. Au moment où je vous ouvrais la porte, je pensais justement à vous et brusquement vous voilà.

– Mais comment avez-vous su que c'était moi ?

– D'après le portrait et...

– Et encore ?

– Et encore parce que c'est exactement ainsi que je vous imaginais. Et aussi c'est comme si je vous avais déjà vue quelque part.

– Mais où, où donc ?

– Il me semble avoir déjà vu vos yeux... mais ce n'est pas possible ! Ce n'était que... Je n'ai jamais vécu ici. Peut-être en rêve...

– Bravo, prince ! s'écria Ferdistchenko. Non, je retire mon : *se non è vero*... Quoique... quoique, au fond, tout cela n'est que de l'innocence de sa part ! ajouta-t-il avec regret.

Le prince avait prononcé ces quelques phrases d'une voix altérée, s'arrêtant souvent pour reprendre son souffle. Tout dénotait chez lui une émotion extrême. Nastassia Philippovna le considérait avec curiosité mais avait cessé de rire. A cet instant précis, la voix forte d'un nouveau venu s'éleva derrière la foule compacte qui entourait le prince et Nastassia Philippovna, et pour ainsi dire fendit cette foule en deux. Devant Nastassia Philippovna se dressait le père de famille, le général Ivolguine en personne. Il était en frac, avec un plastron propre et ses moustaches étaient soigneusement cosmétiquées.

C'était plus que Gania n'en pouvait supporter.

Vaniteux et gonflé d'amour-propre jusqu'à la manie, jusqu'à l'hypocondrie, il avait cherché au cours de ces deux derniers mois un point d'appui pour se donner de l'importance et de la dignité. Se sentant encore novice dans la voie qu'il s'était tracée, et incertain de pouvoir tenir jusqu'au bout, il s'était décidé en désespoir de cause à se conduire avec la dernière des insolences dans sa maison où il était un véritable despote. Mais il n'osait pas se montrer ainsi en présence de Nastassia Philippovna qui jusqu'à la dernière minute ne cessait de le démonter et le dominait impitoyablement; ce « mendiant impatient » (selon l'expression de Nastassia Philippovna qu'on lui avait déjà rapportée) s'était juré de le lui faire payer cher par la suite, tout en nourrissant parfois l'espoir enfantin de tout résoudre et de concilier les extrêmes; et voilà qu'il devait encore boire jusqu'à la lie cette coupe d'horreur, et cela surtout à un moment pareil !

Il lui survenait un nouveau supplice imprévu et le plus terrible de tous pour un homme vaniteux, celui de rougir de ses proches dans sa propre maison. A cet instant, une pensée lui traversa rapidement l'esprit : « Le jeu en vaut-il la chandelle ? »

Car ce qui se passait devant ses yeux, il ne se l'était imaginé durant ces deux mois que la nuit, et c'était un cauchemar qui le glaçait d'horreur et le brûlait de honte : la rencontre au sein de sa famille de son père et de Nastassia Philippovna avait, enfin, eu lieu. Parfois, pour s'agacer et se torturer, il essayait de se représenter le général au cours de la cérémonie nuptiale, mais jamais il n'avait été capable de parachever ce douloureux tableau et il s'empressait de l'abandonner. Peut-être s'exagérait-il outre mesure la portée de ce malheur, mais il en est toujours ainsi des gens vaniteux. Durant ces deux mois, il eut le temps de réfléchir et de prendre une décision. Il s'était promis, coûte que coûte, de mettre son père à la raison, ne fût-ce que pour un temps, et même, si possible, de l'éloigner de Pétersbourg, que sa mère y consentît ou non. Dix minutes plus tôt, lors de l'entrée de Nastassia Philippovna, il avait été tellement frappé et abasourdi qu'il avait complètement oublié la possibilité d'une apparition d'Ardalion Alexandrovitch et n'avait pris aucune disposition.

Et voilà que le général était là, devant tout le monde, et, de plus, apprêté comme pour une solennité et en frac, cela au moment même où Nastassia Philippovna « ne cherchait qu'une occasion pour se gausser de lui et de sa famille » (cela, il en était sûr). Car quel autre sens pouvait avoir sa visite ? Était-elle venue pour rechercher l'amitié de sa mère et de sa sœur ou pour les offenser dans leur propre maison ?

D'ailleurs, à voir l'attitude respective deux camps, aucun doute n'était plus possible. Sa mère et sa sœur étaient assises à l'écart, comme humiliées, et Nastassia Philippovna avait l'air d'avoir oublié jusqu'à leur présence dans la pièce... Si elle continuait ainsi, c'est qu'elle avait certainement son idée !

Ferdistchenko s'empara du général pour le présenter.

— Ardalion Alexandrovitch Ivolguine, dit le général, en s'inclinant avec dignité et en souriant. — Un vieux soldat dans l'infortune et un père de famille heureux de l'espoir de compter parmi les siens une aussi charmante...

Il n'acheva pas; rapidement Ferdistchenko lui avait glissé une chaise et le général, peu solide sur ses jambes après les repas, s'affaissa ou plutôt s'effondra sur son siège, sans toutefois en ressentir la moindre confusion. Il s'installa juste en face de Nastassia Philippovna, lui prit la main et, avec une grimace affable, porta ses doigts à ses lèvres d'un geste lent et étudié. D'une façon générale, il était difficile à démonter. Son aspect extérieur, à part une certaine négligence, ne manquait pas de prestance, et il ne l'ignorait pas. Jadis, il avait parfois été reçu dans la meilleure société et il n'en était exclu définitivement que depuis deux ou trois ans. C'est aussi à dater de ce moment qu'il s'était laissé aller, avec trop peu de retenue, à quelques-unes de ses faiblesses; cependant, il avait conservé de l'aisance et un certain attrait. Nastassia Philippovna paraissait extrêmement contente de l'apparition d'Ardalion Alexandrovitch dont, évidemment, elle avait déjà entendu parler.

— J'ai appris que mon fils... commença Ardalion Alexandrovitch.

— Ah oui, votre fils ! Vous avouerez que, pour un père !... Vous êtes bon vous aussi !... Pourquoi ne vous voit-on jamais chez moi ? Est-ce vous qui vous cachez ou est-ce votre fils qui vous cache ? Vous, du moins, vous pouvez me rendre visite sans compromettre personne.

— Les enfants du XIXe siècle et leurs parents..., reprit le général.

– Nastassia Philippovna, veuillez excuser Ardalion Alexandrovitch pour un instant, on le demande, dit à haute voix Nina Alexandrovna.

– L'excuser ! De grâce, j'ai tant entendu parler de lui et désiré depuis si longtemps faire sa connaissance ! Quelles affaires peut-il avoir, n'est-il pas à la retraite ? Vous n'allez pas m'abandonner, général, vous ne vous en irez pas ?

– Je vous donne ma parole qu'il ira vous rendre visite personnellement, mais pour le moment il a besoin de repos.

– Ardalion Alexandrovitch, on prétend que vous avez besoin de repos, s'écria Nastassia Philippovna, avec la moue mécontente et boudeuse d'une gamine étourdie à qui on enlèverait son joujou.

Le général se chargea aussitôt de rendre sa position encore plus ridicule.

– Mon amie, mon amie ! dit-il sur un ton solennel et d'un air de reproche à sa femme, portant une main sur son cœur.

– Vous ne voulez pas sortir, maman ? demanda Varia à haute voix.

– Non, Varia, je resterai jusqu'au bout.

Nastassia Philippovna ne pouvait pas ne pas avoir entendu la question et la réponse, mais sa gaîté semblait s'en être encore accrue. Elle se mit à harceler le général de questions et au bout de cinq minutes, complètement lancé, celui-ci pérorait au milieu des éclats de rire de toute l'assistance.

Kolia tira le prince par le pan de son veston.

– Vous, au moins, emmenez-le quelque part ! Ne pouvez-vous pas le faire ? Je vous en prie ! Dans les yeux du pauvre garçon brillaient des larmes d'indignation. – Oh, maudit Gania! ajouta-t-il à part soi.

– J'ai en effet été très ami avec Ivan Fédorovitch Épantchine, s'épanchait le général en réponse aux questions de Nastassia Philippovna. – Moi, lui et feu le prince Léon Nicolaïevitch Muichkine dont j'ai eu aujourd'hui la joie de serrer le fils dans mes bras après une séparation de vingt années, nous étions inséparables, pour ainsi dire les trois mousquetaires : Athos, Porthos et Aramis. Mais, hélas ! l'un est dans la tombe, victime de la calomnie et d'une balle ennemie; l'autre est devant vous et lutte toujours contre les calomnies et les balles...

– Les balles ! s'exclama Nastassia Philippovna.

– Elles sont là, dans ma poitrine, reçues au siège de Kars, je les sens par mauvais temps. Par ailleurs, je vis en philosophe, je vais, je me promène, je joue aux dames dans un café, comme un bourgeois retiré des affaires, et je lis *l'Indépendance*. Mais j'ai définitivement rompu avec notre Porthos-Épantchine, il y a trois ans, à la suite d'un incident survenu en chemin de fer à propos d'un bichon...

– Un bichon ? Qu'est-ce que c'est que cette histoire ? demanda Nastassia Philippovna avec une curiosité particulière. – A propos d'un bichon ? et en chemin de fer ?... Elle semblait se remémorer quelque chose.

– Oh, c'est une histoire absurde et qui ne mérite pas d'être rappelée; elle m'est arrivée avec la dame de compagnie de la princesse Bielokonska, mistress Smith, mais... elle ne mérite pas d'être rappelée.

– Il faut absolument que vous me racontiez ça ! s'écria joyeusement Nastassia Philippovna.

– Moi non plus je ne la connais pas encore, remarqua Ferdistchenko. *C'est du nouveau**.

– Ardalion Alexandrovitch ! dit de nouveau Nina Alexandrovna de sa voix suppliante.

– Papa, on vous demande ! cria Kolia.

– Une histoire idiote qui tient en deux mots, commença le général avec satisfaction. – Il y a à peu près deux ans, tout de suite après l'inauguration de la ligne de chemin de fer de Sk..., voyageant pour des affaires de grande importance concernant la passation de mon service (et déjà en civil), j'avais pris un billet de première. Une fois dans le compartiment, je m'installe et je fume. Plus exactement je continue à fumer, car j'avais commencé avant de monter. Je suis seul dans le compartiment. S'il n'est pas interdit de fumer, cela n'est pas non plus autorisé; en somme, c'est toléré par l'usage et un peu suivant les personnes. La vitre est baissée. Tout à coup, juste avant le signal du départ, deux dames arrivées au dernier moment entrent avec un petit chien et s'installent en face de moi; l'une d'elles est vêtue de la façon la plus élégante, en bleu ciel; l'autre, plus modestement, en soie noire avec une petite cape. Toutes les deux pas mal de leur personne et d'un abord hautain; elles s'entretiennent en anglais. Bien entendu, je continue à fumer. C'est-à-dire, j'y avais bien songé un instant, mais je continue à fumer quand même, tourné vers la fenêtre dont la vitre restait baissée. Le bichon est sur les genoux de la dame en bleu ciel, un tout petit bichon, pas plus gros que mon poing, noir avec des pattes blanches, une rareté. Il avait un collier gravé en argent. Je reste coi. Je remar-

* En français dans le texte.

que seulement que les dames semblent fâchées, à cause du cigare évidemment. L'une d'elles me dévisage avec un face-à-main en écaille. Je ne réagis toujours pas puisqu'elles ne me disent rien ! Si au moins elles m'avaient parlé, m'avaient demandé de ne pas fumer; il existe tout de même un langage humain. Mais non, elles se taisent... Tout à coup, et cela, je vous le dis, sans le moindre avertissement, comme si elle avait perdu la raison, la dame en bleu ciel m'arrache le cigare de la main et le jette par la fenêtre. Le train continue à filer, tandis que je la regarde, ahuri. Une femme sauvage, positivement sauvage, à l'état absolument sauvage, bien que par ailleurs une belle femme, bien en chair, ample, grande, blonde, au teint coloré (trop même); elle me foudroie du regard. Sans dire un mot, avec une politesse parfaite, avec une politesse pour ainsi dire raffinée, je tends deux doigts vers le petit chien, je le prends délicatement par la peau du cou et... hop là, je l'envoie par la fenêtre rejoindre mon cigare. A peine a-t-il eu le temps de pousser un petit jappement ! Le train continue à filer...

– Vous êtes un monstre ! s'écria Nastassia Philippovna éclatant de rire et battant des mains comme une petite fille.

– Bravo, bravo ! hurlait Ferdistchenko. Ptitsine eut également un sourire, bien que lui aussi eût été désagréablement surpris par l'entrée du général. Et même Kolia se mit à rire et cria lui aussi « bravo ».

– J'avais raison, trois fois raison ! continuait avec feu le général, triomphant, – car si les cigares sont interdits dans les compartiments, les chiens le sont *a fortiori*.

– Bravo, papa ! cria Kolia, enthousiasmé. – C'est magnifique ! A votre place, j'aurais sûrement agi de même !

– Et qu'a fait cette dame ? interrogeait avec impatience Nastassia Philippovna.

– Elle ? le général s'assombrit. – C'est là que l'affaire prit mauvaise tournure : sans dire un mot, sans l'ombre d'un avertissement, elle m'envoya une gifle ! Je vous dis, une sauvage, absolument une sauvage !

– Et vous ?

Le général baissa les yeux, leva les sourcils, remonta les épaules, serra les lèvres, écarta les bras et dit enfin, après un silence :

– Je me suis laissé entraîner !...

– Et fort, vous l'avez frappée fort ?

– Non, je vous le jure ! Ça a provoqué un scandale, mais je ne l'avais pas frappée fort. Ce n'avait été de ma part qu'un réflexe, uniquement pour l'écarter. Mais le diable m'avait joué là un vilain tour ! La dame en bleu ciel s'est trouvée être une Anglaise, dame de compagnie et même presque amie de la princesse Bielokonska; quant à celle en noir, c'était l'aînée des jeunes princesses, une vieille fille de trente-cinq ans. Or, on connaît l'amitié de la générale Épantchine pour les Bielokonski. Vous voyez le drame : évanouissements, larmes, deuil, – le petit chien était leur favori, – piaillements des six jeunes princesses et de l'Anglaise, bref, la fin du monde ! Bien entendu, je suis allé exprimer mes regrets et présenter mes excuses; j'avais même écrit une lettre, mais on ne m'a pas reçu, ni moi ni ma lettre. Naturellement, brouille avec Épantchine, et me voilà honni, exclu, banni !

– Mais, permettez, comment cela se peut-il ? demanda soudain Nastassia Philippovna : – il y a cinq ou six jours, j'ai lu dans *l'Indépendance* (que je lis régulièrement) exactement la même histoire, mais exactement la même ! Cela s'est passé sur une ligne de chemin de fer des bords du Rhin, entre un Français et une Anglaise, le cigare arraché de la même façon, le même bichon nain envoyé par la fenêtre; enfin, tout avait aussi fini exactement comme pour vous, jusqu'à la robe bleu ciel !

Le général devint écarlate; Kolia rougit également et se prit la tête dans les mains; Ptitsine se détourna rapidement. Seul Ferdistchenko riait toujours à gorge déployée. Quant à Gania, mieux valait ne point en parler : il restait là à souffrir d'une douleur muette et intolérable.

– Je vous assure, balbutia le général, qu'il m'est arrivé exactement la même chose...

– Papa a effectivement eu un incident désagréable avec mistress Smith, la gouvernante des Bielokonski, s'écria Kolia. Je m'en souviens.

– Comment ? Exactement la même chose ? La même histoire aux deux bouts de l'Europe, et dans tous les détails, y compris la robe bleue ! insistait impitoyablement Nastassia Philippovna. – Je vous enverrai le numéro de *l'Indépendance belge*.

– Remarquez cependant, continuait à insister le général, que mon incident est vieux de deux ans...

– Ah ! Dans ce cas, évidemment...

Nastassia Philippovna riait comme dans une crise d'hystérie.

– Papa, je vous prie de sortir avec moi, j'ai deux mots à vous dire, dit Gania d'une voix accablée, saisissant machinalement son père par l'épaule. Une haine infinie éclatait dans son regard. A ce moment, un coup de sonnette d'une violence extrême retentit dans l'entrée, un coup à arracher la sonnette et qui annonçait une visite peu ordinaire. Kolia courut ouvrir.

X

On entendit aussitôt dans l'antichambre un bruit de foule. Du salon on avait l'impression que plusieurs personnes s'y étaient introduites et que d'autres continuaient à entrer. Plusieurs voix parlaient à la fois et criaient dans l'entrée et dans l'escalier dont la porte était restée ouverte. Il s'agissait manifestement d'étranges visiteurs. Tout le monde se regarda, perplexe; Gania s'élança dans le grand salon, mais plusieurs personnes y étaient déjà entrées.

– Ah, te voilà, Judas ! s'écria une voix connue du prince. – Salut, Gania ! vieille canaille !

– Lui, c'est bien lui en personne, confirma une autre voix.

Il ne pouvait plus y avoir le moindre doute pour le prince. L'une des voix était celle de Rogojine, l'autre celle de Lebedev. Gania s'était immobilisé, comme hébété, sur le seuil du salon et regardait en silence, sans chercher à s'opposer à l'entrée de dix à douze personnes qui, à la suite de Parfione Rogojine, envahissaient la pièce.

Cette bande était fort disparate et se signalait autant par sa diversité que par son dérèglement. Quelques-uns étaient entrés tels qu'ils étaient, avec leurs pelisses et leurs manteaux. Sans que personne fût positivement ivre, tous paraissaient passablement éméchés. Tous semblaient avoir besoin les uns des autres pour se donner du courage; seul, aucun n'eût osé entrer, mais ils se poussaient en quelque sorte mutuellement. Même Rogojine, à leur tête, avançait avec prudence mais, lui, était guidé par une idée fixe; il semblait sombre et préoccupé jusqu'à l'irritation. Le reste ne formait que le chœur dont il eût été le soliste, ou plus exactement une bande dont le rôle était de lui prêter main-forte. Outre Lebedev, on y trouvait Zaliojev, soigneusement frisé, qui avait laissé sa pelisse dans l'antichambre et était entré avec l'aisance d'un dandy, suivi de deux ou trois autres personnages de la même trempe, apparemment des fils de marchands; il y avait aussi un homme en manteau de coupe militaire; un petit bonhomme extrêmement gros qui riait sans cesse; un individu immense, lui aussi d'une corpulence peu ordinaire et d'une taille de près de deux mètres, très sombre et très silencieux et qui devait beaucoup compter sur ses poings; enfin un étudiant en médecine et un Polonais sémillant. Sur le palier, il y avait encore deux dames qui jetaient des regards dans l'antichambre sans oser entrer. Kolia leur ferma la porte au nez et mit le crochet.

– Salut, canaille de Gania ! Tu ne t'attendais pas à voir Parfione Rogojine ? répéta ce dernier parvenu jusqu'à la porte du salon et s'arrêtant en face de Gania. Mais au même instant il aperçut tout à coup dans le salon, juste en face de lui, Nastassia Philippovna. Visiblement, il était loin d'avoir pensé qu'il pourrait la rencontrer ici; sa vue produisit sur lui un effet extraordinaire; il blêmit au point que ses lèvres devinrent bleues.

– C'était donc vrai ! dit-il doucement, comme se parlant à lui-même, l'air complètement désemparé. – C'est fini !... Eh bien, tu me répondras de cela ! articula-t-il entre les dents avec une fureur indicible en regardant Gania. – Eh bien... ah !...

Le souffle coupé, il avait peine à articuler chaque mot. Machinalement, il avançait dans le salon, mais, apercevant tout à coup Nina Alexandrovna et Varia, il s'arrêta, un peu confus, malgré toute son émotion. Lebedev entra derrière lui, le suivant comme son ombre et déjà sérieusement ivre; puis vinrent l'étudiant, l'individu aux poings formidables, Zaliojev saluant à droite et à gauche, enfin le petit bonhomme grassouillet qui s'efforçait de se frayer un passage. La présence des dames semblait encore les contenir quelque peu, et visiblement les gênait beaucoup, bien entendu seulement pour *commencer,* jusqu'au premier prétexte de pousser un cri et de *commencer*... Car alors aucune dame ne pourrait les arrêter.

– Comment ? Tu es là toi aussi, prince ? dit Rogojine distraitement mais quelque peu surpris. – Toujours avec tes guêtres, et il poussa un soupir. Mais il avait déjà oublié le prince et portait de nouveau son regard sur Nastassia Philippovna en se rapprochant d'elle de plus en plus, comme attiré par un aimant.

Nastassia Philippovna, elle aussi, dévisageait les intrus avec inquiétude et curiosité.

Enfin, Gania se ressaisit.

– Mais permettez, qu'est-ce que tout cela signifie à la fin ? dit-il à haute voix, regardant sévèrement les intrus et s'adressant surtout à Rogojine. – Vous n'êtes pas ici dans une écurie, messieurs, vous êtes en présence de ma mère et de ma sœur...

– Nous le voyons bien que ce sont ta mère et ta sœur, dit Rogojine entre les dents.

– Cela se voit que ce sont là votre mère et votre sœur, renchérit Lebedev pour se donner une contenance.

L'homme aux poings, pensant sans doute que le moment était venu, émit un grognement.

– En voilà assez, s'écria Gania, haussant démesurément le ton jusqu'à l'éclat. – Tout d'abord, je vous prie tous de passer dans la salle à côté, et ensuite permettez-moi de vous demander...

– Tiens, il ne me reconnaît pas ! ricana méchamment Rogojine sans bouger de place. – Tu n'as pas reconnu Rogojine ?

– En admettant même que je vous aie déjà rencontré quelque part, je...

– Voyez-vous ça, rencontré quelque part ! Mais il y a à peine trois mois je t'ai perdu aux cartes deux cents roubles appartenant à mon père; le vieux est mort sans avoir eu le temps de l'apprendre; toi tu m'avais entraîné et Kniff trichait. Ah, tu ne me reconnais pas ? Ptitsine pourrait en témoigner ! D'ailleurs, il me suffirait de sortir trois roubles de ma poche et de te les montrer pour que tu te traînes à quatre pattes jusqu'à Vassilevski dans l'espoir de les obtenir; voilà comment tu es ! C'est ça ton âme ! Maintenant aussi je suis venu pour t'acheter tout entier à prix d'argent; ne regarde pas mes bottes, j'ai beaucoup d'argent, mon vieux, je pourrais t'acheter toi entier avec tous les tiens... Si je veux, je vous achèterai tous ! Tous !

Rogojine s'échauffait et semblait devenir de plus en plus ivre.

– Ah ! ah ! s'écria-t-il, Nastassia Philippovna, ne me

chassez pas ! Dites-moi rien qu'un mot : l'épousez-vous, ou non ?

Rogojine avait posé cette question comme un homme perdu, comme on s'adresse à une divinité, mais aussi avec l'audace d'un condamné à mort qui n'a plus rien à perdre. Il attendait la réponse dans une angoisse mortelle.

Nastassia Philippovna le mesura d'un regard moqueur et hautain; mais, ayant jeté les yeux sur Varia et Nina Alexandrovna, puis sur Gania, elle changea d'attitude.

– Pas du tout, qu'est-ce qui vous prend ? Et d'où vous vient l'idée de me poser cette question ? lui répondit-elle doucement et avec sérieux, d'une voix qui paraissait surprise.

– Non ? Non ! s'écria Rogojine presque hors de lui de joie. – C'est donc bien non ? Ils m'avaient dit... Ah ! Eh bien... Nastassia Philippovna ! Ils prétendent que vous vous êtes promise à Gania ! A lui, à ce... est-ce donc possible ? (Je le leur disais bien.) Je peux l'acheter tout entier pour cent roubles, je lui en donnerai mille, mettons trois mille pour qu'il renonce, et il filera la veille du mariage en m'abandonnant sa fiancée. N'est-ce pas vrai, Gania, canaille ? Tu accepterais bien les trois mille roubles ? Tiens, les voici ! C'est pour ça que je suis venu, pour te faire signer ton renoncement; je l'ai dit : je t'achèterai, et je t'achèterai bien !

– Va-t'en d'ici, tu es ivre ! cria Gania qui rougissait et pâlissait alternativement.

Ce cri provoqua quelques éclats de voix; toute la bande de Rogojine n'attendait depuis longtemps que la première provocation. Lebedev chuchotait quelque chose avec beaucoup d'application à l'oreille de Rogojine.

– Tu as raison, bureaucrate ! répondit Rogojine. Tu as raison, âme d'ivrogne ! Et pourquoi pas, après tout ? Nastassia Philippovna, s'écria-t-il, la regardant comme un fou, tantôt avec terreur, tantôt s'enhardissant jusqu'à l'insolence. – Voilà dix-huit mille roubles ! Et il déposa devant elle, sur un guéridon, un paquet enveloppé de papier blanc et attaché par une ficelle. – Voici ! Et... et il y en aura encore !

Il n'osa pas achever sa pensée.

– Ni-ni-ni, chuchota Lebedev d'un air épouvanté; on pouvait deviner qu'il avait été effrayé par l'énormité de la somme et proposait de commencer par une offre infiniment moindre.

– Non, là, mon vieux, tu es un sot, tu ne sais pas jusqu'où tu es allé... et moi d'ailleurs je suis aussi sot que toi ! dit-il en se reprenant et en tressaillant sous l'éclair du regard de Nastassia Philippovna.

– Ah ah! j'ai été bête de t'écouter! ajouta-t-il sur un ton de profond repentir.

Nastassia Philippovna, après avoir attentivement observé le visage défait de Rogojine, éclata tout à coup de rire.

– Dix-huit mille roubles, pour moi ! Voilà bien le moujik ! ajouta-t-elle sur un ton d'insolente familiarité en se levant du canapé comme pour partir. Gania, le cœur serré, observait cette scène.

– Eh bien, quarante mille, quarante et non dix-huit ! s'écria Rogojine; Ptitsine et Bizkoup m'ont promis de me remettre quarante mille roubles à 7 heures ! Quarante mille comptant !

La scène devenait vraiment ignoble, mais Nastassia Philippovna continuait à rire et ne s'en allait pas, la prolongeant comme à plaisir. Nina Alexandrovna et Varia, elles aussi, s'étaient levées et, l'air effrayé, attendaient en silence pour voir jusqu'où cela irait; les yeux de Varia étincelaient, tandis que Nina Alexandrovna, très éprouvée par cette succession d'événements, tremblait et semblait au bord de l'évanouissement.

– Eh bien alors, cent mille ! Aujourd'hui même, je t'apporterai cent mille roubles ! Ptitsine, tire-moi d'affaire, tu t'y réchaufferas les mains !

– Tu es fou ! chuchota Ptitsine en s'approchant rapidement de lui et en lui saisissant le bras. – Tu es ivre, on va envoyer chercher la police. Où te crois-tu ?

– C'est le vin qui parle, dit Nastassia Philippovna comme pour l'exciter.

– Eh bien non, je ne mens pas, tu les auras ! Ce soir même. Eh, Ptitsine, âme d'usurier, au secours ! Compte-moi ce que tu voudras, mais trouve-moi cent mille roubles pour ce soir; je prouverai que je ne lésine pas ! criait Rogojine s'animant jusqu'à l'exaltation.

– Qu'est-ce que tout cela signifie à la fin ? tonna soudain avec colère et d'une voix menaçante Ardalion Alexandrovitch, s'avançant vers Rogojine. Cette sortie inattendue du vieillard qui s'était tu jusqu'alors, ne manquait pas d'être comique. On entendit des rires.

– D'où sort-il, celui-là ? ricana Rogojine. Viens avec nous, vieillard, tu boiras ton soûl !

– C'est ignoble ! cria Kolia qui pleurait de honte et de rage.

– Est-il possible qu'il ne s'en trouve pas un parmi vous pour faire sortir d'ici cette effrontée ! s'écria soudain Varia toute frémissante de colère.

– C'est moi que l'on traite d'effrontée ! riposta Nastassia Philippovna avec une gaîté méprisante. – Et moi, comme une sotte, j'étais venue pour les inviter à ma soirée ! Voilà comment me traite votre sœur, Gabriel Ardalionovitch !

Gania demeura quelques instants comme foudroyé par la sortie de sa sœur, mais voyant que cette fois Nastassia Philippovna était vraiment décidée à partir, il se jeta comme un forcené sur Varia et lui saisit la main avec fureur.

– Qu'as-tu fait ? s'écria-t-il en la regardant comme s'il voulait la réduire en cendres sur place. Il était hors de lui et ne savait plus ce qu'il faisait.

– Ce que j'ai fait ? Où me traînes-tu ? Ne serait-ce pas, homme vil, pour que je lui présente des excuses, à elle qui a offensé ta mère et couvert ta maison de honte ? cria Varia, regardant son frère d'un air de triomphe et de défi. Ils restèrent ainsi quelques instants face à face. Gania tenait toujours la main de sa sœur dans la sienne. Varia tenta de se dégager une ou deux fois, de toutes ses forces, mais n'y parvint pas et soudain, hors d'elle, cracha à la figure de son frère.

– Ça, c'est une jeune fille, cria Nastassia Philippovna. Bravo, Ptitsine, je vous félicite !

Gania vit trouble et, s'oubliant complètement, leva la main pour frapper sa sœur de toutes ses forces. Elle eût reçu le coup en pleine figure, mais une main vint, en plein élan, arrêter le bras de Gania. Le prince s'était interposé entre le frère et la sœur.

– Voyons, assez ! dit-il avec fermeté mais tremblant lui aussi de tous ses membres, comme à la suite d'un bouleversement extrême.

– Vas-tu toujours te trouver sur mon chemin ?

hurla Gania en lâchant la main de Varia. Et, de sa main devenue libre, au comble de la fureur, il gifla le prince à toute volée.

– Ah, s'écria Kolia en levant les bras. Ah, mon Dieu !

Des exclamations jaillirent de toutes parts. Le prince était livide. D'un étrange regard chargé de reproche, il regarda Gania droit dans les yeux; ses lèvres tremblantes s'efforçaient d'articuler quelque chose et un sourire étrange et insolite les crispait.

– Moi, ça ne fait rien... mais elle... je ne vous laisserai pas... la frapper ! finit-il par dire doucement. Mais soudain, n'y tenant plus, il laissa Gania, se prit la tête entre les mains et, se tournant face contre le mur, dit d'une voix entrecoupée :

– Oh, comme vous allez avoir honte de votre geste !

En effet, Gania était comme anéanti. Kolia se précipita pour embrasser et consoler le prince et à sa suite s'empressèrent Rogojine, Varia, Ptitsine, Nina Alexandrovna, tous, même le vieux Ardalion Alexandrovitch.

– Ce n'est rien, ce n'est rien ! balbutiait le prince avec toujours ce même sourire insolite.

– Et il s'en repentira ! cria Rogojine. Tu auras honte, Gania, d'avoir offensé une pareille... brebis ! (Il ne trouva pas d'autre mot.) – Prince, mon ami, laisse-les; viens ! Tu verras comment Rogojine sait aimer !

Nastassia Philippovna était, elle aussi, très frappée par le geste de Gania et par l'attitude du prince. Son visage, d'ordinaire pensif et pâle, si peu en harmonie avec son rire affecté de tout à l'heure, était visiblement bouleversé par un sentiment nouveau. Pourtant, on eût dit qu'elle ne tenait pas à le montrer et s'efforçait de garder sur son visage une expression moqueuse.

— Décidément, j'ai déjà vu ce visage quelque part ! murmura-t-elle soudain mais déjà gravement, se souvenant brusquement de sa question de tout à l'heure.

— Et vous, n'avez-vous pas honte ! Comme si vous étiez celle que vous avez cherché à vous montrer ! Est-ce donc possible ? s'écria tout à coup le prince d'un air de profond reproche.

Nastassia Philippovna, surprise, essaya de sourire comme pour cacher quelque chose, puis, après avoir jeté un regard à Gania, elle se dirigea, troublée, vers la porte du salon. Mais avant même d'arriver à l'antichambre, elle revint brusquement sur ses pas, s'approcha vivement de Nina Alexandrovna, lui prit la main et la porta à ses lèvres.

— Il a deviné, c'est vrai que je ne suis pas du tout comme ça, murmura-t-elle d'une voix rapide et avec chaleur, le visage enflammé et rougissant. Puis, se détournant, elle sortit cette fois si vite que personne n'eut le temps de comprendre pourquoi elle était revenue. C'est à peine si on l'avait vue murmurer quelque chose à Nina Alexandrovna et peut-être lui baiser la main. Mais Varia, elle, avait tout vu et tout entendu, et la suivit des yeux avec étonnement.

Gania se ressaisit et s'élança pour accompagner Nastassia Philippovna, mais elle était déjà sortie. Il la rejoignit dans l'escalier.

— Ne m'accompagnez pas ! lui cria-t-elle. Au revoir et à ce soir ! Sans faute, entendez-vous !

Il revint, troublé et pensif; une lourde énigme lui pesait sur le cœur, encore plus lourde qu'auparavant. L'image du prince lui traversait, elle aussi, l'esprit. Il était tellement absorbé qu'il vit à peine déferler devant lui, en le bousculant dans l'entrée, toute la bande de

Rogojine, pressée de quitter l'appartement à la suite de son chef. Tous discutaient avec animation et à haute voix, Rogojine lui-même marchait à côté de Ptitsine, et lui parlait avec insistance de quelque chose d'important et qui semblait ne pouvoir souffrir aucun retard.

– Tu as perdu, Gania ! lui cria-t-il en passant devant ce dernier.

Gania les suivit d'un regard inquiet.

XI

Le prince quitta le salon et s'enferma dans sa chambre. Kolia accourut aussitôt pour le consoler. Le pauvre garçon ne semblait plus pouvoir se détacher de lui.

– Vous avez bien fait de vous en aller, dit-il. Ça va barder pire que tout à l'heure, là-bas, et c'est ainsi tous les jours, et tout cela à cause de cette Nastassia Philippovna.

– Il y a dans votre famille, Kolia, beaucoup de points douloureux qui se sont envenimés, observa le prince.

– Oui, c'est juste. Au fond, nous n'avons rien à dire; tout est de notre faute. Mais j'ai un grand ami qui est encore plus malheureux. Voulez-vous que je vous le fasse connaître ?

– Avec grand plaisir. C'est un de vos camarades ?

– Oui, presque. Je vous expliquerai ça plus tard... Elle est belle, Nastassia Philippovna, n'est-ce pas ? Je ne l'avais encore jamais vue jusqu'à présent, malgré tous mes efforts. Elle était littéralement éblouissante. J'aurais tout pardonné à Gania si c'était par amour; mais pourquoi prend-il l'argent, voilà le mal !

– Oui, votre frère ne me plaît pas beaucoup.

– Je comprends bien ! Surtout à vous, après...

Savez-vous, je déteste ces idées conventionnelles. Il suffit qu'un fou ou un imbécile ou un gredin donne à l'état de folie une gifle, et voilà un homme déshonoré pour la vie et qui ne saurait laver l'offense autrement que dans le sang, à moins encore qu'on ne se traîne à genoux devant lui pour implorer son pardon. A mon avis, c'est despotique et absurde. C'est tout le sujet du drame de Lermontov *Mascarade,* et je trouve ça stupide. Enfin, je veux dire que ce n'est pas naturel. Il faut dire aussi que c'est presque une œuvre d'enfance...

– Votre sœur m'a beaucoup plu.

– Comme elle a craché à la figure de Gania ! Elle est courageuse, Varia. Pourtant, vous, vous n'avez pas craché, et je suis sûr que ce n'était pas par manque de courage. Tiens, la voilà en personne; quand on parle du loup... Je savais qu'elle viendrait; elle a de la noblesse bien qu'aussi des défauts.

– Toi, tu n'as rien à faire ici, fut le premier mouvement de Varia. – Va voir ton père. Il doit vous ennuyer, prince ?

– Pas du tout, au contraire.

– La voilà, l'aînée, elle est lancée ! C'est là ce qui est mauvais chez elle. Mais, à propos, j'avais cru que père allait suivre Rogojine. Il doit s'en repentir à présent. Si j'allais en effet voir ce qu'il en est, dit Kolia en sortant.

– Dieu merci, j'ai réussi à emmener maman et à la faire coucher, et ça n'a pas repris. Gania est confus et tout à fait plongé dans ses pensées. Il y a de quoi, d'ailleurs. Quelle leçon !... Je suis venue pour vous remercier encore et aussi pour vous demander si vous ne connaissiez pas Nastassia Philippovna jusqu'à ce jour ?

– Non, je ne la connaissais pas.

– Mais alors, pourquoi lui avez-vous dit, en face, qu'elle n'était pas « celle-là » ? Et probablement vous avez deviné. D'ailleurs, je m'y perds ! Bien entendu, elle avait l'intention de nous offenser, c'est évident. J'avais déjà entendu sur elle beaucoup de choses étranges. Mais si elle était venue pour nous inviter, maman et moi, comment a-t-elle donc commencé à se conduire avec maman ? Ptitsine la connaît très bien, il dit que tout à l'heure il n'arrivait pas à s'expliquer son attitude. Et cet incident avec Rogojine ? Il n'est pas permis de parler ainsi lorsqu'on se respecte et dans la maison de son... Maman s'inquiète aussi beaucoup à votre sujet.

– Ce n'est rien, dit le prince avec un geste de la main...

– C'est tout de même curieux qu'elle vous ait obéi...

– Comment cela, obéi ?

– Quand vous lui avez dit qu'elle devrait avoir honte, et qu'elle s'est transformée tout à coup. Vous avez de l'influence sur elle, prince, ajouta Varia avec un léger sourire.

La porte s'ouvrit et Gania entra d'une façon tout à fait inattendue. La vue de Varia ne le fit même pas hésiter; il resta un instant sur le seuil, puis, d'un air résolu, s'approcha du prince.

– Prince, j'ai été ignoble, pardonnez-moi, mon cher, dit-il brusquement avec une profonde émotion.

Les traits de son visage exprimaient une forte souffrance. Le prince le considérait avec stupéfaction et ne répondit pas aussitôt.

– Pardonnez-moi, je vous en prie, pardonnez-moi ! insistait Gania avec impatience. Voulez-vous que je vous baise la main ?

Le prince, extrêmement frappé, l'étreignit sans mot dire de ses deux bras. Ils s'embrassèrent sincèrement.

– Je n'aurais jamais pensé que vous étiez ainsi ! dit enfin le prince en reprenant péniblement le souffle. Je croyais... que vous n'en étiez pas capable.

– De reconnaître mes torts ?... Je me demande comment j'ai pu vous prendre pour un idiot ! Vous qui voyez ce que d'autres sont incapables de jamais remarquer. Il serait bon de parler avec vous... quoique... au fond, mieux vaut ne pas parler.

– Voilà quelqu'un devant qui vous devriez aussi faire pénitence, dit le prince en lui désignant Varia.

– Non, ceux-là ce sont tous mes ennemis. Soyez assuré, prince, que j'ai déjà fait bien des tentatives; non, on ne pardonne pas sincèrement ici ! s'écria Gania en se détournant de sa sœur.

– Si, je te pardonnerai ! dit tout à coup Varia.

– Et tu irais ce soir chez Nastassia Philippovna ?

– J'irai, si tu me l'ordonnes, seulement juges-en plutôt toi-même : y a-t-il à présent pour moi la moindre possibilité d'y aller ?

– Puisqu'elle n'est pas « celle-là ». Tu vois les énigmes qu'elle nous pose ? Comédie !

Et Gania eut un rire méchant.

– Je vois bien qu'elle n'est pas ainsi et qu'elle a d'autres tours dans son sac, mais lesquels ? Et attention, Gania, sais-tu seulement pour qui elle te prend toi-même ? Elle a bien baisé la main de maman, et mettons que le reste n'ait été que comédie, elle s'est tout de même moquée de toi ! Cela ne vaut pas soixante-quinze mille roubles, Dieu non, frère ! Je te sais encore capable de sentiments nobles, c'est pourquoi je te parle ainsi. Crois-moi, n'y va pas toi-même !

Prends garde! Tout cela ne peut pas bien tourner!

Ayant dit, Varia quitta rapidement la chambre, tout émue.

— Voilà comme elles sont toutes ! dit Gania en ricanant. S'imaginent-elles que je ne le sais pas moi-même ? J'en sais, certes, bien plus qu'eux tous.

Là-dessus Gania s'installa sur le divan dans l'intention évidente de prolonger sa visite.

— Si vous le savez vous-même, hasarda timidement le prince, pourquoi alors avez-vous choisi une telle torture, sachant bien que soixante-quinze mille roubles ne la valent pas ?

— Il ne s'agit pas de cela, murmura Gania. Mais, à propos, dites-moi ce que vous en pensez, je tiens à connaître votre opinion : soixante-quinze mille roubles valent-ils cette « torture », ou non ?

— Je pense que non...

— Bien entendu. Et il est honteux de se marier dans de telles conditions.

— Oui, très honteux.

— Eh bien, sachez-le, je me marierai quand même, et maintenant encore plus sûrement. Tout à l'heure j'hésitais, mais maintenant c'est fini ! Ne dites rien ! Je sais ce que vous voulez dire...

— Je ne voulais pas parler de ce que vous croyez. Je suis seulement très surpris par votre certitude...

— De quoi ? Quelle certitude !

— De ce que Nastassia Philippovna vous épousera sûrement, et que c'est un point réglé; ensuite que, même si elle vous épouse, ces soixante-quinze mille roubles tomberont droit dans votre poche. Quoique, au fond, j'ignore bien entendu beaucoup de choses...

Gania se rapprocha vivement du prince.

– Bien sûr, vous ne savez pas tout, dit-il. Pourquoi alors aurais-je accepté tout ce fardeau ?

– Il me semble que cela arrive souvent : on fait un mariage d'argent, mais c'est la femme qui détient l'argent.

– N-non, il n'en sera pas ainsi pour nous... Il y a là... certaines circonstances... murmura Gania d'un air pensif et inquiet. – Et quant à sa réponse, il n'y a plus aucun doute là-dessus, s'empressa-t-il d'ajouter. Qu'est-ce qui vous fait supposer qu'elle me refuserait ?

– Je ne sais rien de plus que ce que j'ai vu. Barbara Ardalionovna elle aussi disait tout à l'heure...

– Eh ! Elles le disent comme ça, ne sachant plus que dire. Et quant à Rogojine, elle se moquait de lui, soyez-en certain; ça, je l'ai bien discerné. Cela se voyait. J'ai eu tout à l'heure un instant d'inquiétude, mais à présent je vois clair. A moins que vous ne jugiez d'après sa conduite envers ma mère, mon père et Varia ?

– Et envers vous.

– Admettons; mais là, ce n'est que l'éternel esprit de vengeance des femmes et rien d'autre. C'est une femme terriblement irritable, susceptible et d'un amour-propre extrême; on dirait un fonctionnaire oublié pour l'avancement ! Elle tenait à se montrer et à leur marquer tout son dédain, à eux... et à moi aussi, si vous voulez; c'est vrai, je ne le nie pas... Mais elle m'épousera tout de même. Vous ne soupçonnez pas de quels tours l'amour-propre est capable : voilà qu'elle me tient pour un gredin parce que je la prends, elle, la maîtresse d'un autre, si ouvertement pour son argent, mais elle ne se doute même pas qu'un autre l'eût peut-être trompée d'une façon bien plus ignoble; par exemple, en égrenant devant elle toutes sortes d'idées libérales et progressistes et des considérations sur la question féministe ! Eh bien, celui-là l'eût fait passer tout entière par le chas d'une aiguille. Il eût convaincu cette folle pleine d'amour-propre (et si facilement !) qu'il ne la choisissait que « pour la noblesse de son cœur et pour ses malheurs », tout en ne pensant qu'à son argent. Moi, je déplais parce que je répugne à louvoyer, mais j'aurais dû le faire. Et elle, que fait-elle, elle-même ? N'est-ce pas la même chose ? Alors, quelle raison a-t-elle de me mépriser et de jouer toute cette comédie ? Simplement parce que je refuse de céder et fais, moi aussi, preuve de fierté ? Enfin, on verra !

– Est-il possible qu'avant cela vous l'ayez aimée ?

– Oui, au début, je l'avais aimée ! Mais suffit... Il y a des femmes qui ne sont bonnes à prendre que comme maîtresses, et rien de plus. Je ne dis pas par là qu'elle a été ma maîtresse. Si elle accepte d'être sage, je serai sage moi-même; mais si elle se met à se révolter, je la lâcherai aussitôt, tout en emportant l'argent. Je ne veux pas être ridicule, et cela avant tout.

– Il me semble, observa prudemment le prince, que Nastassia Philippovna est intelligente. Quelle raison aurait-elle, si elle pressent toute cette misère, de tomber dans le piège ? Elle pourrait très bien épouser quelqu'un d'autre. C'est cela qui me paraît étonnant.

– C'est là que tient tout le calcul ! Vous ne savez pas tout, prince... Il y a là... au surplus, elle est persuadée que je l'aime à la folie, je vous le jure, et savez-vous, je soupçonne fort qu'elle aussi elle m'aime à sa façon, comme dit le proverbe : « Qui aime bien châtie bien ». Toute sa vie elle me considérera comme un « valet de carreau » (et c'est peut-être ce qu'il lui faut), tout en m'aimant à sa manière; elle s'y prépare, tel est son caractère. C'est une femme extrêmement russe, je vous assure; quant à moi, je lui réserve aussi une surprise. L'épisode de tout à l'heure avec Varia a été accidentel, mais il est à mon avantage : elle a pu s'assurer de mon attachement et de ce que je romprai tous les liens pour elle. Vous voyez bien que moi non plus je ne suis pas si bête que cela. Au fait, vous devez me trouver bien bavard ? Il est possible, mon cher prince, que j'aie tort de vous faire ces confidences. Mais c'est justement parce que vous êtes le premier être noble que j'aie jamais rencontré, que je me suis précipité sur vous ! Ne prenez pas ce « précipité » pour un mot à double sens : vous ne m'en voulez plus pour tout à l'heure, n'est-ce pas ? C'est peut-être la première fois depuis deux ans que je parle à cœur ouvert. Il y a très peu de gens honnêtes ici : il n'y en a pas de plus honnête que Ptitsine. Mais il me semble que vous riez ? Non ? Les gredins aiment beaucoup les honnêtes gens, vous ne le saviez pas ? Et comme je suis... Mais, au fond, en quoi suis-je un gredin, dites-le-moi en toute conscience ? Qu'ont-ils tous à sa suite à me traiter ainsi ? Et imaginez qu'à les écouter, elle et les autres, je me mets moi-même à me traiter de gredin ! Voilà qui est lâche pour de bon !

— Pour ma part, désormais, je ne vous tiendrai jamais plus pour un gredin, dit le prince. Tout à l'heure, je n'étais pas loin de vous considérer comme un véritable scélérat, et voilà que vous m'avez causé une telle joie ! Cela me servira de leçon : ne jamais juger les gens lorsqu'on n'en a pas l'expérience. A présent, je vois que non seulement on ne peut vous considérer comme un scélérat, mais même pas comme un homme vraiment perverti. A mon sens, vous êtes l'homme le plus ordinaire qui soit, peut-être un peu trop faible de caractère et sans la moindre originalité.

Gania eut un sourire aigre mais néanmoins garda le silence. Le prince s'aperçut que son jugement n'avait pas plu; il en fut tout confus et se tut également.

– Mon père vous a-t-il demandé de l'argent ? demanda Gania à brûle-pourpoint.

– Non.

– Il le fera, ne lui en donnez pas. Dire qu'il a été un homme tout à fait convenable, je m'en souviens parfaitement. Il était reçu dans le meilleur monde. C'est curieux comme ils s'effondrent rapidement, tous ces hommes convenables ! Il suffit du moindre changement de leur condition; il ne reste alors plus rien, sauf une traînée de poudre. Je vous assure que jadis il ne mentait jamais comme à présent; il était seulement un peu trop enthousiaste, et voilà le résultat ! Évidemment, c'est la faute de la boisson. Savez-vous qu'il entretient une maîtresse ? Et ce n'est plus un menteur inoffensif. Je n'arrive pas à comprendre la mansuétude et la patience de maman. Vous a-t-il raconté le siège de Kars ? ou l'histoire de son cheval gris pommelé qui s'est mis à parler ? Il en arrive là parfois !

Et Gania partit d'un grand éclat de rire.

– Qu'avez-vous à me regarder ainsi ? demanda-t-il au prince.

– Je suis surpris de la sincérité de votre rire. Je vois que vous savez encore rire comme un enfant. Et tout à l'heure, en entrant pour vous réconcilier avec moi, vous m'avez dit : « Voulez-vous que je vous baise la main ? » C'est tout à fait comme les enfants lorsqu'ils font la paix. Vous êtes donc encore capable de ce genre de propos et d'impulsions. Et voilà que subitement vous faites tout un cours sur cette ténébreuse histoire et ces soixante-quinze mille roubles. Vraiment, tout cela me paraît impossible et absurde.

– Quelle conclusion tirez-vous de tout cela ?

– Je me demande si vous n'agissez pas trop à la légère; ne devriez-vous pas réfléchir d'abord ? Il se peut que Barbara Ardalionovna ait raison.

– Ah, voilà de la morale ! Que je sois encore un gamin, je le sais moi-même, l'interrompit Gania avec ardeur. – Ne serait-ce que d'avoir provoqué un pareil entretien avec vous. Mais prince, ce n'est pas par calcul que j'accepte ce mariage, continua-t-il, se trahissant comme un jeune homme blessé dans son amour-propre. – Je me serais sûrement trompé dans mes calculs, car je n'ai encore ni la tête ni le caractère assez solides pour ça. Je le fais par passion, par un penchant irrésistible, car j'ai un but capital. Vous croyez peut-être qu'aussitôt ces soixante-quinze mille roubles touchés je m'offrirai une calèche. Eh bien non, je me mettrai alors à user un veston vieux de trois ans et je renoncerai à toutes mes relations de cercle. Il y a chez nous peu de gens capables de ténacité, bien que tous usuriers au fond de leur cœur. Mais moi, je veux tenir jusqu'au bout. L'important, justement, est d'aller jusqu'au bout, voilà tout le problème ! Ptitsine, à dix-sept ans, couchait dans la rue, vendait des canifs, et il est parti de quelques kopeks; à présent, il a soixante mille roubles mais au prix de quelle gymnastique ! Et moi, je pourrai enjamber toute cette gymnastique et commencer tout de suite avec un capital; d'ici quinze ans, on dira : « C'est Ivolguine, le roi de Judée ». Vous me dites que je suis un homme sans originalité. Notez, mon cher prince, qu'on ne peut faire pire offense à un homme de notre époque et de notre race que de le déclarer dépourvu d'originalité, de caractère, de talents particuliers et de dire qu'il est un homme ordinaire. Vous n'avez même pas daigné me prendre pour un gredin de qualité et, je l'avoue, j'étais prêt tout à l'heure à vous dévorer à cause de cela ! Vous m'avez vexé plus que cet Épantchine qui me croit capable de lui vendre ma femme (et cela tacitement, sans même m'avoir sondé, en toute simplicité d'âme, notez-le !). Tout cela m'exaspère depuis longtemps, mon ami, voilà pourquoi il me faut de l'argent. Quand j'aurai de l'argent, sachez-le, je deviendrai un homme hautement original. C'est en cela que l'argent est surtout ignoble et haïssable, qu'il vous donne jusqu'au talent. Et il en sera ainsi jusqu'à la fin du monde. Vous me direz que tout cela est puéril, ou peut-être que c'est de la poésie; qu'importe, ce n'en sera que plus drôle, mais cela se fera quand même. J'irai jusqu'au bout et je tiendrai. *Rira bien qui rira le dernier**. Pourquoi Épantchine me traite-t-il de la sorte ? Est-ce par méchanceté ? Jamais de la vie. Tout simplement parce que je suis trop négligeable. Voilà, mais à ce moment-là... Mais en voilà assez, il est temps... du reste... Kolia est déjà venu deux fois montrer le bout de son nez, sans doute pour vous appeler à dîner. Moi, je sors... Je viendrai parfois chez vous. Vous ne serez pas trop mal chez nous, tout le monde va vous adopter à présent. Prenez garde de ne pas me trahir. Il me semble que nous ne pourrons être qu'amis ou ennemis. Et qu'en pensez-vous, prince, si

* En français dans le texte.

tout à l'heure je vous avais baisé la main (comme je le proposais sincèrement), serais-je par la suite devenu votre ennemi pour ça ?

– Certainement, mais pas pour toujours, vous n'auriez pas pu y tenir et auriez fini par me le pardonner, dit le prince en riant après un instant de réflexion.

– Eh, eh ! je vois qu'avec vous il faut être prudent. Diable, même dans cette réponse vous avez su verser du venin ! Qui sait, peut-être êtes-vous un ennemi. A propos, ha, ha, ha ! j'oubliais : il m'avait semblé que Nastassia Philippovna vous plaisait un peu trop, est-ce vrai ?

– Oui... elle me plaît.

– Êtes-vous amoureux ?

– N-non !

– Et pourtant vous avez rougi et pris un air malheureux. Bon, ce n'est rien, je ne me moquerai pas de vous; au revoir ! Savez-vous que c'est une femme vertueuse, pouvez-vous le croire ? Vous pensez peut-être qu'elle est la maîtresse de l'autre, de Totski ? Pas le moins du monde ! Et depuis longtemps déjà. Et avez-vous remarqué sa gaucherie et, par moments, sa confusion ? C'est la vérité. Et ce sont ces caractères-là qui aiment dominer. Eh bien, adieu !

Gania se retira avec beaucoup plus d'aisance et dans de bien meilleures dispositions d'esprit qu'il n'était entré. Le prince, lui, demeura une dizaine de minutes à réfléchir, sans bouger.

Kolia, à nouveau, passa la tête par la porte.

– Je ne viendrai pas dîner, Kolia, j'ai tout à l'heure fort bien déjeuné chez les Epantchine.

Kolia entra tout à fait et tendit un billet au prince. C'était un pli cacheté signé du général. On pouvait lire sur le visage de Kolia combien il lui en coûtait de le remettre. Le prince le lut, se leva et prit son chapeau.

– C'est à deux pas d'ici, disait Kolia, confus. Il est attablé devant une bouteille. Je me demande comment il a obtenu qu'on lui fasse crédit. Prince, mon cher, je vous prie de ne dire à personne ici que je vous ai transmis ce billet. J'ai fait mille fois le serment de ne jamais plus le faire, mais il me fait pitié; et puis, ne faites pas de cérémonies avec lui, je vous en prie; donnez-lui quelque monnaie et restez-en là.

– J'avais moi-même l'intention, Kolia... J'ai besoin de voir votre père... pour une certaine raison... Eh bien, allons-y...

XII

Kolia conduisit le prince non loin de là, avant la Liteïnaïa, dans un café-billard situé au sous-sol sur la rue. A droite, dans une petite pièce particulière, Ardalion Alexandrovitch était attablé en vieil habitué devant une bouteille, et lisait en effet *l'Indépendance belge*. Il attendait le prince. A peine l'aperçut-il qu'il déposa son journal et entreprit une laborieuse et ardente explication à laquelle, du reste, le prince ne comprit pas grand'chose, car le général n'était pas loin d'être tout à fait « à point ».

– Je n'ai pas de billet de dix roubles, l'interrompit le prince, mais en voici un de vingt-cinq roubles, faites-le changer et rendez-m'en quinze, sinon je resterais sans un kopek.

– Oh, bien entendu, et soyez sûr que ce sera fait sur-le-champ...

– En outre, j'ai quelque chose à vous demander, général. N'avez-vous jamais été chez Nastassia Philippovna ?

– Moi ? Jamais été ? C'est à moi que vous demandez cela ? Plusieurs fois, mon cher, plusieurs fois ! s'écria le général dans un accès de fatuité et de triomphante ironie. – Mais j'ai finalement cessé d'y aller pour ne pas encourager une alliance indécente. Vous avez vu vous-même, vous avez été témoin tout à l'heure : j'ai fait tout ce que pouvait faire un père, un père doux et indulgent; mais désormais c'est un père d'une autre espèce qui va entrer en scène et alors nous verrons bien : sera-ce le vieux guerrier chevronné qui triomphera de l'intrigue ou la « Dame aux Camélias » sans pudeur qui entrera dans une honnête famille ?

– Et justement je voulais vous demander si vous ne pourriez pas, en votre qualité d'habitué, m'introduire ce soir chez Nastassia Philippovna. Il est indispensable que ce soit aujourd'hui même. J'ai besoin de la voir, mais je ne sais comment faire pour entrer chez elle. Je lui ai bien été présenté tout à l'heure, mais je ne suis quand même pas invité. Aujourd'hui, elle donne une soirée. Je suis d'ailleurs prêt à passer outre à certaines convenances au risque de faire rire de moi, pourvu que j'y entre d'une façon ou d'une autre.

– Cela coïncide tout à fait avec mon idée, mon jeune ami, s'écria le général avec enthousiasme. Je ne vous avais pas dérangé pour cette bagatelle, poursuivit-il en prenant l'argent et l'empochant. – Je vous ai justement demandé de venir pour vous proposer d'être mon compagnon dans mon offensive contre Nastassia Philippovna ! Le général Ivolguine et le prince Muichkine ! Que lui en semblera-t-il ? Et moi, en guise de compliment d'anniversaire, je proclamerai enfin ma volonté, d'une façon détournée, pas directement, mais ce sera tout comme. Gania saura alors ce qu'il doit faire : choisir entre un père blanchi sous le harnois et... pour ainsi dire... et cœtera... et... advienne que pourra ! Votre idée est suprêmement féconde. A

9 heures nous nous mettrons en route, nous avons encore le temps.

– Où demeure-t-elle ?

– Loin d'ici; près du Grand-Théâtre, dans la maison de la Muitovtzeva, presque sur la place; elle loge au bel-étage*. Elle n'aura pas grand monde chez elle, bien que ce soit son anniversaire, et l'on se séparera de bonne heure.

La soirée était déjà bien avancée et le prince était toujours assis à écouter et à attendre le général qui entreprenait sans cesse de nouveaux récits sans en achever un seul. Lors de l'arrivée du prince, il s'était fait servir une nouvelle bouteille qu'il ne termina qu'au bout d'une heure; après quoi il en commanda une autre et lui fit subir le même sort. On est en droit de supposer que le général eut le temps de raconter au prince presque toute l'histoire de sa vie. A la fin, le prince se leva et déclara qu'il ne pouvait plus attendre. Le général se versa les dernières gouttes de la bouteille, se leva et se dirigea vers la sortie d'une démarche très peu assurée. Le prince était au désespoir. Il ne parvenait pas à s'expliquer comment il avait pu aussi stupidement se fier au général. Au fond, il ne s'était nullement confié à lui; il n'avait compté sur le général que pour entrer chez Nastassia Philippovna, fût-ce au prix d'un léger scandale, mais il n'avait pas escompté un scandale sensationnel; or, le général se trouvait être bel et bien ivre, d'une éloquence extrême, et pérorait sans trêve avec émotion et « le cœur plein de larmes ». Il était continuellement question de l'écroulement de sa famille dû à l'inconduite de tous ses membres, et de ce qu'il

* Premier étage surélevé réservé aux appartements luxueux.

était temps d'y mettre enfin un terme. Ils se trouvèrent finalement sur la Liteïnaïa. Le dégel continuait toujours; un vent triste, tiède et pourri, sifflait à travers les rues; les voitures clapotaient dans la boue, les chevaux de luxe et les haridelles des fiacres faisaient sonner leurs sabots ferrés sur la chaussée. Les piétons erraient en foule trempée et morose le long des trottoirs. On rencontrait des gens ivres.

– Voyez tous ces « bel-étages » éclairés, disait le général. Ils sont tous habités par mes anciens camarades et moi, moi qui de tous ai le plus servi et le plus souffert, je me traîne à pied dans la direction du Grand-Théâtre vers l'appartement d'une femme de moralité douteuse ! Un homme qui porte treize balles dans la poitrine... Vous ne me croyez pas ? Et pourtant c'est pour moi seul que Pirogov télégraphia à Paris et abandonna provisoirement Sébastopol assiégée, alors que Nélaton, le grand médecin de la cour de Paris, obtint au nom de la science un laissez-passer pour venir m'examiner dans Sébastopol investie. Le commandement suprême est au courant : « Ah, c'est cet Ivolguine qui a reçu treize balles ! »... Voilà comment on parle de moi. Vous voyez, prince, cette maison, là-bas ? A ce « bel-étage » demeurent mon vieux camarade le général Sokolovitch et sa très noble et très nombreuse progéniture. Cette maison-là, plus trois maisons dans la perspective Nevsky et deux autres sur la Morskaïa constituent tout le cercle actuel de mes relations, c'est-à-dire de mes relations personnelles. Nina Alexandrovna, elle, s'est depuis longtemps résignée aux circonstances. Mais moi je continue à me souvenir et... si j'ose dire, à goûter quelque repos dans la société de mes anciens camarades et subordonnés qui continuent à m'adorer. Ce général Sokolovitch (il y a du reste longtemps que je ne lui ai rendu visite et que je n'ai vu Anna Fédorovna)... Savez-vous, mon cher prince, lorsque soi-même on ne reçoit plus, on finit comme malgré soi par ne plus aller chez les autres. Et cependant... hum... il me semble que vous ne me croyez pas... Mais, au fond, pourquoi n'introduirais-je pas le fils de mon meilleur ami et camarade d'enfance dans cette famille charmante ? Le général Ivolguine et le prince Muichkine ! Vous verrez là une jeune fille merveilleuse, que dis-je une, deux, même trois, l'ornement de la société et de notre capitale : beauté, culture, tournure d'esprit... la question féministe, les poèmes, tout est fondu dans une heureuse diversité; sans compter que chacune a au moins quatre-vingt mille roubles de dot en espèces, ce qui ne gâte jamais rien malgré toutes les questions féministes et sociales... En un mot, je dois absolument vous y introduire, absolument, c'est même mon devoir ! Le général Ivolguine et le prince Muichkine ! En un mot... jugez de l'effet !

– Maintenant ? Tout de suite ? Mais vous avez oublié... risqua le prince.

– Rien du tout, je n'ai rien oublié, allons ! Par ici, par ce magnifique escalier. Je m'étonne que le suisse ne soit pas là, mais... c'est jour de fête et le suisse s'est absenté. On n'a pas encore chassé cet ivrogne. Ce Sokolovitch me doit tout le bonheur de sa vie et de sa carrière, à moi seul et à personne d'autre; mais... nous y voilà.

Le prince ne protestait plus contre cette visite et suivait docilement le général pour ne pas l'irriter et avec le ferme espoir que le général Sokolovitch et toute sa famille allaient petit à petit s'évanouir comme un mirage et se trouver n'avoir jamais existé, si bien que le général et lui redescendraient tranquillement l'escalier. Mais, à son grand effroi, il commençait à perdre cet espoir : le général le conduisait en effet dans l'escalier en homme sûr de retrouver des amis, intercalant sans cesse de nouveaux détails biographiques et topographiques d'une précision mathématique. Enfin, lorsque, parvenus au « bel-étage », ils s'arrêtèrent à droite, face à la porte d'un riche appartement et que le général eut saisi la poignée de la sonnette, le prince était sur le point de s'enfuir, mais une circonstance singulière le retint un instant :

– Vous vous êtes trompé, général, dit-il. Je vois sur la plaque le nom de Koulakov, alors que vous sonnez chez Sokolovitch.

– Koulakov... Koulakov ne prouve rien. L'appartement est à Sokolovitch et je sonne chez Sokolovitch; je me fiche de Koulakov... D'ailleurs, on ouvre.

La porte s'était, en effet, ouverte. Un laquais parut qui annonça que « ses maîtres étaient sortis ».

– Comme c'est dommage, comme c'est dommage que ce soit justement aujourd'hui ! répétait Ardalion Alexandrovitch d'une voix profondément triste. – Eh bien, vous direz, mon ami, que le général Ivolguine et le prince Muichkine sont venus pour les assurer de leur respect et ont exprimé leurs très, très grands regrets...

A cet instant, derrière la porte ouverte apparut un autre personnage, probablement l'intendante, peut-être même la gouvernante, une dame d'une quarantaine d'années, vêtue d'une robe sombre. Elle s'était approchée avec curiosité et méfiance, ayant entendu les noms du général Ivolguine et du prince Muichkine.

– Marie Alexandrovna n'est pas là, dit-elle en dévisageant le général avec attention. – Elle est allée avec Mlle Alexandra Mikhaïlovna chez sa grand'mère.

– Alexandra Mikhaïlovna également, Dieu, quelle malchance ! Je vous prie de bien vouloir transmettre mes hommages à Alexandra Mikhaïlovna dans l'espoir qu'elle se souviendra de moi... En un mot, transmettez-lui mes vœux les plus cordiaux pour que soient exaucés ceux qu'elles avaient formulés jeudi soir en écoutant la ballade de Chopin; elles s'en souviennent... Mes vœux les plus cordiaux ! Le général Ivolguine et le prince Muichkine.

– Je n'oublierai pas-*s'*, dit, en saluant, la dame devenue plus confiante.

En descendant l'escalier, le général, avec une ardeur non encore refroidie, continuait à déplorer de n'avoir trouvé personne et que le prince fût ainsi privé d'une aussi charmante relation.

– Savez-vous, cher, je suis quelque peu poète dans l'âme; l'avez-vous remarqué ? Pourtant... pourtant, il me semble que nous nous sommes totalement trompés, conclut-il soudain d'une façon tout à fait inattendue. – Je viens de me rappeler que les Sokolovitch habitent une autre maison et je crois même qu'ils sont maintenant à Moscou. Oui, je me suis quelque peu trompé, mais... peu importe.

– Je voudrais savoir une seule chose, dit le prince, abattu. Dois-je renoncer entièrement à compter sur vous et ne ferais-je pas mieux d'y aller tout seul ?

– Renoncer ? Compter ? Tout seul ? Mais pourquoi diable, alors qu'il s'agit d'une entreprise capitale pour moi et dont dépend, pour tant de choses, le sort de ma famille ? Mais, mon jeune ami, vous connaissez mal Ivolguine. Qui dit « Ivolguine » dit « un roc »; « compte sur Ivolguine comme sur un roc », voilà ce qu'on disait déjà à l'escadron où j'ai débuté dans la carrière. Il me faudrait seulement, en passant, entrer un instant dans une maison où, voilà déjà quelques années, je repose mon âme après les tourments et les épreuves...

– Vous voulez passer chez vous ?

– Non ! je veux aller... chez la capitaine Terentiev, la veuve du capitaine Terentiev, mon ancien subordonné... et même ami... C'est chez la capitaine que mon âme renaît et c'est là que je dépose mes revers et mes chagrins de famille... Et comme je me trouve justement aujourd'hui sous le faix d'un lourd fardeau moral, je...

– Je crois que j'ai déjà commis une grande bêtise en vous dérangeant, murmura le prince. Et puis vous êtes maintenant... Adieu !

– Mais impossible, je ne puis vous laisser partir ainsi, mon jeune ami !... s'écria le général. Il s'agit d'une veuve, d'une mère de famille qui sait trouver dans son cœur des cordes qui font vibrer tout mon être. Ma visite chez elle ne sera que de cinq minutes; dans cette maison, je suis reçu sans façons, j'y suis presque à demeure. Je me rafraîchirai, j'arrangerai un peu ma toilette, et alors nous nous ferons conduire en fiacre à la place du Grand-Théâtre. Soyez certain que j'ai besoin de vous pour toute la soirée... Voici, c'est dans cette maison, nous sommes arrivés. Ah, Kolia, tu es déjà là ? Est-ce que Martha Borissovna est chez elle ou toi-même viens-tu seulement d'arriver ?

– Oh non, répondit Kolia, auquel ils s'étaient heurtés sous la porte cochère. – Je suis là depuis longtemps, chez Hippolyte. Il va plus mal, il a dû s'aliter ce matin. J'étais descendu pour aller acheter un jeu de cartes. Martha Borissovna vous attend. Seulement, papa, oh là là, comme vous êtes !... ho, ho !... conclut Kolia, examinant attentivement le maintien et la démarche du général. – Enfin, montons !

La rencontre avec Kolia poussa le prince à suivre encore le général auprès de Martha Borissovna, mais seulement pour une minute. Le prince avait besoin de Kolia. Pour ce qui était du général, il était en tout cas décidé à l'abandonner et ne pouvait se pardonner d'avoir compté sur lui. La montée au quatrième, par l'escalier de service, fut longue.

– Vous voulez présenter le prince ? demanda Kolia en cours de route.

– Oui, mon ami, je vais le présenter : le général Ivolguine et le prince Muichkine, mais... comment est... Martha Borissovna ?

– Vous savez, papa, vous feriez mieux de ne pas y aller. Elle vous dévorera ! Ça fait trois jours que vous n'avez pas montré le bout du nez, et elle attend de l'argent. Pourquoi lui en avez-vous promis ? C'est toujours ainsi avec vous ! Arrangez-vous maintenant !

Au quatrième étage, ils s'arrêtèrent devant une porte basse; le général perdait courage à vue d'œil et poussait le prince en avant.

– Je resterai là, bredouilla-t-il. Je veux lui faire une surprise !

Kolia entra le premier. Une dame, fortement fardée, en savates et en caraco, les cheveux tressés en petites nattes, âgée d'une quarantaine d'années, se montra à la porte, réduisant ainsi à néant la surprise du général. A peine l'aperçut-elle qu'elle se mit à vociférer :

– Le voilà, cet homme vil et perfide, mon cœur me le disait bien !

– Entrons, ce n'est rien, balbutiait le général en continuant à sourire d'un air innocent.

Mais ce n'était pas rien. Dès que, par une antichambre sombre et basse de plafond, ils furent entrés dans une pièce étroite meublée d'une demi-douzaine de chaises cannées et de deux tables de jeu, la maîtresse de maison reprit, d'une voix larmoyante et étudiée qui semblait lui être habituelle :

– N'as-tu pas honte, barbare, tyran de ma famille, infâme mécréant ! Tu m'as pillée, tu as sucé tout mon sang et ça ne te suffit pas ! Jusques à quand vais-je te supporter, homme sans honte et sans honneur ?

– Martha Borissovna, Martha Borissovna ! Voici... le prince Muichkine. Le général Ivolguine et le prince Muichkine, marmonnait le général, tremblant et désemparé.

– Me croirez-vous, dit soudain la capitaine en s'adressant au prince – me croirez-vous si je vous dis que cet homme éhonté n'a pas eu pitié de mes orphelins ! Il a tout pillé, tout emporté, tout vendu et engagé, il ne m'a rien laissé. Que vais-je faire de tous tes billets d'emprunt, homme rusé et sans conscience ? Réponds-moi, perfide, réponds-moi, cœur insatiable : avec quoi vais-je nourrir mes orphelins ? Voilà comment il apparaît toujours, ivre-mort, incapable de se tenir sur ses jambes ! Par quoi ai-je mérité la colère de Dieu, ignoble et infâme imposteur, réponds-moi !

Mais le général n'était pas en état de lui tenir tête.

– Martha Borissovna, voici... vingt-cinq roubles... tout ce que je peux, grâce à l'aide de mon très noble ami ! Prince ! je me suis cruellement trompé ! C'est la vie... Mais à présent... excusez-moi, je me sens faible... articulait péniblement le général, debout au milieu de la pièce et se balançant de tous les côtés. – Je me sens faible, veuillez m'excuser ! Lénotchka, ma chérie... un coussin !

Lénotchka, une petite fille de huit ans, courut aussitôt chercher un coussin et le disposa sur le divan usé et dur, recouvert de toile cirée. Le général s'assit, ayant visiblement encore beaucoup à dire; mais à peine fut-il en contact avec le divan qu'il se pencha aussitôt sur le côté, se tourna vers le mur et s'endormit du sommeil du juste. D'un geste douloureusement cérémonieux, Martha Borissovna indiqua au prince une chaise à côté de la table à jeu, s'assit elle-même en face de lui, appuya sa joue droite sur sa main et se mit à soupirer en contemplant silencieusement le prince. Trois petits enfants, deux petites filles et un garçonnet dont Lénotchka était l'aînée, s'approchèrent de la table, y posèrent tous les trois leurs mains et se mirent aussi à observer attentivement le prince. Kolia apparut, sortant de la chambre voisine.

– Je suis très heureux de vous avoir trouvé ici, Kolia, lui dit le prince; peut-être pouvez-vous m'aider ? J'ai absolument besoin d'aller chez Nastassia Philippovna. J'avais demandé tout à l'heure à Ardalion Alexandrovitch de m'y conduire, mais le voilà qui dort. Voulez-vous m'accompagner, car je ne connais ni les rues ni la direction. Je connais toutefois l'adresse : place du Grand-Théâtre, la maison de la Muitovtzeva.

– Nastassia Philippovna ? Mais elle n'a jamais habité place du Grand-Théâtre; d'ailleurs, mon père n'a jamais mis les pieds chez elle, si vous voulez le savoir; curieux que vous ayez cru pouvoir compter sur lui. Elle demeure non loin de la Vladimirskaïa, aux Cinq-

Coins, c'est bien plus près d'ici. Vous y allez maintenant ? Il est 9 heures et demie. Je vous y conduirai volontiers.

Le prince et Kolia sortirent aussitôt. Hélas ! le prince n'avait plus de quoi payer un fiacre, et ils durent aller à pied.

– J'aurais aimé vous faire connaître Hippolyte, dit Kolia. C'est le fils aîné de cette capitaine en caraco, et il se trouvait dans la chambre voisine; il est souffrant et il est resté étendu aujourd'hui toute la journée. Mais il est si bizarre; il est terriblement susceptible et il m'a semblé qu'il pourrait avoir honte que vous veniez à un tel moment... Moi, je me trouve tout de même moins gêné que lui, parce que c'est mon père, tandis que pour lui, c'est sa mère; il y a quand même une différence, car dans des cas de ce genre, il n'y a pas de déshonneur pour le sexe masculin. D'ailleurs, ce n'est peut-être qu'un préjugé, cette prééminence dans ces cas d'un sexe sur l'autre. Hippolyte est un garçon merveilleux, mais lui aussi est l'esclave de certains préjugés.

– Vous avez dit qu'il est phtisique ?

– Oui, je crois qu'il vaudrait mieux pour lui mourir rapidement. Moi, à sa place, j'aurais certainement souhaité mourir. Il plaint ses frères et sœurs, ces petits-là. Si c'était seulement possible, si nous avions de l'argent, nous aurions pris ensemble un appartement et nous aurions renoncé à nos familles. C'est notre rêve. Savez-vous que lorsque je lui ai raconté votre cas, il a été furieux; il prétend que c'est lâche de recevoir une gifle sans provoquer l'offenseur en duel. Il faut dire qu'il est dans un tel état d'exaspération que j'ai renoncé à discuter avec lui. Alors, Nastassia Philippovna vous a, vous aussi, invité aussitôt chez elle ?

– Justement, non.

– Mais alors, comment pouvez-vous y aller ? s'écria Kolia en s'arrêtant au milieu du trottoir. – Et... dans une telle tenue, alors qu'elle donne une soirée d'apparat ?

– Je ne sais vraiment pas comment je pourrai entrer. Si on me reçoit, tant mieux, sinon l'affaire est manquée. Et pour ce qui est de mes vêtements, qu'y faire ?

– Mais vous avez une raison ? Ou bien est-ce seulement *pour passer le temps** « en honorable société » ?

– Non, en fait... c'est-à-dire que j'ai bien une raison... il m'est difficile de m'expliquer là-dessus, mais...

– Quelle est cette raison, cela vous regarde; ce qui m'importe, c'est que vous ne vous invitiez pas sans raison sérieuse à une soirée dans la charmante compagnie de dames aux camélias, de généraux et d'usuriers. S'il n'en avait pas été ainsi, excusez-moi, prince, mais je me serais moqué de vous et je vous aurais méprisé. Il y a par ici bien peu de gens honnêtes, si bien qu'il n'y a personne pour qui avoir de l'estime. On est forcé de les regarder de haut et pourtant ils exigent tous le respect. Varia la première. Avez-vous remarqué, prince, qu'en notre siècle tous les hommes sont des aventuriers ? Et précisément chez nous, en Russie, dans notre aimable patrie. Et comment tout cela a pu se faire, je ne le comprends pas. Tout semblait être si solide sur ses bases, et à présent... Tout le monde le dit et on l'écrit partout, tout le monde se fait accusateur. Les parents sont les premiers à se dérober et à avoir honte de leur ancienne morale. Tenez, à Moscou, un père re-

* En français dans le texte.

commandait à son fils de ne s'arrêter *devant rien* pour se faire de l'argent. On en a parlé dans les journaux. Regardez aussi mon général. Voyez où il en est. Pourtant, vous savez, il me semble que mon général est un homme honnête. Je vous le jure ! Ce n'est que le désordre et la boisson. C'est ainsi, je vous l'assure ! Et c'est dommage, j'ai seulement peur de le dire parce que tout le monde en rit, mais c'est vraiment dommage. Et qu'ont-ils de mieux, les intelligents ? Tous des usuriers, tous sans exception ! Hippolyte, lui, excuse les usuriers et leurs pratiques. Il prétend que c'est nécessaire : bouleversement économique, je ne sais quels flux et reflux, que le diable les emporte ! Cela m'agace beaucoup de sa part, mais il est aigri. Imaginez, sa mère, la capitaine, reçoit de l'argent du général et le lui prête ensuite à la petite semaine, quelle honte ! Et savez-vous que maman, la mienne, je veux dire Nina Alexandrovna, la générale, envoie à Hippolyte des effets et de l'argent et même, par son intermédiaire, aide les petits, car leur mère les néglige. Et Varia le fait aussi.

– Vous voyez bien, Kolia, et vous prétendez qu'il n'y a plus de gens honnêtes et forts, qu'il n'y a plus que des usuriers. En voilà des gens forts, votre mère et Varia. Est-ce que venir en aide aux gens dans ces conditions n'est pas une preuve de force morale ?

– Varia le fait par amour-propre, par vantardise, pour ne pas faire moins que sa mère; quant à maman, c'est vrai... et je la respecte. Oui, je la respecte et je la justifie. Même Hippolyte le sent, bien qu'il soit presque totalement endurci. Au début, il se moquait et considérait cela comme de la bassesse de la part de maman, mais à présent il commence parfois à le sentir.

Hum ! Ainsi, pour vous, c'est de la force ? Je vais le noter. Gania l'ignore, il qualifierait cela d'encouragement au vice.

– Ah, Gania l'ignore ? Il me semble que Gania ignore encore beaucoup de choses, laissa échapper, malgré lui, le prince, perdu dans ses pensées.

– Savez-vous, prince, que vous me plaisez beaucoup ? L'incident de tout à l'heure ne me quitte pas l'esprit.

– Vous aussi, Kolia, vous me plaisez beaucoup.

– Écoutez, comment comptez-vous vivre ici ? Je vais bientôt me trouver une occupation et ainsi gagner un peu; si nous vivions ensemble, vous, Hippolyte et moi, nous pourrions louer un appartement et recevoir le général chez nous ?

– Mais, très volontiers. D'ailleurs, on verra bien. Pour le moment, je suis tellement... tellement troublé. Quoi ? Nous voilà déjà arrivés ? Dans cette maison ?... Quelle entrée fastueuse ! Il y a même un suisse. Eh bien, Kolia, je ne sais pas comment cela va tourner.

Le prince était réellement désemparé.

– Vous me raconterez ça demain ! Ne vous laissez pas trop intimider. Que Dieu vous vienne en aide, car je partage toutes vos convictions. Adieu. Je m'en retourne là-bas et je raconterai tout cela à Hippolyte. Et pour ce qui est d'être reçu, il n'y a aucun doute là-dessus, ne craignez rien ! Elle est extrêmement originale. Prenez cet escalier, c'est au premier étage; le suisse vous indiquera.

XIII

Le prince était très inquiet en montant l'escalier et essayait de toutes ses forces de se donner du courage.

« Dans le pire des cas, on ne me recevra pas, songeait-il, et on aura de moi une mauvaise opinion, ou encore on me recevra pour se moquer de moi... Eh, qu'importe ! » Et de fait, ce n'était pas ce qu'il redoutait le plus, mais à la question : « Qu'allait-il faire là-bas et pourquoi était-il venu ? » il ne trouvait décidément pas de réponse rassurante. Car même s'il avait pu trouver l'occasion de dire à Nastassia Philippovna : « N'épousez pas cet homme, ne vous perdez pas; il ne vous aime pas, il n'aime que votre argent, il me l'a dit lui-même, et Aglaé Epantchine me l'a dit également ! Je suis venu pour vous le répéter », il était douteux que cela eût été exact à tous les points de vue. Il se posait aussi une autre question insoluble et tellement capitale qu'il n'osait même pas y songer, qu'il ne pouvait admettre, qu'il ne savait comment formuler. Il rougissait et frissonnait rien que d'y penser. Mais quels que fussent ses doutes et ses inquiétudes, il n'en finit pas moins par entrer et demander Nastassia Philippovna.

Nastassia Philippovna occupait un appartement, sinon très grand, du moins magnifiquement installé. Au cours de ses cinq années de vie à Pétersbourg, il y avait eu une période, au début, où Athanase Ivanovitch s'était montré particulièrement large à son égard; il comptait encore conserver son amour et espérait la séduire surtout par le confort et le luxe, sachant avec quelle facilité on prend l'habitude du luxe et comme il est difficile ensuite de s'en défaire, une fois que petit à petit ce luxe est devenu une nécessité. En l'occurrence, Totski était resté fidèle aux bonnes vieilles légendes sans rien y changer, témoignant d'un respect sans bornes pour la puissance indomptable des sens. Nastassia Philippovna ne refusait pas le luxe et même l'aimait; pourtant – et c'est même très curieux – elle ne s'y laissa pas prendre, donnant toujours l'impression de pouvoir s'en passer; elle essaya même, à plusieurs reprises, de le déclarer, ce qui surprit désagréablement Totski. Du reste, bien des choses en Nastassia Philippovna le surprenaient désagréablement (plus tard, même jusqu'au mépris). Sans même parler de l'inélégance de la sorte de gens dont elle s'entourait parfois, ce qui dénotait un penchant naturel, d'autres penchants, tout à fait étranges, se faisaient jour en elle; une sorte de mélange barbare de différents goûts, la possibilité de se passer de certaines choses ou de se satisfaire de solutions dont l'idée même paraissait inadmissible à une personne convenable et raffinée. En fait, Athanase Ivanovitch eût été ravi si, par exemple, Nastassia Philippovna avait fait preuve d'une de ces lacunes élégantes et charmantes, telles que d'ignorer que les paysannes ne pouvaient pas porter comme elle du linge de batiste. Toute la première éducation de Nastassia Philippovna avait tendu vers ce genre de résultat, d'après le programme élaboré par Totski qui, dans ce domaine, était d'une très grande compétence. Hélas, les fruits en furent étranges. Nonobstant, il y avait en Nastassia Philippovna quelque chose qui frappait parfois Athanase Ivanovitch par une originalité curieuse et attirante et par une sorte de force; quelque chose qui le séduisait encore maintenant, alors que tous ses calculs concernant Nastassia Philippovna s'étaient définitivement effondrés.

Le prince fut reçu par une femme de chambre (Nastassia Philippovna n'avait à son service que des femmes) qui, à sa surprise, écouta sa demande de l'annoncer sans marquer la moindre perplexité. Ni ses bottes sales, ni son chapeau à large bord, ni sa cape sans manches, ni son air confus, ne suscitèrent en elle la moindre hésitation. Elle l'aida à enlever sa cape en le priant d'attendre dans l'antichambre et s'en fut aussitôt l'annoncer.

La société réunie chez Nastassia Philippovna était composée de ses relations habituelles. Il y avait même moins de monde que pour ses anniversaires précédents. On reconnaissait en premier lieu, et avant tout, Athanase Ivanovitch Totski et Ivan Fédorovitch Épantchine; tous deux se montraient fort affables, mais tous deux semblaient en proie à on ne sait quelle sourde inquiétude due à l'impatience mal dissimulée de connaître enfin la réponse promise au sujet de Gania. Bien entendu, en dehors d'eux, il y avait là Gania, lui aussi sombre, très pensif, jusqu'à en être « impoli »; il se tenait le plus souvent à l'écart et se taisait. Il n'avait pas osé amener Varia, mais Nastassia Philippovna n'y fit aucune allusion; en revanche, et dès qu'elle l'eut salué, elle lui rappela son incident avec le prince. Le général, qui n'était pas encore au courant, manifesta de l'intérêt. Sèchement, et d'une façon très réservée, mais avec une absolue franchise, Gania raconta alors ce qui s'était passé dans l'après-midi et dit qu'il avait déjà fait amende honorable auprès du prince. A ce propos, il exprima avec chaleur l'opinion que l'on avait, d'une façon très étrange et on ne savait trop pourquoi, présenté le prince comme un « idiot », qu'il était d'un avis exactement contraire et que c'était bien entendu « un homme qui savait très bien ce qu'il voulait ». Nastassia Philippovna écouta cette opinion avec beaucoup d'attention, tout en observant Gania avec curiosité.

Mais la conversation dévia aussitôt sur Rogojine qui avait pris une part aussi capitale à cet incident et qui, lui aussi, provoqua un grand intérêt chez Athanase Ivanovitch et Ivan Fédorovitch. Il se trouva que Ptitsine était en mesure de communiquer quelques renseignements particuliers sur Rogojine, pour les affaires duquel il s'était débattu presque jusqu'à 9 heures du soir. Rogojine insistait à tout prix pour avoir les cent mille roubles le soir même.

– Il est vrai qu'il était ivre, observa Ptitsine au cours de son récit. Mais quelle qu'en soit la difficulté, il semble bien qu'on lui trouvera ses cent mille roubles; je ne sais seulement pas si ce sera aujourd'hui ni si la somme sera complète; mais ils sont nombreux sur cette affaire : Kinder, Trépalov, Biskoup; il accorde n'importe quel intérêt, tout cela dans la double ivresse du vin et de sa première joie, conclut Ptitsine.

Toutes ces nouvelles furent accueillies avec un intérêt quelque peu maussade; Nastassia Philippovna se taisait, ne désirant visiblement pas donner son avis, pas plus d'ailleurs que Gania.

Dans son for intérieur, le général Épantchine était peut-être plus inquiet que quiconque : les perles qu'il avait offertes encore dans la matinée avaient été reçues avec une politesse trop froide où perçait une pointe d'ironie. Seul de tous les invités, Ferdistchenko était dans les meilleures dispositions d'esprit; comme il convient un jour de fête, il riait aux éclats, parfois hors de propos, cela pour l'unique raison qu'il s'était imposé ce rôle de bouffon. Athanase Ivanovitch, lui-même réputé fin conteur et qui d'ordinaire dirigeait la conversation au cours des précédentes soirées, paraissait de mauvaise humeur et dans un état de trouble qui ne lui était pas coutumier.

Les autres invités, en petit nombre du reste, étaient : un vieux maître d'école assez pitoyable, invité Dieu sait pourquoi; un très jeune homme, inconnu de tous, très intimidé et très taciturne; une dame délurée d'une quarantaine d'années, ancienne actrice, et une jeune dame extrêmement belle, très richement et très élégamment vêtue mais extraordinairement peu loquace; tous étaient non seulement incapables d'animer la soirée, mais simplement de trouver un sujet de conversation.

Dans ces conditions, l'apparition du prince fut particulièrement opportune. L'annonce de sa visite provoqua la perplexité et quelques sourires d'autant plus surpris que l'on s'aperçut à l'air étonné de Nastassia Philippovna qu'elle n'avait point songé à l'inviter. Mais après ce premier mouvement de surprise, Nastassia Philippovna manifesta soudain une telle satisfaction, que la majorité des invités se disposèrent aussitôt à recevoir ce visiteur de hasard de la façon la plus enjouée.

-- Bien qu'il faille mettre cela sur le compte de son

innocence, conclut Ivan Fédorovitch, et qu'en tout cas il serait dangereux d'encourager de semblables penchants, en l'occurrence il n'a pas eu une si mauvaise idée de venir, fût-ce d'une manière aussi originale; il se peut même qu'il nous apporte un peu de gaîté, pour autant que je le connaisse.

– D'autant plus qu'il s'est invité lui-même, s'empressa de remarquer Ferdistchenko.

– Qu'est-ce que cela fait ? demanda sèchement le général, qui détestait Ferdistchenko.

– Qu'il sera obligé de payer son droit d'entrée, expliqua ce dernier.

– Le prince Muichkine n'est tout de même pas un Ferdistchenko, ne put s'empêcher d'intervenir le général, qui n'avait pas encore pu se faire à l'idée de se trouver sur un pied d'égalité dans la même société que celui-ci.

– Eh, général, ménagez Ferdistchenko, répondit celui-ci en ricanant. J'ai ici des droits spéciaux.

– Quels sont ces droits spéciaux ?

– La dernière fois, j'ai eu l'honneur de l'expliquer en détail à la société; mais pour Votre Excellence je me ferai un plaisir de le répéter. Ainsi que vous pouvez le constater, Votre Excellence, tout le monde ici a de l'esprit, alors que moi je n'en ai pas, de l'esprit. En dédommagement, j'ai obtenu l'autorisation de dire la vérité, car chacun sait que la vérité n'appartient qu'à ceux qui manquent d'esprit. De plus, je suis vindicatif, cela aussi par manque d'esprit. Je supporte les offenses avec résignation, mais seulement jusqu'au premier revers de l'offenseur. Au premier revers, je me souviens aussitôt et je me venge séance tenante; je rue, comme s'est exprimé à mon propos Ivan Petrovitch Ptitsine qui lui, certes, ne rue jamais contre personne. Vous connaissez la fable de Krylov, *le Lion et l'Ane,* Votre Excellence ? Eh bien, c'est justement nous deux, vous et moi, c'est écrit à notre sujet.

— Vous allez de nouveau trop loin, Ferdistchenko, répliqua le général courroucé.

— Mais qu'avez-vous, Votre Excellence ? repartit Ferdistchenko qui n'attendait que cela pour continuer et creuser un peu plus. — Ne vous inquiétez pas, je connais ma place, Votre Excellence; et quand je dis que vous et moi nous sommes le lion et l'âne de la fable, il est bien entendu que je me réserve le rôle de l'âne, alors que Votre Excellence est le lion, tel qu'il est dit chez Krylov :

> Un lion puissant, terreur des forêts,
> Perdit ses forces en vieillissant...

Et moi, Votre Excellence, je suis l'âne.

— Sur ce dernier point, je suis d'accord, laissa échapper imprudemment le général.

Tout cela était, bien entendu, grossier et visiblement prémédité, mais il était admis une fois pour toutes que Ferdistchenko avait droit à son rôle de bouffon.

« D'ailleurs, ce n'est qu'à cet effet que l'on me reçoit et que l'on me garde ici, s'était exclamé un jour Ferdistchenko. Justement pour que je m'exprime de la sorte. Est-il, en effet, possible de recevoir un homme comme moi ? Je le comprends bien, allez. Est-il admissible de me placer, moi, Ferdistchenko, côte à côte avec un gentleman aussi raffiné qu'Athanase Ivanovitch ? Aussi, j'en viens forcément à cette déduction que, s'il en est ainsi, c'est justement parce que c'est inadmissible. »

Mais, quoique vulgaire, Ferdistchenko réussissait parfois à être très mordant et c'est cela qui, semble-t-il, plaisait à Nastassia Philippovna. Ceux qui désiraient être reçus chez elle devaient se résigner à supporter Ferdistchenko. Celui-ci avait peut-être parfaitement deviné qu'on avait commencé à le recevoir parce que, dès le premier jour, il avait su rendre sa présence intolérable à Totski. Gania, pour sa part, eut aussi à subir des tourments infinis; et dans ce sens Ferdistchenko sut être d'une grande utilité à Nastassia Philippovna.

– Quant au prince, il va commencer par nous chanter une romance à la mode, décida Ferdistchenko, surveillant de l'œil la réaction de Nastassia Philippovna.

– Je ne le pense pas, Ferdistchenko, et je vous conseille de ne pas trop vous exciter, dit-elle sèchement.

– Ah, ah ! s'il bénéficie d'une protection particulière, je n'ai plus qu'à m'adoucir et je...

Mais Nastassia Philippovna s'était levée sans l'écouter et allait à la rencontre du prince.

– J'ai regretté, dit-elle en apparaissant brusquement devant celui-ci, – d'avoir oublié, dans ma hâte, de vous inviter tout à l'heure; aussi suis-je très contente que vous me fournissiez vous-même l'occasion de vous remercier et de vous féliciter de votre esprit de décision.

Tout en parlant, elle regardait attentivement le prince en s'efforçant de s'expliquer sa démarche.

Le prince eût peut-être répondu à ses paroles aimables, mais il était ébloui et frappé au point de ne pouvoir proférer un mot.

Nastassia Philippovna le remarqua avec plaisir. Ce soir-là elle était en grande toilette et produisait une forte impression. Elle prit le prince par la main et le conduisit auprès de ses invités. Juste avant d'entrer dans le salon, le prince s'arrêta tout à coup et avec une émotion extraordinaire lui chuchota précipitamment :

– Tout en vous est perfection... même votre maigreur et votre pâleur... On ne vous souhaiterait pas autrement... J'avais un tel désir de venir chez vous que... je... pardonnez-moi...

– Ne vous excusez pas, dit en riant Nastassia Philippovna, cela romprait l'effet d'étrangeté et d'originalité. Mais on a donc raison de vous trouver bizarre. Ainsi, vous me prenez pour une perfection ?

– Oui.

– Quoique vous soyez passé maître en devinettes, là vous vous trompez. Je vous le rappellerai ce soir même.

Elle présenta le prince à ses invités dont plus de la moitié le connaissaient déjà. Totski trouva aussitôt quelque chose d'aimable à dire. Tous semblèrent s'animer un peu, tous à la fois se mirent à parler et à rire. Nastassia Philippovna fit asseoir le prince auprès d'elle.

– Mais, au fond, qu'y a-t-il de surprenant dans l'apparition du prince ? criait Ferdistchenko dominant toutes les voix. – L'affaire est claire et évidente.

– Elle est même par trop claire et évidente, reprit brusquement Gania demeuré muet jusqu'à cet instant. – J'ai observé aujourd'hui le prince presque sans interruption, dès l'instant où il a regardé pour la première fois le portrait de Nastassia Philippovna sur la table d'Ivan Fédorovitch. Je me souviens très bien avoir eu, dès lors, une idée dont je suis absolument convaincu maintenant et au sujet de laquelle le prince lui-même, je le dis en passant, m'a fait des aveux.

Toute cette phrase, Gania l'avait prononcée avec le plus grand sérieux, sans la moindre nuance de plaisanterie et même d'un air sombre; ce qui parut un peu étrange.

– Je ne vous ai fait aucun aveu, répondit le prince en rougissant. Je n'ai fait que répondre à votre question.

– Bravo, bravo, hurla Ferdistchenko; voilà au moins qui est sincère, à la fois sincère et habile !

Tout le monde riait aux éclats.

– Ne criez pas ainsi, Ferdistchenko, lui dit Ptitsine à mi-voix et avec dégoût.

– Je ne m'attendais pas de votre part, prince, à des prouesses de ce genre, déclara Ivan Fédorovitch, des prouesses dignes, dignes de... Et moi qui vous prenais pour un philosophe ! Méfions-nous de l'eau qui dort !

– A en juger par la façon dont le prince rougit telle une innocente jeune fille à une innocente plaisanterie, je conclus que ce noble jeune homme nourrit dans son cœur les intentions les plus louables, dit, à la surprise générale, ou plutôt chevrota de sa bouche édentée le maître d'école septuagénaire, resté silencieux jusqu'alors et dont personne ne pouvait attendre un seul mot au cours de la soirée. Les rires reprirent de plus belle. Le petit vieux, supposant probablement que l'on riait de sa pointe, se mit à rire lui aussi en regardant tout le monde, si bien qu'il fut pris d'une cruelle quinte de toux. Nastassia Philippovna, qui avait une prédilection pour ce genre de petits vieux et de petites vieilles un peu originaux, et même pour les simples d'esprit, le dorlota, l'embrassa, et lui fit servir une autre tasse de thé. Elle demanda à la bonne de lui apporter sa mantille, s'en enveloppa et fit ajouter des bûches dans la cheminée. A sa question concernant l'heure, la servante répondit qu'il était déjà 10 heures et demie.

– Messieurs, ne boiriez-vous pas du champagne ? demanda Nastassia Philippovna. Je l'ai fait préparer. Peut-être cela vous rendra-t-il plus gais. Je vous en prie, soyez sans façon.

Cette invitation à boire, et surtout faite en termes aussi naïfs, parut fort bizarre de la part de Nastassia Philippovna. Tout le monde connaissait l'extraordinaire tenue de ses précédentes réceptions. Dans l'ensemble, la soirée s'animait, mais autrement que d'ordinaire. On ne refusa cependant pas le vin, en premier lieu le général, puis la dame délurée, le petit vieux, Ferdistchenko, et finalement tout le monde. Totski, lui aussi, accepta une coupe, dans l'espoir de donner un ton d'aimable plaisanterie à la nouvelle tournure que prenait la soirée. Seul Gania ne buvait rien. Quant à Nastassia Philippovna, qui prit elle aussi une coupe et déclara qu'elle en boirait au moins trois ou quatre au cours de la soirée, il était difficile de comprendre quelque chose à ses manières brusques et vives, à son rire nerveux et sans objet, alternant avec des phases de maussade et taciturne rêverie. D'aucuns soupçonnaient qu'elle avait la fièvre; on commença, enfin, à remarquer qu'elle paraissait elle-même attendre quelque chose, jetant de fréquents coups d'œil sur la pendule et devenant impatiente et distraite.

– On dirait que vous avez un peu de fièvre ? lui demanda la dame délurée.

– Oui, et même une très forte fièvre, c'est pour cela que j'ai pris ma mantille, répondit Nastassia Philippovna, ayant en effet pâli et semblant avoir peine à réprimer des frissons.

Il se fit autour d'elle un mouvement d'agitation et d'inquiétude.

– Et si nous laissions notre hôtesse se reposer ? proposa Totski avec un regard pour Ivan Fédorovitch.

– Mais pas du tout, messieurs ! Je vous demande instamment de rester. Votre présence m'est particulièrement indispensable ce soir, déclara-t-elle avec une insistance significative. Et comme presque tous les invités avaient déjà appris qu'au cours de cette soirée devait être prise une décision très importante, ces paroles parurent particulièrement chargées de sens. Le général et Totski échangèrent un nouveau regard; Gania eut un frémissement.

– Il serait bon d'organiser un petit jeu, dit la dame délurée.

– Je connais un nouveau jeu magnifique, s'écria Ferdistchenko avec entrain. En tout cas, un jeu qui n'a été essayé qu'une seule fois, et encore sans succès.

– Qu'est-ce que c'est ? demanda la dame délurée.

– Nous nous sommes trouvés réunis, un jour, toute une compagnie; pour dire vrai, nous avions un peu bu, et c'est alors que quelqu'un proposa que chacun de nous, sans se lever de table, racontât quelque chose sur son propre compte, mais quelque chose qu'en son âme et conscience il considérerait comme la plus mauvaise action de sa vie; et à la condition d'être absolument sincère, surtout d'être absolument sincère et de ne pas mentir.

– Singulière idée, dit le général.

– Il n'y en a pas de plus singulière, Votre Excellence mais c'est cela qu'elle a de bon.

– Amusant, dit Totski, quoique compréhensible : une sorte de vantardise à rebours.

– C'est peut-être justement ce que l'on cherchait, Athanase Ivanovitch.

– Avec ces petits jeux-là, on pleurerait plutôt qu'on ne rirait, remarqua la dame délurée.

– Jeu impossible et absurde, dit Ptitsine.

– Et avait-il réussi ? demanda Nastassia Philippovna.

– Justement non, cela tourna mal. Chacun raconta bien une histoire, beaucoup même la vérité, et figurez-vous, il y en avait qui racontaient avec plaisir, mais tous finirent par avoir honte : ils n'étaient pas de force ! Dans l'ensemble, ce fut pourtant très amusant, c'est-à-dire à sa façon.

– Ce serait vraiment bon d'essayer ! dit Nastassia Philippovna s'animant tout à coup. Vraiment, messieurs, nous devrions essayer ! En effet, nous n'arrivons pas à nous mettre en train. Si chacun de nous acceptait de raconter quelque chose... dans ce genre bien entendu, s'il le veut bien, chacun est libre, hein ? Peut-être serons-nous de force ? En tout cas, c'est extrêmement original !...

– Géniale idée, reprit Ferdistchenko. Les dames, d'ailleurs, sont exclues, ce sont les messieurs qui ouvrent le feu; on va tirer le tour au sort, comme l'autre fois, c'est indispensable ! Celui qui ne veut vraiment pas ne raconte pas, bien entendu, mais convenez que ce serait particulièrement peu aimable ! Inscrivez chacun votre nom, messieurs, mettez-les dans mon chapeau, là ! Le prince va tirer au sort. Votre tâche est des plus simples, il s'agit de raconter la plus vilaine action de votre vie, c'est très facile, messieurs ! Vous allez voir ! Et si quelqu'un a une défaillance de mémoire, je me charge de la lui rafraîchir.

L'idée était extrêmement saugrenue et ne plaisait

presque à personne. Les uns se renfrognèrent, d'autres esquissèrent des sourires narquois. Quelques-uns protestèrent sans trop insister toutefois, tel Ivan Fédorovitch qui ne voulait pas déplaire à Nastassia Philippovna et qui avait remarqué combien elle était séduite par cette étrange idée, peut-être même justement à cause de son caractère étrange et presque impossible. Nastassia Philippovna s'était toujours montrée irréductible et implacable dans ses désirs, une fois qu'elle s'était décidée à les manifester et quand bien même il s'agirait de désirs des plus capricieux et inutiles pour elle. A présent, elle se trouvait dans un état presque hystérique, s'agitait, riait spasmodiquement, surtout aux protestations inquiètes de Totski. Ses yeux sombres étincelaient; deux plaques rouges avaient apparu sur ses joues pâles. L'expression morne et dégoûtée de certains invités excitait peut-être davantage encore son désir ironique de les mettre mal à l'aise; peut-être était-ce précisément le cynisme et la cruauté de l'idée qui lui plaisaient. Certains était même persuadés qu'elle nourrissait une arrière-pensée. Ils finirent cependant par accepter : de toute façon, l'idée était curieuse et pour beaucoup très tentante. De tous, c'était Ferdistchenko qui déployait la plus grande activité.

– Et s'il s'agissait d'une histoire impossible à raconter en présence des... dames ? observa timidement l'adolescent taciturne.

– Eh bien, abstenez-vous de la raconter; comme s'il n'y avait pas beaucoup d'autres vilaines actions, jeunesse que vous êtes, répliqua Ferdistchenko.

– Quant à moi, je ne sais pas quoi choisir parmi mes mauvaises actions, proclama la dame délurée.

– Les dames sont dispensées de l'obligation de raconter, répéta Ferdistchenko; mais seulement dispensées; toute inspiration personnelle sera acceptée avec reconnaissance. Les hommes aussi sont dispensés au cas où ce jeu leur déplairait trop.

– Mais comment prouver que je ne mens pas ? demanda Gania. Si je mens, le jeu perd tout son sens. Et qui ne mentirait pas ? Chacun va mentir, c'est certain.

– Mais cela seul déjà est attrayant que de voir mentir quelqu'un. Quant à toi, Ganietchka, il n'y a vraiment pas à craindre que tu mentes, car ta plus mauvaise action est déjà connue de tout le monde. Songez également, messieurs, songez de quels yeux nous allons nous regarder demain, après tous ces récits ! s'écria Ferdistchenko dans un accès d'enthousiasme.

– Est-ce possible ? Est-ce vraiment sérieux, Nastassia Philippovna ? demanda avec dignité Totski.

– Quand on a peur du loup, on ne va pas au bois* ! observa ironiquement Nastassia Philippovna.

– Mais permettez, monsieur Ferdistchenko, comment peut-on faire de cela un jeu de société ? insistait Totski, de plus en plus inquiet. – Je vous assure que les jeux de ce genre ne réussissent jamais; vous avez bien dit vous-même que cela n'avait déjà pas réussi une fois.

– Comment, pas réussi ? Je n'en ai pas moins raconté la dernière fois comment j'avais volé trois roubles, je l'ai bel et bien raconté.

– Admettons. Mais il ne vous était pas possible de le raconter de façon que cela parût vrai et qu'on vous crût, n'est-ce pas ? Gabriel Ardalionovitch vient de faire remarquer très justement qu'il suffirait qu'il y eût

* Proverbe russe.

la moindre fausse note pour que le jeu perdît son sens. La vérité n'est possible là que par hasard, par une sorte de vanité de très mauvais aloi, absolument inadmissible et impensable ici.

– Quel homme subtil et raffiné vous êtes vraiment ! Vous me surprenez, Athanase Ivanovitch ! s'écria Ferdistchenko. Voyez, messieurs, en faisant observer que je n'ai pu parler de mon vol de manière que cela ressemblât à la vérité, Athanase Ivanovitch laisse entendre de la façon la plus subtile que j'étais en réalité incapable de commettre un vol (parce qu'il n'est pas convenable de parler de ces choses-là), bien qu'il soit peut-être absolument persuadé, à part soi, que Ferdistchenko est parfaitement capable de voler ! Mais au fait, messieurs, au fait : les noms sont dans le chapeau, y compris le vôtre, Athanase Ivanovitch, donc tout le monde est d'accord. Prince, commencez.

Le prince plongea, sans rien dire, sa main dans le chapeau et en retira le premier papier, celui de Ferdistchenko; le suivant était pour Ptitsine, le troisième pour le général, le quatrième pour Athanase Ivanovitch, le cinquième pour lui-même, le sixième pour Gania, etc. Les dames n'avaient pas déposé leurs noms.

– Dieu ! quelle malchance ! s'écria Ferdistchenko; moi qui espérais que le nom du prince sortirait en premier, ensuite celui du général ! Par bonheur, Ivan Petrovitch vient après moi, ce sera ma récompense. Eh bien, messieurs, c'est évidemment à moi de donner le noble exemple, mais ce que je regrette le plus en cet instant c'est d'être par trop insignifiant et de ne me distinguer en rien; jusqu'à mon grade qui est sans importance; quel intérêt, en vérité, peut-il y avoir dans le fait que Ferdistchenko a commis une mauvaise action ? Et quelle est ma plus mauvaise action ? C'est un véritable *embarras de richesses.* A moins que je ne vous raconte le même vol, pour prouver à Athanase Ivanovitch qu'il est possible de commettre un vol sans avoir été un vrai voleur.

— Vous arrivez à me convaincre aussi, monsieur Ferdistchenko, que l'on peut effectivement éprouver un plaisir presque voluptueux à raconter ses sales actions, même si personne ne vous l'a demandé. Quoique... je vous prie de m'excuser, monsieur Ferdistchenko.

— Commencez, Ferdistchenko, vous brodez beaucoup trop et vous n'en finirez jamais ! décida Nastassia Philippovna d'un ton impatient et agacé.

Tout le monde s'aperçut qu'après son récent accès de rire elle était brusquement retombée dans une sorte de torpeur maussade, qu'elle s'énervait et s'irritait de plus en plus facilement; elle insistait néanmoins avec un entêtement despotique sur son caprice de tout à l'heure. Athanase Ivanovitch était au supplice. Il était exaspéré également par l'attitude d'Ivan Fédorovitch, qui buvait placidement son champagne et était sans doute déterminé à raconter une histoire lorsque son tour viendrait.

XIV

– C'EST par manque d'esprit que je bavarde trop, Nastassia Philippovna ! s'écria Ferdistchenko; mais je commence; si j'avais le même esprit qu'Athanase Ivanovitch ou qu'Ivan Fédoroviteh, je serais, moi aussi, resté silencieux et immobile toute la soirée. Prince, permettez-moi de vous demander si vous êtes de mon avis; il me semble que de par le monde il y a beaucoup plus de voleurs que de non-voleurs, que peut-être même il n'existe pas un seul homme qui, sa vie durant, n'ait jamais rien volé. C'est une impression personnelle dont je ne déduis pourtant pas qu'il n'y ait au monde que des voleurs, bien que, je l'avoue, cette idée m'ait souvent tenté. Qu'en pensez-vous ?

– Fi, que c'est bête, votre histoire ! déclara Daria Alexeïevna (la dame délurée). Quelles balivernes ! Il n'est pas possible que tout le monde ait volé quelque chose; moi, je n'ai jamais rien volé.

– Vous, vous n'avez jamais rien volé, Daria Alexeïevna, mais qu'en dira le prince, lui qui vient de rougir ?

– Il me semble que vous dites vrai, seulement vous exagérez beaucoup, dit le prince qui, effectivement, venait de rougir.

— Mais vous-même, prince, n'avez-vous jamais rien volé ?

— Fi, comme c'est ridicule ! Songez à ce que vous dites, monsieur Ferdistchenko, intervint le général.

— Tout simplement, une fois au pied du mur vous avez honte de raconter, c'est pour cela que vous essayez d'entraîner le prince avec vous, parce qu'il est sans défense, trancha Daria Alexeïevna.

— Ferdistchenko, racontez ou taisez-vous, mais ne vous occupez plus que de vous seul. Vous commencez à épuiser ma patience, dit durement Nastassia Philippovna.

— A l'instant même, Nastassia Philippovna; mais puisque le prince a avoué, car j'insiste sur ce point : ce qu'il vient de dire équivaut à un aveu, je me demande ce qu'aurait pu nous raconter une autre personne (sans la nommer) si seulement elle voulait un jour dire la vérité. En ce qui me concerne, messieurs, à vrai dire il n'y a rien à raconter, tellement c'est simple, bête et laid. Pourtant, je vous affirme que je ne suis pas un voleur, et que j'ai commis ce vol sans savoir pourquoi. Cela se passait il y a trois ans, dans la villa d'un ami, Simon Ivanovitch Istchenko, un dimanche. Il recevait des invités. Après le déjeuner, les hommes restèrent à parler devant un verre. Moi, j'eus l'idée de prier Maria Simonovna, la fille de notre hôte, de jouer quelque chose au piano. En traversant une pièce, j'aperçus sur la table de travail de Maria Ivanovna un billet vert de trois roubles; elle l'avait sans doute sorti pour un besoin de ménage. Personne dans la pièce. Je pris le billet et je l'empochai; pourquoi, je ne le sais pas. Je ne comprends pas ce qui a pu me pousser. Toutefois, je me dépêchai de retourner à table. Je restai là à attendre, passablement ému; je bavardais sans arrêt, je racontais des anecdotes et je riais; puis je m'assis auprès des dames. Environ une demi-heure après, on s'aperçut de la disparition du billet et on interrogea les domestiques. On soupçonna Daria, la bonne. Je manifestai beaucoup de curiosité et je pris part aux interrogatoires. Je me souviens même que lorsque Daria fut complètement désemparée, je me mis à la raisonner afin qu'elle avouât, lui garantissant sur ma tête l'indulgence de Maria Ivanovna, et tout cela devant tout le monde. Tous me regardaient et j'éprouvais un plaisir extraordinaire d'être là à pérorer, le billet dans ma poche. Ces trois roubles, je les ai bus le soir même, dans un restaurant. Je suis entré et j'ai commandé une bouteille de Laffite; jamais auparavant il ne m'était arrivé de commander ainsi une bouteille sans rien d'autre; j'étais pressé de dépenser cet argent. Je n'ai d'ailleurs éprouvé aucun remords particulier, ni alors, ni par la suite. Je ne crois pas que je pourrais répéter cette action; croyez-m'en ou non, à votre choix, cela ne m'intéresse pas. Voilà, c'est tout.

– Seulement, bien entendu, je suis persuadée que ce n'est pas là votre plus mauvaise action, dit Daria Alexeïevna avec dégoût.

– C'est un cas psychologique et non pas une action, observa Athanase Ivanovitch.

– Et la bonne ? demanda Nastassia Philippovna, sans chercher à dissimuler son écœurement.

– Elle a, bien entendu, été renvoyée dès le lendemain. C'était une maison sévère.

– Et vous avez laissé faire ?

– Allons, bon ! Vous auriez peut-être voulu que j'aille me dénoncer ? ricana Ferdistchenko, assez frappé du reste par la fâcheuse impression que son récit avait produite sur l'assistance.

– Comme c'est sale ! s'écria Nastassia Philippovna.

– Bah ! Vous désirez entendre la plus mauvaise action d'un homme et vous voudriez que ce soit reluisant ! Les plus mauvaises actions sont toujours très sales, Nastassia Philippovna; Ivan Petrovitch ne tardera pas à nous le confirmer. D'ailleurs, bien des gens ont un extérieur brillant et veulent passer pour des modèles de vertu parce qu'ils roulent carrosse. Qui ne roule pas carrosse à présent?... Tous les moyens sont bons!

En un mot, Ferdistchenko était sorti de ses gonds et devenait mauvais jusqu'à s'oublier et à dépasser toute mesure; un rictus méchant lui tordait le visage. Aussi curieux que cela puisse paraître, il était possible qu'il eût attendu de son récit un tout autre effet. Ce genre de « gaffes » de mauvais genre et cette « vanité à rebours », selon l'expression de Totski, étaient constantes chez Ferdistchenko et correspondaient tout à fait à son caractère.

Nastassia Philippovna tressaillit de colère et le regarda fixement; aussitôt il prit peur et se tut, glacé d'effroi à l'idée d'être allé un peu trop loin.

– Ne ferions-nous pas mieux d'en rester là ? proposa Athanase Ivanovitch, narquois.

– C'est mon tour, mais je profite de mon droit de refus et je ne raconterai rien, déclara Ptitsine.

– Vous refusez ?

– Je ne puis, Nastassia Philippovna, et d'ailleurs je considère un pareil petit jeu comme insensé.

– Général, je crois que c'est votre tour, dit Nastassia Philippovna en se tournant vers Épantchine. – Si vous aussi vous vous récusez, tout notre jeu va s'écrouler, et j'en serai désolée, parce que j'avais l'intention de raconter en conclusion une action « de ma propre vie ». Seulement je ne voulais le faire qu'après vous et Athanase Ivanovitch, parce qu'il faut bien que vous me donniez du courage, conclut-elle en riant.

– Oh ! puisque, vous aussi, vous promettez de le faire, s'écria le général avec feu, alors je suis prêt à vous raconter toute ma vie; et j'avoue qu'en attendant mon tour j'ai déjà préparé mon anecdote...

– Et rien qu'à voir Votre Excellence, on peut deviner avec quel plaisir de littérateur elle a dû tourner son anecdote, hasarda Ferdistchenko encore un peu confus, mais non sans un sourire perfide.

Nastassia Philippovna jeta sur le général un regard fugitif et sourit, elle aussi. Mais on pouvait voir cependant que sa nervosité et son trouble allaient croissant. Apprenant qu'elle aussi raconterait quelque chose, Athanase Ivanovitch avait frémi.

– Messieurs, il m'est arrivé comme à tout un chacun de commettre dans ma vie des actions pas très élégantes, commença le général, mais le plus étrange est que je considère moi-même comme la plus vilaine histoire de toute ma vie la très brève anecdote que je vais vous conter. Il y a bien de cela quelque trente-cinq ans, mais je n'ai jamais pu libérer mon souvenir d'une impression qui me serre le cœur. C'est d'ailleurs une histoire très bête. J'étais encore à cette époque aspirant dans l'armée. On sait ce qu'est un aspirant : le sang en feu et pas un sou vaillant. J'avais une ordonnance, Nikiphor, qui prenait très à cœur les soins de mon ménage. Il thésaurisait, raccommodait, grattait, astiquait et même volait partout tout ce qu'il pouvait dérober pour accroître mon avoir. Il était d'une fidélité et d'une honnêteté à toute épreuve. Quant à moi, j'étais ce qu'on appelle sévère, mais juste. Nous étions restés quelque temps en garnison dans une petite ville. On m'avait donné un billet de logement dans un faubourg, chez la veuve d'un sous-lieutenant en retraite. C'était une petite vieille de quatre-vingts ans, ou quelque chose d'approchant. Sa maison de bois était aussi vétuste et aussi délabrée qu'elle-même, et elle était si pauvre qu'elle n'avait même pas une servante pour l'aider dans son ménage. Mais ce par quoi elle se distinguait surtout, c'était qu'elle avait eu, jadis, une très nombreuse famille et beaucoup de parents; les années passant, les uns étaient morts, les autres étaient partis ou l'avaient oubliée; quant à son mari, elle l'avait enterré quelque quarante-cinq ans auparavant. Elle avait longtemps gardé auprès d'elle une nièce, bossue et, à ce que l'on racontait, méchante comme une sorcière et qui avait même, un jour, mordu la vieille au doigt. Mais elle aussi avait fini par mourir et cela faisait bien trois ans que la vieille se tirait d'affaire toute seule. Je m'ennuyais ferme chez elle, il n'y avait rien à en espérer. Enfin, un jour elle me vola un coq. L'affaire est restée obscure, mais ce ne pouvait être qu'elle. Nous nous querellâmes sérieusement au sujet de ce coq, et peu après j'eus enfin la possibilité, sur ma demande, de changer de logement; on m'envoya dans un autre faubourg, chez un marchand à longue barbe et à nombreuse progéniture; je m'en souviens comme si c'était aujourd'hui. Nous déménageons, Nikiphor et moi, le cœur joyeux, et laissons la vieille à son opprobre. Quelques jours plus tard, je rentre de l'exercice et Nikiphor me déclare : « Votre Honneur a eu tort de laisser notre soupière à la logeuse, je n'ai plus rien pour servir la soupe ». Me voici, bien entendu consterné : « Comment se fait-il que notre soupière lui soit restée ? » Et Nikiphor, étonné, de me faire son rapport; il apparaît que lors de notre départ la vieille aurait refusé de lui rendre notre soupière, prétendant la garder en échange d'un pot que je lui avais cassé, et que c'était moi qui le lui avais proposé. Devant tant de bassesse mon sang d'aspirant ne fait évidemment qu'un tour, je bondis, je vole. J'arrive chez la vieille hors de moi et je la trouve assise toute seule dans l'entrée, dans un coin, comme pour se cacher du soleil, la joue appuyée sur la main. Je tombe sur elle comme un ouragan et je lui sors tout mon arsenal : « Tu es ceci, tu es cela »; vous voyez ça..., à la manière russe. Seulement, elle m'apparaît bizarre : elle reste toujours assise en face de moi et me fixe de ses yeux exorbités sans me répondre un seul mot, toujours de ce regard si étrange, et on dirait qu'elle se balance légèrement. Je finis par me calmer, je la regarde, je l'interroge, toujours pas de réponse. Je demeure indécis, dans ce silence, avec ce soleil déclinant et les mouches qui bourdonnent. Définitivement troublé, je finis par m'en aller. Avant même que d'arriver chez moi, on m'appelle chez le commandant, puis je dus passer à ma compagnie; bref, je ne rentrai chez moi que dans la soirée. Dès les premiers mots, Nikiphor m'annonce : « Votre Honneur sait-il que notre logeuse vient de mourir ? – Quand ça ? – Aujourd'hui dans la soirée, il y a peut-être une heure et demie ». C'était donc au moment même où je l'accablais d'injures qu'elle trépassait. J'en ai été si frappé que j'ai mis du temps à me remettre. La vieille ne quittait pas mes pensées et j'en ai même rêvé la nuit. Je ne suis bien sûr pas superstitieux, mais le troisième jour je suis allé à son enterrement. En un mot, plus le temps passait, plus je pensais à cette histoire. Non pas que cela occupât toutes mes pensées, mais soudain cela me revenait à l'esprit et je me sentais mal à l'aise. J'ai fini par comprendre ce qui me frappait le plus : voilà une femme, un être humain, comme on dit à notre époque humanitaire; elle a vécu longtemps au point d'avoir été oubliée par la mort. Elle a eu jadis des enfants, un mari, une famille, des parents; tout cela bouillonnait, si je puis dire, autour d'elle, tous ces sourires, et brusquement il n'y a plus rien, tout cela disparaît comme par enchantement, et elle reste là, toute seule comme... comme une mouche d'automne, comme si elle portait sur elle la malédiction du siècle. Enfin, Dieu la mène à son terme. Par un soleil déclinant, un doux soir d'été, ma vieille s'envole, elle aussi; il y a là bien sûr une pensée édifiante. Mais voilà qu'à cet instant même, pour tout viatique, au lieu de bénédictions et de larmes, un jeune aspirant déchaîné, les mains aux hanches et bombant le torse, la reconduit hors de la terre avec un lot d'injures des plus carabinées pour se venger de sa soupière perdue. Mes torts sont indiscutables et, bien que je considère depuis longtemps cette action comme m'étant étrangère, à cause de son ancienneté et du changement de mon caractère, je n'en continue pas moins à la déplorer. Au point même que je m'en étonne, d'autant plus que s'il est évident que je suis coupable, je ne le suis tout de même pas entièrement : qu'a-t-elle eu à mourir juste à ce moment-là ? Évidemment mon excuse est qu'en un sens cette mauvaise action est d'ordre psychologique, et pourtant, je ne me suis senti définitivement apaisé que lorsque je décidai, il y a une quinzaine d'années, de constituer un fonds dans un asile pour l'entretien de deux vieilles, afin d'adoucir les derniers jours de leur existence terrestre par des conditions de vie plus décentes. Je compte même perpétuer cette institution sous forme de legs. Et voilà toute l'histoire. Je le répète, il se peut que j'aie eu d'autres torts dans ma vie, mais c'est pourtant cette action-là qui m'apparaît comme la plus vilaine de toute mon existence.

– Et au lieu de la plus mauvaise, vous nous avez raconté, Votre Excellence, une des bonnes actions de votre vie ! Ferdistchenko est joué, conclut celui-ci.

– En effet, général, je ne me doutais pas que vous aviez tout de même bon cœur, c'en est presque dommage, prononça Nastassia Philippovna négligemment.

– Dommage ? Pourquoi donc ? demanda le général avec un rire aimable et, non sans suffisance, il but une gorgée de champagne.

C'était à présent le tour d'Athanase Ivanovitch qui, lui aussi, s'était préparé. On devinait que, de même qu'Ivan Fédorovitch, il n'allait pas se récuser et, pour certaines raisons, quelques-uns attendaient son récit avec une curiosité particulière, tout en regardant Nastassia Philippovna à la dérobée.

Avec une extraordinaire dignité qui s'alliait parfaitement à sa prestance, Athanase Ivanovitch, d'une voix douce et affable, entama un de ses « aimables récits ». Soit dit en passant, c'était un homme de belle taille, imposant et majestueux, avec une légère calvitie dans ses cheveux un peu grisonnants; il était assez corpulent, avec des joues fleuries, molles et quelque peu affaissées; il avait de fausses dents. Il portait, avec beaucoup d'élégance, des vêtements amples et un linge impeccable. Ses mains, potelées et blanches, fixaient l'attention. A l'index de la main droite, il avait un diamant de prix. Tout au long de son récit, Nastassia Philippovna ne cessa d'examiner attentivement la ruche de dentelle qui ornait sa manche, la pinçant entre deux doigts de la main gauche, de sorte qu'elle n'eut pas le temps de regarder le conteur, ne fût-ce qu'une seule fois.

– Ce qui facilite le plus ma tâche, commença Athanase Ivanovitch, c'est l'obligation absolue de raconter la plus mauvaise action de mon existence. En ce cas, bien entendu, il ne peut y avoir d'hésitations : la conscience et la mémoire du cœur me dictent le choix du récit. Je dois avouer, non sans amertume, que dans le nombre infini peut-être des actions légères et... frivoles que j'ai commises, il en est une dont le souvenir s'est gravé trop profondément dans ma mémoire. Cela s'est passé il y a une vingtaine d'années; je faisais alors un bref séjour à la campagne chez Platon Orduinstsev. Il venait d'être élu maréchal de la noblesse et y passait les fêtes de la Noël avec sa jeune femme. L'anniversaire d'Anfissa Alexeïevna tombait justement vers la même époque et deux bals avaient été projetés à cette occasion. En ces temps-là, le délicieux roman d'Alexandre Dumas fils, *la Dame aux Camélias,* était extrêmement à la mode dans la haute société et venait d'y faire beaucoup de bruit; c'est une œuvre qui, à mon avis, ne saurait ni mourir, ni même vieillir. En province, toutes les dames en étaient enthousiasmées, celles du moins qui l'avaient lue. Le charme du récit, l'originalité de la situation et du personnage principal, la peinture subtile d'un milieu plein d'attraits, enfin tous ces ravissants détails disséminés dans ce livre (comme, par exemple, les circonstances de l'emploi alterné de bouquets de camélias blancs et rouges); en un mot, ensemble et détails avaient eu un effet bouleversant. Les camélias étaient furieusement à la mode. Tout le monde voulait des camélias, tout le monde en cherchait. Peut-on trouver beaucoup de camélias, je vous le demande, dans un petit canton quand tout le monde en veut pour les bals, même si ces bals ne sont pas nombreux ? Pierre Vorokhovski se mourait alors d'amour pour Anfissa Alexeïevna. J'ignore jusqu'à présent s'il y avait quelque chose entre eux, je veux dire s'il pouvait nourrir un sérieux espoir. Le malheureux se démenait comme un diable pour se procurer des camélias à l'intention du bal d'Anfissa Alexeïevna. On avait appris que la comtesse Sotski de Pétersbourg, amie de la femme du gouverneur, et Sophie Bespalova viendraient certainement avec des bouquets de camélias blancs. Anfissa Alexeïevna, pour produire son effet, en désirait un de rouges. L'infortuné Platon était aux abois; on sait ce que sont les devoirs du mari : il avait eu l'imprudence de promettre un bouquet; que faire ? La veille du bal, le bouquet lui avait été soufflé par Catherine Alexandrovna Muitistcheva, en tout la rivale la plus terrible d'Anfissa Alexeïevna et, pour ainsi dire, à couteau tiré avec elle. Résultat : crises de larmes, évanouissement. Platon était perdu. Il est évident que si en cet instant crucial Pierre réussissait à se procurer le bouquet en question, ses affaires s'en trouveraient sérieusement avancées. La reconnaissance féminine, dans des cas semblables, ne connaît pas de limites. Il se démenait comme un possédé, mais la chose était impossible, ce n'était même pas la peine d'y songer. Et voilà que, la veille de l'anniversaire et du bal, je le rencontre vers 11 heures du soir chez une voisine des Orduinstsev, Marie Petrovna Zoubkov. Il rayonne.

« – Que se passe-t-il ?

« – J'ai trouvé, Eurêka !

« – Eh bien, je t'avoue que tu m'étonnes! Comment et où as-tu trouvé?

« – A Ékchaïsk (une petite ville du canton voisin, à peine distante de vingt verstes); il y a là un marchand à grande barbe du nom de Trepalov, immensément riche; il vit avec sa femme et des canaris en guise d'enfants. Tous deux ont la passion des fleurs et ont des camélias.

« – Voyons, mais c'est très aléatoire, s'il te les refusait ?

« – Je tomberais à genoux devant lui, je me traînerais à ses pieds jusqu'à ce qu'il consente, je ne m'en irais pas sans cela !

« – Quand pars-tu ?

« – Demain dès l'aube, à 5 heures.

« – Eh bien, que Dieu te vienne en aide !

« Je me sentais vraiment très heureux pour lui; je rentre chez les Orduinstsev; il était déjà près de 2 heures et j'y pensais toujours. J'allais me mettre au lit, quand soudain j'eus une idée des plus originales. Aussitôt je me rends à la cuisine; je réveille Saveli, le cocher, je lui promets quinze roubles s'il attelle en une demi-heure. Bien entendu, une demi-heure après la voiture m'attend à la porte; on me rapporte entre-temps qu'Anfissa Alexeïevna a la migraine, la fièvre et le délire; je m'installe et nous partons. Peu après 4 heures, je m'arrête à l'auberge d'Ekchaïsk, j'y attends l'aube, mais dès l'aube, je repars; à 7 heures, je suis chez Trepalov et je lui débite mon histoire :

« – Y a-t-il chez toi des camélias ? Sois un père,

viens-moi en aide, sauve-moi, je te saluerai jusqu'à terre !

« Le vieillard, je vois, est grand, chenu, sévère, terrible.

« – Ni-ni, rien à faire ! je refuse !

« Vlan, je tombe à ses pieds, je m'aplatis littéralement ! Il prend peur :

« – Que faites-vous là, petit père, que faites-vous là, mon Dieu ?

« Et moi de lui crier :

« – C'est une vie humaine qui est en jeu !

« – Eh bien, prenez-les, alors, et que le bon Dieu soit avec vous !

« En ai-je coupé des camélias rouges ! Une merveille, une splendeur ! Il en avait plein une petite serre. Le vieux soupire. Je sors un billet de cent roubles.

« – Non, petit père, vous n'allez pas me faire cette offense !

« – Eh bien, s'il en est ainsi, lui dis-je, daignez verser ces cent roubles à l'hôpital de votre ville, pour l'amélioration de l'ordinaire et des soins.

« – Ça, dit-il, c'est tout autre chose, petit père, c'est une action bonne et noble, et qui plaît à Dieu; je remettrai cette offrande en votre honneur.

« Il me plut, ce vieillard, vous savez, ce vieillard authentiquement russe, russe jusqu'à la racine, ce qu'on appelle *la vraie souche*. Enchanté de mon succès, je reprends immédiatement le chemin du retour, mais par des chemins détournés, pour ne pas croiser Pierre. A peine arrivé, je fais déposer le bouquet pour le réveil d'Anfissa Alexeïevna. Vous pouvez imaginer son émerveillement, sa reconnaissance, ses larmes de gratitude !

Et Platon, hier encore, mort, anéanti, Platon sanglote sur ma poitrine. Hélas ! Il en est toujours ainsi de tous les maris depuis la création de... l'union légitime ! Je n'ose rien ajouter de plus, sauf que les chances de ce pauvre Pierre s'effondrèrent dès lors définitivement. J'avais pensé tout d'abord qu'il allait m'égorger en apprenant mon rôle dans cette affaire et j'avais même pris mes dispositions, mais il arriva ce que je n'aurais même pas cru possible : il perd connaissance, le soir il délire et, le lendemain matin, c'est la fièvre cérébrale; il sanglote avec des convulsions, comme un enfant. Un mois plus tard, aussitôt rétabli, il demande à être envoyé au Caucase*; un vrai roman. Il finit par se faire tuer en Crimée. Son frère Stéphane Vorokhovski s'y était distingué à l'époque, à la tête d'un régiment. J'avoue que j'ai été, durant de longues années, en proie à des remords de conscience; pourquoi lui avais-je porté un pareil coup ? Si encore j'avais été épris moi aussi, mais il ne s'agissait là, pour moi, que d'une simple espièglerie, rien de plus. Qui sait, si je ne lui avais pas alors soufflé ce bouquet, cet homme serait peut-être encore en vie, heureux et même comblé, et il ne lui serait même pas venu à l'esprit d'aller combattre les Turcs ».

Athanase Ivanovitch se tut avec ce même air d'imposante dignité avec lequel il avait entamé son récit. On remarqua que les yeux de Nastassia Philippovna lancèrent un éclair et que ses lèvres eurent un frémissement quand Athanase Ivanovitch acheva son histoire. Tout le

* Le Caucase, peu sûr à cette époque à cause de continuelles guérillas avec les montagnards, était alors un lieu d'exil officiel pour les militaires et les civils et un lieu d'élection pour les désespérés en tout genre et les poètes.

monde jetait sur eux des regards pleins de curiosité.

– On s'est joué de Ferdistchenko ! On l'a bel et bien trompé, ce qui s'appelle trompé ! s'écria ce dernier d'une voix larmoyante, comprenant qu'il était bon et nécessaire de placer un mot.

– Personne ne vous a forcé la main ! Vous n'aviez qu'à mieux comprendre le sens du jeu ! Prenez exemple sur les gens intelligents ! coupa Daria Alexeïevna presque triomphante... (Elle était, de longue date, fidèle amie et complice de Totski.)

– Vous aviez raison, Athanase Ivanovitch, ce jeu est très ennuyeux et il est grand temps d'en finir, laissa tomber négligemment Nastassia Philippovna. – Je vais vous raconter ce que je vous ai promis, et après nous pourrons tous jouer aux cartes.

– Mais l'anecdote promise avant tout, approuva chaleureusement le général.

– Prince, dit Nastassia Philippovna d'une voix nette et sans bouger, s'adressant brusquement à lui, – voici mes vieux amis, le général et Athanase Ivanovitch, qui insistent beaucoup pour que je me marie. Dites-moi ce que vous en pensez : dois-je me marier, ou non ? Il en sera comme vous aurez décidé.

Athanase Ivanovitch pâlit; le général semblait pétrifié; toutes les têtes se tournèrent et tous les yeux se fixèrent sur le prince. Gania se figea sur place.

– Avec... avec qui ? demanda le prince d'une voix qui s'éteignait.

– Avec Gabriel Ardalionovitch Ivolguine, dit Nastassia Philippovna de la même voix ferme, tranchante et nette.

Il y eut quelques secondes de silence; le prince semblait s'efforcer en vain d'articuler un mot, comme si un poids énorme lui écrasait la poitrine.

— N-non... ne l'épousez pas ! chuchota-t-il enfin, en retrouvant péniblement son souffle.

— Il en sera donc ainsi ! Gabriel Ardalionovitch Ivolguine, dit Nastassia Philippovna en s'adressant à ce dernier d'une voix autoritaire et avec une certaine solennité, — vous avez entendu la décision du prince ? Elle contient aussi ma réponse, et que cette affaire soit réglée une fois pour toutes !

— Nastassia Philippovna, proféra Athanase Ivanovitch d'une voix tremblante.

— Nastassia Philippovna ! prononça le général d'une voix persuasive, mais inquiète.

Il y eut dans l'assistance un brouhaha et quelques mouvements d'émotion.

— Eh bien, messieurs ? dit Nastassia Philippovna dévisageant avec surprise ses invités, — pourquoi cette émotion et ces figures longues d'une aune ?

— Mais... souvenez-vous, Nastassia Philippovna, bégaya Totski, vous avez promis... de votre plein gré, et vous auriez pu dans une certaine mesure épargner... J'ai peine à... et... sans doute suis-je troublé, mais enfin... En un mot, maintenant, à un pareil moment, et en présence... en présence de tant de monde, et de cette façon... finir par ce petit jeu une affaire aussi sérieuse, une affaire d'honneur et de cœur... dont dépend...

— Je ne vous comprends pas, Athanase Ivanovitch, vraiment, vous vous embrouillez tout à fait. Tout d'abord, que signifie ce « en présence de tout ce monde » ? Ne sommes-nous pas ici en charmante et intime compagnie ? Et qu'avez-vous contre ce « petit jeu » ? Je comptais vraiment raconter mon anecdote, eh bien, voilà qui est fait; n'est-elle donc pas jolie ? Et pourquoi dites-vous que ce « n'est pas sérieux » ? En quoi n'est-ce pas sérieux ? Vous m'avez bien entendue déclarer au prince : « Il en sera comme vous aurez décidé ». S'il avait dit *oui,* j'aurais aussitôt donné mon consentement. Or, il a dit *non* et j'ai refusé. Comment pouvez-vous dire que ce n'est pas sérieux, alors que toute ma destinée ne tenait qu'à un mot : que peut-il y avoir de plus sérieux ?

– Mais le prince, pourquoi le prince ? Et, enfin, qu'est-ce que le prince vient faire ici ? murmura le général qui avait peine à contenir son indignation devant l'offensante autorité accordée au prince.

– J'ai consulté le prince parce que, de toute ma vie, il est la première personne en qui j'ai cru comme en quelqu'un qui m'est entièrement dévoué. Il a cru en moi dès son premier regard et moi j'ai foi en lui.

– Il ne me reste plus qu'à remercier Nastassia Philippovna pour l'extrême délicatesse dont elle a usé... à mon égard, dit enfin Gania, pâle, la voix tremblante avec un rictus tordant sa bouche. – Évidemment, il devait en être ainsi... Mais... le prince... le prince dans cette affaire...

– ... cherche à atteindre les soixante-quinze mille roubles, n'est-ce pas ? coupa brusquement Nastassia Philippovna... C'est bien ce que vous vouliez dire ? Ne vous en défendez pas, c'est certainement cela que vous vouliez dire ! Athanase Ivanovitch, j'avais complètement oublié d'ajouter : reprenez vos soixante-quinze mille roubles et sachez bien que je vous rends votre liberté gratis. Cela suffit comme cela ! Vous aussi, vous avez besoin de respirer ! Neuf ans et trois mois ! Demain commence la nouvelle vie, mais aujourd'hui c'est ma fête, et je n'en fais qu'à ma tête pour la première fois de ma vie ! Général, reprenez, vous aussi, vos perles, vous en ferez présent à votre épouse, les voici. Et dès demain je quitte cet appartement. Il n'y aura plus de soirées, messieurs !

Sur ces paroles, elle se leva comme pour sortir.

— Nastassia Philippovna, Nastassia Philippovna, entendit-on de toutes parts. Tous s'agitèrent et quittèrent leurs places ; on l'entoura, tous écoutaient avec inquiétude ses propos hachés, fiévreux, délirants ; tout le monde sentait là une sorte de désordre, de folie, sans bien comprendre, ni pouvoir expliquer ce que c'était.

A cet instant, on entendit soudain un violent coup de sonnette, pareil en tous points à celui qui avait retenti l'après-midi dans l'appartement de Gania.

— Ah, ah ! Et voilà le dénouement ! Enfin ! 11 heures et demie ! s'écria Nastassia Philippovna. Je vous prie de vous rasseoir, messieurs, voici le dénouement !

Ce disant, elle se rassit. Un rire étrange palpitait sur ses lèvres. Elle se taisait, dans une attente fiévreuse, et regardait la porte.

— Sans aucun doute, c'est Rogojine avec les cent mille roubles, murmura Ptitsine, à part soi.

XV

La femme de chambre Katia entra, très effrayée.

– Il se passe Dieu sait quoi là-bas, Nastassia Philippovna. Il y en a là une dizaine qui ont envahi l'antichambre, tous ivres, et qui demandent à entrer. Ils m'ont dit d'annoncer Rogojine, et que vous êtes au courant.

– C'est vrai, Katia, fais-les tous entrer immédiatement.

– Vraiment... tous, Nastassia Philippovna? Ils sont tout à fait impossibles, à faire peur !

– Tous, qu'ils entrent tous, Katia, ne crains rien, jusqu'au dernier, autrement ils entreront sans toi. Tu entends le bruit qu'ils font déjà, tout comme cet après-midi ?

– Messieurs, vous êtes peut-être vexés que je reçoive une bande pareille en votre présence ? dit-elle à ses invités. J'en suis désolée et je vous en demande pardon, mais il le faut, et je désire beaucoup, beaucoup, que vous consentiez à être mes témoins pour ce dénouement, bien que, naturellement, il en sera comme vous voudrez...

Les invités continuaient à s'étonner, à chuchoter et à échanger des regards; il était devenu absolument évident que tout cela avait été calculé et arrangé et que – quoiqu'elle fût évidemment devenue folle – il était désormais impossible de forcer Nastassia Philippovna à abandonner son idée. Tous étaient tenaillés par la curiosité et personne n'avait, au demeurant, aucune raison de s'effrayer outre mesure. Il n'y avait, parmi eux, que deux dames : Daria Alexeïevna, personne délurée et qui en avait vu bien d'autres, n'était pas facile à intimider; l'autre était la très belle et silencieuse inconnue. Mais la muette inconnue n'était sans doute guère capable de comprendre quoi que ce fût; c'était une Allemande de passage à Pétersbourg et qui ignorait le russe; au surplus, elle devait être aussi bête qu'elle était belle. Bien qu'elle ne fût arrivée que depuis peu, la coutume s'était déjà établie de l'inviter à certaines réceptions; fastueusement vêtue et coiffée comme pour un concours, on l'installait telle une ravissante image destinée à embellir la soirée, au même titre qu'un tableau, un vase, une statue ou un écran que d'aucuns empruntent pour la circonstance à des amis.

Pour ce qui était des hommes, Ptitsine, par exemple, était un ami de Rogojine; Ferdistchenko se sentait comme un poisson dans l'eau; Gania, qui n'arrivait pas encore à se ressaisir, éprouvait d'une façon irrésistible bien que confuse le besoin de demeurer jusqu'au bout, cloué au pilori; le vieux maître d'école, qui ne comprenait pas grand'chose à ce qui se passait, était sur le point de pleurer et tremblait littéralement de peur, s'étant rendu compte de l'atmosphère d'angoisse qui entourait Nastassia Philippovna qu'il adorait comme sa petite fille. Pourtant, il eût préféré mourir plutôt que de l'abandonner à un moment pareil. En ce qui concerne Athanase Ivanovitch, il ne pouvait certes pas se compromettre dans des aventures de ce genre, mais il était trop personnellement intéressé à cette affaire, malgré la tournure insensée qu'elle prenait; d'ailleurs, Nastassia Philippovna avait laissé échapper sur son compte de telles paroles qu'il lui était absolument impossible de partir sans avoir tiré les choses au clair. Il décida donc de rester jusqu'au bout, en se taisant pour de bon et uniquement en qualité de spectateur comme le réclamait sa dignité. Seul le général Épantchine, déjà offensé quelques instants plus tôt par la façon cavalière et ridicule dont son cadeau venait de lui être rendu, était en droit de s'offusquer encore davantage de ces nouvelles excentricités, comme, par exemple, de l'apparition de Rogojine. Pour un homme de son rang, il avait déjà mis beaucoup de complaisance à partager la société d'un Ptitsine ou d'un Ferdistchenko; mais ce qu'avait pu faire la force de la passion pouvait à la fin être vaincu par le sens du devoir, par la conscience de ce qu'il devait à son rang, à sa situation et, d'une façon générale, par le respect de soi-même; c'est pourquoi aucune rencontre entre lui et la bande de Rogojine n'était possible.

– Ah, général, l'interrompit Nastassia Philippovna dès les premiers mots de sa tirade, – je vous oubliais. Mais soyez persuadé que j'avais prévu vos protestations. Si vous trouvez cela si vexant, je n'insiste pas ni ne vous retiens, bien que ce soit vous précisément que j'eusse vivement désiré avoir auprès de moi en ce moment. De toute façon, je vous remercie pour le plaisir de vous avoir connu et pour vos attentions flatteuses, mais si vous craignez...

– Je vous en prie, Nastassia Philippovna, s'écria le général dans un accès de chevaleresque générosité, – à qui dites-vous cela ? Ne serait-ce que par simple dévouement, je resterai auprès de vous et si, par exemple, il peut y avoir un danger quelconque... En outre, j'avoue que je suis excessivement curieux. Je voulais dire seulement qu'ils vont abîmer les tapis et peut-être même casser quelque chose... En vérité, on ne devrait pas les laisser entrer du tout, Nastassia Philippovna !

— Voici Rogojine en personne! annonça Ferdistchenko.

— Qu'en pensez-vous, Athanase Ivanovitch, lui souffla en hâte le général, — ne serait-elle pas devenue folle ? C'est-à-dire sans aucune allégorie, dans le sens strictement médical du terme ?

— Je vous avais dit qu'elle y était prédisposée depuis toujours, répondit Totski, non sans malice.

— Et par surcroît cet état fiévreux...

La bande de Rogojine avait à peu près la même composition qu'au cours de l'après-midi; s'y étaient seulement joints un petit vieux dépravé, en son temps directeur d'une petite feuille de chantage et dont on racontait qu'il avait engagé et bu ses dents en or, et un sous-lieutenant en retraite, rival et concurrent indiscutable, par profession comme par fonction, du personnage aux poings remarquables de tout à l'heure. Il était totalement inconnu de tous les membres du groupe Rogojine, et avait été ramassé par eux dans la rue, sur le trottoir ensoleillé de la perspective Nevski, où il arrêtait les passants pour quémander un secours, dans un style digne de Marlinski*, sous le fallacieux prétexte que lui-même « donnait jadis aux solliciteurs

* Écrivain romantique de second ordre au style ampoulé et amphigourique.

des dix et des quinze roubles ». Les deux rivaux n'avaient pas tardé à éprouver une hostilité réciproque; le monsieur aux poings se considérait comme directement atteint par l'admission du « solliciteur » dans la compagnie, mais, étant d'un naturel taciturne, se contentait d'émettre quelques grognements à la manière d'un ours et accueillait avec un souverain dédain les tentatives d'avances que lui prodiguait « le solliciteur » qui s'était révélé homme du monde et habile homme. L'aspect du sous-lieutenant permettait de supposer que « dans l'action », il devait l'emporter davantage par son adresse et sa souplesse que par la force brutale, étant d'ailleurs d'une taille inférieure à celle du monsieur aux gros poings. Délicatement et sans provoquer de discussion ouverte, mais non sans vantardise, il avait fait plusieurs allusions à la supériorité de la boxe anglaise, s'étant révélé, pour tout dire, occidentaliste convaincu. Au mot de « boxe », le monsieur aux poings ne faisait que sourire d'un air méprisant et offusqué, et, dédaignant toute controverse, se contentait de temps en temps, en silence et comme par hasard, de montrer ou, si l'on veut, de mettre en avant quelque chose d'éminemment national : un poing énorme, musclé, noueux et recouvert d'un duvet roux. Il devenait alors évident à tout le monde que si cette chose profondément nationale s'abattait avec précision sur son objectif, celui-ci serait réduit en bouillie.

De même que dans l'après-midi, il n'y en avait aucun qui ne fût « à point », et cela grâce aux efforts de Rogojine qui avait eu en vue toute la journée sa visite chez Nastassia Philippovna. Lui-même avait eu le temps de se dégriser presque tout à fait; par contre, il n'était pas loin d'être complètement abruti par toutes les impressions de cette journée extravagante et qui ne ressemblait à rien de ce qu'il avait connu dans toute sa vie. Une chose seulement restait constamment présente à son esprit, à sa mémoire et à son cœur. Pour cela seul il avait passé tout son temps, depuis 5 heures de l'après-midi jusqu'à 11 heures du soir, dans une angoisse et une inquiétude sans bornes, à s'affairer auprès des Kinder et des Biskoup, qui eux-mêmes avaient frisé la folie en se démenant comme des diables pour ses affaires. Quoi qu'il en fût, les cent mille roubles en espèces auxquels Nastassia Philippovna avait fait allusion d'une façon fugitive, ironique et tout à fait vague, avaient été réunis à des taux d'intérêt tels que, par pudeur, Biskoup lui-même ne s'en entretenait avec Kinder qu'en chuchotant.

De même que l'après-midi, Rogojine marchait en tête; ses acolytes avançaient à sa suite, conscients de leur avantage mais tout de même avec une certaine appréhension. Dieu sait pourquoi, c'était surtout Nastassia Philippovna qui les intimidait. Certains avaient même pensé qu'on les « jetterait en bas de l'escalier ». L'élégant séducteur Zaliojev était de ceux-là. Mais d'autres, et en particulier le personnage aux gros poings, professaient, au fond de leur cœur, à l'égard de Nastassia Philippovna un mépris absolu, même de la haine, et étaient venus chez elle comme s'ils allaient à l'attaque d'une ville assiégée. Cependant le luxe extraordinaire des deux premières pièces, tous ces objets dont ils n'avaient même jamais rêvé, les meubles rares, les tableaux, l'immense statue de Vénus, tout cela avait fait naître en eux, irrésistiblement, du respect et même presque de la crainte. Cela ne les empêcha pas, bien entendu, avec une curiosité impudente et malgré leur peur, de s'infiltrer petit à petit à la suite de Rogojine jusque dans le salon. Mais lorsque l'homme aux poings, « le solliciteur » et quelques autres aperçurent au nombre des invités le général Épantchine, ils se sentirent tout d'abord si découragés qu'ils esquissèrent un mouvement de retraite vers la pièce voisine. Seul d'entre eux, Lebedev paraissait tout à fait en train et s'avançait avec conviction presque de front avec Rogojine, parfaitement conscient de ce que représentait un million quatre cent mille roubles d'argent comptant, dont cent mille tout de suite en main. Il convient toutefois d'observer que tous, le connaisseur Lebedev y compris, ne distinguaient pas très bien les limites de leur puissance et se rendaient assez mal compte si, à présent, tout leur était vraiment permis ou non. A certains moments, Lebedev était prêt à jurer que oui, mais à d'autres il éprouvait le besoin inquiet de récapituler pour soi-même à tout hasard certains articles du code et particulièrement les articles encourageants et rassurants.

Toute différente de celle de ses compagnons fut l'impression produite par le salon de Nastassia Philippovna sur Rogojine. A peine la portière avait-elle été soulevée devant lui et qu'il aperçut Nastassia Philippovna, tout le reste cessa d'exister pour lui, comme il en avait déjà été dans l'après-midi, mais d'une façon encore plus absolue. Il pâlit et s'arrêta l'espace d'un instant; on pouvait deviner la violence des battements de son cœur. L'air craintif et perdu, il fixa quelques instants Nastassia Philippovna du regard sans détourner les yeux. Puis soudain, comme perdant l'esprit et presque en chancelant, il s'approcha de la table; au passage, il heurta la chaise de Ptitsine et foula de ses bottes sales la garniture en dentelle de la luxueuse robe bleu ciel de la silencieuse beauté allemande; il ne s'excusa pas, ne le remarqua même pas. S'étant approché de la table, il y déposa un objet bizarre avec lequel il était entré, le tenant devant lui des deux mains. C'était une épaisse liasse de papier haute de quelque douze centimètres et longue de seize, enveloppée dans un numéro des *Informations de la Bourse* et soigneusement ficelée à la manière d'un rôti. Ceci fait, il s'arrêta et demeura ainsi, sans dire un mot et les bras ballants, comme dans l'attente d'un verdict. Sa tenue n'avait pas changé depuis l'après-midi, à part, autour du cou, un foulard de soie vert vif avec du rouge, piqué d'une énorme épingle de diamant, en forme de coléoptère, et au doigt sale de sa main droite, une bague massive avec un gros diamant. Lebedev s'était arrêté à quelques pas de la table; les autres, ainsi qu'il a été déjà dit, s'infiltraient petit à petit dans le salon. Katia et Pacha, les femmes de chambre de Nastassia Philippovna, avaient accouru, elles aussi, et jetaient de derrière la portière soulevée des regards ahuris et anxieux.

– Qu'est-ce que cela ? demanda Nastassia Philippovna, ayant examiné Rogojine fixement et avec curiosité et désignant de l'œil « l'objet ».

– Cent mille ! répondit-il presque dans un souffle.

– Il a tenu tout de même parole, voyez-vous ça ! Asseyez-vous, je vous prie, là, sur cette chaise; je vous dirai quelque chose tout à l'heure. Qui avez-vous amené là ? Toute la compagnie de tout à l'heure ? Eh bien, qu'ils entrent; ils peuvent s'installer sur ce divan là-bas, et sur cet autre et sur ces deux fauteuils-là... Eh bien, qu'est-ce qu'ils attendent ? Ne veulent-ils pas entrer ?

Quelques-uns, en effet, positivement intimidés, s'étaient retirés dans la pièce voisine et s'y installèrent en attendant les événements, mais d'autres étaient restés et s'assirent comme on les y avait conviés, mais plutôt à l'écart de la table, surtout dans les coins, les uns toujours désireux de s'effacer, d'autres reprenant au contraire de plus en plus d'aplomb avec une rapidité peu naturelle. Rogojine, lui aussi, s'assit sur la chaise qu'on lui avait désignée, mais il n'y resta pas longtemps; bientôt, il se leva à nouveau pour ne plus se rasseoir. Peu à peu, il commença à distinguer et à dévisager les invités. Ayant aperçu Gania, il eut un sourire venimeux en murmurant à part soi : « Tiens ! » Il s'aperçut sans le moindre trouble, et même sans vraie curiosité, de la présence du général et d'Athanase Ivanovitch. Mais lorsque, à côté de Nastassia Philippovna, il vit le prince, il ne put de longtemps détourner de lui son regard étonné, semblant incapable de s'expliquer cette rencontre. Il donnait l'impression d'être, par moments, dans un véritable délire. En plus des émotions de cette journée, il avait passé la nuit dans le train et n'avait pas dormi depuis presque quarante-huit heures.

– Messieurs, voici cent mille roubles, dit Nastassia Philippovna, se tournant vers ses invités d'un air de défi plein d'impatience fébrile. – Là, dans cette sale liasse ! Cet après-midi, l'homme que voilà avait crié comme un fou, qu'il m'apporterait ce soir cent mille roubles, et je l'attendais. C'était pour m'acheter; il a commencé par dix-huit mille, puis est passé d'un bond à quarante, enfin aux cent que voici. Il a tout de même tenu parole ! Hé, comme il est pâle !... Tout cela s'est passé tout à l'heure chez Ganietchka; j'étais venue dans ma future famille faire une visite à sa maman et voilà que sa sœur m'a crié en pleine figure : « Est-il possible qu'il n'y ait personne pour faire sortir cette effrontée ! » Quant à Varia, elle a craché à la figure de son frère. C'est une jeune fille qui a du caractère !

– Nastassia Philippovna ! fit le général d'un ton de reproche; il commençait à comprendre un peu cette affaire, à sa façon.

– Qu'y a-t-il donc, général ? Vous trouvez cela inconvenant peut-être ? Assez de simagrées ! Que je me sois exhibée durant cinq ans comme une vertu inabordable dans ma loge du Théâtre-Français, que j'aie fui comme une sauvage tous ceux qui me poursuivaient et que j'aie pris des airs d'altière innocence, tout ça n'était que bêtise et folie ! Voyez, il est tout de même venu, malgré ces cinq années de vertu, il a posé sur la table les cent mille roubles, et sûrement ils ont déjà des troïkas toutes prêtes qui m'attendent. Il m'a estimée cent mille roubles ! Ganietchka, je vois que tu es encore fâché contre moi. Mais est-il possible que tu aies voulu m'introduire dans ta famille ! Moi, « bonne pour des Rogojine » ! N'as-tu pas entendu ce que le prince a dit tout à l'heure ?

– Je n'ai pas dit que vous étiez pour Rogojine, vous n'êtes pas pour Rogojine !... articula le prince d'une voix tremblante.

– Nastassia Philippovna, assez, ma chérie, assez, ma colombe ! éclata soudain Daria Alexeïevna. S'il est vrai qu'ils te sont devenus insupportables, qu'as-tu à les ménager ? Mais est-ce possible que tu veuilles partir avec celui-là, même si c'est pour cent mille roubles ! Il est vrai que cent mille, c'est quelque chose ! Mais tu n'as qu'à les prendre, ces cent mille roubles, et le faire jeter à la porte; voilà comment il faut agir avec ces gens-là. Eh bien, si j'étais à ta place, je les aurais tous... En voilà une affaire !

Daria Alexeïevna s'était même mise en colère; c'était une femme bonne et très impressionnable.

– Ne te fâche pas, Daria Alexeïevna, lui dit en souriant Nastassia Philippovna; je lui ai dit cela sans colère. Lui ai-je seulement fait un reproche ? C'est vrai que je n'arrive pas à comprendre comment j'ai pu être stupide au point de vouloir entrer dans une famille honnête. J'ai pourtant vu sa mère, je lui ai baisé la main. Pour ce qui est de ma conduite chez toi, Ganietchka, je le faisais exprès, pour me rendre compte une dernière fois jusqu'où tu étais capable d'aller. Et je t'avoue que tu m'as étonnée. Je m'attendais à beaucoup, mais pas à ça ! Comment pouvais-tu vouloir m'épouser, sachant qu'il m'offrait de telles perles presque à la veille de ton mariage et que je les acceptais ? Et Rogojine ? C'est dans ta propre maison, devant ta mère et ta sœur, qu'il m'a marchandée; et malgré cela, tu es quand même venu me demander en mariage, tout juste si tu n'as pas amené ta sœur avec toi ! Est-ce donc vrai ce qu'a dit de toi Rogojine, que pour trois roubles tu ramperais à plat ventre jusqu'à Vassilevski ?

– Il le ferait, dit soudain Rogojine, à voix basse, mais avec un air d'absolue conviction.

– Si encore tu mourais de faim, mais il paraît que tu touches de beaux appointements ! Et par-dessus le marché, en plus du déshonneur, tu étais capable d'introduire dans ta maison une femme que tu hais (car tu me hais, je le sais parfaitement !). Non, je suis prête à croire, à présent, qu'un homme comme toi pourrait tuer pour de l'argent ! Ils sont tous comme ça maintenant, assoiffés d'argent à en être complètement hébétés. Encore presque enfants, ils rêvent déjà de devenir usuriers ! Ou encore, ils enroulent un fil de soie autour d'un rasoir et doucement, par derrière, égorgent un ami, comme un mouton; j'ai lu ça récemment. On peut dire que tu es un homme sans honte ! Moi aussi je suis sans honte, mais tu es pire que moi. Et je ne parle même pas de l'homme au bouquet...

– Est-ce vous que j'entends, Nastassia Philippovna ! s'écria le général sincèrement désolé. Vous si délicate, si raffinée dans vos pensées, en venir là ! quel langage, quelles expressions !

– Je suis grise, général, se mit à rire Nastassia Philippovna. J'ai envie de faire la noce ! C'est aujourd'hui mon jour, mon jour férié, mon jour bissextile, je l'ai attendu longtemps, Daria Alexeïevna; tu le vois, cet homme au bouquet, ce *monsieur aux camélias,* qui est là à rire, et qui rit de nous...

– Je ne ris pas, Nastassia Philippovna; je ne fais qu'écouter avec la plus grande attention, riposta Totski avec dignité.

– Vous le voyez, pourquoi l'ai-je torturé cinq années durant, sans lui rendre sa liberté ? En valait-il la peine ? Il est tout simplement comme il doit être... C'est lui qui me jugeait encore coupable à son égard; il m'a donné une excellente éducation, m'a entretenue comme une comtesse, et que d'argent, que d'argent je lui ai coûté; il m'avait même trouvé encore là-bas un honnête homme pour mari, et ici Ganietchka; et pardessus le marché, le croiras-tu seulement, ces cinq années je ne les ai pas vécues avec lui, mais j'acceptais son argent et je croyais avoir raison ! Tellement je m'étais embrouillée moi-même ! Tu me dis de prendre les cent mille roubles et de chasser ce gaillard s'il me répugne. Et, de fait, c'est répugnant... J'aurais très bien pu me marier, il y a longtemps, et mieux qu'avec Gania, mais cela aussi est répugnant. Pourquoi ai-je donc perdu toutes ces cinq années à alimenter ma haine ? Me croiras-tu, j'avais même parfois pensé, il y a de cela quatre ans : pourquoi ne me marierais-je pas avec mon Athanase Ivanovitch ? Je le pensais alors par méchanceté; Dieu sait ce qui m'est alors passé par la tête; et j'aurais très bien pu le forcer à m'épouser ! Lui-même ne demandait pas mieux, me croiras-tu ? Il est vrai qu'il mentait, mais il était pris..., il n'y tenait plus. Dieu merci, j'ai eu le temps de réfléchir qu'il ne valait pas tant de haine ! Et je fus alors prise d'un tel dégoût pour lui que, même s'il m'avait demandée en mariage, j'aurais refusé. Et toute cette parade a duré cinq ans ! Non ! mieux vaut descendre dans la rue, c'est là ma place ! Ou bien faire la noce avec Rogojine, ou dès demain me faire blanchisseuse ! Car je n'ai sur moi rien qui m'appartienne; en m'en allant, je lui jetterai tout, tout jusqu'au dernier torchon, et qui voudra de moi ainsi, sans rien ? Demande un peu à Gania s'il voudrait de moi ? Même Ferdistchenko n'accepterait pas !...

— Il est possible que Ferdistchenko ne veuille pas de vous, Nastassia Philippovna, je suis un homme franc, l'interrompit Ferdistchenko; mais en revanche le prince, lui, vous épouserait ! Vous êtes là à vous plaindre, mais regardez plutôt le prince, il y a longtemps déjà que je l'observe...

Nastassia Philippovna se tourna avec curiosité vers celui-ci.

– Est-ce vrai ? demanda-t-elle.

– C'est vrai, dit le prince dans un souffle.

– Vous m'épouseriez telle quelle, sans rien ?

– Oui, Nastassia Philippovna...

– Voilà encore du nouveau ! murmura le général, on pouvait s'y attendre !

D'un regard sévère, douloureux et pénétrant, le prince fixait le visage de Nastassia Philippovna qui continuait à l'examiner.

– En voilà encore un autre qui se présente ! dit-elle en se tournant à nouveau vers Daria Alexeïevna, – et c'est vraiment de bon cœur, je le connais. J'ai trouvé un bienfaiteur. Quoique, après tout, on ait peut-être raison de dire de lui qu'il est... légèrement... Et avec quoi penses-tu vivre, toi, un prince, si tu es amoureux au point de me prendre pour femme, moi qui suis Rogojine ?...

– Je vous prends honnête, Nastassia Philippovna, et vous n'êtes pas pour Rogojine, dit le prince.

– C'est moi, moi, qui suis honnête ?

– Vous.

– Oh, tout cela c'est... du roman ! Ce sont de vieux contes, prince, mon ami; aujourd'hui le monde est devenu plus intelligent et tout cela n'est que balivernes ! D'ailleurs quel mari ferais-tu, toi qui as encore besoin toi-même d'une bonne d'enfant !

Le prince se leva et dit d'une voix tremblante et craintive, mais en même temps avec un accent de profonde conviction :

– Je ne sais rien, Nastassia Philippovna, je n'ai rien vu, vous avez raison, mais je... je considérerais que c'est vous qui me feriez honneur, et non le contraire. Je ne suis rien; vous, vous avez souffert et vous êtes sortie pure d'un pareil enfer, et c'est beaucoup. Pourquoi avez-vous honte et voulez-vous partir avec Rogojine ? C'est la fièvre... Vous avez rendu à M. Totski ses soixante-dix mille roubles et vous dites que vous lui laisserez tout, tout ce qu'il y a ici; personne ici n'est capable d'en faire autant. Je vous... Nastassia Philippovna... je vous aime. Je suis prêt à mourir pour vous, Nastassia Philippovna. Je ne permettrai à personne de dire un seul mot contre vous, Nastassia Philippovna... Si nous sommes pauvres, je travaillerai, Nastassia Philippovna...

A ces dernières paroles on entendit le ricanement de Ferdistchenko et de Lebedev; le général lui-même émit un « hum » de mauvaise humeur. Ptitsine et Totski ne purent pas arrêter un sourire, mais le réprimèrent aussitôt. Les autres restèrent bouche bée d'étonnement.

– Mais il se peut que nous ne soyons pas pauvres du tout, mais au contraire fort riches, Nastassia Philippovna, continua le prince de la même voix timide. – Je ne sais d'ailleurs rien de certain et je regrette de n'avoir encore rien pu apprendre de toute la journée, mais j'ai reçu en Suisse une lettre de Moscou d'un certain M. Salazkine, où il m'informe que j'ai à faire valoir mes droits sur un héritage, paraît-il très considérable. Voici la lettre...

Le prince sortit effectivement de sa poche une lettre.

– Ne serait-ce pas du délire ? murmura le général; une vraie maison de fous !

Il y eut un moment de silence.

– Vous avez bien dit, prince, que cette lettre était de Salazkine ? demanda Ptitsine. C'est un homme très connu dans son milieu, un homme d'affaires très réputé, et s'il est exact que vous tenez cette lettre de lui, vous pouvez lui faire entièrement confiance. Heureusement, je connais sa signature, car j'ai eu récemment affaire à lui... Si vous vouliez me permettre d'y jeter un coup d'œil, je pourrais peut-être vous éclairer.

En silence, le prince lui tendit l'enveloppe d'une main tremblante.

— Mais qu'y a-t-il, qu'y a-t-il donc ? sursauta le général en promenant sur l'assistance un regard affolé. — Serait-ce vraiment un héritage ?

Tous les regards convergèrent sur Ptitsine tandis qu'il lisait la lettre. La curiosité générale avait reçu un nouveau coup de fouet. Ferdistchenko ne tenait pas en place; Rogojine, abasourdi, jetait des regards perplexes et inquiets tour à tour sur le prince et sur Ptitsine. Daria Alexeïevna, dans cette attente, était comme sur des aiguilles. Et Lebedev lui-même, n'y tenant plus, avait quitté son coin et, se contorsionnant, cherchait à lire par-dessus l'épaule de Ptitsine, avec l'expression de quelqu'un qui s'attend d'un instant à l'autre à être rudement rabroué.

XVI

– C'EST une affaire sûre, déclara enfin Ptitsine en repliant la lettre et la rendant au prince. – Vous recevez en héritage, sans aucune démarche particulière, une fortune extrêmement importante qui vous est léguée par un testament absolument inattaquable de votre tante.

– Pas possible ! s'écria le général. Son exclamation avait éclaté comme une détonation.

Les autres restaient bouche bée.

Ptitsine expliqua alors, s'adressant particulièrement à Ivan Fédorovitch, qu'une tante du prince qu'il n'avait jamais connue, sœur aînée de sa mère et fille d'un marchand de troisième guilde, Papouchine de Moscou, qui fit faillite et mourut dans la misère, était morte à son tour il y avait de cela cinq mois. Le frère aîné de ce Papouchine, lui aussi mort depuis peu, était connu pour avoir été un très riche marchand. Une année auparavant, il avait perdu presque le même mois ses deux seuls fils. Ce deuil avait tellement frappé le vieillard qu'il tomba lui-même malade peu de temps après et mourut. Il était veuf; pas d'autre héritier que cette tante du prince, sa nièce, pauvre femme qui vivait misérablement chez des étrangers. Au moment où elle reçut l'héritage, elle se mourait déjà d'hydropisie; néanmoins elle se mit aussitôt en quête du prince par l'intermédiaire de Salazkine et eut le temps de faire son testament. Vraisemblablement, ni le prince ni le médecin qui l'hébergeait en Suisse ne désirèrent attendre des confirmations officielles, ni se renseigner autrement, et c'est ainsi que le prince décida de partir lui-même avec la lettre de Salazkine en poche...

– La seule chose que je puisse vous dire, conclut Ptitsine s'adressant au prince, – c'est que tout cela doit être indiscutable en fait et en droit et que vous pouvez considérer comme de l'argent en poche toutes les affirmations de Salazkine à ce sujet. Je vous félicite, prince ! Il se peut que vous receviez, vous aussi, un million et demi, sinon plus; ce Papouchine était très riche.

– Bravo pour le dernier de la lignée des princes Muichkine ! vociféra Ferdistchenko.

– Hourra ! hurla Lebedev d'une voix avinée et enrouée.

– Et moi qui lui avais avancé vingt-cinq roubles comme à un miséreux ! ha ! ha ! ha ! Une vraie fantasmagorie ! dit le général, tout abasourdi d'étonnement. – Eh bien, mes compliments, mes compliments ! Et se levant, il vint vers le prince pour lui donner l'accolade.

A sa suite, d'autres se levèrent et tous s'empressèrent autour du prince. Même ceux qui s'étaient retirés dans la pièce voisine commencèrent à faire leur réapparition. Il y eut un brouhaha de conversations confuses, d'exclamations, même des cris réclamant du champagne; on se bousculait fébrilement. Pendant un instant, on avait presque oublié Nastassia Philippovna et le fait qu'elle était malgré tout maîtresse chez elle. Mais petit à petit et presque tous ensemble, ils se souvinrent que le prince venait de lui adresser une demande en mariage. Cela rendait toute l'affaire encore trois fois plus folle et plus extraordinaire que précédemment. Totski, profondément surpris, haussait les épaules; il était à peu près le seul à rester assis; tous les autres se pressaient en désordre autour de la table. Tous affirmèrent plus tard que ce fut à partir de cet instant que Nastassia Philippovna perdit la raison. Elle était restée assise et pendant quelque temps avait promené sur l'assistance un regard étrange et étonné, comme si elle ne comprenait pas ce qui s'était passé et faisait des efforts pour s'en rendre compte. Ensuite, elle se tourna subitement vers le prince et, fronçant les sourcils d'un air menaçant, le fixa attentivement; mais cela ne dura qu'un instant; il se peut qu'elle ait cru qu'il ne s'agissait que d'une plaisanterie, d'une moquerie, mais l'aspect du prince la détrompa aussitôt. Elle redevint pensive, puis sourit comme sans trop savoir pourquoi...

– Alors je vais vraiment être princesse ! murmura-t-elle d'un ton ironique et, après un coup d'œil jeté involontairement sur Daria Alexeïevna, elle éclata de rire. – Voilà un dénouement inattendu... je... ce n'est pas à cela que je m'attendais... Eh bien, messieurs, qu'avez-vous à rester debout, ayez la bonté de vous rasseoir, et félicitez-nous, le prince et moi ! Il me semble que quelqu'un a demandé du champagne. Ferdistchenko, voulez-vous donner des ordres. Kátia, Pacha, dit-elle en apercevant tout à coup près de la porte ses deux femmes de chambre, – venez ici, je me marie, avez-vous entendu ? J'épouse le prince, il a un million et demi, il est le prince Muichkine et il m'épouse !

– Et que Dieu soit avec toi, il est temps ! Ne le

manque pas ! s'écria Daria Alexeïevna, profondément bouleversée par les événements.

– Eh bien, prince, assieds-toi auprès de moi, continuait Nastassia Philippovna, là, et voici le champagne; et bien, messieurs, buvez à notre santé !

– Hourra ! hurlèrent de nombreuses voix; de nombreux invités se pressèrent autour des bouteilles, notamment presque tous les commensaux de Rogojine. Mais, en dépit de leurs cris, et bien qu'ils fussent prêts à crier encore, beaucoup d'entre eux sentirent, malgré l'étrangeté des circonstances et du cadre, que le décor était en train de changer. D'autres étaient troublés et attendaient avec méfiance. D'aucuns chuchotèrent entre eux que c'était là un cas des plus ordinaires, que les princes épousent souvent n'importe qui, jusqu'à des tziganes qu'ils enlèvent. Rogojine, lui, immobile, observait la scène, le visage tordu par un rictus perplexe.

– Prince, mon cher, ressaisis-toi ! lui chuchota avec effroi le général venu par le côté et lui tiraillant la manche.

Nastassia Philippovna l'entendit et partit d'un grand éclat de rire.

– Non, général ! Je suis moi-même princesse à présent, vous l'avez entendu, le prince ne me laissera pas offenser; Athanase Ivanovitch, vous au moins, félicitez-moi; je pourrai désormais m'asseoir partout aux côtés de votre femme; qu'en pensez-vous, y a-t-il avantage à avoir un pareil mari ? Un million et demi, prince par surcroît, et pour couronner le tout on le dit idiot, quoi de mieux ? C'est à présent seulement que va commencer la vraie vie ! Trop tard, Rogojine ! Enlève ton paquet, j'épouse le prince et je suis plus riche que toi !

Mais Rogojine comprit ce qui était en jeu. Une souffrance indicible se peignit sur ses traits. Il joignit les mains et un gémissement s'échappa de sa poitrine.

– Renonce ! cria-t-il au prince.

Tout autour on se mit à rire.

– Renoncer en ta faveur, sans doute ? répliqua Daria Alexéïevna, triomphante. Voyez-vous ça, ce moujik qui jette son argent sur la table ! Le prince la prend pour femme et toi, tu viens faire le scandale !

– Moi aussi, je la prends pour femme. Tout de suite, à l'instant même. Je donnerai tout...

– Voyez-vous cet ivrogne sorti de sa taverne, on devrait le chasser! disait Daria Alexeïevna, indignée.

On riait de plus belle.

– Entends-tu, prince, dit Nastassia Philippovna en se tournant vers lui, – voilà comment un moujik marchande pour acheter ta fiancée.

– Il est ivre, dit le prince. Il vous aime beaucoup.

– Et n'auras-tu pas honte par la suite que ta fiancée ait failli partir avec Rogojine ?

– Vous aviez la fièvre; vous avez encore la fièvre, c'est comme si vous déliriez.

– Et tu n'auras pas honte non plus quand on te dira plus tard que ta femme a été entretenue par Totski ?

– Non, je n'aurai pas honte !... Cela ne s'est pas passé de votre plein gré.

– Et tu ne me le reprocheras jamais ?

– Jamais.

– Fais attention, n'engage pas ainsi toute la vie !

– Nastassia Philippovna, dit le prince, doucement et comme avec compassion, – je viens de vous dire que je tiendrais votre consentement pour un honneur et que c'est vous qui me feriez cet honneur et non pas le contraire. Ces paroles vous ont fait sourire et j'ai entendu des rires. Il se peut que je me sois exprimé d'une façon très risible et que moi-même j'aie été ridicule; pourtant j'ai l'impression que je comprends où est l'honneur et je suis sûr d'avoir dit la vérité. Tout à l'heure, vous vouliez vous perdre sans retour, car vous ne vous seriez jamais pardonné cela par la suite, et pourtant vous n'êtes coupable de rien. Il n'est pas possible que votre vie soit entièrement perdue. Qu'est-ce que cela fait que Rogojine soit venu vous trouver et que Gabriel Ardalionovitch ait cherché à vous tromper? Pourquoi revenir sans cesse sur tout cela? Ce que vous avez fait, je vous le répète, peu de gens en sont capables; quant à ce départ avec Rogojine, vous l'avez décidé dans un accès de maladie. En ce moment aussi vous êtes malade et toute fiévreuse, et le mieux pour vous serait d'aller vous coucher. Dès demain vous vous seriez faite blanchisseuse, vous ne seriez pas restée avec Rogojine. Vous êtes fière, Nastassia Philippovna. Mais peut-être aussi êtes-vous malheureuse au point de vous croire réellement coupable. Il faut beaucoup veiller sur vous, Nastassia Philippovna. Je veillerai sur vous. Ce matin, lorsque j'ai vu votre portrait, c'était comme si je voyais un visage connu. J'ai eu immédiatement l'impression que vous m'aviez déjà appelé... Je... je vous respecterai toute ma vie, Nastassia Philippovna, conclut abruptement le prince revenant à lui. Et il rougit en comprenant devant quelles gens il parlait.

Par pudeur Ptitsine avait baissé la tête et fixait le sol. Totski songeait à part soi : « Un idiot, certes, mais il sait que rien ne vaut la flatterie; ça vient de nature ! » Le prince remarqua aussi le regard étincelant de Gania qui, de son coin, semblait vouloir le réduire en cendres.

– Voilà ce qui s'appelle un bon cœur ! proclama Daria Alexeïevna, attendrie.

– Un homme instruit, mais perdu ! murmura à mi-voix le général.

Totski avait pris son chapeau, prêt à se lever et à disparaître discrètement. Il avait échangé un regard avec le général pour partir avec lui.

– Merci, prince, jusqu'à présent personne ne m'a jamais parlé ainsi, dit Nastassia Philippovna. – Jusqu'à présent on me mettait à prix, mais jamais aucun honnête homme ne m'a demandée en mariage. L'avez-vous entendu, Athanase Ivanovitch ? Quelle impression vous ont faite les paroles du prince ? N'est-ce pas presque indécent ?... Rogojine ! Attends encore avant de partir. Mais tu ne t'en iras pas, je le vois bien. Il se peut encore que je parte avec toi. Où voulais-tu m'emmener ?

– A Ekaterinhof*, annonça de son coin Lebedev, tandis que Rogojine ne fit que tressaillir et regardait de tous ses yeux comme s'il n'en croyait pas ses oreilles. Il était tout à fait hébété comme s'il avait reçu un terrible coup de massue.

– Que dis-tu là, ma chérie ? Deviendrais-tu folle pour tout de bon ? s'écria Daria Alexeïevna, effrayée.

– Alors tu avais pris ça au sérieux ? Perdre cet innocent ? s'écria Nastassia Philippovna en éclatant de rire et en se levant d'un bond. – Ça c'est bon pour Athanase Ivanovitch; il aime les innocents, lui ! Partons, Rogojine. Prépare ta liasse ! Ça ne fait rien que tu veuilles m'épouser, donne toujours l'argent. Il se peut

* On allait faire la noce à Ékaterinhof comme on va à Montmartre.

encore que je ne t'épouse pas. Tu croyais que, puisque tu voulais m'épouser, l'argent te resterait ? Pas si bête ! Je suis moi-même une éhontée ! J'ai été la concubine de Totski... Prince! Il te faut maintenant Aglaé Épantchine et non pas Nastassia Philippovna; autrement, Ferdistchenko lui-même te montrerait du doigt ! Tu ne le crains pas, mais c'est moi qui ai peur de causer ta perte et que tu me le reproches plus tard. Et quant à ce que tu dis de l'honneur que je te ferais, Totski sait ce qu'il en est ! Et pour ce qui est d'Aglaé Épantchine, Ganietchka, tu l'as manquée; le savais-tu ? Si tu n'avais pas marchandé avec elle, elle t'aurait sûrement épousé. C'est ainsi que vous êtes tous : il faut choisir entre les femmes honnêtes et les malhonnêtes, il n'y a pas d'autre choix! Sans cela vous vous y embrouillerez... Voyez le général, il en reste bouche bée...

– Sodome, véritable Sodome !... répétait le général en haussant les épaules. Lui aussi s'était levé; d'ailleurs tout le monde était de nouveau debout. Nastassia Philippovna était comme hors d'elle.

– Est-ce possible ! gémit le prince en se tordant les mains.

– Et tu croyais que non ? Je suis peut-être fière moi-même, tout éhontée que je sois. Tu m'avais dit tout à l'heure que j'étais une perfection. La belle perfection qui, pour la seule gloire de fouler aux pieds un million et le titre de princesse, s'en va rouler dans un cloaque ! Quelle femme serais-je pour toi après cela ? Athanase Ivanovitch, je l'ai bien jeté par la fenêtre, ce million ! Comment aviez-vous pu penser que je tiendrais pour du bonheur d'épouser Ganietchka et vos soixante-quinze mille roubles, Athanase Ivanovitch (tu n'es même pas allé jusqu'à cent; Rogojine t'a surpassé); quant à Ganietchka, je le consolerai moi-même; il m'est venu une idée. Et maintenant, je veux faire la noce, je suis une fille des rues ! J'ai passé dix ans en prison, c'est ma chance à présent ! Eh bien, Rogojine, prépare-toi, partons !

– Partons, hurla Rogojine fou de joie. Eh, vous autres... du vin ! Ah là !

– Prépare du vin, je boirai. Et la musique, y en aura-t-il ?

– Il y en aura ! Il y en aura ! N'approche pas ! vociféra Rogojine furieux, en apercevant Daria Alexeïevna qui s'avançait vers Nastassia Philippovna. – Elle est à moi ! Tout est à moi ! Ma reine ! C'est fini !

Il étouffait de joie; il tournait autour de Nastassia Philippovna et criait à tout le monde « n'approche pas ». Toute sa compagnie s'était amassée dans le salon. Les uns buvaient, d'autres criaient et riaient bruyamment, tous étaient excités et se sentaient à leur aise. Ferdistchenko faisait déjà des tentatives pour se caser parmi eux.

Le général et Totski avaient à nouveau esquissé un mouvement de retrait. Gania lui aussi avait son chapeau à la main, mais il restait muet et immobile, comme ne pouvant s'arracher à la scène qui se déroulait devant lui.

– N'approche pas ! vociférait Rogojine.

– Qu'as-tu à hurler ainsi ! riait Nastassia Philippovna; je suis encore maîtresse chez moi; si je veux, je te ferai encore jeter dehors. Je n'ai pas encore pris ton argent, le voilà; donne-le, toute la liasse ! C'est ce paquet-là qui contient cent mille roubles ! Fi, quelle horreur ! Mais qu'as-tu, Daria Alexeïevna ? Aurais-je vraiment dû gâcher sa vie ? (Elle désigna le prince.) Comment se marierait-il, il a lui-même encore besoin d'une nounou; le général lui en tiendra lieu, de nounou, vois comme il se tortille autour de lui ! Regarde, prince, ta fiancée a pris l'argent parce qu'elle est une débauchée, et toi qui voulais l'épouser ! Mais qu'as-tu à pleurer ? Tu trouves ça amer ? Ris donc comme moi, continuait Nastassia Philippovna, sur les joues de laquelle brillaient aussi deux grosses larmes. – Fais confiance au temps, tout passera ! Il vaut mieux se raviser tout de suite que plus tard... Mais qu'avez-vous tous à pleurer ? Voilà Katia qui se met à pleurer elle aussi ! Qu'as-tu à pleurer, Katia, mon petit ? Je vous laisse beaucoup de choses, à toi et à Pacha, j'ai déjà pris mes dispositions, et maintenant, adieu ! Toi, une fille honnête, je te forçais à me servir, moi, une débauchée... Cela vaut mieux ainsi, prince, vrai, ça vaut mieux, tu aurais fini par me mépriser et il n'y aurait pas eu de bonheur pour nous; ne fais pas de serments, je ne te crois pas ! Et comme cela aurait été bête !... Non, il vaut mieux nous dire adieu, en amis, parce que moi aussi je suis une rêveuse; cela n'aurait rien donné de bon ! N'ai-je pas moi-même rêvé de toi ? Tu as raison, il y a longtemps que je rêvais de toi, encore à la campagne, chez lui. J'y ai passé cinq années, toute seule; de pensées en pensées, de rêveries en rêveries, j'en arrivais toujours à me représenter quelqu'un comme toi, bon, honnête, doux et un peu bête, qui viendrait tout à coup et me dirait : « Vous n'êtes pas coupable, Nastassia Philippovna, et je vous adore ». Oui, je rêvais, parfois, à en devenir folle... Et voilà celui-ci qui arrivait : pour un ou deux mois par an, le temps de m'offenser, de me déshonorer, de m'enflammer et de me pervertir, puis il repartait ! Mille fois j'ai voulu me jeter dans l'étang, mais j'étais lâche, le cœur me manquait, et à présent... Rogojine, es-tu prêt ?

– Tout est prêt ! N'approche pas !

– Tout est prêt, s'exclamèrent plusieurs voix.

– Les troïkas sont prêtes avec leurs grelots.

Nastassia Philippovna saisit la liasse.

– Gania, j'ai une idée; je veux te dédommager, car pourquoi perdrais-tu tout ? Rogojine, ramperait-il jusqu'à Vassilevski pour trois roubles ?

– Il ramperait !

– Alors, écoute-moi, Gania; je veux contempler une dernière fois ton âme; tu m'as torturée trois mois durant; c'est mon tour. Tu vois cette liasse, il y a là cent mille roubles ! Je vais la jeter dans la cheminée, dans le feu, devant tout le monde, ils seront tous témoins ! Dès que les flammes l'auront saisie de partout, précipite-toi dans la cheminée. Mais sans gants, les mains nues; retrousse la manche et retire la liasse du feu ! Si tu y arrives, ils sont à toi les cent mille roubles ! Tu ne feras que te brûler à peine les doigts, mais penses-y, il s'agit de cent mille roubles ! Est-ce long de les retirer ? Pendant ce temps j'admirerai ton âme, pendant que tu tireras mon argent du feu. Tout le monde est témoin que la liasse t'appartiendra ! Et si tu ne la retires pas, elle brûlera; je ne laisserai personne la toucher. Arrière, tout le monde, arrière ! L'argent est à moi ! C'est le prix de ma nuit avec Rogojine. Est-il à moi, cet argent, Rogojine ?

– A toi, ma joie ! A toi, ma reine !

– Eh bien, arrière, vous tous, je fais ce que je veux ! Ne me gênez pas ! Ferdistchenko, attisez le feu !

– Nastassia Philippovna, mes mains refusent de me servir ! répondit Ferdistchenko abasourdi.

– Eh, eh ! s'écria Nastassia Philippovna; elle saisit les pincettes, remua les braises et dès que le feu prit à nouveau, elle y jeta la liasse.

Il y eut un cri général, beaucoup même se signèrent.

– Elle est folle, elle est folle ! criait-on tout autour.

– Ne... ne... ferions-nous pas bien de la lier ? suggéra le général à l'oreille de Ptitsine, – à moins qu'on n'envoie... Elle est donc folle, complètement folle ! Ne l'est-elle pas ?

– N-non, ce n'est peut-être pas tout à fait de la folie, murmura Ptitsine pâle comme un linge et tout tremblant, incapable de détourner les yeux de la liasse qui commençait à prendre feu.

– Une folle, n'est-ce pas une folle ? fit le général s'accrochant cette fois à Totski.

– Je vous disais bien que c'était une femme pittoresque, murmura Athanase Ivanovitch, assez pâle lui aussi.

– Mais enfin, cent mille roubles !

– Seigneur Dieu ! entendait-on de toutes parts.

Tous se pressaient auprès de la cheminée, tous cherchaient à voir, tous poussaient des exclamations... Quelques-uns étaient même montés sur des chaises et regardaient par-dessus les têtes des autres. Daria Alexeïevna s'était précipité dans la pièce à côté et chuchotait, l'air épouvanté, avec Katia et Pacha. La belle Allemande s'était enfuie.

– Petite mère ! Reine toute-puissante ! vociférait Lebedev se traînant à genoux devant Nastassia Philippovna et tendant les bras vers la cheminée. – Cent mille roubles ! Cent mille ! Je les ai vus de mes yeux, on les a empaquetés devant moi ! Ma petite mère miséricordieuse ! Ordonne-le-moi et je me jetterai tout entier dans la cheminée, je mettrai dans le feu ma tête chenue !... J'ai une femme malade..., sans jambes, treize enfants, tous orphelins, j'ai enterré mon père la semaine dernière; ils meurent de faim ! Nastassia Philippovna ! glapit-il, et il se mit à ramper vers la cheminée.

– Arrière ! cria Nastassia Philippovna en le repoussant. – Écartez-vous tous ! Gania, qu'attends-tu ? N'aie pas honte ! Vas-y ! C'est ta chance !

Mais Gania en avait déjà trop supporté au cours de la journée et de la soirée et il n'était pas préparé à cette dernière épreuve inattendue. La foule s'ouvrit en deux devant lui et il resta face à face avec Nastassia Philippovna à une distance de trois pas. Elle se tenait devant la cheminée et attendait, sans le quitter de son regard flamboyant et fixe. Gania, en frac, le chapeau et les gants à la main, se tenait devant elle en silence, et, sans réaction, les bras croisés, contemplait la flamme.

Un sourire égaré errait sur son visage blanc comme un linge.

Il est vrai qu'il ne pouvait détacher son regard du feu, de la liasse qui commençait à noircir, mais quelque chose de nouveau semblait s'être emparé de son âme; comme s'il eût juré d'endurer le supplice jusqu'au bout, il ne bougeait pas, et quelques instants plus tard, il devint évident pour tous qu'il n'irait pas retirer le paquet, qu'il ne le voulait pas.

– Il va brûler, c'est à toi qu'on en fera honte, lui criait Nastassia Philippovna; tu te pendras de désespoir, je ne plaisante pas.

Le feu, qui avait tout d'abord jailli entre les deux bûches calcinées, sembla ensuite s'éteindre, écrasé sous le poids de la liasse. Mais une mince flamme bleue s'accrochait encore à un coin de la bûche. Enfin, une fine et longue flammèche vint lécher le paquet, s'y accrocha et courut tout au long de la bande de papier jusqu'aux angles et soudain la liasse entière prit feu dans la cheminée, et une flamme éclatante en jaillit. Il y eut un ah ! général...

— Petite mère ! hurlait toujours Lebedev, se ruant de nouveau en avant, mais Rogojine le saisit et le repoussa.

Rogojine lui-même n'était plus qu'un regard immobile. Il ne pouvait se détacher de Nastassia Philippovna ; il s'en enivrait, il était au septième ciel.

— Ça c'est une reine ! répétait-il sans cesse à la cantonade, ça c'est bien de chez nous ! s'écriait-il hors de lui. Qui d'entre vous, bande de filous, en ferait autant, hein ?

Le prince observait cette scène tristement et en silence.

— Je la retirerai avec mes dents pour un seul billet de mille, proposa Ferdistchenko.

— Avec les dents moi aussi je saurais le faire ! proféra dans un véritable accès de désespoir l'homme aux gros poings qui se tenait derrière tout le monde. — Que diable, ça brûle, tout va brûler ! s'écria-t-il en apercevant la flamme.

— Ça brûle, ça brûle ! criait-on d'une seule voix, et il y eut une poussée presque générale vers la cheminée.

— Gania, ne fais pas de manières, je te le dis pour la dernière fois !

— Vas-y ! hurla Ferdistchenko, se jetant comme un

enragé sur Gania et le tirant par la manche, – vas-y, petit fanfaron, ça va brûler ! Oh, m-m-maudit !

Gania repoussa Ferdistchenko de toutes ses forces, fit demi-tour et se dirigea vers la porte; mais à peine avait-il fait deux pas qu'il chancela et s'écroula sur le plancher.

– Une syncope ! cria-t-on...

– Ma petite mère, ils vont brûler ! bramait Lebedev.

– Ils brûleront pour rien ! hurlait-on de tous côtés.

– Katia, Pacha, apportez-lui de l'eau, de l'alcool ! cria Nastassia Philippovna; puis, saisissant les pincettes, elle retira la liasse. Le papier qui l'enveloppait avait presque entièrement brûlé et finissait de se consumer, mais on put voir aussitôt que l'intérieur était intact. La liasse avait été enveloppée dans trois feuilles de papier de journal et l'argent était sauf. Tous respirèrent plus librement.

– Peut-être y a-t-il tout au plus un petit billet de mille qui s'est un peu abîmé, le reste est sauf, déclara Lebedev avec attendrissement.

– Ils sont à lui ! Toute la liasse est à lui ! Vous m'entendez, messieurs ! proclama Nastassia Philippovna en déposant la liasse auprès de Gania. – Il a tout de même eu la force de ne pas la prendre, il a tenu bon ! C'est donc qu'il a encore plus d'amour-propre que de cupidité. Ce n'est rien, il va revenir à lui ! Sinon, il m'aurait peut-être assassinée... Tiens, le voilà déjà qui revient à lui. Général, Ivan Petrovitch, Daria Alexeïevna, Katia, Pacha, Rogojine, vous m'avez entendue ? La liasse est à lui, à Gania. Je la lui donne en toute propriété, en guise de dédommagement... pour ce que l'on voudra ! Dites-le-lui. Qu'elle reste auprès de lui... Rogojine, en avant, marche ! Adieu, prince, c'est la première fois que j'ai vu un être humain ! Adieu, Athanase Ivanovitch, *merci !*

Toute la bande de Rogojine se rua avec bruit, fracas et force cris à travers l'appartement vers la sortie, à la suite de Rogojine et de Nastassia Philippovna.

Dans la salle, Katia et Pacha lui mirent sa pelisse; la cuisinière Martha accourut de sa cuisine. Nastassia Philippovna les embrassa toutes.

— Se peut-il, petite mère, que vous nous quittiez pour de bon ! Et où iriez-vous donc ? Et cela le jour même de votre anniversaire, un jour pareil ! questionnaient les filles en pleurant et en lui baisant les mains.

— A la rue, Katia, tu l'as entendu, c'est là ma place, à moins de devenir blanchisseuse ! En voilà assez avec Athanase Ivanovitch ! Saluez-le de ma part et ne pensez pas à moi en mal...

Le prince se précipita vers la sortie. Tous s'installaient déjà dans les quatre troïkas dont les grelots s'agitaient sans cesse. Le général parvint à le rattraper dans l'escalier.

— Voyons, prince, ressaisis-toi, lui dit-il en lui prenant le bras. — Laisse-la ! tu vois comme elle est. Je te le dis comme un père...

Le prince le regarda, mais sans dire un mot, il s'arracha à lui et descendit l'escalier en courant.

Du perron d'où venaient de s'éloigner les troïkas, le général put voir le prince bondir dans le premier fiacre venu, en lui criant : « A Ékaterinhof, suivez les troïkas ! » Ensuite, le trotteur gris pommelé du général s'arrêta devant le perron et l'emmena chez lui avec de nouveaux espoirs, de nouveaux calculs ainsi qu'avec le fameux collier de perles qu'il n'eut garde d'oublier. Au milieu de ces calculs, il entrevit une ou deux fois la séduisante image de Nastassia Philippovna, et soupira :

« Dommage ! Sincèrement dommage ! Une femme perdue ! Une folle ! Oui... mais à présent, ce n'est plus une Nastassia Philippovna qu'il faut au prince... C'est même mieux que tout ait tourné ainsi ».

Ce fut à peu près dans le même ordre d'idées que quelques paroles édifiantes furent prononcées par deux autres invités de Nastassia Philippovna qui avaient décidé de faire quelques pas ensemble.

– Savez-vous, Athanase Ivanovitch, il paraît qu'il y a une tradition de ce genre au Japon, disait Ivan Petrovitch Ptitsine. L'offensé se rend auprès de son offenseur et lui dit : « Tu m'as offensé et c'est pour cela que je suis venu m'ouvrir le ventre devant toi ! » Et sur ces mots, il s'ouvre en effet le ventre sous les yeux de son offenseur et en éprouve probablement une satisfaction extrême comme si vraiment il s'était vengé. On rencontre de curieux caractères de par le monde, Athanase Ivanovitch !

– Et vous pensez que là aussi il s'est passé quelque chose du même ordre, répondit Athanase Ivanovitch avec le sourire. – Hum ! C'est en tout cas spirituel... et une excellente comparaison. Mais cependant vous avez vu vous-même, mon très cher Ivan Petrovitch, que j'avais fait tout ce qui était en mon pouvoir; je ne puis tout de même pas faire l'impossible, convenez-en ! Mais convenez également que cette femme avait des qualités tout à fait supérieures... des traits extrêmement brillants. Tout à l'heure, si seulement j'avais pu me le permettre au milieu de cette Sodome, j'aurais même voulu lui répliquer qu'elle est, elle-même, ma meilleure justification devant toutes ces accusations. Qui n'aurait pas été parfois séduit par cette femme jusqu'à en perdre la raison et... tout le reste ? Regardez ce rustre de Rogojine qui lui apporte cent mille roubles ! Mettons que tout ce qui vient de se passer là-bas soit éphémère, romantique et déplacé, mais en revanche, c'est haut en couleur, c'est original, reconnaissez-le ! Dieu, quand je pense à ce qu'aurait pu donner un tel caractère allié à une pareille beauté ! Mais malgré tous mes efforts et même l'éducation, tout est perdu ! Un diamant à l'état brut, je l'ai dit plus d'une fois.

Et Athanase Ivanovitch poussa un profond soupir.

DEUXIÈME PARTIE

I

DEUX jours après l'étrange épisode de la soirée chez Nastassia Philippovna sur laquelle nous avons clos la première partie de notre récit, le prince Muichkine se hâta de partir pour Moscou afin de s'occuper de l'héritage inattendu qu'il venait de faire. On prétendit à ce moment-là qu'il pouvait y avoir d'autres raisons à la précipitation de son départ. Mais à ce sujet, de même qu'en ce qui concerne les aventures du prince à Moscou et, en général, pendant toute son absence de Pétersbourg, nous ne pouvons donner que peu de renseignements. Le prince resta absent exactement six mois, et même ceux qui avaient certaines raisons de s'intéresser à son sort ne purent apprendre que trop peu de choses sur lui durant tout ce temps. Il est vrai que, quoique très rarement, certains bruits parvenaient à quelques-uns d'entre eux, mais pour la plupart ces bruits étaient étranges et presque toujours contradictoires. De tous, c'était dans la famille des Épantchine, dont le prince n'avait même pas eu le temps de prendre congé avant son départ, qu'on s'intéressait le plus à lui. Le général l'avait d'ailleurs rencontré pendant cette période, et même à deux ou trois reprises ils avaient sérieusement discuté. Mais le général ne souffla mot de ces entrevues à sa famille. En fait, les premiers temps, c'est-à-dire pendant presque un mois entier après le départ du prince, il était de règle de ne pas parler de lui dans la maison des Épantchine. Seule la générale Élisabeth Prokofievna avait déclaré tout au début « qu'elle s'était cruellement trompée au sujet du prince ». Puis, deux ou trois jours plus tard, elle avait ajouté, mais cette fois sans nommer le prince et d'une manière vague, que « le trait essentiel de sa vie était de s'abuser perpétuellement sur les gens ». Et enfin, encore une dizaine de jours plus tard, s'étant irritée contre ses filles, elle avait conclu sous forme de sentence : « Assez d'erreurs ! Il n'y en aura plus ». On ne peut pas ne pas noter à ce propos qu'une sorte d'humeur désagréable régna assez longtemps dans la maison, quelque chose de pesant et de tendu, plein de choses inexprimées, et capable de provoquer la brouille. Tout le monde était sombre. Le général était occupé nuit et jour par ses démarches et ses affaires; on l'avait rarement vu plus affairé et plus actif, surtout à son service. Ses familiers avaient à peine le temps de l'apercevoir. Pour ce qui est des demoiselles Épantchine, bien entendu elles n'exprimèrent pas leur pensée à haute voix. Peut-être même entre elles en dirent-elles peu. C'étaient des jeunes filles fières, hautaines, et parfois pudiques même dans l'intimité, ce qui ne les empêchait d'ailleurs pas de se comprendre non seulement du premier mot, mais même du premier regard. De sorte que parfois il était inutile d'en dire beaucoup.

La seule chose qu'aurait pu constater un observateur étranger à la maison, s'il avait pu se trouver là, c'était que, à en juger d'après les indications, du reste peu nombreuses, données plus haut, le prince avait réussi à produire sur la famille Épantchine une impression particulière, bien que n'étant apparu dans leur maison qu'une seule fois et encore de façon fortuite. Ce n'était peut-être qu'une impression de simple curiosité et qui s'expliquait par certaines aventures excentriques du prince. Quoi qu'il en soit, cette impression n'en était pas moins demeurée.

Petit à petit, même les rumeurs qui s'étaient tout d'abord répandues par la ville finirent par se perdre dans la nuit de l'inconnu. On parlait, il est vrai, d'un petit prince simplet (dont personne ne pouvait préciser le nom) qui aurait soudainement reçu un énorme héritage et aurait épousé une Française de passage, danseuse connue du french-cancan au « Château des Fleurs » de Paris. Mais d'autres affirmaient que c'était un général qui aurait fait un héritage, et un jeune marchand russe, incalculablement riche, qui aurait épousé la danseuse française de cancan. A son mariage, par simple vantardise, il aurait fait brûler à une chandelle pour exactement sept cent mille roubles de billets du dernier emprunt. Mais, les circonstances aidant, ces rumeurs s'apaisèrent. Une semaine, jour pour jour, après une effroyable orgie à la gare d'Ékaterinhof, orgie à laquelle avait pris part Nastassia Philippovna, toute la bande de Rogojine, dont certains membres auraient eu des choses à raconter, se rendit, Rogojine en tête, à Moscou. Le petit nombre de gens qui pouvaient s'y intéresser apprirent par d'autres rumeurs que Nastassia Philippovna s'était enfuie et avait disparu au lendemain même de l'escapade d'Ékaterinhof, et qu'à la fin on avait pu savoir qu'elle était partie pour Moscou. De sorte qu'on commença à trouver une certaine corrélation entre ce bruit et le départ de Rogojine.

D'autres bruits coururent encore sur le compte de Gabriel Ardalionovitch Ivolguine qui, lui aussi, était assez connu dans son milieu. Mais il lui arriva un événement qui refroidit vite l'ardeur des mauvaises langues et finit même par arrêter complètement tous racontars malveillants sur son compte : il tomba très gravement malade et cessa de paraître dans le monde et même à son bureau. Après un mois de maladie, il se rétablit, mais, pour une raison quelconque, résilia ses fonctions dans la société par actions et fut remplacé par un autre employé. Il ne se montra pas non plus chez les Épantchine et le général dut, lui aussi, prendre un autre secrétaire. Les ennemis de Gabriel Ardalionovitch eussent pu supposer qu'il était à ce point confus de ce qui lui était advenu qu'il avait honte de paraître dans la rue. Mais il était vraiment souffrant : il avait des crises d'hypocondrie, était pensif, mélancolique et irritable. Barbara Ardalionovna, le même hiver, épousa Ptitsine. Tous ceux qui les connaissaient virent une relation directe entre ce mariage et le fait que Gania ne voulait pas retourner à ses occupations; non seulement il avait cessé d'entretenir sa famille, mais lui-même avait besoin d'aide, voire même presque de soins particuliers.

Notons, entre parenthèses, que chez les Épantchine on ne mentionnait plus jamais Gabriel Ardalionovitch, lui non plus, comme s'il n'avait jamais existé, ni dans le monde ni dans leur maison. Et cependant, ils avaient tous appris (et même très rapidement) une circonstance fort remarquable le concernant : cette même nuit fatale pour lui, après la pénible aventure chez Nastassia Philippovna, Gania, de retour chez lui, ne s'était pas couché mais était resté à attendre le retour du prince avec une impatience fébrile. Le prince, qui était lui aussi parti pour Ékaterinhof, n'en revint qu'après 5 heures du matin. Gania entra alors dans sa chambre et posa sur la table, devant lui, la liasse de billets, calcinée sur les bords, dont Nastassia Philippovna lui avait fait cadeau pendant son évanouissement. Il pria instamment le prince de rendre ce cadeau à Nastassia Philippovna à la première occasion. Au moment d'entrer chez le prince, Gania se trouvait dans un état d'esprit hostile et furieux. Mais il paraît qu'entre le prince et lui furent échangées certaines paroles, après lesquelles Gania demeura chez le prince deux heures durant et ne cessa de sangloter amèrement. Ils se séparèrent enfin dans des dispositions très amicales.

Cette nouvelle, qui parvint à tous les Épantchine, était, comme cela fut confirmé par la suite, absolument exacte. Il est évidemment curieux que ce genre de nouvelles puissent arriver si rapidement à la connaissance des tiers; ainsi, tout ce qui s'était passé chez Nastassia Philippovna fut connu chez les Épantchine dès le lendemain et même avec pas mal de détails précis. En ce qui concerne les nouvelles relatives à Gabriel Ardalionovitch, on eût pu supposer qu'elles avaient été apportées chez les Épantchine par Barbara Ardalionovna, soudainement apparue chez les demoiselles Épantchine et qui s'y était très rapidement établie sur un pied d'intimité, ce qui étonnait à l'extrême Élisabeth Prokofievna. Mais bien que Barbara Ardalionovna eût trouvé nécessaire, on ne sait pourquoi, de se lier aussi étroitement avec les Épantchine, elle ne leur eût certainement pas parlé de son frère. C'était, elle aussi, une femme assez fière, à sa façon, bien qu'elle eût consenti à se lier d'amitié avec ceux-là mêmes qui avaient presque chassé son frère. Auparavant, et bien qu'elle connût déjà les demoiselles Épantchine, elle ne les voyait que rarement. D'ailleurs, même à présent, elle n'apparaissait presque jamais au salon et venait, comme en passant, par l'entrée de service. Élisabeth Prokofievna ne lui avait jamais témoigné aucune bienveillance ni par le passé ni à présent, bien qu'elle eût beaucoup d'estime pour Nina Alexandrovna, sa mère. Elle s'étonnait et se fâchait, attribuant ces nouvelles relations avec Varia à un pur caprice et au despotisme de ses filles qui « ne savaient vraiment plus qu'inventer pour la contrecarrer »; mais Barbara Ardalionovna n'en continua pas moins ses visites avant comme après son mariage.

Un peu plus d'un mois après le départ du prince, la générale Épantchine reçut une lettre de la vieille princesse Bielokonska, partie quinze jours auparavant pour Moscou chez sa fille aînée qui y était mariée. Cette lettre produisit sur la générale un effet certain, et bien qu'elle n'en communiquât rien ni à ses filles ni à son mari, ses familiers s'aperçurent à de nombreux signes qu'elle était très agitée, voire même troublée. Elle entamait avec ses filles d'étranges conversations et toujours sur des sujets insolites; de toute évidence elle avait envie de s'épancher, mais elle se contenait pour une raison ou pour une autre. Le jour où elle avait reçu la lettre, elle se montra affectueuse avec tout le monde, embrassa même Aglaé et Adélaïde, reconnaissant devant elles des torts dont elles ne surent pas discerner la nature. Même à l'égard d'Ivan Fédorovitch qu'elle avait tenu tout un mois en disgrâce, elle devint tout à coup indulgente. Bien entendu, dès le lendemain, elle était furieuse de son attendrissement de la veille et trouva le moyen de se brouiller avec tout le monde déjà avant le dîner; mais, vers le soir, l'horizon s'éclaircit à nouveau et toute la semaine elle fut d'humeur assez sereine, ce qui ne lui était pas arrivé depuis longtemps.

Mais, encore une semaine plus tard, elle reçut une nouvelle lettre de la princesse Bielokonska et cette fois la générale décida de parler. Elle annonça solennellement que « la vieille Bielokonska » (elle n'appelait jamais autrement la princesse en son absence) lui donnait des renseignements extrêmement rassurants sur cet... « excentrique, ce prince... ».

La vieille avait réussi à le retrouver à Moscou, avait pris sur lui des renseignements et même appris quelque chose de très favorable sur son compte. Finalement, le prince s'était présenté chez elle et lui avait fait une impression presque extraordinaire.

« Cela se voit rien qu'au fait qu'elle l'a invité à venir chez elle tous les jours de 1 heure à 2 heures, qu'il y va régulièrement et n'est pas encore parvenu à la lasser », conclut la générale en ajoutant que grâce à la « vieille » le prince était reçu dans deux ou trois excellentes familles.

« C'est bien qu'il ne reste pas cloîtré comme un ermite et qu'il n'ait pas honte de se montrer, comme un imbécile. »

Les jeunes filles, informées ainsi de tout cela, remarquèrent que leur maman leur avait tout de même caché un peu trop de passages de la lettre. Peut-être l'avaient-elles appris par Barbara Ardalionovna, qui pouvait connaître et connaissait sûrement tout ce que savait Ptitsine au sujet du prince et de son séjour à Moscou. Et Ptitsine pouvait en savoir plus long que quiconque. Mais c'était un homme excessivement discret en affaires, quoique bien entendu il tînt Varia plus ou moins au courant. L'inimitié de la générale pour Barbara Ardalionovna s'en accrut aussitôt.

Quoi qu'il en fût, la glace était rompue et il devint subitement possible de parler du prince à haute voix. En outre, s'affirmèrent nettement une fois de plus l'impression extraordinaire et l'intérêt peut-être excessif que le prince avait provoqués par son passage chez les Épantchine. La générale elle-même fut surprise de l'effet produit sur ses filles par les nouvelles de Moscou. Quant à ces dernières, elles furent pour leur part surprises de voir que leur mère, qui leur avait déclaré si solennellement que « le trait essentiel de sa vie était de s'abuser continuellement sur les gens », n'en avait pas moins confié le prince à la bienveillance de la « toute-puissante » vieille Bielokonska à Moscou, et cela d'autant plus qu'il avait évidemment fallu l'en supplier, la « vieille » étant, dans certains cas, longue à se décider.

Mais aussitôt la glace rompue, et dès que le vent eut tourné, le général, à son tour, s'empressa de dire ce qu'il savait. Il se trouva que lui aussi s'intéressait au prince à l'extrême. Il se limita d'ailleurs au seul côté affaires de la question. Il apparut que dans l'intérêt du prince il avait chargé deux personnes de Moscou, à la fois très sûres et dans leur genre très influentes, de veiller sur lui et plus particulièrement sur son homme d'affaires Salazkine. Tout ce qu'on avait dit de l'héritage ou plutôt du fait même de l'héritage était exact, mais le montant s'en trouva être, en fin de compte, beaucoup moins important qu'on ne l'avait cru tout d'abord. La succession était assez embrouillée, grevée de dettes, de prétendus héritiers s'étaient fait connaître et le prince lui-même, en dépit de tous les conseils, se conduisait en très mauvais homme d'affaires. « Que

Dieu lui vienne en aide, bien entendu ». A présent que « la glace du silence » était rompue, le général était content de le dire en toute sincérité, car ce jeune homme « bien que légèrement... » ne le méritait pas moins. Mais tout de même il avait fait des bêtises. Ainsi, des créanciers du défunt marchand avaient fait valoir leurs droits en présentant des pièces discutables ou négligeables, quelques-uns même, ayant flairé ce qu'était le prince, sans pièces du tout. Eh bien ! croyez-vous ? le prince leur donna satisfaction presque à tous, malgré les représentations de ses amis qui lui démontraient que ces gens n'avaient aucun droit légal, et il avait agi ainsi parce qu'il était apparu que certains d'entre eux avaient effectivement été lésés.

La générale confirma que Bielokonska lui avait écrit aussi quelque chose dans ce sens; que « c'était évidemment bête, très bête, mais qu'on ne pouvait guérir un imbécile », ajouta-t-elle d'une façon tranchante, bien que son visage trahît la satisfaction que lui donnait la conduite du dit imbécile. En conclusion, le général remarqua que son épouse semblait s'intéresser au prince comme s'il était son propre fils et que, d'autre part, elle se montrait particulièrement affectueuse à l'égard d'Aglaé. Voyant cela, le général prit pour un temps l'allure qui convenait aux affaires sérieuses.

Mais tout cet agréable état d'esprit fut de nouveau de courte durée. Quinze jours s'étaient à peine écoulés qu'il y eut encore un brusque changement. La générale se rembrunit à nouveau; quant au général, après avoir deux ou trois fois haussé les épaules, il se soumit à nouveau à « la glace du silence ». Le fait est que, quinze jours plus tôt, il avait reçu en sous-main une information, quoique un peu brève et de ce fait peu claire, mais sûre, selon laquelle Nastassia Philippovna, qui tout d'abord avait disparu à Moscou, mais avait été retrouvée dans cette ville par Rogojine et, après une nouvelle disparition, avait été encore retrouvée, avait enfin presque promis à celui-ci de l'épouser. Et voilà qu'à peine quinze jours plus tard on mandait au général que Nastassia Philippovna s'était enfuie une troisième fois, presque de devant l'autel, et cette fois se cacherait quelque part en province. On lui signalait également la disparition du prince Muichkine, qui serait parti, laissant toutes ses affaires aux bons soins de Salazkine, « avec elle ou à sa poursuite, on l'ignore, mais il y a quelque chose là-dessous », conclut le général. Élisabeth Prokofievna, de son côté, avait aussi reçu des nouvelles désagréables. En fin de compte, deux mois après le départ du prince, on ne parlait plus guère de de lui à Pétersbourg, et quant aux Épantchine, « la glace du silence » n'y fut plus rompue. Au demeurant, Barbara Ardalionovna continuait ses visites chez ces demoiselles.

Pour en finir avec toutes ces rumeurs et ces nouvelles, ajoutons qu'à l'approche du printemps, il y eut dans la famille des Épantchine une série de bouleversements qui ne permirent guère de songer au prince, d'autant plus que ce dernier ne donna et ne voulut peut-être pas donner le moindre signe de vie. Dans le courant de l'hiver, on se décida petit à petit à aller passer l'été à l'étranger. Il s'agissait d'Élisabeth Prokofievna et de ses filles, car le général ne pouvait, de toute évidence, se permettre de perdre du temps en « vaines distractions ». La décision fut prise sur les instances particulièrement pressantes et tenaces des trois sœurs qui s'étaient persuadé que, si on ne les menait pas à l'étranger, c'était à cause du souci constant de leurs parents de les marier et de leur chercher des fiancés.

Peut-être les parents se persuadèrent-ils de leur côté que les partis pouvaient se présenter aussi à l'étranger, et qu'un voyage en été, loin de contrarier quoi que ce fût, pouvait au contraire « favoriser les choses ».

Il est à propos de mentionner ici que le mariage projeté entre Athanase Ivanovitch Totski et l'aînée des Épantchine s'était défait de lui-même et qu'il n'y eut jamais de demande officielle. Cela se passa très naturellement, sans grandes discussions et sans aucune lutte au sein de la famille. Depuis le départ du prince, on cessa simplement d'en parler de part et d'autre. Cette circonstance avait certainement fait partie des causes de l'atmosphère pesante qui s'était établie chez les Épantchine, bien que la générale eût déclaré dès ce moment-là qu'elle était prête « à se signer des deux mains ». Quant au général, bien que se trouvant en disgrâce et ayant conscience de sa culpabilité, il avait boudé assez longtemps; il regrettait Athanase Ivanovitch : « une telle fortune et un homme si habile ! » Peu après, le général apprit qu'Athanase Ivanovitch avait été séduit par une Française du meilleur monde, de passage chez nous, marquise et légitimiste; que le mariage était déjà fixé et qu'on allait emmener Athanase Ivanovitch d'abord à Paris, puis quelque part en Bretagne.

« Avec une Française il est perdu », décréta le général.

Les Épantchine préparaient donc leur départ pour l'été. Mais un nouvel événement vint soudain tout changer une fois de plus et le voyage fut ajourné, à la grande joie du général et de son épouse. Un certain prince Stch..., personnage d'ailleurs connu, et connu sous le meilleur jour, était arrivé à Pétersbourg, venant de Moscou. C'était un de ces hommes, on peut même dire de ces hommes publics de la nouvelle génération, honnêtes, modestes, qui cherchent sincèrement et avec conscience à se rendre utiles, qui sont de grands travailleurs et se signalent par cette rare et heureuse qualité de toujours savoir trouver à s'occuper. Sans chercher à se mettre en avant, évitant l'acharnement et la vaine éloquence des partis, ne se comptant pas parmi les hommes de premier plan, le prince s'était cependant fait une idée assez exacte des événements. Il avait d'abord pris du service, puis avait participé à l'administration provinciale. En outre, il était le correspondant apprécié de plusieurs sociétés scientifiques russes. En collaboration avec un technicien de ses amis, il avait contribué, grâce à sa documentation et à ses recherches, à l'établissement d'un tracé plus rationnel pour l'une des plus importantes lignes de voies ferrées alors en projet. Il avait trente-cinq ans. C'était un homme de la plus haute société possédant une fortune « excellente, solide et indiscutable », selon l'expression même du général, qui, à propos d'une affaire assez importante, avait eu l'occasion de rencontrer le prince chez le comte, son supérieur hiérarchique.

Le prince, par une curiosité qui lui était particulière, n'évitait jamais les contacts avec les « hommes d'affaires russes ». Il se trouva qu'il fit également la connaissance de la famille du général. Adélaïde Ivanovna, la cadette, lui produisit une assez forte impression. Au printemps, il se déclara. Il plut beaucoup à Adélaïde et plut également à Élisabeth Prokofievna. Quant au général, il était ravi. Il va de soi que le voyage fut différé. Le mariage était fixé au printemps.

Le voyage aurait du reste pu avoir lieu au milieu ou à la fin de l'été, ne fût-ce que sous la forme d'une promenade d'un ou deux mois d'Élisabeth Prokofievna et des deux filles qui lui restaient, cela afin de dissiper la tristesse de la séparation avec Adélaïde. Mais il y eut encore du nouveau; vers la fin du printemps (le mariage d'Adélaïde s'était trouvé retardé et remis au milieu de l'été), le prince Stch... introduisit chez les Épantchine un de ses parents éloignés qu'il connaissait d'ailleurs assez bien. Il s'agissait d'un certain Eugène Pavlovitch R..., un homme encore jeune, d'environ vingt-huit ans, aide de camp de la cour, d'une grande beauté, « d'une illustre lignée », et par ailleurs spirituel, brillant, « nouveau », « d'une rare culture » et d'une fortune presque par trop fabuleuse. Sur ce dernier point le général s'était toujours montré circonspect. Il s'informa : « Effectivement il paraît y avoir quelque chose dans ce genre, bien qu'il faille encore le vérifier ». Ce jeune aide de camp « de grand avenir » était, par ailleurs, hautement recommandé de Moscou par la vieille Bielokonska. Il n'y avait que sa réputation qui était quelque peu délicate : quelques liaisons et, affirmait-on, des « conquêtes » de cœurs meurtris. Ayant rencontré Aglaé, il devint extrêmement assidu chez les Épantchine. Il est vrai que rien n'avait encore été dit, ne fût-ce que sous forme d'allusion, mais il n'en semblait pas moins aux parents qu'il ne fallait même pas songer au voyage à l'étranger pour cet été. Quant à Aglaé, elle était peut-être d'un autre avis.

Tout cela se passait peu avant la réapparition de notre héros sur la scène de ce récit. Vers cette époque, à en juger d'après les apparences, le pauvre prince Muichkine était presque complètement oublié à

Pétersbourg et s'il s'était maintenant avisé de reparaître parmi ceux qui le connaissaient, il eût produit l'effet d'être tombé du ciel. Il nous reste pourtant encore un fait à rapporter avant d'en terminer avec cette introduction.

Après le départ du prince, Kolia Ivolguine avait tout d'abord continué son train de vie habituel. Il allait au lycée, rendait visite à son ami Hippolyte, veillait sur le général et aidait Varia dans les soins du ménage, c'est-à-dire faisait ses courses. Mais les pensionnaires s'étaient rapidement dispersés. Ferdistchenko avait déménagé trois jours après l'incident chez Nastassia Philippovna et avait disparu peu de temps après sans laisser de traces; on disait, sans être affirmatif, qu'il buvait quelque part. Le prince était parti pour Moscou. Les Ivolguine en avaient donc fini avec les pensionnaires. Par la suite, lorsque Varia se fut mariée, Nina Alexandrovna et Gania déménagèrent avec elle chez Ptitsine, dans le quartier Ismaïlov; pour ce qui est du général Ivolguine, il lui advint presque au même moment une aventure tout à fait imprévue : il fut mis en prison pour dettes. Il le fut du fait de son amie, la veuve du capitaine, qui fit état de traites s'élevant à près de deux mille roubles qu'il lui avait signées à des époques différentes. Tout cela fut pour lui une véritable surprise, et l'infortuné général fut décidément « victime de sa foi illimitée dans la noblesse du cœur humain ». Ayant pris la rassurante habitude de signer des traites et des lettres de change, il ne lui était même pas venu à l'idée qu'on pût jamais en faire usage; il pensait que cela se passerait comme ça. Mais cela ne se passa pas comme ça.

« Ayez après cela confiance dans les gens, faites donc

preuve d'une noble confiance ! » s'écriait-il avec amertume, attablé avec de nouveaux amis dans la maison Tarassov* devant une bouteille de vin et leur racontant le siège de Kars et l'histoire du soldat ressuscité.

Il vivait, à vrai dire, fort agréablement. Ptitsine et Varia disaient qu'il avait trouvé là sa véritable place, et Gania était tout à fait de leur avis. Seule la pauvre Nina Alexandrovna pleurait amèrement en cachette (à l'étonnement de ses familiers) et, bien que toujours souffrante, se traînait le plus souvent qu'elle le pouvait hors du quartier Ismaïlov pour rendre visite à son mari.

Mais, depuis « l'incident du général » (comme disait Kolia) et, d'une façon générale, depuis le mariage de sa sœur, Kolia avait presque entièrement échappé à l'autorité familiale et en était même arrivé, les derniers temps, à ne rentrer que rarement coucher. On disait qu'il s'était fait nombre de nouvelles relations, et de plus avait acquis une trop grande notoriété à la prison pour dettes. Nina Alexandrovna, lors de ses visites, ne pouvait s'y passer de lui. A la maison, on avait cessé de l'interroger, même par curiosité. Varia, jadis si sévère à son égard, s'abstenait à présent de toute question au sujet de ses pérégrinations; quant à Gania, au grand étonnement des siens, il bavardait quelquefois fort amicalement avec lui, malgré son hypocondrie, chose qui n'arrivait jamais autrefois, car Gania, fort de ses vingt-sept ans, ne prêtait pas une attention bienveillante à son frère, âgé de quinze ans, le traitait rudement et n'exigeait de toute la famille que de la sévérité à son égard, menaçant constamment « d'en venir à ses

* Prison réservée aux détenus pour dettes.

oreilles », ce qui faisait sortir Kolia des « dernières limites de la patience humaine ». Maintenant on pouvait penser que Kolia devenait parfois presque indispensable à son frère. Il avait été quelque peu frappé par le fait que Gania avait rendu l'argent et était prêt pour cela à beaucoup lui pardonner.

Trois mois après le départ du prince, on apprit dans la famille Ivolguine que Kolia avait tout à coup fait la connaissance des Épantchine et était même très bien accueilli par les jeunes filles. Varia eut tôt fait de l'apprendre de lui-même, bien que Kolia n'eût pas fait connaissance par son intermédiaire. Peu à peu il se fit aimer chez les Épantchine. La générale le voyait d'un assez mauvais œil au début, mais elle aussi se mit à le choyer « pour sa franchise et son absence de flagornerie ». Que Kolia ne cherchât à flatter personne, c'était parfaitement exact; il sut se placer sur un pied d'égalité et d'indépendance, tout en faisant parfois à la générale la lecture de romans ou de journaux – mais il avait toujours été serviable. Une ou deux fois il s'était du reste cruellement disputé avec Élisabeth Prokofievna, la traitant de despote et lui déclarant qu'il ne remettrait plus jamais les pieds chez elle. La première fois ce fut à cause du « problème féministe », la seconde à propos de la question de savoir quelle était la meilleure saison pour prendre les serins. Aussi invraisemblable que cela paraisse, trois jours après leur querelle la générale lui fit porter un mot par un laquais, le priant instamment de revenir. Kolia ne fit pas de manières et vint aussitôt. Seule Aglaé était constamment mal disposée à son égard et le traitait de haut. Ce fut elle, pourtant, qu'il lui fut donné d'étonner. Un jour de la semaine de Pâques, profitant d'un instant où ils s'étaient trouvés seuls, Kolia tendit une lettre à Aglaé, disant seulement qu'on l'avait chargé de la lui remettre en mains propres. Aglaé mesura d'un regard sévère « ce gamin présomptueux », mais Kolia n'attendit pas son reste et sortit. Elle décacheta la lettre et lut :

« Un jour, vous m'avez honoré de votre confiance. Il se peut qu'à présent vous m'ayez complètement oublié. Comment se fait-il que je vous écrive ? Je ne sais; mais j'ai ressenti le besoin irrésistible de me rappeler à votre souvenir, précisément au vôtre. Que de fois toutes les trois vous m'avez été nécessaires; mais des trois je ne voyais que vous. J'ai besoin de vous, grand besoin. Je n'ai rien à vous dire de moi, rien à raconter. Ce n'était d'ailleurs pas ce que je voulais; mon grand désir serait de vous savoir heureuse. L'êtes-vous ? Voilà la seule chose que je voulais vous dire.

« Votre frère, Prince L. Muichkine. »

Ayant lu ce mot bref et assez incohérent, Aglaé rougit tout à coup et devint songeuse. Il nous serait difficile de traduire le cours de ses pensées. Entre autres, elle se demanda si elle devait montrer ce mot à quelqu'un. On eût dit qu'elle en avait honte. Elle finit cependant par jeter la lettre dans le tiroir de sa table, avec un sourire étrange et moqueur. Le lendemain elle la retira, la plaça entre les feuillets d'un gros livre relié (elle en usait toujours ainsi avec ses papiers pour pouvoir les retrouver rapidement en cas de besoin). Et ce ne fut qu'une semaine plus tard qu'elle eut l'occasion de voir de quel livre il s'agissait. C'était *Don Quichotte de la Manche*. Aglaé fut prise d'un fou rire, Dieu sait pourquoi.

On ne sait pas non plus si elle montra la missive à l'une de ses sœurs.

Mais pendant qu'elle lisait encore la lettre, une idée lui avait traversé l'esprit : est-il vraiment possible que ce gamin prétentieux, ce petit fanfaron, ait été choisi par le prince pour correspondant, peut-être même son unique correspondant ici ? D'un air extrêmement dédaigneux elle se mit alors à questionner Kolia. Mais le « gamin », d'ordinaire fort susceptible, ne fit cette fois aucune attention à son dédain. D'une façon très concise et d'un ton assez sec, il expliqua à Aglaé que, bien qu'il eût pris soin, à tout hasard, de communiquer au prince son adresse permanente juste avant le départ de ce dernier et lui eût offert ses services, c'était la première commission dont il avait été chargé, et aussi la première lettre du prince à lui adressée. A l'appui de ses dires, il produisit le mot qui lui était personnellement destiné et qu'Aglaé ne se gêna pas pour lire. On y lisait :

« Cher Kolia, ayez la bonté de transmettre le pli cacheté ci-joint à Aglaé Ivanovna. Portez-vous bien.

« Votre affectionné prince L. Muichkine. »

– Curieux tout de même de se confier à un tel galopin, dit Aglaé vexée et, rendant sa lettre à Kolia, elle s'éloigna d'un air méprisant.

C'était plus que Kolia n'en pouvait supporter, lui qui, spécialement pour la circonstance, avait réussi, sans lui en donner la raison, à se faire prêter par Gania son foulard vert presque neuf. Il se sentit cruellement offensé.

II

On était aux premiers jours de juin, et depuis une semaine le temps à Pétersbourg était exceptionnellement beau. Les Épantchine possédaient à Pavlovsk une luxueuse villa. Élisabeth Prokofievna s'agita soudain, secoua tout son monde et, en moins de deux jours, ils avaient déménagé.

Deux ou trois jours après leur départ, le prince Léon Nicolaïevitch Muichkine arriva par le train du matin venant de Moscou. Personne ne l'attendait à la gare. Mais, en descendant de son wagon, il lui sembla surprendre dans la foule qui assaillait les voyageurs le regard étrange et brûlant de deux yeux qui le fixaient. Regardant plus attentivement, il ne distingua plus rien. Ce pouvait être évidemment une illusion, mais il en garda une impression désagréable. D'ailleurs, même sans cela, le prince était triste et pensif et paraissait préoccupé.

Le fiacre le déposa devant un hôtel proche de la Liteïnaïa. L'hôtel n'était pas fameux. Le prince y retint deux petites chambres obscures et mal meublées; il fit sa toilette, s'habilla et, sans rien demander, sortit rapidement, comme s'il avait peur de perdre du temps ou de manquer une visite.

Si quelqu'un de ceux qui l'avaient connu six mois auparavant à Pétersbourg, lors de sa première arrivée, avait pu le voir, il en eût probablement conclu que l'aspect du prince avait beaucoup changé en mieux. Mais il est douteux qu'il en ait été ainsi. Seuls ses vêtements marquaient une totale transformation. Toute sa garde-robe avait été remontée à Moscou chez un bon tailleur. Mais ses vêtements mêmes accusaient des défauts; tout était un peu trop à la mode (ainsi qu'il en est toujours avec les tailleurs consciencieux mais sans grand talent), surtout pour un homme manifestement étranger à ce genre de préoccupations. De sorte qu'en l'examinant attentivement, quelqu'un de particulièrement moqueur eût trouvé de quoi sourire. Mais de quoi ne rit-on pas !

Le prince monta dans un fiacre et se fit conduire au quartier Peski. Dans une des rues Rojdestvenski* il trouva sans peine une petite maison en bois. A sa surprise, la maison était d'un aspect aimable, proprette, très soigneusement entretenue; elle était flanquée d'un jardinet où poussaient des fleurs. Les fenêtres sur la rue étaient ouvertes et l'on pouvait entendre une voix aiguë, quasi ininterrompue, presque au diapason du cri, comme si quelqu'un lisait à haute voix ou prononçait un discours, et que couvraient par moments des rires sonores. Le prince pénétra dans la cour, monta les marches du perron jusqu'à l'entrée et demanda M. Lebedev.

— Il est là, répondit la cuisinière aux manches retroussées qui venait de lui ouvrir la porte, en lui indiquant du doigt « le salon ». Ce salon, tapissé de papier bleu, ar-

* Il y a, au Peski, plusieurs rues de ce nom : la Première Rojdestvenski, la Deuxième, etc.

rangé gentiment et avec quelque prétention, était meublé d'une table ronde, d'un divan, d'une pendule sous cloche de verre, d'une glace étroite dans une encoignure et d'un petit lustre très ancien, chargé de pendeloques, suspendu au plafond par une chaîne de bronze. Lebedev en personne se tenait au milieu de la pièce, le dos tourné à l'entrée, vêtu d'un gilet mais sans veston, comme en été, et se frappant la poitrine pérorait amèrement sur un sujet quelconque. Son auditoire se composait d'un gamin d'une quinzaine d'années, au visage plutôt gai et éveillé, qui tenait un livre à la main, d'une jeune fille d'une vingtaine d'années, en grand deuil, un nourrisson dans les bras, d'une fillette de treize ans, en deuil également, qui riait à gorge déployée en ouvrant une bouche énorme, et enfin d'un personnage fort étrange, étendu sur le divan, jeune homme d'une vingtaine d'années, d'assez belle apparence, brun, avec une chevelure longue et épaisse, de grands yeux noirs et une barbe en collier à peine esquissée. Ce dernier auditeur semblait interrompre et réfuter fréquemment la péroraison de Lebedev, ce qui provoquait probablement les explosions de rire du reste du public.

– Loukian Timofeïevitch, eh, Loukian Timofeïevitch, regarde donc par ici ! Mais regarde donc ! ! !... et puis allez à tous les diables !

La cuisinière se retira en haussant les épaules, rouge de colère.

Lebedev se retourna et, voyant le prince, il resta quelques instants comme foudroyé, puis se jeta au-devant de lui avec un sourire servile, mais se figea à nouveau sur le seuil, non sans articuler : « Pr... pr... prince excellentissime ».

Et soudain, comme s'il n'arrivait toujours pas à

reprendre contenance, il se détourna et sans raison aucune se rua tout d'abord sur la jeune fille en deuil qui berçait le nourrisson et qui recula de surprise; mais, l'abandonnant déjà, Lebedev fonçait sur la gamine de treize ans qui se tenait sur le seuil de l'autre pièce et qui continuait à sourire en réprimant son rire de tout à l'heure. Elle ne tint pas devant les cris et s'éclipsa aussitôt dans la cuisine, tandis que Lebedev tapait du pied pour lui faire encore plus peur; mais ayant à ce moment rencontré le regard interloqué du prince, il susurra en souriant en guise d'explication :

– Pour... le respect... hé, hé, hé !

– Vous n'auriez pas dû..., commença le prince.

– Tout de suite, tout de suite, tout de suite... Comme l'ouragan !

Et Lebedev disparut rapidement de la pièce. Le prince se tourna étonné vers la jeune fille, le gamin, le jeune homme toujours étendu sur le divan; tous riaient. Le prince se mit à rire lui aussi.

– Il est allé mettre son frac, dit le gamin.

– Comme c'est ennuyeux, commença le prince; moi qui pensais... Mais dites-moi, n'est-il pas...

– Vous pensez qu'il est ivre ? lui cria le jeune homme de son divan. Pas le moins du monde ! Tout au plus trois ou quatre petits verres, mettons cinq, mais c'est plutôt par discipline.

Le prince allait se tourner vers la voix qui venait du divan, mais la jeune fille se mit à parler et dit, l'expression la plus ouverte sur son joli visage :

– Le matin il ne boit jamais beaucoup; si vous êtes venu pour affaires, vous n'avez qu'à lui parler. C'est le bon moment. C'est vers le soir seulement qu'il rentre parfois ivre; et encore, en ce moment, le soir il pleure le plus souvent et nous lit à haute voix les Saintes Écritures, parce que nous venons de perdre maman, il y a à peine cinq semaines.

– Il s'est sauvé parce qu'il lui était probablement difficile de vous répondre, ricana le jeune homme sur son divan. – Je suis prêt à parier qu'il vous roule déjà et est justement en train de faire ses plans.

– Cinq semaines à peine, cinq semaines ! reprit Lebedev qui venait de rentrer revêtu de son frac, les yeux clignotants et tirant de sa poche un mouchoir pour essuyer ses larmes. – Des orphelins !

– Pourquoi êtes-vous en loques, demanda la jeune fille : vous avez une redingote toute neuve là, derrière la porte, ne l'avez-vous pas vue ?

– Tais-toi, cigale, glapit Lebedev, oh ! toi ! et il allait de nouveau taper des pieds, mais cette fois la jeune fille se contenta de rire.

– Qu'avez-vous à me faire peur, je ne suis pas Tania pour me sauver. Mais vous pourriez réveiller Lioubotchka et elle en aurait des convulsions... avec tous vos cris !

– Ni, ni, ni, tais-toi, tais-toi... Et soudain terrorisé, Lebedev se jeta vers l'enfant endormi dans les bras de sa fille, et d'un air effrayé fit plusieurs fois au-dessus de lui le signe de la croix. – Dieu la préserve, Dieu la garde ! C'est mon enfant, ma fille Lioubov, expliqua-t-il au prince. Née de mon union toute légitime avec Hélène, mon épouse, récemment morte en couches. Quant à cette linotte-là, c'est ma fille Véra, en deuil... Et celui-là, celui-là... Oh ! celui-là...

– Eh bien, quoi, tu canes ? s'écria le jeune homme. Mais vas-y, ne te gêne pas.

– Votre Altesse ! s'écria soudain Lebedev avec une sorte d'élan fougueux. Avez-vous lu dans les journaux l'histoire de l'assassinat de la famille Gémarine ?

– Je l'ai lue, dit le prince non sans étonnement.

– Eh bien, le voilà, l'assassin des Gémarine, en personne !

– Que dites-vous là ? fit le prince.

– C'est-à-dire, en manière d'allégorie, c'est le futur second assassin d'une future seconde famille Gémarine, s'il s'en trouve une. Il s'y prépare...

Tout le monde se mit à rire. Le prince se dit qu'il était peut-être vrai que Lebedev ne grimaçait et ne se donnait en représentation que parce que, pressentant ses questions, il ne savait comment y répondre et cherchait à gagner du temps.

– Il fomente des émeutes ! Il complote ! criait Lebedev comme incapable de se contenir. – Eh bien ! est-il possible, suis-je en droit de considérer cet esprit du mal, cette langue de vipère, cette prostituée comme mon neveu et le fils unique de ma défunte sœur Anissia ?

– Vas-tu finir, ivrogne ! Croyez-vous, prince, il s'est mis à présent en tête de faire l'avocat; il s'occupe d'affaires judiciaires, s'est lancé dans l'éloquence, et même à ses enfants il parle en style noble. Il a même plaidé il y a cinq jours en justice de paix. Et qui a-t-il accepté de défendre ? Évidemment pas la vieille qui était venue le supplier et qu'avait détroussée une ordure d'usurier lui prenant cinq cents roubles, tout son avoir. Mais justement cet usurier, un juif du nom de Seidler qui lui avait promis cinquante roubles...

– Cinquante roubles si je gagne le procès et seulement cinq si je le perds, précisa tout à coup Lebedev d'une tout autre voix que tout à l'heure, comme s'il n'avait jamais crié.

– Et naturellement il s'est fourré le doigt dans l'œil; ça ne se passe plus comme dans le temps, on a bien ri de lui, là-bas. Mais il est resté néanmoins très content de lui : « Songez, ô messieurs les juges intègres, qu'un vieillard infortuné, infirme, vivant de son honnête travail, se voit priver de sa dernière bouchée de pain. Songez aux sages paroles du législateur : « Que la clémence règne dans les prétoires ». Le croiriez-vous, chaque matin, il nous refait ici ce même discours, point par point, comme au tribunal. Aujourd'hui, pour la cinquième fois, il nous le redisait encore juste avant votre arrivée, tellement il lui a plu. Il s'en pourlèche. Et il a l'intention d'assumer encore la défense de quelqu'un d'autre. Vous êtes, je crois, le prince Muichkine ? Kolia m'a dit de vous qu'il n'a jamais encore rencontré personne de plus intelligent...

– Et il n'en existe pas ! Il n'en existe pas de plus intelligent ! renchérit aussitôt Lebedev.

– Oh, celui-là, il joue la comédie. L'un vous aime sincèrement, l'autre cherche à entrer dans vos bonnes grâces; quant à moi je n'ai nullement l'intention de vous flatter, tenez-vous-le pour dit. Mais vous n'êtes certainement pas dénué de bon sens; voulez-vous nous départager ? Veux-tu prendre le prince pour arbitre ? demanda-t-il à son oncle. Je suis même content, prince, que vous vous soyez trouvé là.

– Je veux bien ! s'exclama Lebedev avec résolution et jetant malgré lui un coup d'œil sur l'auditoire qui recommençait à se rapprocher.

– Mais de quoi s'agit-il ? dit le prince en fronçant le sourcil.

Il avait vraiment mal à la tête; d'autre part, il se persuadait de plus en plus que Lebedev le roulait et qu'il était content de retarder leur conversation.

– Exposé de la situation. Je suis bien son neveu; là il n'a pas menti bien qu'il mente toujours. Je n'ai pas encore terminé mes études, mais je veux les terminer et je le ferai parce que j'ai de la volonté. En attendant, pour subsister, j'ai accepté un emploi à vingt-cinq roubles aux chemins de fer. J'avoue d'autre part qu'il m'est déjà venu en aide deux ou trois fois. J'avais vingt roubles et je les ai perdus au jeu ! Pouvez-vous le croire, prince, j'ai été assez bas, assez lâche de les perdre !

– A un gredin, à un gredin à qui il n'aurait pas fallu payer, glapit Lebedev.

– A un gredin à qui il fallait néanmoins payer, poursuivit le jeune homme. Quant au fait que c'était un gredin, je suis prêt moi aussi à en témoigner, et pas seulement parce qu'il t'a corrigé. Il s'agit, prince, d'un officier dégradé, un lieutenant en retraite de l'ancienne bande de Rogojine; il donne des leçons de boxe. Ils sont tous à errer comme des âmes en peine depuis que Rogojine les a dispersés. Mais le pire de tout, c'est que je savais très bien que c'était un gredin, un misérable et un voleur et que, néanmoins, je me suis mis à jouer avec lui et que, en perdant mon dernier rouble (on jouait à la passe), je me disais : tant pis si je perds, j'irai faire amende honorable à l'oncle Loukian, il ne me repoussera pas. Cela c'est bas, cela c'est de la vraie bassesse ! De l'abjection consciente !

– Oui, c'est bien de l'abjection consciente ! répéta Lebedev.

– Eh là, attends un peu avant de triompher, s'écria le neveu, vexé. Il est ravi ! Je suis venu le trouver ici, prince, et je lui ai tout avoué; j'ai agi noblement, je ne me suis pas ménagé; je me suis traité de tous les noms, en sa présence, tout le monde ici m'en est témoin. Pour obtenir cette place dans les chemins de fer, il m'est indispensable de m'équiper, car je suis en loques. Tenez, regardez mes bottes ! Je ne peux me présenter dans cette tenue et si je ne me présente pas au jour fixé on donnera ma place à un autre : je serai encore bon à faire l'équilibre sur l'équateur, et Dieu sait quand je trouverai un autre emploi. Je ne lui demande maintenant que quinze roubles en lui promettant de ne jamais plus lui en redemander et de lui rembourser ma dette jusqu'au dernier kopek au cours des trois premiers mois. Et je tiendrai parole ! Je sais vivre des mois entiers de pain et de kvass*, car j'ai de la volonté. En trois mois, j'aurais gagné soixante-quinze roubles. Avec ce que je lui dois déjà, je lui devrais en tout trente-cinq roubles, j'aurais donc de quoi le rembourser. Il n'a qu'à me compter les intérêts qu'il voudra, le diable l'emporte ! Comme s'il ne me connaissait pas ! Demandez-lui, prince, si dans le temps, quand il m'aidait, je ne lui rendais pas ce qu'il me prêtait. Alors pourquoi ne veut-il pas maintenant ? Il est furieux parce que j'ai payé ce lieutenant, il n'y a pas d'autre raison ! Voilà quel homme il est. Ni pour lui ni pour les autres !

– Et il ne veut pas s'en aller, s'écria Lebedev, il s'est vautré sur ce divan et il ne veut pas partir.

– Je te l'ai bien dit, je ne bougerai pas d'ici tant

* Boisson fermentée à base de pain ou de fruits.

que tu ne me l'auras pas donné, cet argent. Vous avez l'air de sourire, prince ? On dirait que vous me donnez tort ?

– Je ne souris pas, mais en effet il me semble que vous avez tort dans une certaine mesure, répondit le prince à contre-cœur.

– Dites carrément que j'ai tout à fait tort, ne biaisez pas ! que signifie ce « dans une certaine mesure » ?

– Si vous voulez, vous avez tort pour de bon.

– Si je veux ! Vous êtes drôle ! Croyez-vous donc que je ne sais pas moi-même qu'il est scabreux d'agir comme je le fais, que l'argent est à lui, qu'il est libre d'en disposer, et qu'en fin de compte cela revient à de la violence de ma part ? Mais, prince... vous ne connaissez pas la vie. Si on ne leur donne pas de leçons, on n'en tirera jamais rien. Ces gens-là ont besoin d'être dressés. J'ai la conscience tranquille, puisque je suis sûr de ne lui causer aucun préjudice et de le rembourser avec les intérêts. De plus, il en a retiré aussi une satisfaction morale, puisqu'il a assisté à mon humiliation. Que lui faut-il de plus ? A quoi serait-il bon s'il refusait de se rendre utile ? De grâce, que fait-il lui-même ? Demandez-lui comment il en use à l'égard des autres, comment il abuse des gens ? Comment a-t-il acquis cette maison ? Je donne ma tête à couper qu'il vous a déjà trompé et vient de trouver le moyen de le faire encore ! Vous souriez, vous ne me croyez pas ?

– Il me semble que tout cela n'a que peu de rapport avec votre affaire, opina le prince.

– C'est qu'il y a déjà trois jours que je suis là, sur ce divan, et que j'en ai vu de belles ! criait le jeune homme sans écouter. Figurez-vous qu'il passe son temps à suspecter cet ange, cette jeune fille désormais orpheline, ma cousine et sa propre fille; il cherche chaque nuit des galants dans sa chambre ! Il vient ici en catimini les chercher aussi sous mon divan. De méfiance, il a perdu la raison; il voit des voleurs dans chaque coin. Toute la nuit il se lève à chaque instant, tantôt pour vérifier si les fenêtres sont bien fermées, tantôt pour passer en revue les portes, regarder dans la cheminée, cela au moins six ou sept fois par nuit. Au tribunal il plaide pour des bandits, mais la nuit il se lève au moins trois fois pour prier, ici même, dans ce salon, il se met à genoux et se cogne le front une demi-heure durant sur le plancher. Et que marmonne-t-il dans son ivrognerie, pour qui prie-t-il ? Pour le repos de l'âme de la comtesse du Barry, je l'ai entendu de mes propres oreilles; Kolia aussi l'a entendu; il est devenu complètement fou !

– Vous voyez, vous entendez comme il me bafoue, prince ! hurla Lebedev, effectivement hors de lui et rouge de colère. – Mais ce qu'il ne sait pas, c'est que tout ivrogne, coureur, détrousseur et malfaiteur que je sois, si je vaux quelque chose, c'est peut-être pour avoir jadis bercé, baigné, emmailloté ce persifleur, lorsqu'il était nourrisson, et pour avoir, aussi indigent qu'elle, passé des nuits entières au chevet de ma sœur Anissia, veuve et indigente, à les veiller tous les deux quand il étaient malades. Je volais du bois chez le concierge, je lui chantais des chansons, je claquais des doigts pour le faire rire, tout cela le ventre creux. Je l'ai élevé, et le voilà à présent qui se moque de moi ! Et qu'est-ce que ça peut te faire s'il m'est vraiment arrivé une fois de me signer en priant pour le repos de l'âme de la comtesse du Barry ? J'ai lu il y a trois jours, prince, pour la première fois, l'histoire de sa vie dans l'encyclopédie. Sais-tu seulement, toi, qui elle était cette du Barry ? Réponds, le sais-tu ?

– Non, tu es sans doute le seul à le savoir, bredouilla le jeune homme d'un ton ironique, mais à contre-cœur.

– C'était une comtesse qui, sortie de l'opprobre, est devenue quasi-reine, et que, dans une lettre écrite de sa main, une grande impératrice appelait *ma cousine*. Un jour, au lever du roi (sais-tu ce que c'est que le « lever du roi » ?), le cardinal, nonce du pape, s'offrit à lui mettre des bas de soie sur ses jambes nues, et encore en considérant cela comme un honneur, un si haut dignitaire, si pieux. Le sais-tu ? A ta figure je vois que tu ne le sais pas ! Et comment est-elle morte ? Réponds, si tu le sais !

– Fiche-moi la paix !

– Voici comment elle est morte. Après tous ces honneurs et cette toute-puissance, le bourreau Sanson l'a traînée innocente sur la guillotine, pour l'amusement des poissardes parisiennes. Et elle, dans sa terreur, elle ne comprend même pas ce qui lui arrive. Elle voit bien qu'il lui fourre la tête sous le couperet et l'y pousse à coups de pied – les autres rient – et elle se met à crier : *« Encore un moment, monsieur le bourreau, encore un moment ! »** Ce qui signifie : « Attendez encore une petite minute, monsieur le bourreau, une seule minute ! » Et c'est pour cette petite minute que Dieu lui accordera peut-être son pardon, car on ne peut imaginer une pire misère pour une âme humaine. Sais-tu seulement ce que signifie ce mot de « misère » ? Eh

* En français dans le texte.

bien, c'est justement cette misère-là, ce cri de la comtesse, cette « minute », quand j'en ai lu le récit, mon cœur s'est serré, comme si on le pinçait. Qu'est-ce que ça peut te faire, ver de terre, qu'au moment de me coucher, j'aie voulu l'évoquer dans ma prière, cette grande pécheresse ? Et peut-être l'ai-je fait justement parce que depuis sa mort, personne sur terre n'a certainement jamais fait le signe de croix en priant pour le salut de son âme, personne n'y a même jamais songé. Or, il peut lui être agréable dans l'autre monde de sentir qu'il s'est trouvé un pécheur comme elle qui, au moins une fois, a prié pour elle sur la terre. Qu'as-tu à ricaner ? Tu ne le crois pas, athée ? Mais qu'en sais-tu ? D'ailleurs tu as menti, – s'il est vrai que tu m'as entendu, – je n'ai pas prié pour la seule comtesse du Barry; j'ai formulé ainsi ma prière : « Seigneur, accordez le repos à l'âme de la grande pécheresse la comtesse du Barry et à celle de toutes ses semblables », ce qui est tout à fait différent, car elles sont nombreuses les grandes pécheresses et les victimes des vicissitudes de la fortune qui ont souffert, et qui sont toujours à souffrir, à gémir et à attendre. D'ailleurs j'ai aussi bien prié ce jour-là pour toi et pour tes semblables, les sans-scrupules et les insolents; tu aurais pu m'entendre puisque tu t'es donné la peine d'écouter à la porte mes prières.

– Bon, ça suffit, prie pour qui tu voudras, que le diable t'emporte, te voilà lancé maintenant !... l'interrompit son neveu avec humeur. Vous ignoriez sans doute, prince, que c'est un grand lettré ? ajouta-t-il avec un rictus assez embarrassé. – Il passe son temps, à présent, à lire des livres et des mémoires de ce genre.

– Votre oncle ne manque tout de même pas de

cœur, remarqua le prince qui commençait à éprouver de l'aversion pour ce jeune homme.

– Oh, vous, vous seriez peut-être capable de le monter en épingle. Regardez-le, avec sa main sur le cœur et la bouche en *u;* il est friand de compliments. Qu'il ait du cœur, c'est possible, mais c'est un coquin, là est le mal, et par-dessus le marché c'est un ivrogne. Il est tout déglingué, comme il advient à tout homme qui se soûle des années durant; c'est pour cela qu'il est si grinçant. Il est vrai qu'il aime ses enfants et qu'il respectait ma défunte tante... Et moi aussi il m'aime; par Dieu, il m'a même couché sur son testament.

– Je... je ne te laisserai rien ! hurla Lebedev avec fureur.

– Écoutez, Lebedev, commença le prince avec fermeté en se détournant du jeune homme, – je sais par expérience que vous êtes un homme d'affaires, quand vous le voulez bien... J'ai en ce moment très peu de temps, et si vous... Excusez-moi, j'ai oublié comment vous vous prénommiez.

– Ti... Ti... Timofei.

– Et du nom de votre père ?

– Loukianovitch.

Tous les assistants éclatèrent de rire.

– Il a menti ! cria le neveu. Même là il ment ! Prince, il ne s'appelle pas du tout Timofei Loukianovitch, mais Loukian Timofeïevitch ! Pourquoi donc, dis-le-moi, as-tu menti ? Qu'est-ce que ça peut bien te faire que ce soit Loukian ou Timofei, et encore moins au prince ? Je vous assure qu'il ment uniquement par habitude !

– Se peut-il que ce soit vrai ? demanda le prince avec impatience.

– Je m'appelle en effet Loukian Timofeïevitch, acquiesça Lebedev, l'air confus, baissant humblement les yeux, la main de nouveau sur le cœur.

– Mais pourquoi alors, ô mon Dieu !

– Par humilité, murmura Lebedev, courbant de plus en plus la tête.

– Eh, quelle humilité y a-t-il là ! Si seulement je savais où trouver Kolia ! dit le prince en se détournant, prêt à s'en aller.

– Je vais vous dire où est Kolia, proposa le jeune homme.

– Ni-ni-ni ! coupa en toute hâte Lebedev, sémillant et empressé.

– Kolia a passé la nuit ici, mais au matin il est parti à la recherche de son général que vous avez, prince, fait sortir, Dieu sait pourquoi, de son « établissement ». Le général avait promis de venir lui-même dès hier passer la nuit ici, mais il n'est pas venu. Ce qui est le plus probable c'est qu'il est resté coucher à l'hôtel « Les Balances », tout près d'ici. Kolia doit donc y être aussi, à moins qu'il ne soit à Pavlovsk chez les Épantchine. Il avait de l'argent et il voulait y aller déjà hier. Donc vous le trouverez soit aux « Balances », soit à Pavlovsk !...

– A Pavlovsk, à Pavlovsk !... Quant à nous, allons par là dans ce petit jardin... prendre une tasse de café...

Et Lebedev tira le prince par la main. Ils quittèrent la pièce, traversèrent la cour, passèrent un portillon. Il y avait là en effet un jardinet tout petit mais très agréable, dont les arbres, grâce au beau temps, étaient déjà couverts de feuilles. Lebedev installa le prince sur un banc de bois peint en vert, devant une table verte également, plantée dans le sol, et s'installa lui-même en face de lui. Un moment après, le café fit vraiment son apparition. Le prince ne le refusa pas. Lebedev continuait à le regarder dans les yeux avec une sorte de servilité avide.

— Je ne savais pas que vous étiez si bien installés, dit le prince avec l'air de quelqu'un qui pense à tout autre chose.

— Des or... orphelins... allait commencer Lebedev en se recroquevillant, mais il s'arrêta; le prince regardait distraitement devant lui et avait évidemment déjà oublié sa question. Une minute s'écoula encore; Lebedev observait et attendait.

— Eh bien ? dit le prince comme en s'éveillant. Ah oui ! Vous savez très bien vous-même, Lebedev, en quoi consiste notre affaire; je suis venu à la suite de votre lettre. Parlez.

Lebedev se troubla, voulut dire quelque chose, mais ne fit que bégayer sans pouvoir articuler un mot. Le prince attendit un peu, puis sourit tristement.

— Je crois vous comprendre très bien, Loukian Timofeïevitch; vous ne m'attendiez certainement pas. Vous pensiez que je n'allais pas quitter mon coin perdu dès votre premier avis, et ne m'avez écrit que par acquit de conscience. Pourtant me voilà; là, n'essayez pas de me tromper. A quoi bon servir deux maîtres à la fois ? Rogojine est ici depuis déjà trois semaines, je sais tout. Avez-vous déjà eu le temps de la lui vendre, comme l'autre fois, ou non ? Dites la vérité.

— C'est lui-même qui l'a trouvée, ce suppôt de l'enfer, lui-même.

— Ne l'injuriez pas; évidemment il s'est mal conduit à votre égard...

– Il m'a roué de coups, roué !... reprit Lebedev avec une extraordinaire ardeur. Il m'a fait traquer par une chienne à Moscou, tout le long de la rue, un lévrier, une chienne terrible.

– Vous me prenez pour un enfant, Lebedev. Dites-moi, l'a-t-elle quitté pour de bon, cette fois, à Moscou ?

– Pour de bon, pour de bon, de nouveau juste avant la cérémonie nuptiale. L'autre comptait déjà les minutes, lorsqu'elle partit pour Pétersbourg et tout droit chez moi ! « Sauve-moi, Loukian, cache-moi, et ne dis rien au prince... » Elle vous craint, prince, encore plus que lui, il y a là un grand mystère !

Et Lebedev mit un doigt sur son front d'un air malicieux.

– Et maintenant vous avez fait de nouveau l'entremetteur ?

– Prince excellentissime, comment aurais-je pu ?... comment aurais-je pu l'empêcher ?

– Cela suffit, je saurai tout par moi-même. Dites-moi seulement où elle se trouve à présent ? Chez lui ?

– Oh non ! Ni-ni ! Elle est encore sa propre maîtresse. « Je suis libre », dit-elle, et savez-vous, prince, elle y tient beaucoup, elle affirme qu'elle est encore entièrement libre ! Elle est toujours sur la rive droite, chez une parente à moi, ainsi que je vous l'ai écrit.

– Elle y est encore en ce moment ?

– Oui, elle y est, à moins qu'elle ne soit partie pour Pavlovsk par ce beau temps, chez Daria Alexeïevna, dans sa villa. Je suis entièrement libre, dit-elle; pas plus tard qu'hier elle s'est encore beaucoup vantée de sa liberté à Nicolas Ardalionovitch. Mauvais signe-*s'* !

Et Lebedev sourit.

– Kolia la voit souvent ?

– Léger, incompréhensible et peu discret...

– Et vous, y a-t-il longtemps que vous y êtes allé ?

– J'y vais tous les jours, tous les jours.

– Donc, vous y étiez hier ?

– Non, il y a trois jours-*s'* !

– Quel dommage que vous soyez un peu fou, Lebedev ! Sans cela je vous aurais demandé...

– Mais pas du tout, du tout !

Lebedev le dévorait des yeux.

– Dites-moi, comment l'avez-vous laissée ?

– Re... recherchante...

– Recherchante ?...

– Elle semble chercher... comme si elle avait perdu quelque chose. Quant à son propre mariage, on dirait que l'idée seule lui en est odieuse, et qu'elle la prend comme une injure. Pour ce qui est de *lui,* elle ne lui accorde dans ses pensées pas plus d'importance qu'à une pelure d'orange, pas plus... c'est-à-dire plus, tout de même, elle pense à lui avec crainte et terreur, elle défend même de parler de lui et ils ne se voient que tout juste par nécessité... Il s'en rend trop bien compte ! Mais elle ne lui échappera pas ! Inquiète, moqueuse, irascible et ambiguë...

– Irascible et ambiguë ?

– Irascible; car pour un peu elle m'aurait arraché les cheveux la dernière fois, au cours d'un certain entretien. Je m'en suis tiré grâce à l'Apocalypse.

– Comment ça ? demande le prince, croyant avoir mal entendu.

– Par la lecture de l'Apocalypse. C'est une dame d'une imagination inquiète, hé, hé ! De plus, j'ai observé chez elle un vif penchant pour les sujets sérieux, même insolites. Elle aime beaucoup cela, beaucoup, et le tient même pour une marque de respect à son égard. Oui. Moi, je suis fort pour ce qui est d'interpréter l'Apocalypse. Voilà quinze ans que je le fais. Elle a été d'accord avec moi que nous en sommes au troisième destrier noir monté par le cavalier qui tient à la main une balance, car à notre époque tout tient au calcul et au contrat et tout le monde ne fait que chercher son droit : « une mesure de blé pour un denier et trois mesures d'orge pour un denier »... et par surcroît, ils voudraient garder un esprit libre, un cœur pur, un corps sain, et tous les dons du Seigneur. Mais ils ne garderont rien par le seul droit. Et ensuite viendra le cheval pâle et celui dont le nom est la Mort, et après ce sera l'enfer. Voilà de quoi nous discutons ensemble lorsque nous nous voyons, et cela l'influence beaucoup.

– Vous le croyez vous-même ? demanda le prince, mesurant Lebedev d'un regard étrange.

– Oui, j'y crois et je l'explique. Car pauvre et nu je suis et un atome dans le tourbillon humain. Et qui respecterait Lebedev ? Chacun s'ingénie à l'humilier et c'est tout juste si tout le monde ne le chasse pas à coups de pied. Mais là, dans mon interprétation, je suis l'égal des grands de ce monde. Car j'ai l'intelligence. Et un grand a tremblé devant moi dans son fauteuil ! Son Excellence Nil Alexeïevitch, il y a trois ans, peu avant Pâques, entendit parler de moi. J'étais dans son service. Il avait donné l'ordre exprès de me faire venir de la salle de garde dans son bureau, par l'intermédiaire de Pierre Zakharitch, et une fois seuls il m'a interrogé : « Est-il exact que tu sois le professeur de l'Antéchrist ? » Je ne lui ai pas caché : « Je le suis », ai-je dit. Et je lui ai tout exposé, tout représenté, sans atténuer la terreur mais, au contraire, en déployant mentalement le rouleau allégorique, je l'ai renforcé et j'ai établi les chiffres. Son Excellence essayait de sourire, mais à partir des chiffres et des similitudes, elle se mit à trembler, me pria de fermer le livre et de me retirer, et même elle me fit donner une gratification pour Pâques; mais à la Saint-Thomas elle rendit son âme à Dieu.

– Que dites-vous là, Lebedev ?

– C'est ainsi. Après dîner, il tomba de voiture... Sa tempe se cogna contre une borne et, comme un petit enfant, il trépassa là, sur place. Soixante-treize ans d'après l'état civil, un petit vieux rougeaud, les cheveux tout blancs, tout aspergé de parfum et toujours souriant, tel un petit enfant. Et Pierre Zakharitch s'en est souvenu : « C'est toi qui l'avais prédit », me dit-il.

Le prince allait se lever. Lebedev s'en étonna et en fut même interloqué.

– Vous êtes devenu bien indifférent-*s'*, hé ! se permit-il de constater avec servilité.

– Vraiment, je ne me sens pas très bien, j'ai la tête lourde, sans doute du voyage, dit le prince s'assombrissant.

– Vous feriez bien peut-être... d'aller un peu à la campagne-*s'*, hasarda timidement Lebedev.

Le prince demeurait pensif.

– J'y vais moi-même d'ici trois jours, avec toute ma famille; pour la santé du jeune poussin et pour faire quelques réparations ici. Nous aussi, nous allons à Pavlovsk.

– Vous aussi à Pavlovsk ? demanda soudain le prince. Mais alors tout le monde ici va à Pavlovsk ? Et vous aussi, dites-vous, y avez une villa ?

– Tout le monde n'est pas à Pavlovsk. Quant à la villa, Ivan Petrovitch Ptitsine m'en a cédé une de celles qui lui ont échu à bon compte. C'est agréable, sur une hauteur, verdoyant, bon marché et de bon ton, et il y a de la musique, voilà pourquoi tout le monde va à Pavlovsk. D'ailleurs je logerai dans une aile; pour ce qui est de la villa...

– Vous l'avez louée ?

– N-n-non, pas... pas tout à fait-*s'*...

– Louez-la-moi, proposa soudain le prince.

Il semble bien que c'était à cela que voulait l'amener Lebedev. Cette idée lui était venue il y avait à peine trois minutes. Et pourtant il n'avait plus besoin de locataire. Il avait déjà un client qui lui avait fait savoir qu'il retiendrait probablement la villa. Mais Lebedev savait bien que ce n'était pas « probablement » mais pour sûr. Mais à présent une idée, très féconde d'après ses calculs, lui avait traversé l'esprit, celle de louer la villa au prince, profitant des termes vagues qu'avait employés ce client. « Toute une série de rencontres et une tournure entièrement nouvelle des événements » se présentèrent à son imagination. C'est tout juste si ce n'est pas avec enthousiasme qu'il accueillit la proposition du prince, au point qu'à la question directe de celui-ci concernant le prix, il ne fit qu'agiter les bras en signe de protestation.

– Comme vous voudrez; je m'informerai; vous n'y perdrez rien.

Déjà tous les deux sortaient du jardin.

– Je pourrais... je pourrais... si vous vouliez, très honoré prince, vous faire une communication très intéressante se rapportant à la question de tout à l'heure..., bredouillait Lebedev dans sa joie, se tortillant autour du prince.

Le prince s'arrêta un instant.

– Daria Alexeïevna possède également-*s'* une villa à Pavlovsk.

– Eh bien ?

– Eh bien, la personne qui nous intéresse est amie avec elle et paraît avoir l'intention de lui rendre souvent visite à Pavlovsk. Dans un certain but.

– Eh bien ?

– Aglaé Ivanovna...

– Ah, assez Lebedev ! l'interrompit le prince avec une sensation désagréable, comme si on avait touché en lui un point douloureux. – Tout cela... cela n'est pas ainsi. Dites-moi plutôt quand vous comptez déménager ? Pour moi, le plus tôt sera le mieux, car je suis à l'hôtel...

Tout en parlant, ils quittèrent le jardin et sans rentrer dans la maison traversèrent la cour dans la direction du portail.

– Le mieux serait, décida enfin Lebedev, que vous emménagiez chez moi aujourd'hui même, et après-demain nous partirons tous pour Pavlovsk...

– Je verrai, dit le prince, pensif, en sortant dans la rue. Lebedev le regarda s'éloigner. Il fut frappé par la subite distraction du prince. En sortant, il avait même oublié de lui dire adieu, ne lui fit même pas un signe de tête, ce qui était peu compatible avec la délicatesse et la politesse du prince, bien connues de Lebedev.

III

Il n'était pas loin de midi. Le prince savait que chez les Épantchine, en ville, il ne pouvait plus trouver maintenant que le général seul, retenu par son service, et encore était-ce peu probable. Il lui vint à l'esprit que le général l'emmènerait peut-être aussitôt à Pavlovsk; or, il tenait beaucoup à faire auparavant une visite. Au risque d'arriver en retard chez les Épantchine et d'avoir à remettre le voyage à Pavlovsk au lendemain, il décida de partir à la recherche de cette maison où il était si désireux d'aller.

Cette visite était pour lui dans un certain sens risquée. Il se sentait embarrassé et hésitait. Il savait que la maison se trouvait dans la Gorokhovaïa, pas loin de la Sadovaïa, et résolut de s'y acheminer dans l'espoir que, durant le trajet, il aurait le temps de prendre une décision définitive.

Près du carrefour de la Gorokhovaïa et de la Sadovaïa, il s'étonna lui-même de l'extraordinaire émotion qu'il éprouvait; il ne s'attendait pas à ce que son cœur battît si douloureusement. Probablement à cause de son aspect particulier, une maison attira déjà de loin son attention, et le prince se souvint plus tard d'avoir pensé : « C'est sûrement cette maison-là ». Animé par une singulière curiosité, il s'était approché pour vérifier sa supposition; il sentait qu'il lui serait particulièrement désagréable d'avoir deviné. La maison était grande, sombre, à trois étages, sans aucune recherche architecturale, d'une couleur vert sale. Quelques-unes de ces maisons, très rares d'ailleurs, bâties vers la fin du siècle dernier, se sont conservées presque telles quelles précisément dans ces rues de Pétersbourg où tout change si rapidement. Elles sont d'une construction solide, avec des murs épais, et de très rares fenêtres. Celles du rez-de-chaussée sont parfois munies de barreaux. Généralement elles abritent une boutique de changeur tenue par un eunuque de la secte des Skoptzi* qui loue un appartement au-dessus. Aussi bien au dehors qu'à l'intérieur, ces maisons ont quelque chose de rébarbatif et de peu accueillant; on dirait que tout y cherche à se dissimuler ou à se cacher. Et pourtant, il serait difficile d'expliquer pourquoi on a cette impression à la seule vue de ces maisons. Les combinaisons des lignes architecturales ont bien entendu leur sens secret. Les habitants de ces maisons sont presque exclusivement des marchands. S'étant approché de la porte cochère, le prince lut sur une plaque : « Maison du citoyen d'honneur à titre héréditaire Rogojine ».

N'hésitant plus, il poussa la porte vitrée qui se referma derrière lui avec fracas, et il se mit à monter au deuxième étage par le grand escalier. L'escalier de pierre était sombre et d'une construction primitive; les murs en étaient peints en rouge. Le prince savait que Rogojine avec sa mère et son frère occupait tout le se-

* Secte religieuse dont les adhérents se châtrent volontairement.

cond étage de cette triste demeure. Le domestique qui lui ouvrit l'introduisit sans l'annoncer et le conduisit longuement à travers une enfilade de pièces. Ils traversèrent une salle d'apparat aux murs en faux marbre et au parquet de chêne, garnie de ces meubles lourds et mastocs de l'époque 1820. Ils passèrent par de petits réduits, faisant force détours et zigzags, montant deux, trois marches et en descendant autant, puis frappèrent enfin à une porte. Ce fut Parfione Simonovitch lui-même qui ouvrit. A la vue du prince, il blêmit et se figea sur place au point de ressembler à une idole de pierre, le fixant de son regard immobile et effrayé, et tordant sa bouche en un sourire extrêmement perplexe, comme si dans la visite du prince il voyait quelque chose d'impossible et de presque miraculeux. Bien qu'il s'attendît à une réaction de ce genre, le prince n'en fut pas moins surpris.

– Parfione, je suis peut-être tombé mal à propos; je vais m'en aller, balbutia-t-il confus.

– Très à propos, très à propos ! – Parfione s'était enfin ressaisi. Je t'en prie, entre !

Ils se tutoyaient. A Moscou, il leur arrivait de se rencontrer souvent et de rester longtemps ensemble. Il y avait même eu, au cours de ces entrevues, quelques moments qui ne s'étaient que trop profondément gravés dans leur cœur. Mais il y avait plus de trois mois qu'ils ne s'étaient vus.

La pâleur et une sorte de crispation fugitive ne quittaient pas le visage de Rogojine. Bien qu'il eût invité son visiteur à entrer, son trouble extraordinaire persistait. Tandis qu'il conduisait le prince vers un fauteuil et l'y faisait asseoir, celui-ci s'étant par hasard tourné vers lui s'arrêta sous l'impression de son regard étrange et lourd à l'extrême. Il se souvint de quelque chose, quelque chose de pénible et de sinistre. Sans s'asseoir, immobile, il fixa pendant un moment Rogojine droit dans les yeux qui semblèrent briller tout d'abord d'un éclat encore plus vif; enfin, Rogojine esquissa un sourire un peu confus et comme perdu.

– Qu'as-tu à me regarder si attentivement ? murmura-t-il. Assieds-toi !

Le prince s'assit.

– Parfione, demanda-t-il, dis-moi franchement, savais-tu que j'allais arriver aujourd'hui à Pétersbourg ou non ?

– Je m'attendais à ce que tu viennes et tu vois, je ne me suis pas trompé, ajouta-t-il en souriant d'un air sardonique. Mais comment aurais-je su que tu arriverais justement aujourd'hui ?

L'âpre véhémence et l'étrange irritation de la question que contenait cette réponse frappèrent encore davantage le prince.

– D'ailleurs, même si tu savais que c'était pour *aujourd'hui,* pourquoi t'irriter ainsi ? prononça-t-il doucement, confus.

– Pourquoi me demandes-tu ça ?

– Ce matin, en descendant de wagon, j'ai vu exactement les mêmes yeux que ceux avec lesquels tu viens de me regarder par-derrière.

– Ah, c'est ça! A qui étaient ces yeux? murmura Rogojine, soupçonneux. Le prince crut le voir tressaillir.

– Je ne sais, à quelqu'un dans la foule; il me semble que ce n'était qu'une vision, cela m'arrive souvent ces temps-ci. Parfione, mon ami, je me sens en ce moment presque comme je me sentais parfois il y a cinq ans, quand j'avais encore des crises.

— Peut-être était-ce bien une vision, je n'en sais rien... murmura Parfione.

Le sourire affectueux de son visage lui allait très mal à ce moment-là, comme si quelque chose s'était brisé dans ce sourire et que, malgré tous ses efforts, Parfione n'arrivait pas à le recoller.

— Alors, quoi, tu repars pour l'étranger ? demanda-t-il, et il ajouta soudain : — Te souviens-tu comme nous avons voyagé ensemble, en automne, dans le train de Pskov; moi je rentrais ici et toi... avec ta houppelande et tes guêtres, t'en souviens-tu ?

Et Rogojine se mit à rire, cette fois avec une sorte de franche animosité, comme s'il était heureux d'avoir réussi à l'exprimer.

— Tu t'es installé ici définitivement ? demanda le prince examinant la pièce.

— Oui, ici je suis chez moi. Où irais-je ailleurs ?

— Il y a longtemps que nous ne nous sommes vus. J'ai entendu raconter à ton sujet des choses... comme s'il ne s'agissait pas de toi.

— Que ne raconterait-on pas, remarqua sèchement Rogojine.

— Pourtant tu as dispersé toute ta bande, tu t'es installé dans la maison paternelle, et tu t'y tiens bien tranquille. C'est bien, ça. La maison est-elle à toi ou à vous tous ?

— Elle est à ma mère. Elle habite là, de l'autre côté du couloir.

— Et ton frère ?

— Mon frère Simon Simonovitch habite le pavillon.

— Il est marié ?

— Veuf. Pourquoi demandes-tu ça ?

Le prince regarda autour de lui sans répondre; il devint soudain pensif et n'entendit pas, semblait-il, la question. Rogojine n'insista pas et se tint dans l'expectative. Il y eut un silence.

– Tout à l'heure, en venant, j'ai deviné à cent pas que c'était ta maison, dit le prince.

– Pourquoi ça ?

– Je ne sais pas du tout. Ta maison est à l'image de toute votre famille et de toute votre vie des Rogojine. Mais demande-moi pourquoi j'en ai conclu ainsi, je ne saurai te l'expliquer. Du délire, bien entendu. Cela m'effraye de voir combien cela m'inquiète. Auparavant, je n'aurais jamais songé que tu habites une maison pareille, mais à peine l'ai-je aperçue qu'aussitôt je me suis dit : « C'est exactement une maison comme celle-là qu'il doit avoir ! »

– Voyez-vous ça ! se contenta de sourire vaguement Rogojine, sans bien comprendre la pensée peu claire du prince. – Cette maison a été construite par mon grand-père, remarqua-t-il. Elle a toujours été habitée par une famille de Skoptzi, les Khloudiakov, et ils sont toujours locataires.

– Que c'est sinistre ! Tu t'es sinistrement terré ici, dit le prince en examinant la pièce.

C'était une grande pièce, haute de plafond, assez sombre, encombrée de toutes sortes de meubles, pour la plupart de grands bureaux, des tables de travail, des secrétaires et des armoires, où étaient rangés des registres et des papiers. Un large divan de cuir rouge servait apparemment de lit à Rogojine. Sur la table devant laquelle Rogojine l'avait installé, le prince remarqua deux ou trois livres. L'un d'eux, l'histoire de Russie de Soloviev, était ouvert et marqué d'un signet. Sur les murs étaient accrochés dans des cadres dorés ternis quelques tableaux à l'huile, sombres, enfumés, et où il était difficile de distinguer quoi que ce fût. Un portrait en pied attira l'attention du prince : il représentait un homme d'une cinquantaine d'années, vêtu d'une redingote de coupe allemande, mais à longues basques, avec deux médailles pendues au cou, une barbiche clairsemée et grisonnante, le visage ridé et jaune, le regard soupçonneux, sournois et douloureux.

– Ne serait-ce pas là ton père ? demanda le prince.

– Oui, c'est bien lui, répondit Rogojine avec un rictus déplaisant, comme se préparant à entendre immédiatement quelque plaisanterie cavalière sur le compte de son défunt père.

– Il n'appartenait pas aux vieux croyants ?

– Non, il allait à l'église, mais il disait en effet que la vieille foi était plus juste. Il tenait aussi les Skoptzi en grande estime. C'était ici son cabinet de travail. Pourquoi as-tu demandé s'il n'était pas de l'ancienne croyance ?

– C'est ici qu'aura lieu ton mariage ?

– I...ici, répondit Rogojine en tressaillant presque à cette question inattendue.

– C'est pour bientôt ?

– Tu le sais bien toi-même, est-ce que cela dépend de moi ?

– Parfione, je ne suis pas ton ennemi et je n'ai pas l'intention de te gêner en rien. Je te le répète maintenant comme je te l'avais déjà dit une autre fois, à peu près dans les mêmes circonstances. Lorsque tu devais te marier à Moscou, je n'ai pas cherché à m'y opposer, tu le sais. La première fois, c'est *elle* qui est accourue chez moi, juste avant la bénédiction, en me priant de la « sauver » de toi. Je te répète là ses propres paroles. Ensuite, elle s'est enfuie aussi de chez moi; tu l'as encore retrouvée et t'apprêtais à la mener à l'église et voilà, paraît-il, qu'elle s'est enfuie de nouveau et qu'elle est ici. Est-ce vrai ? C'est du moins ce que m'a fait savoir Lebedev, et voilà pourquoi je suis venu. C'est seulement hier, dans le train, que j'ai appris pour la première fois que vous étiez à nouveau d'accord; par ton ancien camarade Zaliojev, si tu veux savoir. Et je venais ici avec une certaine intention : je voulais la convaincre enfin d'aller à l'étranger pour rétablir sa santé. Elle est très ébranlée de corps et d'âme, et surtout d'esprit, et, à mon avis, elle a besoin de beaucoup de soins. Personnellement, je n'avais pas l'intention de l'accompagner à l'étranger et je comptais tout organiser en dehors de moi. Je te dis là l'exacte vérité. Mais s'il est vrai que cela s'est de nouveau arrangé entre vous, je ne me montrerai même pas à elle, pas plus que je ne reviendrai chez toi. Tu sais bien toi-même que je ne te trompe pas, parce que j'ai toujours été franc avec toi. Je ne t'avais jamais caché ce que je pensais et je t'avais toujours dit que le mariage avec toi serait sa perte certaine. Ce serait aussi ta perte... peut-être même pire que pour elle. Si vous vous sépariez de nouveau, j'en serais très content, mais je n'ai pas l'intention de faire moi-même quoi que ce soit dans ce sens. Sois donc tranquille et ne me soupçonne pas. D'ailleurs, tu le sais bien : ai-je jamais été un *véritable* rival pour toi, même à l'époque où elle s'était réfugiée chez moi ! Voilà que tu ris; je sais pourquoi tu ris. Oui, nous avons vécu séparément et même dans des villes différentes; tu le sais avec *certitude*. Je t'avais déjà expliqué autrefois que je l'aimais « non pas d'amour mais de compassion ». Je crois le définir avec exactitude. Tu me disais alors avoir compris mes paroles; est-ce vrai ? Les as-tu bien comprises ? Tu as un regard si haineux ! Je suis venu pour te rassurer parce que, toi aussi, tu m'es cher. Je t'aime beaucoup, Parfione. Maintenant je vais partir et je ne reviendrai jamais plus. Adieu.

Le prince se leva.

– Reste un peu avec moi, dit doucement Parfione sans se lever, le menton appuyé sur la paume de sa main droite. – Je ne t'ai pas vu depuis longtemps.

Le prince se rassit et ils se turent de nouveau tous les deux.

– Dès que tu n'es plus devant moi, Léon Nicolaïevitch, j'éprouve aussitôt de la haine à ton égard. Durant ces trois mois que je ne t'ai vu, il n'y a pas eu une minute où je n'éprouvais pas de la rancune à ton égard. Dieu m'en est témoin. Au point de vouloir t'empoisonner. Voilà où j'en étais. Et à présent, il n'y a pas un quart d'heure que tu es là avec moi, et déjà toute ma rancune s'en va, et tu m'es de nouveau aussi cher qu'avant. Reste un peu avec moi...

– Quand je suis auprès de toi, tu me crois, mais dès que je suis loin tu cesses aussitôt de me croire et tu me soupçonnes à nouveau. Tu tiens de ton père ! répondit le prince avec un sourire amical, s'efforçant de dissimuler son émotion.

– Lorsque tu es avec moi, je crois à ta voix. Je comprends bien qu'on ne puisse pas nous tenir pour égaux, toi et moi...

– Pourquoi as-tu ajouté cela ? Et voilà que tu t'irrites de nouveau, dit le prince avec étonnement.

– Que veux-tu, vieux, on ne nous demande pas notre avis. On en a décidé sans nous consulter. Nous aimons aussi chacun à notre façon, c'est-à-dire il y a une différence en tout, continua-t-il à voix basse après un silence. – Toi, tu dis l'aimer « de compassion ». Eh bien, il n'y a en moi aucune compassion pour elle. D'ailleurs elle me hait plus que tout. Je la vois maintenant chaque nuit en rêve : toujours à rire de moi avec un autre. Et il en est bien ainsi, vieux. Elle accepte d'aller avec moi à l'autel, mais elle a oublié même de penser que j'existe, comme si elle changeait de chaussures. Me croiras-tu ? ça fait cinq jours que je ne l'ai vue, parce que je n'ose pas aller chez elle; elle va me demander : « Pourquoi es-tu venu ? » Ne m'a-t-elle pas assez bafoué ?...

– Comment, bafoué ? Que dis-tu là ?

– Comme si tu l'ignorais ! Ne serait-ce que cette fuite avec toi sur le point d'aller devant l'autel; tu viens d'en parler toi-même.

– Mais tu ne crois pas que...

– Et avec cet officier, à Moscou, ce Zemtioujnikov, ne s'est-elle pas moquée de moi ? Cela j'en suis certain, et c'était déjà après m'avoir fixé elle-même la date du mariage.

– Ce n'est pas possible ! s'écria le prince.

– J'en suis sûr, confirma Rogojine, avec conviction. Elle n'est pas comme ça, n'est-ce pas ? Cela va sans dire, vieux, qu'elle n'est pas comme ça. Tout cela, c'est de la frime. Avec toi elle ne le serait pas, elle serait peut-être même horrifiée à l'idée d'une action pareille, mais avec moi elle est exactement comme ça. Oui, exactement ! Elle me traite comme le dernier des derniers. Avec ce Keller, cet officier qui faisait de la boxe, eh bien, c'est juste pour se gausser de moi qu'elle a tout manigancé, j'en suis sûr... Et tu ne sais pas encore comment elle m'a traité à Moscou ? Et que d'argent, que d'argent j'ai laissé filer...

– Mais... Comment peux-tu l'épouser maintenant ? Que deviendras-tu après ? demanda le prince avec épouvante.

Rogojine lui jeta un regard terrible et pesant, et ne répondit pas.

– Cela fait cinq jours que je n'ai pas été chez elle, continua-t-il au bout d'un instant. J'ai toujours peur qu'elle ne me mette à la porte. « Je suis encore ma propre maîtresse, dit-elle, si je veux, je te chasserai pour toujours et je partirai pour l'étranger ». Cela elle me l'avait déjà dit, qu'elle irait à l'étranger, remarqua-t-il comme par parenthèse, avec un singulier regard vers le prince. – Il est vrai que parfois c'est seulement pour me faire peur, je la fais toujours rire, je ne sais pas pourquoi. Mais d'autres fois, elle s'assombrit pour de bon, se renfrogne, ne prononce pas une parole. C'est cela qui me fait peur. L'autre jour, j'ai pensé que je n'irais plus chez elle les mains vides, eh bien, elle n'a fait qu'en rire, et puis elle s'est même mise en colère. Elle a donné à la femme de chambre, Katia, un châle que je lui avais apporté, un châle tel que, quand bien même elle aurait vécu dans le luxe, elle n'en avait peut-être pas vu de pareil. Et pour ce qui est de la date du mariage, je n'ose même pas ouvrir la bouche. En voilà un fiancé qui n'ose même pas se montrer ? Alors je me terre ici et quand je n'en peux plus, je me promène en cachette et en me dissimulant dans la rue devant sa maison, ou je me cache dans une encoignure. L'autre jour je suis resté presque jusqu'au matin à monter la garde devant sa porte. Il m'avait semblé remarquer quelque chose. Elle a dû me voir par la fenêtre, car elle m'a dit : « Qu'est-ce que tu m'aurais fait, si tu avais vu que je te trompais ? » N'y tenant plus, je lui ai répondu : « Tu le sais toi-même ».

– Et que sait-elle donc ?

– Comment veux-tu que je le sache ! dit Rogojine avec un rire méchant. A Moscou je n'ai jamais réussi à la pincer avec personne, et pourtant je l'ai guettée longtemps. Un jour je lui ai dit alors : « Tu as promis de m'épouser, tu vas entrer dans une famille honnête, et sais-tu ce que tu es maintenant? Voilà ce que tu es!... »

– Tu lui as dit ça ?

– Oui, je le lui ai dit.

– Eh bien ?

« – A présent je ne voudrais peut-être pas de toi pour laquais, encore moins pour mari, voilà ce qu'elle m'a dit.

« Et je lui ai répondu :

« – Eh bien, moi je ne bougerai plus d'ici.

« – Et moi je vais appeler Keller pour qu'il te jette dehors ! me dit-elle.

« Je me suis rué sur elle et je l'ai battue jusqu'à ce qu'elle ait des bleus.

– Ce n'est pas possible ! s'écria le prince.

– Puisque je te dis que c'est arrivé, confirma Rogojine à voix basse, mais les yeux brillants. Pendant un jour et demi exactement, je suis resté sans dormir, sans boire ni manger, sans quitter sa chambre; je me mettais à genoux devant elle, je lui disais : « Je crèverai, mais je ne sortirai pas tant que tu ne m'auras pas pardonné, et si tu me fais jeter à la porte, j'irai me noyer; car que vais-je devenir sans toi ? » Toute cette journée elle a été comme folle. Tantôt elle pleurait, tantôt elle voulait me tuer avec un couteau, tantôt elle m'insultait.

Elle a fait appeler Zaliojev, Keller et Zemtioujnikov et tous les autres, pour me montrer et m'humilier.

« – Allons ce soir tous en bande au théâtre; qu'il reste ici, s'il ne veut pas s'en aller, je ne suis pas attachée ici pour le garder... On vous servira du thé sans moi. Parfione Simonovitch, vous devez avoir faim aujourd'hui.

« Elle est rentrée seule du théâtre :

« – Ce sont des poltrons et des lâches, ils ont peur de toi et veulent me faire peur à moi aussi. Il ne s'en ira pas comme ça, disent-ils, il est capable de vous égorger. Mais moi tout à l'heure, quand j'irai me coucher, je ne fermerai pas à clef la porte de ma chambre, voilà comme je te crains ! Je veux que tu le saches et que tu le voies. As-tu bu du thé ?

« – Non, et je n'en boirai pas.

« – Ça te va très mal, ce genre-là.

« Et elle a fait comme elle avait dit, elle ne s'est pas enfermée dans sa chambre. Au matin elle est sortie en riant :

« – Serais-tu fou par hasard ? me dit-elle. Tu pourrais mourir de faim comme ça.

« – Pardonne-moi, lui dis-je.

« – Non, je ne veux pas te pardonner, et je ne serai pas ta femme, c'est dit. Est-il possible que tu sois resté toute la nuit assis dans ce fauteuil, sans dormir ?

« – Non, je n'ai pas dormi.

« – C'est très intelligent ! Et sans doute tu ne voudras ni prendre du thé ni déjeuner ?

« – J'ai dit que non : pardonne-moi.

« – Si tu pouvais seulement savoir comme ça te va mal, ce genre, comme une selle à une vache. Peut-être fais-tu ça pour m'effrayer ? Quel malheur pour moi que tu restes affamé, tu m'as fait une peur...

« Elle se fâcha, mais pas pour longtemps, et elle reprit ses moqueries.

« J'étais tout étonné de voir qu'elle n'avait plus de colère. Et pourtant elle est rancunière envers d'autres, très rancunière ! C'est alors qu'il me vint à l'esprit qu'elle me tenait pour si peu de chose qu'elle ne pouvait même pas me garder longtemps rancune. Et c'est vrai.

« – Sais-tu ce que c'est, me dit-elle, que le Pape ?

« – J'en ai entendu parler.

« – Tu n'as jamais étudié l'histoire universelle ? me dit-elle.

« – Je n'ai jamais rien étudié, lui dis-je.

« – Eh bien, je vais te le faire lire. Il y avait un Pape qui s'était fâché contre un empereur, et celui-ci est resté trois jours sans boire ni manger, pieds nus, agenouillé devant son palais jusqu'à ce qu'il eût obtenu son pardon. Qu'en penses-tu ? A quoi a-t-il dû songer, cet empereur, pendant ces trois jours à rester à genoux, et quels serments a-t-il dû se faire ? Attends un peu, je vais te le lire moi-même.

« Elle s'est levée pour apporter le livre. « Ce sont des vers », me dit-elle, et elle se mit à me lire en vers comment cet empereur s'était juré pendant ces trois jours de se venger de ce Pape.

« – Est-il possible que ça ne te plaise pas, Parfione Simonovitch ?

« – C'est très vrai, tout ce que tu viens de lire là ! lui dis-je.

« – Ah, c'est toi-même qui dis que c'est vrai, donc toi aussi tu as peut-être fait des serments, tu te dis : attends seulement d'être ma femme, alors je te rappellerai tout et je m'amuserai bien à mon tour !

« – Je ne sais pas, peut-être est-ce bien ce que je pense.

« – Comment ne le sais-tu pas ?

« – Comme ça, je ne sais pas, ce n'est pas à cela que vont mes pensées en ce moment.

« – Alors, à quoi penses-tu en ce moment ?

« – Eh bien, lorsque tu te lèves et que tu passes devant moi, je te regarde et je te suis des yeux, j'entends le bruit de ta robe, je sens mon cœur qui défaille, et lorsque tu quittes la chambre, je me souviens du moindre mot que tu as dit, et de quelle voix tu l'as dit; quant à cette nuit, je ne pensais à rien du tout, j'écoutais comment tu respirais dans ton sommeil et comment tu as bougé une ou deux fois.

« – Mais tu ne penses peut-être même pas que tu m'as battue, dit-elle en riant.

« – Il se peut que je n'y pense pas, je ne sais pas...

« – Et si je ne te pardonne pas et que je refuse de t'épouser ?

« – Je t'ai dit, j'irai me noyer.

« – Tu serais capable de me tuer auparavant, dit-elle. Et elle devint toute pensive. Puis elle se fâcha et sortit. Au bout d'une heure, elle revint, sombre :

« – Je t'épouserai, Parfione Simonovitch, et ce n'est pas parce que je te crains, mais je suis perdue de toute façon. Sait-on ce qui est mieux ? Assieds-toi, on va t'apporter à déjeuner. Et si je t'épouse, ajouta-t-elle, je serai pour toi une femme fidèle, n'en doute pas et sois sans inquiétude à ce sujet.

« Puis, après un silence, elle dit encore :

« – Tout de même, tu n'es pas un laquais, j'avais cru tout d'abord que tu étais un vrai laquais.

« C'est alors qu'elle a fixé la date du mariage. Mais une semaine plus tard elle a filé ici, chez Lebedev. Et lorsque je suis arrivé, elle m'a déclaré :

« – Je ne renie pas la promesse que je t'ai faite; je veux seulement attendre encore, tant que j'en aurai envie. Pour le moment je suis encore ma propre maîtresse. Attends aussi si tu veux ».

– Voilà où nous en sommes... Que penses-tu de tout cela, Léon Nicolaïevitch ?

– Qu'en penses-tu toi-même ? interrogea à son tour le prince, le regardant avec tristesse.

– Oh, est-ce que je pense, moi ! laissa échapper Rogojine. Il voulut ajouter quelque chose, mais se tut dans un morne désespoir.

Le prince se leva à nouveau pour partir.

– Je ne te gênerai tout de même pas, dit-il doucement, presque rêveur, comme s'il répondait à une pensée secrète.

– Sais-tu ce que je vais te dire ! – Rogojine s'anima soudain et ses yeux brillèrent; je ne comprends pas que tu me la cèdes ainsi. Est-ce que tu ne l'aimerais plus du tout ? Autrefois tu étais en détresse, je l'ai bien vu. Alors pourquoi serais-tu arrivé ici, ventre à terre ? Par compassion ? (Et son visage se tordit en un mauvais rictus.) Ha, ha !

– Tu penses que je te trompe ? dit le prince.

– Non, je te crois, mais je n'y comprends rien. A moins que ta compassion ne soit encore plus forte que mon amour !

Quelque chose de haineux, qui cherchait une issue immédiate, embrasa son visage.

– Que veux-tu, on ne peut distinguer ton amour de la haine, dit le prince en souriant, et s'il passe un jour ton amour, ce sera peut-être encore plus terrible. C'est moi qui te le dis, frère Parfione.

– Que je l'égorgerai ?

Le prince tressaillit.

– Tu vas te mettre à la haïr terriblement pour ce même amour que tu lui portes maintenant, pour toute ta souffrance actuelle. Ce qui me paraît le plus étrange, c'est qu'elle accepte de nouveau de t'épouser. Lorsque je l'ai appris hier, j'ai eu peine à le croire et j'en ai eu le cœur lourd. Pourtant, à deux reprises déjà elle t'a renié et s'est enfuie au dernier moment, c'est donc qu'elle avait un pressentiment !... Alors qu'a-t-elle besoin de toi maintenant ? Est-ce possible que ce soit pour ton argent ? C'est absurde ! D'ailleurs l'argent, tu dois en avoir déjà dépensé pas mal. Est-ce seulement pour trouver un mari ? Elle aurait pu en trouver un en dehors de toi. N'importe qui eût été préférable à toi, car tu pourrais peut-être vraiment l'égorger un jour et elle ne le comprend peut-être que trop bien à présent. Ou bien est-ce parce que tu l'aimes si fort ? Oui, ça pourrait être une raison... J'ai entendu dire qu'il y en a qui recherchent précisément un pareil amour... seulement...

Le prince s'arrêta, songeur, et se mit à réfléchir.

– Pourquoi souris-tu encore en regardant le portrait du père ? demanda Rogojine en surveillant très attentivement le moindre changement, la nuance la plus fugitive dans les traits du prince.

– Pourquoi ai-je souri ? Il m'est venu à l'idée que s'il ne t'était pas arrivé ce malheur, cet amour, tu serais peut-être devenu exactement comme était ton père, et même très rapidement. Tu te serais terré, solitaire et taciturne, dans cette maison, avec une femme docile et silencieuse, sévère et avare de paroles, sans la moindre confiance en qui que ce soit et n'en éprouvant aucun besoin, ne faisant qu'amasser l'argent, farouchement et en silence. Avec peut-être tout juste un rare mot de considération pour les livres de la vieille religion et un peu d'intérêt envers le signe de croix à la mode ancienne; et cela seulement en vieillissant.

– Moque-toi de moi. C'est exactement ce qu'elle m'a dit il n'y a pas longtemps devant ce même portrait ! C'est bizarre comme vous êtes du même avis, surtout à présent...

– Elle est donc déjà venue chez toi ? interrogea le prince avec curiosité.

– Oui, elle est venue. Elle a longuement examiné le portrait et m'a beaucoup interrogé sur le défunt. « Tu aurais été exactement le même, me dit-elle à la fin en souriant. Tu as des passions violentes, Parfione Simonovitch, des passions qui t'auraient conduit droit en Sibérie, au bagne, si tu n'avais aussi de l'intelligence, car tu as une grande intelligence. (Elle l'a dit textuellement, tu peux me croire si tu veux. C'est bien la première fois qu'elle m'a parlé ainsi.) Tu aurais vite abandonné toutes ces sottises, mais comme tu es un homme sans aucune instruction tu te serais mis à amasser de l'argent, et tu te serais installé définitivement, comme ton père, dans cette maison en compagnie de tes « Skoptzi ». Tu aurais peut-être même fini par adopter leurs croyances et tu te serais mis à tellement aimer ton argent que tu aurais mis de côté non pas deux, mais peut-être dix millions, et tu serais mort de faim sur tes sacs, parce qu'en tout, tu mets de la passion, que tu pousses tout jusqu'à la passion ». Voilà exactement ce qu'elle me disait presque mot pour mot. Jamais jusqu'à ce jour elle ne m'avait parlé de la sorte ! D'habitude elle ne parle avec moi que de vétilles, ou bien elle se moque de moi; même ici elle avait commencé en riant, puis s'est assombrie; elle a visité toute la maison, elle a tout examiné attentivement; on eût dit que quelque chose l'effrayait. Alors je lui ai dit :

« – Je vais changer et arranger tout cela, à moins que je n'achète une autre maison pour notre mariage.

« Mais elle répondit :

« – Non, non, il ne faut rien changer, nous allons l'habiter telle qu'elle est. Je veux vivre auprès de ta mère, lorsque je serai ta femme.

« Je l'ai conduite auprès de ma mère et elle a été avec elle respectueuse comme sa propre fille. Ma mère, depuis déjà deux ans, n'a plus toute sa raison (elle est malade); et depuis la mort de mon père, elle est tout comme une enfant, sans conversation. Elle reste comme ça sans bouger; ses jambes ne la portent plus, et elle ne fait qu'adresser des saluts de son fauteuil quand elle voit quelqu'un. Je crois que si on oubliait de la nourrir elle n'y songerait pas de trois jours. J'ai pris la main droite de ma mère et lui ai réuni les doigts pour la bénédiction.

« – Bénissez-la, maman, elle va être ma femme.

« Eh bien, elle a baisé la main de ma mère avec beaucoup de sentiment.

« – Elle a dû connaître beaucoup de chagrins, ta mère, dit-elle.

« Puis elle a remarqué chez moi ce livre.

« – Tiens, tu t'es mis à lire l'histoire de Russie ? (C'est elle-même qui m'avait dit un jour à Moscou : – Tu aurais pu t'instruire un peu, ne serait-ce qu'en lisant l'histoire de Russie de Soloviev, tu es tellement ignare.) « Ça c'est bien, me dit-elle, tu n'as qu'à continuer à lire. Je te préparerai moi-même une liste des livres qu'il te faut lire tout d'abord, le veux-tu ? »

« Et jamais, jamais auparavant elle ne m'avait parlé

ainsi, j'en étais tout étonné. Pour la première fois, j'ai respiré comme un être vivant.

– J'en suis très heureux, Parfione, dit le prince avec une sincère émotion, – très heureux. Qui sait, peut-être Dieu saura-t-il vous unir...

– Jamais cela ne sera, s'écria Rogojine avec chaleur.

– Écoute, Parfione, puisque tu l'aimes tant, est-il possible que tu ne veuilles pas mériter son estime ? Et si tu le veux, est-il possible que tu n'espères pas ? Je t'ai dit tout à l'heure que c'était pour moi une énigme, pourquoi elle t'épouse. Eh bien, quoique je ne puisse la résoudre, je suis certain qu'il doit infailliblement y avoir une raison suffisante, rationnelle. Elle est sûre de ton amour, mais aussi, certainement, de quelques-unes de tes qualités. Il ne peut en être autrement ! Ce que tu viens de raconter le confirme. Tu dis toi-même qu'elle a su te parler un langage tout différent de celui auquel elle t'avait habitué. Tu es ombrageux et jaloux, c'est pourquoi tu as exagéré tout ce que tu as remarqué de mauvais. Il est hors de doute qu'elle n'a pas de toi une aussi mauvaise opinion que tu le dis. Sans cela, cela signifierait qu'elle se jette délibérément à l'eau ou sous le couteau en t'épousant. Est-il possible qu'il en soit ainsi ? Qui donc se jetterait délibérément à l'eau ou sous le couteau ?

Parfione écouta jusqu'au bout avec un rictus amer les paroles ardentes du prince; sa conviction semblait être déjà arrêtée et inébranlable.

– Quel regard pénible tu as en ce moment, Parfione ! laissa douloureusement échapper le prince.

– A l'eau ou sous le couteau ! dit-il enfin. Hé ! C'est justement pour ça qu'elle m'épouse, parce qu'elle s'attend sûrement au couteau ! Est-il vraiment possible, prince, que jusqu'à présent tu ne te sois pas aperçu de ce dont il s'agit ?

– Je ne te comprends pas.

– Après tout, peut-être ne comprend-il vraiment pas, ha, ha ! On dit bien de toi que tu es un peu... Elle en aime un autre... c'est cela que tu dois comprendre ! Exactement comme je l'aime, moi, elle en aime un autre. Et sais-tu qui il est, cet autre ? C'est *toi !* Quoi, tu ne le savais pas, peut-être ?

– Moi !

– Toi ! Elle t'a aimé dès ce jour-là, tu sais, le jour de sa fête. Seulement elle pense qu'il lui est impossible de t'épouser, parce qu'elle a peur de te déshonorer et de briser toute ta vie. « On sait ce que je suis ». Jusqu'à présent elle ne cesse de l'affirmer. Elle m'a dit tout cela carrément, en face. Elle craint de te perdre et de te déshonorer; quant à moi, cela veut dire que ça ne fait rien, on peut m'épouser; voilà en quelle estime elle me tient, remarque ça aussi !

– Mais alors, comment a-t-elle pu te fuir pour se réfugier auprès de moi et... me fuir...

– Et te fuir pour venir chez moi ! Ah ! sait-on seulement ce qui peut lui passer par la tête ! A présent elle est toute fiévreuse. Tantôt elle me crie : « Je t'épouse comme on se jette à l'eau. Vite le mariage ! » Elle me presse, fixe elle-même la date. Mais à peine cette date approche-t-elle, elle prend peur, ou elle change d'idée, Dieu seul le sait; tu l'as bien vu : elle pleure, elle rit, elle a des accès de fièvre. Qu'y a-t-il d'étonnant à ce qu'elle t'ait fui, toi aussi ? Elle t'a fui parce qu'elle s'était aperçue à quel point elle t'aimait. Rester avec toi était devenu au-dessus de ses forces. Tu as dit tout à l'heure que je l'avais retrouvée à Moscou; c'est faux, elle est accourue chez moi d'elle-même en te fuyant : « Fixe le jour, me dit-elle, je suis prête ! Commande du champagne ! Allons chez les tziganes ! » Si je n'existais pas, il y a longtemps déjà qu'elle se serait jetée à l'eau, je dis la vérité. Si elle ne s'y jette pas, c'est que je suis peut-être encore plus effrayant que l'eau. C'est de rage qu'elle m'épouse... et si jamais elle m'épouse, tu peux être sûr que ce sera *de rage*.

— Mais comment peux-tu... comment peux-tu... s'écria le prince. Il s'interrompit en regardant Rogojine avec effroi.

— Eh bien, pourquoi n'achèves-tu pas ? fit ce dernier en ricanant. Veux-tu que je te dise ce que tu es en train de penser en ce moment même ? « Comment peut-elle à présent l'épouser... comment peut-on admettre cela ? » Va, je sais ce que tu penses.

— Je n'étais pas venu ici pour ça, Parfione, je te le dis, c'est autre chose que j'avais dans l'idée...

— C'est possible que ce ne soit pas pour ça, et que tu aies eu autre chose dans l'esprit, seulement maintenant c'est certainement devenu pour cela. Ah ! Ah ! Bon, assez ! Qu'as-tu à être si bouleversé ? Est-ce vraiment possible que tu n'aies pas su cela ? Tu me surprends !

— Tout ça, c'est de la jalousie, Parfione, de la maladie, tu as tout démesurément exagéré... balbutia le prince au comble de l'émotion... Qu'as-tu ?

— Laisse, dit Parfione en arrachant vivement des mains du prince un couteau que celui-ci avait pris machinalement sur la table à côté du livre et le remettant au même endroit.

— On eût dit que je savais, que je pressentais tout cela en arrivant à Pétersbourg, reprit le prince. Je ne voulais pas venir ici ! Je voulais oublier tout cela, l'arracher de mon cœur! Eh bien, adieu... Mais qu'est-ce qui te prend?

Tout en parlant, le prince avait par distraction repris ce même couteau, et de nouveau Rogojine le lui arracha des mains et le jeta sur la table. C'était un couteau d'une forme assez courante, avec un manche en bois de cerf à lame fixe; celle-ci avait environ dix centimètres de long et était large en proportion.

Voyant que le prince avait tout particulièrement remarqué qu'on lui avait par deux fois arraché ce couteau des mains, Rogojine le saisit avec mauvaise humeur, le plaça dans le livre et lança celui-ci sur une autre table...

– Tu l'utilises comme coupe-papier ? demanda distraitement le prince, comme s'il était toujours plongé dans une profonde rêverie...

– Oui, pour couper les feuilles...

– N'est-ce pas un couteau de jardin ?

– Oui, c'en est un. Ne peut-on pas couper les feuillets avec un couteau de jardin ?

– Mais il est... tout neuf.

– Qu'est-ce que ça fait qu'il soit neuf ? Est-ce que je ne peux pas acheter maintenant un couteau neuf ? s'écria enfin Rogojine dans une sorte de folie. Son irritation grandissait à chaque mot.

Le prince tressaillit et le regarda attentivement.

– Eh, qu'avons-nous donc? dit-il tout à coup en riant, tout à fait revenu à lui. Excuse-moi, frère, lorsque j'ai la tête aussi lourde qu'en ce moment et avec cette maladie... je deviens tout à fait distrait et ridicule. Ce n'est pas du tout cela que je voulais te demander... je ne me souviens plus de ce que c'était... Adieu...

– Pas par là, dit Rogojine.

– J'ai oublié !

– Par ici, viens, je vais te montrer le chemin.

IV

Ils repassèrent par les mêmes pièces que le prince avait déjà traversées; Rogojine le précédait de peu. Ils entrèrent dans le grand salon aux murs duquel étaient suspendus quelques tableaux, tous portraits d'archevêques et paysages où on ne pouvait rien discerner. Au-dessus de la porte donnant dans la pièce voisine, il y avait une toile de format assez étrange, de près de deux mètres de long et d'environ trente centimètres de haut. Elle représentait le Sauveur juste après la descente de croix.

Le prince lui jeta un coup d'œil rapide comme s'il se remémorait quelque chose, mais sans s'arrêter; il allait franchir le seuil. Il avait le cœur lourd et avait hâte de quitter cette maison. Mais Rogojine s'arrêta brusquement devant le tableau.

– Tous ces tableaux ici, dit-il, tout ça a été acheté pour un rouble ou deux à des ventes publiques par mon défunt père; il aimait ça. Un homme qui s'y connaît les a tous examinés. Il dit que ce sont des croûtes, mais celle-ci, cette toile-là, au-dessus de la porte, achetée également un ou deux roubles, n'est pas, dit-il, une croûte. Encore du temps de mon père, il s'est trouvé quelqu'un qui lui en a offert trois cent cinquante roubles, et Saveliev, Ivan Dimitritch, un riche marchand et grand amateur, était allé jusqu'à quatre cents. La semaine passée, il en a même offert cinq cents roubles à mon frère Simon Simonovitch. Mais je l'ai gardée pour moi.

– Mais c'est... c'est une copie d'après Hans Holbein, dit le prince qui avait eu le temps d'examiner le tableau; – et bien que je ne sois pas grand connaisseur, il me semble que c'est une copie remarquable. J'ai vu ce tableau à l'étranger et je ne peux pas l'oublier. Mais... Qu'as-tu ?

Rogojine avait soudain abandonné le tableau et s'était remis en marche. Évidemment la distraction et l'état étrangement irascible qui s'étaient brusquement manifestés chez lui eussent peut-être pu expliquer ces sautes d'humeur; mais la façon abrupte dont s'était interrompue une conversation que le prince n'avait pas engagée et le fait que Rogojine ne lui eût même pas répondu lui semblèrent néanmoins étranges.

– Dis-moi, Léon Nicolaïevitch, il y a longtemps que je voulais te le demander, crois-tu en Dieu, ou non ? reprit tout à coup Rogojine, après avoir fait quelques pas.

– Quelle étrange façon tu as d'interroger et... de regarder ! observa malgré lui le prince.

– J'aime regarder ce tableau, murmura Rogojine après un silence, comme ayant de nouveau oublié sa question.

– Ce tableau ! s'écria le prince, sous le coup d'une pensée subite, ce tableau ! Mais ce tableau pourrait faire perdre la foi à d'aucuns !

– Il la fait bien perdre, confirma Rogojine d'une façon inattendue.

Ils avaient déjà atteint la porte de sortie.

– Comment ? dit le prince en s'arrêtant brusquement, que dis-tu là ? Je l'ai dit presque en plaisantant et tu le prends si au sérieux ! Pourquoi m'as-tu demandé si je croyais en Dieu ?

– Comme ça, pour rien. Je voulais déjà te le demander précédemment. Il y a maintenant beaucoup de gens qui ne croient pas. Tu as vécu à l'étranger. Est-ce vrai ce que me disait un ivrogne que chez nous, en Russie, ils sont plus nombreux que dans n'importe quel pays, ceux qui ne croient pas en Dieu ? Cela nous est plus facile qu'à eux, m'a-t-il dit, parce que nous sommes allés plus loin que les autres !...

Rogojine sourit avec aigreur; ayant posé sa question, il avait ouvert brusquement la porte et, la main sur la poignée, attendait que le prince sortît. Le prince s'en étonna, mais franchit le seuil, Rogojine le suivit sur le palier en refermant à moitié la porte derrière lui. Ils restèrent l'un devant l'autre avec l'air de ne plus savoir où ils étaient ni ce qu'ils devaient faire.

– Eh bien, adieu, dit le prince en lui tendant la main.

– Adieu, murmura Rogojine, en serrant tout à fait machinalement la main qu'on lui tendait.

Le prince descendit une marche et se retourna :

– En ce qui concerne la foi, commença-t-il en souriant (ne voulant visiblement pas quitter Rogojine sur cette impression) et s'animant en outre sous le coup d'un souvenir subit, – quant à la foi, j'ai fait la semaine dernière quatre rencontres en l'espace de deux jours. Un matin, voyageant sur une nouvelle ligne de chemin de fer, j'ai bavardé durant près de quatre heures avec un certain S... dont je venais de faire la connaissance. J'avais déjà beaucoup entendu parler de lui et entre autres comme d'un athée. C'était un homme d'une grande culture et je me réjouis de l'occasion de discuter avec un véritable érudit. Par surcroît, c'était aussi un homme d'une éducation parfaite, qui me parla absolument comme à un égal en connaissances et en conceptions. Il ne croit pas en Dieu. Une chose seulement m'a frappé : au cours de toute la conversation, il semblait ne pas aborder le véritable sujet; j'en ai été justement frappé parce que déjà précédemment, chaque fois que je rencontrais des incroyants ou que je lisais de tels livres, il me semblait toujours que ni dans la conversation, ni dans les livres, ils ne parlaient de la véritable question, bien qu'il en fût ainsi en apparence. Je lui ai exposé cela, mais probablement d'une manière confuse ou sans avoir su m'exprimer, car il n'y a rien compris. Dans la soirée, j'étais descendu dans une auberge pour la nuit. A mon arrivée, toutes les conversations roulaient autour d'un crime qui venait d'avoir lieu la nuit précédente. Deux paysans d'âge mûr et qui n'étaient pas ivres, qui se connaissaient depuis longtemps, de bons amis, avaient décidé, après avoir bu du thé, de prendre ensemble une chambre pour la nuit. Mais l'un d'eux avait remarqué depuis deux jours que son camarade possédait une montre en argent attachée à un cordon jaune, qu'il ne lui connaissait apparemment pas. Cet homme n'était pas un voleur, il était même honnête et, pour un paysan, loin d'être pauvre. Mais cette montre lui avait tellement plu, elle le tenait à ce point qu'à la fin il ne put y tenir. Il prit son couteau et, son camarade s'étant détourné, s'approcha de lui par-derrière avec précaution, calcula son coup, se signa, les yeux levés vers le ciel, et murmurant à part soi en une prière amère : « Seigneur, pardonnez-moi au nom du Christ ! » égorgea son camarade d'un seul coup, comme un mouton, et lui prit sa montre.

Rogojine se roula de rire. Il riait comme dans une crise de nerfs. Ce rire était même étrange à observer après l'humeur si sombre de tout à l'heure.

– Voilà qui me plaît ! Voilà qui est plus beau que tout ! criait-il convulsivement, étouffant de rire. L'un ne croit pas du tout en Dieu, l'autre y croit au point d'égorger les gens en faisant sa prière... Non, prince, mon vieux, on n'inventerait pas ça ! Ah, ah, ah ! Non, c'est vraiment plus beau que tout !...

– Le lendemain matin, je sortis pour flâner un peu à travers la ville, continua le prince dès que Rogojine se fut un peu calmé, bien que le rire fît trembler encore spasmodiquement ses lèvres. – Je vois un soldat ivre, complètement débraillé, qui titube sur le trottoir en bois. Il s'approche de moi : « Achète-moi, monsieur, ma croix d'argent, je te la laisse pour vingt kopeks, c'est de l'argent ! » Je vois dans sa main une croix qu'il venait sans doute d'enlever de son cou, avec un ruban bleu ciel usé, mais une croix en pur étain, c'était visible au premier coup d'œil; de grandes dimensions, de style byzantin, à huit branches. Je sortis vingt kopeks et les lui donnai et je passai aussitôt la croix à mon cou. On pouvait lire sur son visage la satisfaction d'avoir trompé un passant naïf; il s'en alla de ce pas boire sa croix, cela ne fait pas l'ombre d'un doute. A cette époque, mon ami, j'étais entièrement sous l'impression de tout ce qui m'avait littéralement submergé, dès mon arrivée en Russie. Jusqu'alors je n'avais rien compris à mon pays, je grandissais comme frappé de mutisme et, pendant ces cinq ans de mon séjour à l'étranger, je l'évoquais sous un jour en quelque sorte fantastique. Je marchais donc tout en me disant : non, j'attendrai encore avant de juger ce Judas. Dieu seul sait ce qui se passe dans ces faibles cœurs d'ivrognes. Une heure plus tard, comme je rentrais à l'auberge, je rencontre une bonne femme avec un nourrisson. La femme était encore jeune, l'enfant pouvait avoir six semaines; il venait de sourire à sa mère pour la première fois depuis sa naissance. Je la vois tout à coup qui se signe avec beaucoup de piété. « Pourquoi viens-tu de te signer ? » (Je questionnais alors tout le temps les gens.) Elle me répond : « C'est que, pareille à la joie d'une mère quand elle remarque le premier sourire de son enfant, pareille est la joie de Dieu chaque fois que du ciel il voit un pécheur se mettre d'un cœur sincère à prier devant lui ». C'est une simple paysanne qui me dit, à peu près en ces termes, une pensée aussi subtile, aussi authentiquement chrétienne, une pensée dans laquelle s'est exprimée d'un coup toute l'essence du christianisme, c'est-à-dire l'idée de Dieu notre père à tous et de la joie de Dieu devant l'homme comme celle d'un père devant son propre enfant. C'est une idée fondamentale du Christ ! Une simple paysanne ! Une mère, il est vrai... et, qui sait, cette paysanne était peut-être la femme de l'autre soldat. Écoute, Parfione, tu m'as interrogé tout à l'heure à ce sujet, voici ma réponse : l'essence du sentiment religieux est indépendante de tous les raisonnements, de toutes les mauvaises actions et des crimes, de tous les athéismes; il y a là quelque chose d'autre et il en sera toujours ainsi, quelque chose sur quoi glisseront éternellement les athées qui éternellement resteront à côté du sujet. Mais le plus important, c'est qu'on remarque cela le plus vite et le plus nettement dans une âme russe, et c'est là ma conclusion. C'est une des premières convictions que je me suis faites dans notre Russie. Il y a à faire, Parfione ! Il y a beaucoup à faire sur notre terre russe, crois-moi ! Souviens-toi de nos rencontres et de nos entretiens de Moscou... Je n'avais aucune envie de revenir maintenant ici. Et ce n'est pas du tout, pas du tout de cette façon que je pensais te retrouver ! Eh bien, tant pis !... Adieu, au revoir ! Que Dieu ne t'abandonne pas !...

Il fit demi-tour et se mit à descendre l'escalier.

– Léon Nicolaïevitch ! lui cria d'en haut Parfione, quand il eut déjà atteint le premier palier. – Cette croix que tu as achetée au soldat, l'as-tu sur toi ?

– Oui, je l'ai sur moi, dit le prince en s'arrêtant de nouveau.

– Montre-la-moi.

Encore une bizarrerie ! Le prince hésita, puis remonta les marches et sortit la croix de dessous sa chemise sans l'enlever de son cou.

– Donne-la-moi, demanda Rogojine.

– Pourquoi ? Est-ce que tu...

Le prince semblait ne pas vouloir se séparer de cette croix.

– Je la porterai et je te donnerai la mienne pour que tu la portes aussi...

– Tu veux que nous échangions nos croix ? Soit, Parfione, si tu le veux, j'en serai heureux; soyons frères.

Le prince enleva sa croix en étain, Parfione la sienne en or, et ils en firent l'échange. Parfione se taisait. Avec une pénible surprise, le prince constata que la défiance, le sourire amer et presque sarcastique de tout à l'heure semblaient ne pas quitter le visage de son frère de croix ou, du moins, s'y reflétaient nettement par moments. Enfin Rogojine prit en silence la main du prince et resta un moment immobile, comme incapable de prendre une décision. A la fin, il l'entraîna derrière lui en murmurant « viens » d'une voix à peine perceptible. Ils traversèrent le palier du premier étage et sonnèrent à la porte d'en face. On leur ouvrit presque aussitôt. Une petite vieille toute voûtée, vêtue de noir, avec un fichu sur la tête, s'inclina en silence bien bas devant Rogojine; celui-ci lui demanda rapidement quelque chose et, sans attendre sa réponse, emmena le prince. Ils traversèrent de nouveau de nombreuses pièces obscures, d'une extraordinaire et glaciale propreté, aux meubles anciens, froids et austères, recouverts de housses d'un blanc immaculé. Sans se faire annoncer, Rogojine introduisit directement le prince dans une petite pièce à aspect de salon, coupée par une cloison en acajou verni, flanquée sur les côtés de deux portes et derrière laquelle devait vraisemblablement se trouver la chambre à coucher. Dans un coin du salon, dans un fauteuil près du poêle, était assise une petite vieille qui ne paraissait pas très âgée, au visage encore assez frais, agréable et arrondi, mais dont les cheveux étaient déjà tout blancs et qui (on pouvait s'en convaincre dès le premier coup d'œil) était complètement retombée en enfance. Elle était vêtue d'une robe de laine noire, avec un grand fichu noir autour du cou, et coiffée d'un bonnet très blanc garni de rubans noirs. Ses pieds étaient posés sur un petit banc. Auprès d'elle se tenait une autre vieille, plus âgée, bien proprette, en deuil elle aussi et coiffée également d'un bonnet blanc, sans doute une parente pauvre, qui, en silence, tricotait un bas. Elles devaient rester ainsi tout le temps sans parler. En apercevant Rogojine et le prince, la première des deux vieilles leur sourit et, à plusieurs reprises, inclina la tête d'un air affectueux en signe de satisfaction.

— Mère, dit Rogojine après lui avoir baisé la main, voici mon grand ami, le prince Léon Nicolaïevitch Muichkine; nous avons échangé nos croix; il a été pour moi comme un frère à un certain moment à Moscou et a fait beaucoup pour moi. Bénis-le, maman, comme tu l'aurais fait pour ton propre fils. Attends, ma petite vieille, je vais t'aider à joindre les doigts...

Mais avant même que Parfione eût le temps de la toucher, la vieille leva sa main droite, joignit trois doigts, et par trois fois fit pieusement le signe de croix au-dessus de la tête du prince. Après quoi, elle lui fit encore un signe de tête affectueux et tendre.

— Viens maintenant, Léon Nicolaïevitch, dit Parfione, c'est seulement pour ça que je t'avais amené ici...

Quand ils se retrouvèrent sur le palier, il ajouta :

— Elle ne comprend rien de ce qu'on lui dit et n'a rien compris à mes paroles, et pourtant elle t'a béni; c'est donc qu'elle l'a voulu d'elle-même... Eh bien, adieu, il est temps et pour moi et pour toi.

Et il ouvrit la porte.

— Laisse-moi au moins t'embrasser avant de partir. Quel drôle d'homme ! s'écria le prince, le regardant avec un tendre reproche; et il voulut le prendre dans ses bras.

Mais Parfione avait à peine esquissé un geste pour lever ses bras qu'il les laissa retomber aussitôt. Il ne pouvait pas se décider; il se détournait pour ne pas voir le prince.

– N'aie pas peur ! Bien que j'aie pris ta croix, je ne te tuerai pas pour une montre ! marmonna-t-il d'une voix indistincte, avec un rire étrange.

Mais son visage se transforma brusquement; il devint affreusement pâle, ses lèvres se mirent à trembler, ses yeux s'allumèrent. Il leva les bras, étreignit avec force le prince et dit d'une voix haletante :

– Eh bien, prends-la donc puisque c'est le destin ! Elle est à toi ! Je te la cède ! Souviens-toi de Rogojine !

Et, quittant le prince sans un regard, il rentra à la hâte en refermant avec bruit la porte sur lui.

V

Il était déjà tard, presque 2 heures et demie, et le prince ne trouva pas le général Épantchine chez lui. Ayant déposé sa carte, il décida de passer à l'hôtel des « Balances » pour voir si Kolia s'y trouvait ou, dans le cas contraire, pour lui laisser un mot. A l'hôtel on lui déclara que « Nicolas Ardalionovitch était sorti encore dans la matinée et avait averti, pour le cas où on viendrait le demander, qu'il serait peut-être de retour vers 3 heures, et que s'il n'était pas là à 4 heures et demie, cela signifierait qu'il était parti par le train pour Pavlovsk chez la générale Épantchine et qu'il y dînerait ». Le prince s'installa pour attendre et en profita pour commander à dîner.

Mais ni à 3 heures et demie ni même à 4 heures Kolia n'avait toujours pas paru. Le prince sortit de l'hôtel et se mit à marcher machinalement, au hasard. Au début de l'été, il y a parfois à Pétersbourg des journées délicieuses, claires, chaudes, calmes. Comme par un fait exprès, il faisait justement une de ces journées exceptionnelles. Pendant quelque temps le prince erra sans but. Il connaissait mal la ville. Il s'arrêtait parfois aux carrefours devant certaines maisons, sur des places ou sur des ponts; à un moment donné il entra pour se reposer dans une pâtisserie. Parfois il se mettait à examiner les passants avec une grande curiosité, mais le plus souvent il ne remarquait ni les passants ni même où il se trouvait. Il était dans un état d'inquiétude et de douloureuse tension, et en même temps, il ressentait un besoin extrême de solitude. Il voulait être seul et se livrer passivement à la souffrance de cette tension sans rechercher la moindre issue. Avec dégoût, il repoussait le flux de questions qui envahissait son cœur et son âme. « Suis-je donc responsable de tout cela ? » marmonnait-il tout bas presque sans avoir conscience de ses paroles.

Vers 6 heures il se trouva sur le quai de la ligne de chemin de fer de Tsarskoïe-Celo. La solitude lui était vite devenue intolérable; un nouvel élan s'était ardemment emparé de son cœur et, pour un moment, une lumière éclatante illumina les ténèbres qui emplissaient son âme d'angoisse. Il prit un billet pour Pavlosk, tout à la hâte de partir; mais il était certainement poursuivi par quelque chose, quelque chose qui était réel et non imaginaire, comme il avait peut-être tendance à le croire. Sur le point de monter dans le wagon, il jeta soudain par terre le billet qu'il venait d'acheter et quitta la gare, pensif et troublé. Un peu plus tard, déjà dans la rue, il sembla s'être subitement souvenu de quelque chose, avoir compris quelque chose de très étrange qui l'inquiétait depuis longtemps. Soudain il se surprit consciemment au milieu d'une occupation qui durait déjà depuis un certain temps mais qu'il n'avait pas remarquée jusque-là; depuis plusieurs heures, encore à l'hôtel des « Balances », et peut-être même avant, il se mettait brusquement, de temps en temps, à chercher quelque chose autour de lui. Parfois il l'oubliait, pour assez longtemps même, une demi-heure, mais soudain il se retournait de nouveau avec inquiétude et recommençait à chercher autour de lui.

Mais à peine avait-il constaté chez lui cette impulsion maladive et jusqu'alors absolument inconsciente qui s'était depuis si longtemps déjà emparée de lui, que surgit brusquement devant lui un autre souvenir qui l'intéressa vivement; il se rappela qu'au moment même où il s'était aperçu qu'il ne cessait de chercher quelque chose autour de lui, il se tenait sur le trottoir devant la vitrine d'une boutique et examinait avec beaucoup de curiosité les objets qui y étaient exposés. Il voulut alors à tout prix vérifier s'il venait vraiment de s'arrêter, il y avait peut-être à peine cinq minutes, devant cette boutique; si ce n'était pas une simple illusion, n'avait-il pas confondu quelque chose ? Cette boutique et les objets exposés existaient-ils réellement ? Car il se sentait effectivement depuis le début de la journée dans un état particulièrement morbide, presque le même que celui qu'il ressentait jadis au début des accès de son ancienne maladie. Il savait que dans ces périodes il devenait extrêmement distrait et qu'il lui arrivait fréquemment de confondre objets et visages, quand il ne leur prêtait pas une attention particulièrement soutenue. Mais il y avait aussi une raison spéciale à son grand désir de vérifier s'il s'était réellement arrêté alors devant cette boutique; parmi les objets disposés dans la vitrine, il en était un qu'il avait regardé et qu'il avait même évalué à soixante kopeks; de cela il se souvenait, malgré sa distraction et son trouble. Si cette boutique existait et si l'objet en question se trouvait effectivement en vitrine, c'était donc précisément à cause de cet objet qu'il s'y était arrêté. Par conséquent, cet objet l'intéressait en soi assez puissamment pour attirer son attention, même dans l'état de confusion pénible où il se trouvait en sortant de la gare. Il marchait, regardant à droite presque avec angoisse, et son cœur battait d'impatience et d'anxiété. Mais voici la boutique, il l'a enfin trouvée ! Il s'en était déjà éloigné d'environ cinq cents pas lorsqu'il avait eu l'idée de rebrousser chemin. Et voici cet objet de soixante kopeks. « Évidemment soixante kopeks, il n'en vaut pas plus ! » confirma-t-il; et il rit. Mais son rire était hystérique; il se sentit le cœur lourd. Il se souvenait nettement à présent que tout à l'heure à cette même place, devant cette vitrine, il s'était vivement retourné, comme le matin lorsqu'il avait surpris sur lui le regard de Rogojine. S'étant assuré qu'il ne s'était pas trompé (ce dont au reste il était absolument certain avant même que de vérifier), il quitta la boutique et s'éloigna rapidement. Il fallait absolument réfléchir à tout cela au plus vite; il était clair à présent que ce qui s'était passé à la gare n'était pas non plus une illusion, qu'il lui était bien arrivé quelque chose de réel et lié sans aucun doute à toute son ancienne angoisse. Mais une sorte d'invincible répugnance intérieure l'emporta encore : il ne voulut pas réfléchir; il y renonca entièrement. Il se mit à penser à autre chose.

Il songea, entre autres, que dans ses états épileptiques il y avait un moment, précédant de très peu la crise (lorsque celle-ci lui venait à l'état de veille), où soudain, au milieu de la tristesse, des ténèbres de l'âme, de l'étouffement, son cerveau semblait s'embraser par instants, et où toutes ses forces vitales se tendaient à la fois dans un élan extraordinaire. La sensation de vie, la conscience de soi-même paraissaient décuplées dans ces moments fulgurants. Le cerveau, le cœur s'illuminaient d'une extraordinaire clarté; tout son trouble, ses doutes, ses inquiétudes, semblaient s'apaiser aussitôt, se résolvaient dans une sorte de paix supérieure, pleine de clarté, de joie harmonieuse et d'espoir, pleine d'entendement et de conscience de la cause finale. Mais ces moments, ces lueurs n'étaient encore que le pressentiment de cette dernière seconde (jamais davantage) par quoi commençait la crise. Seconde, bien entendu, absolument intolérable. Réfléchissant à cela une fois revenu à la santé, il se disait souvent que tous ces éclairs et toutes ces illuminations d'une conscience supérieure, donc « d'une existence supérieure », n'étaient rien d'autre que maladie, qu'altération d'un état normal et que, s'il en était ainsi, il ne s'agissait nullement d'une existence supérieure, mais au contraire d'un état qui devait être compté au nombre des plus bas... Cela l'avait amené cependant à une déduction extrêmement paradoxale : « Qu'est-ce que cela peut faire que ce soit un état morbide? décida-t-il finalement. Qu'importe qu'il s'agisse d'un état de tension anormale, puisque le résultat, cet instant dont on se souvient et que l'on examine lorsqu'on est déjà en bonne santé, apparaît comme le plus haut point d'harmonie et de beauté, qu'il procure un sentiment inouï, insoupçonné jusqu'alors, de plénitude, de mesure, d'apaisement et de fusion par la prière avec la plus haute synthèse de la vie ? » Ces expressions nébuleuses lui semblaient parfaitement intelligibles bien qu'encore trop faibles. Quant au fait que c'était là réellement « beauté et communion dans la prière » et « la plus haute synthèse de la vie », il n'en doutait pas, il n'admettait pas de doutes à ce sujet. Car ce n'étaient pas des mirages qui lui venaient à ce moment-là, des songes anormaux et vains, comme il en vient du hachisch, de l'opium ou de l'alcool qui dégradent la raison et altèrent l'âme. Il pouvait en juger sainement à l'issue de son état morbide. Non, ces moments représentaient uniquement un effort extraordinaire de prise de conscience – s'il avait fallu exprimer cet état en un mot – et en même temps l'expression la plus directe de la conscience de soi-même. Et si en cette seconde, c'est-à-dire au tout dernier instant conscient avant l'accès, il lui arrivait d'avoir le temps de se dire nettement et avec lucidité : « Oui, pour ce moment on pourrait donner toute sa vie ! », il était bien certain qu'en effet cet instant valait en soi toute une vie. Toutefois, il ne tenait pas autrement au côté dialectique de sa déduction : l'hébétude, le marasme mental, l'idiotie, se présentaient à lui comme conséquence évidente de ces « moments suprêmes ». Il se serait, bien entendu, refusé à une discussion sérieuse sur ce sujet. Sa déduction, c'est-à-dire son appréciation de cette minute, contenait sans aucun doute une erreur, mais la réalité de la sensation elle-même ne laissait cependant pas de le troubler. Comment en effet ne pas tenir compte de la réalité ? Car cela avait réellement été, il avait réellement eu le temps de se dire, durant cette seconde, que cette seconde, par le bonheur illimité qu'il ressentait, pourrait bien valoir toute une vie.

« A cet instant-là, avait-il confié un jour à Rogojine lors de leurs rencontres à Moscou, me devient intelligible cette extraordinaire parole de l'Apocalypse : *Il n'y aura plus de temps*. Il s'agit probablement, avait-il ajouté en souriant, de cette même seconde où l'eau de la cruche renversée de l'épileptique Mahomet n'avait pas eu le temps de s'écouler, et durant laquelle il avait pu contempler toutes les demeures d'Allah ».

Oui, à Moscou il leur était arrivé souvent de se retrouver avec Rogojine et leurs conversations roulaient sur bien d'autres sujets encore.

« Rogojine a dit tout à l'heure que j'avais été pour lui un frère; il s'est exprimé ainsi pour la première fois aujourd'hui », songeait le prince.

Il y songeait assis sur un banc sous un arbre, dans le Jardin d'Été. Il était près de 7 heures du soir. Le jardin était vide et une nuée sombre avait enveloppé le soleil à son déclin. L'air était étouffant comme à l'approche d'un orage. Le prince trouvait une sorte d'attrait à son présent état contemplatif. Il s'accrochait par ses souvenirs et son esprit à chaque objet extérieur et cela lui plaisait. Il éprouvait sans cesse le désir d'oublier quelque chose d'actuel, d'essentiel, mais dès le premier regard jeté autour de lui il reconnaissait aussitôt sa sombre idée fixe dont il eût tellement aimé pouvoir se délivrer. Il s'était un instant souvenu de la conversation qu'il avait eue pendant le dîner avec le garçon de restaurant au sujet d'un récent assassinat extrêmement étrange et qui suscitait pas mal de bruit et de discussions. Mais à peine s'en était-il souvenu qu'il lui advint encore quelque chose de particulier.

Un désir d'une extrême puissance, irrésistible, presque une tentation, avait engourdi sa volonté. Il se leva de son banc et, sortant du jardin, se dirigea tout droit vers la rive droite. Tout à l'heure, sur les quais de la Néva, il s'était fait montrer par un passant ce quartier au delà du fleuve. On le lui avait montré, mais il n'y était pas allé alors. Il était d'ailleurs, de toute façon, inutile de s'y rendre aujourd'hui, il le savait. L'adresse, il l'avait depuis longtemps et il lui était facile de trouver la maison de la parente de Lebedev, mais il était à peu près certain de ne pas la trouver chez elle. « Elle est certainement partie pour Pavlovsk, sinon Kolia aurait laissé un mot aux « Balances » comme il avait été convenu ». Par conséquent, s'il s'y acheminait à présent, ce n'était évidemment pas dans l'intention de la voir. C'était autre chose qui le tentait, une curiosité sombre et douloureuse. Une idée nouvelle et soudaine lui avait traversé l'esprit... Mais le fait de s'être mis en route et de savoir où il allait était déjà pour lui plus que suffisant. Peu après, il marchait à nouveau sans presque remarquer le trajet. Analyser plus avant son « idée soudaine » lui répugna aussitôt à l'extrême et lui devint presque impossible.

Il examinait, concentrant douloureusement son attention, tout ce qui lui tombait sous les yeux, il regardait le ciel, la Néva. Il essaya même d'engager la conversation avec un enfant qu'il rencontra. Peut-être son état morbide lui aussi allait-il s'intensifiant. L'orage semblait en effet approcher, bien que lentement. On entendait déjà un lointain tonnerre. L'air devenait tout à fait étouffant...

Sans raison, le souvenir du neveu de Lebedev qu'il avait vu tout à l'heure s'imposait maintenant sans cesse au prince, comme s'impose une phrase musicale obsédante qu'on répète jusqu'à l'abrutissement. Circonstance bizarre, il lui apparaissait sous les traits de l'assassin auquel Lebedev lui-même avait fait allusion en présentant son neveu, et dont il avait lu récemment l'histoire. Depuis son arrivée en Russie, il avait beaucoup lu ou entendu d'histoires de ce genre; il suivait avec ténacité toutes ces questions. Lors de sa conversation avec le garçon de restaurant, il avait même manifesté un intérêt excessif pour ce même assassinat de la famille Gémarine. Le garçon avait été d'accord avec lui, il s'en souvenait. Il se souvint aussi du garçon; c'était un gaillard point sot, posé et prudent, « quoique, au fond, Dieu seul sait ce qu'il était au juste. Il est difficile de pénétrer des gens nouveaux dans un pays nouveau pour vous ». Au demeurant, il commençait à croire passionnément en l'âme russe. N'avait-il pas, au cours de ces six mois, rencontré tant de choses nouvelles pour lui, insoupçonnées, inouïes, inattendues ? Mais l'âme d'autrui est ténèbres et l'âme russe est ténèbres; ténèbres pour bien des gens. Ainsi, il avait été longtemps lié avec Rogojine, étroitement, « fraternellement » lié, mais connaissait-il Rogojine ? Du reste, il y avait parfois dans tout cela un tel chaos, une telle confusion, une telle ignominie ! Et ce neveu de Lebedev de tout à l'heure, quel vilain et prétentieux morveux ! Au fait, qu'ai-je donc contre lui ? (songeait toujours le prince), est-ce lui qui a assassiné ces six personnes ? Il semble que je confonds... comme c'est bizarre ! La tête me tourne un peu... Mais quel visage charmant et sympathique a la fille aînée de Lebedev, celle qui tenait l'enfant dans ses bras, quelle expression pure, presque enfantine, et quel rire presque enfantin elle a ! Il était étrange qu'il eût oublié ce visage et qu'il ne s'en fût souvenu qu'à présent. Ce Lebedev qui tape des pieds les adore probablement tous. Et ce qui est le plus certain, comme deux fois deux font quatre, c'est que Lebedev adore également son neveu.

Du reste, comment avait-il pu se charger de les juger d'une façon aussi définitive, lui qui venait d'arriver, quel droit avait-il de prononcer de tels verdicts ? Lebedev lui-même ne s'était pas révélé aujourd'hui un problème : s'était-il attendu à trouver un pareil Lebedev ?

L'avait-il jusqu'à présent connu sous ce jour ? Lebedev et la Du Barry, Seigneur ! Si Rogojine tuait, il ne tuerait du moins pas de cette façon désordonnée. Il n'y aurait pas ce chaos. Une arme commandée d'après un croquis et six personnes fauchées d'un coup dans un véritable accès de délire. Rogojine, lui, n'a pas commandé une arme d'après un croquis... son arme... mais... est-il donc décidé que Rogojine va tuer ? Le prince tressaillit :

« N'est-ce pas un crime, n'est-ce pas une bassesse de ma part que de faire avec tant de cynique franchise une pareille supposition ! » s'écria-t-il, la rougeur de la honte lui couvrant aussitôt le visage.

Stupéfait, il s'arrêta comme cloué au sol. Il se remémora d'un coup la gare de Pavlovsk de tout à l'heure, et la gare Nicolas, et sa question directe à Rogojine au sujet du *regard,* et la croix de Rogojine qu'il portait à présent à son cou, et la bénédiction de sa mère auprès de laquelle ce dernier l'avait conduit de son propre mouvement, et la dernière accolade convulsive et enfin ce renoncement final de Rogojine, tout à l'heure dans l'escalier. Après tout cela, se surprendre dans la recherche incessante de quelque chose autour de soi, et cette boutique et cet objet... quelle bassesse ! Après tout cela, il marchait maintenant vers « un but spécial », guidé par cette « idée soudaine ». Le désespoir et la souffrance s'étaient emparés entièrement de son âme. Le prince voulut rentrer immédiatement à l'hôtel; il fit même demi-tour et se mit à marcher déjà dans cette direction, mais au bout d'une minute il s'arrêta, et, réflexion faite, reprit sa direction primitive.

D'ailleurs, il se trouvait déjà sur la rive droite, pas loin de sa maison. Bien sûr, il n'y allait plus avec le même but en vue ni avec cette « idée spéciale ». Comment cela avait-il été possible ? Oui, sa maladie revenait, c'était hors de doute : peut-être aurait-il un accès aujourd'hui même. C'était de l'accès que venaient toutes ces ténèbres, c'était l'accès qui amenait « l'idée ». Mais les ténèbres s'étaient dissipées, le démon chassé, il n'y avait plus de doutes, son cœur était rempli de joie ! Et il y avait si longtemps qu'il ne l'avait pas vue, *elle,* il avait besoin de la voir, et... oui, il aurait voulu rencontrer maintenant Rogojine; il l'aurait pris par la main et ils y seraient allés ensemble... Son cœur était pur... est-ce qu'il était un rival pour Rogojine ? Demain il irait lui-même dire à Rogojine qu'il l'avait vue; n'était-il pas accouru ici, comme l'avait dit tout à l'heure Rogojine, dans la seule intention de la voir ? Peut-être la trouverait-il quand même chez elle, il n'était pas certain qu'elle fût à Pavlovsk.

Oui, il fallait que tout cela fût maintenant nettement établi, que tous pussent lire clairement les uns dans les autres, qu'il n'y eût plus de ces renoncements passionnés et sombres, tel que tout à l'heure celui de Rogojine, que tout s'accomplît librement et dans la... clarté. Rogojine est-il incapable de clarté ? Il prétend qu'il l'aime autrement, qu'il n'y a en lui ni compassion ni « aucune pitié ». Il est vrai qu'il avait ajouté ensuite que « ma compassion était peut-être plus forte que son amour », mais il se calomnie lui-même... Hum !... : Rogojine un livre à la main, n'est-ce pas déjà « de la compassion », un commencement de « compassion » ? Est-ce que la seule présence de ce livre ne prouve pas en lui une parfaite conscience de la nature de ses rapports avec *elle ?* Et ce récit de tout à l'heure ? Non, tout cela est plus profond qu'une simple passion. Et était-ce la seule passion qu'inspirait son visage ? Peut-il seulement, ce visage, inspirer à présent la passion ? Il inspire la souffrance, il bouleverse l'âme, il est... et un souvenir cuisant et douloureux traversa le cœur du prince.

Oui, douloureux. Il se remémora son récent tourment, lorsque pour la première fois il commença à remarquer chez elle des signes de folie. Il avait éprouvé alors presque du désespoir. Et comment avait-il pu l'abandonner lorsqu'elle l'avait fui pour rejoindre Rogojine ? Il aurait dû se lancer lui-même à sa poursuite, au lieu d'attendre des nouvelles. Mais... est-il possible que Rogojine n'ait pas encore remarqué chez elle la folie ? Hum... Rogojine voit à tout d'autres raisons, des raisons passionnelles. Et quelle jalousie insensée ! Que voulait-il dire par sa supposition de tout à l'heure ? (Le prince rougit brusquement et quelque chose fit tressaillir son cœur.)

Du reste, à quoi bon évoquer cela ? Il y a là de la folie des deux côtés. Et pour lui, pour le prince, il était presque impossible d'aimer cette femme de passion; cela eût été une cruauté presque inhumaine. Il a un cœur immense, capable de souffrance et de compassion. Lorsqu'il connaîtra toute la vérité, lorsqu'il aura compris combien est digne de pitié cette aliénée, cet être ravagé, est-ce qu'il ne lui pardonnera pas le passé, toutes ses souffrances ? Est-ce qu'il ne deviendra pas son serviteur, son frère, son ami, sa providence ? La compassion donnera un sens et une compréhension à Rogojine. La compassion est la loi fondamentale et peut-être l'unique loi de l'existence de tout le genre humain. Oh, comme il est coupable, d'une façon impardonnable et ignominieuse, à l'égard de Rogojine !

Non, ce n'est pas « l'âme russe qui est ténèbres », c'est son âme à lui qui l'est, puisqu'il a été capable d'imaginer une pareille horreur. Pour quelques paroles chaleureuses et cordiales prononcées à Moscou, Rogojine l'appelle son frère, et lui... Mais c'est la maladie, le délire. Tout cela va se dénouer... Qu'il était sombre, Rogojine, en disant tout à l'heure qu'il « perdait la foi » ! Cet homme doit souffrir profondément. Il dit qu'il « aime regarder ce tableau »; il ne l'aime pas, mais il éprouve donc le besoin de le regarder. Rogojine n'est pas qu'une âme passionnée, c'est aussi un lutteur; il veut regagner par la force sa foi perdue. Il en a actuellement un besoin allant jusqu'à la souffrance... Oui ! Croire à quelque chose, croire à quelqu'un ! Comme il est pourtant étrange, ce tableau de Holbein !... Ah, la voilà cette rue. Et voilà sans doute la maison, c'est bien ça, n° 16, « Maison de la veuve du secrétaire départemental Filissov ». C'est ici. Le prince sonna et demanda Nastassia Philippovna.

La maîtresse de maison en personne lui répondit que Nastassia Philippovna était partie dès le matin pour Pavlovsk chez Daria Alexeïevna et « qu'il se pouvait même qu'elle y restât plusieurs jours ». Mme Filissova était une petite femme d'une quarantaine d'années, à la figure pointue et aux yeux perçants; son regard était fixe et malicieux. A la demande de son nom – demande à laquelle elle donna comme à dessein un caractère mystérieux – le prince ne voulut tout d'abord pas répondre, mais il revint aussitôt sur ses pas et insista même pour que son nom fût bien communiqué à Nastassia Philippovna. Mme Filissova accueillit cette insistance avec une attention accrue et un air extraordinairement confidentiel qui visiblement voulait dire : « Soyez tranquille, j'ai compris ». Manifestement, le nom du prince avait produit sur elle une très forte impression. Après l'avoir regardée d'un air distrait, le prince fit demi-tour et prit le chemin de son hôtel. Mais il n'avait plus le même aspect qu'au moment où il avait sonné chez Mme Filissova. Une nouvelle transformation extraordinaire s'était produite en lui en un instant. De nouveau il marchait, pâle, faible, tourmenté, troublé; ses genoux tremblaient et un vague sourire égaré errait sur ses lèvres bleuies; son « idée soudaine » s'était tout à coup confirmée et justifiée, et il croyait de nouveau à son démon.

Mais s'était-elle réellement confirmée ? s'était-elle justifiée ? Pourquoi ces frissons, cette sueur froide, ces ténèbres et ce froid dans l'âme ? Était-ce parce qu'il venait d'apercevoir de nouveau *ces yeux ?* Mais n'avait-il pas quitté le Jardin d'Été uniquement pour les voir ? C'était en cela que consistait son « idée soudaine ». Il avait éprouvé le désir de revoir ces « yeux de tantôt », pour se convaincre définitivement qu'il allait immanquablement les rencontrer *là-bas,* devant cette maison. C'était un désir spasmodique, pourquoi alors était-il à ce point écrasé, frappé de les avoir en effet revus ? Comme s'il ne s'y était pas attendu ! Oui, c'étaient ces mêmes yeux (et que ce fussent *les mêmes* il ne pouvait plus y avoir aucun doute à cela) dont il avait remarqué l'éclat, le matin, dans la foule, en descendant du train à la gare Nicolas, les mêmes (exactement les mêmes !) dont il avait plus tard surpris le regard, derrière son dos, en s'asseyant sur une chaise chez Rogojine. Rogojine avait nié tantôt : il avait demandé avec un rictus glaçant : « A qui étaient ces yeux ? » Et le prince avait eu terriblement envie, il n'y avait pas longtemps, à la gare de la ligne de Tsarskoïe-Celo — au moment où il montait dans le wagon pour aller vers Aglaé, et que brusquement il vit de nouveau ces yeux, pour la troisième fois déjà de la journée – de s'approcher de Rogojine et de lui dire, *à lui,* « à qui étaient ces yeux ». Mais il était sorti en courant de la gare et n'avait repris conscience, que devant la boutique de coutellerie, au moment même où il estimait soixante kopeks un objet à manche de bois de cerf. Un démon étrange et effrayant s'était attaché à lui définitivement et ne voulait plus le quitter. Ce démon lui souffla, dans le Jardin d'Été, tandis qu'il rêvait sous un tilleul, que, si Rogojine éprouvait un tel besoin de le guetter depuis le matin et de le surprendre à chaque pas, il était certain qu'en apprenant que le prince n'irait pas à Pavlovsk (ce qui en soi était déjà pour Rogojine une nouvelle fatale), Rogojine irait *là-bas* devant cette maison, sur la rive droite, pour l'y guetter, lui, le prince, qui, le matin même, lui avait donné sa parole d'honneur qu'il ne la verrait pas et « que ce n'était pas pour cela qu'il était venu à Pétersbourg ». Et voilà que fébrilement le prince se précipite vers cette maison, et qu'y a-t-il alors d'étonnant à ce qu'en effet il y rencontre Rogojine ? Il n'avait vu qu'un homme malheureux dont l'humeur était sombre, mais très compréhensible. Cet homme malheureux ne se cachait même plus maintenant. Oui, tantôt Rogojine avait, on ne savait trop pourquoi, nié et menti, mais déjà à la gare de Tsarskoïe-Celo il se tenait presque en vue. C'était plutôt le prince qui se cachait et non pas Rogojine. Et à présent, près de la maison, il se tenait à une cinquantaine de pas sur le côté, sur le trottoir opposé, et attendait, les bras croisés sur la poitrine. Là il était parfaitement en vue et, semblait-il, voulait être vu à dessein. Il se dressait en accusateur et en juge, et non pas en... En quoi ?

Pourquoi alors le prince n'est-il pas allé à lui mais lui a-t-il tourné le dos comme s'il n'avait rien remarqué, bien que leurs yeux se fussent rencontrés ? (Oui, leurs yeux s'étaient rencontrés et ils avaient échangé un regard.) Ne voulait-il pas lui-même aller chez lui dès le lendemain pour lui annoncer qu'il était allé chez elle ? N'avait-il pas repoussé lui-même son démon, encore à mi-chemin de la maison, lorsque la joie avait brusquement inondé son âme ? Ou y avait-il réellement quelque chose en Rogojine, c'est-à-dire dans l'attitude *d'aujourd'hui* de cet homme, dans l'ensemble de ses paroles, de ses mouvements, de ses regards, de ses actes, quelque chose qui pût justifier les terribles pressentiments du prince et les insinuations troublantes de son démon ? Quelque chose qui s'impose de soi-même mais qui échappe à l'analyse et à la description, qu'il est impossible de justifier par des raisons suffisamment valables mais qui pourtant produit bien, malgré toute cette difficulté et cette impossibilité, une impression parfaitement cohérente et inéluctable, qui se transforme involontairement en une conviction absolue ?...

Quelle conviction ? (Oh, comme la monstruosité, le « caractère humiliant » de cette conviction, de cet abject « pressentiment » tourmentaient le prince, comme il s'en accusait lui-même !) « Dis, si tu l'oses, en quoi consiste cette conviction », se disait-il sans cesse avec reproche et défi. « Formule, ose exprimer toute ta pensée, clairement, avec netteté, sans hésitation. Oh, je suis un être sans honneur ! répétait-il avec indignation en rougissant de honte. De quels yeux vais-je regarder maintenant cet homme toute ma vie ? Oh, quelle journée ! Mon Dieu, quel cauchemar ! »

Il y eut, au terme de ce long et pénible retour de la rive droite, une minute où le prince fut pris du désir irrésistible d'aller chez Rogojine, de l'attendre, de l'embrasser avec des larmes de honte, de lui dire tout et d'en finir d'un coup. Mais il était arrivé déjà devant son hôtel... Comme il lui avait déplu tout à l'heure cet hôtel; ces couloirs, toute cette maison, sa chambre, lui avaient déplu au premier coup d'œil. Au cours de cette journée il s'était souvenu plusieurs fois avec un dégoût tout particulier de la nécessité d'y retourner.

« Mais qu'ai-je donc à croire aujourd'hui, comme une femme malade, au moindre pressentiment ? » songeait-il avec une ironie agacée en s'arrêtant devant la porte cochère.

Un incident de la journée s'était présenté avec une netteté particulière à son esprit, mais « à froid », en « pleine lucidité » et déjà sans aucun « cauchemar ». Il se souvint soudain du couteau sur la table de Rogojine.

« Mais pourquoi, en effet, Rogojine n'aurait-il pas sur sa table autant de couteaux qu'il voudrait ? se demanda-t-il stupéfait de sa propre pensée, et aussitôt il se figea en se revoyant soudain en arrêt devant la boutique de coutellerie. – Mais enfin, quelle relation peut-il y avoir là !... » s'écria-t-il, mais il n'acheva pas sa pensée.

Un nouvel accès de honte, intolérable, le cloua sur place devant la porte cochère. Il s'arrêta un moment. Cela arrive parfois : des souvenirs inattendus et intolérables, surtout ceux auxquels s'attache une sensation de honte, clouent d'ordinaire sur place en un instant.

« Oui, je suis un homme sans cœur et un lâche », répéta-t-il d'un air morose, et d'un brusque mouvement il se remit en marche, mais... s'arrêta de nouveau.

Sous la porte cochère, déjà obscure d'ordinaire, il faisait très sombre en ce moment : un nuage orageux avait absorbé la lumière du crépuscule et à l'instant même où le prince approchait de la maison, l'orage creva au-dessus de sa tête. Lorsque, après son premier arrêt, il avait repris brusquement sa marche, ce mouvement l'avait porté jusqu'à l'entrée de la voûte où il s'arrêta de nouveau. C'est alors que brusquement, dans la pénombre de la voûte, presque au pied de l'escalier, il aperçut un homme. L'homme semblait attendre quelque chose, mais il passa comme un éclair et disparut. Le prince n'eut pas le temps de le bien voir, et il eût été évidemment incapable de l'identifier avec certitude. D'ailleurs, il pouvait y passer tant de monde ! C'était un hôtel et les gens allaient, venaient et couraient sans cesse à travers les corridors. Mais tout à coup, il eut la conviction absolue et inéluctable d'avoir reconnu cet homme et que cet homme était sûrement Rogojine. L'instant d'après, le prince s'élança à sa suite dans l'escalier. Son cœur se glaçait.

« Tout va se dénouer à présent », murmura-t-il avec une singulière conviction.

L'escalier dans lequel le prince s'était élancé en quittant la voûte menait aux couloirs du premier et du deuxième étage sur lesquels s'ouvraient les chambres. Comme dans toutes les maisons de construction ancienne, cet escalier était en pierre, étroit et sombre, et montait autour d'un gros pilier de pierre. A la hauteur du premier palier, ce pilier présentait une cavité, une sorte de niche large d'un pas et profonde d'à peine un demi-pas. Un homme pouvait cependant y tenir. Parvenu à ce palier, le prince remarqua aussitôt, malgré l'obscurité, qu'un homme se dissimulait dans cette niche. Il éprouva une envie soudaine de passer devant lui sans regarder à droite. Il fit déjà un pas, mais ne put y résister et se retourna.

Les yeux de tantôt, *les mêmes,* rencontrèrent soudain son regard. L'homme qui se cachait dans la niche avait eu le temps, lui aussi, d'avancer d'un pas. Pendant une seconde tous les deux restèrent l'un devant l'autre, presque à se toucher. Brusquement le prince le saisit aux épaules et le fit tourner vers l'escalier, vers la lumière : il voulait voir ce visage.

Les yeux de Rogojine étincelèrent et un sourire furieux tordit ses traits. Sa main droite se leva, quelque chose y brilla; le prince ne songea pas à l'arrêter. Il se souvenait seulement d'avoir peut-être crié :

– Parfione, je n'y crois pas !...

Puis, subitement, quelque chose sembla s'ouvrir devant lui. Une extraordinaire lumière *intérieure* lui illumina l'âme. Cette sensation dura peut-être une demi-seconde, et pourtant il garda un souvenir net et conscient du commencement, du premier son du cri atroce qui s'échappa de sa poitrine et qu'aucun effort de sa part n'aurait pu arrêter. Puis aussitôt, la conscience s'éteignit instantanément en lui, et ce fut la nuit totale.

C'était un nouvel accès d'épilepsie dont il ne souffrait plus depuis longtemps. On sait que les crises d'épilepsie, ou plutôt l'accès proprement dit, se déclenchent subitement. A cet instant, le visage et surtout le regard s'altèrent terriblement. Convulsions et crampes s'emparent de tout le corps et de tous les traits du visage. Un cri atroce, inimaginable et qu'on ne peut comparer à rien, s'échappe de la poitrine. Dans ce cri semble disparaître tout ce qui est humain et il est impossible ou du moins très difficile pour un témoin de se figurer et d'admettre que ce cri vient de ce même homme. On croit parfois que c'est quelqu'un d'autre qui crie, quelqu'un qui se trouve à l'intérieur du malade. C'est tout au moins ainsi que beaucoup de gens décrivent leur impression, et nombreux sont aussi ceux chez qui la vue d'un homme en proie à un accès de haut mal provoque une terreur intolérable qui parfois comporte même un certain caractère mystique. Il faut croire que cette impression de terreur subite, conjuguée avec toutes les autres impressions terribles de cette minute, avait cloué Rogojine sur place, sauvant ainsi le prince du coup de couteau qui, infailliblement, allait déjà le frapper. Puis, sans avoir encore pu deviner qu'il s'agissait d'un accès, mais voyant le prince chanceler en s'éloignant et tomber subitement à la renverse dans l'escalier, heurtant de la nuque une marche de pierre, Rogojine dégringola l'escalier quatre à quatre, contourna le corps étendu et, comme hors de lui, quitta l'hôtel en courant.

Sous le coup des convulsions, des soubresauts et des spasmes, le corps du malade glissa de marche en marche (il n'y en avait pas plus d'une quinzaine) jusqu'au bas de l'escalier. Très peu de temps après, au bout d'à peine cinq minutes, on découvrit le malade et une foule s'amassa autour de lui. Une petite flaque de sang qui entourait sa tête provoqua des doutes : s'agissait-il d'un accident ou de « quelque malheur » ? Mais bientôt certains discernèrent le haut mal et un garçon d'étage reconnut dans le prince un client de l'hôtel. Une heureuse circonstance mit enfin un terme à cette agitation.

Kolia Ivolguine, qui avait promis d'être vers 4 heures aux « Balances » et qui au lieu de cela était parti pour Pavlovsk, déclina pour une raison subite l'invitation à dîner chez la générale Épantchine. Il revint à Pétersbourg et se hâta d'aller aux « Balances » où il arriva vers 7 heures du soir. Apprenant par le billet que lui avait laissé le prince que ce dernier se trouvait à Pétersbourg, il courut le rejoindre à l'adresse qui y était indiquée. S'étant informé à l'hôtel, il apprit que le prince était sorti, descendit au buffet et se mit à l'y attendre en buvant du thé et en écoutant l'orgue. Ayant par hasard entendu raconter que quelqu'un avait eu un accès de haut mal, il bondit, mû par un juste pressentiment, vers le lieu de l'accident, et reconnut aussitôt le prince. Les mesures qui s'imposaient furent prises sur-le-champ. On transporta le prince dans sa chambre. Bien qu'il eût repris connaissance, il mit un certain temps à retrouver entièrement ses esprits. Le médecin appelé pour examiner la blessure à la tête prescrivit des compresses et déclara que les contusions ne présentaient aucun danger. Lorsque, une heure plus tard, le prince commença à comprendre assez bien ce qui se passait autour de lui, Kolia le fit transporter en fiacre chez Lebedev. Lebedev reçut le malade très chaleureusement et avec force courbettes. Il hâta pour lui le départ à la campagne, et trois jours plus tard tout le monde était déjà à Pavlovsk.

VI

La villa de Lebedev n'était pas grande mais confortable et même jolie. La partie destinée à la location était décorée avec une recherche particulière. Sur la terrasse, assez spacieuse, qui avait accès à la rue, étaient disposés, dans de grandes caisses vertes, des cédrats, des citronniers et des jasmins, ce qui, dans l'esprit de Lebedev, était d'une séduction sans pareille. Certains de ces arbres avaient été acquis par lui en même temps que la villa, et il avait été à tel point séduit par l'effet qu'ils produisaient sur la terrasse, qu'il avait décidé, le hasard aidant, d'en compléter l'assortiment à l'occasion d'une vente publique. Le jour où toutes les plantes furent enfin transportées à la villa et installées, Lebedev dégringola plusieurs fois les quelques marches qui, de la terrasse, conduisaient à la rue et, de là, admira son domaine, tout en augmentant chaque fois mentalement le prix qu'il comptait en demander à son futur locataire. La villa plut beaucoup au prince, affaibli, triste et physiquement brisé. Au demeurant, le jour du départ pour Pavlovsk, c'est-à-dire le troisième jour après l'accès, le prince présentait déjà à peu près l'apparence d'un homme bien portant, quoique intérieurement il ne se sentît pas encore tout à fait remis. Il avait été heureux d'être entouré durant ces trois jours, heureux de voir Kolia qui ne le quittait presque pas, toute la famille de Lebedev (moins le neveu qui avait disparu) et Lebedev lui-même. Encore en ville, il avait même reçu avec plaisir la visite du général Ivolguine. Le soir de leur arrivée à Pavlovsk, de nombreux visiteurs s'étaient rassemblés autour de lui sur la terrasse. Gania arriva le premier; le prince eut peine à le reconnaître, tant il avait entre temps changé et maigri. Puis vinrent Varia et Ptitsine, eux aussi en villégiature à Pavlovsk. Quant au général Ivolguine, il ne bougeait presque plus de chez Lebedev et, semblait-il, avait même déménagé avec lui. Lebedev s'efforçait de lui interdire l'accès de la chambre du prince et de le garder auprès de lui; il le traitait en ami; ils se connaissaient apparemment de longue date. Le prince avait remarqué que, durant ces trois derniers jours, ils engageaient quelquefois de longues conversations, souvent bruyantes, même, semblait-il, sur des sujets savants, ce qui paraissait faire plaisir à Lebedev. On pouvait penser qu'il avait même besoin du général. Mais, dès leur installation à Pavlovsk, Lebedev se mit à observer à l'égard de toute sa famille les mêmes mesures de précaution que celles qu'il prenait à l'égard du général; sous prétexte de ne pas déranger le prince, il ne laissait entrer personne chez lui, tapait du pied, se précipitait sur ses filles et les pourchassait, sans en excepter Véra avec le bébé, dès qu'il soupçonnait qu'elles voulaient aller sur la terrasse où se tenait le prince, cela en dépit de toutes les demandes de celui-ci de n'éconduire personne.

– Premièrement, il n'y aurait plus aucun respect si on les laissait faire; et deuxièmement, ça ne leur sied même pas... expliqua enfin Lebedev en réponse à une question directe du prince.

– Mais pourquoi donc ? essayait de le raisonner ce dernier. Je vous assure que vous me tourmentez avec votre habitude de me surveiller et de me garder. Je m'ennuie tout seul, je vous l'ai déjà dit plusieurs fois, et vous, avec votre façon d'agiter perpétuellement les bras et de marcher sur la pointe des pieds, vous ne faites qu'augmenter mon ennui.

Le prince faisait allusion au fait que, bien que Lebedev chassât tous ses familiers sous le prétexte de sauvegarder le repos indispensable au convalescent, lui-même, pendant ces trois jours, entrait chez lui à chaque instant; chaque fois il ouvrait tout d'abord la porte, passait seulement la tête et inspectait la chambre comme voulant s'assurer de la présence du prince; c'est ensuite seulement que, sur la pointe des pieds, il s'approchait lentement et à pas de loup du fauteuil de son locataire, qu'il lui arrivait parfois même d'effrayer. Il s'enquérait sans cesse si le prince ne manquait de rien et, lorsque ce dernier commençait enfin à lui demander de le laisser tranquille, il s'éloignait, silencieux et obéissant, gagnait la porte toujours sur la pointe des pieds, et durant tout ce temps faisait d'innombrables gestes de ses bras pour faire savoir que ce n'était rien, qu'il ne prononcerait pas une parole, qu'il était déjà presque sorti et ne reviendrait plus; dix minutes ou tout au plus un quart d'heure plus tard, il était cependant de nouveau là. Kolia, qui avait libre accès auprès du prince, provoquait par là même chez Lebedev un chagrin profond et même une indignation offensée. Kolia avait remarqué que Lebedev restait des demi-heures entières derrière la porte, à essayer de surprendre ses conversations avec le prince et, bien entendu, en informa ce dernier.

– Vous me gardez sous clef comme si vous m'aviez annexé, protestait le prince. Au moins ici, à la campagne, je veux qu'il en soit autrement et soyez certain que je vais recevoir qui je veux, et aller où bon me semblera.

– Sans l'ombre du moindre petit doute, s'empressa de déclarer Lebedev en agitant les bras.

Le prince l'examina attentivement des pieds à la tête.

– Dites-moi, Loukian Timofeïevitch, ce coffret que vous gardiez à votre chevet, l'avez-vous transporté ici ?

– Non, je ne l'ai pas apporté.

– Est-il possible que vous l'ayez laissé là-bas ?

– Il était impossible de le transporter, il aurait fallu le desceller du mur... il tient trop solidement.

– Vous en avez peut-être un autre tout pareil ici ?

– Encore meilleur, bien meilleur, je l'ai eu avec la villa.

– Ah, ah... Qui avez-vous empêché d'entrer chez moi tout à l'heure ? Il y a une heure environ.

– C'était... c'était le général-*s'*. Je ne l'ai, en effet, pas laissé entrer et du reste il n'a rien à faire chez vous. J'ai pour cet homme une profonde estime, prince, c'est... c'est un grand homme-*s'*, vous ne me croyez pas ? Eh bien, vous verrez, seulement... vous feriez mieux, prince excellentissime, de ne pas le recevoir chez vous-*s'*.

– Et pourquoi donc, permettez-moi de vous le demander ? Et aussi, pourquoi vous tenez-vous de nouveau, Lebedev, sur la pointe des pieds et quand vous vous approchez de moi, vous le faites toujours comme si vous vouliez me confier un secret à l'oreille.

– Je suis bas, je suis bas, je le sens, s'écria d'une façon inattendue Lebedev en se frappant la poitrine avec sentiment. – Mais le général ne serait-il pas trop hospitalier pour vous ?

– Trop hospitalier ?

– Hospitalier-*s'* ! Tout d'abord, il a déjà l'intention de s'installer chez moi; passe encore, mais il est enthousiaste, il cherche aussitôt à s'insinuer dans la famille. Nous avons déjà à plusieurs reprises passé nos familles en revue avec lui et il s'est trouvé que nous sommes parents par alliance. Vous aussi, vous vous trouvez être son petit-neveu par sa mère, il me l'a encore expliqué hier. Or, si vous êtes son petit-neveu, nous sommes donc également parents, vous et moi, prince excellentissime. Cela ne serait rien, une petite faiblesse, mais tout à l'heure il m'a affirmé que toute sa vie, depuis le grade d'aspirant et jusqu'au onze juin de l'année dernière, il n'avait jamais eu moins de deux cents convives chaque jour à sa table. Il en est même arrivé à la fin à prétendre qu'on ne se levait plus de table, si bien qu'on déjeunait, dînait et prenait le thé quinze heures par jour, pendant trente ans d'affilée, sans la moindre interruption, à peine le temps de changer la nappe. Quand l'un se levait et s'en allait, il en venait un autre, et les jours fériés ou aux anniversaires de la famille impériale, il y en avait jusqu'à trois cents. Le jour du millénaire de la Russie, il en compta sept cents. C'est de la vraie passion-*s'*; les nouvelles de ce genre sont un bien mauvais signe. On a même peur de recevoir chez soi des gens aussi hospitaliers; alors j'ai pensé : ne serait-il pas un peu trop hospitalier pour vous comme pour moi ?

– Mais vous semblez pourtant en excellents termes ?

– Fraternels, je prends tout en plaisantant; admettons que nous soyons parents, qu'est-ce que ça me fait, ce n'est qu'un surcroît d'honneur. Je discerne en lui un homme des plus remarquables, même à travers les deux cents convives et le millénaire de la Russie. Je vous le dis en toute sincérité-*s'*. Vous venez, prince, de faire allusion à des secrets-*s'*, c'est-à-dire que soi-disant je m'approchais de vous comme si j'avais un secret à vous confier; or, comme de juste, j'ai un secret : une certaine personne vient de me faire savoir qu'elle désirerait beaucoup avoir avec vous une entrevue secrète.

– Pourquoi secrète ? Nullement. J'irai chez elle moi-même, dès aujourd'hui au besoin.

– En aucun cas, en aucun cas, répondit Lebedev en gesticulant; et ce n'est pas ce que vous pouvez supposer qu'elle redoute. A propos, le monstre vient chaque jour sans exception prendre de vos nouvelles. Le saviez-vous ?

– Vous le traitez un peu trop souvent de monstre, cela me paraît fort suspect.

– Vous ne pouvez avoir aucune suspicion, aucune, s'empressa de rétorquer Lebedev; je voulais seulement expliquer que ce n'était pas lui que redoutait une certaine personne, mais autre chose, tout autre chose.

– Eh bien, parlez vite, insistait le prince, impatienté par les grimaces pleines de mystère de Lebedev.

– C'est là que réside le secret.

Et Lebedev sourit.

– Le secret de qui ?

– Le vôtre. C'est vous-même, prince excellentissime, qui m'aviez interdit d'en parler en votre présence, murmura Lebedev, et, après avoir savouré le plaisir d'avoir poussé la curiosité de son interlocuteur jusqu'à une impatience fébrile, il conclut brusquement : – Elle craint Aglaé Ivanovna.

Le prince fronça les sourcils et garda un instant le silence.

– Je vous jure, Lebedev, que je vais quitter votre villa, dit-il tout à coup. Où sont Gabriel Ardalionovitch et les Ptitsine ? Chez vous ? Eux aussi, vous les avez interceptés ?

– Ils vont venir, ils vont venir. Et le général lui-même après eux. Je vais ouvrir toutes les portes, je vais appeler toutes mes filles, tout le monde, sur-le-champ, chuchotait d'un air effrayé Lebedev en gesticulant et se jetant d'une porte à l'autre.

A ce moment Kolia parut sur la terrasse, venant de la rue, et annonça que des visiteuses, Élisabeth Prokofievna et ses trois filles, le suivaient de près.

– Faut-il, oui ou non, laisser entrer les Ptitsine et Gabriel Ardalionovitch ? Et le général ? dit Lebedev en bondissant, frappé par cette nouvelle.

– Mais pourquoi pas ? Laissez entrer tous ceux qui veulent. Je vous assure, Lebedev, que vous avez, dès le début, compris quelque chose de travers dans mes relations; vous êtes dans une perpétuelle erreur. Je n'ai absolument aucune raison de me cacher de qui que ce soit, dit le prince en riant.

Le voyant ainsi, Lebedev crut de son devoir de rire également. Malgré son extrême agitation, il était visiblement fort content.

La nouvelle apportée par Kolia était exacte; il n'avait précédé les Épantchine que de quelques pas, pour les annoncer; de sorte que les visiteurs apparurent à la fois des deux côtés : les Épantchine par la terrasse et, venant de l'intérieur, les Ptitsine, Gania et le général Ivolguine.

Les Épantchine venaient seulement d'apprendre par

Kolia la maladie du prince et sa présence à Pavlovsk. Jusqu'alors la générale avait été plongée dans une pénible consternation. L'avant-veille, le général avait communiqué à sa famille la carte de visite du prince; cette carte avait fait naître chez Élisabeth Prokofievna la certitude absolue qu'à sa suite le prince en personne allait venir immédiatement leur rendre visite à Pavlovsk. En vain les jeunes filles avaient-elles essayé de la convaincre qu'un homme qui ne leur avait pas écrit durant six mois ne serait peut-être pas aussi pressé maintenant non plus et que même sans elles il pouvait avoir pas mal de soucis à Pétersbourg : que sait-on de ses affaires ? La générale s'était fâchée pour de bon à cause de ces observations : elle était prête à parier que le prince serait là au plus tard le lendemain, ce qui « serait déjà tard ». Le lendemain, elle l'attendit toute la matinée; on l'attendit à déjeuner, puis à dîner et le soir, quand la nuit fut tombée, Élisabeth Prokofievna se mit soudain en colère et se brouilla avec tout le monde, bien entendu sans souffler mot du prince à propos des motifs de ces brouilles. On ne fit pas davantage allusion à lui au cours de la troisième journée. Quand, au dîner, Aglaé laissa échapper inopinément que *maman* n'était fâchée que parce que le prince ne se montrait pas, à quoi le général fit aussitôt remarquer « que ce n'était pas sa faute », Élisabeth Prokofievna se leva courroucée et quitta la table. Enfin, dans la soirée survint Kolia, porteur de toutes les nouvelles, qui fit le récit de tout ce qu'il savait des aventures du prince. En fin de compte, Élisabeth Prokofievna triomphait, ce qui ne l'empêcha pas de s'en prendre à Kolia : « Il passe des journées entières à tourner ici au point qu'on ne sait comment se débarrasser de lui, et voilà qu'il n'a pas seulement l'idée de nous prévenir, qu'il ne juge pas utile d'apparaître lui-même ». Kolia était sur le point de se fâcher, à cause de l'expression « on ne sait comment se débarrasser de lui », mais le remit à une autre fois; si seulement l'expression n'était vraiment si blessante, il l'eût peut-être tout à fait excusée, tant il avait été touché par l'émotion et l'inquiétude d'Élisabeth Prokofievna à l'annonce de la maladie du prince. Elle insista longuement sur la nécessité de faire alerter immédiatement par messager une célébrité médicale de première grandeur et de la faire venir de Pétersbourg par le premier train. Mais ses filles l'en dissuadèrent. Elles ne voulurent cependant pas être en reste avec leur mère lorsque celle-ci se disposa aussitôt à rendre visite au malade.

— Il est sur son lit de mort, disait Élisabeth Prokofievna en s'agitant, et nous en serions encore à observer l'étiquette ? Est-ce un ami de notre maison, ou non ?

— Il ne faudrait pas se jeter à l'eau la tête la première avant d'avoir cherché un gué, hasarda Aglaé.

— Eh bien, n'y va pas, cela vaudra même mieux; Eugène Pavlovitch doit arriver, il n'y aura personne pour le recevoir.

Après ces paroles, Aglaé emboîta, bien entendu, le pas à toute la compagnie, ce à quoi, à vrai dire, elle était décidée dès le début. Le prince Stch... qui se trouvait auprès d'Adélaïde accepta volontiers, sur sa demande, de les accompagner. Déjà au début de ses relations avec les Épantchine, il avait été très intéressé en les entendant évoquer le prince dans leurs conversations. Il se trouva qu'il le connaissait, qu'ils s'étaient rencontrés récemment dans une petite ville de province et avaient même passé, de compagnie, une quinzaine de jours. Il y avait de cela environ trois mois. Le prince Stch... leur avait même raconté beaucoup de choses au sujet du prince, manifestant à son égard une évidente sympathie, de sorte qu'il était ravi de rendre visite à une vieille connaissance. Le général Ivan Fédorovitch était absent et Eugène Pavlovitch n'était pas encore arrivé.

Il n'y avait pas plus de trois cents pas de chez les Épantchine jusqu'à la villa de Lebedev. En arrivant chez le prince, Élisabeth Prokofievna fut désagréablement surprise tout d'abord de le trouver entouré de toute une foule de visiteurs, d'autant plus que parmi eux se trouvaient deux ou trois personnes qui lui étaient résolument odieuses; puis, de voir s'avancer à leur rencontre un jeune homme élégant, qui riait et paraissait en parfaite santé, au lieu de l'agonisant qu'elle comptait trouver sur son lit de mort. Elle s'arrêta même, interloquée, à la plus grande joie de Kolia qui eût très bien pu évidemment lui expliquer, avant même qu'elle n'eût quitté sa villa, qu'il n'était question d'aucun agonisant, pas plus que de lit de mort. Mais il s'en était bien gardé, savourant malicieusement à l'avance le courroux comique de la générale, car, d'après ses prévisions, elle ne pouvait manquer de se fâcher en trouvant en bonne santé le prince qu'elle aimait sincèrement. Kolia poussa même l'indélicatesse jusqu'à exprimer tout haut sa supposition afin d'irriter pour de bon Élisabeth Prokofievna, avec laquelle il échangeait continuellement des piques, parfois très méchamment, malgré toute l'amitié qui les liait.

– Attends un peu, mon cher, ne gâche pas ton triomphe, riposta Élisabeth Prokofievna, en s'installant dans le fauteuil que lui avait avancé le prince.

Lebedev, Ptitsine, le général Ivolguine, s'empressèrent d'offrir des sièges aux demoiselles. Ce fut le général qui fit asseoir Aglaé. Quant à Lebedev, il offrit également une chaise au prince Stch...; ce faisant, il réussit à lui marquer une extrême déférence jusque par la courbure de son échine. Varia, à son habitude, accueillait les jeunes filles en chuchotant avec transport.

– C'est vrai que c'est tout juste si je ne croyais pas te trouver au lit, prince, tellement j'avais tout exagéré dans mon inquiétude, et, je ne veux pas mentir, j'ai été terriblement contrariée de te trouver ce visage heureux; mais, je te le jure, cela n'a duré qu'un instant, le temps de réfléchir. Quand je réfléchis, j'agis et je parle toujours d'une façon plus intelligente; toi aussi, je pense. Mais en réalité j'aurais peut-être été moins heureuse de la guérison de mon propre fils, si j'en avais un, et si tu ne me crois pas, toute la honte est pour toi et non pour moi. Quant à ce méchant garnement, il s'est déjà permis des facéties autrement graves à mon égard. Je crois que c'est ton protégé; eh bien, je t'avertis qu'un de ces beaux matins je vais me priver, crois-m'en, du plaisir et de l'honneur de sa fréquentation.

– De quoi suis-je coupable ? criait Kolia; j'aurais eu beau vous affirmer que le prince était déjà presque guéri, vous n'auriez pas voulu me croire parce qu'il était bien plus intéressant de l'imaginer sur son lit de mort.

– Es-tu pour longtemps ici? demanda Élisabeth Prokofievna au prince.

– Pour tout l'été, et peut-être pour plus longtemps.

– Tu es seul ? Tu n'es pas marié ?

– Non, je ne suis pas marié, dit le prince en souriant à la naïveté de cette pointe.

– Il n'y a pas de quoi sourire, ce sont des choses qui arrivent. Et à propos de ton séjour ici, pourquoi n'es-tu pas venu t'installer chez nous ? Nous avons toute une aile vide. Du reste, agis à ta guise. C'est lui le propriétaire ? Celui-là ? ajouta-t-elle à mi-voix en désignant Lebedev d'un signe de tête. – Pourquoi fait-il tout le temps tellement de simagrées ?

A cet instant parut sur la terrasse Véra, tenant comme d'habitude l'enfant dans ses bras. Lebedev, qui se contorsionnait autour des chaises sans savoir que faire de sa personne mais désireux de rester à tout prix, se jeta sur Véra en agitant les bras pour la chasser de la terrasse et même s'oublia jusqu'à taper du pied.

– Est-il fou ? demanda la générale.

– Non, il...

– Ivre, peut-être ? Elle n'est pas belle, ta compagnie, trancha-t-elle brusquement, embrassant du regard le reste des visiteurs. – Cependant, quelle charmante jeune fille ! Qui est-ce ?

– C'est Véra Loukianovna, la fille de ce Lebedev.

– Ah !... Elle est très gentille. Je veux faire sa connaissance.

Lebedev, qui avait entendu les louanges d'Élisabeth Prokofievna, entraînait déjà sa fille vers elle pour la présenter.

– Des orphelines, des orphelines... disait-il en se pâmant pendant qu'il approchait. – Et cet enfant dans ses bras est une orpheline, sa sœur et ma fille Lioubov, née en très légitime mariage de ma défunte épouse Hélène, morte en couches il y a six semaines par la volonté de Dieu... Oui... elle lui tient lieu de mère, bien qu'elle ne soit que sa sœur, rien de plus que sa sœur... rien de plus, rien de plus...

– Et toi, mon brave, excuse-moi, tu n'es rien de plus qu'un imbécile, coupa brusquement Élisabeth Prokofievna, extrêmement indignée.

– C'est l'exacte vérité, constata Lebedev avec un salut profondément respectueux.

– Écoutez, monsieur Lebedev, demanda Aglaé, est-ce vrai ce qu'on dit de vous, que vous interprétez l'Apocalypse ?

– C'est l'exacte vérité... depuis quinze ans déjà.

– J'ai entendu parler de vous. Il me semble qu'il avait même été question de vous dans les journaux ?

– Non, il s'agissait d'un autre commentateur-*s'*, un autre qui est mort; et je suis resté à sa place, balbutia Lebedev qui ne se tenait plus de joie.

– Faites-moi le plaisir de me l'expliquer un jour, en bon voisin. Je ne comprends rien à l'Apocalypse.

– Je ne peux pas ne pas vous avertir, Aglaé Ivanovona, que ce n'est que du pur charlatanisme de sa part, croyez-moi, intervint soudain le général Ivolguine qui n'attendait comme sur des épingles qu'un prétexte pour prendre part à la conversation; il s'assit auprès d'Aglaé et continua : – Il est vrai que les vacances à la campagne ont leurs droits et leurs plaisirs, et recevoir chez soi un intrus aussi extraordinaire comme commentateur de l'Apocalypse est une fantaisie comme une autre, et même une fantaisie remarquable par son intelligence, mais je... Vous semblez me regarder avec étonnement ? J'ai l'honneur de me présenter : général Ivolguine. Je vous ai portée dans mes bras, Aglaé Ivanovna.

– Charmée. Je connais Barbara Ardalionovna et Nina Alexandrovna, balbutia Aglaé, réprimant de toutes ses forces l'envie de rire.

Élisabeth Prokofievna s'empourpra. Quelque chose

qui s'était depuis longtemps accumulé dans son âme cherchait une issue immédiate. Elle détestait cordialement le général Ivolguine qu'elle avait connu jadis, il y avait très longtemps.

– Tu mens, mon cher, à ton habitude, jamais tu ne l'as portée dans tes bras, déclara-t-elle indignée.

– Vous avez oublié, maman, je vous jure que c'est vrai qu'il m'a portée dans ses bras à Tver, confirma tout à coup Aglaé. Nous habitions Tver à cette époque. J'avais alors six ans, je m'en souviens. Il m'avait fabriqué un arc et des flèches et il m'a appris à tirer; j'ai même tué un pigeon. Vous souvenez-vous de ce pigeon que nous avons tué ensemble ?

– Et à moi il avait apporté un casque en carton et une épée de bois. Je m'en souviens, moi aussi, s'écria Adélaïde.

– Et moi aussi, confirma Alexandra. Vous vous étiez même disputées alors au sujet du pigeon blessé et on vous avait mises chacune dans un coin; Adélaïde y est restée comme elle était, avec son casque et son épée.

Le général qui avait déclaré à Aglaé l'avoir portée dans ses bras, ne l'avait dit que *comme ça,* histoire d'entrer en conversation et uniquement parce que c'était ainsi qu'il agissait presque toujours avec les jeunes gens dont il jugeait nécessaire de faire la connaissance. Mais cette fois il se trouva, comme par un fait exprès, qu'il avait dit la vérité, et que cette vérité il l'avait lui-même oubliée. Mais lorsque Aglaé lui confirma brusquement qu'ils avaient jadis tué ensemble un pigeon, la lumière se fit d'un coup dans sa mémoire et il se rappela tout jusqu'au moindre détail, comme il advient fréquemment à un âge avancé de se souvenir d'un lointain passé. Il est difficile d'établir ce qui, dans ce souvenir, avait pu agir aussi puissamment sur le pauvre général, comme à l'accoutumée légèrement gris, mais il en fut tout à coup extrêmement attendri.

– Je me souviens, je me souviens de tout, s'écria-t-il. J'étais alors capitaine, et vous, une toute petite fille, si jolie. Nina Alexandrovna... Gania... J'étais alors... reçu chez vous. Ivan Fédorovitch...

– Et tu vois où tu en es à présent ! reprit la générale. Mais tu n'as donc pas perdu à force de boire toute noblesse de sentiments, puisque te voilà tellement ému ? Pourtant tu as martyrisé ta femme. Au lieu de guider tes enfants, tu te fais enfermer pour dettes. Va-t'en d'ici, mon ami, mets-toi derrière la porte dans un coin et pleure en te rappelant ton innocence de jadis, peut-être Dieu te pardonnera-t-il. Va, je te le dis sérieusement. Il n'est rien de meilleur pour se relever que de se souvenir du passé en se repentant.

Mais il était inutile de répéter qu'elle parlait sérieusement : comme tous ceux qui sont constamment entre deux vins, le général était extrêmement sensible et, comme eux quand ils sont tombés trop bas, il supportait difficilement les souvenirs des temps heureux. Il se leva et se dirigea vers la porte si humblement qu'il fit immédiatement pitié à Élisabeth Prokofievna.

– Ardalion Alexandrovitch, mon ami, lui cria-t-elle, arrête-toi un instant, nous sommes tous des pécheurs. Lorsque tu te sentiras moins tourmenté par ta conscience, viens me trouver, nous bavarderons un peu du passé. Il se peut que je sois moi-même cinquante fois plus coupable que toi. Eh bien, à présent, adieu, va, tu n'as rien à faire ici, se hâta-t-elle d'ajouter dans la crainte qu'il ne revînt sur ses pas.

– Vous ne devriez pas le suivre pour le moment, dit

le prince à Kolia qui allait s'élancer à la suite de son père, – sinon il sera bientôt dépité et l'instant sera gâché.

– C'est juste, laisse-le; tu iras dans une demi-heure, décida Élisabeth Prokofievna.

– Voilà ce que c'est que d'avoir, ne fût-ce qu'une fois dans sa vie, dit la vérité; il en est touché jusqu'aux larmes, osa insinuer Lebedev.

– Toi aussi, tu dois être joli, mon ami, si c'est vrai ce que j'ai entendu sur ton compte, dit aussitôt la générale pour le remettre à sa place.

L'attitude de chacun des visiteurs du prince à l'égard des autres s'était peu à peu précisée. Le prince était, bien entendu, en mesure d'apprécier et avait en effet apprécié toute l'étendue de la sollicitude que lui avaient marquée la générale et ses filles; il leur dit évidemment en toute sincérité qu'il avait lui-même eu l'intention, encore avant leur arrivée, d'aller sans faute dès aujourd'hui leur rendre visite, malgré sa maladie et l'heure tardive. Élisabeth Prokofievna lui répondit, tout en jetant des regards sur les autres visiteurs, que cela pouvait encore se faire maintenant. Ptitsine, homme courtois et extrêmement facile à vivre, se leva très vite et se retira dans le pavillon de Lebedev, souhaitant vivement pouvoir l'emmener avec lui. Lebedev lui promit de le rejoindre bientôt, tandis que Varia, en grande conversation avec les jeunes filles, resta sur la terrasse. Elle était ravie autant que Gania du départ du général. D'ailleurs, Gania ne tarda pas à suivre Ptitsine. Durant les quelques minutes qu'il avait passées sur la terrasse en présence des Épantchine, il avait eu une attitude modeste et pleine de dignité, et ne s'était pas troublé sous les regards énergiques d'Élisabeth Prokofievna qui l'avait par deux fois toisé des pieds à la tête. Ceux qui l'avaient connu autrefois pouvaient en effet le trouver très changé. Cela plut beaucoup à Aglaé.

— N'est-ce point Gabriel Ardalionovitch qui vient de sortir ? demanda-t-elle tout haut d'un ton tranchant, ainsi qu'elle aimait à le faire parfois, interrompant brusquement les conversations et sans s'adresser directement à personne.

— C'est lui, répondit le prince.

— Je l'ai à peine reconnu. Il a beaucoup changé et... à son avantage.

— J'en suis très heureux pour lui, dit le prince.

— Il a été très malade, ajouta Varia avec compassion, mais joyeusement.

— En quoi a-t-il changé à son avantage ? demanda Élisabeth Prokofievna presque effrayée, d'un air interloqué et irascible. — Où as-tu pris cela ? Il n'y a rien de mieux en lui. Qu'est-ce exactement qui te paraît mieux ?

— Il n'y a rien de mieux que le « Paladin pauvre », proclama soudain Kolia qui s'était pendant tout ce temps tenu auprès du fauteuil d'Élisabeth Prokofievna.

— Je le pense aussi, dit en riant le prince Stch.

— Je suis tout à fait de cet avis, déclara Adélaïde solennellement.

— Quel « Paladin pauvre » ? interrogeait la générale, en regardant les assistants d'un air perplexe et dépité; mais, voyant rougir Aglaé, elle ajouta avec humeur :

— Encore quelque bêtise ! Qu'est-ce que c'est que ce « Paladin pauvre » ?

– Serait-ce donc la première fois que ce gamin, votre favori, dénaturerait les paroles des autres ? répondit Aglaé avec une indignation hautaine.

Dans chacune des sorties coléreuses d'Aglaé (et elle se mettait très souvent en colère) transparaissait toujours, malgré son air sérieux et impitoyable, quelque chose d'encore tellement enfantin, une impatience de collégienne si mal dissimulée, qu'il était parfois impossible de ne pas rire en la regardant, cela pour la plus grande colère de la jeune fille qui ne comprenait ni de quoi on riait, ni « comment on pouvait oser rire ». Cette fois encore ses sœurs et le prince Stch. s'étaient mis à rire, et même le prince Léon Nicolaïevitch avait souri, tout en rougissant lui aussi, on ne savait trop pourquoi. Kolia triomphait et riait aux éclats. Aglaé se fâcha pour de bon, ce qui l'embellit encore. Cette confusion et la contrariété de la laisser paraître lui allaient à ravir.

– Ce qu'il en a déformé de vos paroles ! ajouta-t-elle.

– Je me base sur votre propre déclaration, cria Kolia. Il y a un mois, en feuilletant *Don Quichotte,* vous vous êtes exclamée, en ces mêmes termes, qu'il n'y a rien de mieux que le « Paladin pauvre ». Je ne sais pas de qui vous parliez alors : de Don Quichotte, d'Eugène Pavlovitch, ou d'une certaine autre personne, mais vous parliez bien de quelqu'un et la conversation dura longtemps.

– Je vois que tu te permets trop de choses, mon cher, avec tes suppositions, l'interrompit Élisabeth Prokofievna, contrariée.

– Suis-je le seul ? continua Kolia; tout le monde le disait alors, et le dit encore maintenant. Le prince

Stch. et Adélaïde Ivanovna et tous les autres ne viennent-ils pas d'affirmer qu'ils sont pour ce « Paladin pauvre » ? Il existe donc, ce « Paladin pauvre », il existe certainement et, à mon avis, n'était Adélaïde Ivanovna, il y a longtemps que nous saurions tous déjà qui est ce « Paladin pauvre ».

— En quoi suis-je coupable ? répliqua Adélaïde en riant.

— Vous n'avez pas voulu faire le portrait, voilà votre faute. Aglaé Ivanovna vous avait priée alors de faire le portrait du « Paladin pauvre » et vous donna même le sujet du tableau qu'elle avait imaginé, vous vous souvenez de ce sujet ? Vous ne vouliez pas...

— Comment aurais-je pu le faire, d'après qui ? Selon le texte,

La visière de son casque
Devant personne il ne leva.

Quel visage pouvait-il y avoir là ? Que fallait-il peindre : la visière ? un anonyme ?

— Je ne comprends rien, quelle visière ? dit avec irritation la générale qui commençait à très bien comprendre qui était ainsi désigné sous le surnom (vraisemblablement convenu depuis longtemps) de « Paladin pauvre ». Mais ce qui l'indigna surtout, ce fut de voir le prince Léon Nicolaïevitch se troubler lui aussi et devenir enfin confus comme un enfant de dix ans. — Est-ce que ces bêtises vont avoir un terme, ou non ? Va-t-on à la fin m'expliquer cette histoire de « Paladin pauvre » ? Est-ce un si grand secret qu'on ne puisse même pas l'aborder ?

Mais tous ne faisaient que continuer à rire.

— Il s'agit tout simplement d'un poème russe assez

étrange, intervint enfin le prince Stch. qui semblait vouloir détourner la conversation. – C'est un fragment sans queue ni tête qui évoque un « paladin pauvre ». Il y a environ un mois, un soir après dîner, nous avions beaucoup ri en cherchant selon l'habitude le sujet du prochain tableau d'Adélaïde Ivanovna. Vous n'ignorez pas que cette recherche d'un sujet pour les tableaux d'Adélaïde Ivanovna constitue depuis longtemps un devoir familial. C'est ainsi que nous sommes tombés sur ce « Paladin pauvre », je ne me souviens plus qui l'a découvert le premier...

– Aglaé Ivanovna ! cria Kolia.

– C'est fort possible, bien que je ne m'en souvienne pas, poursuivit le prince Stch. Les uns se moquaient de ce sujet, d'autres proclamaient qu'on ne pouvait rien trouver de plus noble, mais pour représenter ce « Paladin pauvre » il fallait lui donner un visage. Nous nous sommes mis à passer en revue les visages de toutes nos connaissances, mais aucun ne convenait. L'affaire en resta là. Je ne comprends pas pourquoi Nicolas Ardalionovitch a jugé bon de s'en souvenir et d'en faire mention. Ce qui était amusant et à propos en son temps n'a plus aucun intérêt aujourd'hui.

– Parce qu'on sous-entend une nouvelle sottise caustique et offensante, coupa Élisabeth Prokofievna.

– Il n'y a là aucune sottise, mais seulement la plus profonde estime, dit soudain Aglaé d'une voix brusquement grave et très sérieusement. Elle avait eu le temps de vaincre son trouble et de se remettre complètement. Au surplus, certains signes pouvaient même laisser supposer qu'elle n'était pas fâchée de l'importance qu'avait fini par prendre cette plaisanterie. Tout ce revirement s'opéra en elle au moment précis où n'était devenue que trop manifeste la confusion croissante du prince qui atteignit un degré extrême.

– Ils rient comme des petits fous et voilà que tout à coup il leur vient une profonde estime. C'est insensé ! Pourquoi cette estime ? Dis tout de suite d'où t'est venue, sans rime ni raison, cette profonde estime !

– L'estime profonde, continua Aglaé sur le même ton sérieux et grave en réponse à la question presque méchante de sa mère, – provient de ce que ce poème dépeint un homme capable d'avoir un idéal et, d'autre part, une fois cet idéal fixé, d'y croire et, y croyant, de lui vouer aveuglément sa vie. Cela n'arrive pas toujours dans notre siècle. Ces vers ne précisent pas en quoi consistait exactement l'idéal de ce « Paladin pauvre », mais on voit qu'il s'agit là de quelque image lumineuse, « une image de pure beauté », et le paladin amoureux portait à son cou un chapelet au lieu d'une écharpe. Il est vrai qu'il y est encore question d'une devise assez obscure et imprécise, des initiales A. M. B.

– A. M. D., corrigea Kolia.

– Et moi je dis A. M. B., et je le veux ainsi, l'interrompit Aglaé avec humeur. Quoi qu'il en soit, il est évident qu'il était devenu indifférent à ce pauvre chevalier de savoir qui était et ce que pouvait faire sa dame. Il lui suffisait de l'avoir choisie et d'avoir cru à sa « pure beauté » pour lui rester dévoué à jamais. Son mérite est justement dans le fait que, même si plus tard elle devenait ne fût-ce qu'une voleuse, il n'en devait pas moins croire en elle et rompre des lances pour sa pure beauté. Le poète voulait sans doute condenser toute la notion de cet immense amour platonique des chevaliers du Moyen Age en la personne d'un chevalier noble et pur. Il s'agit évidemment là d'un personnage idéalisé. Or, chez le « Paladin pauvre », ce sentiment avait atteint au degré suprême, à l'ascétisme. Il faut avouer que la faculté d'éprouver de tels sentiments a une grande signification et que ces sentiments laissent une empreinte profonde et dans un sens louable, sans même parler de Don Quichotte. Car le « Paladin pauvre » n'est rien d'autre qu'un Don Quichotte, mais sérieux et non pas comique. Tout d'abord je ne comprenais pas et j'en riais, mais à présent j'aime le « Paladin pauvre » et, surtout, je l'estime pour ses hauts faits.

Ce fut ainsi que conclut Aglaé, et en la regardant il était difficile de comprendre si elle avait parlé sérieusement ou pour rire.

– Eh bien, ce n'est qu'un imbécile, avec tous ses hauts faits ! trancha la générale. Et toi-même, ma fille, tu parles à tort et à travers, en voilà une conférence ! A mon sens, ça ne te convient même pas. En tout cas, ce n'est pas permis. Quels sont ces vers ? Récite-les, tu dois les savoir par cœur ! Je veux absolument les connaître. Toute ma vie j'ai détesté les vers comme si j'avais un pressentiment. Pour l'amour de Dieu, prince, prends patience, il nous faut apparemment nous résigner tous les deux, dit-elle au prince Léon Nicolaïevitch. Elle était excédée.

Le prince allait dire quelque chose, mais sa confusion persistante l'empêcha de prononcer une parole. Seule Aglaé, qui s'était permis tant de choses au cours de sa « conférence », ne s'était nullement troublée et semblait même contente. Elle se leva aussitôt avec le même air sérieux et grave, comme si elle s'y était préparée à l'avance et n'attendait que cette invite; elle s'avança au milieu de la terrasse et s'arrêta en face du prince, toujours assis dans son fauteuil. Tout le monde la considérait avec une certaine surprise et presque tous, dont le prince Stch., ses sœurs et sa mère, observaient avec un sentiment de malaise cette nouvelle espièglerie qui se préparait et qui, en tout cas, était déjà allée un peu loin. Mais il était visible que c'était précisément cette affectation précédant la cérémonie de la lecture du poème qui plaisait à Aglaé. Élisabeth Prokofievna avait failli la renvoyer à sa place, mais au moment même où Aglaé allait commencer à déclamer la ballade bien connue, deux nouveaux visiteurs, montant de la rue et parlant fort, apparurent sur la terrasse. C'était le général Ivan Fédorovitch Épantchine que suivait un jeune homme. Il se produisit un certain mouvement.

VII

Le jeune homme qui accompagnait le général pouvait avoir vingt-huit ans. Il était grand et élancé; son visage était très beau et intelligent et le regard de ses grands yeux noirs pétillait d'esprit et d'ironie. Aglaé ne lui prêta aucune attention et continua à déclamer, persistant avec affectation à ne regarder que le prince et ne s'adressant qu'à lui. Il devint manifeste pour le prince qu'elle agissait ainsi dans une intention bien déterminée. Mais du moins l'arrivée des nouveaux venus eut pour conséquence d'atténuer l'embarras de sa situation. En les apercevant il se leva, adressa de loin un salut aimable au général, tout en lui faisant signe de ne pas interrompre la lecture, et saisit l'occasion pour se réfugier derrière son fauteuil d'où, appuyé du bras gauche au dossier, il continua à écouter la suite de la ballade, cette fois plus à l'aise et dans une attitude pour ainsi dire moins « ridicule » que lorsqu'il trônait dans son fauteuil. De son côté, d'un geste impérieux, Élisabeth Prokofievna fit signe par deux fois aux arrivants de s'arrêter. Soit dit en passant, le prince s'intéressait trop vivement au nouveau visiteur qu'accompagnait le général; il avait sans aucune hésitation deviné en lui Eugène Pavlovitch Radomski dont il avait déjà beaucoup entendu parler et à qui il avait pensé plus d'une fois. Seule la tenue civile de ce dernier le déconcertait, car il avait entendu dire qu'Eugène Pavlovitch était officier. Pendant tout le temps de la lecture, un sourire moqueur ne cessa d'errer sur les lèvres du jeune homme, comme si lui aussi savait déjà quelque chose du « Paladin pauvre ».

« Peut-être est-ce même lui qui l'a inventé », songea le prince.

Il en était tout autrement d'Aglaé. A l'affectation et à l'emphase avec lesquelles elle avait commencé de lire, avaient succédé chez elle un tel sérieux, une telle pénétration de l'esprit et du sens du poème, elle mettait tant de compréhension dans chaque mot qu'elle prononçait, alliée à une suprême simplicité dans la manière de le dire, qu'à la fin de sa lecture, elle avait non seulement capté l'attention générale, mais, par cette interprétation de l'esprit élevé de la ballade, elle avait en quelque sorte justifié en partie l'affectation outrée de gravité avec laquelle elle s'était si solennellement avancée vers le centre de la terrasse. On pouvait ne voir maintenant dans cette gravité qu'un respect sans bornes, peut-être un peu naïf, à l'égard de l'œuvre qu'elle s'était chargée d'interpréter. Ses yeux brillaient et le frisson léger, à peine perceptible de l'inspiration et de l'exaltation, parcourut une ou deux fois son beau visage.

Elle lut :

Il était au monde un paladin
Pauvre, simple et silencieux,
D'aspect ombrageux et pâle,
D'âme droite et courageuse.

Il avait eu une vision
Inaccessible à l'esprit,
Et profondément l'impression
Dans son cœur s'en est gravée.

De ce jour, l'âme consumée,
Il ne regarda plus les femmes,
Jusqu'au tombeau avec aucune
Ne voulut échanger un mot.

A son cou un chapelet
En guise d'écharpe il attacha,
Et la visière de son casque
Devant personne il ne leva.

Tout plein d'un pur amour,
Au songe délicieux fidèle
A. M. D. avec son sang
Il traça sur son bouclier.

Dans les déserts de Palestine,
Tandis qu'à travers les rocs
Les paladins s'élançaient au combat
En clamant le nom de leurs Dames,

Lumen cœli, sancta Rosa !
Criait-il, sauvage et ardent.
Et comme le tonnerre, son cri de guerre
Terrifiait les musulmans.

De retour dans son manoir lointain,
Il vécut en reclus sévère,
Taciturne et toujours triste.
Il mourut comme un dément.

En se remémorant plus tard ces instants, le prince fut longtemps extrêmement troublé et tourmenté par une question qui lui paraissait insoluble : comment pouvait-on allier un sentiment si authentique et beau à une raillerie si évidente et si cruelle ? Que raillerie il y eût, il n'en doutait pas; il l'avait clairement compris et avait à cela des raisons : au cours de la lecture, Aglaé s'était permis de substituer aux lettres A. M. D. les initiales N. Ph. B. Que ce n'était point une erreur, et qu'il ne pouvait avoir mal entendu, il ne pouvait en douter, ce qui fut confirmé par la suite. En tout état de cause, la sortie d'Aglaé – évidemment une plaisanterie, bien que trop appuyée et frivole – était préméditée. On avait déjà parlé (et ri) du « pauvre paladin ». Et cependant, quelques efforts de mémoire que fît le prince, il apparaissait qu'Aglaé avait prononcé ces initiales non seulement sans aucune intention de plaisanterie ni le moindre sourire, sans même y appuyer tant soit peu pour donner du relief à leur sens caché, mais au contraire avec un si constant sérieux et avec tant d'innocente et naïve simplicité qu'on eût pu croire que c'étaient bien là les lettres de la ballade, telles qu'elles étaient imprimées dans le livre. Quelque chose pourtant de pesant et de pénible atteignit le prince. Élisabeth Prokofievna n'avait, bien entendu, ni remarqué la substitution des lettres, ni saisi l'allusion. Le général Ivan Fédorovitch avait seulement compris qu'on lisait des vers. Parmi les autres, de très nombreux auditeurs avaient saisi et s'étonnaient aussi bien de la hardiesse de cette sortie que de l'intention, mais ils gardèrent le silence en s'efforçant de n'en laisser rien paraître. Seul Eugène Pavlovitch non seulement avait compris, mais (le prince était prêt à le parier) cherchait à bien le faire voir : il avait souri d'un air par trop ironique.

– C'est ravissant ! s'écria la générale, sincèrement émerveillée, à peine la lecture terminée. De qui sont ces vers ?

– De Pouchkine, maman ne nous faites pas honte! s'écria Adélaïde.

– A vivre avec vous on pourrait bien devenir encore

plus bête ! rétorqua amèrement Élisabeth Prokofievna. Quelle misère ! Dès notre retour, apportez-moi ce poème de Pouchkine !

– Je crois que nous n'avons pas de Pouchkine du tout.

– Il y a deux volumes qui traînent depuis des temps immémoriaux, dit Alexandra.

– Qu'on envoie immédiatement acheter un Pouchkine en ville par Fédor ou Alexis, avec le premier train; plutôt Alexis. Aglaé, viens ici ! Embrasse-moi, tu as très bien récité; mais, ajouta-t-elle presque dans un murmure, – si tu as été sincère je te plains, et si c'était fait pour te moquer de lui, je ne t'approuve pas; si bien qu'en tout état de cause il eût mieux valu ne pas lire du tout. Me comprends-tu ? Va maintenant, mademoiselle, nous en reparlerons; nous sommes ici depuis bien longtemps.

Pendant ce temps le prince saluait le général Ivan Fédorovitch qui lui présenta Eugène Pavlovitch Radomski.

– Je l'ai rencontré en route, il venait du train; ayant appris que j'allais ici et que tous les nôtres s'y trouvaient...

– J'ai su que vous aussi étiez ici, interrompit Eugène Pavlovitch, et comme j'avais depuis longtemps fermement décidé de chercher non seulement à vous connaître mais à gagner votre amitié, je n'ai pas voulu perdre de temps. Vous êtes souffrant ? Je viens seulement d'apprendre...

– En parfaite santé et ravi de vous connaître; j'ai beaucoup entendu parler de vous et même parlé de vous avec le prince Stch., répondit Léon Nicolaïevitch en lui tendant la main.

Ayant échangé ces formules de courtoisie, ils se serrèrent la main en se regardant bien en face. En un instant, la conversation devint générale. Le prince remarqua (il remarquait à présent tout très vite, avec avidité, peut-être même ce qui n'existait pas) que la tenue civile d'Eugène Pavlovitch produisait sur tout le monde une très grande impression, au point que toutes les autres impressions s'étaient provisoirement effacées. On eût pu croire que ce changement de tenue cachait quelque chose de particulièrement important. Adélaïde et Alexandra interrogeaient Eugène Pavlovitch d'un air perplexe, le prince Stch., son parent, semblait fort inquiet, le général parlait presque avec émotion. Seule Aglaé, après l'avoir examiné avec curiosité mais très calmement comme dans le seul but de juger laquelle des tenues, civile ou militaire, lui allait le mieux, se détourna un instant après et ne lui adressa plus un seul regard. Élisabeth Prokofievna, elle aussi, s'abstint de poser des questions, bien qu'elle aussi fût peut-être un peu inquiète. Le prince eut l'impression qu'Eugène Pavlovitch n'était pas dans ses bonnes grâces.

— Il nous a étonnés, stupéfaits, répétait Ivan Fédorovitch en réponse à toutes les questions. Je n'en croyais pas mes yeux lorsque je l'ai rencontré à Pétersbourg. Et pourquoi si brusquement ? voilà l'énigme. Il est toujours le premier à dire qu'il est inutile de casser des chaises*.

Des conversations qui suivirent, il apparut qu'Eugène Pavlovitch avait annoncé depuis longtemps déjà son intention de se faire mettre en disponibilité, mais

* « Le Révizor » de Gogol » « Il va sans dire qu'Alexandre le Grand est un héros, mais est-ce une raison pour casser des chaises ? »

chaque fois il l'avait fait sur un mode si peu sérieux qu'il était impossible d'y croire. D'ailleurs, il parlait toujours, même de choses sérieuses, en ayant l'air de plaisanter, si bien qu'on ne pouvait s'y retrouver, surtout quand lui-même tenait à ce qu'on n'y comprît rien.

– Ce n'est que pour un temps, quelques mois, un an tout au plus, que je resterai en disponibilité, disait en riant Radomski.

– Mais il n'y a à cela aucune nécessité, pour autant du moins que je connaisse vos affaires, s'échauffait le général.

– Et l'inspection de mes domaines ? C'est vous-même qui me l'aviez conseillée; et j'ai encore l'intention d'aller à l'étranger...

On changea d'ailleurs assez rapidement de sujet de conversation; mais cette inquiétude trop anormale qui persistait toujours semblait néanmoins au prince hors de proportion avec l'événement; il devait sûrement y avoir quelque chose de particulier.

– Alors le « Paladin pauvre » est de nouveau à l'ordre du jour ? demanda Eugène Pavlovitch en s'approchant d'Aglaé.

A la stupéfaction du prince, celle-ci le regarda d'un air perplexe et interrogateur, comme si elle voulait lui laisser entendre qu'il ne pouvait être question entre eux du « Paladin pauvre » et qu'elle ne comprenait même pas sa question.

– Il est trop tard, beaucoup trop tard pour envoyer chercher Pouchkine ! beaucoup trop tard, disait Kolia qui s'épuisait à convaincre Élisabeth Prokofievna; – je vous le dis pour la trois millième fois, il est trop tard.

– Oui, en effet, il est trop tard pour envoyer quelqu'un à la ville, intervint Eugène Pavlovitch, quittant vivement Aglaé. Je pense même que les magasins sont fermés à Pétersbourg; il est huit heures passées, ajouta-t-il en consultant sa montre.

– Nous l'attendons depuis si longtemps sans nous en être aperçus, que nous pouvons bien patienter jusqu'à demain, insinua Adélaïde.

– D'autant plus, surenchérit Kolia, qu'il ne sied guère aux gens du monde de montrer trop d'intérêt pour la littérature. Demandez plutôt à Eugène Pavlovitch. Il est beaucoup plus convenable de s'intéresser à un tilbury jaune avec des roues rouges.

– Encore une citation livresque, Kolia, remarqua Adélaïde.

– Il ne parle jamais que par citations, reprit Eugène Pavlovitch; par phrases entières puisées dans des articles de critique. Il y a longtemps que j'ai le plaisir de connaître la conversation de Nicolas Ardalionovitch, mais en l'occurrence il ne cite pas un livre. Il fait de toute évidence allusion à mon tilbury jaune aux roues peintes en rouge. Seulement vous retardez, je l'ai échangé.

Le prince écoutait ce que disait Radomski. Il lui semblait que ce dernier avait une attitude parfaite, à la fois modeste et enjouée. Ce qui plut particulièrement au prince, c'était cette manière tout amicale de parler sur un pied d'égalité avec Kolia qui se montrait agressif à son égard.

– Qu'est-ce que c'est ? dit Élisabeth Prokofievna en se tournant vers Véra Lebedev qui se tenait devant elle portant dans ses bras plusieurs volumes de grand format, presque neufs et très bien reliés.

– Pouchkine, dit Véra. Notre Pouchkine. Papa m'a chargée de vous l'offrir.

– Comment ça ? Comment est-ce possible ? s'étonna Élisabeth Prokofievna.

– Ce n'est pas un cadeau, pas un cadeau ! Je ne l'aurais jamais osé, cria Lebedev, émergeant de derrière l'épaule de sa fille. – Au prix coûtant-*s'*. C'est notre Pouchkine familial-*s'* dans l'édition d'Annenkov, introuvable à présent, au prix coûtant-*s'*. Je l'offre avec dévotion, prêt à le vendre et à étancher ainsi la très noble impatience de la très noble curiosité littéraire de Votre Excellence...

– Si tu le vends, alors merci. Tu n'y perdras pas, va, seulement assez de simagrées, s'il te plaît, mon ami. J'ai entendu parler de toi, il paraît que tu as beaucoup de lecture, nous en parlerons un jour; viendras-tu l'apporter toi-même ?

– Avec dévotion et... respect. – Extrêmement satisfait, Lebedev se contorsionnait, arrachant les livres des mains de sa fille.

– Fais surtout attention à ne pas les égarer; tu peux les apporter même sans respect, mais entendons-nous bien, ajouta-t-elle en le mesurant du regard, – je ne te laisserai pas franchir le seuil. Je n'ai pas l'intention de te recevoir aujourd'hui. Quant à ta fille Véra, envoie-la-moi tout de suite si tu veux, elle me plaît beaucoup.

– Pourquoi ne dites-vous rien de ceux-là ? dit Véra avec impatience à son père; – si c'est comme ça ils entreront d'eux-mêmes; déjà ils font du bruit. Léon Nicolaïevitch, s'adressa-t-elle au prince qui déjà avait pris son chapeau, – il y a là depuis longtemps quatre personnes qui voudraient vous voir. Elles attendent chez nous et font du tapage parce que papa ne les laisse pas entrer chez vous.

– Quels visiteurs ? demanda le prince.

– Ils prétendent qu'ils viennent pour affaires. Seulement ce sont des gens qui, si on ne les laisse pas entrer, sont capables de vous interpeller dans la rue. Il vaut mieux les recevoir, Léon Nicolaïevitch, vous en serez débarrassé. Gabriel Ardalionovitch et Ptitsine essayent de les raisonner, ils ne veulent rien savoir.

– Le fils de Pavlistchev ! Le fils de Pavlistchev ! Ce n'est pas la peine, ce n'est pas la peine ! disait Lebedev en gesticulant. Ce n'est même pas la peine de les écouter-*s'*, il ne vous sied pas, prince excellentissime, de vous déranger pour eux. Voilà-*s'*. Ils n'en valent pas la peine.

– Le fils de Pavlistchev ! Mon Dieu ! s'écria le prince, extrêmement troublé, – je sais... mais... j'avais chargé Gabriel Ardalionovitch de cette affaire. Tout à l'heure, Gabriel Ardalionovitch me disait...

Mais Gabriel Ardalionovitch venait d'apparaître en personne sur la terrasse, suivi de Ptitsine. Dans la pièce voisine on entendait du bruit et la voix forte du général Ivolguine qui semblait vouloir couvrir d'autres voix. Kolia s'y précipita aussitôt.

– C'est très intéressant, remarqua à haute voix Eugène Pavlovitch.

« Il est donc au courant ! » pensa le prince...

– Quel fils de Pavlistchev ? Et... peut-il y avoir un fils de Pavlistchev ? demandait, interloqué, le général Ivan Fédorovitch, regardant avec curiosité tous les visages et constatant avec étonnement qu'il était le seul à ne pas connaître cette nouvelle histoire.

En effet, l'attente et l'agitation étaient générales. Le prince s'étonna vivement qu'une affaire aussi personnelle eût déjà pu intéresser à ce point tout le monde ici.

– Ce serait très bien si vous en finissiez tout de suite et *personnellement* avec cette affaire, dit Aglaé, et si vous nous permettiez à tous d'être vos témoins. On cherche à vous salir, prince, il faut que vous vous disculpiez triomphalement et je m'en réjouis énormément à l'avance pour vous.

– Et moi aussi, je voudrais qu'il soit mis fin à cette ignoble prétention, s'écria la générale; frappe fort, prince, ne le ménage pas ! J'en ai les oreilles rebattues, de cette histoire, et je me suis fait assez de mauvais sang pour toi. Je serais d'ailleurs curieuse de les voir. Fais-les venir. Nous resterons là, Aglaé a eu une bonne idée. Avez-vous entendu parler de cela ? s'adressa-t-elle au prince Stch.

– J'en ai, évidemment, entendu parler chez vous, répondit le prince Stch., et j'ai particulièrement envie de jeter un coup d'œil sur ces jeunes gens.

– C'est bien cela ce qu'on appelle des nihilistes, n'est-ce pas ?

– Non-*s'*, ce ne sont pas exactement des nihilistes, dit en faisant un pas en avant Lebedev, fiévreux lui aussi, c'en sont d'autres, quelque chose de spécial; mon neveu m'a affirmé qu'ils sont allés plus loin que les nihilistes. Vous avez tort de croire, Excellence, que vous pouvez les décontenancer par votre présence; ils ne seront pas décontenancés. Les nihilistes sont tout de même quelquefois des gens instruits, même savants, mais ceux-là sont allés plus loin-*s'* ! Parce qu'ils sont surtout des réalistes. C'est en quelque sorte une conséquence du nihilisme, pas en ligne droite mais par ouï-dire, obliquement, et ce n'est pas dans quelque article de journal qu'ils se manifestent, mais directement dans les faits ! Il ne s'agit pas, par exemple, de l'inutilité de

Pouchkine, ni de la nécessité d'un démembrement de la Russie, nullement-*s'*. Maintenant on considère comme un droit, si quelque chose fait très envie, de ne s'arrêter devant aucun obstacle, quand bien même il faudrait pour cela estourbir huit personnes-*s'*. Prince, pour ma part, je ne vous conseillerais tout de même pas...

Mais le prince allait déjà vers la porte au-devant de ses visiteurs.

– Vous les calomniez, Lebedev, dit-il en souriant; vous avez été très affecté par la conduite de votre neveu. Ne le croyez pas, Élisabeth Prokofievna. Je vous assure que les Gorski et les Danilov ne sont que des exceptions; quant à ceux-là, ils se trompent... Seulement, je n'aurais pas voulu leur parler ici devant tout le monde. Vous m'excuserez, Élisabeth Prokofievna, quand ils entreront, je vous les laisserai voir, mais ensuite je les emmènerai. Veuillez entrer, Messieurs !

C'était plutôt une autre pensée désagréable qui l'inquiétait. Il se demandait par moments si cette affaire n'avait pas été concertée à l'avance pour qu'elle éclatât précisément à cette heure et devant ces témoins, en prévision de son déshonneur et non de son triomphe. Mais « sa monstrueuse et mauvaise défiance » l'attristait trop. Il serait, semblait-il, mort de honte si quelqu'un avait pu lire dans ses pensées, et au moment de l'entrée de ses nouveaux visiteurs il était sincèrement prêt à se considérer, du point de vue moral, comme le dernier des derniers de toute l'assistance.

Ils furent cinq à entrer, quatre nouveaux venus et comme cinquième, à leur suite, le général Ivolguine, échauffé, ému, dans un violent accès d'éloquence. « Celui-là est avec moi, sans aucun doute ! » songea le prince en souriant. Kolia se glissa à la suite des autres; il parlait avec chaleur à Hippolyte qui se trouvait parmi les visiteurs. Ce dernier l'écoutait en ricanant.

Le prince fit asseoir tout le monde. Ils étaient tous tellement jeunes, même pas majeurs, qu'on eût pu s'étonner de toute l'histoire et de la cérémonie dont elle fut cause. Ivan Fédorovitch Épantchine, qui ignorait tout et ne comprenait rien à cette « nouvelle affaire », s'indigna pour sa part à la vue de ces jouvenceaux, et il eût certainement protesté d'une façon ou d'une autre, n'était l'étrange ardeur que son épouse témoignait à l'égard des intérêts personnels du prince. Il ne s'en alla d'ailleurs pas, en partie par curiosité, en partie par bonté de cœur, dans l'espoir d'aider le prince et, en tout cas, de se rendre utile par son autorité. Mais le salut que lui adressa de loin le général Ivolguine qui venait d'entrer provoqua en lui un nouvel afflux d'indignation; il se renfrogna et décida de s'enfermer dans un mutisme obstiné.

Parmi les quatre jeunes gens, il y en avait cependant un d'une trentaine d'années, le lieutenant boxeur en retraite de la bande de Rogojine, qui « donnait jadis lui-même des quinze roubles aux nécessiteux ». On devinait qu'il accompagnait les autres pour leur donner du courage, en qualité d'ami sincère, et pour leur prêter main-forte le cas échéant. Parmi les autres, venait en premier lieu celui à qui avait échu le rôle principal et qu'on dénommait « fils de Pavlistchev », bien qu'il se fût présenté comme Antipe Bourdovski. C'était un jeune homme vêtu pauvrement et sans soin d'une redingote aux manches lustrées, d'un gilet graisseux boutonné jusqu'en haut; son linge était invisible et un foulard crasseux de soie noire, entortillé comme une ficelle, lui entourait le cou.

Il avait les mains mal lavées, son visage, encadré de cheveux blonds, était bourgeonnant, et son regard reflétait, si l'on peut dire, une sorte d'innocente arrogance. De taille moyenne, mince, il pouvait avoir vingt-deux ans. Son visage n'exprimait aucune pensée ni le moindre humour, mais au contraire une sorte d'enivrement total et obtus devant son bon droit et en même temps quelque chose allant jusqu'au besoin étrange et incessant de se croire constamment lésé. Il parlait d'une voix émue, avec précipitation et en bredouillant, articulant mal les mots, comme s'il était bègue ou même étranger, bien qu'il fût Russe.

Il était accompagné en premier lieu par le neveu de Lebedev, déjà connu des lecteurs, et, d'autre part, par Hippolyte. Hippolyte était un très jeune homme, de dix-sept ou peut-être dix-huit ans, avec un visage intelligent mais continuellement irrité et terriblement marqué par la maladie. Il était d'une maigreur squelettique et d'une pâleur jaunâtre; ses yeux étaient brillants; deux taches rouges coloraient ses joues. Il toussait sans interruption; chacune de ses paroles et presque chaque respiration s'accompagnaient d'un râle. On le voyait phtisique à un degré très avancé. Il semblait qu'il ne lui restât guère plus de deux ou trois semaines à vivre. Il était très fatigué et, le premier, il s'assit sur une chaise. Les autres manifestèrent en entrant quelque embarras et presque de la confusion, mais n'en gardaient pas moins un air important, craignant visiblement de compromettre leur dignité, ce qui s'harmonisait mal avec leur réputation de négateurs de « toutes les inutiles mesquineries et préjugés mondains », comme d'à peu près tout au monde en dehors de leurs propres intérêts.

– Antipe Bourdovski, balbutia de son débit précipité le fils de Pavlistchev.

– Vladimir Doktorenko, dit en se présentant le neveu de Lebedev d'une voix nette et précise, comme s'il se glorifiait de porter ce nom.

– Keller, murmura le lieutenant en retraite.

– Hippolyte Terentiev, glapit le dernier d'une voix inattendue et stridente.

Tous se trouvèrent enfin installés en rang sur des chaises, face au prince; aussitôt après s'être présentés, tous se renfrognèrent et, pour plus d'assurance, changèrent leurs casquettes de mains. Tous s'apprêtèrent à prendre la parole et cependant tous se taisaient, attendant quelque chose d'un air de défi où se lisait : « Non, mon cher, n'essaye pas de m'en faire accroire ». On sentait qu'il eût suffi d'un seul mot prononcé par n'importe qui pour qu'aussitôt ils se missent à parler tous à la fois, l'un devançant, interrompant l'autre.

VIII

– MESSIEURS, je n'attendais aucun de vous, dit le prince. J'étais moi-même malade jusqu'à ce jour; quant à votre affaire (il se tourna vers Antipe Bourdovski), je l'ai confiée, il y a déjà un mois, à Gabriel Ardalionovitch Ivolguine, ce dont je vous ai aussitôt informé. Au demeurant, je ne me dérobe pas à une explication personnelle, mais convenez qu'à cette heure... je vous propose de passer avec moi dans une autre pièce si vous n'en avez pas pour longtemps... Je reçois des amis et, croyez-moi...

– Des amis... tant que vous voudrez, mais permettez, interrompit le neveu de Lebedev sur un ton fort didactique, mais sans trop élever encore la voix; – permettez-nous cependant à nous aussi de déclarer que vous eussiez pu vous conduire à notre égard d'une façon plus courtoise et ne pas nous faire attendre deux heures dans votre antichambre.

– Bien sûr... et moi aussi... c'est d'un prince ! Et cela... vous êtes donc général ! Je ne suis pas votre laquais ! Et je, je... balbutia en postillonnant Antipe Bourdovski, extrêmement agité, les lèvres tremblantes et la voix frémissante du sentiment de l'offense, comme s'il venait brusquement d'éclater; mais il y mit tant de précipitation qu'au bout de dix mots il devint tout à fait inintelligible.

– C'était bien d'un prince ! cria Hippolyte d'une voix stridente et fêlée.

– Si cela m'était arrivé à moi, grogna le boxeur, c'est-à-dire si cela me concernait directement en tant que gentilhomme, j'aurais à la place de Bourdovski... je...

– Messieurs, Dieu m'est témoin, je viens d'apprendre il y a à peine un instant que vous étiez là... répéta le prince.

– Nous ne craignons pas vos amis, prince, quels qu'ils soient, car nous sommes dans notre bon droit, déclara de nouveau le neveu de Lebedev.

– Quel droit aviez-vous cependant, permettez-moi de vous le demander, glapit Hippolyte, déjà au comble de l'agitation, – de soumettre l'affaire de Bourdovski au jugement de vos amis ? Nous ne voulons peut-être pas du jugement de vos amis; il n'est que trop évident ce que peut valoir le jugement de vos amis !

– Mais enfin, si vous ne voulez pas parler ici, monsieur Bourdovski, réussit à placer le prince, consterné par ce début, – je vous propose encore de passer dans la pièce voisine; quant à vous tous, je le répète, je viens seulement d'entendre parler de vous.

– Mais vous n'avez aucun droit, aucun, aucun !... vos amis... voilà ! se mit de nouveau à bégayer Bourdovski, lançant tout autour de lui des regards sauvages et méfiants, et s'échauffant à mesure que croissait sa méfiance. – Vous n'avez aucun droit ! et sur ces mots il s'arrêta brutalement, et, écarquillant ses yeux de myope, globuleux et veinés de rouge, il fixa sur le prince un regard interrogateur en se penchant en avant de tout son corps. Cette fois le prince fut tellement surpris qu'il ne trouva rien à dire et se borna à le contempler en écarquillant à son tour les yeux.

– Léon Nicolaïevitch ! l'appela tout à coup Élisabeth Prokofievna ; tiens, lis ça, maintenant, tout de suite, ça touche directement à ton affaire.

Elle lui tendit avec impatience un hebdomadaire humoristique en indiquant l'article du doigt. Lors de l'entrée de ces étranges visiteurs, Lebedev s'était faufilé vers Élisabeth Prokofievna dont il recherchait les bonnes grâces et, sans mot dire, tirant ce journal de sa poche, l'avait mis sous ses yeux en lui montrant une colonne marquée au crayon. Ce qu'Élisabeth Prokofievna avait eu le temps d'en lire l'avait profondément consternée et bouleversée.

– Ne vaudrait-il pas mieux ne pas lire à haute voix, balbutia le prince, fort embarrassé. Je lirais plutôt, une fois seul... après...

– Il vaut mieux alors que ce soit toi qui lises, lis tout de suite, à haute voix ! Tout haut ! dit la générale en se tournant vers Kolia, arrachant avec humeur des mains du prince le journal qu'il avait à peine eu le temps d'effleurer. – A haute voix pour que chacun puisse entendre.

Élisabeth Prokofievna était une dame ardente et prompte à s'exalter, capable soudain de lever l'ancre sans trop de réflexion et de se lancer en pleine mer sans s'informer du temps. Ivan Fédorovitch esquissa un mouvement d'inquiétude. Mais pendant que malgré eux tous s'étaient interrompus et attendaient, interloqués, Kolia déplia le journal et commença la lecture à partir de l'endroit que lui avait désigné Lebedev accouru à ses côtés :

« Prolétaires et rejetons, un épisode parmi les spoliations journalières et quotidiennes ! Progrès ! Réforme ! Justice !

« Il se passe des choses étranges dans notre Sainte Russie, en ce siècle de réformes et d'entreprises capitalistes, siècle de nationalisme et de fuite à l'étranger de centaines de millions de capitaux chaque année, siècle d'encouragement à l'industrie et de paralysie de la main-d'œuvre, etc., etc., on ne saurait tout énumérer, messieurs. Passons donc droit au fait. Il est advenu une bien curieuse aventure à un rejeton de notre caste de gentilshommes terriens (*de profundis !*), de ces rejetons dont les aïeux, au demeurant, s'étaient déjà ruinés définitivement à la roulette, dont les pères étaient forcés de prendre du service comme élèves officiers ou lieutenants et finissaient d'ordinaire leurs jours sous le coup de poursuites judiciaires pour quelque innocente irrégularité dans les comptes, et dont les enfants, tel le héros de notre récit, ou bien deviennent idiots, ou bien se font même prendre comme criminels de droit commun. Dans ces cas ils sont d'ailleurs acquittés par les jurés pour l'édification et le redressement, à moins qu'ils ne provoquent un de ces incidents propres à étonner l'opinion et à déshonorer notre siècle qui s'est déjà suffisamment couvert de honte. Il y a environ six mois, notre rejeton, portant des guêtres à la mode étrangère et grelottant dans son méchant manteau sans doublure, revint en hiver en Russie venant de Suisse, où il se soignait de l'idiotie (*sic*). Il faut avouer que la chance lui a été favorable, au point que, sans même parler de l'intéressante maladie qu'il soignait en Suisse (est-il en vérité possible de se soigner de l'idiotie, imaginez-vous ça ?), il aurait pu être la preuve de l'exactitude du proverbe russe : « La chance favorise... une certaine catégorie de gens*. » Jugez plutôt : à la mamelle encore, à la mort de son père, lieutenant dit-on, décédé, à ce qu'on raconte, sous le coup de poursuites judiciaires par suite de la disparition subite au jeu de la caisse de sa compagnie, à moins que ce ne fût en raison d'une excessive générosité dans l'administration des verges à un subordonné (vous vous souvenez du vieux temps, messieurs !), notre baron fut recueilli par charité par un de nos très riches propriétaires terriens. Ce propriétaire russe – appelons-le si vous le voulez : P. – maître en ces temps bénis de quatre mille âmes de serfs (âmes de serfs ! Comprenez-vous, messieurs, cette expression ? Moi, je ne la comprends pas. Il faudrait consulter un glossaire : « le souvenir en est frais mais on a peine à y croire »), devait apparemment être un de ces propres à rien et de ces parasites russes qui passaient leur vie oisive à l'étranger, en été dans les villes d'eaux, en hiver à Paris, au Château des Fleurs où, au cours de leur existence, ils se délestaient de sommes incalculables. On pouvait dire avec certitude qu'un bon tiers de la dîme de toute l'ancienne classe des serfs allait au tenancier du Château des Fleurs (l'heureux homme !). Quoi qu'il en fût, cet insouciant de P. donna à l'orphelin une éducation princière, engagea à son intention des précepteurs et des gouvernantes (jolies sans aucun doute) qu'il ramenait du reste lui-même de Paris. Or, cet ultime rejeton d'une noble lignée était un idiot. Les gouvernantes du Château des Fleurs furent sans effet, et jusqu'à l'âge de vingt ans leur élève ne sut parler aucune langue, sans en exclure

* La chance favorise les imbéciles, ce qui équivaut au proverbe français : aux innocents les mains pleines.

le russe; cette dernière lacune est d'ailleurs pardonnable. Enfin, dans la tête du despote P. germa l'idée que l'on pouvait rendre l'esprit à son idiot en Suisse, fantaisie par ailleurs logique. En parasite et riche propriétaire, il pouvait imaginer tout naturellement que pour de l'argent il était possible d'acheter de l'intelligence même au marché, à plus forte raison en Suisse. Cinq ans de traitement en Suisse auprès d'un illustre professeur passèrent, engloutissant des milliers de roubles.

« L'idiot, bien sûr, ne devint pas intelligent, mais, à ce que l'on dit, prit figure humaine, tant bien que mal bien entendu. Là-dessus, P. meurt subitement. Naturellement pas de testament, ses affaires en désordre selon la tradition, une foule d'héritiers avides et dont l'ultime descendant de noble lignage, traité par charité en Suisse pour l'idiotie congénitale, était bien le dernier souci. Le descendant, quelque idiot qu'il fût, tenta d'abuser son professeur et réussit à se faire soigner chez lui gratuitement durant, dit-on, encore deux années, en lui cachant la mort de son bienfaiteur. Mais ce professeur était lui-même un fameux charlatan. Effrayé à la fin par l'absence d'argent, et plus encore par l'appétit de son parasite de vingt-cinq ans, il le chaussa de vieilles guêtres, lui fit don d'un manteau avachi et l'expédia par grande faveur en troisième *Nach Russland,* – bon débarras pour la Suisse. On eût pu croire que la fortune avait tourné le dos à notre héros. Il n'en fut rien-*s'*; ce même destin qui tue par la faim des provinces entières déversa d'un coup tous ses dons sur notre petit aristocrate, tel ce « nuage » de Krylov* qui passe

* Fabuliste russe.

au-dessus d'un champ desséché pour se répandre dans l'océan. Presque au moment de son arrivée de Suisse à Pétersbourg, meurt à Moscou l'un de ses parents du côté maternel (bien entendu un marchand), un vieux barbu solitaire et sans enfant, de la secte des Raskolniki*, qui laisse plusieurs millions d'un héritage indiscuté, net, tout rond, en espèces et (ce n'est pas à nous que cela arriverait, lecteur) tout cela va à notre rejeton, tout cela à notre baron, soigné en Suisse pour idiotie ! Et alors ce fut une autre chanson. Autour de notre baron, avec ses guêtres, qui s'enticha tout d'abord d'une femme entretenue célèbre pour sa beauté, se rassembla toute une foule d'amis et de commensaux. Il se trouva même des parents. Mieux encore, des nuées de nobles demoiselles affamées et assoiffées d'union légitime, s'empressèrent autour de lui; et que pouvaient-elles espérer de mieux : aristocrate, millionnaire et idiot – toutes les qualités à la fois. Un mari pareil, vous n'en trouverez pas, même avec une lanterne, on n'en fait pas sur commande !... »

– Ça alors... je ne comprends pas !... s'écria Ivan Fédorovitch au comble de l'indignation.

– Arrêtez-vous, Kolia, s'écria le prince d'une voix suppliante, au milieu d'exclamations diverses.

– Qu'il lise ! Qu'il lise coûte que coûte ! trancha Élisabeth Prokofievna qui, visiblement, se contenait à grand'peine. Prince ! si on cesse de lire, nous allons nous brouiller.

Il n'y avait rien à faire : Kolia, échauffé, tout rouge d'émotion, continua sa lecture, d'une voix altérée :

« Mais, tandis que notre millionnaire précoce pla-

* Ancienne croyance particulièrement répandue dans la classe des marchands.

nait si l'on peut dire dans l'empyrée, un événement inattendu survint. Un beau matin se présenta chez lui un visiteur au visage sévère et calme, au langage poli, mais équitable et plein de dignité, vêtu modestement mais avec distinction, et à la pensée visiblement de tendance progressiste. En deux mots, il lui explique le motif de sa visite : avocat en renom, il est chargé d'une affaire par un jeune homme et c'est en son nom qu'il se présente. Le jeune homme en question se trouvait être, ni plus ni moins, le fils de feu P., bien que portant un autre nom. Le luxurieux P. avait, dans sa jeunesse, séduit une jeune fille pauvre et honnête qui, bien que serve, avait été élevée à l'européenne (il avait profité, bien entendu, des privilèges que lui conférait le droit de servage); s'étant aperçu des conséquences inévitables et imminentes de cette liaison, il s'était empressé de la marier à un homme de noble caractère, industrieux et même fonctionnaire, qui aimait depuis longtemps cette jeune fille. Au début, P. avait aidé les jeunes mariés, mais bientôt cette aide fut rejetée par le noble caractère du mari. Quelque temps passa et, peu à peu, P. oublia et la jeune fille et le fils qu'elle lui avait donné et finit, ainsi que l'on sait, par mourir sans avoir pris aucune disposition. Cependant son fils, né dans l'union légitime, avait grandi sous un autre nom, adopté pour de bon par le noble caractère du mari de sa mère, qui mourut néanmoins en son temps. Le jeune homme se trouva réduit à ses seules ressources, ayant à sa charge, dans une province éloignée, une mère malade et percluse, privée de l'usage de ses deux jambes. Lui se faisait quelque argent dans la capitale par un labeur honorable et quotidien, en donnant des leçons à des fils de marchands, et subvenait ainsi à ses besoins, d'abord au lycée, puis en suivant des cours utiles, conformément au but qu'il s'était fixé. Mais peut-on tirer beaucoup d'un marchand russe, pour des leçons à cinq sous, surtout quand on a une mère impotente et malade et dont la mort même dans sa lointaine province n'améliora guère la situation du jeune homme ? Et maintenant voici la question qui se pose : quelle devait être en toute équité la réaction de notre rejeton ? Vous croyez évidemment, lecteur, qu'il s'adressa le discours suivant : « J'ai profité toute ma vie de tous les dons de P., mon éducation, les gouvernantes et le traitement de l'idiotie en Suisse ont englouti des dizaines de milliers de roubles; et voilà que je possède maintenant des millions, alors que le noble fils de P., innocente victime d'un père léger et oublieux, se tue à donner des leçons. Tout ce qui a été dépensé pour moi aurait dû en toute équité être employé pour lui. Ces sommes énormes dépensées pour moi ne m'étaient pas dues à proprement parler. Ce n'était qu'une erreur de l'aveugle fortune. Elles auraient dû revenir au fils de P. C'est pour lui qu'elles auraient dû être utilisées et non pour moi, contrairement au fantasque caprice du léger et oublieux P. Si j'étais réellement généreux, délicat et juste, j'aurais dû donner à son fils la moitié de mon héritage, mais comme je suis avant tout un homme qui sait compter et ne comprend que trop bien que cette affaire n'a aucune base juridique, je ne lui donnerai pas la moitié de mes millions. Mais ce serait par trop bas et éhonté (le rejeton oublie d'ajouter « et mal calculé ») de ma part, si je ne lui restituais pas au moins ces dizaines de milliers de roubles consacrés à mon idiotie au détriment du fils de P. Ce n'est qu'une simple question de conscience et de justice. Car que serais-je devenu si P. ne s'était pas chargé de mon éducation mais au lieu de cela s'était occupé de son fils ? »

« Mais non, messieurs ! Nos rejetons ne raisonnent pas ainsi. Quelles que fussent les représentations de l'avocat du jeune homme qui s'était chargé de cette mission à titre purement amical et presque contre la volonté de ce dernier, presque en lui forçant la main, quelque appel qu'il fît à ses devoirs d'honneur, de générosité, de justice et même au simple calcul, le nourrisson de Suisse demeura inflexible. Et alors ? Tout cela ne serait encore rien, mais voici qui est réellement impardonnable et qu'aucune maladie intéressante ne saurait excuser : ce millionnaire, à peine enlevées les guêtres de son professeur, ne sut même pas comprendre que ce n'était pas une charité ni même un secours que lui demandait le noble caractère du jeune homme qui se tuait à donner des leçons, mais son droit et son dû, quoique non établis juridiquement; et qu'il ne le demandait même pas personnellement : ce n'étaient que des amis qui intervenaient en sa faveur. D'un air majestueux, enivré de cette possibilité nouvelle d'écraser les gens par ses millions, notre rejeton sort un billet de cinquante roubles et l'adresse au noble jeune homme comme une impudente aumône. Vous ne le croyez pas, messieurs ? Vous êtes révoltés, vous vous sentez offensés, vous retenez un cri d'indignation : et pourtant c'est ce qu'il fit ! Bien entendu, l'argent lui fut aussitôt rendu, pour ainsi dire jeté à la figure. Quelle conclusion donner à cette affaire ? Elle n'a aucun caractère juridique, il ne reste donc qu'à la porter à la connaissance du public ! Nous livrons cette anecdote à l'opinion et en garantissant l'authenticité. On dit qu'un de nos célèbres humoristes laissa échapper à ce propos une délicieuse épigramme digne de prendre place dans la satire non seulement de nos mœurs provinciales mais aussi de celles de la capitale :

> Du manteau de Schneider,
> Léon joua durant cinq ans,
> Et à diverses bagatelles
> Employa tout son temps.
>
> De retour en guêtres étroites
> Il hérita d'un million.
> Il prie Dieu à la mode russe,
> Mais il vole les étudiants. »

Lorsque Kolia eut fini, il passa rapidement le journal au prince et sans dire un mot se jeta dans un coin et s'y enfonça en se cachant le visage dans les mains. Il éprouvait un sentiment intolérable de honte; sa sensibilité enfantine, qui n'avait encore pas eu le temps de s'habituer à la boue, était révoltée au delà de toute mesure. Il lui semblait qu'il venait de se passer quelque chose d'extraordinaire qui avait tout détruit d'un coup, et que c'était tout juste s'il n'en était pas lui-même responsable, ne fût-ce que pour en avoir fait la lecture à haute voix.

Tous les assistants semblaient ressentir à peu près la même chose. Les jeunes filles avaient honte et étaient très gênées. Élisabeth Prokofievna réprimait une violente colère, et elle aussi regrettait peut-être amèrement de s'être mêlée à l'affaire; pour le moment elle se taisait. Quant au prince, il éprouvait ce qu'éprouvent souvent en pareil cas les gens par trop timides; il se sentit à tel point gêné de la conduite d'autrui, il eut à ce point honte pour ses visiteurs, que tout d'abord il n'osa même pas les regarder. Ptitsine, Varia, Gania et même Lebedev avaient tous un air quelque peu confus. Mais le plus étrange était que quelque chose semblait avoir surpris Hippolyte et le « fils de Pavlistchev »; le neveu de Lebedev était visiblement mécontent. Seul le boxeur demeurait parfaitement calme, frisant sa moustache d'un air important et s'il baissait légèrement les yeux, ce n'était pas par confusion mais plutôt, semblait-il, par une noble modestie devant un triomphe aussi évident. Tout en lui laissait deviner que l'article lui plaisait énormément.

– C'est affreux, grogna à mi-voix Ivan Fédorovitch; on dirait que cinquante laquais se sont réunis pour le rédiger, et l'ont en effet rédigé.

– Mais per-per-mettez-moi de vous demander, cher monsieur, comment vous pouvez nous offenser par de pareilles suppositions ? déclara Hippolyte, frémissant.

– C'est, c'est, c'est, pour un homme honorable c'est une offense, grogna le boxeur, s'animant lui aussi on ne sait trop pourquoi, frisant sa moustache et roulant ses épaules et son torse.

– Premièrement, je ne suis pas pour vous « cher monsieur »; deuxièmement, je n'ai pas d'explications à vous donner, répondit d'une voix tranchante Ivan Fédorovitch, très échauffé et, se levant sans rien ajouter, il se dirigea vers la sortie et s'arrêta sur la première marche, tournant le dos au public, absolument furieux contre Élisabeth Prokofievna qui, même à présent, ne songeait pas à quitter sa place.

– Messieurs, messieurs, laissez-moi parler enfin, s'exclamait le prince, ému et agité; de grâce, parlons de façon à nous comprendre. Je ne dirai rien, messieurs, au sujet de cet article, soit; seulement, messieurs, tout est mensonge dans cet article, je le dis parce que vous le savez vous-mêmes; c'est même honteux. Si bien que je serais fort étonné que l'un de vous en fût l'auteur.

– J'ai tout ignoré jusqu'à présent de cet article, déclara Hippolyte; je ne l'approuve pas.

– Quant à moi, tout en sachant qu'il avait été écrit, je... moi aussi, j'avais déconseillé sa publication, parce que c'est prématuré, ajouta le neveu de Lebedev.

– J'étais au courant, mais j'ai le droit... je... balbutia le fils de Pavlistchev.

– Comment ! C'est vous-même qui avez composé tout ça ? demanda le prince dévisageant Bourdovski avec curiosité; – ce n'est pas possible !

– On peut ne pas vous reconnaître le droit de poser de semblables questions, intervint le neveu de Lebedev.

– Je n'ai fait qu'exprimer mon étonnement que monsieur Bourdovski ait réussi... mais je tiens à vous dire que, puisque vous avez déjà rendu cette affaire publique, pourquoi alors vous êtes-vous sentis tellement offensés lorsque, tout à l'heure, j'ai commencé à parler de cette même affaire en présence de mes amis ?

– Enfin ! murmura Élisabeth Prokofievna dans son indignation.

– Et même, prince, vous avez daigné oublier, dit fébrilement Lebedev qui, n'y tenant plus, s'était glissé entre les chaises, – vous avez oublié-*s'* que seule votre bonne volonté et la bonté sans limite de votre cœur vous ont poussé à les recevoir et à les écouter, qu'ils n'ont pas le moindre droit de rien exiger, d'autant plus que vous avez déjà chargé de cette affaire Gabriel Ardalionovitch, ceci encore par extrême bonté; et que maintenant, prince excellentissime, vous trouvant dans le cercle choisi de vos amis, vous ne pouvez sacrifier leur compagnie à ces individus-*s'* et auriez pu, si j'ose dire, leur faire descendre l'escalier pour ainsi dire sur-le-champ, ce qu'en ma qualité de propriétaire de cette maison je suis prêt à accomplir avec un extrême plaisir...

– Parfaitement juste !... tonna soudain du fond de la terrasse le général Ivolguine.

– Assez, Lebedev, assez, cela suffit ! essaya de couper le prince, mais sa voix fut couverte par une explosion d'indignation.

– Non, permettez, prince, permettez, à présent cela ne suffit plus ! criait plus fort que les autres le neveu de Lebedev. Il s'agit maintenant de bien poser la question, car apparemment on ne l'a pas comprise. Des chicaneurs de justice s'en sont mêlés maintenant, et on nous menace de nous jeter dehors ! Est-ce que réellement vous nous tenez, prince, pour des imbéciles incapables de comprendre nous-mêmes à quel point notre affaire est peu fondée juridiquement et que, si on l'examinait sous cet angle, nous n'aurions, d'après la loi, aucun droit d'exiger de vous le moindre rouble ? Mais nous comprenons justement aussi que s'il n'y a pas là de droit légal, il y a bien, en revanche, un droit humain, naturel; le droit du bon sens et la voix de la conscience, et qu'importe que ce droit-là ne soit inscrit dans aucun de vos codes pourris, car un homme honorable et honnête, c'est-à-dire un homme à jugement sain, se doit de demeurer honorable et honnête, même dans les cas non prévus par le code. Voilà pourquoi nous sommes venus ici sans craindre d'être jetés à la porte (comme vous venez de nous en menacer), parce que nous ne *quémandons* pas, nous *exigeons,* et, quelle que soit l'inconvenance de notre visite à une heure aussi tardive (bien que nous ne soyons pas venus tard, c'est vous qui nous avez obligés à faire antichambre), nous sommes venus, je le répète, sans rien craindre, parce que nous vous supposions homme de bon sens, c'est-à-dire ayant de la conscience et de l'honneur. Oui, c'est vrai, nous ne sommes pas entrés ici humblement, en pique-assiettes, ni en solliciteurs, mais la tête haute, en hommes libres, nullement pour quémander mais pour exiger librement et fièrement; vous entendez, nous exigeons, nous ne quémandons pas, mettez-vous cela bien dans la tête ! Nous vous posons la question carrément et avec dignité : reconnaissez-vous ou non vos torts dans l'affaire Bourdovski ? Reconnaissez-vous avoir été comblé de bienfaits par Pavlistchev et peut-être même sauvé de la mort ? Et si vous le reconnaissez (c'est une évidence), avez-vous l'intention, trouvez-vous juste, en votre âme et conscience, étant à votre tour devenu millionnaire, de faire sa part au fils de Pavlistchev dans le besoin, quand bien même il porterait le nom de Bourdovski ? Oui ou non ? Si c'est *oui,* autrement dit si vous possédez ce que l'on nomme dans votre langage de l'honneur et de la conscience, et ce qu'avec plus de précision nous désignons sous le nom de bon sens, donnez-nous satisfaction et l'incident sera clos. Faites-le sans prières ni remerciements de notre part, n'en attendez pas de nous, car vous le faites non pour nous mais dans l'intérêt de la justice. Si vous refusez de nous donner satisfaction, c'est-à-dire si vous répondez *non,* nous nous retirerons aussitôt et l'affaire en restera là. Mais nous vous disons bien en face, devant tous vos témoins, que vous aurez fait preuve d'un esprit vulgaire et d'une intelligence arriérée, que nous vous refusons désormais le droit de vous considérer comme homme d'honneur et de conscience, que ce droit vous voulez l'acheter à trop bon compte. J'ai fini. La question est posée. Vous pouvez à présent nous chasser si vous l'osez. Vous pouvez le faire, vous avez pour vous la force. Mais souvenez-vous que, malgré tout, nous ne quémandons pas, nous exigeons. Nous exigeons et ne quémandons pas !...

Le neveu de Lebedev, très excité, s'arrêta.

– Nous exigeons, exigeons, exigeons et ne quémandons pas !... balbutia Bourdovski, rouge comme une écrevisse.

Après le discours du neveu de Lebedev, il y eut un mouvement général et on entendit même des murmures, bien que tout le monde évitât de se mêler de l'affaire, à l'exception peut-être du seul Lebedev, toujours excité. (Chose singulière, Lebedev, quoique ayant manifestement pris le parti du prince, semblait à présent éprouver une certaine satisfaction de son orgueil familial à la suite de la tirade de son neveu; du moins il regarda l'assistance d'un air de satisfaction particulière.)

– A mon avis, commença assez doucement le prince, à mon avis, dans tout ce que vous venez de dire, monsieur Doktorenko, vous avez à moitié raison,- je suis même prêt à dire pour la plus grande partie, et j'eusse été entièrement d'accord avec vous si vous n'aviez pas omis quelque chose dans vos propos. Qu'est-ce exactement ce que vous avez omis, je ne suis pas en état ni en mesure de le formuler nettement, mais pour que vos paroles soient entièrement justes, il leur manque évidemment quelque chose. Passons plutôt au fait, messieurs, dites-moi pourquoi vous avez publié cet article ? Chaque mot en est une calomnie, de sorte qu'à mon avis, messieurs, vous avez commis une bassesse.

– Permettez !...

– Monsieur !...

– C'est... c'est... c'est... entendit-on à la fois dans le groupe agité des visiteurs.

– En ce qui concerne cet article, rétorqua Hippolyte d'une voix stridente, je vous ai déjà dit que ni moi ni les autres ne l'approuvions ! C'est lui qui en est l'auteur (il désigna le boxeur assis à ses côtés). C'est une incongruité, d'accord, écrite par un illettré dans le style des gens de son espèce, militaires en retraite. Il est bête et par surcroît escroc, je vous l'accorde, je le dis chaque jour. Mais malgré tout il était en partie dans son droit : la publicité est le droit légitime de chacun, donc aussi celui de Bourdovski. Quant à ses absurdités, qu'il en réponde lui-même. D'autre part, pour ce qui est de la protestation qu'au nom de tous j'ai élevée tout à l'heure au sujet de la présence de vos amis, j'estime devoir vous expliquer notre droit, mais qu'en fait nous souhaitons avoir des témoins, et tout à l'heure encore, avant d'entrer ici, nous en étions convenus tous les quatre. Quels que soient vos témoins et quand bien même ils seraient vos amis, comme ils ne peuvent pas ne pas convenir des droits de Bourdovski (parce qu'ils sont évidents, mathématiques), cela vaut même mieux que ces témoins soient vos amis, mais la vérité n'en éclatera qu'avec plus d'évidence.

– Il est exact que nous nous étions mis d'accord là-dessus, confirma le neveu de Lebedev.

– Alors, pourquoi tout à l'heure, dès les premiers mots, avez-vous fait tant de bruit, si c'est cela que vous vouliez ? s'étonna le prince.

– Pour ce qui est de l'article, prince, intervint le boxeur, depuis longtemps désireux de placer son mot et s'animant avec complaisance (on pouvait soupçonner que la présence des dames agissait visiblement sur lui); – pour cet article, j'avoue que j'en suis en effet l'auteur, bien que mon maladif ami, que j'ai pris l'habitude de pardonner à cause de son état d'affaiblissement, vienne de l'éreinter. Oui, c'est moi qui l'ai rédigé et publié sous forme de correspondance dans le journal d'un ami sincère. Seuls les vers ne sont pas de moi et sont effectivement de la plume d'un humoriste connu. Je me suis contenté de le lire à Bourdovski, et encore pas en entier; j'ai aussitôt obtenu son accord pour la publication, mais convenez que j'aurais pu aussi le faire sans son consentement. La publicité est un droit universel, noble et bienfaisant. J'espère que vous-même, prince, avez des idées suffisamment avancées pour ne pas le nier.

– Je ne nierai rien, mais reconnaissez que dans votre article...

– J'ai été un peu dur, vous voulez dire ? Mais c'était pour ainsi dire une question d'utilité publique, convenez-en vous-même, et enfin, peut-on laisser passer une occasion qui provoque ? Tant pis pour les coupables, l'utilité publique prime tout. Pour ce qui est de certaines inexactitudes, si je puis dire, d'hyperboles, avouez que l'essentiel est dans l'initiative, dans le but et l'intention; c'est l'exemple bienfaisant qui importe, nous aurons ensuite le temps d'examiner les cas particuliers, et puis il y a là le style, pour ainsi dire le problème humoristique et enfin, c'est ainsi que tout le monde écrit, convenez-en vous-même ! Ha ! ha !

– Vous avez entièrement fait fausse route ! Je vous assure, messieurs, s'écria le prince. Vous avez publié cet article en supposant que je ne consentirais à aucun prix à donner satisfaction à M. Bourdovski, donc pour m'effrayer et vous venger de moi. Mais qu'en saviez-vous ? Peut-être ai-je déjà décidé de donner satisfaction à Bourdovski. Je vous déclare à présent, devant témoins, que je vais le faire...

– Voilà enfin une parole noble et intelligente, d'un homme noble et intelligent, proclama le boxeur.

– Dieu ! laissa échapper Élisabeth Prokofievna.

– C'est intolérable ! marmonna le général.

– Permettez, messieurs, permettez, je vais exposer l'affaire, suppliait le prince. Il y a environ cinq semaines, monsieur Bourdovski, j'ai reçu à Z. la visite de votre mandataire et avocat Tchebarov. Vous l'avez un peu trop flatté dans votre article, monsieur Keller, dit en riant le prince au boxeur; il ne m'a pas plu du tout. J'ai compris dès l'abord que c'était lui, Tchebarov, qui était le centre de cette affaire, que c'était peut-être lui qui avait poussé à l'amorcer, profitant de votre simplicité, pour parler sincèrement.

– Vous n'avez pas le droit... je... je ne suis pas un simple... c'est... balbutia Bourdovski en émoi.

– Vous n'avez aucun droit de faire des suppositions de ce genre, intervint d'un ton édifiant le neveu de Lebedev.

– C'est offensant au plus haut point ! glapit Hippolyte. C'est une supposition vexante et mensongère qui n'a aucun rapport avec l'affaire.

– Désolé, messieurs, désolé, acquiesça hâtivement le prince; je vous prie de m'excuser; c'est qu'il m'avait semblé qu'il serait préférable que nous fussions absolument francs les uns avec les autres, mais vous êtes libres, il en sera comme vous voudrez. J'ai donc dit à Tchebarov qu'étant moi-même absent de Pétersbourg, j'allais charger aussitôt un ami de cette affaire et vous en aviserais, monsieur Bourdovski. Je vais vous dire franchement, messieurs, que cette affaire me parut être une véritable escroquerie, justement à cause de ce Tchebarov. Oh, ne vous offensez pas, messieurs ! Pour l'amour de Dieu, ne vous offensez pas ! s'écria le prince d'un air effrayé devant une nouvelle manifestation d'émoi chez Bourdovski et l'agitation et les protestations de ses amis. – Cela ne peut vous concerner personnellement si je parle d'escroquerie. Je ne connaissais personnellement encore aucun d'entre vous, même de nom. Je n'en jugeais que d'après le seul Tchebarov; je parle d'une manière générale parce que... si vous saviez seulement combien de fois on m'a trompé depuis que j'ai reçu cet héritage !

– Prince, vous êtes terriblement naïf, remarqua ironiquement le neveu de Lebedev.

– Et avec cela prince et millionnaire ! Malgré votre cœur peut-être en effet plein de bonté et de simplicité, vous ne pouvez tout de même pas échapper à la loi universelle, proclama Hippolyte.

– C'est possible, c'est très possible, messieurs, acquiesça hâtivement le prince, bien que je ne comprenne pas de quelle loi universelle vous parlez. Mais je continue, seulement ne vous vexez pas sans raison. Je vous jure que je n'ai pas la moindre intention de vous blesser. Qu'est-ce en effet à dire, messieurs ? Il est impossible de prononcer une seule parole sincère sans vous offenser aussitôt ! Tout d'abord, j'ai été extrêmement frappé d'apprendre l'existence d'un « fils de Pavlistchev », et le fait qu'il se trouvait dans la terrible situation que m'avait décrite Tchebarov. Pavlistchev a été mon bienfaiteur et l'ami de mon père. Ah ! pourquoi avez-vous écrit un tel mensonge, monsieur Keller, au sujet de mon père ? Il n'y a jamais eu de dilapidation des fonds de la compagnie ni de mauvais traitements à l'égard des subordonnés. J'en ai l'absolue certitude. Comment la plume ne vous a-t-elle pas échappé de la main devant une pareille calomnie ? Et ce que vous avez écrit de Pavlistchev c'est proprement intolérable; cet homme d'une rare noblesse, vous l'accusez de débauche et de légèreté avec un tel aplomb, une telle autorité, comme si effectivement vous disiez la vérité, et pourtant c'était un des hommes les plus chastes qu'il y ait eu au monde ! C'était même un érudit remarquable, correspondant de nombreux savants connus, et un mécène ayant mis beaucoup d'argent au service de la science. Pour ce qui est de son cœur et de ses bienfaits, oh ! vous aviez évidemment entièrement raison en disant que j'étais à cette époque presque idiot, incapable de rien comprendre (bien que tout de même parlant et entendant le russe), mais je suis cependant à même d'apprécier tout ce qui me revient maintenant à la mémoire...

– Permettez, piaillait Hippolyte, n'est-ce pas trop de sensiblerie ? Nous ne sommes pas des enfants. Vous vouliez aller droit au fait, il est neuf heures passées, ne l'oubliez pas.

– Soit, messieurs, soit, acquiesça encore le prince. Après un premier mouvement de méfiance, je me suis dit que je pouvais me tromper et que Pavlistchev pouvait bien avoir un fils. Mais j'ai été terriblement frappé par la facilité avec laquelle ce fils trahissait publiquement le secret de sa naissance et surtout déshonorait sa mère. Car dès ce moment-là Tchebarov me menaçait déjà de rendre l'affaire publique.

– Quelle bêtise ! cria le neveu de Lebedev.

– Vous n'avez pas le droit... pas le droit ! s'exclama Bourdovski.

– Le fils n'est pas responsable de l'acte immoral de son père, et sa mère n'est pas coupable, piailla Hippolyte avec ardeur.

– Raison de plus, semble-t-il, pour l'épargner... hasarda timidement le prince.

– Vous n'êtes pas seulement naïf, prince, vous êtes peut-être même allé au-delà, ricana méchamment le neveu de Lebedev.

– Et quel droit aviez-vous !... glapit Hippolyte, de la voix la moins naturelle qui fût.

– Aucun, aucun, s'empressa de l'interrompre le prince; – sur ce point, je l'avoue, vous avez raison; mais c'était involontaire et je me suis dit aussitôt que mes sentiments personnels ne devaient avoir aucune influence sur cette affaire, car si je me considère comme obligé de satisfaire aux exigences de M. Bourdovski, au nom de mes sentiments envers Pavlistchev, je dois les satisfaire en tout état de cause, c'est-à-dire que j'aie de l'estime ou non pour M. Bourdovski. Je n'ai évoqué cette question, messieurs, que parce que j'avais tout de même trouvé peu naturel qu'un fils dévoilât ainsi publiquement le secret de sa mère. En un mot, ce fut la principale raison qui me fit penser que Tchebarov devait être une canaille et que c'était lui qui, en abusant de sa confiance, avait poussé M. Bourdovski à cette escroquerie.

– Mais c'est proprement intolérable, à la fin ! entendit-on dans le groupe des visiteurs, dont quelques-uns se levèrent même de leurs chaises.

– Messieurs ! Mais c'est pour cela justement que j'avais décidé que M. Bourdovski devait être un homme simple et sans défense, proie facile pour des aigrefins, et que, par conséquent, j'étais d'autant plus obligé de lui venir en aide en sa qualité de « fils de Pavlistchev », d'abord en m'opposant aux agissements de monsieur Tchebarov, ensuite en le guidant avec amitié et dévouement, enfin en décidant de lui remettre une somme de dix mille roubles, c'est-à-dire tout ce que, d'après mes calculs, Pavlistchev avait pu dépenser pour moi en espèces...

– Comment ! Seulement dix mille ! cria Hippolyte.

– Eh bien, prince, vous n'êtes pas très fort en arithmétique, à moins que vous ne le soyez que trop, tout en jouant les simplets, s'écria le neveu de Lebedev.

– Je ne suis pas d'accord sur dix mille, dit Bourdovski.

– Antipe, accepte ! lui souffla dans un murmure rapide mais très distinct le boxeur, qui s'était penché par-dessus la chaise d'Hippolyte; – accepte, on verra par la suite !

– É... écoutez, monsieur Muichkine, glapissait Hippolyte, comprenez donc que nous ne sommes pas des imbéciles, de vulgaires imbéciles, comme le pensent sans doute tous vos invités, y compris ces dames qui nous dévisagent avec un sourire si indigné et en particulier ce monsieur du grand monde (il désigna Eugène Pavlovitch) que bien entendu je n'ai pas l'honneur de connaître, mais dont je crois avoir entendu parler...

– Permettez, permettez, messieurs, vous ne m'avez de nouveau pas compris ! disait le prince très ému. En premier lieu, vous, monsieur Keller, vous avez donné dans votre article une idée très inexacte de ma fortune.

Je n'ai pas hérité de millions, mais peut-être, tout au plus, d'un huitième ou d'un dixième de ce que vous me supposez; d'autre part, on n'a jamais dépensé pour moi en Suisse des dizaines de milliers de roubles; Schneider recevait six cents roubles par an, et encore seulement les trois premières années; quant aux jolies gouvernantes, jamais Pavlistchev n'est allé en chercher à Paris, c'est encore une calomnie. A mon sens, il a été dépensé pour moi beaucoup moins de dix mille roubles, mais je m'en tiens à dix mille, et convenez qu'en m'acquittant d'une dette, je ne pouvais en aucune façon offrir plus à M. Bourdovski, même si je l'aimais énormément, ne serait-ce que par un sentiment de délicatesse, justement parce que je m'acquittais d'une dette au lieu de lui envoyer une aumône. Je ne sais pas, messieurs, comment vous pouvez ne pas me comprendre ! D'ailleurs, je voulais compenser tout cela par mon amitié, par ma participation active au sort du malheureux M. Bourdovski, apparemment abusé, car, sans avoir été abusé, il n'aurait pu consentir à une bassesse telle que la publicité faite aujourd'hui dans l'article de M. Keller autour de sa mère... Mais qu'avez-vous à la fin, messieurs, à vous mettre de nouveau en colère ? De cette façon nous finirons par ne plus nous comprendre du tout. C'est bien moi qui avais raison ! Je me suis convaincu maintenant de mes propres yeux que mes suppositions étaient justes. – Le prince essayait de les convaincre et de calmer l'agitation sans s'apercevoir, dans son ardeur, qu'il ne faisait que l'accroître.

– Comment ? De quoi vous êtes-vous convaincu ? le pressait-on de questions avec acharnement.

– Mais permettez, de grâce. J'ai d'abord pu observer

à loisir M. Bourdovski, et je vois bien moi-même maintenant comment il est... c'est un homme innocent mais que tout le monde trompe ! Un homme sans défense... et c'est pour cela précisément que je dois le ménager. D'autre part, Gabriel Ardalionovitch, que j'avais chargé de l'affaire et dont pendant longtemps je n'avais pas eu de nouvelles, car j'étais en voyage et ensuite malade pendant trois jours à Pétersbourg, vient, à notre première entrevue il y a à peine une heure, de m'annoncer qu'il a percé à jour les intentions de Tchebarov, qu'il en a des preuves et que Tchebarov était bien tel que je le supposais. Je sais bien, messieurs, que beaucoup de gens me tiennent pour un idiot, et que Tchebarov, fort de ma réputation d'avoir l'argent facile, pensait pouvoir me circonvenir sans peine en comptant précisément sur mes sentiments pour Pavlistchev. Mais le plus important, – écoutez-moi jusqu'au bout, messieurs, écoutez, – le plus important c'est qu'il s'avère tout à coup maintenant que M. Bourdovski n'est pas du tout le fils de Pavlistchev! Gabriel Ardalionovitch vient de m'en informer et il m'affirme qu'il en a les preuves formelles. Eh bien! qu'en pensez-vous? Cela paraît incroyable après tout ce que vous avez déjà fait ! Vous entendez : des preuves formelles ! Je n'y crois pas encore, je n'y crois pas moi-même, je vous assure; je doute encore, car Gabriel Ardalionovitch n'a pas eu le temps de me donner tous les détails, mais que ce Tchebarov soit une canaille, il n'y a plus aucun doute là-dessus ! Il a trompé et le malheureux M. Bourdovski et vous tous, messieurs, qui êtes si noblement venus soutenir votre ami (car il a besoin d'un soutien, cela est évident, et je le comprends parfaitement). Il vous a tous trompés et tous impliqués dans une escroquerie, car, au fond, toute cette histoire n'est que supercherie et escroquerie !

– Comment « une escroquerie »... comment, « pas le fils de Pavlistchev » ? Comment peut-on... s'exclamait-on de toutes parts. Tout le groupe de Bourdovski était en proie à un désarroi inexprimable.

– Mais bien entendu, une escroquerie ! S'il se trouve maintenant que M. Bourdovski n'est pas le « fils de Pavlistchev », ses prétentions deviennent une pure escroquerie (c'est-à-dire, bien entendu, au cas où il aurait connu la vérité !). Mais le fait est précisément qu'il a été trompé, c'est pour cela que j'insiste pour le disculper; c'est pour cela que je dis qu'il est digne de compassion, que dans sa simplicité il ne peut se passer de soutien. Sinon, lui aussi serait un escroc dans cette affaire. Mais je suis absolument persuadé qu'il ne comprend rien ! J'ai été moi-même dans un état semblable avant mon départ pour la Suisse; moi aussi je balbutiais des paroles sans suite : on voudrait s'exprimer et on n'y arrive pas... Je comprends cela; je peux beaucoup y compatir, car je suis presque comme lui, cela me permet d'en parler ! Enfin, bien qu'il n'y ait plus de « fils de Pavlistchev » et que tout cela se réduise à une mystification, je ne reviens pas sur ma décision et suis prêt à restituer dix mille roubles, en souvenir de Pavlistchev. Avant d'avoir connu M. Bourdovski, je voulais fonder une école avec ces dix mille roubles, en souvenir de Pavlistchev, mais à présent cela ne fait aucune différence que ce soit pour l'école ou pour M. Bourdovski, parce que, s'il n'est pas le « fils de Pavlistchev », c'est tout de même comme s'il l'était, ayant été lui-même si cruellement berné. Il se croyait sincèrement « le fils de Pavlistchev ». Veuillez écouter, messieurs, Gabriel Ardalionovitch; finissons-en, ne vous emportez pas, calmez-vous, asseyez-vous. Gabriel Ardalionovitch va tout de suite nous expliquer tout cela, et j'avoue que je suis moi-même très curieux de connaître les détails. Il dit s'être même rendu à Pskov, monsieur Bourdovski, auprès de votre mère qui n'est pas du tout morte, comme on vous l'a fait dire dans l'article... Asseyez-vous, messieurs, asseyez-vous !

Le prince se rassit après avoir réussi à faire reprendre leurs places à tous les amis de Bourdovski, qui entre temps avaient bondi sur leurs pieds. Durant ce dernier quart d'heure, il s'était beaucoup échauffé et avait parlé fort, d'une voix rapide et impatiente; dans son exaltation, il essayait de crier plus fort que les autres; et plus tard il eut, bien entendu, à déplorer certaines expressions et suppositions qui lui avaient échappé. S'il n'avait pas été ainsi excité et presque poussé à bout, il ne se serait pas permis d'exprimer certains soupçons à haute voix et d'une façon aussi directe et hâtive, ni de se laisser aller à une franchise excessive. Mais à peine s'était-il rassis qu'un remords cuisant lui perça douloureusement le cœur. Outre qu'il avait « offensé » Bourdovski en lui attribuant publiquement la maladie dont lui-même avait été soigné en Suisse, l'offre des dix mille roubles destinés à l'école avait été présentée, à son avis, d'une manière grossière et impudente, comme une aumône, et cela devant tout le monde. « Il aurait fallu attendre et le faire demain, seul à seul, pensa aussitôt le prince, et maintenant c'est peut-être irréparable ! Oui, je suis un idiot, un authentique idiot ! » décida-t-il dans un accès de honte et de peine profonde.

Cependant Gabriel Ardalionovitch, qui s'était jusqu'alors tenu à l'écart en gardant obstinément le silence, s'avança sur la demande du prince, et, s'étant placé à côté de lui, se mit en devoir de rendre compte avec calme et clarté de l'affaire dont il avait été chargé. Toutes les conversations s'arrêtèrent aussitôt. Tout le monde écoutait avec une extrême curiosité, surtout tout le groupe de Bourdovski.

IX

– Vous n'allez certainement pas nier, commença Gabriel Ardalionovitch en s'adressant directement à Bourdovski qui l'écoutait de toutes ses oreilles, les yeux hors de la tête et visiblement abasourdi, – vous n'allez, ni probablement ne voudrez, sérieusement nier être né exactement deux ans après le mariage légitime de votre très honorée mère avec le secrétaire départemental Bourdovski, votre père. Votre date de naissance n'est que trop facile à établir matériellement, de sorte que la déformation par trop blessante pour vous et pour votre mère de ce fait dans l'article de M. Keller ne s'explique que par l'imagination folâtre de ce monsieur qui comptait renforcer ainsi l'évidence de vos droits et servir vos intérêts. M. Keller dit vous avoir au préalable donné lecture de cet article, quoique pas en entier... il est hors de doute qu'il n'avait pas poussé sa lecture jusqu'à ce passage...

– Je ne l'ai pas fait, c'est vrai, interrompit le boxeur, mais toutes les données m'avaient été communiquées par une personne compétente et je...

– Excusez-moi, monsieur Keller, coupa Gabriel Ardalionovitch, laissez-moi parler. Je vous assure que nous en viendrons à votre article au moment voulu;

vous pourrez alors donner vos explications, mais pour le moment continuons plutôt à procéder par ordre. D'une façon tout à fait fortuite, avec l'aide de ma sœur Barbara Ardalionovna, j'ai obtenu d'une de ses amies intimes, Véra Alexeïevna Zoubkova, veuve et propriétaire, une lettre de feu Nicolas Andreïevitch que celui-ci lui avait adressée il y a vingt-quatre ans de l'étranger. Ayant été présenté à Véra Alexeïevna, je me suis, sur ses indications, adressé au colonel en retraite Timoféi Fédorovitch Viazovkine, parent éloigné et grand ami en son temps de M. Pavlistchev. De lui j'ai pu obtenir encore deux lettres de Nicolas Andreïevitch, écrites également de l'étranger. D'après ces trois lettres, d'après les dates et les faits auxquels elles font allusion, on établit mathématiquement, d'une façon irréfutable et ne permettant pas le moindre doute, que Nicolas Andreïevitch Pavlistchev était parti pour l'étranger (où il demeura trois années de suite) exactement un an et demi avant votre naissance, monsieur Bourdovski. Votre mère, ainsi que vous le savez, n'a jamais quitté la Russie. Je ne vais pas donner ici lecture de ces lettres. Il est déjà tard, je tiens seulement à affirmer le fait. Mais s'il vous plaît, monsieur Bourdovski, de prendre rendez-vous chez moi, fût-ce dès demain matin, et d'amener vos témoins (quel qu'en soit le nombre) et des experts pour établir l'identité de l'écriture, je ne doute pas un seul instant qu'il ne vous sera pas possible de n'être point convaincu de l'authenticité du fait que j'avance; et s'il en est ainsi, bien entendu l'affaire s'effondre et s'éteint d'elle-même.

Il se fit de nouveau un mouvement général, et une profonde émotion se manifesta parmi les assistants. Bourdovski, lui, se leva soudain de son siège.

— Si cela est vrai, j'ai été trompé, trompé, non pas par Tchebarov, mais il y a longtemps, longtemps. Je ne veux pas d'experts, je ne veux pas de rendez-vous, je vous crois, je me désiste... je ne suis pas d'accord sur les dix mille roubles... adieu !

Il prit sa casquette et repoussa sa chaise pour partir.

— Si vous le pouvez, monsieur Bourdovski, l'arrêta Gabriel Ardalionovitch d'une voix doucereuse, restez encore, ne serait-ce que cinq minutes. Dans cette affaire se révèlent encore plusieurs faits extrêmement importants, surtout pour vous et, en tout cas, fort curieux. A mon avis, vous ne pouvez pas ne pas en prendre connaissance, et cela serait peut-être plus agréable pour vous si cette affaire était tirée au clair.

Bourdovski se rassit en silence, la tête légèrement baissée et semblant perdu dans ses réflexions. Le neveu de Lebedev, qui s'était levé pour l'accompagner, se rassit également; bien qu'il n'eût pas perdu son sang-froid ni son audace, il était visiblement fort embarrassé. Hippolyte avait l'air sombre, triste, et semblait très étonné. A cet instant, du reste, il fut pris d'une quinte de toux si violente que son mouchoir en fut tout maculé de sang. Le boxeur était presque effrayé :

— Ah ! Antipe ! cria-t-il avec amertume. Je te disais bien, il y a trois jours... qu'en effet tu n'étais peut-être pas le fils de Pavlistchev !

Il y eut quelques rires discrets; deux ou trois personnes rirent plus fort que les autres.

— Le fait que vous venez de nous communiquer à l'instant, monsieur Keller, reprit Gabriel Ardalionovitch, est très précieux. Néanmoins, d'après des données très précises, je suis entièrement fondé à affirmer que, bien que M. Bourdovski ne connût que trop bien l'époque de sa naissance, il ignorait totalement ce séjour de Pavlistchev à l'étranger, où M. Pavlistchev avait passé la majeure partie de son existence, ne revenant en Russie que pour de courtes périodes. En outre, le fait même de ce départ n'avait en soi rien de remarquable, rien qui lui eût permis de se fixer pour plus de vingt ans dans la mémoire de ceux qui avaient connu intimement Pavlistchev, sans parler de M. Bourdovski qui n'était pas encore né alors. Il ne paraissait évidemment pas impossible, maintenant, de recueillir des renseignements, mais je dois avouer que les informations que j'ai pu rassembler, je les ai eues tout à fait fortuitement et qu'elles auraient très bien pu m'échapper; de sorte qu'il eût été presque impossible à M. Bourdovski et même à Tchebarov de les obtenir, même s'ils y avaient songé. Mais ils auraient aussi bien pu ne pas y songer...

– Permettez, monsieur Ivolguine, l'interrompit Hippolyte avec irritation, à quoi sert tout ce galimatias ? passez-moi le mot ! L'affaire a été éclaircie. Nous consentons à croire au fait principal; à quoi bon alors traîner en longueur cette chicane pénible et vexante ? Vous désirez peut-être vous vanter de l'habileté de vos recherches et faire valoir devant nous et devant le prince vos qualités d'enquêteur et de limier ? A moins que vous n'ayez l'intention d'entreprendre d'excuser et de disculper Bourdovski en démontrant qu'il s'était mêlé de cette affaire par ignorance ? Mais c'est de l'insolence, monsieur ! Bourdovski n'a que faire de vos excuses et de votre absolution, sachez-le ! Il est humilié, cela lui est déjà par trop pénible; il se trouve dans une situation embarrassante; vous auriez dû le deviner, le comprendre...

– Suffit, monsieur Terentiev, suffit, dit Gabriel Ardalionovitch, réussissant à lui couper la parole, – calmez-vous, ne vous irritez pas, je crois que vous êtes souffrant ? Je compatis à votre mal. Et dans ce cas, si vous le voulez, j'ai terminé; c'est-à-dire que je serais forcé de me borner à résumer les faits qu'il ne serait pas, j'en suis convaincu, inutile de connaître dans leur totalité, ajouta-t-il, en remarquant un mouvement général qui ressemblait à de l'impatience. – Je veux seulement annoncer avec preuves à l'appui que votre mère, monsieur Bourdovski, ne bénéficiait de la bienveillante sollicitude de M. Pavlistchev que pour la seule raison qu'elle était la sœur de cette jeune serve dont Nicolas Andreïevitch Pavlistchev avait été amoureux dans sa prime jeunesse au point qu'il l'eût certainement épousée, n'était sa mort subite et prématurée. J'ai des preuves de ce que ce fait, parfaitement exact et authentique, est fort peu connu et même tout à fait oublié. J'aurais pu aussi expliquer comment votre mère avait été recueillie à l'âge de dix ans par M. Pavlistchev qui s'était chargé de son éducation comme si elle avait été une parente, qu'il lui avait attribué une dot considérable, et que toute cette sollicitude engendra des rumeurs extrêmement inquiétantes parmi les nombreux parents de ce dernier. On pensait même qu'il allait épouser sa pupille, mais cela finit par le mariage de votre mère, mariage d'inclination (cela aussi je peux le prouver de la façon la plus précise), à l'âge de dix-neuf ans, avec un employé du cadastre, le sieur Bourdovski. J'ai également recueilli quelques faits des plus précis qui prouvent que votre père, monsieur Bourdovski, fort peu doué pour les affaires, au reçu des quinze mille roubles de dot de votre mère, abandonna son travail pour se lancer dans des entreprises commerciales; qu'il fut dupé et, ayant perdu le capital, il se mit à boire de chagrin jusqu'à ruiner sa santé, et mourut enfin prématurément à la huitième année de son mariage avec votre maman. A la suite de quoi, d'après le propre témoignage de votre mère, elle resta dans le dénuement et n'en serait jamais sortie, n'eût été l'aide constante et généreuse de Pavlistchev qui lui faisait verser jusqu'à six cents roubles par an. Il existe aussi d'innombrables témoignages de la très grande affection qu'il porta à l'enfant que vous étiez. D'après ces témoignages, confirmés encore une fois par votre mère, il apparaît que son affection pour vous était due principalement au fait que dans votre enfance vous paraissiez bègue, infirme, vous aviez l'aspect d'un enfant pitoyable et malheureux (or, ainsi que j'ai pu le déduire de preuves très nettes, Pavlistchev avait toute sa vie manifesté un faible et de la tendresse pour tout ce qui semblait déshérité et brimé par la nature, et plus particulièrement chez les enfants – fait très important, j'en suis convaincu, pour notre affaire). Enfin, je puis me vanter d'avoir les informations les plus précises sur la façon dont l'attachement extrême de Pavlistchev pour vous (aux efforts de qui vous devez d'avoir pu entrer dans un lycée et y faire vos études sous une surveillance spéciale) fit naître petit à petit, parmi les familiers de Pavlistchev, l'idée que vous étiez son fils et que votre père ne fut qu'un mari berné. Mais le principal c'est que cette idée ne se transforma en une conviction profonde et générale qu'au cours des dernières années de la vie de Pavlistchev, quand tout le monde s'alarma au sujet du testament, et alors que les faits initiaux avaient été oubliés et que les recherches étaient impossibles. Sans aucun doute, cette idée parvint aussi jusqu'à vous, monsieur Bourdovski, et s'empara entièrement de vous. Votre mère, dont j'ai eu l'honneur de faire personnellement la connaissance, bien qu'étant au courant de toutes ces rumeurs, ignore jusqu'à ce jour (je le lui ai caché moi aussi) que vous, son fils, étiez également sous le charme de ce bruit. J'ai trouvé madame votre mère à Pskov, monsieur Bourdovski, malade et dans le plus extrême dénuement, dans lequel elle est tombée après la mort de Pavlistchev. Avec des larmes de reconnaissance, elle m'a raconté que ce n'est que par vous et grâce à votre aide qu'elle vit encore; elle attend beaucoup de vous dans l'avenir et croit ardemment en vos futurs succès...

– C'est à la fin intolérable ! s'exclama le neveu de Lebedev d'une voix forte et impatiente. A quoi bon tout ce roman ?

– C'est odieux et inconvenant ! fit aussi Hippolyte en sursautant. Mais Bourdovski ne dit rien et ne bougea même pas.

– A quoi bon ? Pourquoi ? s'étonna malicieusement Gabriel Ardalionovitch, qui se disposait avec sarcasme à exposer ses conclusions. – Premièrement, M. Bourdovski peut désormais avoir la certitude absolue que Pavlistchev l'aimait par générosité et non comme son fils. Il était indispensable de faire connaître ne fût-ce que ce seul fait à M. Bourdovski, qui avait tout à l'heure soutenu et approuvé M. Keller après la lecture de l'article. Je le dis parce que je vous tiens pour un homme d'honneur, monsieur Bourdovski. En second lieu, il se trouve qu'il n'y eut là aucune espèce de vol ou d'escroquerie, même de la part de Tchebarov. Ce point est important même pour moi, car tout à l'heure, le prince, dans le feu de la conversation, avait laissé entendre que j'étais également d'avis qu'il s'agissait dans cette malheureuse affaire d'une tentative d'escroquerie. Au contraire, il y avait là une conviction entière de toutes les parties, et s'il est possible que Tchebarov soit effectivement un fameux coquin, il n'a été, en l'occurrence, qu'un homme industrieux, avocassier, un chicaneur. Il comptait s'enrichir en tant qu'avocat, et son calcul était non seulement subtil et ingénieux, mais encore des plus justes. Il tablait sur la facilité avec laquelle le prince distribue son argent, sur son sentiment de respectueuse reconnaissance à l'égard de feu Pavlistchev, et enfin (ce qui est le plus important) sur la notoire conception chevaleresque du prince des devoirs de l'honneur et de la conscience. Pour ce qui est de M. Bourdovski personnellement, on peut même dire qu'étant donné certaines de ses convictions, il avait été à tel point monté par Tchebarov et par son entourage, qu'il avait commencé cette affaire d'une manière presque désintéressée, pour servir la vérité, le progrès et l'humanité. A présent, à la lumière de ces faits, il doit être évident pour tous que M. Bourdovski est un homme propre, malgré les apparences, et le prince peut plus facilement et plus volontiers que tout à l'heure lui offrir son concours amical et cette aide active qu'il avait mentionnée à propos des écoles et de Pavlistchev.

– Arrêtez-vous, Gabriel Ardalionovitch, assez ! cria le prince dans une véritable frayeur, mais il était déjà trop tard.

– J'ai dit, j'ai déjà dit trois fois, cria Bourdovski, que je ne veux pas d'argent. Je n'accepterai pas... pourquoi... je ne veux pas... Dehors !...

Et il s'élança presque en courant vers la sortie. Mais le neveu de Lebedev l'attrapa par le bras et lui chuchota quelque chose. L'autre revint précipitamment sur ses pas, et, tirant de sa poche une enveloppe non cachetée de grand format, la jeta sur le guéridon qui se trouvait près du prince.

– Voilà l'argent !... Vous n'aviez pas le droit... pas le droit !... L'argent !...

– Ce sont les deux cent cinquante roubles que vous avez osé lui transmettre comme une aumône par l'intermédiaire de Tchebarov, expliqua Doktorenko.

– Dans l'article on a dit cinquante ! cria Kolia.

– Je suis coupable! dit le prince en s'approchant de Bourdovski; je suis très coupable envers vous, Bourdovski, mais je ne vous l'avais pas envoyé comme une aumône, croyez-moi. Maintenant encore je suis coupable... j'ai été coupable tout à l'heure... (le prince était très troublé, il avait l'air las et affaibli et ses paroles manquaient de cohérence). J'avais parlé d'escroquerie... mais ce n'était pas à votre sujet, je m'étais trompé. J'ai dit que vous étiez... comme moi, un malade. Mais vous n'êtes pas comme moi... Vous... vous donnez des leçons, vous faites vivre votre mère. J'ai prétendu que vous aviez déshonoré votre mère, mais vous l'aimez; elle le dit elle-même... je ne savais pas... je suis coupable. J'ai osé vous offrir dix mille roubles, mais j'ai eu tort, j'aurais dû m'y prendre autrement, et maintenant... c'est impossible, parce que vous me méprisez...

– C'est une maison de fous ! s'écria Élisabeth Prokofievna.

– Bien sûr, une maison de fous, trancha Aglaé qui ne put se contenir; mais ses paroles se perdirent dans le brouhaha général; tout le monde parlait à haute voix, tout le monde discutait, les uns se querellant, d'autres riant. Ivan Fédorovitch Épantchine était au comble de l'indignation et attendait Élisabeth Prokofievna d'un air de dignité outragée. Le neveu de Lebedev réussit à placer un dernier mot :

– Oui, prince, il faut vous rendre cette justice; vous savez vraiment vous servir de votre... disons maladie (pour parler plus poliment); vous avez su si habilement proposer votre amitié et votre argent qu'il est maintenant impossible à un homme d'honneur de les accepter en aucun cas. C'est trop d'innocence ou trop d'habileté... D'ailleurs vous le savez mieux que quiconque.

– Permettez, messieurs, s'écria Gabriel Ardalionovitch qui, entre temps, avait ouvert l'enveloppe contenant l'argent, – il n'y a nullement là deux cent cinquante roubles mais seulement cent. Je ne le signale, prince, que pour éviter tout malentendu.

– Laissez, laissez ça, dit le prince, en faisant des signes à Gabriel Ardalionovitch.

– Non, pas de « laissez ça » ! répliqua aussitôt le neveu de Lebedev. Votre « laissez ça » est injurieux pour nous. Nous ne nous cachons pas, nous déclarons ouvertement : oui, il n'y a là que cent roubles au lieu des deux cent cinquante, mais n'est-ce pas la même chose ?...

– N... non, ce n'est pas la même chose, insinua Gabriel Ardalionovitch d'un air de perplexité naïve.

– Ne m'interrompez pas; nous ne sommes pas aussi sots que vous le croyez, monsieur l'avocat, cria avec agacement et colère le neveu de Lebedev; il va de soi que cent roubles et deux cent cinquante roubles, ce n'est pas la même chose, mais c'est le principe qui importe; c'est l'initiative qui est importante, et quant au fait qu'il manque cent cinquante roubles, ce n'est qu'un détail. Ce qui importe, c'est que Bourdovski n'accepte pas votre aumône, Votre Excellence, qu'il vous la jette à la figure, et dans ce sens il est indifférent qu'il y ait cent ou deux cent cinquante roubles. Bourdovski n'a pas accepté les dix mille roubles, vous l'avez vu; il n'en aurait même pas rapporté cent s'il n'était pas honnête ! Ces cent cinquante roubles ont servi à couvrir les frais du voyage que Tchebarov fit pour rencontrer le prince. Moquez-vous vite de notre maladresse, de notre manque de compétence en affaires; vous avez déjà sans cela fait tous vos efforts pour nous rendre ridicules, mais vous n'avez aucun droit de dire que nous sommes malhonnêtes. Ces cent cinquante roubles, monsieur, nous les rendrons tous ensemble au prince, ne serait-ce que rouble par rouble, mais nous les lui rendrons avec les intérêts. Bourdovski est pauvre, Bourdovski n'a pas de millions et Tchebarov, après son voyage, a présenté sa note. Nous comptions gagner... Qui a sa place eût agi autrement ?

– Comment, qui ? s'étonna le prince Stch.

– Je vais devenir folle ici ! cria Élisabeth Prokofievna.

– Cela rappelle, dit en riant Eugène Pavlovitch qui s'était longtemps borné à observer, – la célèbre et récente plaidoirie d'un avocat : donnant pour excuse l'extrême misère de son client qui avait assassiné d'un coup six personnes pour les voler, il concluait par quelque chose de ce genre : « Il est naturel que dans sa misère l'idée de ce crime soit venue à l'esprit de mon client; qui à sa place n'aurait pas eu la même idée ? » Quelque chose de ce genre, mais de très amusant.

– Assez ! clama soudain Élisabeth Prokofievna presque tremblante de colère; il est temps d'en finir avec ce galimatias !...

Elle était dans un état de surexcitation terrible; relevant la tête d'un air menaçant, elle mesura toute la compagnie d'un regard de défi hautain et impatient, probablement sans guère distinguer à cet instant les ennemis des amis. Elle en était à ce point d'une colère longtemps contenue qui éclate enfin où le combat immédiat, le besoin de se jeter au plus tôt sur quelqu'un, deviennent le mobile essentiel. Ceux qui connaissaient bien Élisabeth Prokofievna sentirent aussitôt qu'il s'était passé en elle quelque chose de spécial. Ivan Fédorovitch confiait dès le lendemain au prince Stch. : « Cela lui arrive parfois, mais au degré d'hier cela lui arrive rarement, même à elle, peut-être une fois tous les trois ans, pas plus souvent ! Certes pas plus souvent ! » ajouta-t-il d'un ton convaincu.

– Assez, Ivan Fédorovitch ! Laissez-moi ! s'exclamait Élisabeth Prokofievna, – qu'avez-vous à m'offrir à présent votre bras ? Vous n'avez pas su m'emmener tout à l'heure; vous êtes mon mari, vous êtes le chef de la famille, vous auriez dû me faire sortir d'ici par les oreilles, sotte que je suis, si je ne vous avais pas obéi et n'étais pas partie. Vous auriez dû vous soucier au moins de vos filles ! Maintenant nous saurons trouver notre chemin sans votre aide, nous en aurons de la honte pour une année entière... Attendez, je veux encore remercier le prince !... Merci, prince, pour le régal ! Et moi qui m'étais installée pour écouter la jeunesse... C'est de la bassesse, de la bassesse ! C'est un chaos, un scandale qu'on n'imaginerait même pas en rêve. Est-il possible qu'il y en ait beaucoup comme eux ?... Tais-toi, Aglaé, tais-toi, Alexandra ! Ce n'est pas votre affaire !... Ne tournez pas autour de moi, Eugène Pavlovitch, vous m'agacez !... Alors, mon petit ami, c'est toi qui leur demandes pardon, reprit-elle en s'adressant au prince : « pardonnez-moi d'avoir osé vous offrir un capital »... Qu'as-tu à ricaner, petit fanfaron ? fit-elle, en s'attaquant au neveu de Lebedev. « Nous refusons votre capital nous ne quémandons pas, nous exigeons ». Comme s'il ne savait pas que dès demain cet idiot se traînera chez eux pour leur offrir son amitié et ses capitaux ! Tu iras, n'est-ce pas ? Iras-tu ou non ?

– J'irai, prononça le prince humblement et à voix basse.

– Vous avez entendu ! C'est sur cela précisément que tu comptes, dit-elle à nouveau à Doktorenko ; à présent, c'est comme si tu avais déjà l'argent dans la poche, alors tu crânes pour nous jeter de la poudre aux yeux... Non, mon ami, cherche d'autres imbéciles ; quant à moi, je vous ai percés à jour... je vois tout votre jeu !

– Élisabeth Prokofievna ! s'écria le prince.

– Allons-nous-en, Élisabeth Prokofievna, il est grand temps déjà, et emmenons le prince avec nous, proposa le prince Stch., avec un calme apparent et en souriant.

Les demoiselles se tenaient à l'écart, presque effrayées ; quant au général, il l'était positivement. Tous étaient surpris. Quelques-uns parmi ceux qui se tenaient le plus loin chuchotaient entre eux en masquant leurs sourires ; le visage de Lebedev exprimait le degré suprême de l'extase.

– On peut trouver partout scandales et chaos, hasarda le neveu de Lebedev, du reste fortement décontenancé.

– Pas les mêmes ! Pas les mêmes que les vôtres, mon ami, non ! rétorqua Élisabeth Prokofievna avec une joie mauvaise et presque comme dans une crise d'hystérie. – Allez-vous enfin me laisser tranquille ? cria-t-elle à l'intention de ceux qui tentaient de la raisonner. Non, du moment que même vous, Eugène Pavlovitch, vous venez de déclarer qu'un avocat avait annoncé en plein tribunal qu'il n'y avait rien de plus naturel que d'estourbir, poussé par la misère, six personnes, alors il est vrai que les derniers temps sont venus. Jamais je n'avais encore entendu quelque chose de semblable. Maintenant tout s'explique ! Tenez, ce bègue, n'est-il pas capable d'égorger ? (Elle désigna Bourdovski qui la fixait d'un air d'extrême stupéfaction.) Je suis prête à parier qu'il en est capable ! Peut-être ne prendra-t-il pas tes dix mille roubles, et en toute honnêteté encore, mais une nuit il viendra t'égorger, il les sortira de ta cassette. En toute honnêteté. A ses yeux ce ne sera pas malhonnête. Ce sera « l'élan d'un noble désespoir », ce sera « une négation » ou le diable sait quoi encore... Fi ! tout va de travers, tout va sens dessus dessous. Une jeune fille élevée dans sa famille saute tout d'un coup en pleine rue dans un fiacre : « Ma petite maman, j'ai épousé l'autre jour un certain Karlovitch ou Ivanovitch, adieu ! » Cela aussi, selon vous, est une bonne façon d'agir ? C'est digne d'estime, c'est naturel ? C'est la question féministe ? Ce gamin là-bas (elle désigna Kolia) lui aussi soutenait l'autre jour que c'est justement cela la « question féministe ». Quand bien même la mère serait une sotte, on n'en doit pas moins la traiter comme un être humain... Qu'aviez-vous à entrer tout à l'heure l'air si arrogant ? « N'approchez pas. Donnez-nous tous les droits, et toi ne te permets pas d'ouvrir la bouche devant nous. Nous avons droit à tous les égards, même ceux qui n'existent pas; quant à toi, nous te traiterons pire que le dernier des laquais ! » Ils cherchent la vérité, ils tiennent pour le bon droit, et ce sont eux qui, dans l'article, l'ont calomnié comme des mécréants. « Nous exigeons, nous ne quémandons pas, et n'attendez de nous aucune reconnaissance, car ce que vous faites, vous le faites pour apaiser votre conscience ! » En voilà une morale ! Mais si de ta part il n'y a aucune reconnaissance, le prince peut aussi te dire qu'il n'en éprouve aucune à l'égard de Pavlistchev, car Pavlistchev lui aussi faisait le bien pour la seule satisfaction de sa conscience. Or, c'est uniquement sur sa reconnaissance envers Pavlistchev que tu comptais; ce n'est tout de même pas à toi qu'il avait emprunté de l'argent, ce n'est pas à toi qu'il en doit, sur quoi comptais-tu donc, sinon sur sa reconnaissance ? Alors, comment peux-tu la refuser aux autres ? Des fous ! Vous considérez que la société est inhumaine et barbare parce qu'elle stigmatise une jeune fille séduite. Mais du moment que tu tiens la société pour inhumaine, tu reconnais donc que la société fait souffrir cette jeune fille ? Et si elle en souffre, comment peux-tu toi-même la livrer publiquement à cette même société dans les journaux, et exiger qu'elle n'en souffre pas ? Des fous ! Des vaniteux ! Ils ne croient ni à Dieu, ni au Christ ! Mais vous êtes à tel point rongés de vanité et d'orgueil que vous finirez par vous entre-dévorer, je vous le prédis. N'est-ce pas folie et chaos, et scandale ? Et après tout cela cet éhonté va encore leur demander leur pardon ! Y en a-t-il beaucoup comme vous ? Qu'avez-vous à ricaner ? Parce que je me suis couverte de honte à me commettre avec vous ? Tant pis, c'est déjà fait, il n'y a rien à faire !... Quant à toi, je te défends de rire de moi, sale petit bonhomme (dit-elle à Hippolyte), il respire à peine mais il débauche les autres. Tu m'as débauché ce gamin (elle désigna à nouveau Kolia), il ne rêve que de toi, tu lui inculques l'athéisme, tu ne crois pas en Dieu, mais on pourrait encore te donner le fouet, monsieur, et puis fi de vous tous !... Alors, tu iras chez eux demain, prince Léon Nicolaïevitch, tu iras ? demanda-t-elle hors d'haleine au prince.

– J'irai...

– Je ne veux plus te connaître après ça ! Elle avait déjà fait demi-tour pour sortir, mais revint brusquement sur ses pas. Et chez cet athée tu iras aussi ? et elle désigna Hippolyte. Qu'as-tu à ricaner en me regardant ? s'écria-t-elle d'une voix qui ne lui semblait pas naturelle.

Et elle se précipita soudain vers Hippolyte, ne pouvant supporter son sourire caustique.

– Élisabeth Prokofievna ! Élisabeth Prokofievna ! Élisabeth Prokofievna ! criait-on de tous les côtés à la fois.

– Maman, c'est honteux ! s'écria Aglaé d'une voix forte.

– Ne vous inquiétez pas, Aglaé Ivanovna, répondit calmement Hippolyte qu'Élisabeth Prokofievna, ayant bondi sur lui, avait saisi par le bras et, on ne sait pourquoi, maintenait vigoureusement; elle se dressait devant lui et semblait vouloir le percer de son regard furieux. – Ne vous inquiétez pas, votre maman comprendra qu'on ne peut se jeter sur un moribond... je suis prêt à expliquer pourquoi je riais... je serais très content de la permission...

Il fut tout à coup pris d'une terrible quinte de toux qu'il ne put arrêter une minute entière.

– Il est sur le point de mourir et il fait encore des discours ! s'exclama Élisabeth Prokofievna en lui lâchant le bras et le regardant presque avec épouvante essuyer le sang sur ses lèvres. – Qu'as-tu à vouloir parler ? Tu ferais bien d'aller te coucher...

– Il en sera ainsi, répondit Hippolyte d'une voix faible et enrouée, presque dans un murmure. Dès que je serai de retour aujourd'hui, je me mettrai au lit... et dans quinze jours, je le sais, je mourrai... La semaine dernière B... lui-même me l'a annoncé... Alors, si vous permettez, je vais vous dire quelques mots d'adieu.

– N'es-tu pas fou ? Quelle bêtise ! Il faut te soigner, il n'est pas question de discours. Va, va te coucher !... cria Élisabeth Prokofievna, effrayée.

– Quand je me coucherai, ce sera pour ne plus me relever jusqu'à ma mort, dit Hippolyte avec un sourire; hier déjà j'ai voulu me coucher pour ne plus me relever jusqu'à ma mort, puis j'ai décidé de le remettre jusqu'à après-demain, tant que mes jambes me porteront encore... pour venir avec eux aujourd'hui ici... Seulement je suis très fatigué.

– Alors, assieds-toi, assieds-toi, pourquoi restes-tu debout ? Voilà une chaise, dit Élisabeth Prokofievna en lui avançant une chaise.

– Je vous remercie, continua à voix basse Hippolyte, et vous, asseyez-vous en face de moi et causons... Il faut absolument que nous causions, Élisabeth Prokofievna... j'y insiste maintenant... lui dit-il en souriant de nouveau. Songez qu'aujourd'hui je suis pour la dernière fois dehors et parmi des gens, et que dans quinze jours je serai sûrement sous terre. Ce sera donc comme un adieu à la nature et aux hommes. Bien que je ne sois pas trop sentimental, imaginez-vous que je suis très content que tout cela se soit passé ici à Pavlosk; au moins on peut voir des arbres couverts de feuilles.

– Est-ce le moment de bavarder ? s'exclamait Élisabeth Prokofievna, de plus en plus alarmée; tu es tout fiévreux. Tout à l'heure tu glapissais, tu piaillais, à présent c'est tout juste si tu peux reprendre le souffle, tu étouffes !

– Ça passera tout à l'heure. Pourquoi ne voulez-vous pas satisfaire ce dernier désir ?... Vous savez, je rêvais depuis longtemps de vous rencontrer un jour, Élisabeth Prokofievna. J'ai beaucoup entendu parler de vous... par Kolia. Il est à peu près le seul à ne pas m'abandonner... Vous êtes une femme originale, une femme excentrique, je viens de le voir moi-même... Savez-vous, je vous aimais même un peu...

– Mon Dieu, et moi j'ai en effet failli le frapper.

– C'est Aglaé Ivanovna qui vous a retenue, je ne me trompe pas, n'est-ce pas ? C'est bien votre fille, Aglaé Ivanovna ? Elle est si belle que tout à l'heure, au premier coup d'œil, j'avais deviné que c'était elle, bien que je ne l'aie jamais vue. Laissez-moi au moins contempler pour la dernière fois de ma vie la beauté, dit Hippolyte avec un sourire gauche qui lui tordit la bouche. Le prince aussi est là, et votre époux, et tout le monde. Pourquoi refusez-vous de satisfaire mon dernier désir ?

– Une chaise ! cria Élisabeth Prokofievna, mais elle en saisit une elle-même et s'assit en face d'Hippolyte. Kolia, ordonna-t-elle, tu partiras avec lui tout de suite, accompagne-le et demain je viendrai sans faute moi-même...

– Si vous me le permettez, je demanderai au prince une tasse de thé... Je suis très las. Vous vouliez, je crois, Élisabeth Prokofievna, emmener le prince prendre le thé chez vous. Restez plutôt ici, nous passerons cette soirée ensemble, et le prince nous offrira certainement du thé à tous. Excusez-moi de disposer ainsi... Mais je vous connais, vous êtes bonne, le prince aussi... Nous sommes tous bons jusqu'à en être comiques...

Le prince s'agita; Lebedev sortit en courant de la terrasse; Véra le suivit de près.

– Tu as raison, décida brusquement la générale, parle, mais doucement et ne t'excite pas. Tu m'as attendrie... Prince, tu ne mériterais pas que je prenne le thé chez toi; mais soit, je reste, bien que sans demander pardon à personne !... A personne ! Bêtises !... Du reste, si je t'ai par trop malmené, pardonne-moi, si tu le veux toutefois. D'ailleurs, je ne retiens personne, dit-elle d'un air extrêmement courroucé, se tournant brusquement vers son mari et ses filles, comme si c'étaient précisément eux qui s'étaient rendus très coupables de quelque chose envers elle; – je saurai rentrer seule...

Mais on ne la laissa pas achever. Tout le monde s'approcha et l'entoura, plein de bonne volonté. Le prince se mit aussitôt à prier tout le monde de rester prendre le thé, en s'excusant de n'y avoir pas songé plus tôt. Même le général se montra aimable au point de murmurer quelques paroles apaisantes et s'informa galamment auprès d'Élisabeth Prokofievna « s'il ne faisait pas trop frais pour elle sur la terrasse ». C'est tout juste s'il ne demanda pas à Hippolyte « s'il y avait longtemps qu'il était inscrit à l'université », mais il ne le demanda pas. Eugène Pavlovitch et le prince Stch. devinrent brusquement gais et aimables; les visages d'Adélaïde et d'Alexandra reflétaient un réel plaisir à travers un étonnement persistant. En un mot, tous étaient visiblement contents que la crise d'Élisabeth Prokofievna fût passée. Seule Aglaé était sombre et s'assit en silence à l'écart. Tous les autres restèrent, eux aussi; personne ne voulait partir, pas même le général Ivolguine, à qui cependant Lebedev avait chuchoté à l'oreille, en passant, quelques mots probablement pas bien agréables, car aussitôt après le général s'effaça dans un coin. Le prince invita également Bourdovski et chacun de sa compagnie, sans en omettre un seul. Ceux-ci marmonnèrent d'un air emprunté qu'ils allaient attendre Hippolyte et se retirèrent aussitôt dans le coin le plus éloigné de la terrasse où de nouveau ils s'installèrent côte à côte. Le thé avait sans doute été préparé depuis longtemps chez Lebedev à l'intention des siens, car il fut servi aussitôt. Onze heures sonnèrent.

X

Hippolyte trempa ses lèvres dans la tasse de thé que Véra Lebedev venait de lui servir, la posa sur un guéridon et, paraissant subitement confus, regarda, embarrassé, autour de lui.

– Voyez ces tasses, Élisabeth Prokofievna, dit-il avec une hâte étrange; ces tasses en porcelaine, et même d'une excellente porcelaine, semble-t-il, Lebedev les garde toujours sous clef dans une vitrine; on ne s'en sert jamais... selon la coutume... c'était le trousseau de sa femme... c'est une coutume chez eux... Et voilà qu'il nous les sert, bien entendu en votre honneur, tellement il est ravi...

Il voulut ajouter encore quelque chose mais ne trouva rien.

– Le voilà tout de même confus, je m'y attendais ! chuchota Eugène Pavlovitch à l'oreille du prince; n'est-ce point dangereux ? C'est le signe le plus certain que, par rancune, il va nous jouer un de ces tours excentriques, tel qu'Élisabeth Prokofievna elle-même n'y tiendra peut-être pas.

Le prince lui jeta un regard interrogateur.

– Vous ne craignez pas les excentricités ? ajouta Eugène Pavlovitch. Moi non plus, je les souhaite même;

je voudrais seulement, à proprement parler, que notre chère Élisabeth Prokofievna soit punie, et cela aujourd'hui même, sans faute; je ne veux pas m'en aller sans cela. On dirait que vous avez la fièvre.

– Tout à l'heure; ne m'empêchez pas d'écouter. Oui, je ne me sens pas très bien, répondit le prince distraitement et même avec impatience. Il venait d'entendre son nom, Hippolyte parlait de lui.

– Vous ne me croyez pas ? répondit Hippolyte en riant d'un rire hystérique. Cela doit être ainsi, mais le prince, lui, le croira du premier coup et sans s'en étonner le moins du monde.

– Tu l'entends, prince ? dit Élisabeth Prokofievna, s'adressant à celui-ci, tu l'entends ?

Autour d'eux on riait; Lebedev, sémillant, se poussait en avant et tournaillait devant Élisabeth Prokofievna.

– Il prétend que ce grimacier, ton propriétaire, avait corrigé l'article de ce monsieur, celui qu'on a lu tout à l'heure sur ton compte.

Le prince regarda Lebedev avec surprise.

– Pourquoi te tais-tu ? cria Élisabeth Prokofievna en tapant du pied.

– Eh bien, balbutia le prince, qui continuait à observer Lebedev, je vois déjà qu'il l'a en effet corrigé.

– Est-ce vrai ? demande Élisabeth Prokofievna en se tournant vivement vers Lebedev.

– C'est la vérité même, Votre Excellence ! répondit Lebedev avec une fermeté inébranlable et la main sur le cœur.

– On dirait qu'il s'en vante ! dit la générale en sursautant sur sa chaise.

– Je suis bas, je suis bas ! bredouilla Lebedev, se

frappant la poitrine et courbant de plus en plus la tête.

– Qu'est-ce que cela me fait que tu sois bas ! Il pense qu'il suffit de dire : je suis bas, pour s'en tirer. N'as-tu pas honte, prince, je te le répète, de frayer avec des gens de cette espèce ? Jamais je ne te pardonnerai !

– Le prince me pardonnera, dit Lebedev avec conviction et attendrissement.

– Uniquement par noblesse de sentiments, éclata tout à coup la voix claironnante de Keller qui se trouva soudain aux côtés d'Élisabeth Prokofievna, – par pure noblesse de sentiments, madame, et pour ne pas trahir un ami compromis, je me suis tu tout à l'heure au sujet de ces corrections lors même qu'il proposait ainsi que vous l'avez entendu vous-même, de nous jeter au bas de l'escalier. Mais pour rétablir la vérité, j'avoue que j'ai eu en effet recours à lui moyennant six roubles, nullement pour le style, mais pour en obtenir comme d'une source autorisée certains renseignements qui pour la plupart me manquaient. Au sujet des guêtres, de l'appétit manifesté chez le professeur suisse, des cinquante roubles au lieu de deux cent cinquante, en un mot cet agencement de détails lui appartient moyennant six roubles; quant au style, il ne l'avait pas corrigé.

– Je dois faire remarquer, l'interrompit Lebedev avec une impatience fébrile et d'une voix en quelque sorte rampante au milieu de rires de plus en plus forts, – que je me suis borné à corriger la première partie de l'article, mais comme au milieu nous nous sommes trouvés en désaccord, et nous sommes disputés au sujet d'une idée, je n'ai pas corrigé la seconde partie-*s'*, de telle sorte que tout ce qu'il y a d'incorrect (et il y en a beaucoup), il ne faut pas me l'attribuer.

– Voilà ce qui le préoccupe! s'exclama Élisabeth Prokofievna.

– Permettez-moi de vous demander, dit Eugène Pavlovitch à Keller, quand vous avez retouché cet article ?

– Hier matin, répondit Keller, nous avions pris rendez-vous en promettant sur l'honneur de garder le secret de part et d'autre.

– C'était au moment où il rampait devant toi, en protestant de son dévouement. Quelles gens ! Je n'ai pas besoin de ton Pouchkine, et que ta fille ne se montre pas chez moi.

Élisabeth Prokofievna voulut se lever, mais soudain elle se tourna avec irritation vers Hippolyte qui riait.

– Eh bien, mon cher, as-tu voulu faire de moi la risée de tout le monde ici ?

– Dieu m'en préserve, fit Hippolyte avec un sourire gauche, mais je suis de plus en plus frappé par votre excentricité, Élisabeth Prokofievna. J'avoue que j'ai amené l'histoire de Lebedev exprès; je savais l'effet que cela produirait sur vous, sur vous seule, car en effet le prince lui pardonnera, s'il ne l'a déjà fait... peut-être même lui a-t-il trouvé dans son esprit une excuse, n'est-il pas vrai, prince ?

Il étouffait, et son étrange émotion grandissait à chaque parole.

– Eh bien ?... interrogea avec colère Élisabeth Prokofievna, surprise par son ton, – eh bien ?

– J'ai déjà entendu à votre sujet beaucoup de choses dans le même genre... avec une grande joie... et j'ai appris à vous respecter beaucoup, poursuivit Hippolyte.

Il parlait comme s'il voulait exprimer par ses paroles tout autre chose que ce qu'il disait avec en même temps une nuance d'ironie et une émotion disproportionnée. Il se retournait d'un air soupçonneux, s'embrouillait et perdait le fil à chaque mot; tout cela, et son aspect de phtisique, l'étrange éclat et l'exaltation de son regard continuaient bon gré mal gré à retenir l'attention générale.

– Autrement, n'ayant du reste, je l'avoue, aucun usage du monde, je me serais étonné de vous voir non seulement demeurer dans notre compagnie si peu convenable pour vous, mais encore laisser ces... jeunes filles écouter cette affaire scandaleuse, quoiqu'elles aient déjà tout lu dans les romans. D'ailleurs, je ne sais peut-être pas... parce que je m'embrouille, mais en tout cas qui, à part vous, eût été capable de rester... à la demande d'un gamin (mais oui, je l'avoue, d'un gamin), de passer la soirée avec lui et de prendre... part à tout et... sachant... que le lendemain on en a honte... (je reconnais d'ailleurs que je m'exprime mal). J'approuve énormément votre attitude et je la respecte profondément, encore qu'il suffise de regarder le visage de Son Excellence, votre époux, pour voir combien tout cela lui est désagréable... Hi-hi! – Il se mit à rire, s'embrouillant complètement; et tout à coup, il fut pris d'une quinte de toux qui l'interrompit pendant deux bonnes minutes.

– Le voilà qui étouffe ! dit sèchement et avec froideur Élisabeth Prokofievna, le dévisageant avec une sévère curiosité; – eh bien, mon cher garçon, ça suffit pour toi. Il est temps !

– Permettez-moi, monsieur, de vous faire remarquer à mon tour, intervint tout à coup d'un ton irrité Ivan Fédorovitch qui avait perdu toute patience, – que mon épouse est ici chez notre ami commun et voisin, le prince Léon Nicolaïevitch, et qu'en tout état de cause ce n'est pas à vous, jeune homme, de juger la conduite d'Élisabeth Prokofievna, pas plus que de dire à haute voix et publiquement en face ce qui est écrit sur mon visage. Oui. Et si ma femme est restée ici, continua-t-il en s'irritant de plus en plus à chaque mot, c'est plutôt par étonnement et mue par une curiosité fort compréhensible devant d'étranges jeunes gens. Moi-même je suis resté ici comme il m'arrive parfois de m'arrêter dans la rue en voyant quelque chose qui peut être considéré comme... comme... comme...

– Comme une rareté, souffla Eugène Pavlovitch.

– Parfaitement juste, dit en se réjouissant Son Excellence, quelque peu empêtrée dans sa comparaison, – précisément, comme une rareté. Mais en tout cas, ce qui m'étonne et m'afflige le plus, si j'ose dire, c'est que vous n'ayez même pas su comprendre, jeune homme, qu'Élisabeth Prokofievna est restée maintenant auprès de vous parce que vous êtes malade, si seulement il est vrai que vous êtes mourant, pour ainsi dire par compassion, à cause de vos paroles pitoyables, monsieur, et qu'aucune boue ne pourrait en aucun cas s'attacher à son nom, à son rang et à ses qualités... Élisabeth Prokofievna ! conclut le général échauffé, si tu veux partir, prenons congé de notre bon prince et...

– Je vous remercie de la leçon, général, l'interrompit Hippolyte d'une façon inattendue et avec sérieux, le contemplant d'un air songeur.

– Partons, maman, est-ce que ça va encore durer longtemps !... dit Aglaé en se levant avec impatience et colère.

– Une minute encore, mon cher Ivan Fédorovitch, si tu permets, dit avec dignité Élisabeth Prokofievna à son époux. Il semble qu'il a la fièvre et qu'il ne fait que délirer. J'en suis persuadée à voir ses yeux; il est impossible de l'abandonner ainsi. Léon Nicolaïevitch ! pourrait-il passer la nuit chez toi, pour ne pas avoir à se traîner ce soir à Pétersbourg ? *Cher prince,* vous ne vous ennuyez pas, j'espère? dit-elle soudain, on ne sait pourquoi, au prince Stch. Viens ici, Alexandra, arrange tes cheveux, mon amie.

Elle lui arrangea les cheveux, qui n'en avaient nullement besoin, et l'embrassa; elle ne l'avait appelée que pour cela.

– Je vous croyais capable d'évolution !... reprit Hippolyte sortant de sa rêverie. Oui ! Voici ce que je voulais dire, dit-il avec satisfaction comme s'il venait de se le rappeler. Oui, c'est ça; voilà, Bourdovski veut sincèrement défendre sa mère, vous êtes d'accord, n'est-ce pas ? Or, il se trouve que c'est lui qui contribue à sa honte. D'autre part, le prince veut venir en aide à Bourdovski, lui offre de tout cœur sa fidèle amitié et un capital, et il est peut-être le seul d'entre nous à n'éprouver à son égard aucune aversion; pourtant les voilà dressés face à face comme de véritables ennemis... Ha, ha, ha... Vous détestez tous Bourdovski parce qu'à votre avis il s'est comporté d'un façon vilaine et inélégante envers sa mère, n'est-il pas vrai ? N'est-ce pas, n'est-ce pas ? Car vous aimez tous énormément la beauté et l'élégance des formes, vous ne tenez qu'à elles, n'est-ce pas vrai ? (Je soupçonnais depuis longtemps qu'elles seules vous importaient !) Eh bien, sachez qu'aucun d'entre vous n'a peut-être jamais aimé sa mère comme Bourdovski ! Je sais, prince, que vous avez envoyé en cachette par Ganietchka de l'argent à la mère de Bourdovski, et je suis prêt à parier (hi, hi, hi !

riait-il hystériquement) que ce même Bourdovski va vous accuser à présent d'indélicatesse de forme et de manque de respect à l'égard de sa mère; c'est ainsi, je le jure, ha, ha, ha !

Il étouffa à nouveau et toussa.

– C'est tout ? Tu as tout dit maintenant, tout ? En bien, va te coucher à présent, tu as la fièvre, l'interrompit avec impatience Élisabeth Prokofievna qui ne l'avait pas quitté de son regard inquiet. Ah, mon Dieu ! Le voilà qui parle encore !

– Je crois que vous riez ? Qu'avez-vous tous à rire de moi ? J'ai remarqué que vous vous moquez tous de moi, dit-il tout à coup, avec inquiétude et irritation, à Eugène Pavlovitch.

Celui-ci riait, en effet.

– Je voulais seulement vous demander, monsieur... Hippolyte... Excusez-moi, j'ai oublié votre nom...

– Monsieur Terentiev, dit le prince.

– C'est ça, Terentiev, je vous remercie, prince, on l'a dit tout à l'heure, mais cela m'est sorti de la mémoire... Je voulais vous demander, monsieur Terentiev, s'il est vrai, comme on me l'a dit, que vous estimez qu'il vous suffirait de parler au peuple pendant un quart d'heure de votre fenêtre pour qu'il soit aussitôt entièrement d'accord avec vous et vous suive ?

– Il se peut très bien que je l'aie dit... répondit Hippolyte, semblant se souvenir de quelque chose. Je l'ai sûrement dit ! ajouta-t-il soudain en s'animant de nouveau et regardant avec fermeté Eugène Pavlovitch. Et après?

– Rien du tout; je n'ai demandé cela qu'à titre de renseignement, pour compléter.

Eugène Pavlovitch se tut, mais Hippolyte continuait à le regarder dans une impatiente attente.

– Eh bien, tu as fini ? dit Élisabeth Prokofievna à Eugène Pavlovitch. – Achève vite, mon ami, il est temps, pour lui, d'aller se coucher. Ou ne le peux-tu pas ? (Elle était très irritée.)

– Au fond, je ne serais pas fâché d'ajouter, continua en souriant Eugène Pavlovitch, que tout ce que j'ai entendu dire par vos amis, comme tout ce que vous venez de nous exposer avec un talent aussi indiscutable, monsieur Terentiev, se ramène, à mon sens, à la théorie du triomphe du droit, avant et par-dessus tout, à l'exclusion de tout le reste et peut-être avant même d'avoir déterminé en quoi consiste ce droit. Il se peut que je me trompe ?

– Évidemment vous vous trompez, je ne vous comprends même pas... Continuez.

Un murmure se fit entendre dans le coin de Bourdovski. Le neveu de Lebedev grommela quelque chose à mi-voix.

– Je n'ai presque rien à ajouter, continua Eugène Pavlovitch, – je tenais seulement à faire observer que de cette théorie on peut passer d'un bond à celle du droit du plus fort, c'est-à-dire le droit du poing et de l'arbitraire individuel, ainsi d'ailleurs qu'il en a souvent été en ce monde. C'est à ce droit du plus fort que s'est arrêté Proudhon. Au cours de la guerre de Sécession, de nombreux libéraux parmi les plus avancés ont pris le parti des planteurs, sous le prétexte que les nègres, en tant que nègres, étaient inférieurs à la race blanche et que, par conséquent, le droit du plus fort appartenait aux blancs...

– Eh bien ?

– Donc vous ne contestez pas le droit du plus fort ?

– Et après ?

– Vous êtes en tout cas conséquent; je voulais seulement signaler que de ce droit du plus fort au droit des tigres et des crocodiles, et même à celui de Danilov et de Gorski, il n'y a qu'un pas.

– Je ne sais pas. Après ?

Hippolyte écoutait à peine Eugène Pavlovitch, et bien qu'il lui dît « eh bien » et « après », c'était plutôt par une vieille habitude prise dans les discussions que par curiosité ou par attention.

– Ensuite, il n'y a rien... c'est tout.

– Je ne vous en veux d'ailleurs pas du tout, conclut Hippolyte d'une manière absolument inattendue; c'est à peine s'il avait conscience de ce qu'il tendait la main à Eugène Pavlovitch et même avec un sourire.

Eugène Pavlovitch, d'abord surpris, toucha de l'air le plus sérieux la main qu'on lui tendait comme s'il acceptait ainsi son pardon.

– Je ne peux pas ne pas ajouter, fit-il sur ce même ton de respect ambigu, – l'expression de ma reconnaissance pour l'attention que vous m'avez manifestée en me laissant parler, car d'après mes nombreuses observations nos libéraux ne peuvent jamais permettre aux autres d'avoir des convictions différentes des leurs et ne pas répondre aussitôt à leur adversaire par des injures, si ce n'est pire...

– Voilà qui est parfaitement juste, remarqua le général Ivan Fédorovitch et, les mains derrière le dos, il se dirigea d'un air de profond ennui vers la sortie de la terrasse, où il eut un bâillement de dépit.

– En voilà assez, mon ami, déclara subitement Élisabeth Prokofievna à Eugène Pavlovitch, – vous m'ennuyez...

– Il est temps, dit Hippolyte en se levant d'un air préoccupé et presque effrayé, regardant autour de lui avec désarroi; – je vous ai retenue, je voulais tout vous dire.. je croyais que tout était... pour la dernière fois... ce n'était qu'imagination...

Il était visible qu'il s'animait par accès, sortait subitement pour quelques instants d'un état proche du vrai délire, se rappelait tout à coup et se mettait à exprimer, le plus souvent d'une façon décousue, des pensées qu'il avait, depuis longtemps peut-être, mûries et apprises au cours des heures longues et fastidieuses de maladie et d'insomnie, passées dans la solitude de son lit.

– Eh bien, adieu ! dit-il brusquement. – Vous croyez qu'il m'est facile de vous dire adieu ? Ha, ha, ricana-t-il, irrité lui-même par sa question *maladroite;* et soudain, comme furieux de ne pas arriver à dire ce qu'il voulait, il prononça à haute voix d'un ton irrité :

– Votre Excellence ! J'ai l'honneur de vous inviter à mes obsèques, si vous daignez m'accorder cet honneur, et... vous tous aussi, mesdames et messieurs, à la suite du général !...

Il rit de nouveau, mais déjà d'un rire de dément. Élisabeth Prokofievna s'approcha de lui, effrayée, et lui saisit la main. Il la regardait fixement avec ce même rire qui ne continuait plus mais semblait s'être arrêté et figé sur son visage.

– Savez-vous que j'étais venu ici pour voir des arbres ? Ceux-ci... (il désigna les arbres du parc); ce n'est pas risible, hein ? N'est-ce pas qu'il n'y a là rien de risible ? demanda-t-il avec sérieux à Élisabeth Prokofievna en devenant tout à coup songeur. Au bout d'un instant il releva la tête et se mit avec curiosité à chercher quelqu'un du regard dans la foule. Il cherchait Eugène Pavlovitch qui se tenait tout près de lui, à sa droite, au même endroit qu'auparavant, mais Hippolyte l'avait déjà oublié et le cherchait tout autour.

– Ah, vous n'êtes pas parti ! dit-il, le trouvant enfin, vous vous moquiez tout à l'heure de mon idée de parler un quart d'heure de ma fenêtre... Mais savez-vous que ce n'est pas dix-huit ans que j'ai; je suis resté si longtemps la tête sur mon oreiller, j'ai tellement regardé par cette fenêtre et tellement médité... sur tous... que... Les morts n'ont pas d'âge, vous le savez. Je l'avais déjà pensé la semaine dernière en m'éveillant la nuit... Savez-vous ce que vous craignez le plus ? C'est notre sincérité que vous craignez le plus malgré votre mépris pour nous ! Cela aussi, je l'ai pensé cette nuit-là, sur mon oreiller... Vous croyez que je voulais me moquer de vous tout à l'heure, Élisabeth Prokofievna ? Non, je ne me moquais pas de vous, je voulais seulement faire votre éloge... Kolia disait que le prince vous avait traitée d'enfant... c'est bien... Mais voyons... je voulais dire encore quelque chose... (Il se cacha le visage dans les mains et se mit à réfléchir.) Ah oui, voilà; quand vous vous êtes levée pour partir tout à l'heure, j'ai songé soudain : voilà ces gens, et jamais il n'y en aura plus, jamais plus ! Des arbres non plus; il n'y aura que ce mur de briques rouges de la maison Meyer... en face de ma fenêtre... eh bien, parle-leur de tout cela... essaye de leur dire; voici une beauté... puisque tu es mort... présente-toi comme un mort, dis qu'« un mort peut tout dire »... quoi qu'en pense la princesse Marie Alexeïevna* ha, ha !... Vous ne riez pas ? dit-il en jetant autour de lui un regard soupçonneux. – Vous savez, sur mon oreiller il me venait beaucoup d'idées... ainsi j'ai acquis la conviction que la nature est très moqueuse... Vous avez dit tout à l'heure que j'étais un athée, mais savez-vous que la nature... Pourquoi riez-vous de nouveau ? Vous êtes terriblement cruels ! prononça-t-il avec une tristesse indignée après les avoir regardés à la ronde. – Je n'ai pas corrompu Kolia, conclut-il sur un tout autre ton, sérieux et convaincu, comme se souvenant aussi, soudain...

– Personne, personne ici ne se moque de toi, rassure-toi, dit Élisabeth Prokofievna presque avec douleur. – Demain viendra un nouveau médecin; l'autre s'est trompé; mais assieds-toi donc, tu ne tiens pas debout ! Tu délires... Ah, que faire de lui maintenant ! Elle s'affairait, l'installant dans un fauteuil.

Une larme brilla sur sa joue.

Hippolyte s'arrêta comme foudroyé; levant la main, il la tendit craintivement et toucha cette larme. Il sourit d'un sourire presque enfantin.

– Je... vous... dit-il joyeusement, vous ne savez pas combien je vous... il m'a toujours parlé de vous avec un tel enthousiasme, lui, Kolia... j'aime son enthousiasme. Je n'ai jamais cherché à le pervertir ! C'est le seul que je garde auprès de moi... j'aurais voulu garder tout le monde, tous, mais il n'y avait personne, jamais personne... Je voulais être un homme d'action, j'en avais le droit... Oh, que de choses j'avais désirées !

* Réplique et personnage de la pièce de Griboïedov *Trop d'esprit nuit.*

Je ne désire plus rien, je ne veux rien désirer, je me suis juré de ne plus rien désirer. Qu'ils cherchent, qu'ils cherchent la vérité sans moi ! Oui, la nature est moqueuse ! Pourquoi, s'écria-t-il avec chaleur, – pourquoi crée-t-elle les êtres les meilleurs pour ensuite se moquer d'eux ? Ne l'a-t-elle pas fait à l'égard de l'unique être dont on a reconnu sur terre la perfection... n'a-t-elle pas fait en sorte que l'ayant désigné aux hommes, elle le destina à prononcer des paroles qui ont fait couler tant de sang, tant que, s'il avait pu couler d'un seul coup, les hommes s'y seraient assurément noyés ! Oh ! il est bon que je meure ! Moi aussi, sans doute, j'aurais proféré quelque terrible mensonge, la nature l'aurait arrangé ainsi !... Je n'ai corrompu personne... Je voulais vivre pour le bonheur des hommes, pour découvrir et proclamer la vérité... Je regardais par la fenêtre le mur de Meyer et je pensais qu'il me suffirait de parler durant un quart d'heure pour convaincre tous les hommes, tous, tous, et la seule fois de ma vie où j'ai rencontré... où je vous ai rencontrés, vous, sinon tous les hommes, qu'en est-il résulté ? Rien ! Rien que votre mépris pour moi ! Je suis donc un imbécile, un inutile, c'est donc qu'il est temps ! Et je n'ai même pas su laisser de moi le moindre souvenir ! Pas un son, pas une trace, pas un acte, je n'ai pas répandu une seule idée !... Ne vous moquez pas d'un sot ! Oubliez ! Oubliez tout... Je vous prie de l'oublier, ne soyez pas si cruels ! Savez-vous que n'était cette phtisie, je me serais tué...

Il semblait vouloir dire encore beaucoup de choses, mais n'acheva pas, se rejeta dans son fauteuil et, cachant son visage dans ses mains, se mit à sangloter comme un petit enfant.

— Eh bien, maintenant, qu'allons-nous faire de lui ? s'écria Élisabeth Prokofievna, et, se précipitant vers lui, elle saisit sa tête et la serra très fort sur sa poitrine. Il sanglotait convulsivement. — Allons, allons, allons ! Allons, ne pleure pas, c'est fini, tu es un bon petit garçon, Dieu te pardonnera pour ton ignorance; allons, assez, sois courageux... Et puis, tu aurais honte après...

— J'ai là-bas, disait Hippolyte, s'efforçant de relever la tête, — j'ai là-bas un frère et des sœurs, des enfants en bas âge, de pauvres petits innocents... *Elle* va les corrompre! Vous êtes une sainte... une enfant vous-même, sauvez-les ! Arrachez-les à cette... elle... honte... Oh, aidez-les, aidez-les, Dieu vous le rendra au centuple, pour l'amour de Dieu, pour l'amour du Christ !...

— Dites-moi, enfin, Ivan Fédorovitch, ce qu'il faut faire à présent, s'écria avec colère Élisabeth Prokofievna, — faites-moi le plaisir de rompre votre majestueux silence. Si vous ne décidez rien, sachez que je vais moi-même passer la nuit ici; j'ai assez subi votre tyrannie d'autocrate !

Élisabeth Prokofievna parlait avec exaltation et colère et attendait une réponse immédiate. Mais dans des cas semblables, même s'ils sont nombreux, les interlocuteurs répondent pour la plupart par le silence et par une curiosité passive, ne voulant prendre aucune responsabilité et n'exprimant leur pensée que longtemps après. Parmi les assistants, il y en avait ici qui eussent été prêts à rester jusqu'au matin sans dire un mot, telle Barbara Ardalionovna, qui s'était tenue à l'écart durant toute la soirée, gardant le silence mais écoutant avec une extrême curiosité et ayant peut-être à cela ses raisons.

– Mon avis est, ma chère amie, déclara le général, – qu'il faudrait plutôt ici pour ainsi dire une garde-malade que notre émotion, peut-être aussi un homme sûr et sobre pour la nuit. En tout cas, demander au prince et... donner immédiatement du repos au malade. Demain, nous pourrons de nouveau nous en occuper.

– Il est minuit, nous partons. Vient-il avec nous ou bien reste-t-il chez vous ? demanda Doktorenko au prince sur un ton irrité et bourru.

– Si vous voulez, restez auprès de lui, dit le prince, – il y a assez de place.

– Votre Excellence, – M. Keller débordant d'enthousiasme bondit auprès du général, – si l'on a besoin pour la nuit d'un homme satisfaisant, je suis prêt à me sacrifier pour un ami... c'est une telle âme ! Il y a longtemps que je le tiens pour un grand homme, Votre Excellence ! Moi, bien sûr, j'ai négligé mon instruction, mais lorsqu'il critique ce sont des perles, des perles qui tombent de sa bouche, Votre Excellence !

Le général se détourna avec désespoir.

– Je serais, bien entendu, très content s'il restait; il lui serait évidemment difficile de voyager, répondait le prince aux questions irritées d'Élisabeth Prokofievna.

– On dirait que tu dors ? Si tu ne veux pas, mon ami, je le prendrai chez moi ! Mon Dieu, il tient lui-même à peine debout ! Serais-tu souffrant ?

Tout à l'heure, n'ayant pas trouvé le prince sur son lit de mort, Élisabeth Prokofievna s'était en effet fortement exagéré, d'après son aspect, l'état satisfaisant de sa santé, mais son accès récent, les souvenirs pénibles qui s'y associaient, la fatigue de cette soirée fertile en émotions, l'incident du « fils de Pavlistchev », maintenant l'incident avec Hippolyte, tout cela avait exacerbé la sensibilité maladive du prince jusqu'à un état fébrile. Et, par surcroît, on pouvait lire dans ses yeux un autre souci, même une crainte; il regardait Hippolyte avec méfiance, semblant attendre encore quelque chose de lui.

Soudain Hippolyte se leva, mortellement pâle, portant sur son visage altéré l'expression d'une honte terrible confinant au désespoir. Cela se révélait particulièrement dans le regard craintif et haineux dont il mesura l'assistance, et dans le rictus égaré qui tordait ses lèvres frémissantes. Il baissa aussitôt les yeux et se dirigea en titubant, toujours avec le même sourire, vers Bourdovski et Doktorenko qui se tenaient près de la sortie de la terrasse; il partait avec eux.

– C'est bien ce que je redoutais ! s'écria le prince. – Il devait en être ainsi.

Hippolyte se retourna vivement vers lui au paroxysme d'une fureur sauvage; chaque trait de son visage semblait palpiter et parler.

– Ah ! c'est ce que vous redoutiez ! « Il devait en être ainsi », à votre avis ? Eh bien, sachez que si je hais quelqu'un ici, hurla-t-il, la bouche écumante, d'une voix suraiguë coupée de râles, – (je vous hais tous, tous), c'est vous, vous âme mesquine et mielleuse de jésuite, idiot, millionnaire-bienfaiteur, vous plus que tout et tous au monde ! Je vous ai percé à jour depuis longtemps et je vous haïssais rien qu'à entendre parler de vous, je vous haïssais de toute la haine de mon âme. C'est vous qui avez suscité tout cela ! C'est vous qui avez provoqué mon accès ! Vous avez amené un moribond à souffrir de la honte. C'est vous, vous, qui êtes responsable de mon abjecte lâcheté ! Je vous aurais tué, si je devais vivre ! Je n'ai pas besoin de vos bienfaits, je n'accepterai rien de personne, vous m'entendez, rien de personne ! Je délirais et vous n'avez pas le droit de triompher ! Je vous maudis tous une fois pour toutes.

Il s'étrangla.

– Il a eu honte de ses larmes ! murmura Lebedev à Élisabeth Prokofievna; – « Il devait en être ainsi » ! Hé, hé, le prince ! il l'a percé à jour !

Mais Élisabeth Prokofievna ne daigna pas lui accorder un regard. Elle se tenait fièrement, toute droite, la tête haute et dévisageait ces « petits bonshommes » avec une curiosité méprisante. Lorsque Hippolyte eut achevé, le général hasarda un haussement d'épaules; elle le mesura des pieds à la tête d'un regard irrité, comme lui demandant raison de son geste, et se tourna aussitôt vers le prince :

– Merci, prince, excentrique ami de notre famille, de cette agréable soirée que vous nous avez fait passer à tous. Votre cœur doit se réjouir de nous avoir mêlés à vos extravagances... Cela suffit, cher ami de notre maison, merci de nous avoir au moins donné l'occasion de bien vous contempler de près !...

Avec indignation, elle se mit à arranger sa mantille, en attendant que « ceux-là » s'en allassent. A cet instant, s'arrêta devant « eux » un fiacre que Doktorenko avait fait chercher par le lycéen, fils de Lebedev, il y avait déjà un quart d'heure. Le général, à la suite de son épouse, plaça aussitôt son mot.

– Vraiment, prince, je ne m'y attendais pas... après tout, après toutes nos relations amicales... et enfin Élisabeth Prokofievna...

– Oh, comment pouvez-vous, comment pouvez-vous... ! s'écria Adélaïde; elle s'approcha vivement du prince et lui tendit la main.

Le prince lui sourit d'un air perdu. Tout à coup, un chuchotement rapide et ardent sembla lui brûler l'oreille.

– Si vous ne quittez pas immédiatement toutes ces vilaines gens, toute ma vie, toute ma vie je ne haïrai que vous seul ! murmura Aglaé.

Elle paraissait hors d'elle; mais avant que le prince eût eu le temps de la regarder, elle s'était détournée. D'ailleurs, il n'était déjà plus question de quitter qui que ce fût; entre-temps on avait réussi à hisser Hippolyte tant bien que mal dans le fiacre, qui s'éloigna.

– Eh bien, cela va-t-il durer encore longtemps, Ivan Fédorovitch ? Qu'en pensez-vous ? Vais-je encore endurer longtemps ces méchants garnements ?

– Mais moi, mon amie... je suis, bien entendu, prêt et... le prince...

Ivan Fédorovitch tendit toutefois la main au prince, mais n'eut pas le temps de la lui serrer, car déjà il s'élançait à la suite d'Élisabeth Prokofievna qui quittait la terrasse avec bruit et colère. Adélaïde, son fiancé et Alexandra prirent congé du prince d'un air sincèrement affectueux. Eugène Pavlovitch était du nombre et lui seul était gai.

– Cela s'est passé comme je l'avais prévu ! Dommage seulement que vous aussi en ayez pâti, mon pauvre ami, lui souffla-t-il avec un aimable sourire.

Aglaé s'en alla sans dire adieu.

Mais les aventures de cette soirée n'étaient pas terminées; Élisabeth Prokofievna eut à subir encore une rencontre fort inattendue...

Elle n'avait pas eu le temps de descendre les marches jusqu'à la rue (qui longeait le parc), qu'une brillante voiture, une calèche attelée de deux chevaux blancs, passa à vive allure devant la villa du prince. Deux dames ayant grand air occupaient la voiture. S'étant éloignée de dix pas à peine, la voiture s'arrêta soudain; l'une des deux dames se retourna vivement, comme si elle venait de reconnaître une personne de connaissance qui lui était absolument nécessaire.

– Eugène Pavlovitch ! Est-ce toi ? cria une belle voix claire qui fit tressaillir le prince et peut-être encore quelqu'un d'autre. – Ah, que je suis heureuse de t'avoir enfin trouvé ! J'ai envoyé un messager en ville chez toi ! même deux ! Ils te cherchent toute la journée !

Eugène Pavlovitch s'était arrêté sur les marches, comme foudroyé. Élisabeth Prokofievna s'arrêta, elle aussi, mais non pas pétrifiée, comme l'était ce dernier. Elle regarda l'insolente avec autant de fierté et de froid dédain qu'elle avait manifesté cinq minutes plus tôt à l'égard des « petits bonshommes », puis reporta aussitôt son regard attentif sur Eugène Pavlovitch.

– J'ai une nouvelle pour toi ! continua la voix claire, – ne crains plus pour les traites à Koupfer; Rogojine les a rachetées à trente pour cent, j'ai réussi à le convaincre. Tu peux être tranquille pour au moins trois mois. Quant à Biskoup et à toute cette racaille, nous finirons sûrement par nous entendre à l'amiable. Ainsi donc, tout va bien. Sois gai, et à demain !

La voiture repartit et disparut rapidement.

– C'est une folle, s'écria enfin Eugène Pavlovitch, rouge d'indignation et jetant de tous côtés des regards stupéfaits. – Je ne sais rien de ce qu'elle vient de dire. Quelles traites ? Et qui est-elle ?

Élisabeth Prokofievna continua à le regarder encore une ou deux secondes, puis se dirigea abruptement vers sa villa, suivie de tous les siens. Exactement une minute après, Eugène Pavlovitch, extrêmement bouleversé, reparut sur la terrasse du prince.

– Prince, franchement, vous ne savez pas ce que cela signifie ?

– Je ne sais rien, répondit le prince qui se trouvait lui-même dans un état d'extrême et maladive tension.

– Non ?

– Non.

– Moi non plus, je ne sais pas... dit en riant Eugène Pavlovitch. – Dieu m'est témoin, je n'ai jamais rien eu à voir avec des traites, croyez à ma parole d'honneur ! Mais qu'avez-vous, vous perdez connaissance ?

– Oh ! non, non, je vous assure, non...

XI

Ce ne fut qu'au troisième jour que le courroux des Épantchine s'apaisa complètement. Bien que, selon son habitude, il s'accusât de beaucoup de choses et s'attendît sincèrement à un châtiment, le prince n'en était pas moins absolument convaincu, en son for intérieur, qu'Élisabeth Prokofievna ne pouvait lui en vouloir sérieusement et s'était surtout mise en colère contre elle-même. De sorte qu'une aussi longue rancune le mit au bout de deux jours dans une sombre stupeur. D'autres circonstances y contribuèrent, dont une en particulier. Durant ces trois jours elle avait progressivement grandi dans l'imagination maladive du prince (depuis quelque temps le prince se reprochait deux tendances extrêmes : une confiance insolite, « insensée et tenace », et, d'autre part, une défiance « sinistre et basse »). En un mot, à la fin du troisième jour, l'incident de la dame excentrique qui de sa calèche avait interpellé Eugène Pavlovitch, prit dans son esprit des proportions effrayantes et mystérieuses. Le fond de cette énigme consistait, entre autres, pour le prince, dans une douloureuse question : était-ce lui qui était responsable de cette nouvelle « monstruosité », ou seulement... Mais il ne prononçait aucun nom. Pour ce qui était des initiales N. Ph. B., il n'y avait là, à son avis, qu'une plaisanterie inoffensive et même puérile, sur laquelle il eût été honteux et en un certain sens déshonorant de s'attarder.

Du reste, le lendemain même de cette scandaleuse « soirée », des désordres de laquelle il était la « cause » principale, le prince eut le plaisir de recevoir dans la matinée le prince Stch. et Adélaïde qui « étaient venus *surtout* dans l'intention de s'informer de sa santé ». Ils étaient venus au retour d'une promenade en tête à tête. Adélaïde venait de remarquer dans le parc un arbre, un vieil arbre magnifique, touffu, aux longues branches tordues, au tronc creux et fendu, qui était tout couvert de jeunes feuilles; elle avait résolu d'en faire sans faute un croquis ! De sorte qu'elle ne cessa pour ainsi dire pas d'en parler pendant toute la demi-heure que dura sa visite. Le prince Stch., aimable et charmant comme à l'accoutumée, évoqua avec le prince le passé et les circonstances de leur première rencontre, si bien que presque rien ne fut dit de l'incident de la veille. A la fin, Adélaïde, n'y tenant plus, lui avoua en souriant, qu'ils étaient venus *incognito;* mais les confidences en restèrent là, bien que cet *incognito* à lui seul permît de s'apercevoir que les parents et surtout Élisabeth Prokofievna restaient mal disposés à l'égard du prince. Mais durant leur visite, ni Adélaïde, ni le prince Stch. ne dirent mot à son sujet ni à celui d'Aglaé, ni même à celui d'Ivan Fédorovitch.

En repartant pour continuer leur promenade, ils ne proposèrent pas au prince de les accompagner. Quant à l'inviter chez eux, ils n'y firent pas la moindre allusion, et Adélaïde laissa même échapper à ce propos une parole fort révélatrice : en parlant d'une de ses aquarelles, elle eut subitement envie de la montrer au prince : « Comment le faire au plus vite ? Tenez ! Ou bien je vous l'enverrai ce soir par Kolia s'il passe chez nous, ou bien je vous l'apporterai demain au cours de notre promenade avec le prince », décida-t-elle finalement, ravie d'avoir résolu ce problème si habilement et d'une façon aussi commode pour tous.

Enfin, en prenant congé, le prince Stch. parut se souvenir :

– Ah oui, dit-il, – ne savez-vous pas, vous au moins, mon cher Léon Nicolaïevitch, quelle était la personne qui, de sa calèche, a interpellé hier Eugène Pavlovitch ?

– C'était Nastassia Philippovna, dit le prince, – n'aviez-vous donc pas encore appris que c'était elle ? Mais j'ignore qui l'accompagnait.

– Oui, j'en ai entendu parler ! reprit le prince Stch. Mais que pouvait signifier cette intervention ? J'avoue que c'est pour moi une telle énigme... pour moi comme pour les autres.

Le prince Stch. parlait avec une extrême et évidente stupéfaction.

– Elle parlait, répondit le prince très simplement, de je ne sais quelles traites d'Eugène Pavlovitch qui, sur sa demande à elle, auraient été rachetées par Rogojine à un certain usurier, et pour lesquelles Rogojine était disposé à accorder un délai.

– Je l'ai entendu, je l'ai entendu, mon cher prince, mais ce n'est pas possible ! Il ne pouvait être question de traites pour Eugène Pavlovitch. Avec une telle fortune !... Il est vrai que cela lui arrivait jadis par légèreté et même moi j'ai eu à le tirer d'affaire... Mais avec sa fortune, il est impossible de signer des traites à un usurier, ni de s'en inquiéter. Comme il ne peut être à tu et à toi avec Nastassia Philippovna et avoir avec elle des relations aussi amicales, – voilà la principale énigme. Eugène Pavlovitch jure qu'il n'y comprend rien et je lui fais entièrement confiance. Mais le fait est, mon cher prince, que je voulais vous demander si vous n'étiez pas au courant de quelque chose ? C'est-à-dire si, par miracle, il ne vous était pas parvenu un bruit quelconque, au moins à vous ?

– Non, je ne sais rien et je vous assure que je n'y ai participé en aucune façon.

– Oh, prince, comment pouvez-vous ? Je ne vous reconnais simplement pas aujourd'hui. Comment aurais-je pu croire que vous pouviez avoir participé à une affaire de ce genre ?... Allons, vous êtes ennuyé aujourd'hui.

Il le serra dans ses bras et l'embrassa.

– C'est-à-dire participé à quel « genre » d'affaires ? Je ne vois pas « le genre » de cette affaire.

– Sans doute cette personne voulait-elle nuire d'une façon ou d'une autre à Eugène Pavlovitch, en lui prêtant devant témoins des actes qu'il n'a pas et qu'il ne peut avoir commis, répondit d'un ton assez sec le prince Stch.

Le prince Léon Nicolaïevitch se troubla, mais continua néanmoins à fixer sur le prince Stch. un regard interrogateur; mais celui-ci s'était tu.

– Et ne seraient-ce pas simplement des traites ? A la lettre comme cela a été dit hier ? murmura enfin le prince avec une sorte d'impatience.

– Mais je vous l'affirme, jugez-en vous-même, que peut-il y avoir de commun entre Eugène Pavlovitch et... elle, et par surcroît ce Rogojine ? Je vous répète, il a une fortune énorme, je le sais positivement, sans parler d'une autre qu'il attend de son oncle. Simplement, Nastassia Philippovna...

Le prince Stch. se tut de nouveau brusquement, apparemment parce qu'il ne voulait pas continuer à parler au prince de Nastassia Philippovna.

– Donc, en tout cas, elle lui est connue ? demanda soudain le prince, après un silence.

– Cela, c'est très probable, il est assez volage ! Mais même s'il a pu la connaître, cela doit déjà dater d'il y a très longtemps, c'est-à-dire deux ou trois ans, de l'époque où il fréquentait encore Totski. Mais à présent, il ne pouvait rien y avoir entre eux de ce genre, ils n'auraient jamais pu se tutoyer ! Vous savez bien vous-même qu'elle n'était plus ici, qu'on ne la voyait nulle part. Beaucoup de gens ignorent même son retour. Il n'y a pas plus de trois jours que j'ai remarqué son attelage.

– Un splendide attelage ! dit Adélaïde.

– Oui, splendide !

Ils s'en allèrent toutefois dans les dispositions les plus amicales et l'on peut dire les plus fraternelles à l'égard du prince Léon Nicolaïevitch.

Quant à notre héros, cette visite contenait pour lui une information capitale. En admettant même qu'il soupçonnât beaucoup de choses depuis la soirée de la veille (et peut-être même plus tôt), il n'avait pas osé justifier ses craintes jusqu'à leur visite. A présent tout devenait clair : le prince Stch., évidemment, donnait de l'événement une interprétation erronée, mais il n'entrevoyait pas moins la vérité puisqu'il avait flairé une *intrigue*. Du reste, il comprend peut-être parfaitement à part soi, songea le prince, mais ne veut pas le dire et donne exprès une interprétation fausse. Le plus clair de tout cela était qu'on lui avait fait cette visite (et précisément le prince Stch.) dans l'espoir de quelques éclaircissements; en ce cas, on le considérait ouvertement comme ayant pris part à l'intrigue. En outre, si tout cela était en effet aussi important, c'est donc qu'*elle* poursuivait quelque but redoutable, mais lequel ? Quelle horreur ! « Et comment l'*arrêter, elle ?* Il n'y a aucun moyen de l'arrêter, lorsqu'*elle* est décidée ! » Cela, le prince le savait déjà par expérience. « Une folle, c'est une folle ! »

Mais il s'était accumulé en cette matinée trop, beaucoup trop d'autres circonstances, encore difficiles à élucider, toutes presque en même temps, et tout cela demandait une solution immédiate, ce qui attristait beaucoup le prince. Véra Lebedev qui vint chez lui avec la petite Lioubotchka et lui conta longuement quelque chose en riant, le distraya un peu. Elle fut suivie de sa sœur qui avait l'habitude de rester souvent bouche bée, puis de son frère le lycéen. Ce dernier affirmait que « L'Étoile Absinthe » de l'Apocalypse, tombée sur terre à la source des eaux, n'était autre, d'après l'interprétation de son père, que le réseau de voies ferrées qui s'était étendu sur l'Europe. Le prince ne crut pas que ce fût là l'interprétation de Lebedev et l'on décida de s'en informer auprès de lui à la première occasion. Par Véra, le prince apprit que Keller s'était installé chez eux encore la veille et que, selon les apparences, il s'y incrusterait pour longtemps, car il avait trouvé de la compagnie et s'était lié d'amitié avec le général Ivolguine. Du reste, il avait déclaré qu'il ne restait chez eux que dans le seul but de compléter son instruction. D'une façon générale, les enfants de Lebedev plaisaient de plus en plus au prince.

Quant à Kolia, il ne vint pas de la journée; il était parti de bonne heure pour Pétersbourg. (Lebedev, lui aussi, était parti dès l'aube pour ses petites besognes.) Mais le prince attendait avec impatience la visite de Gabriel Ardalionovitch qui devait absolument passer chez lui dans la journée.

Il vint à six heures passées du soir, sitôt après dîner. Dès le premier coup d'œil, le prince songea que ce monsieur au moins devait connaître tous les tenants et aboutissants de cette affaire; et comment aurait-il pu en être autrement avec des auxiliaires tels que Barbara Ardalionovna et son époux ? Mais les relations du prince avec Gania avaient un caractère un peu particulier. Ainsi, le prince l'avait chargé de l'affaire Bourdovski et avait même beaucoup insisté pour qu'il s'en occupât, mais malgré cette marque de confiance et certains faits du passé, il restait constamment entre eux des points qu'ils semblaient avoir tacitement décidé de passer sous silence. Le prince avait parfois l'impression que Gania, de son côté, souhaitait peut-être la sincérité la plus absolue et la plus amicale; en ce moment par exemple, dès l'entrée de Gania, il sembla au prince qu'il était absolument convaincu que l'heure était venue de rompre entre eux la glace sur tous les points. (Toutefois, Gabriel Ardalionovitch était pressé, car sa sœur l'attendait chez les Lebedev; ils avaient tous les deux une course urgente à faire.)

Mais si Gania s'était, en effet, attendu à toute une série de questions impatientes, de révélations involontaires et d'épanchements amicaux, il s'était certes lourdement trompé. Tout au long des vingt minutes que dura sa visite, le prince demeura très pensif, presque distrait. Quant aux questions ou plutôt à la question principale qu'attendait Gania, elle ne pouvait venir.

Gania décida alors de parler avec plus de réserve. Durant les vingt minutes il ne cessa de raconter, de rire, de bavarder de la façon la plus aimable et la plus futile, mais ne toucha pas à l'essentiel.

Gania raconta, entre autres, que Nastassia Philippovna n'était à Pavlovsk que depuis à peine quatre jours, mais qu'elle attirait déjà l'attention générale. Elle habitait, rue des Matelots, la petite maison d'aspect balourd de Daria Alexeïevna, alors que sa calèche était peut-être la plus belle de Pavlovsk. Il y avait déjà autour d'elle toute une foule de soupirants, jeunes et vieux; sa calèche était parfois escortée par des cavaliers. Nastassia Philippovna était demeurée très difficile et n'admettait auprès d'elle que des gens triés sur le volet. Et cependant il s'était formé auprès d'elle toute une garde du corps et elle ne manquerait pas de défenseurs en cas de besoin. Un estivant officiellement fiancé avait déjà rompu ses fiançailles à cause d'elle; un vieux général avait presque maudit son fils. Elle emmenait souvent en voiture une ravissante jeune fille de seize ans à peine, parente éloignée de Daria Alexeïevna; cette jeune fille avait une jolie voix et lorsqu'elle chantait, certains soirs, leur petite maison attirait l'attention. Nastassia Philippovna avait d'ailleurs beaucoup de tenue; elle s'habillait sans éclat, mais avec un goût parfait et toutes les dames « enviaient son goût, sa beauté et son attelage ».

– L'incident excentrique d'hier, laissa échapper Gania, – était de toute évidence prémédité et ne devait pas être inscrit à son passif. Pour la chicaner sur quelque chose il faudrait chercher exprès ou la calomnier, ce qui d'ailleurs ne saurait tarder, conclut Gania qui s'attendait à ce que le prince lui demandât aussitôt

« pourquoi il considérait l'incident de la veille comme prémédité et pourquoi on ne manquerait pas de la calomnier ». Mais le prince ne le demanda pas.

Sur le compte d'Eugène Pavlovitch, Gania s'étendit également de lui-même, sans avoir été questionné, ce qui était très étrange car il avait introduit ce sujet sans aucune raison spéciale. D'après Gabriel Ardalionovitch, Eugène Pavlovitch ne connaissait pas du tout Nastassia Philippovna; même à présent il ne la connaît qu'à peine, pour lui avoir été présenté trois ou quatre jours plus tôt à la promenade, et n'a probablement jamais mis les pieds chez elle, même en compagnie d'autres personnes. Pour les traites, c'était possible (Gania savait cela avec certitude); bien que la fortune d'Eugène Pavlovitch soit en effet considérable, certaines de ses affaires, telle l'administration de ses domaines, se trouvent dans un certain désordre. Sur ce sujet curieux, Gania s'arrêta brusquement. Sur la conduite de la veille de Nastassia Philippovna il n'ajouta rien à ce qu'il en avait déjà dit en passant. Enfin, Barbara Ardalionovna vint chercher son frère; elle ne resta qu'une minute et annonça elle aussi (sans y être invitée) qu'Eugène Pavlovitch allait passer à Pétersbourg toute cette journée et peut-être aussi celle du lendemain, que son mari (Ivan Petrovitch Ptitsine) y était également, peut-être même pour les affaires d'Eugène Pavlovitch, et qu'il s'était en effet passé quelque chose. En partant, elle ajouta qu'Élisabeth Prokofievna était aujourd'hui d'une humeur infernale, mais le plus bizarre était qu'Aglaé s'était brouillée avec toute sa famille, non seulement avec son père et sa mère, mais aussi avec ses deux sœurs, et que « ce n'était pas bien du tout ». Après avoir, comme en passant, annoncé cette dernière nouvelle (pleine de signification aux yeux du prince), le frère et la sœur se retirèrent. Ganietchka n'avait rien dit non plus de l'affaire du « fils de Pavlistchev », peut-être par fausse modestie, peut-être aussi « pour ménager les sentiments du prince », mais le prince le remercia encore, malgré cela, de la peine qu'il s'était donnée pour terminer cette affaire.

Le prince était fort content qu'on l'eût enfin laissé seul; il descendit de la terrasse, traversa la route et entra dans le parc; il voulait réfléchir et prendre une décision. Mais cette « décision » était justement de celles au sujet desquelles on ne réfléchit pas mais que l'on prend spontanément; il avait grande envie de laisser tout cela et de retourner d'où il était venu, d'aller dans un endroit perdu, de partir aussitôt et sans faire d'adieux à personne. Il pressentait que s'il restait ici, ne fût-ce que quelques jours encore, il serait repris sans retour par cette existence, et que ce serait elle qui serait désormais la sienne. Mais il ne mit pas dix minutes à conclure qu'il lui était « impossible » de fuir, que ce serait presque de la lâcheté, qu'il se trouvait en présence de problèmes qu'il n'avait maintenant aucun droit de ne pas résoudre ou, du moins, de ne pas consacrer tous ses efforts à leur solution. Il rentra dans cette disposition d'esprit, après une promenade d'à peine un quart d'heure. A cet instant, il était tout à fait malheureux.

Lebedev n'était toujours pas rentré, si bien que dans la soirée Keller réussit à faire irruption chez le prince, non pas ivre mais prêt aux aveux et aux épanchements. Il déclara carrément qu'il était venu raconter toute sa vie au prince et que c'était pour cette raison qu'il était demeuré à Pavlovsk. Il n'y avait aucune possibilité de le chasser; il ne serait parti pour rien au monde. Keller était sur le point d'entamer un récit très long et fort confus, lorsque brusquement et dès les premiers mots il passa à la conclusion et déclara qu'il avait à ce point perdu « toute apparence de moralité » (uniquement par manque de foi en le Très-Haut) qu'il en était arrivé à voler, – pouvez-vous l'imaginer !

– Écoutez, Keller, à votre place, je n'avouerais pas cela sans nécessité absolue, dit le prince, – quoiqu'il soit possible que vous vous calomniez exprès.

– Je ne vous le dis qu'à vous, à vous seul, et uniquement afin de contribuer à ma formation morale ! A personne d'autre; je mourrai et j'emporterai mon secret dans mon linceul ! Mais, prince, si vous saviez, si vous saviez seulement comme il est difficile de nos jours de se procurer de l'argent ! Où le prendre, permettez-moi cette question ? Une seule réponse : « apporte de l'or et des diamants, nous t'en donnerons là-dessus », c'est-à-dire exactement ce que je ne possède pas, pouvez-vous l'imaginer ? A la fin, je me suis fâché et après avoir piétiné quelque temps : « Et pour des émeraudes, m'en donneriez-vous ? » demandai-je. « Oui, les émeraudes ça ira aussi », me répondit-on. « Eh bien, c'est parfait », dis-je en mettant mon chapeau, et je sortis. Que le diable vous emporte, gredins que vous êtes ! Par Dieu !

– Mais est-ce que vous aviez des émeraudes ?

– Moi avoir des émeraudes ! Oh ! prince, quelle manière pure et innocente, on peut même dire bucolique, vous avez d'envisager la vie !

Le prince, à la fin, éprouva non pas tout à fait de la pitié, mais une sorte de gêne. Il eut même la pensée :

« Ne serait-il pas possible de faire quelque chose de cet homme si quelqu'un exerçait sur lui une bonne influence ? » Pour certaines raisons il considérait que sa propre influence ne valait rien, cela non par excès d'humilité mais par une certaine conception particulière des choses. Petit à petit la conversation s'anima, au point qu'ils n'avaient plus envie de se quitter. Avec une extraordinaire bonne volonté, Keller avouait des méfaits tels qu'il était impossible d'imaginer qu'on pût seulement en parler. En abordant chaque récit, il assurait positivement qu'il se repentait et qu'il était intérieurement « plein de larmes », et cependant il racontait comme s'il était fier de son acte et en même temps d'une manière parfois si drôle que le prince et lui finissaient par rire aux éclats comme des fous.

– L'essentiel, dit enfin le prince, – c'est qu'il y a en vous une espèce de confiance enfantine et une extraordinaire droiture. Savez-vous que rien que par cela vous vous rachetez beaucoup ?

– Je suis noble, noble, noble, comme un chevalier ! confirma Keller attendri. – Mais vous savez, prince, je ne le suis qu'en rêves et pour ainsi dire dans mes ambitions, mais en pratique cela ne réussit jamais. Et pourquoi ça ? Je n'arrive pas à le comprendre.

– Ne désespérez pas. On peut affirmer maintenant que vous m'avez révélé le fond de votre âme; il me semble tout au moins que vous ne pourriez plus rien ajouter à ce que vous venez de me raconter, n'est-il pas vrai ?

– Rien ! s'écria Keller avec une sorte de regret. Oh ! prince, à quel point vous avez encore une façon, si j'ose dire à la suisse, de comprendre les hommes !

— Est-il vraiment possible d'ajouter encore ? demanda le prince avec un étonnement timide, — mais, dans ce cas, qu'attendiez-vous donc de moi, Keller, et pourquoi êtes-vous venu me faire cette confession ?

— De vous ? ce que j'attendais ? Tout d'abord rien que de contempler votre candeur est déjà un plaisir; il est agréable d'avoir une conversation avec vous; je sais au moins que j'ai devant moi un être de la plus haute vertu, et d'autre part... d'autre part...

Il parut gêné.

— Peut-être vouliez-vous m'emprunter de l'argent ? suggéra le prince très sérieusement et avec simplicité, même un peu timidement.

Keller eut un mouvement brusque; rapidement et avec le même étonnement, il regarda le prince droit dans les yeux et abattit son poing sur la table.

— Voilà, c'est ainsi que vous arrivez à démonter complètement un homme ! De grâce, prince; tantôt vous faites preuve d'une candeur, d'une innocence inconnues même à l'âge d'or, et soudain vous transpercez un homme comme une flèche par la pénétration profonde de vos observations psychologiques. Mais permettez, prince, cela demande des précisions, car je suis... proprement dérouté ! Bien entendu, mon but était de vous emprunter finalement de l'argent, mais vous m'avez questionné à propos de l'argent comme si vous n'y trouviez rien de répréhensible, comme s'il devait en être ainsi ?

— Oui... cela doit en être ainsi de votre part.

— Et vous n'en êtes pas indigné ?

— Pourquoi le serais-je ?

— Écoutez-moi, prince, je suis resté ici depuis hier soir, premièrement par considération toute spéciale envers l'archevêque français Bourdaloue* (on a débouché des bouteilles chez Lebedev jusqu'à trois heures du matin), en second lieu et surtout (cela je suis prêt à faire serment sur toutes les croix que c'est la pure vérité) je suis resté parce que je voulais pour ainsi dire, en vous faisant une confession totale, contribuer par là même à mon développement moral. C'est sur cette pensée que je me suis endormi vers quatre heures, baigné de larmes. Et croirez-vous à la parole du plus noble des êtres, au moment même où je m'endormais, sincèrement plein de larmes intérieures et pour ainsi dire extérieures (car à la fin je sanglotais, je m'en souviens !), il m'est venu cette pensée infernale : « Et si après ma confession je lui empruntais tout de même de l'argent ? » et c'est ainsi que j'ai préparé ma confession comme un plat « aux fines herbes arrosées de larmes », dans le but d'adoucir mon chemin vers vous par ces larmes, afin qu'ainsi adouci vous me comptiez cent cinquante roubles. N'est-ce pas de la bassesse, à votre avis ?

— Mais c'est certainement faux et n'est qu'une coïncidence. La coïncidence de deux pensées, cela arrive très souvent. Chez moi c'est constant. Au demeurant, je pense que cela n'est pas bien, et savez-vous, Keller, c'est ce que je me reproche le plus. C'est comme si vous veniez de me décrire à moi-même. Il m'arrivait même de penser parfois qu'il en était ainsi pour tout le monde et cela commençait à me rassurer, continua très vivement le prince, profondément ému et intéressé par ce sujet; — car il est très difficile de lutter contre

* Keller joue probablement sur la consonance Bourdaloue-Bordeaux (vin). Il se peut, cependant, qu'il fasse allusion à une conversation de la veille.

ces pensées *doubles,* je le sais par expérience. Dieu sait comment elles naissent et d'où elles viennent. Mais vous, vous qualifiez cela carrément de bassesse ! Moi aussi je vais recommencer maintenant à redouter ces pensées. En tout cas, je n'ai pas à vous juger. Mais tout de même, je ne crois pas qu'on puisse considérer cela proprement comme une bassesse, qu'en pensez-vous ? Vous avez rusé afin de tirer de moi de l'argent grâce à vos larmes, mais vous m'avez juré que votre confession avait aussi un autre but, un but noble et pas seulement intéressé; pour ce qui est de l'argent, il vous le faut pour faire la noce, n'est-il pas vrai ? Et certes, c'est une lâcheté après une confession pareille. Mais comment peut-on s'arracher à la débauche en un instant ? C'est impossible. Alors, que faire ? Mieux vaut s'en remettre à votre conscience, qu'en pensez-vous ?

Le prince regardait Keller avec une extrême curiosité. Cette question des pensées doubles l'occupait visiblement depuis longtemps.

– Comment peut-on, après cela, vous qualifier d'idiot, je ne le comprends pas ! s'écria Keller. – Le prince rougit légèrement. – Le prédicateur Bourdaloue, lui, n'aurait pas ménagé un homme; vous, vous l'avez ménagé et vous m'avez jugé humainement ! Pour me punir et pour vous montrer que je suis touché, je ne veux plus des cent cinquante roubles, donnez-m'en seulement vingt-cinq, et ce sera assez ! C'est tout ce qu'il me faut pour au moins quinze jours. Avant quinze jours je ne viendrai plus vous demander d'argent. Je voulais gâter un peu mon Agachka*, mais elle

* Diminutif péjoratif, mais dont un sentiment de tendresse n'est pas forcément exclu, du nom d'Agathe.

n'en vaut pas la peine. Oh ! mon cher prince, que Dieu vous bénisse !

Lebedev entra enfin, à peine rentré à la maison, et fit la grimace en voyant un billet de vingt-cinq roubles entre les mains de Keller. Mais maintenant qu'il avait reçu l'argent, Keller était pressé de s'en aller; il ne tarda pas à disparaître. Lebedev se mit aussitôt à le charger.

— Vous êtes injuste, son repentir était réellement sincère, observa à la fin le prince.

— Eh, qu'est-ce que le repentir ? Tout comme moi hier avec mes « je suis bas, je suis bas », ce ne sont que des mots-*s' !*

— Ce n'étaient donc que des mots chez vous ? Et moi qui croyais...

— Eh bien, à vous, à vous seul je dirai la vérité, car vous pénétrez jusqu'au fond d'un homme; et les paroles, et les actes, et le mensonge et la vérité, tout va chez moi ensemble et est parfaitement sincère. La vérité et les actes consistent chez moi en un sincère repentir, croyez-moi si vous voulez, je puis le jurer, et les paroles et le mensonge consistent en une pensée infernale (et toujours présente) : comment m'arranger pour tromper mon monde et tirer profit de mes larmes de repentir elles-mêmes ! Dieu m'est témoin qu'il en est ainsi ! Je ne l'aurais pas dit à un autre, il rirait ou cracherait de dégoût, mais vous, prince, vous en jugerez humainement.

— Eh bien, c'est exactement ce qu'il vient de me dire, lui aussi, s'écria le prince, — et vous semblez tous les deux vous en vanter! Vous allez même jusqu'à m'étonner, seulement lui est plus sincère, alors que vous, vous en avez fait un véritable métier. Eh bien, suffit, ne froncez pas le sourcil, Lebedev, et ne portez pas la main au cœur. N'avez-vous rien à me dire ? Vous ne venez jamais pour rien... – Lebedev se mit à grimacer et à se tortiller. – Je vous ai attendu toute la journée pour vous poser une question; répondez la vérité dès le premier mot, ne serait-ce qu'une fois dans votre vie : avez-vous pris une part quelconque à l'incident de la calèche d'hier, ou non ?

Lebedev se tortilla de plus belle, ricana, se frotta les mains, en vint même à éternuer, mais ne se décidait toujours pas à dire un mot.

– Je vois que vous y avez pris part.

– Mais indirectement, tout à fait indirectement ! C'est la pure vérité ! Je n'y ai participé que pour avoir en temps voulu averti la personne en question de la réunion qui avait lieu chez moi et de la présence de certaines personnes.

– Je sais que vous aviez envoyé *là-bas* votre fils, c'est lui-même qui me l'a dit, mais qu'est-ce enfin que cette intrigue ? s'écria le prince à bout de patience.

– L'intrigue n'est pas de moi, je n'y suis pour rien, se défendit Lebedev; – ce sont les autres, les autres, et il s'agit là bien plutôt d'une fantaisie que d'une intrigue.

– Mais de quoi s'agit-il, expliquez-le-moi pour l'amour du Christ ! Ne comprenez-vous donc pas que cela me concerne directement ? On cherche à noircir Eugène Pavlovitch.

– Prince, prince excellentissime ! dit Lebedev en se tortillant, – c'est vous qui ne me laissez pas dire toute la vérité; j'avais déjà commencé à vous dire la vérité plus d'une fois; vous ne m'avez pas laissé continuer...

Le prince se tut et réfléchit.

– Bon, dites-moi la vérité, fit-il avec peine et visiblement après une forte lutte intérieure.

– Aglaé Ivanovna... commença aussitôt Lebedev.

– Taisez-vous, taisez-vous ! cria frénétiquement le prince, tout rouge d'indignation et peut-être aussi de honte. – C'est impossible, ce ne sont que des bêtises ! C'est vous qui avez inventé tout cela ou des fous comme vous ! Et que je n'entende plus jamais cela de vous !

Tard dans la soirée, à dix heures passées, vint Kolia avec un plein panier de nouvelles. Ces nouvelles étaient de deux sortes, celles de Pétersbourg et celles de Pavlovsk. Il conta rapidement les principales parmi celles de Pétersbourg (surtout au sujet d'Hippolyte et de l'histoire de la veille), avec l'intention d'y revenir plus tard, et passa à celles de Pavlovsk. Il était rentré de Pétersbourg depuis trois heures et, sans passer chez le prince, était allé directement chez les Épantchine. « Il s'y passe Dieu sait quoi ! » Bien sûr, la calèche était au premier plan, mais il avait dû se passer encore autre chose, quelque chose qu'ils ignoraient, le prince et lui. « Bien entendu, je n'ai pas voulu espionner ni questionner personne; on m'a cependant fort bien accueilli, beaucoup mieux que je ne m'y attendais, mais de vous, prince, pas un mot ! » Le plus important et le plus curieux était qu'Aglaé s'était brouillée avec tout le monde à cause de Gania. J'ignore les détails de cette affaire mais il s'agissait bien de Gania (imaginez-vous ça !) et ils sont très fâchés, il s'agit donc vraiment de quelque chose d'important. Le général était rentré tard, l'air sombre; il ramenait avec lui Eugène Pavlovitch qui fut parfaitement bien accueilli, et qui était, lui, étonnamment aimable et gai. Mais la nouvelle capitale était que, sans faire d'esclandre, Élisabeth Prokofievna avait fait appeler chez elle Barbara Ardalionovna qui se trouvait chez les demoiselles et, une fois pour toutes, l'avait chassée de la maison, de la façon d'ailleurs la plus courtoise. « Je le tiens de Varia ellemême ». Mais lorsque Varia était allée de chez Élisabeth Prokofievna prendre congé des jeunes filles, celles-ci ne se doutaient même pas que leur porte lui était désormais consignée et qu'elle leur disait un dernier adieu.

– Mais Barbara Ardalionovna est passée chez moi à sept heures ! s'étonna le prince.

– Et elle a été chassée vers huit heures. Je plains beaucoup Varia et Gania... bien sûr ils intriguent perpétuellement, ils ne peuvent s'en passer... Mais je n'ai jamais pu savoir ce qu'ils tramaient, et je ne veux pas le savoir. Mais je vous assure, mon cher, mon bon prince, que Gania a du cœur. C'est, certes, un homme, à bien des égards, perdu, mais il a aussi certains traits en lui qui méritent qu'on les cherche pour les trouver, et je ne me pardonnerai jamais de ne l'avoir pas compris plus tôt... Je ne sais pas si je dois continuer à y aller après l'histoire de Varia. Il est vrai que je me suis, dès le début, placé sur un pied de complète indépendance, mais cela mérite d'être médité.

– Vous avez tort de trop plaindre votre frère, lui fit observer le prince. – Si les choses en sont arrivées là, c'est donc que Gabriel Ardalionovitch est dangereux aux yeux d'Élisabeth Prokofievna et que certains de ses espoirs se confirment.

– Comment, quels espoirs ? s'écria Kolia stupéfait. – Vous ne croyez tout de même pas qu'Aglaé... C'est impossible !

Le prince ne dit rien.

– Vous êtes un terrible sceptique, prince, ajouta Kolia après un silence. – Je constate depuis quelque temps que vous devenez extrêmement sceptique; vous commencez à ne plus croire en rien et à tout supposer... Ai-je bien employé ici ce mot de « sceptique » ?

– Je crois que oui, sans en être toutefois absolument sûr moi-même.

– D'ailleurs, je retire moi-même ce terme de « sceptique », car j'ai trouvé une nouvelle explication, s'écria soudain Kolia; – vous n'êtes pas un sceptique mais un jaloux ! Vous êtes jaloux de Gania d'une façon infernale à cause d'une fière demoiselle.

Ayant dit, Kolia bondit sur ses pieds et fut pris d'un fou rire tel qu'il n'en avait peut-être jamais eu. Voyant que le prince était tout rouge, il n'en rit que de plus belle; l'idée que celui-ci était jaloux d'Aglaé lui plaisait infiniment; mais s'apercevant que le prince semblait sincèrement peiné, Kolia se tut aussitôt. Après quoi ils parlèrent encore pendant une heure ou une heure et demie, l'air sérieux et préoccupé.

Le lendemain, le prince passa toute la matinée à Pétersbourg pour une affaire qui ne souffrait pas de retard. En allant prendre le train pour Pavlovsk déjà vers 5 heures de l'après-midi, il rencontra à la gare le général Ivan Fédorovitch. Celui-ci le prit précipitamment par le bras, jeta un regard autour de lui comme effrayé, et l'entraîna à sa suite dans un wagon de première classe pour faire route ensemble. Il brûlait d'envie de discuter avec le prince de quelque chose d'important.

– Tout d'abord, ne m'en veuille pas, mon cher prince, et s'il y eut de ma part quoi que ce fût...

oublie-le. Je serais bien passé dès hier te rendre visite, mais j'ignorais ce qu'en penserait Élisabeth Prokofievna... Chez moi... c'est un véritable enfer, on dirait qu'un sphynx énigmatique s'y est installé, et moi je tourne autour sans rien comprendre. Quant à toi, je pense que tu es le moins coupable de nous tous, quoique bien des choses soient arrivées par toi. Vois-tu, prince, la philanthropie est agréable, mais point trop n'en faut. Tu en as peut-être déjà goûté les fruits. Quant à moi, j'aime, bien entendu, la bonté et j'ai la plus grande estime pour Élisabeth Prokofievna, mais...

Le général continua longtemps encore dans ce sens, mais ce qu'il disait était singulièrement décousu. On le sentait bouleversé et troublé à l'extrême par quelque chose qui lui était absolument inintelligible.

– Pour moi, il n'y a aucun doute que tu n'es pour rien dans cette affaire, finit-il par préciser enfin, – mais ne viens pas chez nous pendant quelque temps, jusqu'à ce que le vent ait tourné, je te le demande amicalement. Pour ce qui est d'Eugène Pavlovitch, s'écria-t-il avec une ardeur extraordinaire, – ce n'est qu'une calomnie insensée, la calomnie des calomnies ! C'est de la diffamation, une intrigue, le désir de tout détruire et de nous brouiller ! Vois-tu, prince, je te le dis entre nous; rien n'a encore été dit, entre Eugène Pavlovitch et nous, tu me comprends ? Nous ne sommes liés en rien mais il peut se déclarer et même bientôt, peut-être même très prochainement ! Alors c'est pour lui nuire ! Mais pourquoi, dans quel but, je n'arrive pas à le comprendre ! C'est une femme déconcertante, une femme excentrique, je la crains presque à en perdre le sommeil. Et quel attelage, quels chevaux blancs ! Ça c'est du chic, c'est exactement ce qu'on appelle

« chic » en français ! De qui tient-elle tout ça ? Dieu m'est témoin, j'ai commis le péché d'en soupçonner avant-hier Eugène Pavlovitch. Mais il paraît qu'il ne peut même pas en être question, et s'il n'en est pas question, je me demande pourquoi elle cherche à tout déranger. Tout le problème est là ! Pour garder Eugène Pavlovitch auprès d'elle ? Mais, je te répète, je jure sur la croix, qu'il ne la connaît pas et que ces traites sont une pure invention ! Et avec quelle insolence elle le tutoie en pleine rue ! C'est un véritable complot ! Il est clair qu'il faut y répondre par le mépris, et redoubler d'estime pour Eugène Pavlovitch. C'est ce que j'ai dit à Élisabeth Prokofievna. Maintenant je vais te confier ma pensée la plus secrète : je suis obstinément persuadé qu'elle l'a fait par pure vengeance à mon égard, tu te souviens, pour cette vieille histoire, bien que je n'aie jamais eu le moindre tort envers elle. Je rougis rien que d'y penser. Et la voilà qui réapparaît, je la croyais définitivement disparue. Et où est ce Rogojine, je vous le demande ? Je croyais qu'il y avait longtemps qu'*elle* était madame Rogojine.

En un mot, il était complètement déconcerté. Pendant presque toute une heure que dura le trajet, il fut seul à parler et à poser des questions dont il donnait lui-même la réponse, tout en serrant la main du prince; il réussit du moins à convaincre ce dernier qu'il ne songeait même pas à le soupçonner de quoi que ce fût. Cela importait beaucoup au prince. Le général termina en parlant de l'oncle d'Eugène Pavlovitch, qui était à la tête d'une administration à Pétersbourg. « Une situation en vue, avec cela soixante-dix ans, viveur, fin gourmet, et pour tout dire un petit vieux qui ne désarme pas... Ha, ha ! Je sais qu'il a entendu parler de Nastassia Philippovna et qu'il a même recherché ses faveurs. Je lui ai rendu visite tantôt; il ne reçoit pas, il est souffrant, mais il est riche, riche et influent et... que Dieu lui prête longue vie, mais tout de même tout ira à Eugène Pavlovitch... Oui, oui... et malgré tout j'ai peur ! Je ne sais de quoi, mais j'ai peur... On dirait qu'il y a quelque chose dans l'air, comme une chauve-souris, et j'ai peur, j'ai peur !...

Et ce ne fut finalement qu'au troisième jour, ainsi qu'il a déjà été dit plus haut, qu'eut lieu la réconciliation officielle des Épantchine avec le prince Léon Nicolaïevitch.

XII

Il était sept heures du soir; le prince se disposait à aller dans le parc. Élisabeth Prokofievna apparut soudain seule sur sa terrasse.

— Premièrement je te défends même de songer, commença-t-elle, — que je viens te demander pardon. Balivernes ! Tu as tort en tout.

Le prince se taisait.

— As-tu tort, oui ou non ?

— Autant que vous. Du reste, ni vous ni moi ne sommes coupables en rien, délibérément. Il y a trois jours, je me considérais comme coupable, mais à présent j'ai jugé qu'il n'en est rien.

— Ah ! c'est ainsi que tu es ! Bon, passons; assieds-toi et écoute, car je n'ai pas l'intention de rester debout.

Ils s'assirent tous les deux.

— Deuxièmement, pas un mot des méchants garnements ! Je vais rester ici à parler avec toi dix minutes; je suis venue pour demander un renseignement (Dieu sait ce que tu as déjà dû imaginer !), et si tu te permets la moindre allusion à ces gamins insolents, je me lève, je m'en vais et je romps définitivement avec toi.

— Bien, dit le prince.

– Permets-moi de te demander : as-tu jugé bon, il y a deux mois ou deux mois et demi, vers Pâques, d'envoyer une lettre à Aglaé ?

– J'ai... j'ai écrit.

– Dans quelle intention ? Qu'y avait-il dans la lettre ? Montre-moi la lettre.

Les yeux d'Élisabeth Prokofievna brillaient et elle tremblait presque d'impatience.

– Je n'ai plus cette lettre, dit le prince étonné et intimidé; si elle existe encore, c'est Aglaé Ivanovna qui l'a.

– Ne finasse pas ! Que lui as-tu écrit ?

– Je ne finasse pas et je ne crains rien. Je ne vois pas pourquoi je n'aurais pas le droit de lui écrire...

– Tais-toi ! Tu parleras après. Qu'y avait-il dans cette lettre ? Pourquoi as-tu rougi ?

Le prince réfléchit.

– Je ne connais pas vos raisons, Élisabeth Prokofievna. Je vois seulement que cette lettre vous déplaît beaucoup. Convenez que j'aurais pu refuser de répondre à pareille question, mais pour vous prouver que je n'ai rien à craindre au sujet de cette lettre, que je ne regrette pas de l'avoir écrite et que je n'en rougis nullement (le prince avait rougi presque deux fois plus fort), je vais vous en dire le contenu, car je crois le savoir par cœur.

Cela dit, le prince récita la lettre presque mot à mot.

– Quel galimatias ! Que peuvent, d'après toi, signifier ces balivernes ? demanda Élisabeth Prokofievna d'un ton tranchant, après avoir écouté la lettre avec une attention soutenue.

– Je ne sais pas trop moi-même; je sais seulement

que mon sentiment était sincère. J'ai eu parfois là-bas des instants de vie intense et de grandes espérances.

– Quel genre d'espérances ?

– Il m'est difficile de l'expliquer, mais ce n'était sûrement pas ce que vous supposez peut-être, des espérances... en un mot, des espérances pour l'avenir et la joie de penser que je n'étais peut-être pas « là-bas » un intrus, un étranger. Je me suis tout à coup beaucoup plu dans ma patrie. Par une matinée ensoleillée, j'ai pris ma plume et je lui ai écrit. Pourquoi à elle ? Je n'en sais rien. On a parfois le désir d'avoir un ami auprès de soi; j'ai dû, moi aussi, désirer un ami... ajouta le prince après un silence.

– Serait-tu amoureux ?

– N-non... je... j'ai écrit comme à une sœur, j'ai même signé « votre frère ».

– Hum, exprès ! je comprends !

– Il m'est très pénible de vous répondre à ces questions, Élisabeth Prokofievna.

– Je sais que cela t'est pénible, mais en quoi cela me regarde-t-il que cela te soit pénible ? Écoute, dis-moi la vérité comme devant Dieu : me mens-tu ou me dis-tu la vérité ?

– Je ne mens pas.

– Tu dis la vérité en disant que tu n'es pas amoureux ?

– Je crois dire la vérité.

– Voyez-vous ça : « tu crois » ! C'est par le gamin que tu as fait transmettre la lettre ?

– J'en ai prié Nicolas Ardalionovitch.

– Le gamin ! Le gamin ! l'interrompit avec fougue Élisabeth Prokofievna. – Nicolas Ardalionovitch, connais pas! Le gamin!

– Nicolas Ardalionovitch...

– Un gamin, te dis-je !

– Non, pas un gamin, mais bien Nicolas Ardalionovitch, répondit enfin le prince à voix basse mais avec fermeté.

– C'est bon, mon ami, c'est bon ! Je te revaudrai ça.

Elle chercha à surmonter son émotion et se reposa un instant.

– Et qu'est-ce que ce « Paladin pauvre » ?

– Je n'en sais rien; c'est en dehors de moi, une plaisanterie quelconque.

– C'est agréable à apprendre ! Comme ça tout d'un coup! Mais est-il possible qu'elle se soit intéressée à toi? Elle qui te traitait de « petit monstre » et d' « idiot ».

– Vous auriez pu ne pas me le répéter, dit le prince avec reproche mais presque dans un murmure.

– Ne te fâche pas. C'est une fille autoritaire, folle, gâtée; si elle se met à aimer quelqu'un, elle ne manquera pas d'en dire publiquement du mal et même de se gausser de lui en sa présence; j'étais exactement pareille. Seulement ne triomphe pas, je te prie, mon ami, elle n'est pas à toi. Je ne veux pas y croire et jamais ce ne sera ! Je te dis cela pour que tu prennes dès maintenant tes précautions. Écoute, jure-moi que tu n'es pas marié avec l'*autre*.

– Élisabeth Prokofievna, de grâce, que dites-vous là ? s'écria le prince qui faillit sursauter de stupéfaction.

– N'as-tu pas failli l'épouser ?

– J'ai failli l'épouser, chuchota le prince en baissant la tête.

– Alors c'est peut-être d'« elle » que tu es amoureux s'il en est ainsi ? Tu es venu ici à cause d'« elle » ? Pour celle-là ?

– Je ne suis pas venu pour me marier, répondit le prince.

– As-tu quelque chose de sacré au monde ?

– Oui.

– Jure-moi alors que tu n'es pas venu pour épouser l'autre.

– Je le jure sur ce que vous voudrez !

– Je te crois. Embrasse-moi. Enfin je respire librement. Mais sache-le : Aglaé ne t'aime pas – prends tes dispositions – et elle ne sera pas ta femme tant que je vivrai ! Tu as entendu ?

– J'ai entendu.

Le prince était devenu tellement rouge qu'il ne pouvait plus regarder Elisabeth Prokofievna en face.

– Mets-toi bien ça dans la tête. Je t'ai attendu comme la Providence (tu ne le méritais pas !). Des nuits entières j'ai arrosé mon oreiller de larmes, pas à cause de toi, mon ami, rassure-toi ! J'ai un autre chagrin, éternel et toujours le même. Mais voici pourquoi je t'ai attendu avec tant d'impatience : je crois encore que c'est Dieu qui t'a envoyé auprès de moi comme un ami, comme un frère. Je n'ai plus personne à part la vieille Bielokonska, et même celle-là s'est envolée et par surcroît en vieillissant elle est devenue stupide comme un mouton. Maintenant réponds-moi par oui ou par non : sais-tu pourquoi « elle » a crié de sa calèche l'autre soir ?

– Parole d'honneur, je n'y ai pas participé et je n'en sais rien.

– Suffit, je te crois. J'ai moi-même à présent d'autres idées à ce sujet, mais hier encore dans la matinée, j'accusais Eugène Pavlovitch de tout. Vingt-quatre heures durant, plus la matinée d'hier. A présent je suis obligée de leur donner raison : il est évident qu'on s'est joué de lui comme d'un imbécile, pour quelle raison, à cause de quoi et dans quel but ? (rien que cela est déjà suspect et incongru). Mais Aglaé ne l'épousera pas, je te le dis ! Peu importe qu'il soit un homme de qualité, il en sera ainsi. Déjà auparavant j'hésitais, mais maintenant, c'est décidé sans recours. « Mettez-moi d'abord dans le cercueil et enterrez-moi, après cela vous pourrez marier votre fille ! » Voilà ce que j'ai déclaré aujourd'hui tout net à Ivan Fédorovitch. Tu vois que j'ai confiance en toi, le vois-tu ?

– Je vois et je comprends.

Elisabeth Prokofievna examinait le prince d'un regard perçant : peut-être était-elle très curieuse de savoir l'impression produite sur lui par la nouvelle concernant Eugène Pavlovitch.

– Et au sujet de Gabriel Ivolguine, ne sais-tu rien ?

– C'est-à-dire ... je sais beaucoup de choses.

– Savais-tu ou non qu'il était en relations avec Aglaé ?

– Je l'ignorais totalement, dit le prince étonné, en tressaillant. – Que dites-vous là, Gabriel Ardalionovitch serait en relations avec Aglaé Ivanovna ? Ce n'est pas possible !

– C'est très récent. Tout cet hiver, sa sœur lui a frayé le chemin, en creusant comme un rat.

– Je ne le crois pas, répéta le prince avec fermeté, après un instant de réflexion et d'émotion. – S'il en était ainsi, je l'aurais certainement su.

– Voyez-vous ça, il serait peut-être venu te l'avouer

en versant des larmes sur ta poitrine ! Quel nigaud tu fais ! Quel nigaud ! Tout le monde te berne comme un... comme... N'as-tu pas honte de lui faire confiance ? Ne vois-tu pas qu'il t'a complètement roulé ?

– Je sais très bien qu'il me trompe parfois, dit le prince à mi-voix avec répugnance; – il sait d'ailleurs que je le sais... ajouta-t-il, mais sans achever sa pensée.

– Le savoir et se confier tout de même ! Il ne manquait plus que cela ! D'ailleurs, avec toi il ne pouvait en être autrement, qu'ai-je à m'en étonner ? Dieu ! y a-t-il jamais eu un autre homme de cette espèce ? Fi ! Et sais-tu que ce Gan'ka ou cette Var'ka* l'ont mise en relations avec Nastassia Philippovna ?

– Qui ? s'écria le prince.

– Aglaé.

– Je ne le crois pas ! Ce n'est pas possible ! Dans quel but ?

D'un bond il se leva de sa chaise.

– Moi non plus, je n'y crois pas, bien qu'il y ait des preuves. C'est une fille volontaire, une fille fantasque et folle ! Et surtout méchante, méchante, méchante ! J'affirmerai pendant mille ans qu'elle est méchante ! A présent elles sont toutes devenues ainsi, même cette poule mouillée d'Alexandra, mais celle-là je ne peux plus la tenir. Moi non plus je n'y crois pas ! Peut-être parce que je ne le veux pas, jeta-t-elle comme à part soi. – Pourquoi ne venais-tu pas ? dit-elle en se retournant brusquement vers le prince. – Pourquoi n'es-tu pas venu pendant tous ces trois jours ? répéta-t-elle avec impatience, en élevant la voix.

* Diminutifs péjoratifs et méprisants.

Le prince avait à peine commencé à lui donner ses raisons qu'elle l'interrompait de nouveau

– Tout le monde te tient pour un benêt et te trompe ! Tu es allé en ville hier; je parie que tu es allé supplier à genoux ce gredin en le priant d'accepter tes dix mille roubles !

– Pas du tout; je n'y ai même songé. Je ne l'ai pas vu, et d'autre part, ce n'est pas un gredin. J'ai reçu une lettre de lui.

– Montre cette lettre !

Le prince sortit de son portefeuille un billet et le tendit à Élisabeth Prokofievna. On y lisait :

« Monsieur, je n'ai évidemment, aux yeux du « monde, pas le moindre droit d'avoir de l'amour-« propre. De l'avis du monde je suis trop insignifiant « pour cela. Mais il en est ainsi aux yeux du monde, « non à vos yeux à vous. Je ne suis que trop con-« vaincu, monsieur, que vous êtes peut-être meilleur « que les autres. Je ne suis pas d'accord avec Dokto-« renko et nous nous séparons sur ce point. Je n'accep-« terai jamais de vous un kopek, mais vous êtes venu « en aide à ma mère et je suis obligé de vous en être « reconnaissant, bien que ce soit par faiblesse. De « toute façon j'ai changé d'opinion à votre égard et « j'ai estimé nécessaire de vous en informer. Ceci dit, « je considère qu'à l'avenir il ne pourrait plus y avoir « aucun rapport entre nous. Antipe Bourdovski.

« P. S. – L'argent manquant à la somme de « deux cent cinquante roubles vous sera remboursé sû-« rement avec le temps. »

— Quelle incohérence ! conclut Elisabeth Prokofievna, en lui jetant le billet ! Ça ne valait pas la peine d'être lu. Qu'as-tu à ricaner ?

— Convenez que vous aussi avez eu plaisir à lire ce billet.

— Comment ! Ce galimatias farci de vanité ! Tu ne vois donc pas qu'ils sont tous fous de vanité et d'orgueil ?

— Si, mais il a quand même reconnu ses torts et a rompu avec Doktorenko; et plus il est vaniteux, plus cela en a coûté à sa vanité. Oh, quelle petite enfant vous êtes, Elisabeth Prokofievna !

— Tiens-tu absolument à ce que je te donne une gifle ?

— Non, pas le moins du monde. Je dis cela parce que vous êtes contente de ce billet et que vous le cachez. Pourquoi avez-vous honte de vos sentiments ? Vous êtes ainsi en tout.

— N'ose plus mettre les pieds chez moi, cria Elisabeth Prokofievna en se levant d'un bond, pâle de fureur, — que ton souffle, à dater de ce jour, ne s'entende plus chez moi, jamais plus !

— Et dans trois jours vous viendrez vous-même me chercher... N'avez-vous pas honte ? Ce sont vos meilleurs sentiments, pourquoi en avez-vous honte ? Vous ne faites que vous torturer.

— Je mourrai sans jamais plus t'appeler ! J'oublierai jusqu'à ton nom ! Je l'ai oublié !

Elle se précipita dehors.

— On m'a déjà sans vous interdit d'aller chez vous ! lui cria le prince.

— Quoi ? Qui te l'a interdit ?

Elle se retourna aussitôt comme piquée par une aiguille. Le prince hésitait à répondre; il sentit qu'il avait laissé échapper quelque chose d'important.

– Qui te l'a interdit ? cria Elisabeth Prokofievna hors d'elle.

– Aglaé Ivanovna défend...

– Quand ça ? Mais pa-a-a-rle donc ! ! !

– Ce matin, elle m'a fait savoir que je ne devais plus jamais aller chez vous.

Elisabeth Prokofievna demeurait comme pétrifiée; cependant elle réfléchissait.

– Comment te l'a-t-elle fait savoir ? Qui t'a-t-elle envoyé ? Par le gamin ? Ou bien de vive voix ?

– J'ai reçu un mot, dit le prince.

– Où est-il ? Donne ! immédiatement !

Le prince, après un instant de réflexion, tira de la poche de son gilet un chiffon de papier sur lequel était écrit : « Prince Léon Nicolaïevitch ! Si après tout ce « qui s'est passé, vous comptez m'offrir la surprise de « votre visite, soyez assuré que je ne serai pas du nom- « bre de ceux qui en seront heureux. Aglaé Épant- « chine. »

Après un moment de réflexion, Elisabeth Prokofievna se précipita sur le prince, le saisit par la main et l'entraîna derrière elle.

– Tout de suite ! Viens ! Exprès tout de suite, à l'instant même ! criait-elle dans un accès de fiévreuse impatience.

– Mais vous m'exposez à...

– A quoi ? Innocent, nigaud ! On dirait que tu n'es pas un homme. A présent, je vais voir tout par moi-même, de mes propres yeux...

– Laissez-moi au moins prendre mon chapeau.

– Le voilà ton misérable chapeau, viens ! Même un

chapeau, tu n'as pas su le choisir avec goût !... Elle a fait cela.... elle a fait cela après l'histoire de tout à l'heure... dans son emportement... marmonnait Elisabeth Prokofievna, traînant toujours le prince derrière elle et sans lâcher sa main un seul instant. – J'avais pris ta défense tout à l'heure, et j'avais dit tout haut que tu étais un sot de ne pas venir... sans cela elle ne t'aurait pas écrit un billet aussi absurde ! Un billet aussi inconvenant. Indigne d'une jeune fille noble, bien élevée et intelligente, oui, intelligente ! Hum, poursuivit-elle, – à moins... à moins que... Elle était peut-être contrariée elle-même que tu ne viennes pas, mais elle n'a pas réfléchi qu'on ne peut pas écrire ainsi à un idiot parce qu'il le prendrait à la lettre, ce qui est en effet arrivé. Qu'as-tu à tendre l'oreille ? cria-t-elle en s'apercevant qu'elle en avait trop dit. – Elle a besoin d'un bouffon tel que toi, ça lui a manqué pendant longtemps, voilà pourquoi elle te demande. Je suis ravie, tout à fait ravie, qu'elle te prenne maintenant pour cible. Tu l'as bien mérité... Et elle est forte à ce jeu-là, très, très, très forte...

TABLE

IMPRIMÉ EN FRANCE PAR BRODARD ET TAUPIN
Usine de La Flèche (Sarthe).
LIBRAIRIE GÉNÉRALE FRANÇAISE - 6, rue Pierre-Sarrazin - 75006 Paris.
ISBN : 2 - 253 - 01842 - 2

30/0941/2